ARTHUR A. QUINT

Das Verräterkarussell

ARTHUR A. QUINT

Das Verräterkarussell

KRIMINALROMAN

GMEINER

Immer informiert

Spannung pur – mit unserem Newsletter informieren wir Sie regelmäßig über Wissenswertes aus unserer Bücherwelt.

Gefällt mir!

Facebook: @Gmeiner.Verlag
Instagram: @gmeinerverlag
Twitter: @GmeinerVerlag

MIX
Papier aus verantwortungsvollen Quellen
FSC® C083411

Besuchen Sie uns im Internet:
www.gmeiner-verlag.de

Im Ehnried 5, 88605 Meßkirch
Telefon 07575/2095-0
info@gmeiner-verlag.de

1. Auflage 2022

Lektorat: Claudia Senghaas, Kirchardt
Herstellung: Mirjam Hecht
Umschlaggestaltung: U.O.R.G. Lutz Eberle, Stuttgart
unter Verwendung eines Fotos von: © ullstein bild – Imagno und National Archives of Norway https://foto.digitalarkivet.no/fotoweb/archives/5001-Historiske-foto/Indekserte%20bilder/Fo30141603180042.tif.info
Druck: CPI books GmbH, Leck
Printed in Germany
ISBN 978-3-8392-0114-5

Personen und Handlung sind frei erfunden.
Ähnlichkeiten mit lebenden oder toten Personen
sind rein zufällig und nicht beabsichtigt.

PROLOG

Fast hatten sie es geschafft, fast war der Albtraum vorbei.

Die schwarze Limousine stoppte vor dem Ortsrand von Scheibenhardt. In den Häusern an der engen Straße, die geradewegs zur Brücke führte, brannte kein einziges Licht. Tom zog die Handbremse an und blickte konzentriert durch die größeren Löcher der völlig perforierten Windschutzscheibe nach vorn: Im Schein der wenigen Straßenlaternen erkannte er in etwa 200 Metern Entfernung einen rot-weißen Schlagbaum vor der Brücke.

»Wir werden zu Fuß gehen müssen«, stellte Richard angespannt fest. Sarah hatte mit einem Taschentuch auf der Fahrt all das Blut aus seinem Gesicht und von seinen Händen entfernt. Seiner Stimme nach zu urteilen, schmerzten seine Verletzungen mehr, als er zugeben wollte. »Holt eure Dokumente raus. Wenn sie fragen, wir haben drüben Geschäftliches zu erledigen, in Hagenau.« Er klopfte Tom auf die Schulter und fügte hinzu: »Es ist besser, wenn ich mit den beiden Schießeisen die Grenze passiere.«

Tom griff in seine Innentasche und reichte ohne Umschweife die Parabellumpistole nach hinten. Er war froh, sie wieder los zu sein.

»Warum werfen wir die Waffen nicht einfach weg?«, fragte Sarah.

»Noch nicht«, antwortete Richard. »Noch sind wir nicht in Sicherheit. Jetzt muss ich hier erst mal aussteigen …«

»Sollen wir dir helfen?« Sarah knotete sich einen Seidenschal um den Hals.

»Nein, nein, es wird schon gehen.« Richard öffnete die Tür. Er war kreidebleich.

»Tim«, flüsterte Richard sichtlich mit Mühe in Richtung von Tom und nickte dann Sarah zu, als sie in der Dunkelheit langsam durch das beinahe totenstille Dorf marschierten, »du gehst als Erster durch die Kontrolle, dann Sonja. Sollten sie bei mir Verdacht schöpfen, seid ihr zwei schon durch.«

Stacheldrahtrollen säumten den Flussverlauf, und große Schilder wiesen in deutscher Sprache darauf hin, dass sie sich auf die Staatsgrenze zubewegten. Ganz plötzlich glaubte Tom, ein Brennen auf seiner Brust zu verspüren. Er griff für einen kurzen Moment unauffällig auf seinen Mantel und fühlte das kleine Notizbuch in seiner Innentasche, von dem er weder Richard noch Sarah erzählt hatte. Aber er hatte nicht vor, das nun zu ändern. Jetzt war nur entscheidend, dass sie sich in Sicherheit brachten und am Leben blieben, alles andere konnte später geklärt werden.

»Kein überflüssiges Wort mehr«, zischte Tom, als er zwei Soldaten mit geschulterten Gewehren vor einem Wachhaus entdeckte. Hinter dem einzigen Zugang zur Brücke – einem mit Brettern, Draht und Sandsäcken gesicherten Korridor, der an einer kleinen Baracke vorbeiführte – waren zwei weitere Aufseher postiert, die neben dem Schlagbaum in der Kälte froren.

Mindestens vier Mann, dachte Tom konzentriert. Da erkannte er zwei Wachtürme unweit des Ufers, von denen aus man ins Nachbarland spähen konnte. Hinter der kurzen zweispurigen Brücke wehte am anderen Ufer neben einem mit Sandsäcken geschützten Häuschen die blau-weiß-rote Trikolore in einer leichten Brise. Dort war Frankreich.

Das deutsche Scheibenhardt und das französische Scheibenhard waren nicht zwei Nachbarorte, sondern ein in zwei Hälften durchschnittenes Ganzes. Eine Runde illustrer Politiker musste irgendwann entschieden haben, dass der schmale Fluss namens Lauter die zahlreichen kleinen Fachwerkhäuser aus weißem Stein und schwarzem Holz in zwei Teile zu trennen hatte.

Einer der Soldaten sah auf und trat eine Zigarette mit seinem Stiefel aus. Der junge Mann in der dunkelgrünen Uniform hatte Richard, Sarah und Tom bemerkt.

»Sie wollen um diese Zeit über die Grenze?«, fragte er etwas herablassend.

»Ja«, antwortete Tom sofort.

Der vielleicht 18 Jahre alte Deutsche zuckte mit den Achseln, trat zur Seite und deutete auf die Baracke hinter sich. »Weisen Sie sich dort drüben aus. Halt, einer nach dem anderen.«

Tom blickte über seine Schulter zurück. Richard blieb stehen und nickte ihm zu, Sarah schenkte ihm ein aufmunterndes Lächeln.

Sie ist eine außergewöhnlich willensstarke Frau, dachte Tom. Wahrscheinlich konnte niemand wirklich hinter ihre wunderschöne Fassade blicken und wissen, was in ihrem Kopf vorging.

Er wandte sich wieder herum, ging geradewegs unter einer herabbaumelnden Hakenkreuzfahne hindurch und folgte dem schmalen Gang in Richtung der kleinen Baracke.

»Die Papiere«, befahl ein uniformierter Mann Mitte 30 hinter einem Fenster, deutete mit dem Zeigefinger auf eine große Öffnung unter der Scheibe und schob seine Brille die Nase hinauf. Der oberste Knopf seiner olivfarbenen Jacke war geöffnet, der Mann wirkte müde. Tom fasste in seine Innentasche und wollte seinen Pass hinausziehen – doch plötzlich hielt er inne.

»Ihre Papiere«, wiederholte der Beamte ungeduldig. Tom schob seine Hand wieder in den Mantel.

»Nur einen Moment«, beteuerte er, lächelte gequält und wurde hochrot. Er hatte geistesabwesend anstelle seines Ausweises das kleine rote Notizbuch hervorgekramt, das er in Wien in den Kunststoffbeutel eingewickelt hatte. Schnell stopfte er es wieder in die Innentasche und ermahnte sich innerlich selbst: Mach' jetzt, verdammt noch mal, keinen Anfängerfehler! Er hoffte, dass der Beamte keinen Verdacht geschöpft hatte.

»Hier.« Tom legte den gefälschten reichsdeutschen Pass von Tim Wallstrom aufgeschlagen auf das Holzbrett.

»Wallstrom«, las der Uniformierte desinteressiert und gähnte. Tom bemühte sich, so sehr er konnte, nicht aufgeregt zu wirken, aber sein Puls raste. Der Brillenträger blickte auf und musterte Toms Gesichtszüge. Langsam und bedächtig blätterte er dann zum Foto der Fälschung. Tom ließ seine Arme baumeln und bemühte sich, gelassen zu wirken, doch er befürchtete, dass es ihm nicht besonders gut gelang.

»Haben Sie Devisen dabei?«

»Keine 100 Reichsmark«, log Tom sofort, »Ich bin nur kurz in Frankreich. Ich will morgen Abend schon zurück sein.«

»Der Nächste!«, brüllte der Grenzer und ließ Tom zusammenzucken. Erst als der Mann den Pass zurückschob, hatte Tom verstanden. Sofort nickte er, schnappte sich den Ausweis und eilte los. Es hatte geklappt! Er war durch!

Tom ging durch den Korridor auf den Schlagbaum zu. Die beiden Soldaten wichen zur Seite und ließen die Schranke in die Höhe gleiten. Tom fühlte, wie eine tonnenschwere Last von seinen Schultern fiel, als er die vom letzten Regenwasser glänzende Brücke betrat und endlich das Deutsche Reich verließ.

»Ihre Papiere bitte, Fräulein«, hörte er den Beamten hinter sich laut rufen. Tom setzte langsam einen Fuß vor den anderen, hielt die Luft an und lauschte angestrengt. Nun war Sarah hinter ihm an der Reihe.

»Kann passieren.«

Tom atmete auf. Auch Sarah war durch! Es fehlte nur noch Richard.

»Der Nächste.«

»Ihren Ausweis«, vernahm Tom kaum noch hörbar, denn er hatte schon beinahe den höchsten Punkt der Brücke erreicht. Er schloss die Augen, bemühte sich, beinahe geräuschlos aufzutreten und spitzte seine Ohren: Sarahs Schuhe klackten nicht weit hinter ihm auf dem Pflaster. Fast war es geschafft! Fast!

»Frankreich, Frankreich«, murmelte Tom zuversichtlich und ballte seine Hände zu Fäusten. In ein paar Augenblicken würde sich das verdammte kleine rote Buch aus Wien endlich in Sicherheit befinden …

Wenige Meter vor ihm öffnete sich eine Tür in dem Grenzhäuschen auf französischer Seite. Ganz langsam trat eine Gestalt heraus, die einen dunklen Hut trug und in einen langen Mantel gehüllt war. Tom blieb abrupt stehen und blinzelte: Die Gestalt verbarg eine Hand hinter dem Rücken und blickte auf die deutsche Seite hinüber.

Wer zum Teufel ist das?, dachte Tom, als sich die Person seelenruhig etwa zehn Meter vor ihm mitten auf die Fahrbahn stellte. Auf einmal hob sie den Kopf und ließ Tom unvermittelt einen Schritt zurückweichen: Das fahle Licht fiel auf das von Narben übersäte Gesicht von Colonel Francis Colpo.

»Nein!«, wollte Tom vor Wut und Überraschung schreien – doch ehe er es konnte, schnellte schon die rechte Hand des Colonels nach vorn: Tom blickte direkt in die Mündung eines Revolvers. Als Colpo nur einen Augenblick später mit regungsloser Miene abdrückte, ließ sich Tom instinktiv auf den Rücken fallen. Da brach die Hölle los.

Zahllose Stimmen riefen an beiden Ufern mit einem Mal aufgeregt durcheinander, wurden aber von zahlreichen Schüssen aus allen Richtungen mit Leichtigkeit übertönt. Scheinwerfer erleuchteten die Brücke schlagartig taghell. Tom drehte sich unter dem dröhnenden Lärm auf den Bauch und blickte zurück. Die Brücke war leer – und Sarah war verschwunden.

Eine deutsche Wache sackte getroffen mit schmerzverzerrtem Gesicht hinter dem Schlagbaum zu Boden. Ein zweiter Soldat feuerte mit einem Gewehr in die Luft, während neben ihm Projektile in die Sandsäcke und Barrikaden einschlugen.

Tom überlegte nicht lange. Er raffte sich auf und rannte mit eingezogenem Kopf zurück. Ohne von einer Kugel getroffen zu werden, schaffte er es wieder zum Schlagbaum und blickte sich hektisch um. Wo war Sarah? Wo Richard? Was war mit ihnen geschehen?

Während auf dem deutschen Wachturm eine Salve aus einer automatischen Waffe abgefeuert wurde, rollte Tom unter dem rot-weißen Balken hindurch, kam wieder auf die Beine, sprang gebückt über eine Stacheldrahtzaunrolle, krachte dahinter zu Boden, raffte sich erneut auf und raste los.

»Halt!«, kreischte eine Stimme hinter ihm. Tom kümmerte es nicht. Er warf energisch seine Arme und Beine nach vorn und lief durch die leeren Straßen des Dorfes in Richtung Westen, direkt in einen Wald hinein.

Erst als der Lärm hinter ihm deutlich abebbte, blieb Tom stehen. Sein Herz raste, als er sich an den Stamm einer großen Birke lehnte und außer Atem in alle Himmelsrichtungen blickte. Zitternd tastete er nacheinander seine Arme, Beine und schließlich seinen Oberkörper ab. Alles unversehrt, verstand er und wischte sich schließlich mit einer Hand über den Mund.

Doch das Gefühl der Erleichterung dauerte nur wenige Momente an, denn sofort wurde Tom bewusst, dass er sich nun völlig allein auf deutschem Boden befand – und vor allem, dass er verraten worden war.

»Verflucht!«, flüsterte Tom wütend und verängstigt zugleich. Was sollte er jetzt nur tun? Alles war verloren. Jetzt waren nicht nur die Deutschen, sondern offenbar doch auch die eigenen Leute hinter ihm her! Was, zum Teufel, war nur passiert?

Tom machte unsicher ein paar Schritte zurück in jene Richtung, aus der er gekommen war, und kniff die Augen zusammen. Was um alles in der Welt war mit Sarah und Richard geschehen? Hatten die sich rechtzeitig aus dem Staub gemacht, als sie Colpo erkannt hatten? Aber verdammt, verdammt, wieso hatte Colonel Colpo sie verraten? Wieso, um Himmels willen?

Plötzlich fiel irgendwo erneut ein Schuss und durchschnitt die Luft regelrecht. Tom ging instinktiv in die Knie, drehte sich dann aber um und rannte weiter. Dies war nicht der Zeitpunkt, um lange nachzugrübeln – er musste sich jetzt darum kümmern, am Leben zu bleiben.

Mehrere Minuten lang folgte er einem schmalen Trampelpfad durch den Wald. Dann, auf einmal, wurde Tom langsamer, schnaufte laut, drehte ruckartig seinen Kopf zur Seite und blieb stehen: Er hörte das Plätschern von Wasser. Toms Augen weiteten sich – er entdeckte das glitzernde Flussbett der Lauter, das vielleicht 20 Meter von ihm entfernt hinter einem im Mondlicht schimmernden Grenzzaun lag. Am gegenüberliegenden Ufer erkannte er in der Dunkelheit die Silhouetten zahlloser hoher Bäume, deren Äste im Wind klapperten.

Tom biss sich auf die Unterlippe. Vielleicht konnte er diesem Schlamassel doch noch entkommen!

Er gab sich einen Ruck, querte mit zwei Sätzen den Weg und erreichte das an steilen Pflöcken angebrachte Gitter. Tom verschwendete keinen Gedanken daran, ob der Zaun unter Strom stehen könnte – er griff mit beiden Händen in die Drahtmaschen und kletterte hinauf. Als er ganz oben angekommen war, drückte er mit der rechten Hand drei Stacheldrahtbahnen ein Stück hinab und schob dann vorsichtig zuerst sein linkes und dann sein rechtes Bein hinüber. Als er sich schließlich auf der anderen Seite des Zauns fallen ließ, schnitten sich Drahtdornen in seine Stirn. Tom krachte unsanft zu Boden und spürte, wie ihm Blut über das Gesicht lief. Aber es kümmerte ihn nicht weiter. Er erhob sich, sprintete das letzte Stück des abfallenden Ufers hinab, holte tief Luft und sprang schließlich so weit er nur konnte nach vorn. Er ruderte wild mit Armen und Beinen, bis er mit zusammengekniffenen Augen in die Fluten eintauchte.

In diesem Moment wusste Tom, dass er einen Fehler begangen hatte.

Das eiskalte Wasser versetzte seinem Körper 1000e Nadelstiche, alles um ihn herum wurde von einem lauten Rauschen verschlungen. Verkrampft sank er wie ein Stein hinab – und er konnte nichts dagegen tun. Er riss seine Augen verzweifelt auf und verstand, dass es hier tatsächlich zu Ende gehen würde.

Er hatte verloren. Er hatte in diesem verdammten Verräterkarussell die Übersicht verloren.

Auf einmal wünschte er sich nichts sehnlicher, als wieder in Philadelphia sein zu können, dort, wo alles angefangen hatte.

I.

1. DAS ENDE

Als er tief ins Waschbecken gebeugt die Hände auf seine frisch rasierten Wangen drückte, verschloss das kalte Wasser seine Ohren. Tom hörte mit einem Mal nichts mehr – und das war ein gutes Gefühl. Nur ein einziger Gedanke kreiste immer und immer wieder in seinem Kopf umher: Fort, er wollte einfach nur fort.

Nach einer Weile rebellierten seine malträtierten Lungen und forderten Sauerstoff. Er ließ seinen Oberkörper nach oben schießen und atmete laut ein. Das Wasser klatschte auf den Beckenrand, den Spiegel, die Fliesen und seine perfekt geputzten schwarzen Lederschuhe. Tom betrachtete sich selbst im Spiegel.

Er *konnte* nicht weg.

Wortlos beugte er sich langsam nach vorn und stützte sich auf dem Porzellan ab. Er lehnte sich mit seiner Stirn an die reflektierende Glasscheibe und presste seine Zähne aufeinander. Zahlreiche Tropfen fielen von seinem Kinn hinab.

»Es ist vorbei, Tom«, flüsterte er sich zu. Er griff nach dem Schalter und knipste das Licht aus.

In stoischer Ruhe kämmte er sich seine wieder getrockneten blondbraunen Haare, knöpfte sich das weiße Hemd zu und knotete seine Seidenkrawatte. Auf einmal bemerkte er, wie leblos das Zimmer wirkte: Das Filmplakat von *Der Blaue Engel*, das die verführerische Marlene Dietrich gezeigt hatte, und das noch größere Plakat von *Camel Caravan*, der Radio-Show mit Benny Goodman, hatte Tom schon am Tag zuvor von den Wänden genommen. Nun versprühte der Raum den Charme einer Abstellkammer.

Tom ging zum Fenster und sah hinaus. Es würde kaum noch eine Stunde dauern, bis die Sonne über das Dach des Verwaltungsgebäudes auf der anderen Seite des Hofes gestiegen sein und sich das Zimmer wieder in einen Backofen verwandeln würde. Aus genau diesem Grund hatte Tom in den vergangenen Wochen die meiste Zeit nicht hier, sondern in der kühlen Bibliothek verbracht und seine letzten zwei Abschlussarbeiten über *Der Wohlstand der Nationen* von Adam Smith und *Das Ende des Laissez-Faire* von John Maynard Keynes geschrieben.

Tom krempelte seine Ärmel herunter und legte seine silbernen ziemlich abgenutzten Manschettenknöpfe an. Die eingravierten Initialen »TKW« waren kaum noch zu erkennen. Die anderen Jungs würden wahrscheinlich ganz neue tragen, manche mit Brillanten besetzt, manche aus massivem Gold. Chris Van Kampen würde mit Sicherheit am lautesten damit angeben, wie viel Geld er hingeblättert hatte, damit er nur für diesen Anlass bestens ausgestattet war.

Tom holte tief Luft und streckte seinen schlanken, aber großgewachsenen Körper. Angestrengt betrachtete er sich selbst mit seinen nachdenklich funkenden dunklen Augen in dem Spiegel, der als Letztes seiner eigenen Sachen an der kahlen Wand über dem Bett hing. Seine blasse Gesichtsfarbe lud förmlich dazu ein, ihn zu unterschätzen, wusste er. Und dennoch: Seine klar geschnittenen Wangenknochen und sein breites, markantes Kinn verliehen Tom etwas Rohes und Starkes. Tom hielt diese Kombination für einen Vorteil: Die meisten Menschen wussten nie so recht, was sie von ihm halten sollten.

Er hatte nur noch wenige Minuten und wurde langsam unruhig. Er beschwor innerlich Mark Aurels Besinnung auf die Vernunft. Sie vermochte all jene Kräfte zu zähmen, die den Menschen vom tugendhaften Weg abbrachten. So hieß es. So war es richtig. Vernunft.

Langsam schob er seine Gürtelschnalle um wenige Millimeter zu Seite. Alles stimmte. Erst dann griff er nach dem schwarzen Umhang, den er am Abend zuvor sorgsam über die Stuhllehne gelegt hatte. Schwungvoll warf er sich den Talar über die Schultern, klemmte den quadratischen Hut mit der goldenen Kordel unter seinen Arm und verließ sein Zimmer.

Er ließ sich Zeit, durch den Gang des dritten Stockwerks zu schreiten. Der schimmernde Boden war frisch poliert und die Teppichläufer längst für die Ferien eingemottet worden. Die vielen Türen zu den anderen Zimmern waren allesamt verschlossen, es war ungewohnt still. Als ob sich das ganze Gebäude schlafen gelegt hätte.

»Guten Morgen Thomas! Lass' dich umarmen!«

Toms Mutter drückte ihren Sohn innig und war vor Rührung den Tränen nahe. Sie trug ein elegantes blaues Kleid sowie einen modischen Hut und war dezent geschminkt. Während seine Mutter Tom wieder aus der Umklammerung ließ und liebevoll seine Robe zurechtzupfte, nickte Tom seinem Vater zu. Karl Wolf wirkte wesentlich gefasster als seine Ehefrau. Er trug seinen dunklen Anzug samt Krawatte mit Gelassenheit und Würde zugleich. Karl Wolf hielt seinen Zylinder locker in der rechten Hand, während er in der linken seine Taschenuhr betrachtete, die mit einer Kette an seiner Weste befestigt war.

»Bin ich zu spät?«, fragte Tom gereizt.

»Nein«, beruhigte ihn sein Vater mit einer abwehrenden Handbewegung. »Wir sind voll im Zeitplan.«

»Mein Gott«, strahlte Maria Wolf und lehnte sich an ihren Gatten, »sieh' ihn dir nur an, Karl. Kaum 22 Jahre alt und schon der erste Nachkomme der Familie Wolf, der in Amerika studiert hat.«

»Wir sind stolz auf dich, mein Junge, will sie damit sagen.« Karl Wolfs Augen glitzerten vor Freude.

Sie spazierten über die gepflegten Wege zwischen den Gebäuden der Universität hindurch und steuerten geradewegs auf die alte Fakultät im südlichen Teil des Campus' zu. Auf einer Wiese war eine Bühne aufgebaut worden, und hinter einer Menschenmenge standen Dutzende weiße Klappstühle auf dem Rasen. Einige Personen hatten bereits Platz genommen.

»Hey, Tom! Hier drüben sind wir.«

»Mutter, Vater, darf ich vorstellen?« Tom machte eine formelle Geste. »Das ist Matt Strawson. Wir waren gemeinsam in der Laufmannschaft.«

»Sehr erfreut, Matthew«, bemerkte Karl Wolf.

»Ich gratuliere zu Ihrem Abschluss«, fügte Toms Mutter nahtlos an. »Sie sind sicher sehr stolz.«

»Vielen Dank!« Matt verbeugte sich. »Sie können sich gar nicht vorstellen, wie sehr. Endlich ist es vorbei, was, Tom?«

Tom nickte höflich und blickte sich unruhig um.

Karl Wolf strich sich über seinen weißen Schnurrbart. »Thomas hat uns erzählt, dass Sie bereits im Herbst bei einer Bank in New York anfangen, Matthew?«

Tom hielt den Atem an.

»Ja«, erwiderte Matt sofort stolz, »für mich geht's an die Wall Street. Ich kann es selbst kaum glauben.«

»Vorbildlich«, stieß Karl Wolf hervor – und blickte seinen eigenen Sohn ernst an. Toms Miene verfinsterte sich.

»Aber ich muss zugeben«, warf Matt ein, »dass mein Vater ein bisschen seine Hände im Spiel hatte. Er kennt jemanden im Vorstand, glaube ich. Ich freu' mich aber trotzdem riesig, das können Sie mir glauben.«

»Wo werden Sie den Sommer verbringen?«, fragte Karl Wolf.

»Eigentlich wollte ich mit einem Zeppelin nach Europa, aber das hat sich ja jetzt nach Lakehurst erübrigt. Eine Schiffsreise reizt mich im Moment nicht, ich war erst im letzten Sommer mit einem Dampfer in der Karibik unterwegs. Das kann echt sehr langweilig sein. Ich würde am liebsten mit einem Clipper über den Pazifik fliegen und mir vielleicht Schanghai ansehen. Die Stadt soll ja eine Wucht sein.«

Tom seufzte leise. Auch wenn er wusste, dass die Strawsons sehr vermögend waren, so konnte er sich einfach nicht daran gewöhnen, mit welcher Leichtigkeit Matt von kostspieligen Unternehmungen sprach. Die Reise mit dem luxuriösen Flugboot nach Asien kostete alleine über 600 Dollar, wie Matt Tom schon ein paar Tage zuvor erzählt hatte. Für die Summe hätte man sich gleich ein paar gebrauchte Autos kaufen können.

»Die Lage dort ist aber nicht besonders stabil«, gab Karl Wolf zu Bedenken.

»Schanghai ist doch schon einmal bombardiert worden, nicht wahr?«, fragte Maria Wolf etwas verunsichert.

»Stimmt«, bestätigte Tom und nickte. Ein paar Jahre zuvor hatten die Japaner die Stadt angegriffen. »Zigtausende sind damals umgekommen, Matt.«

»Jaja«, gab der zu. »Ich hab' sowieso noch nichts im Detail geplant. Vielleicht verbringe ich die Monate auch ganz einfach in unserem Sommerhaus auf Long Island und geh' segeln.«

»Was für ein Boot haben Sie?«, fragte Karl Wolf interessiert.

»Wir sollten langsam nach vorne gehen«, kam Tom Matt zuvor. »Colin und Peter halten uns die Plätze frei.«

»Gute Idee«, rief Matt lachend, »wenn ich heute auch zu spät dran bin, macht mir Professor Pence bestimmt die Hölle heiß!«

Maria Wolf nickte ihrem Sohn verständnisvoll zu. »Na, dann geht schon, Junge, wir suchen uns hier zwei Stühle.«

Tom nickte seinen Eltern zu. »Bis später dann.«

Großer Applaus brandete auf, als drei ältere Professoren das Podium betraten. Ein grauhaariger Mann, der einen purpurnen Talar trug, ging zu einem Mikrofon. »Ladies und Gentlemen, im Namen der Wharton School der University of Pennsylvania heiße ich Sie alle, Eltern wie Verwandte, Bekannte und Freunde, Professoren und nicht zuletzt die diesjährigen Absolventen, herzlich in Philadelphia zu unserer Abschlussfeier willkommen.«

2. DER LÖWE

»Ist ihm der Käfig nicht zu eng?«, fragte das kleine Mädchen, ohne seine Augen von dem Löwen hinter den Gitterstäben zu nehmen.

»Aber nein, mein Schatz«, antwortete Frau Lehner und beugte sich tief zu ihrer Tochter hinab, »das macht ihm gar nichts aus. Geh' aber nicht zu dicht heran, ja?«

Das Mädchen nickte bedächtig und beobachtete fasziniert, wie die majestätische Raubkatze auf dem erdigen Boden langsam hin und her trottete.

»Ist das ein Männchen oder ein Weibchen?« Die Kleine spielte mit ihren dunklen Zöpfen.

»Ein Männchen«, kam jemand der Mutter zuvor. Frau Lehner sah überrascht auf und entdeckte einen Schritt hinter ihr einen nicht besonders großen Mann, der mit hängenden Schultern etwas schüchtern über den Kopf des Kindes hinweg zum Tier blickte. »Die Löwendamen haben nicht so eine schöne Mähne.«

»Stimmt das?«, flüsterte das kleine Mädchen eingeschüchtert.

»Ja, das stimmt«, antwortete Frau Lehner und nickte dem Fremden unbeholfen zu. Der deutete ihre Verlegenheit richtig, setzte ein Lächeln auf und hob seinen Hut ein wenig an.

»Einen schönen Tag wünsche ich Ihnen noch«, sagte Morgenstein und spazierte über den breiten Kiesweg davon.

Doktor Adam Morgenstein mochte den Tiergarten Schönbrunn. Er erinnerte sich noch gut daran, wie er hier das erste Mal zusammen mit seinem Vater die Löwen und auch Elefanten, Wölfe, Tiger und Kängurus beobachtet hatte. Damals, als Österreich noch eine Weltmacht gewesen und von Kaiser Franz Joseph regiert worden war, hatte man den Zoo noch als *Menagerie* bezeichnet. Aber in den letzten Jahrzehnten hatte sich vieles in dieser Stadt verändert, dachte Morgenstein.

Er erreichte den ringartigen Weg, der sich im Zentrum des Tiergartens um einen schönen, in Habsburgergelb gestrichenen Pavillon legte. Morgenstein suchte sich eine Parkbank, die im Schatten der hohen Bäume lag, und nahm Platz.

Der Zoo war gut besucht. Das lag wohl einerseits an dem herrlichen Wetter, andererseits auch an diesem Otto Antonius, der seit einigen Jahren Direktor von Schönbrunn war. Der Mann verstand es wirklich bestens, seinen Zoo in den Zeitungen oder im Radio zu bewerben.

Morgenstein lehnte sich zurück und entfaltete das *Neue Wiener Journal*, das er mitgebracht hatte. Die Beilage *Der österreichische Kamerad*, die auch zum Journal gehörte, hatte er wie immer einfach weggeschmissen, als er sich die Zeitung am Stand bei der Straßenbahnhaltestelle in der Operngasse gekauft hatte. Diese Zusatzseiten, die für Soldaten- und Veteranenverbände gedacht waren, konnte er nicht ausstehen.

Morgenstein hatte all diese Verbände, Bünde und Parteien so satt, die seit dem Großen Krieg sein Land wie eine Heuschreckenplage nach der anderen heimgesucht hatten. Egal, wen man hernahm, ob den republikanischen Schutzbund der Sozialisten, die Heimwehr des christlich-nationalen Lagers, oder jetzt auch die unsägliche faschistische Einheitsbewegung *Vaterländische Front* – Morgenstein konnte die Menschen nicht verstehen, die irgendwelchen hetzerischen Ideologen blind und enthusiastisch folgten.

Morgenstein legte aufgebracht die Zeitung neben sich und starrte durch die vielen Zoobesucher regelrecht hindurch.

Ach Lydia, dachte Morgenstein und seufzte. Er fühlte, wie ihm unwillkürlich die Tränen in die Augen schossen. Sofort griff er ruckartig in die Tasche seiner dunkelgrauen Weste und blickte auf seine alte Taschenuhr.

»Er ist spät dran«, sagte Morgenstein, in Gedanken versunken.

»Bin ich das?«

Morgenstein zuckte überrascht zusammen und sah auf. Vor ihm stand ein etwa 50 Jahre alter Mann, der einen hellen Sommeranzug trug und verschmitzt grinste. Ein grauer Schnurrbart zierte sein breites und markantes Gesicht, das das eines amerikanischen Filmstars hätte sein können. Seine hellen Augen blitzten regelrecht unter dem lässig aufgesetzten Hut und versprühten genau jenes Selbstbewusstsein, das Morgenstein bei sich selbst so oft vermisste.

»Josef«, stieß Morgenstein hervor, stand auf und schüttelte seinem Gegenüber die Hand. »Nehmen Sie doch bitte Platz.«

»Es ist gut, Sie wiederzusehen, Adam«, verkündete Professor Josef Schwarzbeck in seinem unverkennbaren, beinahe akzentfreien Deutsch, das auf Morgenstein viel weltmännischer wirkte als der weiche, gemütliche Wiener Dialekt. Schwarzbecks Familie stammte aus Hamburg, aber er arbeitete seit vielen Jahrzehnten an der Technischen Hochschule Berlin. Die sprachliche Färbung der deutschen Hauptstadt hatte er aber keineswegs angenommen.

»Wie war Ihre Reise?«, fragte Morgenstein bemüht höflich.

»Ein bisschen anstrengend.« Schwarzbeck legte seinen linken Arm lässig auf die Lehne der Parkbank. »Aber das ist Schnee von gestern. Ich bin im Hotel *Imperial* abgestiegen, da konnte ich mich von der langen Zugfahrt bestens erholen. Ich bin jetzt wieder ganz frisch.«

»Sehr schön.«

Der Deutsche sah sich schweigend um.

»Ich glaube nicht«, stellte Schwarzbeck schließlich leise fest, nachdem er sich vorgebeugt hatte, »dass mir irgendjemand gefolgt ist. Diese Treffen an öffentlichen Orten, die ganze Geheimniskrämerei – hier in Wien ist das, glaube ich, nicht notwendig, Adam. Wenn Sie nach Berlin kommen würden, gut, das lass' ich mir ja einreden, aber hier …«

»Mir ist es lieber so, besser, wir gehen kein Risiko ein.«

Schwarzbeck nickte bedächtig. »Also: Was gibt es so Dringendes, was Sie mir nicht schriftlich mitteilen wollten?«

Morgenstein richtete sich auf und räusperte sich. »Ich habe mir Gedanken gemacht. Josef, Sie wissen, wie wichtig mir unsere gemeinsame Arbeit ist. Seit dem Tod von …«

Schwarzbeck lächelte mitfühlend.

»Seit dem Tod von Lydia«, setzte Morgenstein erneut an, »ist unsere Arbeit das Einzige in meinem Leben, das von Relevanz ist.«

»Dessen bin ich mir bewusst.«

»Dennoch sehe ich mich zu einem Schritt gezwungen, der unserem Projekt nicht dienlich ist, befürchte ich.«

Schwarzbeck hob seine Augenbrauen. Er wirkte mit einem Mal tief besorgt. »Wovon sprechen Sie?«

»Ich denke ... nein, was ich sagen will ... ich will nach Amerika emigrieren, Josef.«

»Amerika? Jetzt? Aber wieso?« Schwarzbeck wirkte wie vom Schlag getroffen. Mit so einer Neuigkeit hatte er offensichtlich nicht gerechnet.

»Ich bitte Sie, Josef. Sie wissen genau, warum.«

»Sie sind Jude. Natürlich bin ich mir dessen bewusst. Aber Sie leben in Österreich, Herrgott. Sie leben nicht im Deutschen Reich! Mussolini beschützt Ihren Schuschnigg, Wien liegt doch absolut außerhalb der Reichweite der Nazis.«

Morgenstein hatte natürlich geahnt, dass dieser Einwand kommen würde, denn er stimmte: Der Erfinder des Faschismus, der »Duce« Benito Mussolini, hielt seit Jahren seine starke Hand schützend über das österreichische faschistische Regime. Er und Schuschniggs ermordeter Vorgänger, Engelbert Dollfuß, waren angeblich sogar enge Freunde gewesen. Aber Morgenstein hatte sich andere Argumente vorbereitet.

»Antisemitismus hat in Wien eine langjährige Tradition, Josef.«

»Wollen Sie mir jetzt mit den alten Geschichten von diesem Bürgermeister Lueger kommen«, unterbrach ihn Schwarzbeck brüsk, »der vor Jahren die Stadt regiert hat? Der war doch harmlos, der hat die Judenhetze doch selbst als Pöbelsport bezeichnet.«

Morgenstein war überrascht. Schwarzbeck hatte ihn auf dem falschen Fuß erwischt.

»Das ist doch eine alte Leier!« Der Deutsche wirkte nun aufgebracht. »Und außerdem: Es gibt überall Judenhasser, auch in Amerika. Adam, machen Sie sich da doch nichts vor. Wissen Sie denn nicht, dass einige Nazis Henry Ford regelrecht verehren? Ach, der Führer verleiht dem Mann bestimmt noch einen Orden!«

Morgenstein ballte seine Hände zu Fäusten. »Es muss Amerika sein. Albert Einstein, Eugene Wigner – hinter dem Atlantik sind

Wissenschaftler in absoluter Sicherheit vor den Nazis. Nicht dass ich mich mit diesen beiden vergleichen will, aber …«

»Aber Wien ist doch nicht Berlin! Wien ist doch sicher für Sie! Sogar Professor Freud ist noch hier, oder etwa nicht?«

»Ich bin der festen Überzeugung, dass es an der Zeit ist, die Zelte abzubrechen. Früher oder später wird in Wien genau der gleiche Wind wehen wie in Ihrer Hauptstadt, Josef.«

Schwarzbeck schwieg und musterte seinen Kollegen für eine ganze Weile. »Dann nehmen wir das für einen Moment an. Was würde dann hier mit Ihnen geschehen, hätten Sie hier in Wien Berliner Verhältnisse? Ich sage es Ihnen: nichts. Rein gar nichts. Ein paar Einschränkungen hier und da, in Ordnung, aber im Großen und Ganzen lässt sich das ertragen.«

Morgenstein schüttelte energisch seinen Kopf. »Sie verharmlosen die Situation.«

»Keineswegs. Ich darf Sie daran erinnern, mein Lieber, dass es eine uns gut bekannte jüdische Person gibt, die ganz unbehelligt in Berlin ihrer Arbeit nachgeht.«

Morgenstein wusste, von wem Schwarzbeck da sprach.

»Lise Meitner ist auch Jüdin«, flüsterte der Deutsche energisch, »und sie ist sogar Österreicherin, genau wie Sie selbst!«

»Sie unterschlagen, dass Lise Meitner, wie alle Juden, sehr wohl von den staatlichen Universitäten verbannt worden ist und jetzt am privaten Kaiser-Wilhelm-Institut arbeitet. Und das wissen Sie besser als ich, Josef. Also versuchen Sie mich nicht mit solchen billigen Tricks umzustimmen.«

Das hatte gesessen. Während Schwarzbeck seine Niederlage in diesem Punkt eingestand, indem er wortlos in sein Jackett griff und ein silbernes Zigarettenetui herausholte, blickte Morgenstein in den Himmel. Er hatte Lise Meitner nie persönlich kennengelernt, aber Lydia hatte viel von ihr erzählt. Die beiden hatten als junge Frauen im gleichen Jahr die Matura am Akademischen Gymnasium in Wien bestanden. Lise Meitner mit 22, Lydia mit 23 Jahren. Beide hatten sich zu Hause ganz allein das ganze notwendige Wissen beigebracht – Mädchen durften diese

Schule auch jetzt noch nicht regulär besuchen, soweit Morgenstein wusste.

Morgenstein sah das Gesicht seiner verstorbenen Gattin Lydia wieder ganz klar vor sich. Sie ist so wunderschön gewesen, dachte er.

»Lise Meitner und Otto Hahn machen große Fortschritte, wie ich höre«, erklärte Schwarzbeck plötzlich und ließ Morgenstein aufhorchen. »Die zwei werden uns uneinholbar davonziehen, wenn Sie diesen amerikanischen Irrweg da gehen wollen, mein Lieber.«

»Wir sind auch jetzt schon seit fast zwei Jahren auf unsere umständlich geheime schriftliche Korrespondenz angewiesen«, warf Morgenstein ein, »und wir kommen gut voran.«

»Sie wissen genauso gut wie ich, dass wir nur unnötig Zeit verlieren würden. Sehen Sie es realistisch: Wenn Sie emigrieren, bringt das nur Probleme und Verzögerungen mit sich.«

Morgenstein nickte und wirkte schuldbewusst.

»Adam«, flüsterte Schwarzbeck, »ich bitte Sie, halten Sie noch ein bisschen durch. Vielleicht sechs oder zwölf Monate. Wir stehen so kurz vor dem Durchbruch!«

Morgenstein schloss seine Augen.

»Und ich spreche nicht nur vom Durchbruch auf akademischer Ebene«, legte Schwarzbeck nach. »Ich hab's Ihnen schon ein paar Mal erklärt: Nur mit Hilfe der Politik lässt sich diese Welt ändern.«

»Josef, reden Sie doch Klartext. Sie wollen sich mit unserer Arbeit den Nazis anbiedern.«

»Die Nationalsozialisten sind Mittel zum Zweck für uns beide, nicht mehr.«

»Sie haben leicht reden.« Allmählich fühlte sich Morgenstein einmal mehr von seinem Berliner Kollegen völlig überrumpelt. Während Morgenstein um dieses Treffen gebeten hatte, um seine geplante Flucht vor den Nazis zu erörtern, schlug Schwarzbeck schon wieder nichts anderes vor, als sich mit genau diesen Leuten in ein Bett zu legen.

»Ach«, zischte Schwarzbeck und machte eine abfällige Handbewegung, »unterstellen Sie mir nicht, ich wäre ein Nazi, Adam. Sie wissen am besten, dass das nicht stimmt.«

»Nein, Sie sind ein Opportunist.«

»Das mag sein.«

Sie schwiegen eine Zeit lang, und Morgenstein blickte abwesend zum Löwengehege. Ein kleiner Junge lehnte sich zwischen seinen Eltern ängstlich und neugierig zugleich zu den Gitterstäben vor, um einen Blick auf das Raubtier zu erhaschen.

»Es ist unerlässlich«, beteuerte der Deutsche und zwinkerte mit einem Auge, »dass wir diese Parteibonzen in Berlin beeindrucken. Jeder von denen muss sich darum reißen, uns die Hand zu schütteln. Die müssen sich in unserem Ruhm sonnen wollen.«

»Das sind Hirngespinste! Das würden selbst Sie nicht fertigbringen. Und überhaupt ist das nicht das Thema. Ich …«

»Weit gefehlt. Was glauben Sie, warum ich seit Jahren in Berlin von Party zu Party eile? Weil ich so gerne mit irgendwelchen Nazi-Lackaffen über deren lächerliche Rassentheorie plaudere?« Schwarzbeck lachte über seine eigene Bemerkung laut auf. »Wenn wir es erst mal mit Hilfe der Politiker auf die Titelseite jeder verdammten Zeitung Deutschlands geschafft haben, werden wir unwiderruflich als die deutschen Genies gelten. Als *die* Koryphäen der Kernphysik! Ha, dann können Otto Hahn und Lise Meitner mit so vielen atemberaubenden Ergebnissen antanzen, wie sie wollen.«

»Sie vergessen wieder, dass ich Österreicher bin, nicht Deutscher. Und ich wäre schon gar kein idealer Vorzeigedeutscher, sondern vielmehr das genaue Gegenteil. Ich bin das Feindbild.«

»Aber Sie wissen doch selbst, wie das Spielchen läuft. Diese Idioten schimpfen zwar auf Außenseiter, aber wo die den Nazis nützlich sind, werden sie in Watte gepackt. Wenn wir zwei einmal unsere Arbeit veröffentlichen, werden Sie wie ein König in Berlin empfangen werden, Adam.«

»Das bezweifle ich doch sehr, Josef. Aber das ist auch ganz egal, denn mein Entschluss steht unumstößlich fest. Ich werde nach Amerika gehen.« Morgenstein erschrak, als er sich die Worte laut aussprechen hörte. Schwarzbeck fluchte leise und steckte sich eine Zigarette an.

»Sie sind ein verdammter Dickschädel, Adam.«

Ganz plötzlich weiteten sich Morgensteins Augen. Er fixierte mit seinem Blick zwei schweigsame Männer, die sich auf der anderen Seite des breiten Weges auf eine Parkbank gesetzt hatten. Die beiden Enddreißiger trugen dunkle Straßenanzüge und wirkten keineswegs wie zwei Herren, die einfach so aus purem Zeitvertreib in den Zoo gehen würden.

»Ich glaube, die beiden beobachten uns«, stieß Morgenstein mit bebender Stimme leise hervor. Sein Herz begann mit einem Mal, schneller zu schlagen.

»Was?«, fragte Schwarzbeck.

Morgenstein sah sich hektisch um. Eine Dame schob einen Kinderwagen vor ihnen über den Kiesweg, dahinter liefen zwei schreiende Kinder um die Wette. Beim Pavillon saßen einige Gesellschaften an den vielen Tischen und unterhielten sich laut. Hinter einer großen Ulme stand ein schlanker Herr und schien zu warten. Für einen kurzen Moment blickte er genau zu Schwarzbeck und Morgenstein herüber.

Morgenstein verspürte den Drang, sofort aufzuspringen und so schnell er konnte fortzulaufen. Irrte er sich? Sah er schon Feinde, wo keine waren?

»Bleiben Sie ruhig«, mahnte Schwarzbeck.

Was, wenn doch jemand Josef gefolgt war? Was, wenn die jetzt wussten, dass Josef immer noch mit ihm in Kontakt stand?

»Ich werde einen Brief an die Amerikaner schreiben«, flüsterte Morgenstein schnell, während sich Schweißperlen auf seiner Stirn bildeten. »An das Außenministerium in Washington oder sonst jemanden. Und ich werde den Amerikanern meine Dienste anbieten. Ich bitte Sie, meine Entscheidung zu respektieren, alter Freund!«

Morgenstein erhob sich, zog seinen Hut vor dem Deutschen und ging in Richtung Ausgang.

Schwarzbeck blieb mit offenem Mund sitzen.

3. DER ERSTE KONTAKT

»Darf ich Ihnen gratulieren?« Ein älterer, dicklicher Gentleman, der sich zwischen den dicht beieinanderstehenden Menschen zur Familie Wolf hindurch gedrängt hatte, schüttelte Tom die Hand. »Sallinger, Fred Sallinger. Angenehm. Was für ein gelungenes Ambiente hier, nicht wahr?«

»Genau das Richtige für diesen Anlass!«, stimmte Maria Wolf zu.

Nach dem Ende der Zeremonie hatte der Dekan zu einem großen Empfang in einem repräsentativen Gebäude der University of Pennsylvania geladen.

»Und, junger Mann – haben Sie schon Pläne für Ihre Zukunft?«

Tom registrierte, wie sein Vater sofort sein Champagnerglas absetzte und neugierig seine Augenbrauen hob.

»Nein«, antwortete Tom. Karl Wolf blickte über die Schulter von Fred Sallinger hinweg beschwörend in das Gesicht seines Sohnes.

»Nun, dann wird es Sie sicherlich interessieren, dass wir, *Socony-Vacuum Oil*, immer auf der Suche nach jungen talentierten Männern sind. Darf ich Ihnen meine Karte geben? Hier.«

Tom nickte und griff zu.

»Melden Sie sich, wenn Sie Interesse haben. Sie können sich gar nicht vorstellen, welche Möglichkeiten wir Ihnen bieten können, mein Freund.«

Der Dicke verabschiedete sich galant von Toms Eltern und quetschte sich schon zu einem nächsten Absolventen durch.

Karl Wolf machte einen Schritt auf Tom zu. »Was sollte denn das? Warum so schroff?«

Tom blickte zur Seite und schwieg. Ohne dass es irgendjemand merkte, ballte er seine Hand zu einer Faust.

»Junge, du hättest dich doch wenigstens mit ihm ein bisschen unterhalten ...«

»Karl«, flüsterte Maria Wolf scharf, aber mit einem Lächeln auf den Lippen, und packte ihren Mann sanft am Oberarm. »Lass' es gut sein, ja? Du hast es mir versprochen.«

Karl Wolfs Gesichtszüge entspannten sich sofort, er wirkte mit einem Mal sogar verlegen. Toms Blick blieb jedoch verbissen.

»Du hast recht«, gab Karl nach. »Tut mir leid, Junge. Vergib' mir.«

»Und weil du es nicht lassen konntest«, sagte Maria Wolf spitzbübisch und blickte aufmunternd zu ihrem Sohn, »schuldest du mir wie vereinbart dieses wunderschöne Paar Schuhe von Bradley's, mein lieber Karl.«

»Bradley's?«, fragte Tom.

»Dieses neue Geschäft in Boston, in der Newbury Street«, erklärte sein Vater. »Deine Mutter hat mittlerweile schon ein Vermögen dort gelassen.«

»Nun übertreib' mal nicht, Schatz. Thomas, hör' gar nicht hin. Das sind alles Wettschulden deines Vaters gewesen, genau wie heute auch.«

Karl Wolf schmunzelte. Nach einer Weile tat es Tom ihm gleich.

»Du hast uns das Diplom noch gar nicht gezeigt, Junge.«

»Richtig, richtig.« Tom hob überrascht seine linke Hand, in der er die Schriftrolle gehalten hatte, seit er die Bühne auf der Wiese verlassen hatte. Tom entfernte vorsichtig eine blaue Schleife und entrollte das Papier.

»Omnibus et singulis has Litteras lecturis«, las er die kunstvoll geschwungenen Schriftzeichen. Tom überflog die vollständig in lateinischer Sprache verfassten Zeilen und übersetzte, so gut er konnte. »Überall wurden Institutionen der höheren Bildung gegründet, die befähigt sind, jene Männer mit angemessenen und passenden Titeln zu dekorieren, die sich in der Philosophie und den Wissenschaften ausgezeichnet haben. Aus diesem Grunde bezeugen wir, der Provost, der Vizeprovost und andere Professoren der Universität von Pennsylvania, dass … der ehrenhafte Thomas K. Wolf …«

Tom stockte kurz.

»… seine Zeit bei uns für geistige und wissenschaftliche Studien ergiebig verbracht und im Zuge einer Prüfung durch Kuratoren und Professoren bewiesen hat, dass wir ihm den Rang des ›Bachelor of Finance‹ am 15. Juni im Jahre 1937 verleihen sollten. Wir haben ihm alle Rechte, Ehren und Privilegien, die dieser Rang mit sich bringt, anerkannt. Dies bezeugend an dem genannten Tag und Jahr in Philadelphia, unterzeichnen wir – unsere Kuratoren haben übereinstimmend angeordnet, dass das Siegel unserer Universität angebracht werden soll.«

»Wunderschön«, stellte Maria Wolf fest.

»Ja, das ist schon was«, pflichtete ihr Mann bei.

»Oh, sieh' nur, Karl. Das sind Bob und Lulu Kershaw! Da hinten. Komm', wir gehen kurz zu ihnen und begrüßen die zwei.«

Tom machte eine abwehrende Geste. »Ich warte hier.«

»Nicht weglaufen, Thomas«, rief Karl Wolf schon im Gehen, »ich bring' dir gleich ein neues Glas mit. Dass du nichts trinkst, ist einfach nicht richtig, mein Sohn.«

Während seine Eltern sich von ihm entfernten, öffnete Tom seine rechte Hand und ließ die zerdrückte Visitenkarte von Fred Sallinger unbemerkt zu Boden fallen.

Nach einer Weile blickte Tom noch einmal auf das Diplom. Was hatte er übersetzt? Der »ehrenhafte Thomas K. Wolf«.

Ehrenhaft.

Was hatte er Ehrenhaftes getan? War es ehrenhaft, ein Studium zu absolvieren? War das eine so große Herausforderung, die sprichwörtlich zu Ruhm und Ehre gereichte? Tom fühlte sich keineswegs ehrenhaft. Er fühlte sich ja obendrein fast genauso verloren wie schon zu Beginn seiner Zeit in Wharton.

Tom rollte das Dokument wieder ein.

Als er aufsah, bemerkte er hinter einer Gruppe von Eltern und Professoren einen vielleicht 50 Jahre alten Mann, der einen nichtssagenden grauen Anzug trug und dazu einen ebenso grauen Hut in der Hand hielt. Weil der Gentleman keinen Gesprächspartner hatte und einen etwas angespannten Eindruck machte, wirkte er in dieser Runde von ausgelassen feiernden Menschen deplatziert. Er hatte die rechte Hand in seiner Hosentasche vergraben und ließ seinen Blick durch die Menge schweifen. Er suchte jemanden.

Vielleicht war er der Vater eines Absolventen, der seine Familie aus den Augen verloren hatte, dachte sich Tom. Gerade, als er wieder auf sein Diplom blicken wollte, bemerkte er, dass der Mann die gesuchte Person gefunden zu haben schien: Er marschierte direkt auf Tom zu.

»Guten Tag, Mister Wolf«, sagte der Namenlose mit einer tiefen, sonoren Stimme. »Ich gratuliere zu Ihrem Abschluss.«

»Danke«, erwiderte Tom unsicher und räusperte sich.

Sein Gegenüber hatte kurze hellgraue Haare, stechend blaue Augen und überaus markante Gesichtszüge. Tom erschrak beinahe, als er aus der Nähe erkannte, dass das Gesicht des Unbekannten mit mehreren Narben übersät war.

»Ich freue mich, Sie kennenzulernen. Mein Name ist Francis Colpo.«

Tom streckte widerwillig seine Hand aus. Colpo packte so stark zu, dass Tom innerlich zurückschreckte.

Der ausgelassene Trubel im Saal schien zu verstummen und alle Lichtquellen schlagartig schwächer zu werden. Tom fühlte sich auf einmal, als würde er hypnotisiert.

»Sie werden sich fragen, warum ich Sie kenne, Mister Wolf.«

Tom nickte langsam.

»Ich bin ein Interessensvertreter.«

»Ein Interessensvertreter?«, fragte Tom und bemühte sich, abschätzig zu klingen.

Colpo musterte Tom von Kopf bis Fuß. »Ich vertrete eine Gruppe von Institutionen, die nach jungen Menschen mit gewissen Charaktereigenschaften und Fähigkeiten suchen.«

»Verstehe. Welche Branche repräsentieren Sie? Versicherungen? Öl? Metall? Automobile?«

Colpo lächelte milde. »Sie kommen gleich zur Sache, Mister Wolf, was? Wir suchen niemanden für irgendeinen Job. Was wir Ihnen anbieten wollen, ist eine Chance. Wir verfolgen Ihre Karriere seit einiger Zeit und sind der Meinung, dass Sie unter Umständen für besondere Aufgaben geeignet sind.«

Tom neigte seinen Kopf argwöhnisch zur Seite.

»Das mag für Sie etwas ungewöhnlich klingen. Aus Gründen, die ich Ihnen nicht nennen werde, gehe ich heute nicht näher darauf ein, wer ›wir‹ sind. Ich kann Ihnen aber versichern, dass unser Angebot seriös ist.«

Colpo zog einen kleinen Umschlag aus seiner Anzugtasche und reichte ihn Tom.

»Als Zeichen für unsere Ernsthaftigkeit und unser ehrliches Interesse möchten wir Ihnen das hier übergeben. Sehen Sie es als vertrauensbildende Geste an. Öffnen Sie diesen Brief erst, wenn Sie übermorgen wieder in Boston angekommen sind.«

»Woher wissen Sie …?«

»Ich werde mich wieder mit Ihnen in Verbindung setzen«, unterbrach Colpo Tom barsch. »Auf Wiedersehen, Mister Wolf.«

Colpo drückte Tom das Kuvert in die Hand, drehte sich um und verließ den Saal rasch, ohne dabei eilig zu wirken. Es schien so, als ob niemand außer Tom überhaupt Notiz von Colpo genommen hatte.

Schlagartig nahm der Geräuschpegel der lachenden Menschen wieder zu, während auch die Kristallleuchter wieder heller erstrahlten. Als wäre all das soeben nicht passiert.

»Ich hoffe, du bist nicht verdurstet.« Karl Wolf reichte seinem Sohn eine Sektflöte.

»Ist irgendetwas?«, erkundigte sich Maria Wolf. »Du siehst so blass aus, Thomas.«

Tom schüttelte seinen Kopf. Unauffällig steckte er den Briefumschlag in seine Hosentasche.

»Nein, nein«, antwortete er und zwang sich zu lächeln, »alles bestens.«

4. DIE RICHTIGEN VERBINDUNGEN

Der blaue Mercedes jagte über die breite Ost-West-Achse, die wie ein Strich durch den sattgrünen Tiergarten im Herzen von Berlin schnitt. Heinrich Meyerling lenkte, ohne in die Spiegel zu blicken, vor einem Doppeldeckerbus auf die mittlere Fahrbahn der Paradestraße und reihte sich nur wenige Zentimeter hinter der Stoßstange eines alten Opels auf der rechten Spur ein. Meyerling stützte seinen linken Ellenbogen lässig auf das Fenster und ignorierte das Gehupe um ihn herum. Er erwartete ja nicht, dass jeder auf der Straße so rasant mit einem Wagen umgehen konnte, wie es die Rennfahrer Bernd Rosemeyer oder Rudolf Caracciola imstande waren, aber wenn die Leute nicht in der Lage waren, sich im Straßenverkehr zu behaupten, sollten sie besser zu Fuß gehen.

Meyerling steuerte den schnittigen Wagen in die lange runde Auffahrt eines herrschaftlichen Gebäudes im Stil der italienischen Hochrenaissance, des Haupttrakts der Technischen Hochschule Berlin. Er stoppte den Wagen unweit des großen Eingangs. Er zögerte kurz, denn eigentlich war das Parken hier nicht erlaubt, glaubte er. Aber wer sollte ihm schon einen Strafzettel ausstellen? Die Portiere wussten genau, wem das Sportgefährt gehörte. Und dass sein Vater Ludwig Meyerling ein Vertrauter und persönlicher Freund von Reichsminister Hermann Göring war, war bestimmt ebenso allen an der Hochschule bekannt. Heinrich Meyerling zuckte mit den Achseln, fuhr sich mit der rechten Hand durch sein schütteres Haar, um damit seine Halbglatze zu überdecken, und lief die Stufen hinauf. Wen interessierte heute schon ein Strafzettel?

Der flüchtige Gedanke an seinen alten Herrn machte Meyerling für einen Moment wütend. Sein Vater hatte zeitlebens nie eine Universität von innen gesehen – er war alles andere als ein schlauer Kopf oder ein gewiefter Rechner. Im Grunde genommen war er sogar ein ziemlicher Trottel. Was seinen alten Herrn die Karriereleiter so weit hinaufgespült hatte, war neben seinem Ehrgeiz sein ausgeprägtes politisches Gespür gewesen: Als der Schwarze Freitag an der Wall Street Amerika in die größte Wirtschaftskrise aller Zeiten gestürzt hatte, hatte der alte Mann als einer der wenigen sofort verstanden, dass die Katastrophe auch vor Deutschland nicht Halt machen würde. Ludwig Meyerling war wenige Wochen nach dem Börsensturz im Oktober 1929 als nicht besonders erfolgreicher Vertreter für Küchenmesser in die NSDAP eingetreten. Er selbst behauptete zwar heute, die ideologische Überlegenheit der Nazis schon immer erkannt zu haben, aber Heinrich wusste, dass sein Vater einfach nur zur richtigen Zeit aufs richtige Pferd gesetzt hatte. Die Krise hatte Deutschland mit voller Härte getroffen und, genau wie von Ludwig Meyerling erwartet, die Leute für markige Sprüche und dem Ruf nach einer starken Hand empfänglich gemacht. Nur etwa drei Jahre nach seinem Parteieintritt, als die Nazis 1933 die Macht übernommen hatten, war Ludwig Meyerling schon auf du und du mit Leuten wie Joseph Goebbels oder Heinrich Himmler gewesen. Und mittlerweile war aus ihm ein hohes Tier in Hermann Görings Luftfahrtministerium geworden.

Meyerling ging im schnellen Schritt durch die Eingangshalle und steuerte mit grimmiger Miene auf die Treppe zu. Manchmal dachte er darüber nach, wie viele einflussreiche Größen im Regierungsapparat der Nationalsozialisten wirklich etwas auf dem Kasten hatten, und wie viele genau solche Flaschen waren wie sein eigener Vater. Sicher, alle konnten keine Idioten sein. Immerhin hatte die Regierung in den letzten vier Jahren so einiges bewegt. Die Städte waren sicher geworden, die Leute hatten wieder Arbeit, die Wirtschaft erholte sich wie versprochen – der Fortschritt war tatsächlich spürbar. Insbesondere Letzteres war vielleicht nicht allein auf dem Mist der Nazis gewachsen, schließlich hatte sich die Weltwirtschaft insgesamt wieder gefangen. Aber ganz abgesehen davon hatte es der Führer eben auch verstanden, nach außen hin stark und selbstbewusst aufzutreten und den Großmächten ringsum zu imponieren. Deutschland war wieder wer!

Er bog in einen hohen Gang ein und ging über den glatten Marmor an zahlreichen dunklen Holztüren vorbei.

Sicher, das hatte seinen Preis gehabt. Aber die Juden waren ja selbst schuld, dachte Meyerling. Jeder wusste, wie habgierig und hinterhältig die meisten dieser Leute waren. Und den Kommunisten und den Anarchisten, deren Gedankengut Berlin in den 20ern geradezu zersetzt hatte, weinte Meyerling keine Träne nach. Auch dass sie alle linken und anderen nicht linientreuen Zeitungen verboten hatten, war ihm egal.

Als er seine eigene Bürotür erreichte, wollte Meyerling instinktiv nach links abbiegen. Doch dann erinnerte er sich daran, was er heute noch vorhatte, und ging nach einem kurzen Zögern weiter.

»Guten Tag, Herr Doktor«, rief ihm eine junge Dame mit einem freundlichen Lächeln auf den Lippen zu, die ihm entgegenkam.

»Tach«, antwortete Meyerling einsilbig. Er wusste nicht genau, wer sie war, wahrscheinlich eine Sekretärin von irgendeinem der Statiker. Oder war sie die Neue am Maschinenbauinstitut? Er schüttelte kurz seinen Kopf und wies sich innerlich an, keinen Gedanken mehr an das Mädchen zu verschwenden. Schließlich war sie weder sehr charmant noch besonders hübsch.

Aber warum die Naziführung so viele deutsche intellektuelle Talente freimütig herschenkte und so mir nichts, dir nichts auf deren kostbaren Dienste verzichtete, war Meyerling einfach ein Rätsel. Gerade plante Goebbels' Propagandaministerium wieder einmal so eine berüchtigte Propagandaaktion, diesmal ging es gegen Werner Heisenberg. Der hatte nicht mehr getan, als die Thesen eines anderen schon in Ungnade gefallenen deutschen Genies – niemanden Geringeren als Albert Einstein – offen zu bestätigen. Es war schlichtweg fahrlässig, wie die Führung mit seinem intellektuellen Schatz umging, dachte Meyerling. Gut, nicht wenige der Geschassten waren Juden. Aber so einen Makel musste man doch von Fall zu Fall gesondert beurteilen! Es waren ja nicht alle Juden ausnahmslos Halsabschneider, da war Fingerspitzengefühl gefragt.

Nein, in diesem Staatsapparat lief wahrscheinlich noch nicht alles rund. Aber was erwartete man auch schon von Politikern?

An einer Balustrade, von der man über eine Treppe blicken konnte, blieb Meyerling zähneknirschend stehen und blickte ruhig auf seine goldene Armbanduhr. Es war wenige Minuten vor 17 Uhr. Perfekt. Ein wohlig warmes Kribbeln entstand in seinen Fingern, jetzt, wo es langsam ernst wurde.

Vielleicht war es auch einfach überheblich, den Nationalsozialisten Vorwürfe zu machen, dachte er sich für einen Moment. Schließlich hatte er selbst davon profitiert, dass auf Geheiß eben dieser Nazis die jüdischen Kollegen von der Hochschule gejagt worden waren. Meyerling hätte es niemals offen zugegeben – aber hätte es diesen Reinigungsprozess nicht gegeben, wäre er wohl nie an seinen Posten gekommen. Er wusste, dass er nicht der begabteste Physiker der Welt war, ja bei Weitem nicht einmal der begabteste an dieser Universität. Aber er hatte die richtigen Verbindungen. Er war der, der die wirklich Begabten lenken und koordinieren konnte. Und der, der mutig genug war, um außergewöhnliche Maßnahmen zu treffen. Und wenn er mit seinem Vorhaben Erfolg haben würde, würden das irgendwann selbst die dümmsten Nazis auf Gottes Erde honorieren.

Er beobachtete, wie hinter einer Gruppe von Studenten zwei junge Damen auftauchten.

Auf die Sekunde genau, dachte er zufrieden und leckte sich über die Unterlippe. Die zwei pflegten wirklich jeden Tag um exakt 17 Uhr nach Hause zu gehen. Die linke, eine überaus hübsche und zierliche Blondine namens Wally Schmidt, trug ein knallig rotes körperbetontes Kleid. Ihre etwas größere Begleiterin, die brünette Helga Fassmann, hatte einen etwas zu knappen blauen Rock mit einer weißen Bluse kombiniert. Sie hatte überaus lange schlanke Beine, die sie offenbar gerne zur Schau stellte. Meyerling biss sich auf die Unterlippe, als er die zwei unauffällig beobachtete. Er wartete ab, bis sie die Treppe hinabstöckelten, dann ging er los.

Er wusste es natürlich nicht genau, aber er war sich ziemlich sicher, dass Professor Schwarzbeck schon mit jeder der beiden attraktiven Sekretärinnen geschlafen hatte. Der Mann ließ einfach nichts anbrennen. Zu Meyerlings Missfallen hatte der Kerl ein geradezu sagenhaftes Glück bei Frauen, auch wenn sie zum Teil so jung waren, dass sie spielend seine Töchter hätten sein können. Meyerling erreichte die dunkle Tür an der Ecke, die zu Schwarzbecks Räumlichkeiten führte, und stellte sich ruhig vor das Schloss. Er blickte sich kurz um: Ein paar Studenten und SA-Männer in braunen Uniformen und mit um die Oberarme gewickelten roten Hakenkreuzbinden waren noch auf dem Gang unterwegs, aber niemand schien ihn argwöhnisch zu beobachten. Wer konnte ihn auch allen Ernstes verdächtigen, dreist einfach in das Büro eines Kollegen einzubrechen, als der gerade eine unangekündigte Reise ins Ausland angetreten hatte? Meyerling holte den Dietrich aus seiner Hosentasche, den er ein paar Tage zuvor in einem Eisenwarenladen gekauft hatte. Er führte ihn in das Schloss ein, drehte ihn, wie vom Verkäufer angewiesen, herum – und die Tür glitt einen Zentimeter nach innen.

Bestens, dachte Meyerling und spürte, wie das Adrenalin durch seinen Körper strömte. Es war ein erhebendes, ja berauschendes Gefühl.

Ruhig trat er ein und verschloss die Tür hinter sich. Ohne zu zögern, ging er zwischen den beiden Eichentischen von Wally Schmidt und Helga Fassmann hindurch direkt auf die hintere Tür zu. Zu seiner großen Überraschung war das eigentliche Zimmer von Professor Josef Schwarzbeck nicht abgeschlossen – die Tür war nur angelehnt.

Du bist nachlässig, Josef, dachte sich Meyerling, als er in das Zimmer trat. Hinter dem mit Akten und Papieren übersäten Schreibtisch stand ein schwerer Ledersessel. Durch das große Fenster dahinter konnte man in einen der Innenhöfe der Universität blicken. Meyerling nahm Platz und prüfte die Schubladen.

Die oberste war mit Bleistiften, Büroklammern und Kleingeld befüllt. In der zweiten lagen diverse leere Notizblöcke. Die unterste, die größte, ließ sich nicht öffnen. Meyerlings linkes Auge zuckte: Das musste es sein.

Er griff in die Innentasche seines grauen Jacketts und zog ein Klappmesser heraus. Während er es an das Schloss der Schublade ansetzte, überkamen ihn leichte Zweifel. Würde Schwarzbeck so etwas Wichtiges tatsächlich hier in seinem Büro aufbewahren? Würde er es nicht viel eher zu Hause verstecken? Als das Schloss knackte, gewann Meyerling wieder Zuversicht. Nein, ein so von sich überzeugter Mann wie Schwarzbeck hielt es keine Sekunde für möglich, dass sich jemand erdreisten konnte, hier einzudringen.

»Da kennst du mich falsch, Josef«, flüsterte Meyerling. Seine kleinen Augen begannen gierig zu blitzen, als er die Schublade aufzog. Er nahm eine braune dicke Mappe heraus und legte sie auf seine Oberschenkel. Er schlug den Deckel auf und fand eine große Sammlung eingehefteter handgeschriebene Seiten. Aufgeregt blätterte Meyerling in der Mappe.

Es war nicht die Handschrift von Schwarzbeck, die kannte Meyerling sehr gut. Josef hatte eine ziemliche Sauklaue. Der Verfasser dieser Zeilen war zweifellos jemand anderes: Die Worte waren feinsäuberlich niedergeschrieben worden, ganz so, als wollte der Verfasser Platz sparen. Zahllose mathematische Formeln und Skizzen säumten den langen Text, an manchen Stellen entdeckte Meyerling Kommentare in einer anderen Farbe: Das war die Handschrift von Schwarzbeck.

Josef hat sich Anmerkungen gemacht, schlussfolgerte Meyerling. Er entzifferte die Worte »Anknüpfungspunkt: Transurane, Fermi, der Artikel in *Nature* von 1934«. Meyerling kannte den Artikel natürlich, auch wenn er ihn nie ganz verstanden hatte. Der Italiener Enrico Fermi hatte die schweren Uranatome mit Neutronen beschossen und interessante Beobachtungen gemacht. Unter anderem hatte Fermi nach dem Beschuss überraschenderweise gleich mehrere Ergebnissubstanzen mit unterschiedlichen Halbwertszeiten registriert, wenn Meyerling es richtig in Erinnerung hatte. Hektisch blätterte Meyerling weiter. Er spürte, dass er ganz dicht dran war.

Auf einer Seite, die in anderer Farbe, aber mit derselben ordentlichen Handschrift geschrieben worden war, waren einige Zeilen von Schwarzbeck heftig unterstrichen worden. »Lise Meitner und Otto Hahn sind auf der richtigen Spur«, stand im sauberen

Text. »Meine Laborergebnisse weisen eindeutig darauf hin, dass Ida Noddack-Tacke recht hat. Vielleicht hat Fermi die Kerne nicht transformiert, sondern tatsächlich *gespalten*?«

Meyerling hielt inne. Das war ja besser, als er erwartet hatte. Plötzlich jedoch zuckte er zusammen. Er hatte am Ende der Seite genau das entdeckt, nach dem er eigentlich gesucht hatte.

»Jetzt hab' ich dich!«, zischte er und leckte sich über seine Unterlippe. Der Text war mit einer Grußformel unterfertigt: »Beste Grüße aus W., A.M.«

Meyerling begann, vor Freude zu zittern. Das war der Beweis, den er brauchte. Aber was sollte er jetzt damit tun? Würde er die ganze Mappe mitgehen lassen, wüsste Schwarzbeck, was geschehen war. Aber Meyerling konnte diese Sammlung nicht einfach hierlassen. Er brauchte etwas Handfestes. Entschlossen riss Meyerling das Blatt, auf dem der Verfasser die Verabschiedung notiert hatte, aus dem dicken Ordner heraus, faltete es und steckte es ein. Dann warf er die Mappe wieder zurück in die Schublade und verschloss sie.

Als Heinrich Meyerling mit einem breiten Grinsen auf den Lippen die Eingangstreppe der TH wieder hinabeilte, sah er, dass kein Strafzettel an die Windschutzscheibe seines Wagens gesteckt worden war. Natürlich nicht. Es war alles einfach bestens gelaufen.

»Jetzt hab' ich dich, Josef«, sagte Meyerling, als er den Motor startete, »und deinen Judenfreund Adam Morgenstein aus Wien auch.«

5. ZWANZIGTAUSEND

Das Hotel, in dem Karl Wolf seine Familie und sich für die Nacht untergebracht hatte, lag nur wenige Blocks von der Universität entfernt auf der anderen Seite des Flusses in Philadelphia. Es war schon dunkel, als sie im Restaurant an einem Tisch am Fenster Platz nahmen.

Nach dem Dinner entschuldigte sich Maria Wolf für ein paar Minuten und verließ den Tisch. Karl Wolf steckte sich eine Zigarette an, während Tom noch die letzten Bissen seines Desserts aufgabelte.

»Ich weiß«, erklärte Toms Vater, »ich hab' deiner Mutter versprochen, nicht wieder damit anzufangen, solange wir noch in Philadelphia sind. Das ist dein Tag, mein Junge. Aber versuch' mich bitte zu verstehen. Ich sorge mich um dich.«

Tom sah kurz auf. Dann stieß er seine Gabel in den Schokoladenkuchen. »Das ist nicht nötig.«

»Und ich tue es trotzdem. Seit einem halben Jahr schon, ehrlich gesagt.«

Tom legte seine Gabel wortlos auf den Teller.

Sein Vater beugte sich nach vorn. »Glaubst du, das alles hier ist normal?«

»Was meinst du damit?« Tom verschränkte seine Arme.

»Wir haben Glück, Thomas. Du hast so ein Glück! Ein Studium an einer solchen Universität, das Hotel hier, sogar die Torte, die du da isst – zum Kuckuck! Wir können von Glück sprechen, dass ich mich all die letzten Jahre vor öffentlichen Aufträgen kaum retten konnte. Der New Deal hat uns gerettet, ohne den hätten Al und ich vielleicht sogar zusperren müssen. Sieh' dir die Leute da draußen auf der Straße an, Junge. Das sind immer noch schwierige Zeiten.«

»Das weiß ich doch.«

Toms Vater und dessen Geschäftspartner Alistar Kellson hatten an der lukrativen Planung der unzähligen Staudämme und Kraftwerke mitgearbeitet, die die Roosevelt-Regierung am Tennessee-Fluss zur Belebung der Wirtschaft errichten hatte lassen.

»Warum lehnst du es dann so lange schon ab«, fragte Karl Wolf, »dich endlich um deine Zukunft zu kümmern? Ich kann dich nicht ewig durchbringen.«

Toms Miene verfinsterte sich. »Was hast du denn nach deinem Studium getan?«

Sein Vater lehnte sich zurück und zog an seiner Zigarette.

»Das waren andere Zeiten, Thomas. Das war eine andere Stadt. Eine andere Welt.«

»Du bist ein Jahr durch ganz Europa getingelt und hast es dir gut gehen lassen, Vater.«

Karl Wolf nickte. »Ja, das ist richtig. Aber das ganze Geld, das ich damals die zehn Monate lang ausgegeben habe, hatte ich mir über die Jahre neben dem Studium als Kellner hart verdient, Junge. Das war Knochenarbeit! Und in solchen noblen Häusern wie diesem hier bin ich damals sicher nicht abgestiegen. Damals ... damals war das möglich, einfach so loszuziehen. Damals vor dem Krieg ... Ich konnte mir die Stellen als Architekt mit meinem Abschluss in Wien aussuchen. Die haben mich mit allen Mitteln zu überreden versucht, dass ich bei ihnen anfange. Das eine Jahr auf Reisen, das war für mich alles andere als ein Risiko, Junge. Das war egal. Damals.«

Tom blickte zu Boden und schloss seine Augen. »Du weißt genau, was wir eigentlich für die Zeit nach meinem Abschluss geplant hatten.«

»Ja, das weiß ich, Sohn. Aber unter diesen Umständen – es ist zu gefährlich.«

»Das ist es nicht überall.«

»Ach, Thomas«, protestierte Karl Wolf gereizt, »du musst das verstehen. Ich will weder Wien noch Deutschland unter diesen Umständen wiedersehen. Wir warten, bis sich die Lage entspannt. In ein paar Jahren, ja, dann besuchen wir das Grab deiner Großeltern in Österreich. Und Mamas Tanten in Hannover. Und wir sehen uns London, Paris, Venedig und vor allem Wien an. Später.«

Tom seufzte. »Ich will mich gar nicht beschweren. Es soll eben nicht sein.«

»Sag' mir, Thomas, hast du denn keine Idee, in welche Richtung du jetzt gehen willst? Ich meine, warum nicht die Öl-Branche? Oder eine Bank, eine Versicherung.«

Tom schüttelte langsam den Kopf. Aber er sagte nichts.

»Ich habe mit deinen Professoren gesprochen – sie haben mir versichert, dass du in beinahe jedem Fach zu den Besten gehört hast.«

Tom nickte und presste seine Lippen aufeinander.

»Junge, dir stehen einfach alle Wege offen. Was willst du denn …?«

»Das ist es ja, verdammt«, unterbrach ihn Tom. Er ballte beide Hände zu Fäusten, und Karl Wolf riss seine Augen auf. Sein Sohn sprach plötzlich deutsch und nicht mehr englisch. Das hatte er schon lange nicht mehr getan, schon gar nicht in der Öffentlichkeit.

»Versteh' doch endlich«, flüsterte Tom und beugte sich vor. »Ich weiß nicht, was ich will!«

Karl Wolf blickte sich um. Keiner der anderen Gäste hatte sich zu ihnen umgedreht, niemand schien vom Klang der fremden Sprache irritiert zu sein. Er senkte sein Haupt, dämpfte die Zigarette aus und sagte im für Tom schwer verständlichen Wienerisch, seiner eigenen Muttersprache: »Des geht vorbei. Glaub' ma, scho bald, wenn 'ma wieda z'Haus san, dann wird das schon.«

Beide schwiegen.

»Na, die Herren, so still?«, fragte Maria Wolf beschwingt, als sie zurück zum Tisch kam und wieder Platz nahm. Tom versuchte mit einem Lächeln zu kaschieren, was offensichtlich war.

»Dann sollten wir vielleicht die Stimmung ein bisschen aufheitern, was meinst du, Karl?«

»Unbedingt, meine Teure!« Karl Wolf rieb sich freudestrahlend die Hände. Toms Mutter holte ein kleines Päckchen hervor, das mit einer roten Schleife umwickelt war.

»Tadaaa!«, rief sie.

»Mein Junge«, begann Karl Wolf, nachdem er sich geräuspert hatte, »ein Abschnitt in deinem Leben geht zu Ende. Ein wichtiger Abschnitt. Als Anerkennung für deine Leistungen und auch als Wegbegleiter für deinen zukünftigen Weg, wo auch immer der dich hinbringen mag, möchten wir beide dir das hier überreichen.«

Tom griff zögerlich nach dem Geschenk. »Danke, das wäre gar nicht nötig gewesen.« Er hatte tatsächlich nicht damit gerechnet. Tom löste das rote Band, riss vorsichtig das Geschenkpapier auf und öffnete die zum Vorschein kommende lackierte Schatulle. Als er sie aufklappte, machte er große Augen.

»Sie gefällt ihm«, bemerkte Maria Wolf und stieß ihren Mann mit dem Ellenbogen in die Seite.

Tom hielt eine silberne Uhr in Händen. Sofort legte er das Schmuckstück um sein linkes Handgelenk.

»Ich weiß gar nicht, was ich sagen soll«, beteuerte er begeistert.

Sein Vater nickte stolz. »Sie ist aus der Schweiz, das Beste vom Besten.«

Tom betrachtete das weiße Ziffernblatt, die glitzernden römischen Zahlen darauf und die runde silberne Krone zum Aufziehen auf der rechten Seite. Der Sekundenzeiger lief gleichmäßig das Rund entlang.

»Danke«, sagte Tom. »Vielen Dank.«

Er stand auf, umarmte seine Mutter und auch seinen Vater, der jedoch dabei etwas verkrampfte, weil er Körperkontakt mit anderen Menschen grundsätzlich vermied. Als Tom wieder Platz nahm, wandte sich seine Mutter ihm zu. »Vergiss' niemals, mit deiner Zeit das Beste anzufangen, egal, was du aus deinem Leben machen wirst. Um genau das zu tun, hat jeder Mensch jeden Tag aufs Neue 24 Stunden Zeit. Nutze sie richtig, Thomas.«

Am nächsten Morgen wachte Tom schon früh auf. Er hatte sehr schlecht geschlafen.

Er musste seine Koffer kaum anrühren, die hatte er für die endgültige Abreise nach Boston bereits auf der Universität sorgfältig gepackt.

Gegen 7 Uhr blätterte Tom im Frühstücksaal des Hotels durch die aktuelle *New York Times*. Während die Stadt Bilbao in Spanien von General Francos Nationalisten umzingelt worden war, hoffte man, der gerade ernannte britische Premierminister Chamberlain könnte Italien und das Deutsche Reich überzeugen, sich im Spanischen Bürgerkrieg neutral zu verhalten. Doch das war zwecklos. Selbst als deutsche Flugzeuge ein paar Wochen zuvor die von Francos Feinden kontrollierte Stadt Guernica zurück in die Steinzeit gebombt hatten, hatten die Briten keine härtere Gangart gegenüber den Deutschen eingeschlagen.

Tom legte die *Times* zur Seite, biss von seinem Brot ab, griff nach einem Lokalblatt und blätterte zu den Sportseiten. Am Tag zuvor hatten die *Boston Red Sox* die *Chicago White Sox* mit fünf zu eins im Fenway Park besiegt. *Philadelphia* hatte hingegen das Spiel gegen die *Browns* aus Saint Louis klar mit fünf zu eins verloren.

Boston gewinnt, dachte sich Tom zufrieden, Philadelphia verliert.

Gegen 9 Uhr setzte sich der Zug rüttelnd und fauchend in Bewegung und verließ allmählich die 30th Street Station in Philadelphia. Tom blickte aus dem Fenster des geräumigen Abteils und beobachtete die vorbeifliegenden Häuser.

Seine Mutter saß ihm schräg gegenüber, sein Vater schweigend neben ihm. Beide beobachteten ihn, doch Tom strengte sich kräftig an, sich keinerlei Gefühlsregung anmerken zu lassen. Dennoch seufzte er leise. Er verließ die Stadt zum letzten Mal als Student.

Karl Wolf erhob sich nach einer Weile und richtete seine Krawatte. »Ich denke, ich werde mir die Beine vertreten. Mal sehen, ob der Speisewagen etwas zu bieten hat.«

Er schloss die Tür hinter sich und ließ seine Frau und Tom allein zurück. Tom schwieg.

»Oh«, entwich es Maria Wolf vordergründig beiläufig schon nach wenigen Momenten der Stille, »so ein Jammer aber auch.«

Mehr sagte sie nicht. Nach einer Weile tat Tom ihr den Gefallen.

»Was meinst du?«, fragte er geduldig.

»Ach nichts.« Sie blickte aus dem Fenster und schüttelte den Kopf. »Mir fällt nur gerade ein, dass wir diese Miriam gar nicht gesehen haben.«

Tom knackte mit seinen Kiefern und fixierte die Augen seiner Mutter.

»Ich habe sie seit einem Jahr nicht mehr gesehen«, stellte er kühl fest.

»So lange schon? Ich dachte, das ist …«

»Ein Jahr«, wiederholte Tom hart. »Das wisst ihr beide.«

»Wie war noch ihr Nachname? Applegrey … Applebrown …?«

»Cherrygrey. Miriam Cherrygrey. Und das weißt du auch.«

Seine Mutter lächelte versöhnlich. Sie blickte aus dem Fenster.

»Du weißt doch, wie Mütter so sind, Thomas«, lachte sie. Tom lehnte sich zurück.

»Ihr seid fast zwei Jahre liiert gewesen«, rechtfertigte sie sich weiter, »da muss eine Mutter sich informieren. In Boston hatte ich schon den Damen der Gesellschaft Andeutungen gemacht, dass du eventuell schon vom Heiratsmarkt …«

»Es ist vorbei. In Ordnung?«

»Hast du sie gar nicht wiedergesehen?«

»Was?«, fragte Tom gereizt.

»Ob du sie gar nicht wiedergesehen hast? Sie war so wunderschön auf dem Foto …«

Tom warf seinen Kopf in den Nacken. Es war nicht zu fassen!

»Ja, ich habe sie wiedergesehen. Kannst du dich an Marcus Kaufman erinnern? Ich hab' von ihm erzählt, er hat im gleichen Jahr wie ich in Wharton angefangen. Seine Eltern kommen auch aus Österreich. Weißt du noch? Natürlich erinnerst du dich. Miriam war nur ganz kurz nach mir bereits mit dieser Ratte zusammen. Alles klar? Können wir das Thema jetzt lassen?«

Maria Wolf machte große Augen.

»Gut«, stellte Tom leise fest.

»Es tut mir leid, Thomas«, bemerkte Maria Wolf – und schwieg.

Miriam Cherrygrey, dachte Tom zähneknirschend. Was für ein Mädchen. Als Tom ihr das erste Mal auf dem Campus begegnet war, hatte sie Tom mit einem einzigen Blick um den Finger gewickelt. Und als sie ihn in einer Bar zufällig angetroffen und einfach so zum Tanzen aufgefordert hatte, hatte er sich endgültig in sie verliebt. Sie hatte ihm erst gezeigt, wie man einen Jitterbug auf das Tanzparkett zauberte, und dann dazu gebracht, eine teure Flasche Cognac zu kaufen. Und nachdem sie Tom geküsst hatte, hatte sie entschieden, dass sie gemeinsam zu ihm aufs Zimmer gehen würden.

Doch dann, nach zwei Wochen, hatte Miriam wohl das Interesse an ihm verloren. Tom hatte seinen Eltern nie viel von seinen Freundinnen erzählt – dass sich Miriam von ihm schon nach wenigen Wochen getrennt hatte, hatte er einfach zwei Jahre lang nie erwähnt.

Die Affäre von Miriam mit Marcus Kaufman hatte auch nur wenige Wochen gedauert, dann hatte sie auch ihn wieder fallen gelassen. Das war Marcus ganz recht geschehen.

»Ich glaube, ich werde deinen Vater suchen und ihm Gesellschaft leisten«, sagte Toms Mutter nach einer Weile, »wahrscheinlich hat er Hunger bekommen.«

Als Tom alleine im Abteil war, streckte er seine Arme aus und gähnte. Doch plötzlich hielt er inne.

»Das Kuvert«, flüsterte er.

Er zog den cremeweißen Umschlag, den er von Colpo am Vortag erhalten hatte, langsam aus seiner Jacke heraus und betrachtete ihn. Er war zugeklebt und weder auf der Vorder- noch auf der Hinterseite beschrieben. Tom ließ ihn durch seine Finger hin- und herwandern und hielt ihn nach einer Weile gegen das Licht.

Er wurde nicht recht schlau aus diesem Colpo.

Tom hatte beeindruckt, wie der Mann jegliche Fragen nach seinen Hintermännern einfach mit den Worten »aus Gründen, die ich nicht nennen *werde*« im Keim erstickt hatte. Er hatte nicht »ich will Ihnen nichts verraten« oder »ich darf nichts verraten« gesagt, nein, er hatte klipp und klar festgestellt: »Ich *werde* die Gründe nicht nennen.«

War Colpo vielleicht ein Lobbyist für eine Eisenbahngesellschaft oder die Stahlindustrie? Nein, irgendwie passte so etwas Banales nicht zu ihm.

Tom trommelte mit seinem Zeigefinger auf dem Papier herum, dann hielt er ihn ein zweites Mal gegen das Licht. Doch es war nichts zu erkennen.

Der Zug ratterte dahin.

Warum sollte Tom den Umschlag nicht schon jetzt öffnen? Was sprach dagegen? Ob er das Kuvert nun, wie von Colpo angewiesen, erst in Boston oder doch schon auf dem Weg nach Boston aufreißen würde, das machte doch wohl keinen Unterschied. Und überhaupt, warum sollte Tom auf Colpo hören? Wieso glaubte dieser Colpo eigentlich, Tom irgendetwas vorschreiben zu können?

Tom rutschte auf dem Sitz hin und her. Vorsichtig riss er mit seinem Finger die Lasche auf. Er fasste hinein und zog eine Karte aus Karton heraus, auf der mit kleinen schwarzen Buchstaben »Francis Colpo« gedruckt war. Darunter entdeckte Tom ein schwarzes »C« und daneben noch kleiner die Zahl »100«, sonst nichts.

Tom runzelte die Stirn. Auf der Rückseite der Visitenkarte haftete ein Stück Papier. Als Tom den Zettel entfaltete, sackte sein Unterkiefer nach unten. Es war ein Scheck. Er lautete auf den Namen Thomas K. Wolf – und war über die Summe von 20.000 Dollar ausgestellt.

Tom schluckte und griff sich an die Stirn. 20.000!

Der Zug jagte rhythmisch über die zahllosen Schwellen in Richtung Nordosten. Toms Herz raste. Da stand zweifelsohne sein Name. Thomas K. Wolf. Es waren 20.000 Dollar. Nein, er hatte sich nicht verlesen. Das war ein kleines Vermögen! Klein? Nein, das *war* ein Vermögen!

Der Bezogene auf dem Wertpapier war ein gewisser *BCR Trust*, mit Adresse in Washington D.C. Wofür stand BCR? Warum zum Teufel hatte Colpo ihm diesen Scheck gegeben? Für wen, um alles in der Welt, arbeitete dieser Colpo? Was wollten die von Tom? Und wer waren »die«?

Bleib ruhig, mahnte er sich innerlich.

Tom steckte die zwei unscheinbaren Objekte vorsichtig wieder in den Umschlag, schob ihn behutsam in die Innentasche seines Anzugs und lehnte sich zurück. Dann klopfte er zweimal mit seiner flachen Hand auf seine Brust, um den Verbleib des Papiers durch den Stoff zu kontrollieren.

20.000 Dollar!

Die Abteiltür wurde aufgestoßen, seine Eltern kamen zurück. Etwas zu auffällig versuchte Tom, gelassen zu wirken.

»Irgendwas nicht in Ordnung, Thomas?«, fragte sein Vater sofort.

»Nein, nein«, log Tom. »Alles in bester Ordnung.«

Wer, um Himmels willen, war dieser Colpo?

6. DER SCHWACHPUNKT

Wie der alte Colpo diese Sache wohl angehen würde, dachte sich der große Rothaarige und lud die Luger flink im Gehen hinter seinem Rücken durch. Als er das Klicken hörte und ihm damit klar war, dass seine Parabellumpistole nun geladen war, steckte er die Waffe unauffällig in seine Jacketttasche und musterte gleichzeitig konzentriert das Eisenwarengeschäft links und das Postgebäude rechts von dem etwas heruntergekommen wirkenden *Rosie's Diner*, auf das er zielstrebig zuging.

Colonel Francis Colpo ist gerissen, dachte er sich, der würde sich den Schwachpunkt suchen.

Der Große blieb am Rand der sandigen Fahrbahn der unbefahrenen Hauptstraße stehen, sah zuerst nach Osten, dann nach Westen und bückte sich schließlich, um vorgeblich seinen Schuh zuzubinden.

Suche seinen Schwachpunkt, wiederholte er in Gedanken und sah unauffällig auf, während er seine Schnürsenkel festzog.

Durch die etwas verstaubten Fensterscheiben des Diners hindurch erkannte er Emmet Hobart, der eine Tasse Kaffee in der Hand hielt und immer wieder nervös im ziemlich leeren Lokal um sich blickte. Hobarts Gesicht wirkte matt und erledigt, seine Körperhaltung sprach Bände, ganz offensichtlich war der Mann völlig übermüdet. Aber das war keineswegs überraschend: Emmet Hobart wusste, dass seine lukrative Tätigkeit als Industriespion aufgeflogen war. Seine eigentlich gut versteckten Verbindungen zu diversen lateinamerikanischen Botschaften in Washington, über die er seine Honorare aus Europa bezogen und verschleiert hatte, waren verraten worden. Ebenso war sich Hobart bewusst, dass man ihn verfolgte. Deswegen war Hobart Hals über Kopf aus seiner Steuerberatungskanzlei in Chicago abgehauen, ohne seinem Partner oder seiner verdatterten Sekretärin auch nur ein Sterbenswörtchen zu sagen. Ja, Hobart hatte nicht einmal gewagt, die für ihn eigentlich nahegelegene kanadische Grenze anzusteuern, sondern war in den vergangenen zwei Wochen mit seinem DeSoto im Zickzackkurs quer durch das Land gerast, um seine Verfolger abzuschütteln. Was er nun vorhatte, lag auf der Hand: *Rosie's Diner* im abgelegenen Jefferson City war nur 18 Meilen von Mexiko entfernt.

Hobart ist müde, verdammt müde, wiederholte er in Gedanken. Aber war das die Schwäche, auf die es der alte Colpo absehen würde?

Der große Rothaarige erhob sich, klopfte den Staub von seinem Hosenbein ab, richtete seinen Hut und ging langsam voran. Ein Stück hinter Emmet Hobart saß eine ebenfalls recht unruhig wirkende junge Frau an der Bar und stocherte lustlos in ihrem Frühstück herum. Der Große erkannte sie sofort: Tara Beecham war eine Herrenmodenverkäuferin, die sich Emmet Hobart ein paar Monate zuvor in Chicago angelacht hatte, und die nicht nur 20 Jahre jünger als Hobarts Gattin, sondern auch deutlich hübscher war. Die brünette Tara trug an diesem Tag ein ärmelloses gelbes Kleid mit tief ausgeschnittenem Dekolleté und war, wie üblich, mit rotem Lippenstift und kräftigem Augen Make-up aufreizend geschminkt. Der Große musste zugeben: Unter anderen Umständen wäre das heiße Mädchen genau sein Typ gewesen.

Sie ist immer noch bei ihm, stellte er in Gedanken überrascht fest. Er hatte vermutet, dass ein kühler Denker, wie Hobart es sonst eindeutig war, seine Geliebte irgendwann auf seiner nun schon 14 Tage andauernden Flucht zurücklassen würde – ein Weib wie dieses konnte in einer so brenzligen Lage schnell zum Klotz am Bein werden.

Sie ist der Schwachpunkt, sagte er sich zufrieden und ging entschlossen auf die Tür zu.

»Guten Morgen, wunderschöne Frau«, trällerte der Große und setzte sich links von Tara auf einen abgewetzten Barhocker. Das Mädchen musterte ihn flüchtig und drehte ihm schließlich ihren Rücken zu. Der Mann seinerseits ließ seinen Blick langsam und lüstern über den reizvollen Körper des Mädchens wandern und pfiff die Swingmelodie nach, die leise aus einem Radio dröhnte.

»Ein Kaffee für mich«, rief der Große in Richtung der Dame hinter der Bar, die ihn zunächst skeptisch betrachtete, aber dann widerwillig nach einer großen Kanne und einer Tasse griff und nur nickte.

»Muss ich erst mal was kräftiges trinken, bei so einem Anblick … So eine hübsche Lady – hier in Jefferson City? Was bringt dich hierher, Schätzchen?«

Der Große registrierte, wie Emmet Hobart die Lippen aufeinanderpresste, aber stur ins Leere starrte.

»Suchst du heißer Feger einen echten Mann hier im Süden?«

»Lassen Sie mich bitte in Ruhe«, sagte Tara kurz angebunden nach ein paar Minuten der Stille und beugte sich über ihren Teller.

»Das kann ich leider nicht machen, Miss«, antwortete der Große mit einem widerwärtigen Grinsen auf den Lippen und rückte dicht an Beecham heran, »wenn ich so eine hübsche Dame sehe, dann hat mich nur noch der liebe Gott unter Kontrolle. Darf ich dich auf einen Kaffee einladen, ja? Da hast du doch nichts dagegen? Oder kann ich dir etwas anderes anbieten, hm? Ich wette, du weißt, was ich meine, was?«

»Nein danke«, sagte Tara Beecham hörbar angewidert und sah verloren zu ihrem Begleiter Hobart hinüber. Doch der regte sich immer noch nicht. Offensichtlich wollte er kein Aufsehen erregen.

»Na komm schon, Schätzchen«, legte der Große nach, während er Hobart nicht für einen Moment aus den Augen ließ, »ein bisschen netter könntest du doch zu mir sein. Ich kann auch ganz nett zu dir sein, hm?«

Als der Große seine Hand auf ihren Oberschenkel legte und Tara erschrocken aufschrie, sprang Hobart auf. Mit hochrotem Kopf machte er einen flinken Satz auf den Großen zu, riss dessen Hand zur Seite und stellte sich zwischen ihn und Tara.

»Finger weg, Freundchen!«, zischte Hobart, dessen Augen vor Wut blitzten. Die wenigen dunklen Haare auf seiner Halbglatze waren von Schweiß durchnässt.

»Oder was?«, fragte der Große vorgeblich unbeeindruckt und bemühte sich, so gelassen wie möglich zu wirken. Innerlich war er völlig konzentriert.

»Oder ich bring dir mit dem hier Manieren bei, du Penner«, zischte Hobart triumphierend und zog sein Jackett auf. Ein Revolver steckte in einem Lederholster an Hobarts Oberkörper.

Der Große konnte sein Glück kaum fassen. Dass er Emmet Hobart so schnell dazu gebracht hatte, jegliche Vorsicht über Bord zu werfen, um seine vermeintliche Männlichkeit unter Beweis zu stellen, indem er mit seiner Waffe prahlte, war einfach sensationell.

Bingo, dachte sich der Große. Dann ging alles ganz schnell.

Während er seine rechte Faust nach vorne schnellen ließ und Hobarts Kehlkopf präzise traf, schnappte der Große gleichzeitig mit der linken Hand nach dem Griff des Schießeisens. Emmet Hobart wusste nicht wie ihm geschah – er taumelte zurück, griff sich röchelnd an den Hals und prallte mit dem Rücken an einen Tisch, während er im nächsten Moment mit weit aufgerissenen Augen verstand, dass der Große ihn spielend entwaffnet hatte.

»Hände über den Kopf!«, brüllte der Große und sprang auf, während er die Trommel von Hobarts Revolver öffnete und die Patronen zu Boden fallen ließ. Dann zückte er seine eigene Pistole und richtete sie auf sein Gegenüber. Zufrieden blickte der Große auf den nun völlig verängstigten Hobart.

»Was … was zum Teufel?«, stammelte die Frau hinter der Bar und ließ vor Schreck die Kanne fallen.

»Keine Sorge, das Drama ist vorbei, Ma'am«, sagte der Große und lächelte gelassen. Er selbst war beinahe berauscht, wie schnell alles geklappt hatte. Endlich hatte er Hobart, endlich …

Emmet Hobart blickte ruckartig zur Seite. Instinktiv tat es der Große ihm gleich und verstand nun, dass Rosie den Kaffee keineswegs wegen des Schauspiels verschüttet hatte, dessen Zeugin sie wenige Sekunden zuvor geworden war. Gleich drei schwarze Ford-Limousinen schossen direkt auf das Restaurant zu und wirbelten eine riesige Staubwolke auf, als sie rasant wenige Meter vor dem Fenster zu stehen kamen.

Oh nein, dachte sich der Große. Die hatten ihm gerade noch gefehlt.

»Emmet! Lauf! Bring dich in Sicherheit, vergiss' mich!«, kreischte Tara völlig aufgelöst und warf sich auf den Großen.

»Nein!«, protestierte der und fing das um sich schlagende und kreischende Mädchen noch in der Luft ab. Obwohl sie zierlich war, brachte sie ihn aus dem Gleichgewicht und ließ ihn rücklings an die Bar kippen. Bis er das Mädchen zur Seite geschoben und die Pistole wieder nach vorne gerichtet hatte, hatte Emmet Hobart die Gelegenheit erkannt, war aufgesprungen und rannte durch eine Tür, die nach hinten hinausführte.

»Bleib stehen!«, schrie der Große und jagte ihm mit ein paar Schritten Abstand hinterher. Er sah nicht mehr, wie sechs Männer mit Gewehren im Anschlag aus den drei Wagen sprangen, die Tür auftraten und in *Rosie's Diner* strömten.

»FBI!«, brüllten alle wie mit einer Stimme. Rosie und die weinende Tara Beecham rissen sofort ihre Hände in die Höhe, doch niemand schien sich für die beiden zu interessieren.

»Lieutenant Beckers!«, kreischte der Anführer der Männer, dessen dunkle Augenbrauen sich bedrohlich dicht zusammenzogen hatten, und trat einen ihm im Weg stehenden Stuhl energisch zur Seite. »Überlassen Sie Hobart uns, verdammt!«

Der große rothaarige Lieutenant Richard Beckers nahm das Geschrei hinter sich nur vage wahr, als er den Kisten und Eimern auswich, die ihm der davonstürmende Hobart in den Weg warf. Jeder seiner weiten Schritte verursachte ein lautes Platschen, denn ein Abwasserflüsschen rann die schmale, beinahe stockdunkle Gasse zwischen den beiden Häusern entlang. Als Hobart um die Ecke zu biegen drohte, riss Richard seine Pistole in die Höhe und drückte ab. Das Echo des Schusses prallte immer wieder von den Wänden links und rechts ab, doch Hobart duckte sich im Laufen nur weg und sprang auf die Hauptstraße.

»Stehen bleiben!«, keuchte Richard. Er wusste, dass Hobart trotz seines Alters gut trainiert war – er musste Hobart unbedingt einholen, bevor diese FBI-Leute ihn vor Beckers stellen und aus Versehen oder Übermut abknallen würden. Sie brauchten den Steuerberater aus Chicago lebend, wollten sie seine Hintermänner ausforschen.

»Stehen bleiben, du Armleuchter!«, brüllte Richard, als er ins Licht sprang und die Pistole vor sich gestreckt hielt, bereit für einen weiteren Warnschuss – doch sofort ließ er sich zu Boden fallen: Hobart hatte etwa 20 Meter vor ihm im Laufschritt an seinen linken Knöchel gegriffen und zog nun einen im Sonnenlicht blitzenden Gegenstand heraus, den er hinter sich richtete. Es krachte, und das Projektil aus Hobarts Kleinkaliberpistole schlug nur einen Meter neben Richard in die Motorhaube eines geparkten Lasters ein.

Er hat eine zweite Knarre, erkannte Richard verärgert, während er hinter den Wagen robbte, seinen Rücken an ein Rad presste und sich flüchtig den Dreck aus dem Gesicht und den roten Haaren wischte. Wieso hatte er nicht daran gedacht, dass sich Hobart eine zusätzliche Waffe besorgt haben könnte?

Hobart sprintete weiter. Als Richard aufsah, hatte Hobart schon ein Kino an der Kreuzung erreicht und stellte sich plötzlich seelenruhig mitten auf die Fahrbahn.

Was, zum Henker?, dachte Richard ungläubig, sprang trotzdem auf und eilte selbst wieder los, als er sah, wie Hobart mit vorgehaltener Waffe den Lenker eines 32er Chrysler zum Anhalten zwang, ihn mit Gewalt aus der Fahrerkabine zerrte und ihn in Windeseile auf den sandigen Boden warf.

Neinneinnein!, dachte Richard. Der Kerl konnte ihm doch nicht so einfach wieder entkommen! Richard setzte zu einem weiteren Schuss an, doch verwarf seinen Gedanken – tot brachte ihm Emmet Hobart rein gar nichts.

Hobart gab Vollgas. Wild röhrend drehte der Motor hoch, und die Karosserie des Chryslers ächzte, als Hobart mit beiden Händen am Lenkrad kurbelte und in Richtung Süden steuerte: direkt auf die mexikanische Grenze zu.

Da entschied sich Richard, alles auf eine Karte zu setzen. Er blieb stehen, hielt den Atem an, streckte die Pistole nach vorn, kniff ein Auge zu, zielte – und drückte ab. Dann ein zweites Mal. Und noch einmal.

»Treffer«, stellte er trocken fest und rannte wieder los. Der Wagen sackte im Beschleunigen zur Seite, als der linke Hinterreifen ruckartig allen Druck verlor. Richard hatte den Pneu mindestens zweimal erwischt, da war er sich sicher. Hobart verlor sofort die Kontrolle über das Fahrzeug, das zu schlingern begann, zuerst nach rechts und dann viel stärker nach links ausbrach und schließlich ungebremst gegen den robusten Mast einer Straßenlaterne krachte. Die Frontscheibe des Wagens zerbrach klirrend in 1000 Scherben – dann herrschte Stille.

»Wenn du jetzt tot bist«, murmelte Richard und schluckte, als er auf den Wagen zueilte, »dann bring ich dich um, Emmet.«

Ohne zu zögern, riss Richard die Tür auf.

»Na Gott sei Dank«, dachte er sich, als er Hobart zwar mit blutüberströmtem Gesicht aber lebendig im Sitz hängen sah.

»Sind Sie irre, Beckers? Was haben Sie sich eigentlich dabei gedacht?«

Agent Fuller, der Anführer der FBI-Agenten, war völlig außer sich. Eine Ader auf seiner Stirn pulsierte beunruhigend schnell. Richard schubste den etwas benommenen Emmet Hobart zwei FBI-Leuten entgegen, die verdattert ihre Gewehre fallen ließen und den vor Schmerzen aufstöhnenden Steuerberater auffingen.

»Wenn du mit deinen Idioten nur zwei Minuten später aufgetaucht wärst«, zischte Richard, wischte sich mit einem Taschentuch über sein Gesicht und hob seinen Zeigefinger drohend in die Höhe, »dann hätte ich Hobart schon drüben in diesem Diner gehabt. Zwei Minuten! Wir hätten uns diesen Schlamassel eben ersparen können, Fuller.«

»Quatsch«, antwortete Fuller nicht minder angriffslustig, »Ihr Alleingang hätte es beinahe vermasselt!«

»Da fällt mir etwas ganz anderes ein, mein lieber Fuller.« Richard verschränkte seine kräftigen Arme vor dem Oberkörper. »Warum hast du mir gestern eigentlich verschwiegen, dass euer Informant den guten Emmet Hobart hier in diesem Kaff ausfindig gemacht hatte? Wolltest du mich ausmanövrieren?«

Fuller runzelte die Stirn. »Offensichtlich haben Sie es trotzdem gewusst. Hätten Sie die Güte, mir zu verraten, woher?«

»Wenn du dir in Zukunft ein wichtiges Telefonat auf dein Hotelzimmer stellen lässt, Fuller, solltest du dich vorher fragen, ob du dem Concierge weniger Trinkgeld gegeben hast als jemand anderer.«

»Sie haben meine Anrufe also abgehört? Letztklassig. Und illegal, das wissen Sie.«

»Du meine doch auch, oder nicht?«, grinste Richard.

Fuller erwiderte nichts mehr. Nach ein paar Momenten marschierte Richard einfach an dem FBI-Agenten vorbei.

»Genau«, rief Fuller ihm überheblich hinterher, »verschwinden Sie am besten jetzt, Beckers. Hauen Sie gefälligst ab nach Washington und verkriechen Sie sich in Ihrem Heckwaters-Loch bei Ihrem Colonel Colpo. Dass Sie bei Hobart mitspielen durften, war ein

Entgegenkommen von uns. Und Sie haben es vermasselt! Lassen Sie sich am besten nie wieder blicken, klar?«

»Und bestellen Sie auch Ihrer Gattin die besten Grüße«, murmelte Richard kopfschüttelnd. Der Spion Emmet Hobart war endlich gefasst und nun unschädlich gemacht – nur das zählte am Ende.

Endlich geht's zurück nach Washington, dachte Richard sich und sicherte seine Pistole.

7. NASCHEN

Die Luft in den schmalen Gängen zwischen den vielen Verkaufsständen war wie immer von den kuriosesten Düften erfüllt. Exotische Gewürze, frischer Fisch, Hummer und Garnelen aus der Adria oder der Nordsee, unzählige Käsesorten aus Frankreich, knallrote Äpfel und Erdbeeren aus der Steiermark – der Naschmarkt an der Wienzeile bot für jeden Gaumen etwas.

»Magst du einen Granatapfel?«, fragte Peter Mandler und zeigte zwischen wild gestikulierenden und ihre Ware laut anpreisenden Händlern hindurch auf einen mit knallbunten Früchten nur so vollgestopften Stand, vor dem sich der enge Strom von Menschen entlang quetschte. »Die kommen von den Türken, glaub' ich, sind fabelhaft.«

»Danke, Peter«, lehnte Morgenstein ab. Er war immer skeptisch, was kulinarische Abenteuer anbelangte. Was er nicht kannte, dem traute er nicht.

»Oder ein paar Weintrauben? Für den Weg?« Mandler nickte einem Verkäufer zu und griff in die Innentasche seines teuren Anzugs. Den hatte er sich bestimmt nicht in einem gewöhnlichen Kaufhaus auf der Mariahilfer Straße gekauft, vermutete Morgenstein, sondern wohl eher in einem jener noblen Geschäfte am Kohlmarkt oder in der Kärntner Straße nach Maß anfertigen lassen, die Morgenstein nur von außen kannte.

»Vielleicht gehen wir ein paar Schritte in diese Richtung.« Morgenstein deutete über seine Schulter. »Dort ist es etwas ruhiger.«

»Wie du magst.« Mandler bezahlte die Trauben mit ein paar Groschenmünzen.

Sie spazierten an einigen kleinen Restaurants und dem Nordseegeschäft vorbei, bei dem eine Querstraße verlief und den Markt unterbrach.

»Hast du gar keinen Hunger?«, fragte der beleibte knapp 40-jährige Peter Mandler freundlich und zwirbelte seinen Schnauzbart an den Spitzen kreisrund. »Das *Sirk* liegt um die Ecke.«

»Danke, ich bin nicht hungrig«, log Morgenstein.

»Dann vielleicht nur einen Kaffee? Wir könnten zum Café *Kreutz* hinüberfahren, da hab ich es nicht weit ins Büro zurück.«

Morgenstein lehnte sofort kopfschüttelnd ab. Er kannte, wie so ziemlich jeder andere Wiener, auch die Gerüchte, dass viele der Kaffeehäuser Tummelplätze für die Illegalen waren. Die Anhänger der Monarchie, die Sozialisten, die Nationalsozialisten – alle hatten sie ihre bevorzugten Lokale. Das Café *Kreutz* war angeblich auch ein Treffpunkt der überzeugtesten Anhänger des Führers aus Berlin. Und wo sich die Mitglieder verbotener Parteien aufhielten, war die Staatspolizei nicht weit. Nein, Morgenstein hatte den Naschmarkt schon aus gutem Grund als Treffpunkt ausgewählt.

»Nein danke«, stellte Morgenstein klar und lächelte.

»Wie du willst, Adam.« Mandler zuckte mit den Schultern.

Plötzlich entdeckte Morgenstein auf der gegenüberliegenden Straßenseite an einer Hausfassade ein großes Kruckenkreuz, das Symbol der Vaterländischen Front. Es sah ein bisschen aus wie vier zu einem Kreuz gelegte Hämmer. Darunter hing ein Porträt des drei Jahre zuvor ermordeten Bundeskanzlers Engelbert Dollfuß, unter dem geschrieben stand: »Nie vergessen – bis in den Tod, rot-weiß-rot! Für immer Österreich!« Sofort wich das Lächeln von Morgensteins Lippen und er kam umgehend zur Sache.

»Peter, wir haben uns schon eine lange Zeit nicht mehr gesehen. Es tut mir leid, dass ich dich so überfallsartig um den Gefallen gebeten habe, aber du bist der einzige Mensch, den ich kenne, der in der Politik tätig ist.«

»Ich bin eigentlich nur ein Beamter«, beteuerte Mandler lächelnd. Das passt zu ihm, dachte Morgenstein. Lydia hatte ihren Cousin Peter immer als einen vordergründig zurückhaltenden Menschen geschildert, der selten prahlte oder angab.

»Du hast doch bestimmt mittlerweile eine hohe Stellung im Ministerium«, mutmaßte Morgenstein. »Und auch in der Vaterländischen Front, will ich meinen.«

»Na ja«, lachte Mandler, sah zu Boden und warf sich eine grüne Traube in den Mund, »hoch würde ich das nicht bezeichnen. Aber ich kann mich auch nicht beklagen.«

»Na bitte.« Morgenstein war zufrieden. Vielleicht bedeutete diese Tiefstapelei ja sogar, dass Mandler mit dem Generalsekretär der Vaterländischen Front längst auf du und du war. »Dann kannst du mir bestimmt mit Amerika helfen.«

Mandler zögerte.

»Warum eigentlich Amerika?«, fragte er. »Warum nicht zum Beispiel England?«

»Nein, es *muss* Amerika sein.« Morgenstein glaubte, ein Déjà-vu zu erleben. Warum musste er sich andauernd rechtfertigen?

»In England gibt es doch auch gute Physiker, bei denen du unterkommen könntest, oder nicht?«

»Soweit ich gehört habe, ist Edward VIII. möglicherweise insgeheim ein Sympathisant der Nationalsozialisten. Wenn der König der Briten tatsächlich mit dem deutschen Führer kann …«

»Also Adam«, lachte Mandler, »das sind haltlose Gerüchte. Und der Mann ist doch schon seit einem halben Jahr nicht mehr

König. Weil er diese geschiedene Amerikanerin Wallis Simpson heiraten wollte und abgedankt hat. Sag mir nicht, dass du das nicht weißt.«

»Doch, doch.« Morgenstein hatte natürlich zwei Wochen zuvor von der Hochzeit des ungewöhnlichen Paares in Frankreich in den Zeitungen gelesen. »Aber es muss Amerika sein, Peter. Ich bitte dich noch einmal: Kannst du mir irgendwie helfen, nach Amerika zu kommen?«

»Also gut, Adam. Dann eben Amerika. Ich habe mich vorhin daran erinnert, mal von einem Komitee in New York gelesen zu haben, dass Wissenschaftlern hilft, die emigrieren wollen.«

Morgenstein nickte. »Du meinst das *Emergency Committee in Aid of Displaced German Scholars.* Die helfen nur Deutschen.« Morgenstein hatte sich erkundigt: Das Komitee hatte für eine Handvoll deutscher Forscher die Flucht nach Übersee unterstützt. »Mir als Österreicher werden die, glaube ich, nicht helfen.«

»Und was ist mit einem regulären Visumantrag?«

»Die Amerikaner nehmen Wissenschaftler wie mich nur dann auf, wenn sie davon überzeugt sind, dass sie Außergewöhnliches leisten können.«

»Ja, die Amerikaner schotten sich hinter dem Atlantik gerne ab.«

»Ganz abgesehen davon kann ich die Kosten für ein Visum und für die Reise nicht aufbringen.«

Mandler sagte nichts. Eine peinliche Stille entstand, und Morgenstein brauchte eine Weile, um zu verstehen, warum.

»Ich wollte dich nicht treffen«, stieß Morgenstein hervor, »um dich um Geld zu bitten, Peter.«

»Gut. Seit Marie-Therese und Wilfried da sind, weiß ich gar nicht mehr, wie und wohin mein Geld verschwindet. Es sind schwere Zeiten, die Raten für das Haus bringen mich noch um ...«

Morgenstein nickte verständnisvoll, auch wenn er sich ziemlich sicher war, dass Mandler ihm spielend unter die Arme hätte greifen können. Mandler hatte vor Jahren eine große Erbschaft gemacht, wie Lydia erzählt hatte. Er hatte sich nicht einen Schilling als Kredit aufnehmen müssen, um sich sein Haus im noblen Döbling zu kaufen. Und als höherer Beamter in einem Ministerium und Mitglied der Vaterländischen Front verdiente er wahrscheinlich sowieso recht anständig. Aber Morgenstein kannte Mandler nicht gut genug, um ihm Vorwürfe zu machen.

»Und bist du denn kein Wissenschaftler, der Außergewöhnliches leisten kann?« Mandler lächelte aufmunternd. Morgenstein biss sich auf die Unterlippe.

»Das liegt wohl im Auge des Betrachters.«

Mandler aß ein paar Weintrauben. »Ich kenne da jemanden in der amerikanischen Gesandtschaft. Ich schick dir seinen Namen und seine Adresse, wenn dir das hilft. Es tut mir leid, dass ich dir nicht mehr anbieten kann als das.«

»Ich danke dir sehr, Peter.«

»Schon gut, das ist kein Problem. Lydia hatte doch immer so eine ausgeprägte Leidenschaft für Amerika. Sie hat doch diese Cowboy- und Indianer-Geschichten gemocht, nicht wahr? Hat dein Entschluss damit zu tun?«

Morgenstein lächelte nur und verabschiedete sich.

Als er durch die engen Gänge des Naschmarkts zur Wienzeile schlenderte, wurde ihm allmählich klar, dass er nun ganz auf sich allein gestellt war. Aber das kannte er seit dem Tod von Lydia ja schon.

»Dann ist es eben so«, sagte Morgenstein zu sich selbst und strich sich über seinen weißen Bart.

Eine Straßenbahn rollte heran, daher blieb er mit ein paar anderen Passanten an der Bordsteinkante stehen. Als die Tram näherkam, entdeckte Morgenstein eine Schmiererei, die auf der rotweiß-lackierten Seite des hinteren Waggons aufgebracht worden war. »Kauft nicht bei Juden!«, las er. Darüber war ein Hakenkreuz gemalt worden.

»So was!«, rief eine Dame mit gefüllten Einkaufstaschen neben ihm und schüttelte ihren Kopf, während sie erbost der Bahn hinterher sah. »Wieso legen die den Illegalen nicht endlich das Handwerk?«

»Das passt schon!«, motzte ein groß gewachsener Mann hinter ihr im tiefsten Meidlinger Dialekt und nickte energisch. »Soll die Bim durch ganz Wien damit fahren!«

»Halten S' den Mund!«, rief ihm ein kleinerer, aber kräftiger Mann zu, »oder sind Sie auch ein Illegaler?- Sollen wir gleich die Polizei rufen?«

»Spielen Sie sich nicht so auf«, murrte der Große eingeschüchtert zurück.

Morgenstein knirschte erbost mit den Zähnen. Es hätte ihn nicht gewundert, wenn dieser Kerl nicht nur wie so viele ein Sympathisant der populären Naziideologie war, sondern tatsächlich ein Mitglied der verbotenen österreichischen NSDAP, die genau wie die vielen Splittergruppen der Linken oder die Monarchisten im Untergrund immer noch aktiv waren. Die deutschen Nazis brauchen erst gar nicht nach Österreich zu kommen, dachte er bei sich. Die österreichischen reichten schon.

Trotzig trat Morgenstein wortlos gegen eine leere Obstkiste. Er würde sich den Amerikanern schon als kostbar verkaufen, ihm würde das sicher gelingen. Denn ganz objektiv betrachtet, hatte er ja auch einen gewaltigen Schatz anzubieten.

8. ZUM VERWEILEN ZU FRÜH

Der Zug traf abends in Boston ein. Von der South Station ließen sich die Wolfs mit einem Taxi nach Hause bringen.

Merkwürdig, dachte Tom, als er aus dem Ford stieg und dem Fahrer half, das Gepäck aus dem Kofferraum zu heben. Er hatte das Haus viel größer in Erinnerung gehabt. Er blickte sich um: Der Familiensitz der Wolfs war ein gepflegtes Gebäude mit einer Fassade aus roten Backsteinen. Relativ schmal geschnitten und nur zwei Stockwerke hoch, lag es in der Olympia Avenue südlich der Tremont Street in einer ruhigen Gegend.

»Junge, trödle nicht herum, lass uns die Sachen gleich hineinbringen«, rief Karl Wolf müde.

»Okay«, antwortete Tom.

Maria Wolf durchsuchte ihre Handtasche. »Pass bitte mit meinem Koffer auf, Thomas. Wer hat eigentlich die Hausschlüssel?«

»Den hab ich«, antwortete ihr Mann und bezahlte den Fahrer.

Tom öffnete das Tor im schwarzglänzenden Eisenzaun und schleppte die Taschen den schmalen Weg durch den Vorgarten an einem Laubbaum vorbei bis zur Haustür.

Wieder daheim, dachte Tom und musterte den ihm wohlbekannten tiefen Riss in der Steinfliese direkt vor der Eingangstür. Er hatte mit acht Jahren einen schweren Hammer genau an dieser Stelle aus Versehen fallen lassen und dabei die Platte beschädigt. Karl Wolf öffnete die Tür, und alle drei gingen hinein.

Tom nahm den vertrauten Geruch von getrockneten Blumen in der Vase auf dem Kaminsims im Wohnzimmer wahr, erkannte das weiche Gefühl des Teppichs im Flur unter seinen Schuhen wieder und genoss sogar das dumpfe Knarren der Treppenstufen, als er nach oben ging. Er brachte die Taschen seiner Eltern in deren Ankleideraum und trat erst dann in sein eigenes Zimmer. Er betrachtete stumm den schmalen Schreibtisch, das mit Büchern und Zeitschriften voll geräumte Regal und schließlich die abgenutzte Weltkarte, die über dem Bett neben dem Fenster hing.

Tom schob seine Koffer einfach zum Schrank und ließ sie ungeöffnet. Er lockerte den Knoten seiner Krawatte, blickte über seine Schulter hinter sich, um sich zu vergewissern, dass er allein war, und zog dann die unterste Schublade seines Schreibtischs auf. Er holte Colonel Colpos Briefumschlag aus seiner Jacke, steckte ihn behutsam unter die alten Schulhefte und schob die Lade wieder zu. Doch gerade als er das Zimmer verlassen wollte, machte Tom auf dem Absatz kehrt, riss die Lade erneut auf und nahm das Kuvert mit dem Scheck wieder an sich. Er hielt es doch für eine ziemlich dumme Idee, diesen Schatz einfach hier liegen zu lassen.

»Du willst noch weggehen?«, fragte seine Mutter, als er die Treppe hinuntereilte.

»Ich will mir nur die Beine vertreten«, antwortete er und schnappte sich seinen Hut vom Garderobehaken, »vielleicht sehe ich mir noch einen Film an.«

»Bleib nicht zu lange fort.«

Tom schüttelte irritiert den Kopf, entschied sich aber zu keinem weiteren Kommentar. Natürlich würde er so lange ausbleiben, wie er wollte. Er war schließlich kein Kind mehr.

Tom spazierte ohne Ziel die Olympia Avenue hinunter und steuerte an der Tremont Street nach rechts in Richtung Boston Common.

An genau dieser Stelle hatte Tom vor einer Ewigkeit einen alten Traktorreifen, den er zusammen mit Daniel Cossingrow und Jonathan Helsters auf einem leer stehenden Fabriksgelände gefunden und anschließend mit Farbe bunt bepinselt hatte, bestimmt hundertmal den Hügel hinunter rollen lassen, wo ihn eine Hecke immer sanft abgebremst hatte. Der Reifen war damals für alle Kinder in der Olympia Avenue mehrere Wochen lang das Aufregendste der Welt gewesen.

Tom kaufte sich an einem Stand einen *Boston Globe*. Der Verkäufer berichtete Tom unaufgefordert, dass die *Red Sox* auch das nächste Spiel gegen Chicago drei zu zwei gewonnen hatten. »War ein verdammt gutes Spiel. Jimmie Foxx war ganz gut, aber er kann noch mehr, hoffe ich. Chicago packen wir schon. Aber die *Yankees* mit DiMaggio sind diese Saison wieder die eigentliche Messlatte. Und Joe DiMaggio spielt einfach grandios im Moment, muss man zugeben.«

»Auch wenn er fürs falsche Team spielt«, fügte Tom hinzu. Der Verkäufer nickte erheitert.

Als er Beacon Hill durchquerte, war Tom endgültig wieder von Bostons ganz eigener Schönheit eingenommen. Im Grunde war die Gegend nur in zwei Farben getaucht: Das Straßenpflaster und die charmanten Häuser bestanden fast durchgehend aus roten Backsteinen, während zahlreiche Bäume und Büsche die Straßen mit einem kräftigen Grün einfärbten.

Als er einen älteren, aber kräftigen Mann in einem grauen Anzug sah, der einem verwahrlosten Obdachlosen ein paar Münzen zuwarf, blieb Tom ruckartig stehen. Doch schon nach wenigen Augenblicken hatte er seinen Irrtum erkannt: Der Mann war natürlich nicht Francis Colpo, er sah ihm nicht einmal ähnlich. Tom schob sich den Hut ein Stück nach hinten.

Was, zum Teufel, war der *BCR Trust*? Handelte es sich vielleicht um irgendeine Gesellschaft, die Interessen einer Industrie vertrat? War Colpo ein Lobbyist, der in Washington Abgeordnete dazu brachte, für oder gegen Gesetzesvorlagen zu stimmen?

Wie ein Politiker hatte dieser Colpo bestimmt nicht ausgesehen. Wer war Colpo? Und aus welchem Grund hatte er ihm 20.000 Dollar gegeben?

Tom nahm einen Bus in westliche Richtung und kaufte sich am Schalter des Coolidge Corner Theatre an der Harvard Street eine Karte für den Film *The Garden of Allah* mit Marlene Dietrich und Charles Boyer. Er war überrascht, dass der Film überhaupt gespielt wurde, denn Tom hatte ihn schon einige Monate zuvor in Philadelphia gesehen. Aber das machte ihm nichts. Er betrachtete es einfach als eine Verpflichtung, sich die Filme der aus Berlin nach Hollywood ausgewanderten deutschen Schauspielerin so oft er konnte anzusehen. Irgendwie waren er und sie ja Landsleute.

Der Saal war nur sporadisch gefüllt. Das *Newsreel* vor dem eigentlichen Film zeigte Aufnahmen aus dem umkämpften Spanien. Ein paar republikanische Soldaten mit schmutzigen Gesichtern winkten fröhlich in die Kamera. Tom fragte sich, wie alt diese Bilder wohl waren.

Es war etwa 22.30 Uhr, als sich Tom im fahlen Licht der Straßenbeleuchtung wieder auf den Heimweg machte. Sporadisch fuhren Autos an ihm vorbei, einige Menschen waren auf den Straßen so wie er zu Fuß unterwegs.

Ja, Boston gefiel Tom. Und er war sich sicher, dass sein Vater ihm schon in Kürze irgendeinen Job in Boston vermitteln würde, vielleicht bei einer Versicherung. Karl Wolf war in der Gesellschaft der Stadt schließlich gut vernetzt. Und trotzdem: Für Tom war es noch nicht an der Zeit hierzubleiben. Er musste fort. Er kannte gerade einmal die Ostküste eines einzigen Kontinents auf dieser riesigen Welt. Noch nie hatte er das Land verlassen, noch nicht ein einziges Mal! Nein, hier zu bleiben wäre ein riesiger Fehler. Auch wenn es verlockend war.

Tom vergrub seine Hände in den Hosentaschen und kickte einen Stein vom Gehweg.

Er öffnete leise die Zaunpforte in der Olympia Avenue und blickte hinauf. Im Wohnzimmer bei den Wolfs brannte noch Licht, stellte er fest.

»Mister Wolf!«

Tom erschrak und drehte sich ruckartig um. Auf dem Gehweg hinter ihm stand ein in einen dunklen Anzug gekleideter Mann, den er noch nie gesehen hatte.

»Mister Wolf, würden Sie mir bitte folgen? Mister Colpo würde sich gerne mit Ihnen unterhalten.«

9. MEHRERE VERSIONEN

Das Grammofon knackte leise. Allmählich setzten die Streicher ein, und der dritte Satz der fünften Sinfonie in F-Dur von Gustav Mahler begann. Das Orchester spielte das Adagietto zaghaft und, wie vom Komponisten vorgesehen, sehr langsam. Morgenstein mochte diese Stelle: Die harmonischen Klänge wirkten geradezu beruhigend.

Morgenstein rieb sich seine Augen. Dann lehnte er sich zurück, griff in seinen Morgenmantel und blickte auf seine alte Taschenuhr. Es war beinahe 4.30 Uhr morgens. Draußen dämmerte es wahrscheinlich schon, vermutete er, aber er entschied sich, die Vorhänge nicht aufzuziehen.

Er gähnte, schlenderte zur Anrichte, auf der ein Krug stand, und goss sich ein Glas Wasser ein. Das Spiel der Streicher wurde intensiver und ließ Morgenstein wieder gebannt den Klängen lauschen.

In solchen Momenten beneidete er Menschen wie seine Kollegin Viktoria Baroq. Die war eine geradezu virtuose Klavierspielerin, sagenhaft. Morgenstein selbst hatte als Kind für ein paar Jahre Violine gelernt, aber sein musikalisches Talent war nur beschränkt ausgeprägt gewesen. Außerdem hatte er sich mit acht Jahren erfolgreich seinen Eltern widersetzt: Er war es leid gewesen, zweimal in der Woche in die Musikschule in der Taborstraße zu gehen. Der Lehrer, Herr Nagy, hatte ihm jedes Mal einen kräftigen Schlag auf den Hinterkopf gegeben, wenn Morgenstein nicht ordentlich geübt hatte. Und das war häufig vorgekommen.

Morgenstein setzte sich wieder an seinen Schreibtisch und blickte auf das noch immer völlig leere Blatt Papier.

Wieder nahm er die *Parker*-Feder in die Hand und musste unwillkürlich lächeln. Er hatte sich das gute Stück etwa ein Jahr zuvor im *Penshop* in der Maysedergasse gekauft. Der Schreiber war nicht nur exzellent, sondern stammte auch noch aus Amerika. Eine bessere Feder konnte es für diesen Brief gar nicht geben, dachte Morgenstein.

Als er ansetzte, zögerte er wieder. Er hatte im Gymnasium in der Leopoldstadt neben Latein, Altgriechisch und Französisch auch Englisch gelernt, aber besonders letzteres war nach so vielen Jahrzehnten ziemlich eingerostet. Er würde wahrscheinlich ein paar Fassungen schreiben müssen, bis er eine sendefertige Version des Briefes vor sich liegen hätte, mit der er völlig zufrieden sein würde. Aber das machte nichts. Er würde so jede Nacht hier sitzen – solang, bis er fertig war. Aber irgendwann musste er anfangen.

Die Sinfonie erreichte nun ihren Höhepunkt, und Morgenstein starrte die Wand vor sich an.

Er erinnerte sich, wie er zusammen mit seinen Eltern einmal die Oper besucht hatte, als Gustav Mahler selbst dirigiert hatte. War es wirklich Mahler, oder verwechselte er da etwas? Morgenstein schüttelte seinen Kopf, um sich wachzuhalten. Er hatte schon zu lange nicht geschlafen. Nein, nein, es war Mahler selbst gewesen, ganz klar.

Gustav Mahler war, genau wie Morgenstein, kein religiöser Mensch gewesen. Der Hofoperndirektor war sogar zum katholischen Glauben konvertiert, weil er damit antisemitischen Hindernissen aus dem Weg gehen wollte. Und das wohl zu Recht. Morgenstein erinnerte sich vage, dass Bürgermeister Lueger sich gegen den begabten jüdischen Künstler eingesetzt hatte, um politisches Kleingeld zu schlagen. Eine Schande.

Trotzdem: Gustav Mahler hatte es ja nach Amerika geschafft! Einige Jahre vor dem Großen Krieg war er nach New York gegangen und hatte an der *Metropolitan Opera* in Manhattan gewirkt. Man hatte den Mann dort gefeiert!

Als die letzten Töne des Adagietto verstummten, blickte Morgenstein wieder auf seine Uhr. Wie spät war es eigentlich gerade in Amerika? Er strich sich über seinen weißen Bart und überlegte. Wien war der amerikanischen Ostküste um sechs Stunden voraus, daher müsste es wohl gegen 22.30 Uhr sein.

Genug gebummelt, fuhr er sich innerlich an. Irgendwann musste er endlich anfangen zu schreiben! Entschlossen setzte er wieder die Füllfeder an und begann.

10. DIE IM DUNKELN

»Unser Wagen steht um die Ecke«, sagte der junge, scheinbar gut trainierte Mann, »es sind nur noch ein paar Schritte.«

Tom folgte ihm mit ein paar Metern Abstand und entdeckte ein sehr großes schwarzgraues Fahrzeug, das hinter einem Baum am Straßenrand geparkt war. Der Mann öffnete Tom die Tür des Fonds und gab ihm zu verstehen, dass er einsteigen sollte.

»Keine Angst, Mister Wolf.«

Tom machte einen kleinen Schritt voran. Es war ein Cadillac, ein beeindruckendes, teures Auto. Tom machte einen weiteren Schritt und blickte in das Wageninnere.

Colpo saß auf der Rückbank, bemühte sich aber erst gar nicht, freundlich zu wirken. Tom zögerte noch einen kurzen Moment, dann stieg er ein.

Nach etwa 15 Minuten verstummte der Motor. Sie hielten im Westen von Boston vor einem großen Bürogebäude, das, wie die ganze Straße, verlassen und heruntergekommen schien. Zahlreiche Fensterscheiben waren eingeschlagen, und Sträucher wucherten über einen hohen Zaun, der an einer Stelle unsanft eingedrückt worden war.

»Wir sind da«, erklärte der Fahrer.

Im Gebäude war es stickig und dunkel. Tom folgte Colpo und den anderen durch einen schmalen Gang, in den sich selbst untertags kaum ein Lichtstrahl verirren würde. Der Boden war an manchen Stellen klebrig, die hölzernen Bodendielen knarrten bei jedem Schritt. Hätte man den Bau abgerissen, hätte es wohl kaum jemanden wirklich gekümmert, dachte er sich. Colpos Unternehmen hätte die 20.000 Dollar besser in eine Generalsanierung ihrer Büros investieren sollen.

Colpo öffnete eine schwere Metalltür. Er deutete Tom wortlos mit einer langsamen Geste, dass er eintreten möge. Doch Tom blieb stehen.

Der Mann, der den Cadillac gelenkt hatte, stand nur einen Meter hinter Tom und schnitt ihm den Weg zurück ab. Gleichzeitig war sein Gesichtsausdruck freundlich. »Bitte, Mister Wolf, würden Sie?«

»Natürlich«, antwortete Tom.

Tom betrat einen großen Saal, dessen Wände er in der Dunkelheit nicht ausmachen konnte. Genau in der Mitte baumelte eine kleine Lampe von der Decke, die so gerade einen länglichen Tisch ausleuchtete. Zwei Menschen musterten Tom, ohne eine Regung zu zeigen: Ein schlanker Mann mit kahlem Schädel und nur wenigen, kurz geschorenen weißgrauen Haaren saß genau in der Mitte hinter der Tafel. Auf seiner Nase lag eine runde silberne Brille, die im Schein der Leuchte blitzte. Zu seiner Rechten saß eine kühl wirkende Dame mit kurzen, gelockten grauen Haaren. Sie hatte äußerst schmale Lippen, ein faltiges, aber gepflegtes Gesicht und einen aufmerksamen und messerscharfen Blick, mit dem sie Tom regelrecht durchbohrte.

»Setzen Sie sich«, befahl Colpo und deutete auf einen unbequemen Metallstuhl. Tom gehorchte ohne Umschweife. Colpo marschierte an ihm vorbei und nahm auf der anderen Seite zur Linken des ruhigen Mannes Platz.

Tom hörte, wie hinter ihm die Tür donnernd zugeworfen wurde. Es schien so, als wäre plötzlich um den erleuchteten Tisch herum eine undurchdringliche schwarze Barriere vollständig geschlossen worden. Wie ein dunkler Schleier, in dessen Schutz vielleicht Dutzende Augenpaare im Verborgenen aufmerksam auf Tom gerichtet waren. Er wollte sich zwingen zu lächeln, doch es gelang ihm nicht. Tom fühlte sich wie vor einem Gericht: Vor ihm saßen nun drei Richter, die über ihn urteilen würden.

Colpo öffnete bedächtig eine dunkle Mappe, griff nach einem losen Blatt und begann langsam vorzulesen.

»Thomas K. Wolf. Wofür steht das K?«

»Wie ... wie bitte?« Tom räusperte sich.

»Das K in Ihrem Namen«, wiederholte Colpo.

»Für Karl, den Namen meines Vaters.«

»Karl mit einem K?«

»Richtig. Mein Vater stammt aus Österreich-Ungarn. Er ist kein Deutscher.«

»Wieso betonen Sie das?«

Tom senkte für einen Moment seinen Blick. »Heutzutage ist das für einige Menschen nicht unerheblich, denke ich.«

»Haben Ihre Eltern Sie nach Thomas Wolfe benannt?«

Tom stutzte. »Den Schriftsteller? Meinen Sie Thomas C. Wolfe, den Schriftsteller?«

Colpo nickte.

»Thomas Clayton Wolfe war, soweit ich weiß, noch nicht erwachsen«, erklärte Tom langsam, »als ich zur Welt gekommen bin. Und er war bestimmt noch weit davon entfernt, literarischen Ruhm zu ernten.«

Er blickte nervös zwischen den Gesichtern der drei Menschen vor ihm hin und her.

»Und ganz abgesehen davon«, legte er nach, »will ich meinem Beinahe-Namensvetter nicht zu nahetreten, aber es fehlt ihm Entscheidendes.«

Colpo blickte interessiert auf. Die anderen regten sich nicht.

»Zunächst«, erklärte Tom, »fehlt ihm ein vertikaler Strich, der das C zum K macht. Abgesehen davon ist jedem Kind bekannt, dass ein echter Wolf nicht mit einem e am Ende geschrieben wird.«

Keines seiner drei Gegenüber quittierte die Bemerkung mit einem Lächeln. Einige Momente herrschte absolute Stille.

»Also«, durchbrach Colpo schließlich das Schweigen und blickte auf seinen Zettel, »Ihre Eltern stammen aus Hannover und Wien. Ihr Vater ist Architekt, er ist recht erfolgreich. Hat in den letzten Jahren Projekte von Kalifornien bis Maine geleitet. Sie selbst interessieren sich für Naturwissenschaften, waren auf der High School hier in Boston besonders gut in Chemie, haben aber ein Diplom in Finanzen. Sowohl auf der High School als auch der Universität ausgezeichnete Noten. Sie haben einige Wettbewerbe im Langstreckenlauf auf der University of Pennsylvania gewonnen. Sie waren kein Mitglied einer Verbindung der Universität. Sie sprechen Deutsch und Englisch fließend, dazu Französischkenntnisse. Sie sehen viele Filme, Moment, 37 Kinobesuche im vergangenen Jahr …«

Colpo sah nicht ein einziges Mal auf, während er vorlas. Hätte er es getan, so hätte er eine entscheidende Wandlung in Toms Gesicht registriert. Es war nicht mehr eine Spur von Nervosität in ihm, stattdessen wurde Tom wütend.

»Sie sind in der Lage, Projekte eigenständig zu leiten und durchzuführen. Sie sind hartnäckig, durchsetzungsstark, können andere anführen. Sie interessieren sich für Weltpolitik, lesen die *New York Times*, die *Washington Post* und öfter *Life* …, sonderbar, nicht das *Wall Street Journal* … genauso wenig den *Washington Herald.*«

»Sie wissen also, wer ich bin«, bemerkte Tom leise. »Wieso sind Sie so scharf darauf, mir vorzulesen, was Sie alles von mir wissen? Ich nehme nicht an, dass all der Aufwand für Ihren Auftritt in Philadelphia gestern und die Inszenierung heute nur dem Zweck dient, mich zu beeindrucken. Wenn Sie mir einen Job anbieten wollen, dann bitte, kommen Sie zur Sache.«

Colpo schwieg und sah weiter in die Mappe vor sich.

»Verschwenden Sie nicht meine Zeit!«, rief Tom. Seine Stimme vibrierte, und er erschrak selbst vor seiner Chuzpe.

»Und Sie kommen immer sofort auf den Punkt.«

Toms Herz raste. Colpo warf seinem Sitznachbar einen ausdruckslosen Blick zu.

»Mister Wolf«, begann der kahlköpfige Mann in der Mitte in einem unaufgeregten Tonfall mit kultivierter Stimme, »ich möchte mich bei Ihnen für Ihr Verständnis bedanken. Sie sind unserer Einladung gefolgt, ohne dass wir Ihnen mitgeteilt haben, wer wir sind oder was wir Ihnen heute anbieten wollen.«

Tom nickte zurückhaltend.

»Dennoch möchte ich Sie bitten, noch einige Minuten Geduld mit uns zu haben.«

Der Mann blickte zu der eisigen Dame zu seiner Rechten und dann wieder zu Colpo.

»Es ist für uns unvermeidlich, dass wir noch einige Dinge klären. Anschließend werden wir Licht in das Dunkel bringen. Ist das für Sie akzeptabel?«

Tom nickte.

»Welches Land sehen Sie als Ihr Heimatland an, Mister Wolf?«, fragte die ältere Dame ansatzlos.

»Die Vereinigten Staaten«, antwortete Tom, ohne nachzudenken.

»Wo fühlen Sie sich zu Hause?«

»In Boston.« Er wusste nicht, in welche Richtung diese Fragen führen sollten.

»Sind Sie bereit, dieses Land für eine berufliche Tätigkeit zu verlassen?«

Tom dachte nach. Natürlich war er das.

»Ja.«

Die eisige Dame blickte zum kahlen Mann in der Mitte. Der faltete seine Hände und lehnte sich nach vorn. »Wie stehen Sie zum Nationalsozialismus und zum Faschismus?«

Tom war überrascht. »Ich halte von beidem nichts.«

»Sind Sie bereit«, fragte Francis Colpo, »in den Staatsdienst der Vereinigten Staaten zu treten?«

Toms Augen weiteten sich. Warum war er darauf nicht schon früher gekommen? Ein Ministerium! Eine Behörde! Tom überlegte schnell.

»Ja«, antwortete er halbherzig. Dann fügte er klarer hinzu: »Wenn die Bezahlung stimmt.«

Der Mann in der Mitte schob eine rote Mappe, die vor ihm lag, ein Stück zur Seite und musterte eine Weile Toms Gesicht. Hinter der runden silbernen Brille verbargen sich zwei regungslose dunkle Augen, die offenbar in Toms Innerstes zu blicken vermochten. Es war erstaunlich, wie leblos die Pupillen des Mannes schienen. Tom fiel in diesem Moment nur ein Begriff ein, der sein Gegenüber beschrieb: Pokerface.

»Können Sie sich vorstellen«, fragte der Kahle noch langsamer als zuvor, »für einen Nachrichtendienst zu arbeiten?«

Tom wollte vor Überraschung laut aufschreien, doch er erlaubte sich nicht einmal zu schlucken. Selbst das wäre zu laut gewesen. Seelenruhig warteten Colpo, das Pokerface und die kalte Lady auf eine Reaktion.

»Was … kann ich mir darunter vorstellen?«

»In einer solchen Position tragen Sie direkt dazu bei, Ihr Land gegen widrige äußere Einflüsse zu verteidigen. Sie würden in einer Branche tätig sein, in der äußerst wichtige Informationen beschafft und Geheimnisse bewahrt werden. Sie würden zu denen gehören, die das erledigen, was auf offiziellem politischem oder diplomatischem Wege nicht erledigt werden kann oder darf.«

Tom war beeindruckt. Das klang verlockend, wenn auch reichlich oberflächlich – und einstudiert.

»Bei übrigens sehr guter Bezahlung, was für Sie ja offensichtlich ein entscheidendes Kriterium darstellt«, fügte der Mann hinzu, während er sich auf seinem Stuhl zurücklehnte.

Tom fühlte ein Kribbeln im Bauch. Doch eine innere Stimme sagte ihm, dass er vorsichtig sein musste. Als ob seine Gedanken gelesen worden wären, erklärte die grauhaarige Dame: »Sie müssen sich entscheiden, ob Sie sich so eine Karriere vorstellen können oder nicht. Nur wenn Sie sich für diesen Weg entscheiden, können Sie Konkreteres erwarten.«

»Und wenn ich kein Interesse hätte?«

»Dann«, antwortete Colpo, »hat dieses Treffen nie stattgefunden. Und Sie werden über uns und das heutige Treffen zu niemandem jemals ein Wort verlieren.«

»Nicht, dass Ihnen jemand glauben würde«, ergänzte das Pokerface ruhig. »Aber lassen wir dieses Thema beiseite. Ich möchte Ihnen etwas klarmachen, Mister Wolf. Wir haben zu Ihnen Kontakt aufgenommen, weil wir überzeugt sind, dass Sie genau der Richtige für diese Arbeit sind. Und was das Gehalt anbelangt …« Er holte aus seiner Mappe einen Schreibbogen und schob ihn zu Tom über den Tisch. »Das wäre die Summe, die Sie von Beginn an von uns erwarten können. Plus Spesen.«

Tom sah auf das Blatt, ohne es zu berühren. Sein Herz schlug wieder heftiger: Die Summe war enorm.

»Und wo wir schon so offen über Geld reden«, fuhr Pokerface fort, »möchte ich Sie bitten, uns das Vertrauenspfand wieder auszuhändigen.«

Plötzlich trat wie aus dem nichts ein Bär von einem Mann aus der Dunkelheit heraus an Toms Seite. Er öffnete seine prankengleiche Hand, während Tom erschrocken zu seinem Gesicht hinaufblickte. Doch sofort hatte er verstanden. Hastig zog Tom den Scheck aus seiner Tasche, den Colpo ihm in Philadelphia überreicht hatte. Die 20.000 Dollar waren keineswegs ein Geschenk gewesen, verstand Tom jetzt. Er war erleichtert, dass er den Schatz nicht in der Schublade in seinem Zimmer gelassen hatte.

»Aber wo würde ich arbeiten?«, fragte Tom unsicher. »Was … Herrgott, was würde ich tun? Wollen Sie gleich jetzt eine Entscheidung von mir?«

Pokerface lächelte und antwortete: »Sollten Sie sich für uns entscheiden, werden Sie Ihren Eltern, Ihren übrigen Verwandten und Freunden erzählen, dass Sie eine Stelle im Außenministerium in der Hauptstadt angenommen haben. Hierfür gebe ich Ihnen diesen Brief.«

Er reichte Tom einen großen Umschlag, der als Briefkopf das Siegel des State Department trug.

»Wenn Sie an unserem Angebot interessiert sind, dann werden Sie sich in spätestens drei Tagen nach Washington D.C. begeben. Sie werden dort an der Union Station abgeholt. Keine Sorge, wir werden Sie nicht verpassen, egal, welchen Zug Sie nehmen. Selbstredend übernehmen wir die Kosten für die Fahrt und für notwendige andere Arrangements Ihres Ermessens.« Colpo schob Tom ein kleines Bündel hin. Es war Bargeld, etwa 100 Dollar. Das war mehr als genug für ein Ticket.

»Wenn Sie nicht in spätestens drei Tagen in Washington D.C. sind, wissen wir, dass Sie sich gegen uns entschieden haben. In dem Fall werden Sie nie wieder von uns hören.«

»So oder so«, stellte Colpo klar, »verlieren Sie kein Wort über dieses Treffen. Sonst würden Sie ernste Konsequenzen zu gewärtigen haben.«

Tom atmete tief ein.

Der Mann in der Mitte nickte. »Noch einmal, Mister Wolf, dies ist eine einmalige Gelegenheit. Sie haben wahrscheinlich Ihr Leben lang genau auf diese Chance gewartet. Überlegen Sie es sich gut. Bei uns arbeiten Sie nicht für die Eigentümer irgendeines Unternehmens, sondern für das Wohl eines Landes und eines ganzen Volkes. In unserer Branche ist nicht das Geld der Antrieb. Nirgendwo können Sie etwas Vergleichbares bewegen und verändern. Bei uns können Sie Großes bewirken.«

Colpo gab mit seiner Hand ein Zeichen. »Das wäre alles.«

Tom erhob sich wie auf Kommando. Er hörte, wie hinter ihm die Tür geöffnet wurde.

»Auf Wiedersehen«, verabschiedete er sich höflich, auch wenn er diese Floskel irgendwie für unangebracht hielt. Keiner folgte ihm, Colpo und die anderen zwei blieben in der Dunkelheit zurück.

Draußen warteten noch immer die anderen beiden Männer, die schon mit Tom im Wagen hierher gefahren waren. Sie begleiteten ihn wortlos in Richtung Treppe.

Diese Vögel sind also Nachrichtendienstleute, erkannte Tom.

11. VERÄNDERUNGEN

Mit Schwung ließ er die Haustür in der Waagestraße hinter sich ins Schloss knallen. Er streckte sich, zog die Manschetten seines blütenweißen Hemdes aus den Ärmeln seines Jacketts und rückte seinen braunen Hut zurecht.

Professor Josef Schwarzbeck fühlte sich wieder ganz wie ein Mensch. Die lange Zugfahrt zunächst quer durch die Alpen in die Schweiz und von dort durch ganz Deutschland bis nach Berlin, hatte ihre Spuren hinterlassen. Zu Hause in seiner Wohnung hatte Schwarzbeck seine Kleider mit Freude von sich geworfen, ein langes heißes Bad genommen und sich schließlich frisch rasiert. Jetzt duftete er nach Eau de Cologne, war in Seide und feinste Schurwolle gehüllt, trug teure Lederschuhe – und in Kürze würde er sich einen mindestens 20 Jahre alten schottischen Whiskey die Kehle hinunterkippen. Die Frage war nur: wo?

Schwarzbeck blieb neben den in der Straße parkenden Autos stehen, drehte sich um und sah nach oben. Berlin stand eine herrliche Nacht bevor, kaum Wolken verdeckten den noch nicht ganz dunklen Himmel. Es war ja beinahe zu schade, das gute Wetter nicht zu nutzen, aber er sehnte sich regelrecht nach der verrauchten, ausgelassenen Feierstimmung, die nur in engen Lokalen herrschte. Sollte er vielleicht vorher noch in ein Revuetheater gehen?

Er blickte mit zusammengekniffenen Augen an einer Litfaßsäule vorbei, an der gleich mehrere große Plakate die Propagandaausstellung *Gebt mir vier Jahre Zeit* bewarben, die die großen Erfolge des Führers bejubelte. Schwarzbeck entdeckte die Straßenbahnstation, von der aus er die Linie nach Friedrichshain nehmen konnte. Sofort schüttelte er den Kopf: Das Varieté *Plaza*, das in Friedrichshain lag und das er früher oft besucht hatte, wurde ja mittlerweile von den unsäglichen *Kraft durch Freude*-Leuten kontrolliert.

»Hm«, brummte er unzufrieden. Ins *Scala* wollte er auch nicht, das Programm dort sagte ihm seit Jahren nicht mehr zu. Und was war mit dem *Wintergarten*? Warum nicht dort den Abend mit einer Darbietung von Akrobaten, Jongleuren oder vielleicht Tanzkünstlern beginnen?

Er machte auf dem Absatz kehrt und marschierte entschlossen in die andere Richtung. Er würde den Bus zum Kurfürstendamm nehmen und erst einmal in das *Flamingo* gehen. Der Rest würde sich schon im Laufe des Abends ergeben.

Als er um die Ecke bog, beobachtete Schwarzbeck, wie ein Doppeldeckerbus gerade von der Haltestelle in der Westkönigstraße abfahren wollte.

»Warten Sie!«, rief er und rannte los. Der rollende Koloss, auf dessen Seite in großen Lettern für *Persil* geworben wurde, setzte sich nur langsam in Bewegung. Schwarzbeck war nach ein paar großen Sätzen über den Gehweg schon auf Höhe des hinteren Einstiegs, sprang los und griff mit der Hand nach dem Metallgriff.

»Das war aber mutig!« Eine etwa 40 Jahre alte Frau nickte Schwarzbeck anerkennend zu, als der durch den Mittelgang schritt.

»Nicht der Rede wert«, antwortete er stolz und zog seinen Hut. Aber als er an einem Fenster neben einem SA-Mann in brauner Uniform Platz nahm, wischte er sich über die Stirn. Er musste sich endlich wieder mehr bewegen, dachte er. Sein Geist war zwar noch genauso hellwach wie mit 25, aber seine physische Konstitution musste endlich wieder in Form gebracht werden. Er ließ sich viel zu sehr gehen, jetzt brachte ihn schon so ein kleiner Zwischensprint aus der Puste.

Schwarzbeck atmete tief ein, lehnte sich zurück und betrachtete seine Hände. Wenn er erst mal wie ein wirklich alter Mann aussehen würde, würde sich sicher auch kein Mädchen mehr von seinem Charme einfangen lassen. Dann würden die Frauen in ihm nur noch einen Lustgreis sehen. Schwarzbeck lief es kalt den Rücken hinab. Morgen musste er damit anfangen zu trainieren, ja, gleich morgen.

Der Bus rollte an einem mit zahllosen Hakenkreuzfahnen geschmückten Behördengebäude vorbei und stoppte an der nächsten Haltestelle.

Vielleicht war er heute einfach nicht in der Verfassung für eine Tour durch das Berliner Nachtleben. Die Zugfahrt war ja schließlich auch anstrengend gewesen. Schwarzbeck überlegte für ein paar Augenblicke, den Bus zu verlassen und sich mit einem Taxi zum Staatstheater bringen zu lassen. Vielleicht hatte er Glück, und es gab an der Abendkasse noch Karten für ein interessantes Stück. Oder vielleicht spielten Furtwänglers Philharmoniker sogar diesen Abend in der Stadt?

»Nein, nein, nein«, sagte er zu sich selbst. So alt war er noch nicht, dass er sich von einer momentanen Kurzatmigkeit in die Knie zwingen ließ.

Er sprang mit Schwung aus dem Bus, nickte durch das Fenster noch einmal der Dame schelmisch zu, die ihn auf seinen rasanten Zustieg angesprochen hatte, und flanierte auf dem breiten Gehweg des Kurfürstendamms in Richtung Südosten.

Er griff in seine Jackentasche und zog sein silbernes Etui hervor. Als er sich eine Zigarette ansteckte und die vielen Limousinen auf der Straße vorbeirollen sah, überlegte er, wie oft er eben hier das *La Notte* besucht hatte. *Das* war eine Tanzbar gewesen. Der Betreiber hatte ein Händchen dafür gehabt, die schönsten Mädchen der Stadt aufzuspüren und unter Vertrag zu nehmen. Der Laden war vier Jahre zuvor geschlossen worden, weil der Betreiber Jude war.

Es war schon eine Schande, wie sehr sich das Nachtleben in den vergangenen Jahren verändert hatte. Früher, vor den ganzen Arisierungen und bevor die SA und SS regelmäßig ihre willkürlichen Razzien durchgeführt hatten, war Berlin noch eine ganz andere Stadt gewesen …

Die Zeiten unmittelbar nach dem Krieg vermisste Schwarzbeck nicht besonders. Da war einfach alles drunter und drüber gegangen. Deutschland hatte nicht nur seinen Kaiser davongejagt, sondern vor allem die Söhne des Landes zu Millionen verloren, war völlig pleite und noch dazu von politischen Grabenkämpfen gelähmt. Schwarzbeck hatte riesiges Glück gehabt, dass ihm sein Vater eine Schatulle mit britischen Pfundnoten, amerikanischen Dollars und einigen Goldmünzen hinterlassen hatte. Während die Arbeiter ihre Löhne kistenweise von den Auszahlungsstellen abholen hatten müssen, weil die Mark einfach nichts mehr wert gewesen war, hatte er selbst mit den ausländischen Devisen gut überleben können. Nein, die Jahre nach dem Krieg vermisste er wirklich nicht.

Der Türsteher des *Flamingo* begrüßte ihn im typischen Berliner Dialekt. Schwarzbeck wurde zu einem der kleinen Tische dicht an der Bühne geführt, während ein paar Mädchen in hübschen, knappen Kleidern schon sangen.

»Du kriegst alles, was du willst«, hörte Schwarzbeck eine Stimme in seinem Kopf sagen. »Es ist alles erlaubt – solange du bezahlst, Freundchen.«

Als die Kellnerin ihm ein Glas Single Malt Scotch brachte, erinnerte er sich wieder lebhaft an die alten Zeiten. Es hatte in Berlin zehn, 15 Jahre zuvor nicht nur eine Rotlichtmeile wie in anderen Weltstädten gegeben, nein, die ganze Stadt war ein einziges Sündenviertel geworden, das mit Prostituierten, Zuhältern, Spielern und Halsabschneidern nur so vollgestopft gewesen war. Einhalt war dem munteren Treiben kaum geboten geworden, die gut organisierten Ringvereine hatten die Unterwelt von Berlin wahrscheinlich genauso unter Kontrolle gehabt wie die Gangs von Al Capone jene von Chicago. Irgendwann waren dann die reichen Touristen aus England, Amerika und sogar Japan in Scharen gekommen, um sich ins Berliner Vergnügungsgetümmel zu werfen, denn ein sündiger Urlaub in der Spreemetropole war wegen der gewaltigen Inflation für Leute von außerhalb geradezu ein Schnäppchen gewesen: Anfang der 20er-Jahre hätte eine Berliner Prostituierte für einen Einemilliardemarkschein nicht mal ihren Rock bis zum Knöchel hinaufgezogen – hätte aber wohl für wenige amerikanische Dollar ohne zu zögern sofort eingewilligt, eine ganze Woche lang so gut wie alles über sich ergehen zu lassen, was der Freier von ihr verlangte. Und so hatte Berlin mit einer Mischung aus billigem Sex, völligem Freiheitsgefühl, leichter Unterhaltung, günstigem Kokain und prickelndem Champagner, der in Strömen geflossen war, Paris den Rang als *die* europäischen Unterhaltungsmetropole mehr als streitig gemacht.

Schwarzbeck beobachtete die Darbietung der Mädchen auf der Bühne mit geringer Begeisterung. Ihre schlanken Beine, ihre prallen Dekolletés und ihre stark geschminkten Gesichter waren ja ganz nett anzusehen, dachte er, aber irgendwie war das alles nichts Besonderes. Früher hatte er die Shows von echten Stars genießen können. Wenn er nur an Anita Berber im *Apollo-Theater* dachte … Die Frau war eine Göttin gewesen. Ihre erotischen Auftritte waren gewagt gewesen, vielleicht sogar exzessiv. Sie hatte gewusst, wie sie das Publikum in ihren Bann ziehen konnte.

Vielleicht war es ganz gut, dass die Berber nicht mehr miterlebt hatte, wie die Nazis ganz Berlin umgekrempelt hatten.

Er trank aus, legte einen Schein auf den Tisch und verließ das Lokal. Draußen lief er zielsicher in eine Querstraße. Nach ein paar Minuten erreichte er das Haus mit der Nummer 48 und läutete an der Klingel, auf der »Salon Paula« geschrieben stand. Ein wohlig warmes Gefühl durchströmte Schwarzbecks Körper. Er würde schon gleich sehen, wie alt er wirklich war.

»Josef! Schön, dass du uns wieder beehrst!« Die junge brünette Elsa führte ihn in ihr Zimmer. Schwarzbeck musterte unauffällig ihre Statur, während sie sich auf das Plüschsofa setzten. Sie hatte sich kaum verändert, schlank und rank wie eh und je, dachte er.

»Ein Schluck Blubberwasser?«, scherzte sie und lächelte, sodass ihre weißen Zähne aufblitzten. Schwarzbeck nickte, griff nach der Flasche Sekt im Kühler und schenkte ein.

Er musste sich gar nicht anstrengen, um mit dem Mädchen die übliche freundliche Konversation zu betreiben. Er hatte es noch im Blut, dachte er. Natürlich war es ein Leichtes, eine Prostituierte zum Lachen zu bringen, aber in diesem Moment brauchte Schwarzbeck einfach das Erfolgserlebnis. Als er sie nach ein paar Minuten dezent bat, sich auszuziehen, musste er zu seinem eigenen Schreck plötzlich an das Ehepaar Morgenstein denken.

»Warte«, wies er das Mädchen an, »trinken wir vorher noch aus.«

Elsa nickte und nahm gierig einen Schluck.

Schwarzbeck seufzte leise. Morgenstein war nach dem Tod seiner Frau Lydia bestimmt nicht ein einziges Mal bei einem leichten

Mädchen gewesen. Schwarzbeck betrachtete die schöne Elsa neben sich. Nein, dafür wäre sein Wiener Kollege viel zu schüchtern.

Morgenstein und er selbst waren zwei grundverschiedene Typen. Beide waren sie ledig, doch aus unterschiedlichen Gründen. Schwarzbeck hatte sich bewusst dafür entschieden, keine ernsthafte Bindung einzugehen, weil er es viel zu sehr liebte, die Frauen zu wechseln. Monogamie war einfach nichts für ihn. Schwarzbeck hatte Morgenstein in der Vergangenheit eigentlich nie um etwas anderes als um seine geistigen Fähigkeiten beneidet, aber die Beziehung, die Adam und Lydia gehabt hatten, erschien Schwarzbeck auf einmal tatsächlich beneidenswert. Die zwei hatten gewusst, dass sie für einander bestimmt gewesen waren.

»Trinkst du gar nicht?«, fragte Elsa und machte große Augen.

Schwarzbeck schüttelte seinen Kopf und schenkte ihr den letzten Schluck aus der Flasche ein.

»Dank dir!«, rief sie freudig.

Die ganze lange Zugfahrt über – den gewaltigen Umweg über Zürich hatte er aus Sicherheitsgründen gewählt – hatte er sich den Kopf darüber zerbrochen, warum Morgenstein unbedingt nach Amerika wollte. Aber irgendwo zwischen Nürnberg und Leipzig hatte Schwarzbeck seinem Vorhaben abgeschworen, Morgenstein vom Bleiben zu überzeugen. Sollte der arme Kerl doch Wien verlassen, Schwarzbeck musste das akzeptieren. Welches Recht hätte er denn gehabt, seinen Kollegen und Freund aufzuhalten? Morgenstein war es schließlich, der die wirklich revolutionären Ergebnisse geliefert hatte. Nur Morgenstein hatte Enrico Fermis Ergebnisse ganz plötzlich so genial neu interpretiert. Herrje, Morgenstein hatte sie erst ins Rennen mit Lise Meitner und Otto Hahn gebracht!

»Soll ich mich jetzt ganz ausziehen?«, fragte Elsa und stellte das Glas beiseite. Schwarzbeck nickte.

Während sich das Mädchen langsam aus dem roten Kleid schälte und ihr jugendlicher nackter Körper ganz zum Vorschein kam, traf Schwarzbeck – wie so oft – ganz plötzlich eine spontane Entscheidung: Er würde Morgenstein bei der Emigration helfen. Er würde ihm eine Empfehlung schreiben oder sonst etwas tun, was seinem Freund aus Wien helfen könnte, es nach Amerika zu schaffen.

Zufrieden mit dem für ihn selbst überraschenden Entschluss, packte Schwarzbeck Elsa sanft an den Hüften und zog sie zu sich, sodass er ihre Brüste an seinem eigenen Körper spüren konnte.

Sehen wir mal, was für ein Mann in mir steckt, dachte er, während sie lachte.

12. ENTSCHEIDEND

Als Tom aufwachte, war er schweißgebadet. Instinktiv griff er auf seinen Nachttisch und suchte einen Wecker. Er fand seine neue silberne Uhr und hielt sie hektisch dicht an die Augen. Es war schon weit nach Mittag.

Tom hüpfte aus seinem Bett, ging im Zimmer auf und ab und kratzte sich an seinem Hinterkopf. Hatte er das alles geträumt?

Sofort sprang er zu seinem Schreibtisch, riss die Schublade auf und griff nach dem Umschlag mit dem Siegel des State Departments. Seine Hände zitterten.

»Es ist real«, flüsterte Tom nervös, als die Erinnerung schlagartig wiederkam.

Einer der beiden Begleiter hatte Tom eine gute Nacht gewünscht, als er in der Olympia Avenue wieder abgesetzt worden war. Tom war wie angewurzelt auf dem Gehweg stehen geblieben und hatte über seine rechte Schulter hinweg beobachtet, wie der dunkle Cadillac langsam um die Ecke gebogen war.

Colpo und die anderen hatten ihm angeboten, für einen Nachrichtendienst zu arbeiten. Einen Nachrichtendienst! Waren Colpo und die anderen etwa Geheimagenten? Oder Spione? Wo war der Unterschied? Thomas K. Wolf, der Ehrenhafte. Natürlich. Er hatte keinen blassen Schimmer.

Tom betrachtete das Kuvert. Er hatte sich letzte Nacht bemüht, es so vorsichtig und sauber wie möglich aufzureißen. Erneut zog er den Brief heraus und las:

State Department of the United States of America
Heckwaters S.2
Washington, D.C.

16. Juni 1937

Mister Wolf,
wir freuen uns, dass Sie unser Angebot angenommen haben, und begrüßen Ihre Entscheidung, in die Dienste des Außenministeriums der Vereinigten Staaten von Amerika zu treten.
Sie werden als Assistent des Leiters des Ressorts »Internationale Beziehungen« angestellt. Wir können Ihnen nunmehr mitteilen, dass Ihre Zuständigkeit auf die Bereiche Planung, Koordination und Finanzierung fallen wird. Die genaue Erläuterung Ihrer Kompetenzen erfolgt an Ihrem ersten Arbeitstag, dem 22. Juni. Bitte finden Sie sich an diesem Tag um 8 Uhr in unseren Büroräumen an der oben genannten Adresse ein und melden sich bei Mister Farnsborough, der mit Ihnen alles Weitere besprechen wird.
Bezüglich einer ständigen Unterkunft können wir Sie, wie wir bereits erwähnt haben, an eine interne Wohnungsvermittlungsagentur verweisen. Mister Farnsborough wird Sie hierüber genauer in Kenntnis setzen.

Alle weiteren Detailfragen werden wir persönlich mit Ihnen vor Ort klären.
Wir freuen uns auf die Zusammenarbeit und darauf, Sie in unserem Ministerium begrüßen zu können.

Mit freundlichen Grüßen,
Tobias Hoffmann
Head of Staff and Recruiting

Er las den Brief noch zweimal. Dann hob er seine Augen und betrachtete den Briefkopf und das Siegel des Außenministeriums. Es sah wirklich alles echt aus.

Tom tippte mit dem rechten Zeigefinger langsam auf das Papier.

Konnte das wahr sein? Konnte das wirklich wahr sein? Oder handelte es sich um einen Scherz? Den Scheck hatte er schließlich auch zurückgeben müssen. Aber warum sollte jemand solchen Aufwand betreiben, um Tom reinzulegen?

Aber was, wenn alles wirklich ernst gemeint war? Angenommen, er würde das Angebot in Erwägung ziehen, dann müsste er sich überlegen, ob er tatsächlich gewillt war, in dieser von den drei Richtern so verlockend beschriebenen Nachrichtendienstbranche zu arbeiten.

Was wusste er über Geheimdienste?

Nichts. Was er in Hollywood-Filmen über Agenten und Spione gesehen hatte, diese billigen, romantisch-dramatischen Storys über Schlapphut tragende Tausendsassas, die irgendwo auf der Welt Champagner schlürften und gleichzeitig mit einem blutjungen knapp bekleideten Starlet im Arm einen ganzen Haufen von stümperhaften Schurken mit einem Revolver in Schach hielten – das war absolut kein Wissen, sondern einfach nur grandioser Unsinn. *Das* wusste Tom.

Er richtete sich auf und ging in seinem Zimmer auf und ab. War es doch nur eine Inszenierung? Eine Posse?

Tom schnappte sich den Brief, schloss seine Zimmertür auf und rannte die Treppe hinunter. Verstohlen blickte er sich um. Seine

Mutter war nicht im Haus, vielleicht war sie einkaufen. Sein Vater arbeitete wahrscheinlich wie immer in seinem Büro in der Stadt.

Er griff zum Hörer des Telefons, das im Korridor an der Wand hing. Doch sofort riss er seine Augen auf und hängte wieder auf.

»Du Idiot«, fuhr er sich selbst an. »Sei vorsichtig.«

Tom steckte den Brief in seine Jacke und stürmte hinaus.

Er lief die Tremont Street Richtung Westen hinunter. Er begann zu schwitzen, als er zwischen den Passanten geschickt hin und her sprang. Nach der dritten Querstraße kämpfte er sich durch eine Gruppe laut schreiender Kinder, die an einem Hydranten herumschraubten, und stieß die klapprige Tür zu einer schmierigen Bar auf.

Es roch nach kaltem Rauch. Der Laden war so gut wie leer, nur ein älterer, kräftiger Kerl wischte lustlos den Tresen. »Was darf es sein, mein Freund?«

Tom stellte seinen rechten Fuß auf eine verstaubte Stange vor der Bar. »Einen Kaffee, wenn Sie haben.«

»Macht fünf Cent.«

Tom zog einen Schein aus der Tasche und hielt ihn geknickt in die Luft. »Kann ich auch telefonieren? Ist ein Ferngespräch.«

Der Alte schnappte sich das Geld und nickte. »Für fünf Dollar? Klar. Hinten ist der Apparat. Der Kaffee kommt gleich. Was zum …? Diese scheiß Spaghetti-Bengel! Jetzt machen die das schon wieder!«

Er warf sein Tuch wutentbrannt auf den Boden und sprang zur Fensterscheibe. »Na, den Drecksbälgern zeig ich's!«

Als der Kerl hinausrannte, sah Tom durch die geöffnete Tür, dass eine gewaltige Fontäne aus dem Hydranten schoss und mindestens zehn schwarzhaarige Kinder in kurzen Hosen jubelnd durch den kräftigen Wasserstrahl liefen.

»Bestens«, dachte Tom. Er stellte sich mit dem Rücken zur Eingangstür und hielt den Brief dicht an seinem Oberkörper. Er griff nach dem Hörer und wählte das Amt.

»Vermittlung?«, fragte Tom. »Ich brauche eine Leitung nach Washington. Das State Department … Heckwaters S.2 …«

»Moment bitte, Sir«, unterbrach ihn die gelangweilte Stimme einer jungen Frau. Es knackte mehrmals.

»Welchen Anschluss?«

»Heckwaters S.2«, las Tom vor.

»Welchen Anschluss, Schätzchen?« Die Dame schmatzte. Sie kaute wohl auf einem Kaugummi herum.

»Ähm ...« Tom suchte den Brief ab. »Hoffmann. Tobias Hoffmann, bitte.«

Es folgten mehrere Momente Schweigen.

»Sekunde.«

Tom atmete vorsichtig aus.

»Büro von Tobias Hoffmann«, sagte eine andere weibliche Stimme ruhig und langsam, »wie kann ich Ihnen helfen, Sir oder Madam?«

»Äh, ja. Ich möchte Mister Hoffmann sprechen.«

Er presste den Brief an seine Brust, und seine Hand verkrampfte.

»Mister Hoffmann ist derzeit nicht im Haus. Er wird am Nachmittag wieder eintreffen ...«

Tom ließ sich mit dem Rücken gegen die Wand zurückfallen. Es war echt! Es war echt!

»... darf ich eine Nachricht notieren, oder wollen Sie zurückgerufen werden?«

»Ähm ... ich ... ich denke ... Ich denke, ich rufe nochmal an.«

Tom knallte den Hörer auf die Gabel.

Es war echt! Er faltete das Papier, verstaute es blitzschnell in seiner Tasche und taumelte den Tresen entlang.

»Haut ab, ihr kleinen Nichtsnutze! Ich mach' euch Beine!«

»Fetter irischer Mistkerl! Zurück auf deine hässliche Insel mit dir!«

Tom stolperte auf die Straße. Eine ganze Gruppe von lachenden Menschen hatte mittlerweile Gefallen an der Überflutung und den mit dem Barkeeper streitenden italienischen Kindern gefunden. Doch Tom beachtete sie nicht. Er rannte los. Ohne Ziel, einfach geradeaus.

Es war echt!

Sie, wer sie auch waren, hatten dem ehrenhaften Thomas K. Wolf tatsächlich ein echtes Angebot gemacht. Tom bog hinter einem Gemüseladen rasant links ab. Verdammt, sie boten ihm sogar ein unglaubliches Gehalt! Wer waren die?

Er würde vielleicht die Welt sehen. Und dies war eindeutig eine Chance, etwas *Großes* zu tun. Und vor allem: Seine Suche wäre nach mehr als einem halben Jahr vorbei! Das alles wäre vorbei! Warum zögerte er denn noch überhaupt eine Sekunde?

Tom blieb mitten auf der kaum befahrenen Straße neben einem geparkten roten Plymouth stehen und starrte ins Leere. War die Geschichte vielleicht gefährlich?

»Sir!«, rief jemand hinter ihm. Doch Tom hörte es kaum.

War es gefährlich? War es lebensgefährlich?

»Sir«, wiederholte die Stimme ungeduldig, »kommen Sie besser hierher, ja?«

Tom blickte über seine Schulter. Er verstand nicht.

»Sonst überfährt Sie noch jemand, Sir«, sagte der groß gewachsene Mann. Tom nickte hastig und sprang auf den Gehweg.

»Ist alles in Ordnung?« Der Mann legte Tom besorgt seine knochige Hand auf die Schulter.

»Ja, alles ... bestens. Danke.« Ein schwerer Lastwagen rollte plötzlich über die Fahrbahn.

»Sehen Sie, Sir? Der hätte Sie einfach überfahren.«

Tom schwieg.

»Sie sehen so aus, als hätten Sie gerade schlechte Neuigkeiten erfahren. Oder etwas sehr Wertvolles verloren, Mister.«

»Eigentlich ... ist genau das Gegenteil passiert«, stellte Tom abwehrend fest.

»Dann ist ja alles in Ordnung. Mister. Es ist mir unangenehm, aber hätten Sie vielleicht ein paar Cents, die Sie entbehren könnten?«

Sofort kramte Tom in seinen Taschen herum und fischte ein paar Münzen heraus.

»Nein, nicht einfach so. Sehen Sie meinen kleinen Stand da drüben? Ich putze Ihnen gerne Ihre Schuhe. Ein feines Leder haben Sie da. Sind wohl nass geworden.«

Tom blickte auf seine braunen Halbschuhe.

»Ja … In Ordnung.«

Tom nahm auf der Holzbank am Straßenrand Platz. Der Mann hockte sich vor ihn und griff nach einem Lappen und einer Bürste.

»Sehen Sie, ich bringe sie gleich wieder zum Glänzen. Wirklich fein gearbeitet.«

»Danke«, erwiderte Tom abwesend.

»Mein Name ist übrigens Frankie. Wenn Sie zufrieden sind, empfehlen Sie mich ruhig Ihren Freunden weiter, Sir. Sie haben also nichts verloren, sondern etwas gewonnen?« Der schlaksige Mann blickte nicht einmal auf. Er ließ seinen Polierlappen geschwind über das Leder gleiten.

»So könnte man es sagen.«

»Na gratuliere, Mister. Und warum sind Sie dann so traurig?«

»Traurig?«

»Ja, Sir. Auf mich wirken Sie so.«

Tom verschränkte seine Arme. »Man hat mir einen Job angeboten.«

Plötzlich stockte Frankie. Er blickte auf und wischte sich mit seinen verschmierten Fingern die Haare aus dem Gesicht.

»Sie haben einen Job und sind traurig, Mister?«

Tom schwieg und zeigte keinerlei Regung. Frankie blickte wieder hinab und bearbeitete Toms linken Schuh.

»Ich habe vor fünf Jahren meinen letzten ordentlichen Job verloren, Mister.« Frankie klang nicht verbittert, sondern einfach nur verwundert. »Gott weiß, es könnte mir schlechter gehen. Dank Kunden wie Ihnen bringe ich meine Frau und die Kinder ganz gut durch. Aber wenn man mir einen Job anbieten würde, Mister, dann würde ich vor Freude in die Luft springen und nicht traurig sein.«

»Manche Stellen sind eben … anders.«

»Anders?«

»Ich muss mich vor Ihnen nicht rechtfertigen.«

»Nein, Sir.«

»Ich meine …« Tom blickte stockend in den blauen Himmel. »Es tut mir leid. Ich meine, es ist eine riskante Angelegenheit.«

»Vor einer Woche hatte ich einen echt guten Tag«, erzählte Frankie. »Ich hatte ordentlich Kundschaft. Als ich mit meinen Sachen nach Hause marschiert bin, haben mich vor unserer Wohnung zwei Burschen überfallen. Die haben mich mit einem Messer bedroht und mir das ganze Geld geklaut. Das waren fast fünf Dollar.«

Frankie hob das Poliertuch und blickte Tom ernst in die Augen.

»Sogar der Job als Schuhputzer ist riskant, Sir.«

Tom knirschte mit den Zähnen. Der Mann ging noch einmal mit dem Tuch über den rechten Schuh, dann räusperte er sich.

»Danke, Frankie. Die sehen sehr gut aus.« Er gab dem Mann fünf Dollar und ging.

»Das ist viel zu viel, Sir!«, rief Frankie ihm überrascht hinterher.

»Wenn Sie nicht wären, hätte mich der Truck überfahren«, antwortete Tom, ohne sich umzublicken.

Die Nachmittagssonne glitzerte im kristallklaren Wasser, auf dem einige Boote dahinschipperten. Tom setzte sich am Rande einer Grünfläche auf eine Parkbank, von der aus er über den Charles River nach Cambridge im Norden blicken konnte. Eine ganze Stunde lang saß er schweigend einfach nur da.

Es lief auf eine Frage hinaus. War es das, was er wirklich wollte? *Wollte* er das?

Es war aufregend. Tom fühlte das Kribbeln in seinen Fingerspitzen, wenn er nur an das Wort *Nachrichtendienst* dachte. Er konnte nicht leugnen, dass er begeistert und neugierig war. Tom blickte auf seine neue Armbanduhr, die im Sonnenschein glänzte. Es war kurz vor 17 Uhr am Nachmittag.

Tom nahm seinen Hut ab und beobachtete ein kleines Segelboot, das lautlos in Richtung Hafen fuhr. Mit geblähten weißen Segeln und leichter Krängung glitt es lautlos durch die sanften Wellen. Es würde wahrscheinlich auf das offene Meer hinausfahren.

Tom erhob sich und vergrub seine Hände in den Hosentaschen. Die Welt sehen, dachte er. Dies war eine Chance, etwas *Großes* zu tun.

»Also gut, Tom«, sagte er laut zu sich selbst, »wenn es sich nicht als das entpuppt, für das du es hältst, dann weißt du, dass du weitersuchen musst.«

Das Segelboot war aus seinem Blickfeld verschwunden, es war wahrscheinlich schon auf dem Weg zum Boston Harbour. Tom starrte ungeduldig auf das Wasser und begann nach einer Weile zu lächeln. Er nickte und sagte leise, sodass nur er es hören konnte: »Washington.«

13. ÜBERZEUGEND

Karl Wolf kam gegen 19 Uhr nach Hause. Er hängte seinen Hut an die Garderobe und legte, so wie jeden Abend, seinen Schlüsselbund in die Schale auf der alten Kommode, die gleich neben der Küchentür im Flur stand.

»Da bist du ja«, begrüßte ihn seine Frau. »Komm' zu uns rein.«

Karl Wolf lockerte seine Krawatte, als er sichtlich müde in das Wohnzimmer trat. Seine Ehefrau saß am Esstisch, sein Sohn stand mit dem Rücken zu ihm am Fenster.

»Ist etwas passiert?«, fragte Karl Wolf.

Tom drehte sich um. »Nichts Schlimmes, aber ich muss mit euch sprechen. Mit euch beiden.«

»Er wollte mir noch nichts verraten«, flüsterte Maria Wolf.

»Was ist los, Junge?«, fragte Karl Wolf.

»Setz' dich. Bitte.«

Sein Vater tat es sofort.

»Ich werde nach Washington gehen«, verkündete Tom.

»In die Hauptstadt?« Karl Wolf klang überrascht.

»Für wie lange denn, Thomas?«, fügte Maria Wolf nahtlos an. »Und warum überhaupt?«

»Ich werde dort arbeiten«, erklärte Tom. Seine Eltern blickten einander fragend in die Augen.

»Du hast einen Job?« Maria Wolf war nun regelrecht entrüstet. »Wieso erfahren wir erst jetzt davon? Sag' schon, Tom, spann' uns nicht so auf die Folter!«

»Es wird euch sehr stolz machen.« Karl und Maria Wolf hingen förmlich an den Lippen ihres Sohnes, während er im Wohnzimmer auf und ab ging. »Ich erhalte, stellt euch das bitte vor, eine großartige Position im Außenministerium. Was sagt ihr dazu?« Tom lächelte.

»Das ... Außenministerium?« Toms Vater war hörbar skeptisch.

»Richtig. Vertreter des Ministeriums hatten bereits an der Universität in Philadelphia Kontakt zu mir aufgenommen.« Das war noch nicht einmal gelogen, dachte er.

»Und das ... ich meine«, stotterte seine Mutter, »das ist es, was du willst?«

»Ihr kennt mich. Ihr beide. Ich hätte den Job niemals angenommen, wenn es sich nicht wirklich um etwas Besonderes handeln würde.« Auch das war eigentlich die Wahrheit. »Und ich kann euch sagen: Das ist etwas Besonderes.« Perfekt. Keine einzige Lüge.

»Entschuldige, Thomas«, warf Maria Wolf ein und hob irritiert ihre Hände in die Luft, »ich glaube nicht, dass das etwas Schlechtes ist. Ich will nicht, dass du denkst, dass ich enttäuscht bin ... ich ... ich ...«

Da griff Karl Wolf nach dem Handgelenk seiner Frau. »Ich glaube, deine Mutter und ich sind einfach überrascht. Wieso hast du uns nichts gesagt?«

»Ich musste einfach erst selbst gründlich darüber nachdenken.« Auch das war nicht gelogen.

Seine Mutter nickte nachdenklich. Alle schwiegen eine Weile.

»Komm, Sohn«, stieß Karl Wolf schließlich hervor und deutete auf einen dritten Stuhl am Tisch, »setz dich schon zu uns.«

Tom nahm Platz. »Ich beginne im Ressort für internationale Beziehungen. Dort bin ich einer Gruppe für Planung, Koordination und Finanzierung zugeteilt.«

»Was bedeutet das?«, fragte Karl Wolf unumwunden. Tom schwieg.

»Du weißt es selbst nicht genau, nicht wahr?«, mutmaßte seine Mutter.

Als Tom seinen Blick senkte, begann Karl Wolf zu lachen. Tom zuckte zusammen – auf einmal beschlich ihn ein ganz grausamer Gedanke: Hatte sein Vater ein Schauspiel inszenieren lassen? Hatte er Colpo und die anderen engagiert, um Tom hinters Licht zu führen? Tom wurde hochrot.

»Das macht doch nichts, Thomas«, rief sein Vater. »Das ist auch gar nicht so wichtig. Wichtig ist, dass du einen Fuß in der Tür hast, durch die du hineinwolltest.«

Tom atmete auf. Seine Furcht war unbegründet gewesen.

»Und, Thomas«, hakte seine Mutter sofort nach, »das Außenministerium, Politik, Diplomatie, das ist das, was du aus deinem Leben machen willst?«

»Ja«, antwortete Tom, so ruhig er konnte. »Ich denke schon.«

Maria Wolf lächelte und legte ihre Hand in Toms Nacken. »Junge, glaube nicht, dass ich es dir nicht zutraue. Ich traue dir alles zu. Und du wirst sicher ein großartiger Diplomat – wenn du das wirklich willst.«

»Er muss ja kein Politiker sein«, warf Karl Wolf schnell ein, »nur weil er in einem Ministerium arbeitet, Maria, er ...« Doch da fiel ihm Tom ins Wort und blickte seine Mutter an: »Moment: Was willst du damit sagen?«

»Ich ...« Doch Tom ließ sie nicht aussprechen.

»Wieso zweifelt ihr beide daran«, fragte Tom scharf, »dass ich diesen Schritt wirklich machen will?«

»Thomas, wir zweifeln nicht daran. Dein Vater und ich wollen nur sicher sein, dass du das Richtige tust.«

Tom wurde nun wütend. »Wie meinst du das? Wie genau meinst du …?«

»Herrgott, Thomas!«, rief seine Mutter und wies ihn damit in die Schranken. »Du und dein Vater, ihr seid euch so ähnlich in manchen Dingen. Wenn ihr einmal etwas beginnt, dann lasst ihr beide nicht mehr davon ab. Ihr gebt niemals auf. Das weiß ich.«

Tom blickte schweigend aus dem Fenster. Sein Vater protestierte nicht.

Maria Wolf beugte sich vor. »Wenn du jetzt nach Washington gehst, wenn du jetzt diesen Weg einschlägst, dann weiß ich, dass du ihn dein Leben lang niemals wieder verlassen wirst. Niemals. Ob er dich glücklich macht oder ob er dich zugrunde richtet, wird dir ganz gleichgültig sein. Niemals, mein Junge, niemals wirst du aufgeben und alles hinschmeißen. Du hast in deinem Leben noch nichts abgebrochen, Thomas. Genauso wenig wie dein Vater. Nicht wahr?«

»Sie kennt uns gut, Junge«, bemerkte Karl Wolf.

Tom seufzte. Seine Mutter hatte vermutlich recht.

»Ich will vermeiden, dass du unglücklich wirst, mein Junge. Und da frage ich lieber zehnmal nach und nehme gerne in Kauf, dass du für ein paar Tage wütend auf mich bist, als dass ich dich ein Leben lang zu Tode betrübt erlebe.«

»Wieso also gerade ein Ministerium?«, fragte sein Vater vorsichtig. »Das ist doch nie zur Debatte gestanden.«

»Du hast recht«, gab Tom leise zu. »Ihr beide habt recht. Ich war zuerst auch skeptisch. Aber als ich mir in Ruhe angehört habe, was diese Leute mir bieten, da hab ich einfach erkannt, dass mich das tatsächlich interessiert. Es ist eine Chance, das Richtige zu tun. Eine Chance, die ich nicht herschenken werde.«

Sein Vater blickte ihn immer noch ohne sichtbare Regung direkt in die Augen.

»Und ich sollte vielleicht auch erwähnen: Mein Einstiegsgehalt wird wirklich sehr gut sein.«

Er zog eine Karte aus seiner Innentasche hervor, auf der er die Summe notiert hatte, die ihm das Pokerface im dunklen Raum am Vormittag auf ganz ähnliche Art und Weise präsentiert hatte. Er legte die Karte auf den Tisch und schob sie seinem Vater zu. Karl Wolf holte eine Lesebrille aus seinem Jackett, nahm die Karte und betrachtete die Summe. Sofort blickte er über seine Brillengläser hinweg erstaunt zu Tom und gab das Kärtchen an seine Frau weiter. Sie machte noch größere Augen als ihr Mann.

»Dann ist dir das Ganze also wirklich ernst?«, fragte Toms Mutter nachdenklich, nachdem für ein paar Augenblicke am Tisch kein Wort gesprochen worden war.

»Ja«, bekräftigte Tom überzeugt.

»Was sagst du dazu, Karl?«

Toms Vater betrachtete abermals die Summe auf dem Kärtchen, dann setzte er die Brille ab. »Ich hoffe, du tust es nicht nur des Geldes wegen, Junge.«

»Nein, das ist nicht der Grund.«

»Dann wünsche ich dir von Herzen alles Gute.«

Toms Mutter stand auf und umarmte ihren Sohn. Eine Freudenträne kullerte ihr Gesicht hinab.

»Ich hole Champagner!«, rief Karl Wolf und lief aus dem Zimmer.

14. DIE LINIE

»Vorsicht, Clara!«, rief Edgar McNamara und hielt seine Begleiterin sanft am Arm zurück, »hier herrscht offenbar doch Linksverkehr.«

»Wirklich?«, antwortete Clara überrascht und steckte den Reiseführer in ihre Handtasche. Zu Hause in London hatte Edgar bei ihrer gemeinsamen Reiseplanung noch lang und breit erklärt, dass man in Österreich auf der rechten Seite der Fahrbahn fuhr und sie als englische Touristen doppelt aufpassen mussten, wenn sie eine Straße überqueren würden, wollten sie nicht von Lastwagen oder Autos überrollt werden.

»Du bist mir einer! Da ist es hier ja doch so wie daheim!«

»Sieht so aus. Scheint hier so wie in Prag zu sein, dort fahren die ja auch auf der falschen Seite. Ich meine, auf der richtigen.« Er lächelte etwas verwirrt und wartete, bis die rot-weiße Straßenbahn langsam an ihnen vorbeigerollt war. Dann vergewisserte er sich, dass kein Auto von links auf sie zukam, und sagte: »Jetzt geht's.«

Sie überquerten die Ringstraße und stellten sich auf der anderen Seite hinter einer Gruppe von Passanten direkt vor die Oper.

»Sieht genauso aus wie auf den Bildern!« Clara betrachtete begeistert die von Arkaden dominierte Front des monumentalen Kulturtempels. »Wir sollten unbedingt ein Foto machen, mit uns beiden.«

McNamara nickte. Während er seine Leica aus der Umhängetasche nahm, die er im letzten Urlaub in Deutschland gekauft hatte, drehte er sich um und sprach den erstbesten Passanten an, der an ihm vorbeikam. Es war ein älterer Herr in einem etwas abgenutzt wirkenden unmodernen Anzug, dessen Gesicht von einem weißen Vollbart dominiert wurde.

»Entschuldigen Sie?«, fragte McNamara auf Deutsch mit starkem Akzent, »würden Sie wohl eine Foto von mir und meiner Schwester machen, bitte?«

Morgenstein blieb überrascht stehen. Er brauchte eine Weile, um zu verstehen, was der junge Tourist überhaupt von ihm wollte. Für einen kurzen Moment hatte Morgenstein geglaubt, von einem Polizisten aufgehalten worden zu sein. Aber als Morgenstein das nicht ganz perfekte Deutsch registriert hatte und schließlich die Fotokamera in der Hand des Mannes entdeckte, zählte er eins und eins zusammen.

»Natürlich, gerne«, antwortete er hastig und zwang sich zu lächeln.

»Das ist sehr freundlich.« Die junge Dame stellte sich wie ein Fotomodell posierend neben ihren Begleiter. Sie trug ein sehr modisches Kleid, dazu einen dieser eleganten französischen Hüte, die seit Kurzem auch bei den Damen der Wiener Gesellschaft beliebt waren.

»Einfach oben ... äh ... auf den Knopf drücken, bitte«, rief der junge Mann.

Morgenstein hatte nie in seinem Leben eine Kamera besessen, aber er hatte sich immer für die Technik interessiert. Natürlich wusste er, wie das Gerät funktionierte.

Nachdem er sich von den beiden höflich verabschiedet hatte, war Morgenstein sofort weiterspaziert. Die kurze Ablenkung hatte seinem Puls gutgetan – seit er seine Wohnung verlassen hatte, hatte sein Herz unaufhörlich gerast.

Er passierte das Reisebüro der Deutschen Reichsbahn. Die Geschäftsräume in der Nähe der Oper waren so etwas wie ein Sammelpunkt für Demonstrationen der illegalen Nationalsozialisten Wiens, weil in der Auslage ein großes Porträt vom deutschen Führer und Reichskanzler aufgestellt war.

Bald bin ich euch entkommen, dachte Morgenstein und lief weiter.

Er legte das hellbraune Kuvert bedächtig auf den Tisch des Schalters.

»Washington«, brummte der Beamte mit den Ärmelschonern in seinen stattlichen Schnauzbart, als er die Adresse des Empfängers gelesen hatte. Er spielte einen Moment mit dem rot-weiß-roten Abzeichen der Vaterländischen Front, das im Knopfloch seines Revers steckte, dann fragte er: »Und das wollen Sie per Luftpost schicken?«

»Ja bitte«, antwortete Morgenstein und räusperte sich. Er spürte, wie die Schweißperlen sein Gesicht hinabliefen.

»Wie Sie wünschen.« Der Beamte nickte und griff nach einem Bogen mit Briefmarken vor sich.

Das Postamt war düster und wirkte etwas heruntergekommen. Es hatte auch schon bessere Zeiten erlebt. So wie die ganze Stadt, dachte Morgenstein. Plötzlich ließ ihn ein Donnerschlag regelrecht zusammenzucken, doch sofort begriff er: Der Postbeamte hatte einen Stempel auf den Brief niedersausen lassen.

Morgenstein verlagerte sein Gewicht von einem Fuß auf den anderen. Nun war es zu spät, um umzukehren, jetzt hatte er die Linie überschritten. Josef würde ihn verstehen, ganz sicher. Und seine Kollegin Viktoria Baroq ebenfalls. Sie vielleicht nicht sofort, aber mit den Jahren bestimmt.

Er hoffte inständig, dass sein Brief auf der anderen Seite des Atlantiks auf dem Tisch eines fähigen Amerikaners landen würde, der begreifen würde, was Morgenstein anzubieten hatte. Hoffentlich erkannte derjenige sofort, dass sie ihm helfen mussten. *Dass sie mussten!*

Als der Postbeamte den Brief in ein Fach neben sich steckte, überkam Morgenstein plötzlich eine Panikattacke. Was würde geschehen, wenn die Zensur den Brief in die Finger bekam? Um Gottes willen, warum hatte er nicht früher daran gedacht? War diese Sorge berechtigt? Würden die ihn einsperren?

Morgenstein stützte sich am Schalter ab und atmete tief durch. Nein, nein, die Sorgen waren bestimmt völlig unangebracht. Dass er Österreich verlassen wollte, konnte doch hier in Wien niemanden stören. Oder doch?

»Ist Ihnen nicht gut?«, fragte der Beamte misstrauisch.

»Alles bestens«, log Morgenstein. »Wie viel schulde ich Ihnen?«

Es war nun zu spät, um umzukehren. An den Gedanken musste er sich gewöhnen.

II.

Es würde jetzt nur auf ihn selbst ankommen.

Tom stand unten in der Halle zwischen dem riesigen schwarzen Schrank und dem Treppenaufgang und starrte die Eingangstür des Hauses Nummer 40 an. Er zitterte am ganzen Körper und hörte, wie Regentropfen hinter der schweren Tür auf die Straße niederprasselten. Das Kopfsteinpflaster würde in dieser Nacht rutschig sein.

Du wirst das schaffen, spornte sich Tom innerlich an und senkte seinen Blick. Ganz bestimmt.

Tom holte noch einmal tief Luft, umklammerte entschlossen die Klinke mit seinen beiden Händen, zog die Tür auf und trat vor das Haus.

Sofort sah er ihn: Der schwarz gekleidete Mann, dessen Gesicht von den Regenfäden verhüllt wurde, lehnte auf der anderen Straßenseite an der Laterne. Tom warf ihm einen finsteren Blick zu und dachte wieder: ganz bestimmt.

Als der Kerl Tom entdeckte, wich er einen halben Schritt von der Laterne zurück und spähte über seine rechte Schulter. Er nickte dem zweiten Mann zu, der halb verborgen im Schatten eines Hauseinganges stand.

Blitzschnell sprang Tom zur Seite und rannte los.

Der zweite Mann im Hauseingang reagierte sichtlich überrascht. Als er auf Tom zueilen wollte, rutschte er tollpatschig aus und fiel beinahe zu Boden. So holte Tom einen Vorsprung heraus und hatte freie Bahn. Er rannte sich in einen fieberhaften Rausch, während ihm der Regen ins Gesicht peitschte. Hinter ihm vernahm er aufgeregtes Gebrüll und polternde Schritte. Das waren mehr als zwei Männer hinter ihm her, verstand er.

»Du musst viel schneller werden!«, fuhr er sich an.

Abwechselnd warf er Arme und Beine nach vorne und sah Laterne um Laterne und Haus um Haus vorbeifliegen.

Lass' sie nicht schießen, bitte!

Plötzlich blendeten ihn zwei Scheinwerferpaare. Die Autos hupten schrill, doch Tom rannte einfach weiter mitten auf der Fahrbahn. Ein Wagen musste abrupt abbremsen, um ihn nicht zu überfahren. Endlich eine Kreuzung. Eine rot-weiße Straßenbahn rollte von links heran. Tom wollte unbedingt vor ihr die Straße kreuzen. Die würden ihn sonst einholen und umbringen! Die Warnglocke der Straßenbahn klingelte energisch, doch Tom beschleunigte und sprang nur Zentimeter vor dem Metallkoloss über die Gleise.

»Nein!«, schrie er, als er landete. Seine Füße rutschten unkontrolliert zur Seite, er knallte bäuchlings auf den Boden und glitt einige Meter über das unebene Pflaster. Sein ganzer Körper wurde durchgerüttelt, und auf einmal durchzuckte ein stechender Schmerz sein linkes Bein. Tom presste die Augen zu.

»Steh' auf!«, fuhr er sich an. Er rang nach Atem. »Steh' auf!«

Er blickte hinter sich und entdeckte sofort seine Verfolger. Es waren vier Männer, erkannte er nun. Immerhin lagen sie aber noch ein gutes Stück zurück.

»Steh' endlich auf!«

Er stützte sich hastig auf das linke Bein, brach aber sofort wieder zusammen. Das Knie brannte höllisch. Offenbar hatte er sich beim Sturz die Haut aufgerissen.

»Sind Sie verletzt?«, rief ihm ein Passant besorgt zu, der einen Regenschirm in der Hand hielt. Doch Tom ignorierte ihn.

»Komm' schon!« spornte er sich erneut an. Es musste irgendwie gehen, beide Beine mussten funktionieren. Er erhob sich, dieses Mal langsamer. Er spürte, wie das warme Blut sein Schienbein hinabrann, als er vorsichtig lostrabte. Er wischte sich mit einer Hand das Regenwasser vom Gesicht und blickte stur nach vorn.

Er lief um die Wiener Oper herum, verstand er auf einmal. Ein Bein vor das andere, schneller, schneller.

Tom zwang sich, sich wieder zu konzentrieren. In den verwinkelten Gassen der Wiener Innenstadt wollte er Haken schlagen, um die Verfolger abzuschütteln. Er war ein guter Läufer, das musste klappen. Die würden irgendwann nicht mehr mithalten können. Du hättest nie nach Wien kommen dürfen, dachte Tom ansatzlos. Nein, korrigierte er sich noch im gleichen Moment selbst, du hättest im Sommer erst gar nicht nach Washington gehen sollen.

15. HECKWATERS

18. Juni 1937

Er richtete seine Krawatte, schnürte seine Schuhe und rieb dann nervös seine Hände. *Die* würden ihn abholen, egal, welchen Zug er nehmen würde. Man würde ihn erwarten. Wie auch immer sie das anstellten, sie würden dort sein.

Die Lokomotive blieb mit quietschenden Bremsen unter der kuppelartigen Deckenkonstruktion aus Metall und Glas stehen. Auf dem Bahnsteig herrschte reger Betrieb: Hunderte von Menschen strebten in verschiedene Richtungen, während Gepäckträger und Bahnhofsbedienstete sich wild gestikulierend den Weg durch die Masse zu bahnen versuchten.

Als das schwarze Ungetüm aus Metall mit einem lauten Pfeifen Druck vom Kessel abließ und eine dichte Wasserdampfwolke sich um alle Menschen hüllte, erschrak Tom.

»Washington, Endstation!«, rief ihm ein freundlicher Schaffner zu. Tom nickte und bemühte sich zu lächeln, aber er hatte

Mühe, den schweren Koffer hinauszuheben. Er hatte den ganzen Tag nichts gegessen.

In der hohen, von weißem Stein dominierten Halle der Union Station herrschte Chaos. An Zeitungsständen priesen Jungen die neuesten Ausgaben an, Geschäftsleute waren in Gespräche vertieft, ein paar Damen schienen sich in einem Restaurant mitten in der Halle ausgelassen zu unterhalten, und einige Reisegruppen versuchten, an einer Anzeigetafel ihr Bahngleis ausfindig zu machen. Tom stellte mitten in der Menschenmasse sein Gepäck auf einer der riesigen Steinplatten zwischen seinen Füßen ab und legte den Kopf in den Nacken. Sein Blick wanderte seelenruhig die gewaltigen Rundbögen über ihm entlang, die mit schmalen Goldlinien verziert waren. Staunend nahm er nach einem Moment seinen Hut ab und wischte sich über seine mit Schweiß benetzte Stirn: Der Bahnhof ähnelte einer Palasthalle.

»Mister Wolf?«, hörte Tom eine Stimme hinter sich. Sofort senkte Tom seinen Blick, setzte langsam seinen Hut wieder auf, atmete ruhig aus und drehte sich mit einem demonstrativ gelassenen Gesichtsausdruck um.

»Sehr gut, ausgezeichnet«, stellte Tom fest und sah in Richtung zweier Männer in dunkelblauen Anzügen, die nur einen Schritt hinter ihm standen. »Sehr freundlich, dass Sie mein Gepäck tragen wollen.«

»In Ordnung«, antwortete der größere von den beiden nach einer Weile überrascht und griff nach dem Koffer.

»Folgen Sie uns bitte«, erklärte der andere.

Tom lächelte zufrieden.

Die zwei begleiteten Tom auf einen Platz vor dem Bahnhof. Hinter einigen Gebäuden erhob sich das strahlend weiße Kapitol. Ganz oben auf der Spitze der riesigen Kuppel erkannte Tom die *Statue of Freedom*, die die Hauptstadt überblicken konnte. Mit ihrer rechten Hand stützte sie sich auf den Knauf eines Schwerts, während ihre linke Hand auf dem Schild der Vereinigten Staaten ruhte. Tom war beeindruckt.

»Hier drüben, Mister Wolf.« Der kleinere deutete auf einen

schwarzen Ford, aus dessen Tür im Fonds in dem Moment ein älterer Mann stieg. Er war Mitte oder Ende 40, kleiner als Tom selbst und um einiges dicker. Der Mann hatte langes graues Haar, das kraus und etwas wild von seinem Kopf abstand. Auf seiner besonders großen Nase saß eine silberne Brille.

Der Mann streckte Tom die Hand entgegen. »Guten Tag, Mister Wolf. Ich freue mich sehr, dass Sie gekommen sind. Wie geht es Ihnen?«

Tom schüttelte ihm die Hand. »Die Freude ist ganz meinerseits, Mister …?«

»Hoffmann. Tobias Hoffmann. Ich wurde in dem Schreiben genannt, das Ihnen vor zwei Tagen in Boston überreicht worden ist.«

»Richtig.«

»Kommen Sie, wir sollten einsteigen. Es ist zwar nicht so ein Luxuskreuzer wie der, mit dem Sie vorgestern abgeholt worden sind, aber wir werden nur eine kurze Strecke damit fahren. Sie werden es schon aushalten.«

Hoffmann lachte leise. Tom wusste nicht so recht, wie er die Bemerkung deuten sollte. Also lächelte er einfach wortlos.

»Sie sind zum ersten Mal in der Stadt?«, fragte Hoffmann und klang aufrichtig interessiert.

»Ja«, antwortete Tom knapp. Er betrachtete die vielen Autobusse, Straßenbahnen und Autos, die nebeneinander in mehreren Kolonnen auf dem breiten Boulevard dahinrollten.

»Ich freue mich wirklich sehr, dass Sie unserem Ruf letztendlich gefolgt sind, Mister Wolf. Ich habe Sie, sagen wir, mit ausgewählt.«

Tom zog seine Augenbrauen nach oben, entschied sich aber zu schweigen.

Sie verließen das Zentrum der Stadt in westliche Richtung.

»So«, verkündete Hoffmann nach einigen Minuten der Stille, »jetzt wollen wir gleich zur Sache kommen. Wir erreichen in Kürze unser Hauptquartier. Jack, fahren Sie bitte nur vorbei. Wir müssen noch warten.«

»Natürlich, Sir. Ich hab' die Uhr im Blick.«

Tom ballte seine Hände reflexartig zu Fäusten.

Hoffmann deutete mit einer Hand nach vorn. »Das dort, da auf Ihrer Seite, das ist es.«

Tom sah gespannt aus seinem Fenster. Neben der Straße verlief eine hohe Steinmauer, über der man die Wipfel eines dichten Waldes ausmachen konnte. Tom bewegte seinen Kopf unruhig hin und her, und schließlich gaben die Äste den Blick frei: Ein Stück vor ihnen wurde die Mauer von einer sehr breiten Treppe durchbrochen. Die Stufen führten zu einem vier Stockwerke hohen Gebäude, das einer überdimensionierten Schachtel aus grauem Stein ähnelte. Die Fassade war schnörkellos, die schmalen Fenster liefen an der Front fast wie Tränen geradlinig und langweilig vom flachen Dach zum Boden hinab.

»Ich sehe überhaupt kein Schild«, murmelte Tom enttäuscht.

»Nicht sehr beeindruckend, was?« Hoffmann lachte. Er schien beinahe ununterbrochen guter Laune zu sein. »Keine Angst Mister Wolf, hinter der Fassade sieht es, sagen wir, ein bisschen anders aus.«

»Warum fahren wir weiter?«, fragte Tom, als sie das Ende der breiten Treppe passiert hatten.

»Wir haben einen festen Zeitplan, den wir einhalten müssen.« Hoffmann blickte auf seine Armbanduhr. »Zunächst möchte ich Ihnen erklären, wer *wir* eigentlich sind.«

Tom nickte zuversichtlich, auch wenn er ein wenig verwirrt war.

»Haben Sie eigentlich irgendeine Vermutung, für welchen, sagen wir, Arbeitgeber Sie sich entschieden haben?«

»Nun … ich habe lediglich eine Vermutung.«

»Nur keine falsche Schüchternheit.«

»Vielleicht das FBI?«

»Gut, gut. Die Leute des Federal Bureau of Investigation kümmern sich in der Tat nicht nur darum, Bankräuber wie diesen Dillinger zu fangen.«

Tom nickte. Er konnte sich noch gut daran erinnern, wie die Bundesagenten von J. Edgar Hoover, dem mächtigen Chef des FBI, John Dillinger vor einem Kino in Chicago erschossen hatten. Die

Zeitungen hatten ausführlich darüber berichtet, im Kino hatte es *Extra-Newsreels* gegeben.

»Abgesehen von solchen polizeilichen Angelegenheiten kümmert sich das FBI darum, hier in Amerika feindliche Spione zu entlarven und zu jagen.« Hoffmann lehnte sich entspannt zurück. »Aber ich muss Sie gleich enttäuschen, das ist, sagen wir, außer in Ausnahmefällen, nicht wirklich unser Job.«

Tom biss sich auf die Unterlippe. Also war es nicht das FBI. »Und für wen arbeite ich dann?«

Hofmann blickte wieder flüchtig auf seine Uhr. »Sehen Sie, in unserem Land gibt es so einige Behörden, deren Aufgabe es ist, sensible Informationen zu beschaffen.«

»Sie meinen Nachrichtendienste?«

»Richtig. Allen voran sammelt natürlich das Außenministerium über sein Botschaftsnetzwerk Neuigkeiten aus aller Welt. Und zwar gleichermaßen auf offiziellem Weg wie auf weniger offiziellem. Sie glauben gar nicht, welche Staatsgeheimnisse ein Diplomat auf einer Party oder bei einer Hirschjagd aufschnappen kann, wenn er nur aufmerksam ist. Aber ich schweife ab. Neben dem diplomatischen Corps verfügen unsere Streitkräfte über eigene Geheimdienste. Die Marine hat das *Office of Naval Intelligence*, oder *ONI*, die Armee die *Military Intelligence Division.*«

Tom registrierte, dass der Ford zum dritten Mal auf einer Kreuzung links abbog. Sie fuhren offensichtlich im Kreis.

»Sie müssen wissen, Mister Wolf, dass sich seit dem letzten Krieg in Washington ein gewisses Desinteresse an unserer Branche breitgemacht hat. Sagt Ihnen der Begriff *Black Chamber* etwas?«

Tom schüttelte seinen Kopf.

»Die *Black Chamber* hat im Auftrag des Außenministeriums Funkcodes abgefangen und geknackt. Vor gut zehn Jahren hat der damalige Außenminister Henry Stimson die Einheit jedoch geschlossen, weil es ihm nicht gefallen hat, dass seine Leute ausländischen Diplomaten hinterhergeschnüffelt haben. Mister Stimson hat gesagt, dass echte Gentlemen nicht die Post anderer Gentlemen lesen würden. Viele in Washington haben Stimsons Ansichten geteilt. Und deshalb hat die Regierung schließlich allen amerikanischen Nachrichtendiensten über Jahre hinweg die Budgetmittel gekürzt. Und weil die verbleibenden Dienste seither permanent ums nackte Überleben kämpfen, hat sich zwischen dem Außenministerium, den zwei militärischen Nachrichtendiensten und dem FBI ein regelrechter Konkurrenzkampf entwickelt. Jeder schottet sich vom anderen ab, behält relevante Informationen für sich und schiebt den Rivalen sogar Pannen zu. Alles für den Zweck, vor Präsident Roosevelt besser dazustehen und nicht auch dem finanziellen Rotstift zum Opfer zu fallen.«

»Das klingt nicht besonders professionell.«

Hoffmann lachte auf. »Da haben Sie recht! Die geheimdienstliche Organisation unseres Landes ist im Vergleich zu jener von anderen Ländern reichlich, sagen wir, dilettantisch. Es wird Sie daher kaum verwundern, dass Präsident Roosevelt seinen eigenen Behörden nicht 100-prozentig vertraut. Er verlässt sich oft lieber auf die Ratschläge seiner Freunde. Kennen Sie Vincent Astor?«

»Der Name ist mir natürlich bekannt.« Die Astors waren eine der reichsten Dynastien Amerikas.

»Mister Astor führt seit Jahren mit vermögenden Freunden einen Amateur-Spione-Klub. Die Mitglieder sind allesamt beruflich wie privat viel unterwegs, insbesondere im Pazifikraum, in der Karibik und in Südamerika. Alles, was diese Herrschaften an interessanten Neuigkeiten aufschnappen, teilen sie einander bei ihren regelmäßigen Treffen in New York mit. Und Mister Astor gibt diese Informationen auch an unseren Präsidenten weiter.«

»Und Sie wollen mich jetzt auf eine Jacht setzen und auch in die Karibik schicken?«

»Nein, natürlich nicht. Roosevelt weiß, dass das Amateurnetzwerk von Mister Astor seine Grenzen hat. Oh, wir steigen jetzt aus, kommen Sie, Mister Wolf.«

Der Ford hatte schon angehalten, der Beifahrer war ausgestiegen und hielt Tom die Tür auf. Tom eilte neben Hoffmann die vielen Stufen der menschenleeren Treppe zum Eingang des grauen Gebäudes hinauf. »Vor einiger Zeit ist schließlich ein anderer Bekannter an den Präsidenten herangetreten, ein Mann namens Nathaniel Evans.«

»Nathaniel Evans?« Tom hatte Mühe, beim Tempo seines Begleiters mitzuhalten. »Den Namen habe ich noch nie gehört.«

»Mister Evans hat Roosevelt vorgeschlagen, ein Experiment zu wagen. Mister Evans wollte einen völlig neuen Dienst gründen, der auf moderne Methoden setzt und mit Hilfe von unvorbelasteten Mitarbeitern die Streitereien der alten Nachrichtendienste überwindet. Diese unabhängige Behörde soll die Geheimdienstarbeit der drei existierenden Säulen koordinieren, also jene des FBI, der Streitkräfte und des Außenministeriums.«

Hoffmann erreichte die oberste Stufe und ging eilig in Richtung einer Eingangstür aus massivem, schwarzlackiertem Holz. Er sah erneut auf seine Armbanduhr und drückte dann einen Türflügel auf.

»Und FDR hat diesem Vorschlag zugestimmt. Insbesondere auch deshalb, weil sich Mister Evans mit dieser neuen experimentellen Behörde einem bestimmten Gebiet widmen wollte, das mehr und mehr zum Brennpunkt unserer Zeit wird.«

Sie betraten eine weitläufige düstere Halle. Links und rechts erspähte Tom in einiger Entfernung mehrere Reihen Regale, die fast bis unter die Decke reichten. Es war so dunkel, dass Tom nicht erkennen konnte, wo sie endeten. Ein ganzes Stück vor ihnen saßen zwei Gestalten an einem Empfangstisch im Schein einer schwachen Lampe, deren winziger gelber Lichtkegel inmitten der Dunkelheit beinahe unterging. Hinter dem Tisch führte eine breite Treppe in das höhere Geschoss, doch die obersten Stufen waren nur noch schemenhaft zu erkennen.

Sie gingen auf den Tisch zu.

»Hoffmann und Wolf«, rief Toms Begleiter in Richtung der beiden Wachleute und durchbrach damit die Totenstille. Die zwei Uniformierten nickten wortlos. Hoffmann bewegte sich eilig weiter und öffnete hinter der letzten Regalreihe eine kleine unscheinbare Tür.

»Wir haben hier ein ungeschriebenes Gesetz«, erklärte Hoffmann und führte Tom durch einen engen Gang. »Wir sprechen hier so gut wie nie, bevor wir nicht diesen Korridor betreten haben.«

»Aha.« Tom blickte sich skeptisch um. Nach wenigen Schritten stiegen sie hintereinander eine steile Treppe hinab.

»Wir sind auch gleich da, nur noch ein paar Meter. Wo bin ich eigentlich stehengeblieben?«

»Sie hatten etwas vom ›Brennpunkt unserer Zeit‹ erzählt.«

»Richtig, richtig.« Hoffman lächelte in einer unnachahmlichen Weise und stieß, am Ende der Treppe angekommen, eine Tür auf, auf der eine schwarze Eins aus Metall angebracht war. Tom musste seinen Kopf einziehen, um hindurch zu kommen, und betrat einen weißen leeren Raum. Sofort stutzte er.

»Das ist eine Sackgasse«, stellte er fest.

»Im Gegenteil. Würden Sie sich bitte genau auf den Kreis stellen?«

Tom blickte verwirrt auf den Fußboden. Nach einer Weile entdeckte er dort eine helle kreisförmige Markierung. Er bewegte sich ein Stück zur Seite, und Hoffmann stellte sich einen halben Meter neben ihn.

»Und jetzt?« Tom wusste selbst nicht, warum er flüsterte, aber es erschien ihm angebracht.

»Blicken Sie ganz entspannt nach vorn.«

Tom tat es. Plötzlich ertönte ein lauter, dumpfer Schlag vor ihm und wuchs zu einem Grollen an. Eine quadratische Fläche in der Mauer vor ihm wurde plötzlich wie von Geisterhand nach innen gezogen. Unter brummendem Ächzen wanderte der Stein immer weiter von Tom weg und bewegte sich schließlich wie ein Schiebefenster zur Seite. Tom lehnte sich ein Stück nach vorn, doch er konnte nichts erkennen. Er sah lediglich ein schwarzes Nichts.

»Und … jetzt?«

»Warten Sie einfach ab.«

»Treten Sie zur Seite, Mister Wolf. Mister Hoffmann, bitte«, befahl eine laute Stimme. Tom zuckte zusammen, machte sofort Platz und sah instinktiv nach oben. Die Stimme klang verzerrt metallisch und schien förmlich von oben herabzufallen. An der

Decke, genau über der Markierung, befand sich auf einmal eine zweite schwarze Öffnung.

»Keine Sorge, das dauert hier nur noch ein paar Augenblicke, Mister Wolf.«

Tom drehte sich zu Hoffmann, als er bemerkte, dass sich auf der linken Wand des Raumes ein drittes schwarzes Viereck befand.

»Danke, Gentlemen.« Sofort erklangen wieder zahlreiche erstickte Schläge, und alle drei Luken schlossen sich. Vor ihnen entstanden nun die Umrisse einer zwei Meter hohen und etwa einen Meter breiten Einbuchtung. Es war eine Tür.

»Und Sesam öffnete sich.« Hoffmann zwinkerte Tom zu.

Ein eisiger Hauch blies Tom ins Gesicht, als er hinter seinem Begleiter auf ein Gitter trat. Hoffmann ging ein paar Schritte über eine Eisenbrücke voran, die über einen Abgrund den Weg zu einem großen Metallkäfig bahnte, der an drei Kabeln aufgehängt war.

»Los«, befahl ein uniformierter Soldat und stieß ein Tor zu dem Pferch auf. Ohne ein Wort zu verlieren, betrat Tom nach Hoffmann den Käfig. Als der riesenhafte Soldat die Tür hinter sich wieder verriegelt hatte, wurde der Käfig von der Brücke losgestoßen und schwebte ein paar Meter durch die Luft. Tom stolperte, taumelte nach links und griff hastig nach einer der Metallstangen.

»Vorsichtig«, zischte der Soldat. Die Trägerkabel schwirrten laut, als Tom zwischen den Stäben unter seinen Füßen hinabblickte. Die Wände ringsum, die jetzt genau wie die Brücke jeweils einige Meter vom Käfig entfernt waren, schienen in der Finsternis weit unter ihnen einfach zusammenzulaufen: Tom konnte keinen Grund erkennen.

Tom klammerte sich an der Stange fest und zwang sich, geradeaus zu blicken. Auf der gegenüberliegenden Wand befanden sich zwei Glasscheiben, stellte er nun fest, hinter denen weitere Soldaten postiert waren. Über den Fenstern war im Gemäuer eine große schwarze Zwei zu erkennen.

»Heben Sie Ihre Arme, Mister Wolf.« Der Uniformierte im Käfig trat auf Tom zu und begann, ihn zu durchsuchen. »Sie können passieren«, rief der Uniformierte nach einer Weile in Richtung seiner Kameraden hinter den Glasscheiben. Einer von ihnen, der eine Hand auf einen roten Hebel gelegt hatte, nickte. Sofort sauste der Käfig weiter durch die Luft und kam nach wenigen Momenten bei einer zweiten Brücke zum Stehen. Der Soldat entriegelte die Tür im Käfig und stieß sie auf.

»Tut mir leid«, beteuerte Hoffmann, während sie einen breiteren Flur entlang gingen, »aber diese Sicherheitsvorkehrungen sind unabdingbar. Sie haben gerade eine Schleuse der Armee passiert, verstehen Sie? Bei diesen Leuten sollte man nicht zu viel reden. Das macht einen nur verdächtig.« Er lachte wieder. »Aber Sie müssen schon mehr anstellen, als nur zu viel zu plappern, damit die Herren die drei Trägerkabel kappen.«

Tom blieb stehen.

»Die würden, ich meine ... die würden?«

»Samt ihres Kameraden, ja. Wenn es notwendig ist. Ein äußerst barbarisches Sicherheitskonzept, wenn Sie mich fragen. Aber wirkungsvoll. Da vorne, sehen Sie, gleich ist es geschafft.« Hoffmann zeigte auf das Ende des Flurs.

»Was genau ist das hier alles?«, fragte Tom, doch er verstummte augenblicklich. Sie erreichten eine schmale Brücke aus Holz, die über einen unterirdischen See führte. Tom konnte es nicht fassen: Es war wirklich ein unterirdischer See! Die Wassermassen erstreckten sich unter einem weitläufigen Gewölbe mehrere Dutzend Meter in jede Richtung. Was hatte hier unten ein See zu suchen?

»Wieso ...?«, stammelte Tom, als sie das Ende der Brücke erreichten.

»Wir müssen weiter«, unterbrach ihn Hoffmann und deutete Tom weiterzumarschieren.

Sie stiegen eine weitere Treppe hinab. Neben ihnen führten auf beiden Seiten der Stufen Rohre in die Tiefe, durch die hörbar Flüssigkeit plätscherte.

Hoffmann sprang die letzten Stufen mit einem Satz hinab. Tom betrat wenige Momente nach ihm einen runden Raum mit einer glockenförmigen Decke, von der ein Luster herabbaumelte und warmes Licht verströmte. In der Mitte des Saales ragte ein merkwürdiges Gebilde aus dem Boden. Es wirkte wie eine Scheibe, die senkrecht zur Hälfte versenkt war, fast wie ein Steuerrad eines alten Segelschiffes. Hoffmann ging darauf zu.

Langsam glaubte Tom, sich in eine skurrile Traumwelt verirrt zu haben. Das konnte alles nicht real sein! Wo, um alles in der Welt, befand er sich hier?

Hinter dem Rad entdeckte er zwei geschlossene Holztüren, die von einem Rahmen aus Messing umgeben waren, der kunstvoll mit einer Verstrebung bis zur Spitze der Kuppel verbunden war.

»Noch ein wenig Geduld«, bat Hoffmann und griff in seine Jackentasche.

Das halbrunde Gebilde begann sich zu bewegen, der glatt polierte Stein rotierte nun leise surrend. Plötzlich wurde die Scheibe langsamer, bis sie allmählich ganz zum Stehen kam.

Tom machte neugierig einen Schritt nach vorne. Hoffmann steckte einen Schlüssel in ein Loch, über dem die goldenen Buchstaben »TH« eingraviert waren. Hoffmann drehte den Schlüssel langsam herum. Als er ihn wieder herauszog, setzte sich der runde Stein erneut in Bewegung. Das Schlüsselloch mit der Bezeichnung »TH« verschwand langsam, machte nacheinander für die Buchstabenkombinationen wie »GH«, »FLC« und »NE« Platz, bis das Gebilde schließlich so schnell rotierte, dass Tom nur noch goldene Streifen vorbeifliegen sah.

»Heckwaters S2?«, fragte jemand.

Tom drehte sich herum. Eine junge Frau, die in einiger Höhe hinter einem Geländer auf einer Empore stand, blickte zu ihnen hinab.

»Ich bitte darum, meine Teure.«

Die junge Dame, die elegante Bürokleidung trug, nickte und verschwand aus Toms Blickfeld. Unter dem Geländer war eine Drei in den Stein gemeißelt. Tom schüttelte entgeistert den Kopf.

»Jetzt sind wir schon so gut wie da. Sehen Sie.« Hoffmann tippte Tom von hinten auf die Schulter. Als der sich umdrehte, öffnete sich die linke der beiden Türen, und ein Klingeln ertönte. Es war ein Lift.

Sie stiegen ein, und Hoffmann drückte einen Knopf auf den in goldenen Buchstaben »S2« geschrieben war. Ganz langsam setzte sich der Fahrstuhl in Bewegung. Er fuhr jedoch nicht nach unten, sondern hinauf.

»So, wo war ich vorhin stehengeblieben?« Hoffmann rieb sich die Hände.

»Sie erwähnten etwas vom *Brennpunkt unserer Zeit*«, antwortete Tom und räusperte sich zurückhaltend. Der Fahrstuhl hatte angehalten.

»Richtig, richtig. Mister Wolf, ich heiße Sie hiermit herzlich willkommen beim ICG, beim *Intelligence Corps Germany.*«

16. EINE ANDERE WAHL

Er stieg aus dem Wagen und ging ein paar Schritte über den Kiesweg, der sich durch die stattlichen Bäume schlängelte. Die Auffahrt endete an einem kleinen Holzhaus, das unmittelbar am Ufer des Sees lag. Als er am Horizont die Pfaueninsel schemenhaft entdeckte, blieb Josef Schwarzbeck mit ausdrucksloser Miene stehen.

Im vergangenen Sommer hatte dort drüben eine rauschende Party stattgefunden, erinnerte er sich. Reichspropagandaminister Joseph Goebbels hatte zum Abschluss der Olympischen Spiele von Berlin eine »Italienische Nacht« veranstaltet und sich jede

Mühe gegeben, die versammelten Gäste aus aller Welt mächtig zu beeindrucken. Schwarzbeck hatte das bombastische, nicht enden wollende Feuerwerk noch gut in Erinnerung.

Er atmete tief durch. Heute war ihm ganz und gar nicht zum Feiern zumute.

Als er sich langsam dem Haus näherte, blickte er sich verstohlen um. Das Ferienhaus lag ziemlich abgelegen. Ringsum war es vom Wald eingekreist, von der Straße aus konnte man das Grundstück nicht einsehen. Es musste ein Vermögen gekostet haben, dachte Schwarzbeck.

»Hast du es gleich gefunden, Josef?«, rief Heinrich Meyerling und trat lässig aus der Eingangstür. Schwarzbeck bedachte die Frage mit keiner Antwort, er warf seinem Kollegen lediglich einen düsteren Blick zu.

»Komm nur rein«, sagte Meyerling, lächelte süffisant und strich sich durch sein schütteres Haar.

»Willst du was trinken?«, fragte Meyerling und hielt eine Flasche Schnaps in die Höhe.

»Nein«, antwortete Schwarzbeck scharf, schüttelte angewidert seinen Kopf und starrte aus dem Fenster. »Lass deine Spielchen, Heinrich. Komm zur Sache. Warum hast du mich herzitiert?«

Meyerling stellte die Flasche zurück in den kleinen Schrank und begann zu lachen.

»Herzitiert? Ich habe dich freundlich gebeten, mich in meinem Wochenenddomizil zu besuchen.«

»Lass, verdammt noch mal, den Unsinn!«, rief Schwarzbeck zornig und schlug mit seiner Hand gegen den Kaminsims neben sich. Meyerling wich überrascht zurück.

»Erstens: Das ist bestimmt nicht dein Haus. Ich würde meine Oma darauf verwetten, dass es deinem Vater gehört.«

Meyerling verschränkte die Arme vor der Brust. Er wirkte plötzlich unsicher, aber seine Augen blitzten vor Wut auf. Das genügte Schwarzbeck als Antwort.

»Dachte ich's mir doch«, stellte Schwarzbeck zufrieden fest.

»Und zweitens, raus mit der Sprache: Was zum Teufel willst du von mir?«

»Ich weiß von deinem kleinen Geheimnis, Josef«, flüsterte Meyerling.

»Du weißt gar nichts!« Schwarzbeck machte eine abfällige Handbewegung. Das schien Meyerling völlig aus der Fassung zu bringen.

»Ach ja? Ach ja?« Er machte zwei kleine Schritte nach vorn. »Ich habe die Briefe gefunden!« Meyerling griff triumphierend in seine Jackentasche und schleuderte seinem Gegenüber ein Blatt Papier vor die Füße.

Schwarzbeck war wie versteinert. Er blickte seinen Kollegen mit eisiger Härte tief in die Augen. Nach einigen Momenten der totalen Stille beugte er sich hinab und griff nach dem Bogen. Sofort ahnte er Böses, als er die Handschrift erkannte.

»Beste Grüße aus W., A.M.«, stieß Meyerling hervor und lächelte diabolisch. Er genoss den Moment sichtlich. »Doktor Adam Morgenstein! Jegliche Zusammenarbeit und sogar der Kontakt zu diesem ... Juden aus Wien wurde dir verboten, Josef. Du hast den Ruf der Fakultät und der Hochschule beschmutzt.«

»Du Bastard.« Schwarzbeck schüttelte den Kopf. »Du hast also meinen Schreibtisch aufgebrochen.«

Meyerling zuckte mit den Achseln. »Du weißt, was das für dich bedeutet. Du bist so gut wie erledigt, Josef.«

»Ich hätte es wissen müssen.« Schwarzbeck knüllte den Zettel zusammen und steckte ihn ein. »Du bist um nichts besser als dein schmieriger alter Herr. Um nichts.«

Meyerling lief hochrot an.

»Was hast du jetzt vor?«, fragte Schwarzbeck verächtlich. »Willst du mich denunzieren? Willst du mich der Gestapo ausliefern? Oder läufst du zu deinem Papi ins Reichsluftfahrtministerium, damit er dir sagt, was du tun sollst?«

»Wenn ich dich verraten wollte, wärst du schon lange nicht mehr in Freiheit, du Trottel. Dann würdest du jetzt schon in Sachsenhausen in irgendeinem Keller schmoren.«

Schwarzbeck schluckte. Die Vorstellung, in eine düstere Zelle eines KZ gesperrt zu werden, traf ihn wie ein Schlag. Aber er zwang sich, sich nichts anmerken zu lassen.

»Was willst du, Heinrich?«

»Du wirst es veröffentlichen. Du wirst alles ans Licht bringen. All das, was du zusammen mit diesem Doktor Morgenstein im Stillen erarbeitet hast, alles über diese ominöse Kernspaltung. Aber du wirst Morgenstein dabei mit keinem Wort erwähnen, du wirst stattdessen behaupten, dass ich dein Forschungspartner bin.«

Schwarzbeck riss die Augen auf. Jetzt hatte er verstanden. Meyerling war ein Physiker mit beschränktem Talent, aber ein Mann mit überdurchschnittlichem, ja krankhaftem Ehrgeiz. Wahrscheinlich verstand Meyerling nicht einmal die Grundzüge der Kernphysik, aber er war wohl clever genug, um das Potenzial dieses Fachgebiets zu erahnen. Und wahrscheinlich hatte dieser missratene Sohn eines Paradenazis nur zufällig den Verdacht geschöpft, dass Morgenstein und er, Schwarzbeck, immer noch trotz des Verbots gemeinsam an ihrem Projekt arbeiteten. Und jetzt wollte Meyerling um jeden Preis an dem möglichen Ruhm teilhaben.

»Du bist ja wahnsinnig«, stellte Schwarzbeck erschüttert fest.

»Achte auf deinen Ton! Wenn ich es will, ist dein Leben vorbei, Josef. Also überlege dir gut, was du sagst.«

Schwarzbecks Schultern sackten langsam hinab. Er war diesem widerwärtigen Kerl tatsächlich ausgeliefert. Nach einer Weile blickte er stumm durch das Fenster über den beschaulichen Wannsee.

»Na endlich hast du es begriffen.« Meyerling drehte sich zufrieden um und marschierte auf die kleine Hausbar zu. »Sieh es doch so, Josef. Wenn du es gewagt hättest, deine Thesen zusammen mit diesem Juden der Weltöffentlichkeit vorzustellen, hätte man dich wahrscheinlich sowieso mundtot gemacht.« Er schenkte seelenruhig eine klare Flüssigkeit in zwei Gläser ein. »Nur dank mir gibt's für dich jetzt Glanz und Glorie. Wir zwei, mein Lieber, wir zwei ...«

Schwarzbeck schloss angewidert seine Augen, sagte aber nichts.

»Du musst ab sofort einfach diesen Juden vergessen.« Meyerling stellte die Flasche beiseite und stöpselte sie sorgfältig zu. »Ich bin ja selbst kein Freund dieser uneingeschränkten Judenhatz. Ein paar von denen wären ja durchaus brauchbar, aber was soll man machen? Gesetz ist Gesetz. Du musst natürlich dafür Sorge tragen, dass dieser Morgenstein nicht auf die Idee kommt, selbst an die Öffentlichkeit zu gehen. Wir müssen das vor ihm machen. Klar, oder? Und wer weiß, vielleicht wird uns der Führer dann persönlich zu Helden des Reichs ernennen. Oder sonst was. Ich tue dir eigentlich einen Mordsgefallen, weißt du das? Aber du hast auch gar keine andere Wahl.«

Meyerling lächelte zufrieden und drehte sich mit den zwei Gläsern in Händen um. Doch plötzlich weiteten sich seine Augen, und er schreckte zurück.

»Oh doch«, stellte Josef Schwarzbeck kühl fest. Er schlug wuchtig mit einem Schürhaken auf Meyerlings Kopf. Der krachte sofort benommen auf den Holzboden, während die Gläser neben seinem leblosen Körper in Scherben zerbrachen.

Schwarzbeck atmete schnell. Dass er sich dazu entschlossen hatte, nach dem eisernen Instrument am Kamin zu greifen und es als Waffe zu benutzen, überraschte ihn selbst. Doch nach einem Moment des Zweifels waren seine Gedanken sofort wieder klar.

»Ich *habe* eine andere Wahl, Heinrich«, sagte er leise und holte ein zweites Mal aus. Eine Blutfontäne sprühte aus Meyerlings Schläfe, als Schwarzbeck darauf eindrosch.

17. DIE ATLAS-HALL

Die Türen glitten zur Seite. Vor ihnen lag ein riesiger Saal, über dem sich eine von steinernen Bögen getragene Kuppel aus Metallverstrebungen und Hunderten Glasscheiben spannte, die wie ein engmaschiges Spinnennetz wirkte.

»Wow«, staunte Tom mit offenem Mund. Die Konstruktion war gewaltig. Neugierig machte Tom einen Schritt nach vorn. Eine kleine Treppe, die mit einem roten Teppich bedeckt war, führte vom Lift hinab. Erst jetzt registrierte Tom, wie laut es war: Vielleicht 100 Menschen schwirrten wie ein Bienenschwarm um zahllose Schreibtische herum, die mit Papierstößen, Akten und klingelnden Telefonen übersät waren. Ganz im Zentrum der Halle kniete ein überlebensgroßer Bronzejüngling, der mit schmerzverzerrtem Gesicht einen goldenen Erdball auf seinen Schultern balancierte.

Eine junge dunkelhaarige Frau eilte an Tom und seinem Begleiter vorbei. »Guten Abend, Mister Hoffmann.«

»Guten Abend, Charlize«, sagte Hoffmann freundlich.

Tom wich zur Seite und bemerkte gar nicht, wie ihn die Dame blitzschnell von oben bis unten musterte.

»Folgen Sie mir.« Hoffmann klopfte Tom auf die Schulter.

Auf der linken und auch der rechten Seite des Saales befand sich jeweils eine erhöhte Galerie, über die man zu zahlreichen Büros mit verglasten Fronten gelangte. Tom konnte die dahinter arbeitenden Männer und Frauen bestens beobachten, während er Hoffmann durch die Reihen der Schreibtische und durch die beschäftigte Menge folgte.

»Entschuldigung … Tut mir … Bitte entschuldigen Sie!« Immer wieder wich er jungen Männern und Frauen aus, die ihn gar nicht zu beachten schienen. Als Hoffmann nach rechts abbog, erkannte Tom, dass hinter der zentralen Bronzeskulptur ein vielleicht zehn Meter hoher und knapp zwei Meter breiter verspiegelter Glaskubus aus der Rückwand der Halle ragte. Das durch die Deckenkuppel einfallende Licht wurde von ihm reflektiert, sodass es auch den letzten Winkel des unterirdischen Saals erreichte und erhellte.

»Irre«, murmelte Tom. An jener Seite, an der sich gerade die Türen des Aufzugs wieder schlossen, hingen Karten von Europa und dem Deutschen Reich an der Wand. Daneben waren übergroße Uhren montiert, die die Zeiten verschiedenster Orte dieser Welt anzeigten. Auch jene von Berlin.

»Intelligence Corps Germany«, wiederholte Tom langsam für sich.

»Kommen Sie?«, rief Hoffmann. Er war schon die Stufen zur rechten Galerie hinaufgestiegen. Tom nickte und beeilte sich. Er griff nach dem Geländer, das mit kunstvollen Verzierungen versehen war. Es machte den Eindruck, als wären diese Meisterwerke Hunderte Jahre alt. Zwei Falken waren in die Geländerpfosten am oberen Ende geschnitzt und bewachten scheinbar ein Tor, das Tom bisher nicht aufgefallen war. Eine schmale Pforte war genau in der Mitte der sechs gläsernen Räume eingezwängt. Über dem Stock des Portals waren die Buchstaben »AW« in einem dreieckigen Zierdach geschrieben.

Hoffmann stand ungeduldig vor der Glastür eines der Büros und begann zu lachen.

»Jetzt kommen Sie schon endlich!«, rief er und ließ Tom eintreten.

Die drei nicht verglasten Wände waren von Bücherregalen verdeckt. Ein Fernrohr lehnte in einer Ecke, ein abgewetzter roter Teppich lag unter dem mit allerlei Krimskrams und Akten übersäten Schreibtisch.

»Willkommen in meinem Reich.« Hoffmann rückte Tom mit größter Sorgfalt einen bequemen Stuhl zurecht. Tom nahm Platz und blickte hinaus in die Halle.

»Mister Wolf, das ist so förmlich.« Hoffmann warf seinen Hut lässig auf einen kleinen Abstelltisch, schloss die Tür und setzte sich auf einen Ledersessel. »Darf ich Sie Tom nennen?«

Als die Tür ins Schloss schnappte, war es sofort ganz still. Es war so, als hätte jemand all den Menschen dort unten befohlen, kein

Geräusch mehr zu verursachen, denn durch die durchsichtige Front hindurch konnte Tom weiterhin das hektische Treiben verfolgen.

»Natürlich, natürlich«, antwortete Tom.

»Sehr gut. Also Tom. Und jetzt fragen Sie.«

Tom runzelte die Stirn.

»Na los!« Hoffmann lehnte sich zurück und schwankte auf seinem Drehsessel hin und her.

»Ich glaube, ich verstehe nicht?«

Hoffmann streckte seine Arme in die Höhe und setzte sein breites Grinsen auf. »Na, Sie werden doch wohl ein, zwei Fragen haben, die Sie mir jetzt stellen wollen. Oder etwa nicht?«

»Natürlich!« Tom dachte nach. »Was ... was ist das hier?«

»Dies ist die Atlas-Hall. Sie kennen die ...?«

»Die Gottheit?« Tom deutete auf die große Statue. Hoffmann schwieg. »Ja, die kenne ich«, ergänzte Tom schnell. »Atlas trägt nach der griechischen Mythologie die Welt auf seinen Schultern.«

Hoffmann faltete seine Hände. »Es ist zwar maßlos übertrieben, dass wir die Last des Erdkreises oder des Himmels auf unseren Schultern tragen, aber das Führungsgremium des ICG neigt zu symbolischem Pathos und Theatralik, wie Sie auf dem Weg hierher ja schon bemerkt haben könnten. Die Atlas-Hall ist ein Teil dieses Gebäudekomplexes, des ICG Headquarters. Und übrigens: Atlas ist keine Gottheit, sondern ein Titan.«

»Ja natürlich. Entschuldigen Sie.«

»Ach, machen Sie sich keine Sorgen, Tom, niemand wird Ihnen das je vorhalten.«

»Verstehen Sie mich jetzt bitte nicht falsch, Sir. Mister Hoffmann, was genau macht das ICG? Ich meine, was genau im Detail, wird hier, ich meine, dort unten getan?«

Hoffmann lachte und verschluckte sich beinahe. Seine Krawatte wippte über seinen auf und ab schwankenden Bauch. »Keine Sorge, da verstehe ich Sie nicht falsch. Ich kann Ihnen versichern, ich habe in den letzten Monaten schon viel ungeduldigere Menschen als Sie erlebt, Tom. Die haben sich nicht so lange zurückhalten können.«

»Aha.«

»Die Frage, was das ICG macht, ist jedoch nicht ganz einfach zu beantworten. Das ICG ist ein Geheimdienst. Die Aufgaben des Corps sind großteils streng geheim.«

»Aber das Intelligence Corps Germany kümmert sich gewissermaßen um das Deutsche Reich?«

»Richtig. Wie Sie wissen, hat sich Deutschland sehr verändert, seit die Nationalsozialisten vor viereinhalb Jahren die Macht ergriffen haben. Der Führer und Reichskanzler hat nicht nur so gut wie alle politischen Gegner im eigenen Land ausgeschaltet, sondern betreibt vor allem eine mehr als aggressive Außenpolitik. Dieser Mann mit dem kleinen Bärtchen ist auch deshalb dazu in der Lage, weil er seine anfangs recht unbedeutende Armee heimlich zu einem mittlerweile durchaus vor Kraft strotzenden Koloss hochgerüstet hat.«

»Und auch«, warf Tom ein, »weil weder Paris noch London einfach so einen Krieg vom Zaun brechen wollten.«

»Richtig. Besonders in England kann man durchaus verstehen, dass die Deutschen Ansprüche auf jene Gebiete anmelden, die ihnen nach dem Großen Krieg weggenommen worden sind.«

»Und es ist ja kein Geheimnis, dass eine Mehrheit der Briten den russischen Kommunismus für weitaus gefährlicher hält als den deutschen Nationalsozialismus.«

»Genau. Die Nazis stellen in der Vorstellung vieler ein Bollwerk gegen Stalins ›rote sowjetische Horden‹ dar. Und aus diesen und vielen anderen Gründen lassen vor allem die Briten dem Deutschen Reich eben viel Freiraum. Im Spanischen Bürgerkrieg können die Deutschen Franco unterstützen wie sie wollen und müssen keine schmerzhaften Sanktionen von Premierminister Neville Chamberlain fürchten.«

»Und die Franzosen nennen ihn deshalb schon ›J'aime Berlin‹.«

Hoffmann lachte. »Wir wissen, dass Sie sich für Politik interessieren, Tom. Sie müssen mir das nicht mehr beweisen. Aber weiter: Das Deutsche Reich ist einer der wichtigsten Dreh- und Angelpunkte der internationalen Politik geworden. Daher ist Präsident Roosevelt auf vertrauenswürdige Informationen aus diesem Land angewiesen. Und dass er die bekommt, Tom, genau das ist unser Job.«

Hoffmann durchstöberte eine Mappe vor sich und richtete dabei seine Brille. Er zog ein großes Foto heraus und legte es vor Tom auf den Tisch.

»Es ist jetzt an der Zeit, Ihnen ein paar wichtige Persönlichkeiten vorzustellen.«

Tom beugte sich nach vorn. Das Bild zeigte den kleinen kahlköpfigen Mann mit dem hypnotisierenden Blick, der ihm im dunklen Raum in Boston gegenübergesessen war.

Pokerface, dachte sich Tom.

»Dies ist Nathaniel Evans.« Hoffmann beobachtete genüsslich die Spuren der Überraschung, die sich aufs Toms Gesicht abzeichneten. Doch ehe der etwas sagen konnte, legte Hoffmann ein zweites Bild vor, das jene ältere Dame mit der markanten Stimme und den blitzenden Augen zeigte, die in Boston neben Evans gesessen war.

»Dies ist Catherine Fireburn. Sie hat eine langjährige Karriere als Diplomatin hinter sich und war bis vor Kurzem an einflussreicher Stelle im *State Department* tätig.«

Hoffmann zeigte Tom ein drittes Foto.

»Und schließlich: Colonel Francis Colpo. Er war ein hochrangiger Offizier des militärischen Geheimdienstes, der *Military Intelligence Division.*«

Tom betrachtete die Gesichter der drei in aller Ruhe.

»Nathaniel Evans, der Leiter unseres Dienstes, sowie Catherine Fireburn und Colonel Francis Colpo bilden den Führungsstab des ICG.«

Tom hob die Fotografie von Evans hoch und kniff die Augen zusammen.

»Wie sind Sie auf mich gekommen?«, fragte er ruhig. »Warum bin ich hier?«

»Ihre Mutter stammt aus der Umgebung von Hannover, im Norden von Deutschland, Ihr Vater aus der österreichischen Hauptstadt Wien. Sie, Tom, sind in der glücklichen Situation, dass Sie zwei Sprachen wie Ihre Muttersprache beherrschen: Deutsch und Englisch. Noch dazu kommen Ihre Vorfahren mütterlicherseits aus einem Teil des Reiches, in dem so gut wie dialektfreies Deutsch gesprochen wird. Ihr Deutsch, Tom, wurde von diesem Zweig Ihrer Familie geprägt.«

»Woher wissen Sie das?«

»Nicht einmal ein Deutscher könnte Sie alleine aufgrund Ihrer Sprache sofort einem bestimmten Teil des Deutschen Reichs zuordnen. Dies ist ein Vorteil. Für Sie, Tom, aber noch viel mehr für uns.«

Hoffmann drehte sich mit seinem Stuhl in Richtung der Glaswand.

»Sehen Sie dort. Fast alle diese Menschen dort unten sind amerikanische Staatsbürger, aber dennoch spricht und versteht jeder von ihnen Deutsch. Manche aufgrund ihrer Herkunft, genau wie Sie, Tom.«

Tom blickte schweigend hinunter in die Menge.

»Sprachliche Fähigkeiten sind ein Kriterium für die Aufnahme in das Corps. Doch nicht das einzige. Sehen Sie, Nathaniel Evans ist der Ansicht, dass ein neuer, wirklich effektiver Geheimdienst nur dann funktionieren kann, wenn neue Mitarbeiter angeworben werden, die die alten verkrusteten Strukturen der anderen Dienste unseres Landes nicht kennen. Wir suchen daher nach Quereinsteigern, nach Neulingen, nach fähigen und vielversprechenden zukünftigen Agenten. Unsere Suche konzentriert sich dabei besonders auf öffentliche Einrichtungen wie die Streitkräfte, die Polizei, aber auch auf Universitäten. Die Menschen, die wir für uns gewinnen können, sind zumeist etwa in Ihrem Alter. Natürlich sind wir aber hier keine Veranstaltung exklusiv für Jugendliche, wie Sie an mir erkennen können.«

Hoffmann lachte.

»Die Anstellung eines jeden einzelnen von uns allen hier, von Ihnen, von mir, von allen dort unten, wurde letztendlich von einer einzigen Person abgesegnet: von Nathaniel Evans. Daher hat er Sie zusammen mit Misses Fireburn und Colonel Colpo persönlich begutachtet.«

»Zu dem Zeitpunkt stand noch nicht fest, dass …?«

»Nein«, antwortete Hoffmann sofort, »nicht endgültig. Wir haben Sie aber ausgiebig durchleuchtet und beobachtet, bevor wir Kontakt mit Ihnen aufgenommen haben. Erst wenn wir von einem Kandidaten überzeugt sind, wird er dem Führungsgremium vorgeführt. Mister Evans trifft die letzte Entscheidung. Falls es Sie interessieren sollte. Ich persönlich habe Sie ihm vorgeschlagen.«

Tom fühlte sich ein wenig unbehaglich. »Und was erwartet mich jetzt?«

»Oh, wir erwarten uns viel, Tom«, lachte Hoffmann. »Sie werden in den nächsten Monaten das Corps-Ausbildungsprogramm absolvieren. Sie werden gewisse Fähigkeiten, die Sie ansatzweise bereits besitzen, schulen und verbessern. Und Sie werden sich sehr spezielles Wissen aneignen. Über genaue Trainingsinhalte werden Sie morgen in Kenntnis gesetzt.«

»Was kann ich mir darunter vorstellen?«

»Warten Sie's ab, Tom.«

»Und wenn dieses Programm beendet ist?«

»Es hängt ganz von Ihnen ab.«

Tom presste die Lippen aufeinander.

Hoffmann blickte wieder auf seine Uhr. »Aber das sollte fürs Erste reichen. Wir müssen jetzt den Komplex wieder verlassen.«

Hoffmann stand auf, griff nach einer weiteren Mappe auf dem Schreibtisch und ging rasch zur gläsernen Bürotür. Tom folgte ihm.

»Alles, was ich Ihnen heute mitgeteilt habe, Tom, sowie all das, was Sie in Zukunft noch lernen und erfahren werden, ist natürlich geheim.«

»Natürlich.«

»Es ist Ihnen streng verboten, Gegenstände jeglicher Art aus der Atlas-Hall mit hinauszunehmen. Und damit sind nicht nur sensible Dokumente gemeint. Nicht einmal eine Feder darf in Ihren Taschen diesen Ort verlassen. Lediglich persönliche Dinge wie Ihre eigene Brieftasche oder Ihre Schlüssel sind von dieser strikten Regelung ausgenommen. Die Sicherheit führt eine genaue Liste, welcher Mitarbeiter mit welchen Gegenständen passieren darf. Vergewissern Sie sich immer, dass Sie nicht aus Versehen irgendetwas in Ihren Taschen vergessen haben. Wir halten uns nicht damit auf, unseren Angestellten Konsequenzen anzudrohen, abweichendes Verhalten wird schlichtweg nicht toleriert.«

Tom hatte wieder Mühe, mit Hoffmann Schritt zu halten.

18. GUT GEHEN

Er gab sich alle Mühe, nicht in Meyerlings leblose Augen zu blicken. Aber als Josef Schwarzbeck in die Jackentaschen des Toten griff, konnte er nicht anders. Die beiden Pupillen waren völlig starr und noch immer vom letzten Schock geweitet.

Schwarzbeck konzentrierte sich wieder auf das Wesentliche. Er ertastete die Brieftasche und zog sie heraus. Er warf Meyerlings Führerschein zu Boden genau wie eine Autoklub-Mitgliedskarte und den Mitarbeiterausweis der Technischen Hochschule. Das Bargeld nahm er an sich.

Es muss wie ein Raub aussehen, dachte er.

Schwarzbeck hatte sich mit der herausfordernden Situation rasch zurechtgefunden. Das Haus lag abgelegen. Er konnte nicht nur davon ausgehen, dass ihn niemand beobachtet hatte, wie er hergekommen war, sondern auch vermuten, dass niemand das lautstarke Schreiduell einige Minuten zuvor belauscht hatte.

Er stand auf und sah sich im Raum um. Unvermittelt bemerkte er, wie kahl und unbewohnt das Zimmer wirkte. Ja, plötzlich machte das ganze Haus einen geradezu sterilen Eindruck auf ihn. Er fragte sich, wieso ein Mensch sein Wochenendhaus freiwillig so unpersönlich und lieblos einrichten konnte. Die Meyerlings waren offenbar ziemlich sonderbare Menschen, dachte er. Schwarzbeck schüttelte den Kopf, ging zum Fenster und öffnete es. Vielleicht würde das so aussehen, als ob jemand hier hereingeklettert wäre.

Außerdem war Schwarzbeck davon überzeugt, dass niemand davon wusste, dass er und Meyerling sich heute hier treffen wollten. Wer denn auch? Meyerling hatte Schwarzbeck schließlich am Tag zuvor auf der Hochschule zwischen Tür und Angel zugeflüstert, dass er, Schwarzbeck, gefälligst zum Wannsee rauskommen sollte, »sonst würde was passieren«.

Jetzt ist was passiert, dachte Schwarzbeck und blickte verächtlich auf die Leiche. Der Kopf lag mittlerweile in einer großen roten Pfütze aus Blut. Zu seiner eigenen Verwunderung hatte Schwarzbeck bislang nicht für eine Sekunde Panik oder Ekel empfunden.

Er zog sein Taschentuch aus der Hosentasche, nahm den Schürhaken und wischte den Griff ordentlich ab. Schließlich ließ er den Gegenstand einfach fallen. Dann blickte er zum Kamin. Soweit er sich erinnern konnte, hatte er neben der Tatwaffe nichts im Haus angefasst, außer eben das Kaminsims, als er mit der Faust in Rage draufgeschlagen hatte. Er wischte die Oberfläche sorgfältig ab, dann trat er zur Seite. Nachdem er sich vergewissert hatte, nichts liegen gelassen zu haben, verließ er das Haus.

Er blickte vorsichtig über den Kiesweg. Der blaue Mercedes von Meyerling stand in einer Garage, deren Tor hochgeschoben war. Würde ein Dieb den Wagen stehlen?

Er verwarf den Gedanken und ging im Laufschritt auf sein eigenes Auto zu.

Als Schwarzbeck auf die Straße gebogen und ein paar 100 Meter durch den Wald gefahren war, blickte er erleichtert in den Rückspiegel. Niemand war hinter ihm.

Er nahm sich fest vor, noch am selben Abend den Empfehlungsbrief für Adam Morgenstein zu schreiben, so wie er es sich selbst im *Salon Paula* bei der liebreizenden Elsa versprochen hatte.

»Es wird schon alles gut gehen«, sagte er laut und atmete kräftig durch.

19. IM WEG

Tom sah durch das Heckfenster des Fords zurück und betrachtete das kleiner werdende, graue unscheinbare Archivgebäude. Wer hätte ahnen können, was für ein sonderbares Inneres sich hinter dieser Fassade versteckte? Die düstere Eingangshalle, der unterirdische See, die höchst sonderbaren Sicherheitskontrollen – war das alles wirklich real?

»Wir haben für Sie ein Apartment in einem Haus nicht weit von hier bereitgestellt«, erklärte Hoffmann, »in dem ausschließlich Mitarbeiter des ICG untergebracht sind. Es wird Sie dort kein neugieriger Nachbar fragen, was Sie beruflich machen. Eine andere Frage, Tom: Ich nehme an, dass Sie bereits Ihren Eltern die Adresse *State Department, Heckwaters S.2, Washington D.C.* hinterlassen haben?«

»Ja, das habe ich.«

»Dann ist das in Ordnung.« Hoffmann nickte zufrieden und notierte etwas auf einem Zettel, den er aus seinen vielen Unterlagen gezogen hatte.

Der Wagen hielt in einer Allee direkt vor einem drei Stockwerke hohen Anwesen aus rotem Backstein.

»Dies ist Evensenfield Road 7«, sagte Hoffmann.

Die Fensterbretter waren allesamt mit Blumenkästen geschmückt, und ein kleiner Vorgarten neben der Eingangsstiege wirkte liebevoll gepflegt. Die Villa erinnerte Tom ein wenig an sein Elternhaus in Boston, auch wenn dieses Gebäude hier viel größer war.

Hoffmann nahm einen Schlüssel aus seiner Jackentasche, ging die Stufen zur Eingangstür hinauf, schloss sie auf und überreichte Tom den silberfarbenen Schlüssel. »Es wird Ihnen hier gefallen. Und keine Angst, Tom: Die Soldaten wissen, dass Ihr Bündel ab morgen größer sein wird.«

Sie stiegen entlang einiger Gemälde eine schmale Treppe in den ersten Stock hinauf. Hoffmann zeigte auf eine weiße Tür, auf der in Augenhöhe die Buchstaben »TKW« angebracht waren.

Tom drehte den Schlüssel im Schloss um. »Sie waren wohl sehr davon überzeugt, dass ich nach Washington kommen würde, was?«

»Korrekt. Bislang hat noch niemand meiner Kandidaten das Angebot des Corps ausgeschlagen.«

»Gar nicht übel«, flüsterte Tom, als er das möblierte Apartment betrat. Direkt vor ihm sah er seinen Koffer. Jemand hatte ihn offenbar hergebracht.

»Noch drei Dinge, dann lasse ich Sie erst einmal alleine. Erstens: Wir haben exakte Eintrittszeiten. Sie erscheinen morgen genau um 9.17 Uhr in der Haupthalle. Haben Sie das verstanden?«

»Alles klar. 9.17 Uhr.«

»Sehr gut. Auf Ihrem Sekretär finden Sie eine kleine Karte, der Weg zu Heckwaters ist eingezeichnet. Sie brauchen zu Fuß etwa zwölf Minuten dorthin.«

»Ist Heckwaters eine Adresse?«

»Löschen Sie ICG oder Atlas-Hall sofort aus Ihrem Sprachgebrauch, sobald Sie den Komplex wieder verlassen. Verwenden Sie nur das Wort Heckwaters.«

»Heckwaters«, bestätigte Tom.

»Sehr gut. Wenn Ihre Anwesenheit in Heckwaters erforderlich ist, dann erhalten Sie von uns eine Benachrichtigung. Sie finden in diesem Fall hier in Ihrer Wohnung eine Karte vor, auf der lediglich eine Uhrzeit notiert ist. Zu dieser Uhrzeit werden Sie sich in Heckwaters einfinden. Verstehen Sie das?«

»Ja.«

»Ich weiß, das klingt alles ziemlich kleinlich. Aber wir haben unsere Gründe, Tom.«

»In Ordnung.«

»Und drittens und letztens«, sagte Hoffmann, kramte etwas aus seiner Innentasche hervor und überreichte Tom einen winzigen Schlüssel aus Messing. Tom nahm ihn in seine Finger und hielt ihn dicht vor die Augen. Direkt hinter dem Schlüsselbart war in winzigen Buchstaben »TKW« eingraviert.

»Den brauchen Sie bei der dritten Schleuse«, erklärte Hoffmann. Tom nickte.

»Gut, dann lasse ich Sie alleine. Haben Sie noch irgendwelche Fragen?«

»Nein«, antwortete Tom reflexartig.

»Dann bis morgen, Tom.«

Als Hoffmann die Tür öffnete, rief Tom plötzlich: »Da fällt mir ein, eine Frage hätte ich noch, Sir.«

Hoffmann drehte sich auf seinem Absatz um.

»Was ist der *BCR Trust*?«

»Sie meinen den Bezogenen auf dem Scheck, den wir Ihnen in Philadelphia gegeben haben?«

Tom nickte gespannt.

»Es freut mich, dass Sie sich so für diese Details interessieren. Wenn Sie es genau wissen wollen: Den *BCR Trust* gibt es nicht. Es existiert nur auf dem Papier. Und das Kürzel BCR hat keine Bedeutung. Aber hätten Sie versucht, den Scheck bei einer beliebigen Bank einzulösen, wären wir informiert worden.«

»Aha.«

»Phänomenal«, staunte Tom. Er hatte das Gefühl, als befände er sich in einer Luxussuite in einem noblen Hotel. Sogar Lebensmittel hatte man für ihn eingekauft. Es fehlte nur noch der Zimmerservice.

Nachdem er ausgepackt hatte, ließ er sich in einen Ledersessel fallen, von dem aus man durch ein großes Fenster auf die ruhige Straße sehen konnte. Tom lockerte seine Krawatte und streckte sich genüsslich.

Tom ließ sich all das, was er an diesem Tag erfahren hatte, konzentriert durch den Kopf gehen. Es war unglaublich! Nicht nur, dass es überhaupt so etwas wie ein *Intelligence Corps Germany* gab, nein, er war von dieser Organisation auch noch angeworben worden. Es war schlicht und ergreifend unfassbar.

Und Pokerface ist auch noch der Chef des ganzen Ladens, dachte er.

Tom versuchte, sich Wort für Wort und Phrase für Phrase an Hoffmanns Erklärungen zu erinnern, um seine eigenen Gedanken zu sortieren. Für manche Menschen hätte dieser Tag vielleicht beängstigend gewesen sein können, doch Tom war aufgeregt. Und zwar im positiven Sinne. Er, Thomas K. Wolf, würde ab dem folgenden Tage tatsächlich in einem Nachrichtendienst arbeiten.

Er blickte auf seine Armbanduhr. In gut zwölf Stunden würde er wieder Heckwaters betreten.

Tom überprüfte vorsichtig, ob seine Uhr ausreichend aufgezogen war.

Er schlenderte durch das Wohnzimmer zu dem Sekretär. Mitten auf der Arbeitsfläche lag, wie von Hoffmann angesprochen, eine Straßenkarte samt eingezeichneter Route von der Evensenfield Road nach Heckwaters. Tom schob sie beiseite und zog die oberste Schublade auf, in der er Briefpapier fand. Tom zog sofort ein Blatt heraus und las den Briefkopf:

Thomas K. Wolf
Assistent der Ressortleitung
Internationale Beziehungen
Außenministerium der Vereinigten Staaten von Amerika
Heckwaters S.2
Washington D.C.

»Die wussten genau, dass ich nach Washington komme«, sagte Tom nachdenklich. Nach einer Weile setzte er sich, schnappte sich einen Stift und begann zu schreiben.

Liebe Eltern, bin sicher in Washington angekommen. Mir geht es gut.

Tom setzte ab. Er starrte die weiße Wand vor sich an.

Ich melde mich, setzte er fort, *sobald ich mehr Zeit habe.*

Er kratzte sich am Kopf.

Die Arbeit ist aufregend. Viele Grüße, Thomas.

Tom zögerte. Dann faltete er den Zettel, stopfte ihn in ein Kuvert, schnappte sich seinen Hut und verließ das Apartment.

Als er gerade seine Wohnungstür abschließen wollte, drehte er sich blitzartig um als er hörte, wie jemand die Treppe hinaufkam.

Ausschließlich ICG-Mitarbeiter wohnen in diesem Haus, erinnerte er sich. Das waren Hoffmanns Worte gewesen. Langsam erschien am Ende der Treppe eine junge Frau, die in ihren beiden Händen jeweils eine schwarze elegante Tasche trug.

Sie war äußerst attraktiv. Nein, sie war phänomenal schön. Sie, wahrscheinlich etwa so alt wie Tom selbst, vielleicht ein wenig älter, vielleicht jünger, was machte das schon für einen Unterschied, war schlank, hatte hochgestecktes glitzernd goldenes Haar und einen perfekten roten Mund. Unter ihren geschwungenen Brauen lagen große dunkle Augen, die Tom aus einem ihm vollkommen unverständlichen Grund mit einer herausfordernden Härte entgegenblickten. Sie blieb einen Schritt vor ihm stehen in ihrem eng geschnittenen schwarzen Kostüm, das einen reizvollen Gegensatz zu ihrer elfenbeinfarbenen Haut bildete.

»Wollen Sie mich heute noch durchlassen? Oder bleiben wir hier jetzt so stehen?«, fragte sie Tom. Der runzelte die Stirn. Nach einigen Augenblicken hatte er begriffen: Er stand regungslos mitten im Weg.

Beweg dich!, fuhr er sich innerlich an.

»Entschuldigen Sie.« Er sprang zur Seite. Er fühlte, wie ihm das Blut ins Gesicht schoss.

»Danke sehr«, fauchte die namenlose Schöne und ging an ihm vorbei.

»Kann ich Ihnen vielleicht behilflich sein?«, rief er ihr gequält freundlich nach und machte einen hoffnungsvollen Schritt hinter ihr her.

»Nein danke, das schaffe ich schon selbst.« Sie reckte ihre Nase nach oben, griff nach dem Geländer der Stiege und stöckelte leise in das obere Stockwerk.

Als Tom hörte, wie eine Tür über ihm geöffnet und schließlich wieder zugeworfen wurde, schüttelte er langsam seinen Kopf.

»Das lief doch ausgezeichnet«, sagte er zu sich.

20. PERSÖNLICHE FREUNDE

Hans Quint, der sich im Rücken von Gribovsky lautlos an die Wand des karg eingerichteten Zimmers gelehnt hatte, presste die Lippen aufeinander und beobachtete konzentriert die Körperhaltung des Verdächtigen. Der Atem von Gribovsky war gleichmäßig, die Frequenz keineswegs erhöht. Das war entweder ein Zeichen dafür, dass der Mann tatsächlich ein reines Gewissen hatte, oder – was natürlich viel wahrscheinlicher war – dass er auf eine Extremsituation wie diese vorbereitet worden war.

»Gut«, stieß Hans Quint laut hervor, während er den Nacken von Gribovsky genau beobachtete. Der mit Handschellen an den Stuhl gefesselte 53-Jährige zuckte weder kurz zusammen noch drehte er ängstlich seinen runden Kopf herum. Gribovsky war offensichtlich noch nicht einmal annähernd eingeschüchtert.

Quint ballte seine rechte Hand langsam zu einer Faust und trat in aller Seelenruhe vor den kleinen Schreibtisch in der Mitte des Raumes und damit in Gribovskys Sichtfeld.

»Dass Sie die Tat abstreiten, ist nebensächlich«, erklärte Quint unaufgeregt und ohne jede Hektik. »Von einem Kriminellen hätte ich mir auch nichts anderes erwartet, als dass er lügt.«

Gribovsky lächelte, blickte gekünstelt gelangweilt zu Boden und schüttelte dann hämisch den Kopf.

»Ich bin nun wirklich kein Krimineller. Ich habe nichts Verbotenes getan. Ich bin Redakteur bei der *BZ*, das ist alles. Das ist nicht kriminell.«

»Lächerlich«, stellte Quint fest und trat ganz dicht an den Tisch heran. »Was haben Sie heute hier in Potsdam gemacht, Herr Gribovsky?«

»Na watt wohl«, antwortete der plötzlich halbernst im tiefsten Berliner Dialekt und rollte mit den Augen, »ick wollte mir dit Schloss Sanssouci ankieken. Watt denn sonst?«

»Sie waren über zehn Jahre lang Mitglied der kommunistischen Partei«, gab sich Quint von so viel Unverschämtheit unbeeindruckt. »Seit vier Monaten sind Sie mit der kommunistischen Untergrundgruppe von Walter Schinogl hier in Potsdam in Kontakt. Sie haben ein bolschewistisches Pamphlet bei sich zu Hause in Berlin verfasst und sollten es mit Hilfe von Schinogl heute vervielfältigen.«

Quint blickte Gribovsky direkt in die Augen. Er musste gar nicht fragen, ob der Verdächtige diese Angaben bestätigen oder leugnen wollte – es war zwecklos.

»Quatsch«, zischte Gribovsky nach einigen Momenten.

»Sehen wir uns Ihr Werk an.« Quint zog ein gefaltetes Blatt Papier aus seiner Jacketttasche. Gribovsky reagierte nicht, als Quint ihm den maschinengeschriebenen Zettel vorlas.

»Aufruf zum Widerstand gegen die Staatsgewalt, Verleumdung, kommunistische Parolen – Ihr Flugblatt ist ein einziger Gesetzesbruch.«

»Habe ich noch nie gesehen.«

Quint war beeindruckt, zeigte es aber natürlich nicht. Gribovsky war selbst jetzt immer noch in der Lage, seine Fassade der Unschuld aufrechtzuerhalten. Keine einzige Schweißperle war auf der Stirn des Journalisten aus Pankow auszumachen.

Quint begann im Raum auf und ab zu gehen. »Sehen Sie sich die kleinen e an. Wir haben vergangene Woche Ihre eigene Schreibmaschine durch ein baugleiches Modell ausgetauscht. Nein, nicht Ihre alte *Olympia*, die Sie beruflich verwenden, sondern die neue *Torpedo*, die Sie erst vergangenen Monat in der Behrenstraße gekauft haben.«

Gribovskys Gesicht wirkte mit einem Mal wie versteinert.

»Sie werden bemerken, dass die kleinen e allesamt einen auf den ersten Blick kaum zu erkennenden Strich an der untersten Stelle des Buchstabens aufweisen. Wir haben die Maschine entsprechend präpariert. Ist Ihnen beim Tippen natürlich nicht aufgefallen. Dieses Pamphlet, Herr Gribovsky, ist eindeutig von Ihnen geschrieben worden, von niemandem sonst.«

Quint blieb stehen, verschränkte seine Arme und warf dem Verdächtigen einen vernichtenden Blick zu. Nach einem Moment senkte der den Blick.

»Wo ist Ihr Komplize Walter Schinogl?«, fragte Quint scharf.

»Ich werde Walter nicht verraten«, antwortete Gribovsky leise.

»Ich verstehe.« Quint machte einen Schritt auf den Verdächtigen zu, riss ihm mit der linken Hand den Kopf nach oben und schlug ihm mit der bereits seit Minuten geballten rechten Faust hart ins Gesicht. Gribovsky brüllte gleichermaßen vor Schmerz und Schreck auf, während Blut aus seiner Nase schoss.

»Wo hält sich Walter Schinogl auf?«, fragte Quint wieder ruhig. Gribovsky rutschte so weit er konnte mit dem Stuhl zurück. Er stöhnte zweimal ängstlich und begann zu zittern.

»Ich werde …«

Quint schlug wieder zu. Ein lautes Krachen mischte sich unter das klatschende Geräusch, als Quints Knöchel Gribovsky trafen: Quint hatte offenbar die Nase des Journalisten gebrochen. Ein ganzer Schwall Blut rann über den Mund und das Kinn des Verdächtigen und verteilte sich schließlich über seinem gestreiften Hemd und der Seidenkrawatte.

»Sie werden auf jeden Fall in ein Zuchthaus oder KZ überstellt«, stellte Quint unaufgeregt fest, ohne seine Schlaghand zu entspannen. »Sie selbst können entscheiden, in welchem Zustand Sie dort hinkommen.«

Gribovsky atmete schnell ein und aus, sein Blick war voller Todesangst. Beschämt spuckte er eine Mischung aus Speichel und Blut aus.

»Also?«, fragte Quint und trat wieder näher.

»Oranienburg!«, brüllte Gribovsky schnell und schloss seine Augen. »Schinogl ist in Oranienburg! Seine Schwester lebt dort, Walter hat ihr Haus als Unterschlupf eingeplant! Für den Fall, dass etwas schiefgeht! Mehr weiß ich nicht, das schwöre ich!«

»Seine Schwester Gerda Schinogl?«

»Ja, ja, ja.«

»Gut«, stellte Quint zufrieden fest. Seine Faust blieb geballt.

Als er aus dem Verhörraum kam und sich unauffällig das Blut vom rechten Handrücken wischte, ging Quint schon die nächsten Schritte durch. Potsdam konnte er wieder verlassen, die notwendigen Spurensicherungsarbeiten in der illegalen Druckerei des Kommunisten Walter Schinogl würde die Kripo schon erledigen. Quint musste nun aber sofort die Ordnungspolizei von Oranienburg verständigen, dazu die zuständigen Kollegen aus der Gegend dort oben. Gribovskys Wohnung in Berlin mussten sie trotzdem weiter überwachen, also waren die Männer dort anzuweisen …

»Hans«, sagte Kriminalinspektor Rausch und hielt Quint am Arm zurück. »Ich habe einen Anruf aus Berlin für dich. Klingt ziemlich dringend. Lässt sich nicht abwimmeln.«

»Wer?«, fragte Quint irritiert.

»Verrät mir seinen Namen nicht, ist aber keiner von uns. Muss ein hohes Tier sein. Die in der Prinz-Albrecht-Straße haben ihn ohne Mucken hierher durchgestellt.« Rausch hielt Quint einen Telefonhörer hin. Der griff sofort zu.

»Quint hier. Mit wem spreche ich?«

»Kriminalinspektor Hans Quint?«, fragte eine herrische Stimme laut.

»Am Apparat«, bestätigte Quint kühl. »Mit wem spreche ich?«

»Sie sind mir empfohlen worden, Herr Kriminalinspektor. Von einem Bekannten meines persönlichen Freundes Herrmann Göring. Reichsminister Göring. Verstehen Sie?«

»Jawohl«, sagte Quint etwas widerwillig. Wer auch immer am anderen Ende der Leitung war, wollte offensichtlich zuallererst unmissverständlich klarmachen, wie wichtig er war oder vielmehr, für wie wichtig er sich hielt.

»Ich brauche Ihre Hilfe«, stellte die Stimme fordernd fest.

»Und in welcher Angelegenheit?«

»Mord. Mein Sohn ist ermordet worden.«

Quint runzelte die Stirn. »Mit wem spreche ich?«

»Meyerling. Mein Name ist Ludwig Meyerling. Und jetzt hören Sie mir gut zu, verstanden?«

21. AE

Um exakt 9 Uhr verließ Tom die Evensenfield Road, kreuzte die Bakeridge Street und kam schon nach zwei Minuten in Sichtweite des grauen Archivs.

Zu früh, verdammt, zu früh, sagte er sich. Bemüht unauffällig steckte er seine Hände in die Hosentaschen, wartete ab, bis ein Lieferwagen an ihm vorbeigerauscht war, auf dessen Seitenwand ein großes *Doctor Pepper*-Logo lackiert war, kreuzte die Fahrbahn und spazierte ziellos um den Block herum.

Um exakt 9.15 Uhr änderte Tom seine Marschrichtung. Er erreichte die breite Treppe um 9.15 Uhr und elf Sekunden, die schwere Eingangstür 55 Sekunden später und versuchte, den Weg durch die dunkle Halle genau die restlichen 54 Sekunden dauern zu lassen.

Noch 20 Sekunden, dachte er angestrengt in der unheimlichen Stille.

»... noch 20, nur noch 20 ...«

»Wolf«, rief Tom mit aufgeregter Stimme und nickte den Wachleuten am Empfangstisch zu. Dann steuerte er direkt auf die kleine Tür auf der rechten Seite zu.

»Guten Morgen!« Hoffmann blickte auf die großen Uhren der Atlas-Hall. »Pünktlich auf die Sekunde.« Die ellenlangen Zeiger wanderten um einen Minutenschritt weiter: Es war soeben 9.24 Uhr in Washington D.C., 14.24 Uhr in London und 15.24 Uhr in Berlin geworden.

»Natürlich.« Tom trat in den Schein der durch die gläserne Deckenkonstruktion hindurchstrahlenden Sonne und unterdrückte ein Grinsen.

Die Abfertigung an den drei Sicherheitsschleusen hatte nach seinem Dafürhalten ewig gedauert. Als er den unterirdischen See übergequert hatte, hatte er schon befürchtet, sich sehr zu verspäten. Und das gleich am ersten Tag! Aber die Angst war völlig unbegründet gewesen.

»Sehr gut. Dann geht's gleich los. Folgen Sie mir bitte, Tom, hier entlang.«

Hoffmann führte ihn durch die Menge von geschäftigen Menschen und steuerte nach links auf die erhöhte Galerie zu. Ganz wie neben Hoffmanns Büro auf der gegenüberliegenden Seite der Atlas-Hall flankierten zwei Greifvögel die kurze Treppe.

»Es ist unerlässlich«, schilderte Hoffmann leise, als sie die Stufen hinaufeilten und geradewegs auf eine Tür zugingen, über der die Buchstaben »AE« in Holz graviert waren, »dass Sie ab jetzt jedes Detail, das Sie über das Deutsche Reich erfahren, regelrecht aufsaugen, Tom. Sie müssen die deutsche Geschichte, die deutsche Kultur, das deutsche politische System und vor allem auch die wichtigen deutschen Persönlichkeiten in- und auswendig kennen. Natürlich fangen Sie nicht bei null an, dessen sind wir uns bewusst. Aber dieser Job erfordert eben ein gewisses Maß an Gründlichkeit.«

Hoffmann trat an die Tür und drückte gegen einen schwarzen Granitknauf. Als sie in einen engen Gang traten, wehte ihnen ein kalter Hauch entgegen, der Tom zusammenzucken ließ.

»Aber zunächst geht es für Sie heute nach Atlas-East. Hier.« Hoffmann überreichte Tom eine kleine silberne Karte. Auf ihr waren im Hochformat an oberster Stelle die Buchstaben »TKW« gedruckt. Gleich darunter las er »HS2«, mit einigem Abstand gefolgt von »LL1« und schließlich »AE«. Die Schrift war klein, der überwiegende Teil des silbernen Blattes aus festem Material war leer. Nur noch ganz am untersten Ende der der Karte waren fünf schwarze Kreise eingraviert.

»Das ist Ihre Corps-Card. Mit ihr erhalten Sie Zutritt.«

»Verstehe«, bestätigte Tom und ließ den Gegenstand in seiner Hand hin und her wandern. Plötzlich fiel die Tür hinter ihm mit einem leisen Ächzen wieder ins Schloss und verdunkelte alles. Bevor Tom etwas sagen konnte, hörte er eine tiefe Stimme rufen: »Ihre Corps-Card.«

Ein Soldat in olivgrüner Uniform und mit kurz geschorenen Haaren hatte sich ihnen in den Weg gestellt. Hinter ihm entdeckte Tom eine geöffnete Lifttür.

»Hier verlasse ich Sie, Tom«, bemerkte Hoffmann und quetschte sich an ihm vorbei.

»Und wie geht's für mich jetzt weiter?«, fragte Tom irritiert.

»Vertrauen Sie dem Sergeant«, rief Hoffmann und stieß die Tür hinter Tom wieder auf, »er weiß Bescheid.«

»Ihre Corps-Card«, wiederholte der Uniformierte scharf. Tom zückte sofort das kleine Silberding und hielt es gut sichtbar in die Luft.

»Weisen Sie in Zukunft den Ausweis unaufgefordert vor. Einsteigen.«

»Gerne«, erklärte Tom verärgert.

Der Soldat schob eine quietschende Gittertür zu und drückte einen Knopf. Tom stieg nach dem Soldaten ein. Er machte große Augen, während sich der Aufzug mit lautem Gepolter abwärtsbewegte. Er sah durch das Gitter vor sich, wie vier Ebenen von unten nach oben wanderten, bis der Aufzug schließlich rüttelnd zum Stehen kam. Der Soldat öffnete das Gitter und zischte: »Endstation für Sie.«

»Ihnen auch einen schönen Tag.« Nachdem er ausgestiegen war, setzte sich der Lift wieder scheppernd in Bewegung.

»Gibt es hier so etwas wie ein Gesetz, dass jeder mit Uniform automatisch unausstehlich sein muss?«, flüsterte Tom und sah sich um. Hier unten war es recht dunkel, trotz der vielen Lampen, die an den schmucklosen, unverputzten Wänden angebracht waren. Er befand sich am Anfang eines sehr langen und leeren Korridors. Links und rechts entdeckte Tom unzählige Türen.

»Welche denn?«, fragte er halblaut.

Tom machte einen Schritt voraus und verursachte ein hallendes Echo. Der Flur lief offenbar wie ein Bergwerkstollen tief in die Erde hinein.

»Ah, Mister Wolf. Wunderbar, Sie sind bereits eingetroffen.«

Einige Meter vor Tom war eine etwa 60 Jahre alte Dame ganz plötzlich aus einer Tür heraus auf den Gang getreten und kam auf ihn zu. Sie trug ein bis oben geschlossenes Kleid, das sehr förmlich wirkte, und musterte Tom mit einem milden Lächeln. Ihre Haare waren so pechschwarz, dass sie gefärbt sein mussten.

»Folgen Sie mir, junger Mann«, befahl sie.

Sie führte ihn in eine schlichte kleine Kammer, in der sich lediglich ein Tisch und zwei Stühle befanden.

»Setzen Sie sich. Bevor Sie danach fragen: Dieses fahle Licht ist beabsichtigt. Wir haben festgestellt, dass unter diesen Bedingungen die Konzentrationsfähigkeit erhöht werden kann.«

Sie griff nach einer Lesebrille, die auf dem einfachen Tisch lag, und blickte mit weit nach oben gezogenen Brauen über ihre schmalen Gläser direkt in Toms Augen. Unvermittelt bemühte der sich, sich gerade aufgerichtet mit gleichmäßig angewinkelten Beinen auf den unbequemen Stuhl zu setzen. Er legte seine Hände vorsichtig auf die Tischkante. Dann ballte er sie zu Fäusten und legte sie schließlich hastig in seinen Schoß.

»Mein Name ist Doktor Margarethe Rutherford-Klyneller.« Die Dame sprach mit einem britischen Akzent. »Ich lehre Germanistik und Philosophie. Ich werde in den kommenden Monaten Ihre Kenntnisse der deutschen Sprache evaluieren und schließlich perfektionieren.«

Tom lächelte höflich. Das Parfüm der Dame war zwar dezent, aber es roch unangenehm.

»Ich habe bereits in Oxford gelehrt, aber das soll Sie nicht erschrecken. Ich habe auch für zwei Semester hier in den Vereinigten Staaten gearbeitet. Sie kennen Princeton?«

»Natürlich.«

»Ich kann Ihnen versichern, dass ich mit den Umständen des amerikanischen Bildungswesens vertraut bin. Meine Lehrmethoden werden Sie nicht überfordern.«

Sie hüstelte, und Tom runzelte die Stirn. Hatte er sich verhört oder hatte die Dame eine amerikanische Elite-Uni gerade durch die Blume als minderwertig bezeichnet? Verdammt, sogar Albert Einstein, das vielleicht größte Genie aller Zeiten, lehrte in Princeton!

»Wir beginnen mit einfachen Sprachübungen«, verkündete Rutherford-Klyneller, »mithilfe derer ich Ihre Aussprache überprüfen kann. Das ist nichts, was Sie aus der Ruhe bringen sollte. Ich versichere Ihnen: Ich trachte in keiner Weise danach, Sie bloßzustellen, Mister Wolf.«

Tom nickte. Ihr Akzent war nicht vornehm, nein, er war anmaßend. Dafür diese Geheimniskrämerei? Dafür dieses mysteriöse Versteck weit unter der Erdoberfläche? Je länger Tom darüber nachdachte, umso eher machte dieses arrogante Weib auf ihn den Eindruck einer englischen bankrotten Adeligen, die nichts mehr außer ihrem Titel auf dem Papier besaß.

»Wir werden schließlich im Laufe der Zeit Ihre Fehler mit Übersetzungsübungen beseitigen, Ihre Fähigkeiten verbessern und auf ein noch nie da gewesenes Niveau heben.«

»Natürlich«, wiederholte Tom.

»Also beginnen wir«, sagte Rutherford-Klyneller plötzlich auf Deutsch. »Nehmen Sie dieses Buch, ja bitte, und schlagen Sie Seite drei auf. Dies ist ein einfacher Test für den Anfang. Beginnen Sie zu lesen.«

Und Tom las die wohl sinnlosesten deutschen Sätze, die er in seinem Leben jemals vorgelesen hatte.

»Die russische Eisenbahn rollt mit rasantem Tempo durch Rumänien.«

»Na«, diagnostizierte die Britin enttäuscht, »das klingt mir mehr nach einem Language Level 2 als nach einem LL 1. Da haben wir aber noch viel Arbeit vor uns. Achten Sie auf die Betonung des R. Im Gegensatz zu diesem russischen Zug soll es nicht rollen. Sie verstehen? Im folgenden Satz schenken Sie dem Buchstaben L Ihre Aufmerksamkeit.«

Tom atmete tief ein und las einfach weiter.

»Die linke Linie ist …«

Tom stockte. Der Satz, war mehrere Zeilen lang.

»Konzentration, Herr Wolf!«

22. AUFTRAG

Sein Blick wanderte ganz langsam vom blauen Sportwagen, der in der Garage geparkt war, hinüber zum kleinen Holzhaus, auf das er soeben entschlossen zumarschierte.

Genau wie er es erwartet hatte, kam ihm schon ein Polizist in einer grünen Uniform entgegen und stellte sich ihm demonstrativ in den Weg. Aber noch bevor der Ordnungshüter seinen Mund aufmachen konnte, hatte Hans Quint im Gehen sein dunkelgraues Jackett geöffnet und die an einer langen Kette befestigte Dienstplakette gezückt. Er hielt sie mit ausdrucksloser Miene in die Höhe, sodass sie der Beamte vor ihm nicht übersehen konnte.

Quint beobachtete mit Genugtuung, wie sich die Augen des jungen Polizisten überrascht und ein bisschen verängstigt weiteten.

»Entschuldigung«, zischte der Uniformierte, salutierte und machte einen Schritt zur Seite.

Quint quittierte die offen zur Schau gestellte bedingungslose Subordination mit einem beiläufigen Nicken und steckte seine Plakette wieder ein. Es verblüffte ihn nur noch selten, welche Macht von der bloßen Tatsache ausging, so ein kleines Metallding mit sich herumzutragen.

Schweigend betrat er das ziemlich kahl wirkende Haus und schlenderte zielsicher in einen Raum, der wohl so etwas wie eine Wohnküche darstellte. Neben einem Kamin lag die Leiche – genau, wie es Quint am Telefon geschildert worden war – auf dem Boden, der Kopf in einer kleinen Lache von getrocknetem Blut. Über den Toten beugten sich zwei Männer der Kriminalpolizei, die Quint flüchtig kannte.

»Hans?«, rief Kommissar Schuller erstaunt, als er sich umgedreht hatte. »Himmel, was machst du denn hier? Ich habe dich gar nicht reinkommen hören.«

»Meine Herren.« Quint nahm seinen Hut ab, sodass seine kurzgeschnittenen dunklen Haare zum Vorschein kamen.

»Welches Interesse hat denn die Gestapo an dieser Geschichte?«, fragte Schuller sofort und steckte einen Notizblock in seine Tasche. »Herbert, kennst du Hans? Nein? Ich darf euch einander vorstellen: Kommissar Herbert Klingel, Kriminalinspektor Hans Quint. Hans war bei uns, bis letztes Jahr. Als sie die Kriminalpolizei mit der Gestapo in die Sicherheitspolizei zusammengelegt haben, ist Hans zur Gestapo rüber gewechselt. Gerüchteweise auf Wunsch von Himmler persönlich, denn unser Hans hier kann jüdische Kommunisten, Schwuchteln und Landesverräter regelrecht riechen. Angeblich so gut wie ein französisches Schwein Trüffel.«

Schuller lachte laut, und Klingel stimmte nach einem Moment der Unsicherheit bereitwillig mit ein.

Quint seufzte nur leise. Er ballte seine rechte Hand reflexartig zu einer Faust und verbarg sie hinter seinem Rücken. Gleichzeitig setzte er bewusst einen gereizten Gesichtsausdruck auf und kniff seine Augen zu Schlitzen zusammen, sodass seine dunklen Pupillen kaum zu erkennen waren. Der Gestapo-Mann war über einen Meter 80 groß und überragte seine beiden Gegenüber um ein ganzes Stück. Seine muskulöse Statur wirkte ohnehin beeindruckend, dessen war er sich bewusst.

»Nichts für ungut, Hans«, sagte Schuller und lächelte versöhnlich.

Quint war klar, dass das herablassende Getue von Schuller nur dessen panisches Unbehagen gegenüber der Gestapo überspielte. Mit ein bisschen drohender Mimik und Gestik ließ sich so ein vermeintlicher Witzbold aber sofort wieder in die Schranken weisen, dachte Quint.

»Zur Sache«, sagte er und machte einen Schritt auf den Toten zu. »Was haben Sie rausgefunden?«

»Das Opfer heißt Doktor Heinrich Meyerling«, referierte Kommissar Schuller bemüht sachlich.

»Das weiß ich. Wer hat ihn gefunden? Und wann?«

»Die Putzfrau, heute Morgen kurz vor 9 Uhr«, antwortete Klingel sofort. »Sie hat gleich die Polizei angerufen.«

»Wie lange ist er tot?«

»Der Mord ist gestern Nachmittag passiert, hat der Arzt geschätzt. Sobald die Leiche in die Stadt gebracht und untersucht worden ist, wird er natürlich Genaueres wissen.«

»Ich glaube, Doktor Meyerling hat einen Einbrecher überrascht«, stellte Schuller selbstbewusst fest, während Quint mit seinen Augen den Raum konzentriert absuchte. »Die Haustür war nicht aufgebrochen, aber das Fenster hier stand offen. Die Brieftasche lag neben dem Toten. Ein paar Dokumente waren rausgerissen, das ganze Geld ist weg. Wahrscheinlich hat der Täter die Wochenendhäuser hier abklappern wollen, in der Hoffnung, dass die Besitzer nicht da sind. Doktor Meyerling ist zur falschen Zeit hergekommen – da hat der Einbrecher den Schürhaken genommen, hier, den da … und hat in Panik zugeschlagen. Es war eine Kurzschlusshandlung. Dabei sind wohl ein paar Sachen zu Bruch gegangen, wie an den Scherben hier überall zu sehen ist.«

»Die vermeintliche Mordwaffe lassen wir heute noch auf Spuren untersuchen«, fügte Klingel zackig hinzu.

Quint nickte langsam. »Ihre Schlussfolgerungen sind lückenhaft und wahrscheinlich falsch.«

Schuller zog verwundert seine Augenbrauen zusammen. »Was?«, fragte er angriffslustig.

»Das Fenster ist ganz offensichtlich nicht aufgebrochen worden. Die Haustür ebenso wenig. Für mich sieht es danach aus, dass das Opfer den Täter freiwillig ins Haus gelassen hat. Meyerling hat den Täter wahrscheinlich gekannt. Dafür spricht auch, dass Meyerling dem Täter einen Schnaps anbieten wollte.« Er nickte in Richtung einer Holztruhe, auf dem eine einzelne Flasche stand.

»Hier liegen Scherben von mindestens zwei Gläsern«, erklärte er und blickte auf den Fußboden. »Da links und dort drüben beim Kamin sind die zwei abgebrochenen Henkel. Und in einem Kampf sind die Gläser bestimmt nicht runtergefallen – von wo denn auch? Ich sehe hier kein Regal, auf dem die Gläser verwahrt werden. Ich schätze, der Schrank hier war verschlossen, als Sie gekommen sind?«

Quint wartete nicht ab, bis Schuller oder Klingel geantwortet hatten. Er griff mit der linken Hand in seine Jacke, nahm ein Taschentuch und öffnete vorsichtig die Tür eines alten dunklen Kastens. Stumm betrachtete er eine ganze Menge darin ordentlich übereinander gestapelter Wasser- und Schnapsgläser.

»Das beweist gar nichts«, stieß Schuller verächtlich hervor, »zwei Gläser können trotzdem auch hier bei der Flasche gestanden sein.«

»Richtig, das ist möglich. Aber meiner Meinung nach unwahrscheinlich. Das ganze Haus ist beinahe klinisch sauber und in mehr als ordentlichem Zustand. Auf der Kommode im Flur liegt nichts herum, keine Zeitung, kein Schlüssel, nichts. Ich habe nicht einmal alte Schuhe beim Eingang auf dem Boden liegen sehen, auch keine Jacken oder Mäntel an den Garderobehaken. Die Wände sind völlig leer, nicht ein Bild oder Gemälde ist aufgehängt. In so einem Haushalt stehen weder zwei Gläser noch eine Flasche einfach so als Staubfänger herum. Ich bin mir daher sicher, dass kein Einbrecher den Mord verübt hat. Ein Amateur wollte aber, dass es so aussieht.«

»Und wenn du dir da so sicher bist«, fauchte Schuller angriffslustig, »dann weißt du bestimmt auch schon, wer der wahre Mörder ist, was?«

»Nein.« Quint machte auf dem Absatz kehrt. »Noch nicht. Sieg Heil, die Herren.«

Quints rechte Hand entspannte sich, als er über den Kiesweg zurück zur Straße ging, wo er seinen Dienstwagen abgestellt hatte. Er streckte alle seine Finger ein paar Mal aus, um dem drohenden Krampf entgegenzuwirken, den er immer dann bekam, wenn er die Faust zu lange geballt hatte. Flüchtig betrachtete er seinen verstümmelten Daumen, dessen vorderstes Glied fehlte, doch dann legte er wieder die anderen intakten Finger darüber.

Er sah über seine Schulter zum Wannsee zurück, der in der mittlerweile hochstehenden Sonne herrlich glitzerte. Er sollte einmal wieder mit Erika und den Kindern am Wochenende ins öffentliche Bad gehen. Die kleine Hannah schwamm so gern! Wenn sie die Freude an dem Sport beibehalten und diszipliniert trainieren würde, könnte sie sicher noch nicht bei den nächsten Olympischen Sommerspielen in Tokio, wohl auch noch nicht 1944, aber vielleicht schon 1948 für Deutschland antreten, dachte Quint stolz.

Er richtete seine dunkle Krawatte. Zunächst würde aber keine Zeit für die Familie bleiben. Jetzt ging es darum, diesen Mord zu klären – und vor allem die Hintergründe.

Quint grübelte nach. Der Mord war gegen 9 Uhr der Polizei gemeldet worden. Schon kurz nach 11 Uhr hatte er den Anruf von diesem Ludwig Meyerling bekommen, von dem Quint bis wenige Stunden zuvor noch nie gehört hatte. Doch Quints Vorgesetzter hatte ihn aufgeklärt: Ludwig Meyerling war tatsächlich ein guter Freund von Reichsminister Göring, also ein Mann mit Einfluss, wie es so schön hieß. Einerseits hätte Quint geschmeichelt sein können, dass er Ludwig Meyerling als Ermittler empfohlen worden war – andererseits war Quint fuchsteufelswild: Dass sich ein hochrangiger Politiker einfach so über geltende Richtlinien und Zuständigkeiten hinwegsetzen konnte, und mir nichts dir nichts einfach einen Staatsbediensteten der Gestapo zu seinem privaten Detektiv verwenden konnte, war ihm unbegreiflich. Der Nationalsozialismus stand für Recht und Ordnung, Herrgott! Wenn die führenden Eliten in Berlin sich nicht an die Regeln hielten, was, zum Teufel, war das dann für ein Beispiel für alle anderen Deutschen?

Aber Quint musste zugeben: Der Fall hatte seine Neugier geweckt.

»Ich misstraue unserer Kriminalpolizei nicht«, hatte Ludwig Meyerling mit erstaunlich entschlossener Stimme am Telefon gesagt, »aber ich will, dass bei dieser Sache keine Fehler gemacht werden. Ich verlange einen erfahrenen Ermittler. Und Sie, Quint, sind mir von honorigen Personen empfohlen worden, von guten Freunden. Verstehen Sie? Finden Sie raus, wer meinen Sohn umgebracht hat. Wer das auch immer war, soll dafür büßen, ist das klar?«

Meyerling hatte von Quint ein höchstmögliches Maß an Diskretion gefordert. Doch das war selbstverständlich für Quint. Dennoch hatte Meyerling ihm sogar gedroht: »Wenn Sie die Sache vermasseln, Herr Kriminalinspektor, dann knöpfe ich Sie mir vor, verstehen Sie mich?«

Quint war diese anmaßende, herrische Art zwar zuwider, aber er wusste damit umzugehen. Er konzentrierte sich auf das Wesentliche.

»Hören Sie jetzt gut zu«, hatte Ludwig Meyerling schließlich erklärt. »Mein Sohn hat mir erst gestern erzählt, dass er an einer bedeutenden Sache dran ist, Herr Quint. Er hat an etwas geforscht, das für das Reich von großer Bedeutung ist. Von überaus großer Bedeutung, hat er mir versichert. Verstehen Sie? Und jetzt ist er plötzlich tot. Das stinkt, da stinkt was ganz gewaltig.«

Quint erreichte seinen schwarzen Mercedes-Dienstwagen und stieg ein.

Wer auch immer diesen Mord begangen hatte, Quint würde den Mörder finden. Und vielleicht hatte ja tatsächlich jener Mann etwas mit der Sache zu tun, den Ludwig Meyerling im Telefonat erwähnt hatte: »Hören Sie, Herr Quint, eines noch. Es gibt da so eine Art Junior-Partner, von dem mir mein Sohn auch erzählt hat, der meinem Sohn bei dieser bedeutenden Sache wohl assistiert hat. Vielleicht weiß der was. Sein Name war … ach, ich glaube, Professor Schwarzbecker oder so ähnlich.«

23. VOM SCHLIMMSTEN

Der Stephansdom lag genau im Zentrum von Wien und war die mit Abstand bedeutendste Kirche des Landes. Die tiefreligiösen Monarchen Österreichs hatten verfügt, dass kein anderes Gotteshaus im Land den gewaltigen Südturm des *Steffls* überragen durfte. Und auch dieser Tage, als Österreich von einer Riege autoritärer Faschisten regiert wurde, die fast alle Mitglieder der verschiedensten Verbindungen des katholischen Cartellverbandes waren – allen voran Bundeskanzler Schuschnigg oder Wiens Bürgermeister

Schmitz – war der Dom mehr als nur der geografische Mittelpunkt der Hauptstadt.

Doktor Adam Morgenstein ging schweigend durch das von erhabener Stille erfüllte dreischiffige Langhaus des Domes, warf flüchtig einen Blick auf den gigantischen Hauptaltar am Ende des Mittelganges, und bog in Richtung des linken Seitenschiffs ab.

Unter ihm, in den Grabkammern, lagen nicht nur die Gebeine von zahllosen bedeutenden österreichischen Herzögen, Kardinälen und Erzbischöfen – in teils unmittelbarer Nachbarschaft zu den Leichen von über 10.000 Pestopfern, die in riesigen Kammern eingemauert worden waren – sondern vor allem auch Organe von vielen Habsburgern. Die Mitglieder des kaiserlichen Herrscherhauses hatten zwar ihre leblosen Körper traditionell in der Wiener Kapuzinergruft am Neuen Markt beisetzen lassen, ihre Herzen aber waren separat in der Augustinerkirche und ihre restlichen Eingeweide eben hier unten in den Katakomben des Stephansdoms in Metallbehältern aufbewahrt worden.

Morgenstein lief es kalt den Rücken hinunter, wenn er nur daran dachte, dass man seinen Körper nach dem Tod ausweiden würde. Es war makaber. Die Vorgehensweise wirkte auf ihn wie ein obskures altägyptisches Ritual, das man nur aus Geschichtsbüchern kannte.

Er passierte eine alte Dame, die vor einem der zahlreichen Nebenaltäre eine Kerze entzündete, nahm in einer leeren Bankreihe Platz und legte seine Hände aufeinander. Er faltete sie nicht, denn dabei wäre er sich nur wie ein Heuchler vorgekommen. Morgenstein war nicht besonders religiös, eine Synagoge hatte er seit Jahrzehnten nicht aufgesucht. Und hier im Stephansdom fühlte er sich wie ein Zuschauer im Theater, der seine Eintrittskarte nicht bezahlt hatte.

Lydia hatte ihn vor über 20 Jahren zum ersten Mal hierher mitgenommen. Ihr Tod jährte sich in diesem Sommer zum dritten Mal, und Morgenstein hatte beim besten Willen keine Chance, das Datum ignorieren zu können. Schließlich war am gleichen Tag vor drei Jahren auch Bundeskanzler Engelbert Dollfuß ermordet worden, und sein Nachfolger Kurt Schuschnigg ließ den zum Märtyrertod hochstilisierten Nazi-Mord an Dollfuß mit großem Trara zelebrieren. Aber dennoch, es gab nun weitaus Wichtigeres, worüber Morgenstein sich den Kopf zerbrechen musste: Wer war Doktor Heinrich Meyerling?

Morgenstein hatte vom Tod dieses Physikers, der an der TH Berlin gearbeitet hatte, aus der Zeitung erfahren. Es war Mord gewesen, so viel stand fest. Aber hatte das Verbrechen etwas mit Josef Schwarzbeck zu tun? War das möglich? Oder war das alles nur ein Zufall?

Morgenstein blickte zu den gotischen Bögen hinauf.

Es lag in seiner Natur, stets vom Schlimmsten auszugehen. Aber weil in diesem Fall so viel davon abhing, war Morgenstein geneigt, seinen Pessimismus nicht einfach so vom Tisch zu wischen.

Hoffentlich hat Josef sich nichts zuschulden kommen lassen, flehte Morgenstein innerlich und hoffte, dass ihn irgendeine höhere Macht oder irgendein Gott erhören würde.

Um Himmels willen! Die Amerikaner mussten sich jetzt endlich melden! Sonst würde das alles für Morgenstein noch geradewegs in eine Katastrophe führen.

Irgendwo in den Vereinigten Staaten muss es doch einen Menschen geben, dachte Morgenstein, der dir helfen kann!

24. AUFGEBEN

»Guten Tag, Mister Wolf. Wie geht es Ihnen?«

Tom schüttelte dem kleinen, dicklichen Mann mit Schnauzbart die Hand. Er hatte ihn direkt beim Lift abgeholt und nicht wie Misses Rutherford-Klyneller am Tag zuvor im Gang warten lassen. Tom nahm diese winzige Kleinigkeit als Anlass, dem Mann mehr Vertrauen zu schenken als der britischen Furie, die ihn am Vortag mit ihren Sprachübungen gefoltert hatte.

»Mein Name ist Geoffrey Heldemeyer. Ich werde Sie in Befrage-, Interview- und Verhörtechnik unterweisen. Kommen Sie, hier geht's lang.«

Heldemeyer führte Tom in einen kleinen Raum, der eine exakte Kopie jenes Zimmers darstellte, in denen er die sinnlosen deutschen Sätze vorgelesen hatte. Tom lächelte, aber er hatte Mühe, seine Augen offenzuhalten. Er hatte die vergangene Nacht kaum ein Auge zugetan, weil ihm die Stunden mit Rutherford-Klyneller nicht aus dem Kopf gegangen waren: War er tatsächlich in einem Nachrichtendienst gelandet, oder hatte er sich hier in einem Albtraum von Kafka verirrt?

»Ich werde damit beginnen abzustecken, welchen spannenden Themen wir zwei uns in den kommenden Wochen und Monaten widmen werden, Mister Wolf.« Heldemeyer rieb sichtlich gut gelaunt seine Handflächen aneinander. »Den Großteil des Wissens können Sie bequem im Selbststudium erarbeiten.«

Tom wich zögerlich mit seinem Kopf zurück. »Im Selbststudium? Sie meinen, ich lese … Bücher?«

»Richtig. Gibt es dabei etwa ein Problem?«

»Nein, nein. Natürlich nicht.«

»Gut. Beginnen Sie am besten mit der Zusammenstellung mit dem Titel *Ein Verhör ist kein Verhör*. Ich habe sie selbst verfasst und über die letzten Jahre hinweg laufend ergänzt. Sofort danach sollten Sie sich Chaucelle ansehen, sein Buch *Modern Methods of*

Interrogation ist zwar recht theoretisch gehalten, aber durchaus sinnvoll ...«

Tom blickte verwirrt an die Decke und ließ seine Fingerknöchel laut knacken.

Nach zwei Stunden verabschiedete sich der kleine Heldemeyer, und ein riesiger Mann mit schütterem Haaransatz betrat den Raum.

Vielleicht wird es jetzt spannend, munterte sich Tom auf und setzte sich wieder gerade auf seinen unbequemen Stuhl.

»Hallo, Tom, freut mich, Sie kennenzulernen. Ich bin Joseph Ritters. Nennen Sie mich einfach Joe, okay?«

Ritters stellte einen braunen kleinen Koffer auf den Tisch und öffnete den Deckel. »Ich will gar nicht lange um den heißen Brei herumreden, Tom. Beobachtungs- und Verhaltensschulung ist für Corps-Neulinge zwingend vorgeschrieben, aber meiner Meinung nach ziemlich langweilig konzipiert.«

»Das heißt?«, fragte Tom vorsichtig.

Ritters lachte, griff in den Koffer und zog einen Stapel Papiere heraus. »Das hier ist eine Liste mit Nummern, die sich auf etwa 230 Akten beziehen, die Ihnen in Kürze übergeben werden.«

»Das ist nicht Ihr Ernst«, murmelte Tom, während Ritters ihn mitleidig betrachtete.

»Also«, sagte Ritters und nahm Platz, »verlieren wir keine Zeit. Ich erkläre Ihnen jetzt, wie Sie sich durch den Berg durcharbeiten.«

Tom beugte sich seufzend nach vorn.

Die Sonne stand schon tief, als Tom sich wortlos am Abend zu dem Schreibtisch in der Atlas-Hall schleppte, den Rutherford-Klyneller Tom am Tag zuvor noch zugewiesen hatte. Er ließ sich in den Ledersessel fallen und blickte sich um. Er beobachtete zwei Männer um die 30, die ein paar Meter von der großen Bronzestatue entfernt miteinander diskutierten. Eine junge Dame in einer gepunkteten Bluse schrieb ein paar Schritte neben ihnen an einer Schreibmaschine, hinter ihr ging ein Kerl in einem Nadelstreifanzug auf und ab, während er telefonierte.

Allmählich verstand Tom, dass die Leute ringsum ihn einfach nicht beachteten.

Tom rieb sich die Augen, denn er konnte kaum noch seine Augen offenhalten. Dann beugte er sich vor und stöberte durch die Türme von Büchern, Dokumenten, Mappen und Akten, die auf seinem Tisch gestapelt waren.

»Geschichte des Deutschen Reichs seit 1866«, flüsterte Tom, als er den Titel des obersten Buches gelesen hatte. Darunter fand er einen großen roten Wälzer, der *Geschichte Europas des 19. und 20. Jahrhunderts – eine Abhandlung* hieß. Darunter verbarg sich eine ganze Serie von Akten, auf denen jeweils per Hand »Bilanz: Positionen der Vereinigten Staaten von Amerika in Europa seit 1914« geschrieben war.

Ein Telefonapparat klingelte schrill unweit von seinem Platz.

Tom presste die Lippen aufeinander, lehnte sich zurück und warf lustlos einen Bleistift auf einen Aktenstapel. Verlangte ein Nachrichtendienst von ihm, ein Geschichtsstudium zu absolvieren? Es war nicht nur langweilig, es war sinnlos! Das war doch ein Witz!

Das Telefon klingelte immer noch.

Was hatte Tom nur geritten, sich für so eine Sache freiwillig zu entscheiden?

»Sieht schlimmer aus, als es ist«, rief die junge Frau in der weißen Bluse, die ihm gegenübersaß. Tom sah auf. Sie war schlank und hatte halblange schwarze Haare, die zu einem Pferdeschwanz zusammengebunden waren.

»Und ja, die meinen das wirklich ernst«, fügte sie lachend hinzu.

»Freut mich, Sie kennenzulernen, mein Name ist Tom.«

»Thomas K. Wolf, ich weiß. Wir sind hier gut informiert, Tom. Ich bin Charlize. Wenn Sie irgendwelche Probleme haben, fragen Sie mich einfach.«

»Danke, das ist sehr nett.«

In dem Moment klingelte ein Telefon auf dem Tisch von Charlize, und sie widmete sich wieder ihrer Arbeit.

Tom atmete tief durch und nickte nach einer Weile.

Er hatte das hier angefangen, also würde er es auch durchziehen. Er war noch keine Woche im ICG, und schon dachte er ans Aufgeben? Nein, das würde er nicht wagen. Was würde seine Ex-Freundin Miriam Cherrygrey sagen, wenn sie wüsste, dass das ICG ihn angeheuert hätte? Ha, die wüsste ja nicht einmal, was das ICG war!

Jemand hob den Hörer ab und brachte das Läuten des Telefons zum Schweigen.

Nein, natürlich würde er nicht aufgeben.

25. KOMPLIZIERTER

Das vielleicht neun Jahre alte Mädchen mit den dunklen Zöpfen blickte wie gebannt aus dem Fenster der Straßenbahn und beobachtete fasziniert die modernen Häuser, an denen sie vorbeirollten, die beinahe alle mit roten Fahnen geschmückt waren. Es war ihr fast nicht möglich, auf alle großen Autos, Busse und die vielen Fußgänger zu achten – die Fahrbahnen und Gehwege waren förmlich überfüllt. Es war ein wahres Spektakel.

Während sie mit der linken Hand weiter das Buch *Die Biene Maja und ihre Abenteuer* wie einen Schatz fest umklammert hielt, ließ sie mit der rechten von dem Haltegriff neben sich ab und stützte sich auf, um besser hinaussehen zu können.

»Halt' dich fest«, befahl Hans Quint seiner Tochter sofort.

Das Mädchen, das ein blassgrünes Sommerkleid trug, sah ertappt und schuldbewusst über ihre Schulter hinter sich.

»Hast du nicht gehört, Hannah?«, flüsterte Erika Quint, beugte sich zu dem Mädchen und legte die Hand des Kindes vorsichtig auf die Metallstange. »Wenn der Fahrer bremst, fliegst du noch durch die Gegend, Schatz«, erklärte sie. »Regeln müssen befolgt werden, das sagt dir der Papa doch immer.«

»'tschuldigung.« Hannah Quint festigte gut sichtbar ihren Griff um die Stange. Sie befürchtete, dass ihr Vater sie tadeln würde, doch aus irgendeinem Grund blickte er nur mit griesgrämiger Miene zur Seite.

Kriminalinspektor Hans Quint versuchte, einen Blick nach vorn zu erhaschen. Weit hatten sie es nicht mehr, sie rollten schon in die Kochstraße.

Normalerweise fuhr er weder mit der Straßenbahn noch mit seiner Familie im Schlepptau zur Arbeit. Eigentlich benutzte er immer seinen Dienstwagen, und zwar alleine. Aber an diesem Tag wollte Erika mit den Kindern einen Ausflug zur Museumsinsel machen, da hatte Quint selbst den Vorschlag gemacht, gemeinsam mit der Linie 92 zumindest bis zur Kochstraße zu fahren. Er selbst wusste nicht mehr so recht, warum, denn die öffentlichen Verkehrsmittel waren ihm besonders im Sommer ein Graus. Wenn es warm war, stiegen die Temperaturen in den Bussen und Straßenbahnen leicht über 30 Grad, in der U-Bahn hatte man mancherorts das Gefühl zu ersticken.

»Sind wir nicht gleich da?«, fragte Alfred Quint.

»Nächste Station«, bestätigte Hans Quint seinem Sohn, der die Uniform der Hitlerjugend trug: eine schwarze Hose, ein braunes Hemd und ein schwarzes geknotetes Halstuch.

»Also, soll ich auf dem Rückweg was vom Metzger holen?«, fragte Erika Quint und rückte ihren eleganten dunkelblauen Hut zurecht. Er passte hervorragend zu ihrem langen blauen Rock und der weißen Bluse. Über ihrer Schulter hing eine große Lederhandtasche, in die sie bestimmt zahllose Spielsachen von Hannah gepackt hatte.

»Nein«, antwortete Quint leise und blickte zur Seite. Auch wenn die anderen Fahrgäste um sie herum das belanglose Gespräch nicht verfolgten, gefiel es Quint einfach nicht, in der Öffentlichkeit über private Angelegenheiten zu sprechen.

»Ist gut.« Erika Quint machte ein ernstes Gesicht und sah hinaus. Sie kannte ihren Mann gut genug, um zu wissen, dass es nichts brachte, die Diskussion erneut zu eröffnen.

»Sollen wir dir was aus dem Museum mitbringen?«, fragte Hannah und strahlte ihren Vater an. Der warf ihr einen irritierten Blick zu. Er ballte seine rechte Hand zu einer Faust und verbarg sie unauffällig hinter seinem Rücken.

»Die haben doch bestimmt so einen Andenkenladen im Pergamon-Museum«, erklärte Erika Quint so leise, dass sie niemand belauschen konnte. »Wir sehen uns um und wenn wir was Hübsches finden, kaufen wir es. Hm?«

Hans Quint nickte beiläufig.

»Ist es das?«, rief Hannah plötzlich laut und zeigte auf ein großes imposantes Gebäude.

»Nein, Liebes«, stellte Erika Quint klar. »Du weißt doch, wo Papa arbeitet. Wie heißt die Straße, wo sein Büro ist?«

Quint registrierte ungeduldig, wie die Straßenbahn nur allmählich langsamer wurde.

»Ja, das weiß ich!«, rief Hannah stolz mit strahlenden Augen. »In der Prinz-Albrecht-Straße!«

Quint presste seine Zähne aufeinander. Er bemerkte sofort, wie sich einige Leute in der Straßenbahn zu ihm umdrehten. Eine alte Dame wirkte mit einem Mal so verängstigt, als hätte sie den Teufel höchstpersönlich gesehen. Ein Mann mit langem Bart blickte angespannt über seine Zeitung – den *Völkischen Beobachter* – hinweg zu Quint hinüber.

»Raus jetzt«, zischte Quint, als die Bahn hielt und die Türen aufschwangen.

»Habt einen schönen Tag«, wünschte Quint seiner Familie und bemühte sich, freundlich zu sein. Er legte seine Hand zögerlich auf die Schulter seines 14-jährigen Sohnes und ergänzte: »Und du pass' auf die beiden auf. Und zwar gründlich.«

Alfred nickte sofort pflichtbewusst. »Jawohl, Papa.«

»Hab' einen nicht so anstrengenden Tag, Hans.« Erika küsste ihren Mann flüchtig auf die Wange, obwohl sie wusste, dass ihm das in der Öffentlichkeit nicht gefiel.

»Komm, Mama!«, rief Hannah, während sie ihren Bruder an der Hand nahm und den breiten Bürgersteig in Richtung Norden zerrte.

Erika Quint lächelte. »Wir gehen bei dem Wetter wohl am besten zu Fuß weiter, vielleicht bis unter den Linden. Mal sehen, wann Hannah müde ist.«

»Bis heute Abend«, flüsterte Quint seiner Gattin zu, als sie sich umdrehte und ihren Kindern folgte.

Quint bog in die Wilhelmstraße ein. Die Reichskanzlei lag nur einen Steinwurf entfernt, genau wie das gigantische Reichsluftfahrtministerium von Göring und Dutzende andere Behörden. Quint empfand auch nach einem Jahr immer noch großen Stolz, jeden Morgen mitten im Regierungsviertel von Berlin arbeiten zu dürfen, gleichsam im Zentrum der Macht. Und dieses pulsierende Herz des Reichs befand sich im ständigen Wandel. Überall wurden Gebäude erweitert und neue Büros errichtet. An der Wilhelmstraße gehörten die Baukräne genauso zum Straßenbild wie die roten Hakenkreuzfahnen.

Als Quint in die Prinz-Albrecht-Straße marschierte und der Eingang des Gebäudes mit der Hausnummer acht in Sichtweite kam – ein repräsentativer vierstöckiger Bau, der früher die Berliner Kunstgewerbeschule beheimatet hatte – erinnerte er sich daran, wie die Leute in der Straßenbahn wenige Momente zuvor erschrocken waren, als sie diesen Straßennamen gehört hatten. So gut wie jeder wusste, dass hier das Hauptquartier der Gestapo lag.

Quint musste seufzen: In Wirklichkeit war die Gestapo bei weitem nicht so mächtig, wie die Bevölkerung glaubte. Himmler – der Reichsführer SS und Chef der deutschen Polizei – und der gerissene Chef der Sicherheitspolizei Reinhard Heydrich gaukelten das dem Reich nur sehr erfolgreich vor. Sicher, die Behörde hatte tatsächlich so gut wie jeden relevanten politischen Feind im eigenen Land ausfindig gemacht und eingesperrt. Quint hatte in den letzten zwölf Monaten selbst seinen Beitrag dazu geleistet, dass es in Deutschland keinen ernst zu nehmenden Widerstand mehr gab. Dennoch: Die Vorstellung, dass sich hinter jeder Ecke in jeder deutschen Stadt ein Gestapoagent oder Spitzel der geheimen Polizei verbergen würde, war völlig übertrieben. Im ganzen Reich gab es nur knapp 7.000 Gestapo-Leute. Und alleine in der Hauptstadt lebten wohl zwanzigmal so viele Juden. Wie sollte man die denn alle einzeln überwachen? Obwohl Quint Angeberei und Übertreibung verachtete, wusste er dennoch nur zu gut, dass Angst ein wichtiger Partner der Gestapo war. Es war einfach ein strategischer Vorteil, dass sich die Menschen vor der Behörde fürchteten.

»Heil Hitler, Herr Kriminalinspektor!«, rief ihm eine Schreibhilfe zu, als Quint durch einen hohen Gang zu seinem Büro lief.

»Sieg Heil«, grüßte er zurück und öffnete die Tür.

Sein Schreibtisch war so, wie er ihn zurückgelassen hatte: völlig leer. Quint erfüllte der Anblick mit einem Gefühl der Zufriedenheit und Genugtuung. Er sperrte grundsätzlich nicht nur sensible Dokumente in die verschließbaren Schubladen oder in den Tresor im Nebenzimmer, wie es die Vorschrift verlangte, sondern verstaute auch alle unwichtigen und alltäglichen Utensilien wie Bleistifte, Büroklammern oder Notizzettel in den Schubladen. Es war seine Methode. Die Akten oder die Unterlagen, denen er sich gerade widmete, konnte er so seine uneingeschränkte Aufmerksamkeit schenken. Außerdem hielt er es für angebracht, in einer Branche, in der es um nichts mehr als um Geheimhaltung ging, in jeder Hinsicht Vorsicht und Diskretion walten zu lassen. Und zudem wusste Quint, dass es ein Privileg war, als Kriminalinspektor hier im Schaltzentrum der Behörde arbeiten zu dürfen. Also bemühte er sich, immer vorbildlich zu wirken.

Er hängte seinen Hut auf den Kleiderständer, ging an dem Porträt des Führers und Reichskanzlers vorbei, das an der lindgrün gestrichenen Rückwand des hohen Zimmers hing, rückte seinen Stuhl zur Seite und nahm Platz. Routiniert zog er seinen Schlüsselbund aus der Hosentasche, sperrte die Schubladen auf und legte einen schwarzen Leitz-Ordner und seine schlichte Füllfeder auf die Lederunterlage. Als er den Ordner aufschlagen wollte, wurde er vom Klingeln eines seiner drei Telefone überrascht.

Quint blickte zur Seite: Es war der rote Apparat. Über den kamen Gespräche von außerhalb. Sofort griff er zum Hörer.

»Kriminalinspektor Quint hier.«

»Sieg Heil, Hans«, hörte er eine bekannte Stimme am anderen Ende. Es war Kriminalkommissar Schuller. »Wie geht's dir?«

»Gut«, antwortete Quint knapp. Es gefiel ihm nicht, dass Schuller ihn mit dem Vornamen anredete. »Es gibt etwas Neues?«

»Ja, richtig. Du wolltest informiert werden, sobald wir die Kollegen von Doktor Meyerling befragt haben.«

»Ja, richtig. Und?« Quint beugte sich angespannt nach vorn. Ludwig Meyerling hatte Quint gebeten, den Mord an seinem Sohn diskret aufzuklären, warum auch immer. Also hatte Quint entschieden, zunächst aus der zweiten Reihe die Schritte der gewöhnlichen Polizei zu beobachten.

»Ich habe gestern Nachmittag seine Sekretärin und ein paar Doktoren und Professoren auf der Technischen Hochschule über den Tod informiert und die üblichen Fragen gestellt. Wer ihn zuletzt gesehen hat, ob er Feinde gehabt hat … Ich habe nichts Auffälliges feststellen können.«

»Wie haben die Leute den Tod von Heinrich Meyerling aufgenommen?«

»Vordergründig mitfühlend, war mein Eindruck. Ich glaube, der Kerl war nicht sehr beliebt. Soweit ich rauskriegen konnte, ist er wegen seiner guten Beziehungen zu seiner Stellung gekommen.«

Quint schlug den Ordner auf und machte sich rasch Notizen.

»Ich bin der Überzeugung«, erklärte Schuller kühl, »dass der Mörder nicht aus dem beruflichen Umfeld stammt. Meyerling war unverheiratet. Meine Leute versuchen gerade herauszufinden, ob er eine Freundin gehabt hat. Auf der Universität war keinem eine Geliebte bekannt.«

»Schicken Sie mir eine Liste der Kollegen und Sekretärinnen von Doktor Meyerling«, befahl Quint. »Insbesondere interessiert mich ein Professor Schwarzbeck.«

Schuller schwieg für eine Weile. Dann fragte er: »Wissen Sie etwas, was Sie mir verheimlichen, Herr Kriminalinspektor?«

»Nein«, log Quint. »Und wenn es so wäre, ginge es Sie nichts an. Haben Sie selbst mit Professor Schwarzbeck gesprochen?«

»Ich bin überrascht, dass Sie sich für diesen Mann interessieren, Herr Kriminalinspektor«, stellte Schuller mit erregter Stimme fest. »Ich habe nach meinem Eintreffen an der Hochschule von einem Mitarbeiter des Dekanats eine Liste aller Personen erhalten, die mit Doktor Meyerling zusammengearbeitet haben. Ich wurde dabei ausdrücklich darauf hingewiesen, dass Professor Schwarzbeck nicht auf die Liste genommen wird, weil er über jeden Vorwurf erhaben ist.«

Quint runzelte die Stirn. »Was soll das heißen?«

»Das solltest du besser wissen als ich, Hans. Er wird wohl von irgendwem geschützt, wurde mir hier intern gesagt. Vielleicht von eurem Verein? Oder vom SD?«

Quint lehnte sich zurück. Sein Verstand arbeitete auf Hochtouren.

»Gibt es sonst noch etwas«, fragte Schuller mit provokantem Unterton, »mit dem ich Ihnen dienen kann, Herr Kriminalinspektor?«

»Nein, für den Moment ist das alles. Ich melde mich, wenn ich weitere Fragen habe. Sieg Heil.« Quint legte den Hörer gewissenhaft auf die Gabel.

Er positionierte seine Hände auf die Tischplatte vor sich und sah zum hohen Fenster hinaus.

Schwarzbeck war über jeden Vorwurf erhaben?

Quint presste seine Lippen aufeinander. Er hasste solche Privilegien. Sicher, es kam oft genug vor, dass irgendwelche Leute im Land von irgendwem ganz oben in der Hackordnung geschützt wurden. Ein Minister schützte ein paar schwule Künstler, hieß es. Und irgendein General der Wehrmacht war gerüchteweise seit Kurzem mit einer Jüdin verheiratet, die ihre Abstammung verheimlicht hatte, hieße es. So etwas war doch das Letzte! Wozu gab es denn Gesetze? Wozu gab es Regeln?

Und jetzt dieser Schwarzbeck? Niemand, der ein reines Gewissen hatte, musste sich vor einer Ermittlung oder selbst einer Strafverfolgung fürchten. Wer nicht gegen die geltende Ordnung verstieß, brauchte auch keinen Persilschein von irgendeinem Parteibonzen. Wer nicht gegen die Nürnberger Rassengesetze verstieß, musste auch keinen Besuch von der Gestapo fürchten. Wer niemanden umgebracht hatte, musste keine Angst vor einer Befragung durch die Kriminalpolizei haben.

Aber warum wurde Schwarzbeck protegiert? Und vor allem von wem?

Quint knirschte mit den Zähnen.

Er hätte gleich daran denken sollen zu überprüfen, ob es in der Gestapo eine Akte von diesem Professor Schwarzbeck gab. Wenn nicht, musste Quint sich bei den anderen Behörden umhören. Beim SD, dem Sicherheitsdienst der SS, sollte er auf jeden Fall nachfragen.

Die Sache würde deutlich komplizierter werden, als er befürchtet hatte.

26. 1412

»Einsteigen«, zischte der Soldat.

»Was denn sonst«, antwortete Tom widerwillig und steckte seine silberne Corps-Card ein. Die Penetranz, mit der dieser Uniformierte ihn jedes Mal anherrschte, wenn Tom in die Tiefen von Atlas-East hinabfahren musste, trieb ihn mittlerweile schon zur Weißglut. Demonstrativ blieb er einfach wie angewurzelt stehen.

»Vergeuden Sie nicht unnötig Ihre und meine Zeit«, blaffte der kleine, aber stämmige Mann mit der olivgrünen Armeemütze Tom an.

Bleib ruhig, bleib ruhig, ermahnte sich Tom innerlich. Er hätte dem vielleicht 30 Jahre alten Unteroffizier am liebsten eine rechte Gerade verpasst, aber er behielt sich unter Kontrolle. Nach einer Weile machte er wortlos zwei langsame Schritte voraus.

»Geht doch.« Der Soldat begann, die Gittertür zuzuschieben. Doch dann hielt er plötzlich inne.

»Warten Sie auf mich«, rief jemand, »dann müssen Sie nicht zweimal fahren!«

Ein Mann eilte durch den Gang geradewegs auf den Lift zu. Er war Ende 20, hatte kurze rote Haare und wirkte ziemlich kräftig. Im Laufschritt nahm er seinen Hut ab und steckte seine rechte Hand lässig in die Hosentasche seines dunklen Anzugs.

»Danke, sehr freundlich von Ihnen, Sergeant.« Grinsend sprang er neben Tom und dem Soldaten in die Liftkabine.

»Ausnahmsweise bin ich so freundlich.«

Tom biss sich auf die Unterlippe. Doch ehe er etwas sagen konnte, fiel ihm der große Rothaarige ins Wort: »Dann werde ich ausnahmsweise auch vergessen, dass Sie einen Offizier nicht vorschriftsmäßig gegrüßt haben.«

Der Soldat erschrak sichtlich. Nur den Bruchteil einer Sekunde später riss er mit geweiteten Augen seine rechte Hand zu einem strammen militärischen Gruß an die Stirn und ließ seine Stiefelhacken zusammenkrachen.

»Es … es tut mir leid, Sir …«

»Schon gut«, unterbrach ihn der Große. »Ich trage ja keine Rangabzeichen an mir. Aber sag mal, Kumpel, bekommt ihr Jungs hier nicht von allen Corps-Mitarbeitern die Dienstakten ausgehändigt, damit ihr wisst, wer hier rein darf und wer nicht? Da müsstest du doch eigentlich genau wissen, welchen Rang ich habe, oder etwa nicht?«

Tom grinste bis über beide Ohren, während der Soldat hochrot anlief und offenbar verzweifelt nach einer Antwort suchte.

»Aber ich habe ja auch meine Corps-Card nicht sofort hergezeigt. So, hier ist sie. Also sagen wir einfach, wir sind jetzt quitt.«

Der Große sah dem eingeschüchterten Soldaten ernst in die Augen. Sofort widmete sich der wieder dem Gitter, schloss es eifrig und setzte den Lift in Bewegung.

Der Lift stoppte im fünften Untergeschoss. »Sergeant«, rief der Große ansatzlos, »dann will ich doch sehr hoffen, dass ich Sie beim nächsten Mal nicht mehr auf Ihre Pflichten aufmerksam machen muss!«

»Jawohl, Sir!«

Tom und der Große stiegen aus. Als die Liftkabine wieder verschwunden war, bekam der Rothaarige einen Lachkrampf.

»Unser Liftboy hier wird mich ab jetzt nur noch wie den Papst höchstpersönlich begrüßen!«, prustete er und schüttelte den Kopf.

Tom lächelte verschmitzt. »Aber er hat's verdient.«

»Und wie! Der blöde Hund nervt mich schon seit Monaten!«

»Ich bin Thomas K. Wo…«

»Ich weiß, ich weiß. Einer der Neulinge. Thomas K. Wolf aus Boston, nicht wahr? Richard Beckers, angenehm.« Sie schüttelten einander die Hände. »Und du hast die erste Woche tatsächlich schadlos überlebt? Na ja, scheint ja zumindest so. Auch auf dem Weg nach 1412?«

Tom nickte. Er hatte keine Ahnung, was ihn in dem Raum 1412 erwartete, er hatte nur die Anweisung erhalten, im fünften Untergeschoss von Atlas-East eben diesen Saal aufzusuchen.

»Dann lass uns keine Zeit verlieren, Tom. Hier geht's lang.«

Tom folgte dem anderen durch den schmalen Korridor, der den Gängen in Atlas-East, die Tom schon zu Gesicht bekommen hatte, wie ein Ei dem anderen glich. Richard blieb nach einer Weile bei einer Tür stehen, auf der »1412« geschrieben stand, und öffnete sie.

»Keine falsche Schüchternheit«, sagte er freundlich.

Tom fand sich in einem Auditorium wieder. Fünf Sitzreihen waren genau wie die Plätze eines antiken Theaters halbkreisförmig angeordnet, ihnen gegenüber lagen eine Bühne und ein Rednerpult. Zahlreiche junge Männer und Frauen hatten bereits Platz genommen, manche unterhielten sich leise miteinander.

»Sehr gut, wir sind noch pünktlich«, murmelte Richard, während sich Tom unauffällig umsah.

Er war überrascht, dass er zum ersten Mal hier unten in Atlas-East nicht alleine war.

Sie gingen unter dem Ziegelsteingewölbe die Stufen des Mittelgangs hinab und setzten sich in eine der mittleren Reihen.

An den Wänden hingen zahlreiche Porträts von Personen, die Tom noch nie zuvor gesehen hatte. Vielleicht waren es verdiente Mitarbeiter des Corps', dachte er. Ein paar Kupferrohre liefen an der Rückseite des Saales die Wände entlang nach unten. Als Tom wieder nach vorne blickte, stutzte er: Das Rednerpult war, ganz untypisch für Atlas-East, hell erleuchtet. Es war jedoch nicht nur einfach sehr hell dort unten, nein, es war taghell.

Tom blinzelte nachdenklich. Sie waren fünf Ebenen mit dem Lift hinab gefahren, zusätzlich zu den zwei Stockwerken, die die Atlas-Hall bereits unterhalb der Erdoberfläche lag. Es war unmöglich, hier konnte es kein Tageslicht geben. Die hellen Lichtkegel strömten aus einer Öffnung im Gewölbe direkt über dem Podium herab. Tom senkte seinen Kopf tief hinab. Wie konnte das sein?

»Und schon geht's los«, flüsterte Richard, als sich eine Tür hinter dem Rednerpult öffnete. Drei ältere Männer mit dicken Akten unter dem Arm betraten den Saal, gefolgt von einer grauhaarigen Dame, die Tom bereits kannte.

»Guten Tag, Ladies und Gentlemen«, begrüßte Catherine Fireburn mit ihrer unaufgeregten, souveränen Stimme die Menge, stellte sich hinter das Pult und ließ jedes Gemurmel im Saal mit einem Schlag verstummen. »Ich darf Sie zum wöchentlichen Briefing willkommen heißen. Ich beginne mit Großbritannien. Der neue britische Premierminister Chamberlain wird in wenigen Stunden eine außenpolitische Rede halten. Rom und Berlin haben soeben de facto erklärt, sich im Spanischen Bürgerkrieg auch in Zukunft nicht neutral zu verhalten, ich hoffe, Sie haben sich darüber informiert. Vielleicht wird sich dadurch Englands Ton gegenüber den Faschisten verschärfen, es wäre höchst an der Zeit.«

Fireburn führte detailreich aus, wie andere europäische Regierungen auf das Verhalten des Deutschen Reichs und Italiens reagieren könnten. Sie erklärte schließlich, dass sie Berichte von Mitarbeitern der amerikanischen Botschaften in Europa erwarte, die die Lage von Madrid bis Stockholm erläutern sollten.

»Kommen wir zur Lage in Deutschland selbst. Ich soll Sie wieder über eine Reihe von neuen antijüdischen Erlässen informieren.«

Fireburn stöberte etwas missmutig in ihren Unterlagen.

»Das Übliche eben ... Seit Anfang dieses Monats mustern diverse Behörden und Ämter Angestellte ohne Ariernachweis aus. Und seit Kurzem droht arisch-jüdischen Mischpaaren nicht mehr nur eine Gefängnisstrafe, sondern im Anschluss daran wohl auch noch ein Aufenthalt im Konzentrationslager.« Fireburn sah auf und blickte kühl in die Runde. »Das war's.«

Ohne ein weiteres Wort verschwand sie wieder durch jene kleine Tür, durch die sie den Saal betreten hatte.

Das war's?, dachte Tom.

»Das war heute ja knapp«, hörte Tom jemanden hinter sich sagen. Die Menge um ihn herum begann, sich allmählich in Bewegung zu setzen, einige waren schon zur hinteren Ausgangstür gegangen.

»Das ist nicht immer so kurz«, erklärte Richard. »Manchmal dauert der Vortrag eine halbe Stunde oder länger.«

»Ich verstehe«, bemerkte Tom – doch plötzlich erstarrte sein Blick. Ein paar Meter hinter ihm entdeckte er *sie*. Die junge blonde Frau, die ihn schon einmal vor seiner Wohnungstür in der Evensenfield Road völlig aus der Fassung gebracht hatte, schwebte regelrecht durch den Saal und wirkte noch viel schöner als beim letzten Mal. Ihre Gesichtszüge waren wie gemeißelt, ihr Gang so elegant wie der einer Tänzerin, und auf den Lippen trug sie ein Lächeln, das Tom für einen Moment vergessen ließ, was um ihn herum passierte.

»Aber wenn's so kurz und knackig ist«, stellte Richard fest und klopfte Tom auf die Schulter, »wird's wenigstens nicht langweilig. Alles klar?«

»Jaja«, nickte Tom, räusperte sich und drehte sich wieder um. Es war, als wäre er aus einem Traum erwacht. Nach einem Moment sah er über seine Schulter und beobachtete unauffällig, wie die junge Frau gerade den Saal verließ. Enttäuscht erhob Tom sich.

»Das nenn' ich mal einen Stapel!« Zurück in der Atlas-Hall betrachtete Richard die Aktentürme auf Toms Schreibtisch. »Junge, Junge. Ich hab' meine ersten Wochen ja wirklich schon erfolgreich verdrängt.«

»Das ist nicht wenig«, stimmte Tom zu und seufzte.

»Hätte nicht viel gefehlt, und ich hätte damals alles hingeschmissen.«

»Wie bitte?« Tom drehte sich irritiert Richard zu.

»Ah, wie ich sehe, haben Sie Richard schon kennengelernt?« Hoffmann kam in diesem Moment auf Tom zu.

»Wie Sie sehen, Tobias«, sagte Richard laut.

»Na bestens. Sie müssen wissen, Tom, dass es bei uns Tradition ist, dass ein erfahrener Mitarbeiter einem Neuling nach einer Woche im Corps eine inoffizielle Einweisung gibt. Tom, quetschen Sie Mister Beckers ruhig aus. Seine Umgangsformen sind zwar manchmal, sagen wir, gewöhnungsbedürftig, aber mit Sicherheit kann er Ihnen viele Fragen besser beantworten, als ich das zu tun vermag. Ich muss gleich weiter. Ich wünsche Ihnen beiden noch einen schönen Tag.«

»Danke, Sir«, sagte Tom, während Hoffmann schon die Galerie zu seinem Büro hinaufstieg.

»Zu freundlich, Tobias.« Richard begann, Toms sorgfältig sortierte Dokumentenberge neugierig zu durchstöbern, und brachte sie damit durcheinander.

»Wie läuft diese inoffizielle Einweisung ab?«, erkundigte sich Tom.

»Ich habe gelesen, dass du in Wharton studiert hast.«

»Ja, das stimmt.«

»Und hast du dann überhaupt eine Ahnung, wie Whiskey schmeckt?«

27. ÜBERGABE

»Die Leander, die hat Verve! Eine unglaubliche Stimme, ein unglaubliches Temperament …«

»Und unglaubliche Kurven!«, lachte der Frackträger, zwinkerte auffällig und nahm einen kräftigen Schluck Champagner. Schwarzbeck nickte abwesend, um einerseits Zustimmung und andererseits Aufmerksamkeit zu signalisieren, suchte dabei aber konzentriert die Menge um sich ab.

»Männer!«, rief die dunkelhaarige Dame amüsiert und rollte mit den Augen. Sie trug eine burgunderrote Seidenrobe und hielt ein beinahe leeres Kristallglas in Händen.

Unauffällig richtete sich Schwarzbeck seine rechte Manschette und drehte sich dabei ein Stück zur Seite, um besser den Salon überblicken zu können. Der Professor spürte, wie sein Puls schneller wurde: Wo versteckte sich dieser Kerl?

»Ich habe gehört«, sagte ein kleiner, untersetzter Herr, der einen Teller mit Appetithäppchen auf seiner rechten Hand balancierte, »dass Frau Leander in nicht einmal einer Stunde als Überraschungsgast auf diesem Fest eintreffen soll.«

Schwarzbeck fiel auf, dass selbst die Kellner ihre Probleme hatten, sich an den vielen Damen und Herren vorbei zu kämpfen. Nein, dachte Schwarzbeck, er würde überhaupt nicht ans Ziel kommen, wenn er hier wie angewurzelt stehen blieb.

»Ach, das ist pure Propaganda, mein Guter! Da will sich der Gastgeber doch nur aufspielen. Als ob der alte Baron die Leander kennen würde. Pah!«

»*Premiere* hat mir gut gefallen«, seufzte die brünette Dame in der Seidenrobe, »aber ich habe Zarah Leander schon in Wien auf der Theaterbühne gesehen. Großartig! Diese wunderbare Frau hat mein Herz wirklich berührt, das kann ich Ihnen sagen.«

»Auch wenn es die Bühne des Feindes war?« Der Mann im Frack klang angriffslustig.

»Des Feindes?« Die Dame wirkte irritiert.

Schwarzbeck warf seinen Kopf herum – er hatte instinktiv das Gefühl, dass der beiläufige Small Talk in eine ziemlich unangenehme Richtung zu laufen drohte.

»Immerhin war es eine deutsche Bühne«, versuchte der Dicke zu beschwichtigen.

»Da muss ich energisch widersprechen. Natürlich handelt es sich bei den Wiener Theatern um keine deutschen Bühnen. Österreich ist nicht deutsch. Die Sachlage und die Parteilinie sind eindeutig, mein Herr.«

Mit einem Mal wurde Schwarzbeck sehr heiß. Er bemühte sich, keinerlei Regung zu zeigen und verkrampfte dabei sichtlich. Warum mussten sich diese Idioten genau über dieses eine Thema streiten?

»Österreich nennt sich selbst den ›zweiten deutschen Staat‹«, warf der Dicke versöhnlich ein.

»… der sich offen gegen das Deutsche Reich stellt«, antwortete der Mann im Frack scharf.

»Natürlich, natürlich«, gab sich der Untersetzte geschlagen und sah zu Boden.

Die Dame lächelte und war bemüht, sich wieder die ganze Aufmerksamkeit zu erkämpfen. »Ich verstehe natürlich nicht viel von Politik, aber wo Sie ›zweiter deutscher Staat‹ sagen … Ist es nicht erstaunlich, dass sich ein Land freiwillig mit dem zweiten Platz zufrieden gibt? Heißt es nicht: Der Zweite ist zugleich der erste Verlierer?«

Die beiden Männer lachten gleichzeitig, und die Dame war sichtlich zufrieden. Auch Schwarzbeck atmete auf. Das war noch einmal gut gegangen, glaubte er.

»Sie sind so still, Herr Professor«, fragte die Dame plötzlich. Sie waren doch auch immer wieder in Wien, nicht wahr? Hatten Sie je Gelegenheit, Zarah Leander dort auf der Bühne zu sehen?«

»Nein, nein.« Josef Schwarzbeck räusperte sich und richtete nervös seine schwarze Fliege. »Ich war schon eine ganze Weile nicht mehr in Österreich, eine ganze Weile nicht mehr.«

»Ach so?«

Schwarzbeck lief es kalt den Rücken hinunter. Mach', dass du hier wegkommst!, befahl ihm seine innere Stimme.

»Erlauben Sie mir, Ihnen ein neues Glas zu bringen?«, fragte Schwarzbeck schnell und griff hastig zu.

»Sehr zuvorkommend.«

Schwarzbeck ging langsam durch den gut gefüllten Prunksaal der Villa und tupfte sich mit einem Taschentuch die Stirn ab. Als einer der vielen wieselflinken Kellner seinen Weg kreuzte, stellte er die leere Kristallflöte auf dessen Tablett ab.

»Bringen Sie der Dame in dem roten Kleid bitte ein Glas Schampus, junger Mann.«

»Sehr wohl.«

Ich muss vorsichtig sein, dachte Schwarzbeck. Dass er früher immer freimütig erzählt hatte, wie gut er sich in Wien auskannte und wie sehr er die Stadt an der Donau schätzte, konnte ihm noch einmal zum Verhängnis werden. Jetzt, wo er einen Mord begangen hatte, um seine Verbindung zu einem Physiker in Wien zu verbergen, war es einfach lebensgefährlich, in aller Öffentlichkeit etwas unbedacht auszuplaudern.

Schwarzbeck blickte sich verstohlen um. Unter den Gästen des Barons befanden sich natürlich auch ein paar Leute in Ausgehuniformen des Heeres, aber vor allem auch Kerle mit den Insignien der SS am Revers. Schwarzbeck lockerte seinen Hemdkragen. Diese Kerle jagten ihm seit der Geschichte mit Heinrich Meyerling panische Angst ein.

»Ein Lachsbrötchen?«

Schwarzbeck drehte sich blitzschnell nach vorn und blickte in die freundlichen Augen eines anderen Kellners.

»Nein danke.« Schwarzbeck ging zu den großen Fenstern, von denen man in den Park blicken konnte.

Beruhige dich erst mal, Josef, mahnte er sich und stellte sich in einer leeren Ecke des Saales ein paar Meter neben einen Flügel, auf dem ein junger Mann virtuos spielte. Schwarzbeck betrachtete voller Bewunderung, mit welcher Leichtigkeit die Finger des Pianisten über die Tasten zu fliegen schienen. Als der Professor auf dem glänzend schwarz lackierten Instrument den Schriftzug »Bösendorfer« entdeckte, drehte er sich wie ertappt zur Seite. Das verdammte Klavier stammte aus Wien, natürlich …

Langsam begann Schwarzbeck wieder, die Menge nach jener Person abzusuchen, wegen der er an diesem Abend überhaupt hergekommen war.

»So ganz allein, Josef?« Eine hübsche Dame in einem ärmellosen Paillettenkleid hatte ihn entdeckt.

»Ich bin ein wenig müde, Jutta«, log Schwarzbeck und gab ihr fast wie aus Reflex einen galanten Handkuss.

»Müde? Du? Du wirst hoffentlich nicht alt, Josef!«

Schwarzbeck lachte, aber er fühlte sich mit einem Mal noch schlechter.

»Aber ich kann dich verstehen, Josef. Die Party ist öde. Siehst du meinen Mann Walter da drüben? Er unterhält sich schon seit gefühlten Stunden mit Julius Lippert. Pure Langeweile.«

Schwarzbeck kniff seine Augen zusammen. In der Ferne entdeckte er den Berliner Oberbürgermeister und den Gatten seiner Gesprächspartnerin.

»Dieser Lippert«, flüsterte die Dame amüsiert, die nach Schwarzbecks Dafürhalten für ihr Alter eine immer noch erstaunlich gute Figur hatte, »ich hab' neulich erlebt, wie Speer sich über ihn ausgelassen hat. Sehr ulkig. Speer würde Lippert wohl gerne zum Teufel jagen, weißt du?«

Schwarzbeck nickte langsam. »Ich hab' davon gehört.«

»Speer soll die Stadt komplett umbauen. Der Führer findet Berlin einfach zu bieder, der will eine prachtvolle Metropole erschaffen. Die Reichshauptstadt soll mindestens so schön wie Wien werden, hat der Führer dem Speer aufgetragen.«

Schwarzbeck schluckte. Verfolgte die Stadt ihn etwa? Schon wieder ging es um Wien …

»Männer und ihre großen Ideen!« Jutta grinste abfällig. Als sie für einen Moment zur Seite sah, fiel Schwarzbecks Blick unweigerlich auf ihr Gesäß. Ja, dachte er sich, es war damals eine gute Entscheidung gewesen, mit dieser Frau zu schlafen. Auf einer Party irgendwo in Berlin-Grunewald hatte er sie das erste Mal getroffen. Nur ein paar Tage später hatte sie ihn in seiner Wohnung besucht.

»Da drüben ist der amerikanische Botschafter, siehst du?«, fragte Jutta.

Schwarzbeck zuckte zusammen. Plötzlich war er wieder voll konzentriert.

»Wirklich, kennst du ihn?«

»Klar. Walter hat schon oft mit William Dodd zu tun gehabt. Walter exportiert unsere Walzmaschinen ja auch nach Amerika, er versucht immer wieder, über Dodd Kontakte in die Staaten zu knüpfen. Klappt aber nicht besonders gut. Dodd hasst die Nationalsozialisten, glaube ich, deswegen spielt er einfach ungern den Türöffner für uns. Eigentlich meidet er auch Veranstaltungen und Feste wie das hier. Er will den Parteimitgliedern aus dem Weg gehen. Mein Walter sehnt sich schon danach, dass Roosevelt endlich mal einen neuen Botschafter für Berlin einsetzt. Aber ansonsten ist Dodd ein recht passabler Zeitgenosse, man kann sich mit ihm ganz gut unterhalten.«

Schwarzbeck konnte sein Glück kaum fassen. »Kannst du mir einen Gefallen tun, Jutta? Um der alten Zeiten willen?«

»Gerne. Was soll ich machen?«

Schwarzbeck griff langsam in sein Jackett und zog unauffällig einen Briefumschlag heraus.

»Was ist das?«, fragte Jutta verwirrt.

»Etwas, das du bitte Botschafter Dodd gibst. Kannst du das tun?«

»Ja … natürlich kann ich das. Aber warum machst du das nicht selbst?«

Schwarzbeck steckte das Kuvert rasch in Juttas Handtasche und berührte sie flüchtig an ihrem schlanken Handgelenk, um das eine massive silberne Kette geschlungen war.

»Bitte sei dabei diskret, meine Teure. Ich stehe dafür tief in deiner Schuld. Sehr tief.« Er schenkte ihr ein verführerisches Lächeln.

»Kannst dich auf mich verlassen, Josef. Aber das ist doch nicht etwa eine schriftliche Entschuldigung? Du Schmutzfink hattest doch nicht etwa was mit Dodds Frau, oder?«

Schwarzbeck schüttelte den Kopf. Es gefiel ihm, dass Jutta ihn so einschätzte.

»Bring' es ihm einfach, bitte.«

»Du bist und bleibst ein Tier, Josef«, flüsterte Jutta und stolzierte auf ihren hochhackigen Schuhen davon.

Schwarzbeck war zufrieden. Das Empfehlungsschreiben für seinen Freund Doktor Adam Morgenstein unbemerkt dem amerikanischen Botschafter zu übergeben, hatte einfacher und schneller geklappt, als er zu hoffen gewagt hatte. Und dieser William Dodd würde den Brief jetzt hoffentlich rasch an das amerikanische Außenministerium weiterleiten.

Du bist ein Glückspilz, Josef, dachte sich Schwarzbeck.

28. BAR IN DER BAR

»Und jetzt Hand aufs Herz, mein Freund!« Richard nahm die Flasche und schenkte die braun-gold schimmernde Flüssigkeit ein. »Kannst du einen guten Scotch von einem schlechten unterscheiden?«

Ehe Tom nach seinem Glas greifen konnte, hatte Richard das eigene in einem Zug geleert.

»Ich denke schon.« Tom schnupperte vorsichtig an dem Whiskey. Der rauchige Geruch von Erde und Torf stieg in seine Nase. Er gab sich einen Ruck und nahm einen kleinen Schluck. Sofort begann er zu husten. »Was, um Himmels willen, ist das für ein Zeug?«

Richard lachte laut auf und lehnte sich zufrieden zurück.

»Gehört zu meiner Privatsammlung. Ein ganz edler Tropfen. Was hältst du eigentlich von dem noblen Etablissement hier?«

Tom klopfte sich ein paarmal auf die Brust. Als das Brennen in seinem Hals allmählich abgeklungen war, sah er sich um. Das Lokal, das sich nur wenige Schritte vom grauen Archivgebäude entfernt befand, war in seinen Augen alles andere als nobel. Als Richard ihn hergeführt hatte, war Tom schon von ferne die verfallene Fassade und die klapprige Eingangstür ins Auge gestochen. Über den schmutzigen Fenstern hatte er auf einem Schild »The ›T‹ of Time« gelesen, darunter, auf der Eingangstür, waren die Worte »The Grounded Eagle« geschmiert worden. Das wenig einladende Interieur passte hervorragend zu einer gelangweilt wirkenden Angestellten jenseits der 40, die hinter einem langen Tresen mit ihren Fingern auf die Theke trommelte. Der einzige Gast, abgesehen von Tom und Richard, war ein älterer Mann, der direkt beim Eingang Zeitung las und in einem Schaukelstuhl vor und zurück wippte. Der ganze vordere Bereich des Ladens war mit Schränken und Regalen zugestellt, in denen verbeulte und verstaubte Teedosen lagerten. Irgendwo knisterte leise ein Radio.

»Ziemlich runtergekommen«, stellte Tom fest.

»Gut erfasst.« Richard war sichtlich zufrieden und beugte sich vor. »Der gute Mann dort vorne ist Sid«, flüsterte er. »Er beobachtet von hier aus, ob sich irgendeine Person Heckwaters nähert, die hier nichts zu suchen hat.«

Tom drehte sich überrascht um.

»Das liebreizende Fräulein hinter dem Tresen ist Lucy. Sie meldet, ob Leute wie wir zwei zur korrekten Zeit das Gebäude betreten und ob ihnen jemand folgt. Sieh an, da trifft offenbar gerade jemand ein.«

Tom sah, wie Lucy ganz unauffällig in eine hölzerne Box flüsterte, die auf der Theke stand. Tom war dieser kleine braune Kasten bis eben gar nicht aufgefallen.

»Jetzt wissen die Sicherheitskräfte in der Eingangshalle und bei den Schleusen, dass gleich Besuch kommt.«

Tom wurde in diesem Moment erst bewusst, wie gut man von dem Lokal aus den gesamten Eingangsbereich des grauen Gebäudes überblicken konnte. Selbst von ihrem Tisch weiter hinten sah Tom die linke Mauer, die Hauptstiege und den das Wäldchen umgebenden Wall.

»Das Corps hat dieses Geschäft hier vor Jahren mitsamt der ganzen Einrichtung gekauft. Das war ursprünglich mal ein Teeladen, vor vielen Jahren. Ist irgendwann bankrottgegangen, soweit ich weiß. Geändert haben unsere Leute an diesem stilvollen Ambiente nichts. Das soll wohl Schluckspechte abschrecken.«

»Der Dreck ist Tarnung?«, fragte Tom.

»So in der Art.« Richard klopfte mit seinem Zeigefinger auf das Glas vor sich. »Irgendwann habe ich mich hier mal im Keller umgesehen und in einer Truhe ein paar Flaschen von diesem hervorragenden Gesöff gefunden. Der Laden muss während der Prohibition eine illegale Bar gewesen sein.«

»Eine geheime Bar, verstehe. Das passt ja gut zum Corps.«

»Du sagst es. Da unten liegt immer noch so einiges herum, ein paar wirklich gute Flaschen sind dabei. Wein, Cognac, Whiskey, Rum … Alles, was das Herz begehrt. Das Corps hat mir erlaubt, hier hinten sozusagen eine Bar in der Bar aufzumachen, zu der nur Corps-Leute Zutritt haben. Ich habe sie *The Grounded Eagle* genannt. Das ist unsere ganz private kleine Ausschankstube.«

Richard füllte sein Glas ein zweites Mal.

»Also, Tom! Auf deine erste überstandene Woche beim Corps! Mögen dieser noch unzählige weitere folgen!«

»Vielen Dank.« Sie stießen an. Dass Tom der Scotch schmeckte, wäre übertrieben gewesen.

»Ah«, zischte Richard und klopfte sich auf die Brust, »ein kluger Mann hat einmal behauptet, dass Gott den Whiskey erfunden hat, damit die Iren nicht die Welt regieren.«

»Du bist Ire?«

»Nicht ganz. Meine Mutter ist von der Insel. Mein Vater ist aus Deutschland immigriert. Ich bin irisch-deutsch. Eine teuflische Mischung.«

»Und du bist Lieutenant in der Armee?«

»Mister Wolf, ich bin beeindruckt. Ihr Beobachtungstraining erzielt erste Erfolge!« Er zwinkerte mit einem Auge, langte über den Tisch und schlug Tom auf die Schulter. »Die militärische Karriere war die Idee meines Vaters. Nach zwei Jahren im Dreck ist dann plötzlich ein komischer Kauz bei mir auf der Matte gestanden und hat mir erzählt, dass mich eine gewisse Organisation schon seit einiger Zeit beobachtet.«

»Das kommt mir bekannt vor.«

»Ja, so machen die das.« Richard kramte nebenbei in seiner Jackentasche und holte ein kleines Klappmesser sowie eine Zitrone hervor. »Du scheinst dich sehr für meinen Lebenslauf zu interessieren. Gibt es nichts, worüber du dir im Moment viel mehr Gedanken machst?«

Tom presste seine Lippen aufeinander. Richard schnitt seelenruhig die Zitrone in kleine Stücke.

»Die Trainings in Atlas-East«, begann Tom zurückhaltend, »die Geschichtsunterlagen – ist das …«

Richard sah auf. »Du willst wissen, ob die das ernst meinen?«

»Genau.«

»Du hast von denen einen Scheck bekommen, stimmt's? 20.000 Dollar?«

Tom blickte skeptisch drein.

»Du hast ihn wieder zurückgeben müssen, nicht wahr?«

»Ja, das stimmt.«

»Die Sache mit dem Scheck hat auch ihren Zweck erfüllt.«

»Ich glaube, ich kann dir nicht ganz folgen.«

Richard lehnte sich lächelnd zurück. »Jeder Anfänger im Corps erwartet, dass man hier sofort voll einsteigt. Ist doch klar, dass diese Leute erst überprüfen müssen, ob du tatsächlich der Richtige für diesen Job bist. Die wollen sehen, ob du die Zähne zusammenbeißt und durchhältst – oder ob du aufgibst.«

Er nahm ein Stück Zitrone, warf es sich in seinen Mund, kaute zweimal und schluckte es hinunter. Samt Schale. Tom drehte es bei dem Anblick den Magen um.

»Also ist der ganze Geschichtskram nur Teil eines Tests?«, fragte Tom.

»Hm«, brummte Richard und wippte mit dem Kopf hin und her, »nicht nur. In unserem Gewerbe ist es notwendig, dass wir das Grundwissen beherrschen.«

»Erhält jeder Einsteiger einen 20.000 Dollar-Scheck?«

»Nicht jeder. Manche bekommen Bargeld ausgehändigt, habe ich gehört. Bei anderen sieht die erste Prüfung wieder ganz anders aus. Sie führen einen eben irgendwie in Versuchung, um beobachten zu können, wie man reagiert.«

Tom schob sein leeres Glas auf dem Tisch hin und her. Richard warf sich ein weiteres Stück Zitrone in den Mund.

»Ich habe weder dich noch Nathaniel Evans oder Colonel Colpo auch nur einmal in der Atlas-Hall gesehen«, bemerkte Tom. »Und mal ganz zu schweigen von den vielen anderen, die heute bei diesem Briefing in Atlas-East waren, in diesem Raum 1412.«

Und nicht zu vergessen: *sie*.

»Tom, dir ist doch wohl hoffentlich klar, dass du in der ersten Woche nicht in alle Geheimnisse des Corps eingeweiht wirst, oder? Wenn deine Ausbildungsphase vorbei ist und du so weit bist, dann wirst du mehr erfahren.«

»Die Menschen bei dem Briefing eben, waren das alles Anfänger so wie ich?«

»Nein, nicht nur. Ich war ja schließlich auch dort. Die Vorträge im Raum 1412 sind für die Leute im Corps bestimmt, die noch bei keinem der anderen Nachrichtendienste gearbeitet haben. Unverdorbenes Frischfleisch, verstehst du? Aber dein Riecher war nicht ganz falsch. Manche von denen heute sind ganz wie du erst seit Kurzem dabei. Das Corps wächst ständig. Heckwaters ist riesig.«

»Heckwaters«, wiederholte Tom und nickte. »Dieser unterirdische Komplex, wann wurde der gebaut? Und warum? Ich meine, ein Bauvorhaben dieser Größe und dieser ...«

Richard zwinkerte amüsiert mit einem Auge. Es schien ganz so, als würde er jede von Toms Fragen für unglaublich amüsant halten. »Du glaubst gar nicht, wie oft ich mir selbst diese Frage gestellt habe. Die Antwort ist: Niemand weiß so recht, warum Heckwaters existiert. Der Einzige, der es bestimmt weiß, ist Nathaniel Evans selbst, denke ich.«

»Wie groß ist Heckwaters denn überhaupt?«

Richard zuckte mit den Schultern. »Riesig. Ich habe aber keinen blassen Schimmer, wie weit die Korridore und Tunnel reichen und wohin sie alle führen.«

»Es ist ja auch nicht nur die schiere Größe. Einfach alles wirkt sonderbar. Die Sicherhcitsschleusen, der unterirdische See ...«

»... oder die Lichtschächte – sind sie dir aufgefallen?«

»Du meinst die im Raum 1412?«

»Genau. Ich bin kein Ingenieur, aber ich habe gehört, dass es eine technische Meisterleistung sein soll, Tageslicht bis nach dort unten zu bringen.« Richard nahm die Flasche Scotch und stöpselte sie zu. »So, das sollte für heute genug sein. Ich bewundere deine Zurückhaltung, Tom Wolf, aber allmählich glaube ich, dass du Angst hast, es mich zu fragen.«

Tom wich mit dem Kopf ein Stück zurück.

»Nämlich«, erklärte Richard, »was, verdammt noch mal, dein Job im Corps sein wird.«

»Und?«, erkundigte sich Tom vorsichtig.

»Leider kann ich darauf nichts Zufriedenstellendes antworten. Es wird ganz einfach auf dich ankommen. Darauf, was du dem Corps bieten kannst und wie du am nützlichsten eingesetzt werden kannst. Die Währung unserer Branche heißt Information, Tom. Du wirst auf jeden Fall für das Corps Informationen beschaffen. Ob hier in Amerika oder vielleicht in Europa, vielleicht sogar direkt im Deutschen Reich, das wird von Dingen abhängen, die wir zwei nicht beeinflussen können.«

»Was heißt ›Informationen beschaffen‹?«

Richard beugte sich weit nach vorne. »Das kann alles bedeuten. Von stupiden Rechercheaufgaben in einer Bibliothek bis hin zum Abfangen von Geheimdokumenten. Am Ende kannst du dich, so wie ich neulich, mit einem Steuerberater aus Chicago an der Grenze zu Mexiko wiederfinden.«

Tom atmete tief ein.

»Mein Rat ist: Übe dich in Geduld, Tom. Halte einfach durch. Es wird vielleicht schon früher so richtig losgehen, als dir lieb ist.«

Richard verabschiedete sich und ging direkt zurück nach Heckwaters, während Tom sich auf den Weg nach Hause machte.

Er schlenderte den Weg die hohe graue Mauer entlang und lockerte dabei seinen Krawattenknoten. Geduld, mahnte er sich. Wahrscheinlich musste er einfach akzeptieren, dass sich die Geheimnisse des ICG ihm nicht so schnell offenbaren würden.

Er sah flüchtig über seine Schulter zum unscheinbaren Archivgebäude zurück und versuchte, sich vorzustellen, wie sich unter der Erdoberfläche das riesige Netz der Gänge von Atlas-East ausbreitete.

Also gut, überlegte Tom, »wenn es nötig ist, werde ich diese Bücher eben auswendig lernen und die Trainings durchziehen. Dann werden wir ja sehen, was passiert.«

Es war schon dunkel, als er in Sichtweite seines Apartmenthauses kam. Ansatzlos dachte Tom an *sie*. Doch er zwang sich, keinen weiteren Gedanken an die junge Frau zu verschwenden. Es gibt wirklich Wichtigeres, Tom. Jetzt ist keine Zeit für irgendein Mädchen. Konzentriere dich auf das wirklich Wichtige im Leben. Das hier ist ein Beruf, kein Spaß.

Er wollte gerade die Straßenseite wechseln, als eine Gestalt hinter einer Straßenlaterne auf den Gehweg sprang, die Hand hob und rief: »Hey, Kumpel! Kannste mir helfen?«

Tom blieb stehen. Der recht kräftige Mann war etwa 30 Jahre alt, trug einen schlichten Overall sowie eine Schiebermütze und schien mit beiden Händen etwas in seinen Taschen zu suchen.

»Kannst du mir kurz hier helfen, ich schaff's nicht alleine.«

»Wobei denn helfen?«, fragte Tom. Er blickte sich unauffällig um – weit und breit war keine Menschenseele zu sehen.

»Hier, da hab' ich's, glaub' ich.« Der Mann nickte und trat ganz nah an Tom heran. »Ja, das isses.«

Ruckartig zog der Mann ein Messer aus der Tasche und hielt es dicht an Toms Hals, sodass der die kalte Klinge spüren konnte. Toms Herz begann, heftig zu schlagen.

»Du hilfst mir doch, oder? Ich bin pleite, und du siehst so aus, als würdest du mir mit ein paar Scheinchen aus der Klemme helfen wollen, oder?«

Tom wusste nicht, worauf er wütender sein sollte: dass er überfallen wurde oder dass er den Braten nicht sofort gerochen hatte, als dieser Kerl ihn auf so plumpe Weise angesprochen hatte.

»Mach' schon, sonst steche ich dich ab, Kumpel!«

»Gut, ich geb' dir die Scheinchen.«

»Red' nicht, mach hin!« Der Kerl im Overall drückte das Messer für einen Moment noch dichter an Toms Haut. Toms Augen begannen zu funkeln.

»Bin ja schon dabei.« Tom steckte seine Hand langsam in die Manteltasche. Das Geld war ihm völlig egal, er trug ohnehin nur zehn oder 15 Dollar bei sich. Aber er wollte auf keinen Fall riskieren, dass der Mann ihm die Corps-Card oder seine Schlüssel abnahm. Das ICG würde Tom bestimmt sofort rauswerfen, würde er beichten müssen, dass ihm die Gegenstände abhandengekommen waren.

»Hier.« Tom hielt dem Kerl die grünen Banknoten hin. Der griff sofort zu – und schien mit einem Mal unschlüssig.

»War's das?«, fragte Tom angriffslustig. »In dieser Straße sehe ich auch nachts immer wieder mal Polizisten. Hau besser ab, Freundchen.«

»Große Klappe, was?« Tom spürte das Messer wieder dichter an seiner Kehle. Noch ein winziges Stück, und es würde sich in seine Haut schneiden.

»So einer wie du hat bestimmt 'ne schöne Uhr. Her damit, her mit der Uhr. Sonst mach' ich dich kalt.«

»Pech gehabt.« Tom streckte seinen rechten Arm aus. »Siehst du?«

»Zeig' den linken.« Der Dieb hatte Toms Bluff sofort durchschaut.

»Na gut.« Tom schickte sich an, den Ärmel seines Jacketts zurückzuziehen, ließ sich aber Zeit. Er dachte in diesem Moment nicht lange nach, für ihn stand lediglich fest, dass er diese Uhr niemals freiwillig hergeben würde.

»Mach' schon, sonst …«

Tom packte die Hand seines Gegenübers, in der dieser das Messer hielt, ließ sich ein Stück nach hinten fallen, um der Klinge zu entweichen, und zog gleichzeitig sein Knie wuchtig nach oben. Er traf den scheinbar völlig überraschten Mann direkt zwischen die Beine und ließ ihn röchelnd zu Boden gehen.

Und jetzt weg!, fuhr sich Tom innerlich an. Er ließ den Mann los, hörte, wie das Messer klirrend zu Boden fiel, brauchte selbst zwei Schritte, bis er wieder sicheren Stand hatte, und rannte sofort quer über die Fahrbahn, direkt auf sein Apartmenthaus zu.

»Du Hurensohn!«, hörte er den Kerl weit hinter sich schmerzverzerrt brüllen, als Tom über das Gartentor sprang, seinen Schlüssel aus der Hosentasche fischte und nach wenigen Augenblicken im Haus verschwunden war.

Laut ein- und ausatmend lehnte sich Tom gegen das Fenster im Flur und beobachtete, wie der Mann, der ihn überfallen hatte, wie ein geprügelter Hund davonrannte.

Tom lachte erleichtert auf, schob seinen linken Ärmel zurück und betrachtete seine silberne Armbanduhr.

»Gar nicht so ungefährliche Gegend«, murmelte er und lachte auf. Es lief ihm kalt den Rücken hinab, sein Herz raste immer noch. Langsam dämmerte ihm, dass er gleich mehrere Schutzengel gehabt haben musste, um so eine Leichtsinnigkeit glücklich überstanden zu haben.

»Alles klar, Al?« Der überaus großgewachsene Captain Rennenbergh half seinem Kollegen in den Wagen. »Brauchst du einen Arzt?«

»Nein, nein«, stöhnte Sergeant Alphonse Parker und ließ sich mit geschlossenen Augen auf den Sitz fallen. »Fahr einfach los. Ich brauche jetzt nur einen Drink, das ist alles.«

Rennenbergh unterdrückte ein Lachen. »Ich hab's durch den Feldstecher nicht genau erkannt. Hat er dich wirklich mit dem Knie genau da erwischt, wo …?«

»Ja, genau da, wirklich.«

»So was. Die Courage hätte ich dem College-Boy nicht zugetraut.«

»Das nächste Mal machst du diese Scheiße wieder selbst, Captain. Kannst du jetzt einfach mal die Klappe halten und fahren? Mann, du bist so groß wie ein Mammut, aber lässt deine Untergebenen die gefährlichen Dinge machen.«

Rennenbergh nickte grinsend, setzte sich hinter das Lenkrad, schloss die Tür, legte einen Gang ein und fuhr los. In Gedanken ging er schon das Formular durch, das er am nächsten Tag ausfüllen und an den Stab von Colonel Colpo weiterleiten würde. »Empfehle, Mister Wolf für Verwendung bei einfachen Feldeinsätzen in Betracht zu ziehen«, würde er wohl urteilen, dachte Rennenbergh und bog nach links ab.

29. HILFE

Anfang Juli 1937

»Bemerkenswert.«

Garnett Lee brachte für gewöhnlich so schnell nichts aus der Ruhe. Der 53-Jährige lehnte sich daher in seinem bequemen Sessel zurück und las die Zeilen des mit allerlei roten und blauen Vermerken und Stempeln versehenen Briefs noch einmal ganz konzentriert durch. Erst dann legte er ihn beiseite und griff nach einem zweiten Dokument, an das ein kleiner Zettel mit maschinengeschriebenen Nummern geheftet worden war.

»Bemerkenswert«, wiederholte er, nahm seine Nickelbrille ab und blickte über seinen aus edlem Tropenholz gefertigten Schreibtisch hinweg aus dem Fenster. Lee hatte eines der besseren Büros des State Departments, von dem man bis zum Weißen Haus sehen konnte. Er wusste, dass seine Kollegen ihn darum beneideten.

Nach einer Weile legte er auch den zweiten Brief zur Seite und kratzte sich am Hinterkopf. Genau wie sein oberster Boss, niemand Geringerer als der amerikanische Außenminister Cordell Hull, war Garnett Lee studierter Jurist. Mit Naturwissenschaften hatte Lee nie viel am Hut gehabt, er hatte damals in der Schule zu Hause in Tennessee schon mit den Mathematikhausaufgaben seine liebe Not gehabt.

Als das Telefon auf seinem Schreibtisch klingelte, griff Lee sofort nach dem Hörer.

»Ich habe Mister Owen jetzt wie gewünscht in der Leitung, Mister Lee«, sagte seine Sekretärin freundlich.

»Danke, Melissa.« Es knackte, Garnett Lee erhob sich. Er telefonierte am liebsten im Stehen.

»Ja, Mister Owen … wunderbar, es freut mich, dass ich Sie erreichen konnte. Wann hatten wir zuletzt das Vergnügen? Über ein Jahr ist es her, befürchte ich fast?«

Lee lachte und nickte immer wieder.

»Mister Owen, ich wende mich an Sie, weil ich, ehrlich gesagt, ein bisschen ratlos bin. Wir hatten doch damals wegen dieser delikaten Angelegenheit miteinander zu tun, Sie erinnern sich vielleicht nicht mehr … Es ging um einen Wissenschaftler, einen gebürtigen ungarischen Physiker, wenn ich mich recht entsinne, der im Deutschen Reich gelebt hat und sich vor ein paar Jahren diese, wie soll ich es ausdrücken, diese interessanten Dinge ausgedacht hat, wie Sie mir erklärt hatten. Erinnern Sie sich? Einige Einzelheiten sind mir entfallen, wie ich zu meiner Schande gestehen muss.«

Lee hörte gespannt zu.

»Ja, richtig, Leo Szilard, so war sein Name! Ich wusste doch, dass Sie der Richtige sind, Mister Owen.«

Er griff nach den beiden Briefen auf seinem Schreibtisch und hob sie in die Höhe.

»Mister Owen, in meiner Abteilung sind über recht unterschiedliche Kanäle zwei Schreiben gelandet, die, wie ich vermute, eventuell für Sie recht interessant sein könnten. Es handelt sich um ein Empfehlungsschreiben, wenn man so will, sowie um ein recht emotionales, wie soll ich es ausdrücken, Ansuchen.«

Lee nickte ein paar Mal. Dann hob er die Dokumente dicht an seine Augen und las vor: »Professor Josef Schwarzbeck und … Moment … Doktor Adam Morgenstein.«

Angespannt hielt er den Atem an.

»Ausgezeichnet. Ich danke Ihnen vielmals, Sie helfen mir damit sehr weiter. Dann werde ich Ihnen die Unterlagen sofort zukommen lassen, Mister Owen. Danke, und ich wünsche Ihnen noch einen schönen … Oh, bevor ich auflege: An welche Adresse soll …?«

Lee machte sich auf einem Block eine schnelle Notiz mit einem Bleistift.

»Heckwaters, ja, ich verstehe. Natürlich. Einen schönen Tag noch, Mister Owen!«

30. BEOBACHTUNGEN

Etwa sechs Wochen später – Mitte August 1937

Als Schwarzbeck in die Waagestraße einbog, zog er ein letztes Mal kräftig an der *Asta*-Zigarette und warf sie schließlich im hohen Bogen auf den Gehweg. Er nahm seine braune Aktentasche in die andere Hand und schob seinen Hut ein Stück nach hinten. Wieder hatte er einen Tag an der Technischen Hochschule Berlin hinter sich gebracht, ohne dass seine Bürotür aufgeschwungen wäre, ein paar uniformierte Gestalten an Wally und Helga vorbeigestürmt wären und ihn verhaftet hätten. Schwarzbeck blickte sich um, sprang hinter einem Lieferwagen vom Gehweg und kreuzte die Straße.

Er war zwar erleichtert, dass er immer noch ein freier Mann war, aber er wusste, dass dieses gute Gefühl vielleicht wieder nur wenige Stunden anhalten würde. Später, wenn die Nacht hereinbrechen würde, würde ihm ein Schnaps wahrscheinlich Erleichterung verschaffen, aber spätestens am kommenden Morgen würde sie sicher wieder da sein: die Angst.

Schwarzbeck strich sich über seinen Schnurrbart. Er hatte schon seit Wochen nichts mehr von Adam Morgenstein aus Wien gehört. Hatten die Amerikaner Adam bereits kontaktiert? War er vielleicht schon auf dem Weg nach Übersee? Befand sich Adam vielleicht schon in New York?

Nein, wenn dem so wäre, hätte Adam sofort ein Telegramm geschickt. Er hätte gar keinen Text schreiben müssen, Schwarzbeck hätte die Nachricht anhand des Absendeortes verstanden.

Der Professor erreichte den Hauseingang und stöberte in seiner Hosentasche nach dem Schlüssel.

Was nützte es schon, sich zu fürchten? Verdammt, warum gab er sich so einem unnötigen Gefühl hin? Er stand nicht einmal im Entferntesten im Verdacht, irgendetwas mit dem Mord an Meyerling zu tun zu haben. Wenn ihn jemand verdächtigen würde, hätte ihn der schon längst zumindest befragt. Aber nicht einmal das war passiert.

Josef, dachte er sich, du hast einen notwendigen Mord an einem schlechten Menschen begangen, um einen besseren zu schützen.

Für einen Moment hielt Schwarzbeck inne. Eigentlich wusste er genau, dass es nicht einfach gute und schlechte Menschen gab. Das zu glauben, war naiv und lächerlich. Nichts war weiß oder schwarz, diese Welt war durch und durch grau.

Aber diese Angelegenheit? Vielleicht war diese Sache eine Ausnahme. Denn offensichtlich wollte eine höhere Macht ganz einfach nicht, dass Schwarzbeck für den Mord bestraft würde. Eigentlich war das ein erhebendes Gefühl, bemerkte Schwarzbeck und war mit einem Mal sehr zufrieden.

Bevor er den Schlüssel in das Schloss schob, sah er flüchtig über die Schulter nach hinten. Alles schien ruhig. Ein paar Autos waren, so wie immer, am Fahrbahnrand geparkt, ein Pärchen spazierte zielstrebig auf der anderen Straßenseite in Richtung Süden.

Als er die Tür aufdrückte, sah er noch einmal hinter sich – und runzelte die Stirn. Im Haus gegenüber entdeckte er im zweiten Stock ein Wohnungsfenster, hinter dessen Vorhang die Umrisse einer Gestalt zu erkennen waren.

»Was zum …«, murmelte Schwarzbeck und trat entrüstet einen Schritt nach vorn. Im selben Augenblick trat die Person am Fenster offenbar blitzschnell zur Seite und war nicht mehr zu sehen.

Jemand beobachtet dich!, verstand Schwarzbeck. Er wurde kreidebleich und biss sich auf die Unterlippe.

Wer war das? Die Polizei? Oder … die Gestapo?

Oder war das einfach nur ein neugieriger Nachbar?

Schwarzbeck brauchte einige Sekunden, bis er merkte, dass er wie angewurzelt stehen geblieben war.

Beweg' dich!, herrschte er sich innerlich an.

Bevor die Zielperson Professor Josef Schwarzbeck hektisch in ihr Wohnhaus in der Waagestraße Nummer 48 verschwunden war, hatte der Mann im grauen Anzug unbemerkt aus dem parkenden Wagen heraus fünf Schnappschüsse mit der *Contax II*-Kamera gemacht. Zwei Frontalaufnahmen mussten was geworden sein, dachte er, eine aus dem Profil war bestimmt auch brauchbar. Er würde die Fotos in nur einer halben Stunde selbst entwickeln, dann hätte er Gewissheit. Er steckte den Apparat vorsichtig in die Tragetasche auf dem Beifahrersitz, wartete geduldig ein paar Minuten ab und startete schließlich den Zweitaktmotor des *DKW*-Wagens.

Die Observation war perfekt gelaufen, dachte er sich mit der reglosen Miene eines Profis, während er in aller Ruhe losfuhr. Einzig eine Frage beschäftigte ihn nun: Warum hatte die Zielperson nur so schreckhaft das Haus auf der anderen Straßenseite angestarrt?

31. NUR ZUFALL

Ende August 1937

Die uniformierten Männer des Sturmkorps marschierten im Gleichschritt und mit starrem Blick über den Platz. Die Sohlen ihrer Schnürstiefel knallten dabei so rhythmisch auf die Steinplatten, dass sie zusammen einen ohrenbetäubenden Krach erzeugten, dessen Echo zwischen den Wänden der Universität nur so hin und her hallte.

»Billige Kopien.« Doktor Morgenstein blickte verstohlen durch den halbdurchsichtigen Vorhang auf den schmalen Platz hinab. Er merkte sofort, dass er seine Einschüchterung nicht besonders gut kaschiert hatte: Seine Stimme vibrierte.

»Was gibt es denn?«, fragte ihn seine 25 Jahre junge Kollegin neugierig, sprang von ihrem Stuhl auf und stellte sich wenige Zentimeter vor der hohen Fensterscheibe auf die Zehenspitzen.

»Nur das Sturmkorps, Viktoria«, antwortete Morgenstein bemüht abfällig und trat einen Schritt zur Seite, »sonst nichts.«

Die Männer, die zu ihren martialischen dunkelblauen Uniformen ebenso dunkelblaue Sturmkappen trugen, bogen nach und nach um die Ecke des Hauses und waren nach ein paar Augenblicken nur noch entfernt zu hören.

»Billige Kopien«, legte Morgenstein nach und nickte erleichtert.

Viktoria Baroq lächelte aufmunternd. »Ich bitte dich, Adam. Ziehe diese Burschen doch nicht ins Lächerliche.«

Morgenstein seufzte. Er schätzte seine junge Kollegin sehr. Sie war eine hervorragende Wissenschaftlerin und nach Lydia wohl die gescheiteste Frau, die Morgenstein in seinem Leben je kennengelernt hatte. Viktoria Baroq war darüber hinaus auch noch eine begnadete Musikerin und vor allem ein herzensguter Mensch. Aber die Begeisterung, die Viktoria für Schuschniggs Regime und die Vaterländische Front an den Tag legte, war einer Person solchen Intellekts nach Morgensteins Dafürhalten einfach nicht würdig.

»Meine liebe Viktoria«, protestierte er und ging langsam zu seinem eigenen Schreibtisch, auf dem zahlreiche Unterlagen gestapelt waren, »du weißt genau, dass die Uniformen unseres Sturmkorps denen der deutschen SS nachgeahmt sind. Die einen sind halt nur blau, nicht schwarz.«

»Ach, das ist Zufall.«

»Geh! Genau wie das Kruckenkreuz einfach dem deutschen Hakenkreuz ähnelt? Und warum rufen die Anhänger der Vaterländischen Front alle brav ›Front Heil!‹? Auch nur ein Zufall? Auch nur eine Ähnlichkeit?«

Sie trat nun ebenfalls vom Fenster weg und setzte sich wieder. »Du weißt selbst gut genug, dass unsere österreichische Vaterländische Front ein erbitterter Gegner des nationalsozialistischen Gedankenguts …«

»Ja, das bestreite ich doch gar nicht. Aber ich bitte dich, Viktoria: Ein Blinder kann erkennen, dass Schuschnigg und seine vaterländischen Kumpanen nicht besonders kreativ waren. Sie schreien andauernd, dass uns ein Abgrund von den bösen Nationalsozialisten trennt – und dann kopieren sie unverfroren die ganze Symbolik der Nazis. Das ist geradezu grotesk!«

»Adam, bitte.« Viktoria blätterte in einer wissenschaftlichen Zeitschrift, die vor ihr lag. Es war nicht irgendein Magazin, sondern eine berühmte Ausgabe der *Annalen der Physik* von 1905, die den Artikel *Zur Elektrodynamik bewegter Körper* beinhaltete. Der Artikel war vom damals 26 Jahre alten Albert Einstein verfasst worden, der in der gleichen Zeitschrift im gleichen Jahr noch zwei weitere bahnbrechende Aufsätze veröffentlicht hatte. Für alle drei Arbeiten wäre ihm wahrscheinlich jeweils ein Nobelpreis zugestanden.

»Es tut mir leid«, sagte Morgenstein sofort und nahm Platz.

Viktoria behandelte die kostbare Ausgabe wie ein Kleinod, das sie, wie sie selbst einmal halbernst bemerkt hatte, vor Faulheit bewahren sollte und als ständiger intellektueller Antrieb fungierte. Sie kannte so gut wie alle Texte der Zeitschrift in- und auswendig, dass sie darin stöberte, war eine reine Alibihandlung, wusste Morgenstein. Gleichzeitig wanderten die Fingerspitzen ihrer anderen Hand auf der Tischplatte auf und ab, ganz so, als würde sie Klavier spielen. Morgenstein verstand, dass Viktoria sich sehr unwohl fühlte.

»Es tut mir wirklich leid. Ich bin ein bisschen gereizt, befürchte ich.«

»Und warum?« Viktoria blies sich eine dunkle Haarsträhne aus dem Gesicht, das wie immer kein bisschen hergerichtet war. Morgenstein empfand das beinahe als Schande, zumal das Mädchen eigentlich sehr hübsch sein konnte. Aber es lag nicht in ihrer Natur, sich zu schminken, sich aufwendig zu frisieren oder anmutige Kleider einzukaufen. Morgenstein selbst war aber alles andere als ein Mann, der sehr auf Äußerlichkeiten achtete, daher konnte er ihr wohl kaum einen Vorwurf machen.

»Ich habe gestern von den neuen Maßnahmen gelesen«, erklärte er schnell, »die drüben in Deutschland erlassen worden sind.«

Viktoria sah auf. In ihrem Blick erkannte Morgenstein eine Mischung aus Mitleid und Langeweile. Er wusste, dass er ihr ab und zu auf die Nerven ging. Aber er empfand es als dringend notwendig, Viktoria all diese Dinge zu erzählen. Nur so würde sie irgendwann vielleicht verstehen, was er hinter ihrem Rücken getan hatte und jederzeit wieder tun würde. Ja, er war moralisch verpflichtet, sich zu rechtfertigen!

»Auf den Parkbänken steht dort ja jetzt schon überall ›Nur für Arier‹. Kannst du dir das vorstellen, Viktoria? Als ob wir Hunde wären. Und angenommen meine Frau wäre noch am Leben und hätte in Berlin ihren Buchladen, dann dürfte sie dort seit Neuestem nur noch Werke jüdischer Schriftsteller zum Verkauf anbieten. Und sie dürfte ausschließlich Juden als Kunden haben, sonst niemanden. Ist das zu fassen? Es ist nur eine Frage der Zeit, dann wird das alles bei uns in Wien auch kommen.«

»Ich verstehe deine Sorgen ja«, beteuerte Viktoria in versöhnlichem Ton und zog beiläufig ein kleines Buch aus ihrer Handtasche hervor. »Aber du siehst das vielleicht alles manchmal ein bisserl zu schwarz, glaubst du nicht?«

»Aber verstehst du nicht ...«

Morgenstein verstummte, als er den roten Einband des unscheinbaren Buches erkannte, das seine Kollegin in Händen hielt.

Das rote Buch!, rief er innerlich, bemühte sich aber, ruhig zu bleiben. Viktoria hatte es wochenlang nicht mehr mit in die Arbeit gebracht. Endlich war es wieder da! *Endlich*!

Unauffällig beobachtete Morgenstein seine Kollegin dabei, wie sie langsam durch die vollgeschriebenen Seiten blätterte.

Morgenstein tat auf einmal so, als würde er nach einer Akte suchen. »Da fällt mir etwas ganz anderes ein: Hast du eine Ahnung, wo ich meine Klausuren für das Seminar von Professor Holterbach gelassen habe?«

»Nein.« Baroq sah überrascht auf. »Die habe ich noch gar nicht gesehen. Ich dachte, die wolltest du erst kommende Woche erstellen.«

»Jetzt weiß ich's wieder«, rief Morgenstein und griff sich verlegen an den Bart. »Ich habe den ganzen Stoß gestern bei der Vervielfältigungsmaschine im Sekretariat von Professor Holterbach liegen lassen. So ein Malheur! Geh, bist du so lieb und holst mir die Klausuren?«

Er blickte seiner Kollegin angestrengt freundlich in die Augen.

»Im Sekretariat vom Professor in der Kannergasse?« Viktoria war sichtlich verwirrt. Morgenstein nickte. Das Institut von Holterbach lag zu Fuß gut zehn Minuten entfernt.

»Aber natürlich«, sagte sie und erhob sich, »gar kein Problem. Ich geh' gleich los.«

Als Viktoria Baroq gerade die große Flügeltür hinter sich geschlossen hatte, von der die weiße Farbe schon an allen Kanten in großen Stücken abblätterte, zögerte Morgenstein keinen Moment mehr.

Er hasste sich dafür, dass er es wieder tat. Aber er hatte keine Wahl. Wenn die Amerikaner sich endlich melden würden, musste er, so gut es ging, vorbereitet sein …

Herrgott, wann meldeten die sich endlich?

32. BÜROKRATIE

Vier Wochen später – 28. September 1937

Kriminalinspektor Hans Quint marschierte zügig hinter den Reihen Tausender Berliner voran, die neben Regenschirmen allesamt deutsche oder italienische Fähnchen in Händen hielten und gesittet hinter den Absperrungen die ganze Straße entlang auf jenen Konvoi warteten, der laut Plan in wenigen Minuten, vom Olympiastadion kommend, wieder in Berlin Mitte eintreffen würde. Quint erfüllte der Anblick mit Zufriedenheit. Die Organisation des Großereignisses funktionierte offenbar bestens, nicht einmal das schlechte Wetter brachte den Ablauf durcheinander. Auf dem Maifeld beim Olympiastadion hatten angeblich 600.000 Menschen der Kundgebung beigewohnt. Solche Massen genau nach Drehbuch zu lenken, war in seinen Augen nichts anderes als eine Meisterleistung.

Als Quint ein kleines Podium erreichte, von dem aus man das prunkvoll geschmückte und von Scheinwerfern angestrahlte Brandenburger Tor erkennen konnte, blickte er misstrauisch zum nächtlichen Himmel hinauf. Aus den dunklen Wolken sah man am Horizont nun auch noch regelmäßig Blitze zucken.

»Watt für 'n Scheiß«, hörte er einen dicklichen Mann seiner durchnässten Begleiterin zurufen. Beide standen hinter den Absperrungen und blickten auf die noch völlig leere Fahrbahn. »Jetzt wird's gleich so richtig losgehen mit dem Gewitter. Wollen wir besser nach Hause gehen?«

»Wir sind ja ooch nich' aus Zucker, wa?«, lachte eine Frau im tiefsten Berliner Dialekt.

Quint schloss wortlos den obersten Knopf seines Ledermantels, als er vor sich eine Gruppe von Männern in SS-Uniform entdeckte. Sofort hatte er die Person ausgemacht, wegen der er überhaupt hergekommen war.

»Herr Reitzle«, rief Quint halblaut, als er in Hörweite eines schlanken, hochgewachsenen Uniformierten gelangt war. Der jugendlich wirkende Mann im Rang eines SS-Untersturmführers drehte sich um und musterte Quint für einen Augenblick. Dann schien er sein Gegenüber erkannt zu haben und verschränkte demonstrativ seine Arme. Auf dem Ärmel seiner Uniformjacke war eine schwarze Raute gestickt, in der die Buchstaben »SD« prangten – die Abkürzung für Reinhard Heydrichs Sicherheitsdienst.

»Herr Kriminalinspektor«, stieß Reitzle mit einem charmanten Lächeln auf den Lippen hervor und nickte, »Sie sind ja noch hartnäckiger, als Ihr Ruf schon vermuten ließ.«

Quint blickte Reitzle regungslos in die Augen und hielt seine Hände hinter dem Rücken verschränkt.

Reitzle deutete diskret auf die um ihn herumstehenden SS-Leute. »Kommen Sie, wir können uns dort vorne unter den Baum stellen. Dann kriegen wir auch nicht so viel von dem Regen ab.«

Quint willigte wortlos ein.

»Wie haben Sie mich hier überhaupt gefunden?«, fragte Reitzle freundlich, als sie sich etwas abseits zwischen ein paar Laubbäumen positioniert hatten.

»Auch wenn wir für unterschiedliche Behörden arbeiten«, antwortete Quint und presste unauffällig die Finger seiner rechten Hand zu einer Faust zusammen, »sind die Gestapo und der SD immer noch auf derselben Seite.«

»Das steht außer Frage.« Reitzle lächelte und nickte.

Quint hatte Schwierigkeiten, das höfliche und manierliche Verhalten seines Gegenübers einzuordnen. Dessen leichter rheinischer Dialekt – Reitzle stammte aus Köln, wie Quint in Erfahrung gebracht hatte – ließ den SS-Mann zudem beinahe amikal erscheinen. Eigentlich hätte Quint erwartet, dass Reitzle sich sofort unkooperativ geben würde. Quint hatte fast drei Monate gebraucht, um die für Professor Josef Schwarzbeck zuständige Person im Amt II des SD ausfindig zu machen. Er hatte mit Dutzenden Leuten telefoniert, aber so gut wie jeder der Ansprechpartner hatte sofort darauf hingewiesen, für Professor Josef Schwarzbeck nicht zuständig zu sein. Manche hatten sogar barsch abgestritten, dass der SD überhaupt irgendetwas mit einer Einzelperson wie diesem Physiker zu schaffen haben könnte. Und das aus gutem Grund: Der SD übte sich im Inland hauptsächlich in der Ausforschung der gesellschaftlichen Gemütsverfassung. Die praktischen Ermittlungen und Überwachungen von Individuen übernahm eigentlich die Gestapo. Das hatte Heydrich selbst mit dem Funktionstrennungserlass bestimmt. Heydrich sah den SD bekanntermaßen als die Elite der Elite an. Er wollte vielleicht nicht, dass sich die schneidigen und intellektuellen SD-Leute im Amt II mit lästigen Details befassten. Dafür gab es ja die Gestapo.

Als Quint nach einigen Wochen schon kurz davor war zu resignieren, hatte er dann doch Glück gehabt: Er hatte einen entfernten Freund im Amt III des SD, das sich mit Auslandsfragen und Spionageabwehr befasste. Und dieser flüchtige Bekannte hatte einige Monate zuvor wiederum durch Zufall im Amt II mit einem SS-Untersturmführer in der Unterabteilung II-23 für Wirtschaftsfragen zu tun gehabt, der sich am Rande einer Besprechung über einen fähigen Wissenschaftler namens Schwarzbeck ausgelassen hatte. Und dieser SS-Untersturmführer war der ambitionierte Jurist Stefan Reitzle.

»Sie wissen, warum ich Sie suche?«, fragte Quint.

»Natürlich. Sie interessieren sich für einen gewissen Dozenten einer unserer großartigen Universitäten hier in Berlin.«

»Aus welchem Grund wird der Mann von Ihnen protegiert?«

»Ich bitte Sie, protegiert.« Reitzle sah an Quint vorbei zur Prachtstraße hinüber. »Das ist kaum die richtige Ausdrucksweise.«

»Irgendjemand hat festgelegt«, hakte Quint sofort nach, »dass der Mann nicht unter die Lupe genommen werden darf. Wer, Sie?«

Reitzle schüttelte den Kopf. »Sehen Sie, Herr Kriminalinspektor, Josef Schwarzbeck ist ein Mann mit Potenzial. Er ist möglicherweise von großer Bedeutung für das Dritte Reich. Aus diesem Grund hat der SD ein Auge auf ihn.«

»Das wusste ich alles vorher schon.«

»Na bestens!« Reitzle gab sich amüsiert.

Quint presste seine Lippen aufeinander und kniff seine Augen bedrohlich zusammen.

»Hören Sie mir zu.« Der SS-Untersturmführer sprach in einem mit einem Mal völlig dialektfreien Hochdeutsch und beugte sich ein Stück nach vorn. »Vor einigen Jahren hat irgendjemand bestimmt, dass der Mann eine Vorzugsbehandlung erfährt. Auf wessen Anweisung hin, kann ich Ihnen nicht sagen, weil ich es nicht weiß.«

Quint musterte skeptisch die Miene seines Gegenübers.

»Und im Übrigen kann es gut sein, dass Schwarzbeck immer noch nichts von seiner Vorzugsbehandlung weiß.«

Der Gestapo-Mann dachte nach. Donner grollte über ihnen, der Regen wurde stärker. Einige Schaulustige bei den Absperrungen hatten offenbar nun genug und eilten davon, vermutlich, um sich irgendwo unterzustellen.

»Mir ist bekannt«, stellte Quint nach einer Weile fest, »dass er eine Rüge erhalten hat, weil er mit einem Juden namens Adam Morgenstein zusammengearbeitet hat.«

Reitzle verschränkte wieder seine Arme. Seine Freundlichkeit war nun völlig verflogen. »Woher wissen Sie das?«

»Die Gestapo hat dazu einen Vermerk vorliegen«, antwortete Quint sofort, ohne dabei triumphal zu wirken. Über Schwarzbeck selbst existiert keine Akte bei der Gestapo, was sehr bemerkenswert war. Quint vermutete, dass der SD sie einkassiert hatte. Dennoch hatte Quint die letzten drei Monate vier Schreibkräfte dazu eingeteilt, das ganze Archiv der Gestapo nach dem Namen Schwarzbeck zu durchforsten. Mit Erfolg.

»Ein Durchschlag über den Verweis ist fälschlicherweise der Akte einer Person zugewiesen worden, die so ähnlich wie der Professor heißt. Ein simpler Ablagefehler irgendeines Archivars.«

»Das Breitschwert und zugleich die Achillesferse der Bürokratie ist ihr Archiv«, bemerkte Reitzle mürrisch.

»Es stimmt also? Er hat mit einem Juden zusammengearbeitet? Trotz eines ausdrücklichen Verbots? Und er genießt trotzdem immer noch das uneingeschränkte Vertrauen des SD?«

»Das war eine Lappalie. Dieser Jude ist ein Wissenschaftler im Ausland, in Wien. Meine Güte, der Professor war diesem Österreicher freundschaftlich verbunden. Aber wie auch immer, das ist Vergangenheit. Wir haben ihm damals klar gemacht, dass das nicht geht. Nicht in seiner Position.«

»Lassen Sie Schwarzbecks Post überprüfen?«

»Natürlich. Und bevor Sie sich aufspielen: Grämen Sie sich nicht, dass wir das nicht die Gestapo machen lassen, wie der Amtsweg es vielleicht vorschreiben würde. Wir haben da selbst ein paar fähige Leute. Jedenfalls: Schwarzbeck schickt keine Briefe nach Wien und kriegt auch keine von dort. Seit Jahren nicht mehr.«

»Er könnte Komplizen haben, über die er den Kontakt nach Wien aufrechthält.«

»Ach! Ich darf doch wohl bitten, Herr Kriminalinspektor! Und wenn schon.« Reitzle wirkte genervt. »Selbst wenn er immer noch mit diesem Wiener Physiker Kontakt hat – das wäre mir völlig egal.«

»Erklären Sie mir das.« Quint ballte seine rechte Faust noch stärker zusammen.

Reitzle sah sich kurz um. »Dieser Doktor Morgenstein scheint ein kluger Bursche zu sein. Wenn unser Schwarzbeck mit der Hilfe des Juden bessere Ergebnisse für das Reich liefert, warum soll uns das stören?«

Quint runzelte die Stirn und presste die rechte Faust an seinen Oberschenkel, sagte aber kein Wort.

SS-Untersturmführer Reitzle hatte also kein Problem damit, dass das Deutsche Reich von Juden profitierte. Und Reitzle war ein Mann des Sicherheitsdiensts des Reichsführers SS! Er gehörte zur sogenannten Elite! War Leuten wie Reitzle nicht klar, dass man eine klare Linie fahren musste? Hieß es nicht, dass der SD nur bestens ausgebildete, linientreue Nationalsozialisten engagierte?

»Gestatten Sie mir jetzt mal eine Frage, Quint. Warum interessieren Sie sich so sehr für Schwarzbeck? Soweit ich informiert bin, sind Sie im Moment ausschließlich mit einem Fall in Potsdam betraut, oder täusche ich mich?«

Quints Miene versteinerte sich, denn Reitzle hatte recht. Offenbar hatte der SS-Untersturmführer Erkundigungen über Quint eingeholt. Und er wollte, dass Quint das wusste.

»Ich entnehme Ihrem Schweigen, dass Sie Ihr Geheimnis behalten wollen?«, fragte Reitzle seelenruhig.

»Vielen Dank für das Gespräch, Herr Untersturmführer.« Quint drehte sich herum und ging sofort in Richtung Straße zurück.

»Sagen Sie«, rief Reitzle ihm halblaut hinterher, »was ist eigentlich mit Ihrer rechten Hand passiert? Ein Unfall?«

Quint blickte überrascht über seine Schulter zurück.

»Sieg Heil«, rief Reitzle mit eisiger Miene. Quint sah schnell wieder nach vorn und marschierte weiter.

»Da kommen die Italiener, glaub' ich!«, verkündete ein großer Mann in der Menge und zeigte nach Westen. Die Masse begann, laut zu jubeln. Einige Passanten waren auf die Laternenmasten nahe der Fahrbahn geklettert, um einen noch besseren Blick auf das Geschehen zu haben. Das starke Gewitter und der Regen schien sie gar nicht zu stören. Selbst die vielen Polizisten, die die Menge hinter der Absperrung halten sollten, wirkten begeistert.

»Guck«, rief eine junge Frau, »die Cabrios da sind mit offenem Dach unterwegs! Die werden ja klitschnass!«

»In Italien scheint's wohl nicht so oft zu regnen«, stieß ein Mann weiter hinten hervor, »die kennen das vielleicht gar nicht.« Um ihn herum begannen die Leute, laut zu lachen.

Quint blickte nicht einen Moment zur Kolonne der italienischen Delegation, die von den schweren deutschen Limousinen begleitet wurde.

Bestimmt würde ihn bald wieder Ludwig Meyerling anrufen und wissen wollen, ob Quint endlich Ergebnisse vorweisen konnte. Die Kriminalpolizei hatte die Suche nach dem Mörder von Heinrich Meyerling inoffiziell längst aufgegeben. Der alte Meyerling hatte sich aber keineswegs mit der These zufriedengegeben, dass sein Sohn mehr zufällig als geplant von einem Einbrecher ermordet worden war. Also setzte er Quint mehr und mehr unter Druck.

»Ich habe Ihnen von Anfang an gesagt«, hatte Ludwig Meyerling von einer Woche am Telefon gebrüllt, »dass ich mein vollstes Vertrauen in Sie setze, Herr Quint. Wenn Sie dieses missbrauchen, werden Sie die Konsequenzen zu spüren bekommen!«

Quint biss die Zähne zusammen. Als ob er um diesen Auftrag als Privatermittler jemals gebeten hatte!

Aber er musste auch zugeben: Die Sache ließ ihm einfach keine Ruhe. Was hatte dieser Schwarzbeck zu verbergen? Hatte er etwas mit dem Mord zu schaffen gehabt? War er der Mörder?

»Da ist der Duce! Da! Mussolini!«

Quint drehte nach links ab, weg von der johlenden Masse. Vielleicht sollte er seine Taktik ändern und sich nicht nur auf Professor Schwarzbeck konzentrieren. Es führte doch immer in dieselbe Sackgasse. Quint war die letzten Monate nicht der Versuchung erlegen, den Professor auf der TH oder bei dessen Wohnung in der Waagestraße aufzusuchen. Geschweige denn, dass er ihn zum Verhör ins Hauptquartier der Gestapo geladen hätte. Kommissar Schuller von der Kriminalpolizei hatte damals am Telefon unmissverständlich klar gemacht, dass Schwarzbeck »über jeden Vorwurf erhaben« wäre. Quint hatte gar keine andere Wahl gehabt, natürlich hatte er den Professor nicht behelligt. Quint hasste zwar diese Privilegien, aber deshalb hatte er noch lange kein Recht, klare Anweisungen zu ignorieren. Auch wenn er lediglich im inoffiziellen Auftrag von Ludwig Meyerling agierte: Quint musste sich strikt an die Regeln halten. Regeln mussten befolgt werden. Basta!

Und nun, da er SS-Untersturmführer Reitzle ausfindig gemacht hatte, hatte der ihm zwischen den Zeilen auch nur wieder eindeutig zu verstehen gegeben, dass Quint den Professor in Ruhe lassen sollte. Nein, an Schwarzbeck würde sich Quint die Zähne ausbeißen.

Er lockerte seine Faust und schüttelte die verkrampften Finger seiner rechten Hand so lange hin und her, bis der Schmerz wieder verschwunden war. Der Stumpf des verstümmelten Daumens war ganz weiß, erst nach und nach strömte das Blut wieder in ihn hinein. Ganz wie immer.

Vielleicht wäre es angebracht, dachte Quint, sich mit diesem Doktor Adam Morgenstein in Wien auseinanderzusetzen.

33. INTERESSANTE THESE

»Eine Meisterleistung. Propagandatechnisch gesehen. Unglaublich effektvoll inszeniert.« Catherine Fireburn hatte ihre Hände locker auf das Rednerpult gelegt und blickte konzentriert auf die Leinwand. »Gleich kommt die Totale, dann sehen Sie die ganze Masse. Das könnten fast eine Million Menschen sein. Und nochmal so viele auf den Zufahrtsstraßen.«

Tom und alle anderen im abgedunkelten Saal 1412 waren sichtlich beeindruckt. Niemand sprach ein Wort.

»Den Auftritt von Goebbels sparen wir uns, jetzt beginnt die Rede des Reichskanzlers«, erklärte Fireburn, als der Geräuschpegel aus den Lautsprechern größer wurde und das gleichförmige Rattern des Projektors übertönte.

Tom lief es kalt den Rücken hinab, als er die markerschütternde Stimme des Diktators hörte.

»Ich habe den Film an dieser Stelle kürzen lassen. Die Propaganda können wir weglassen. Die Quintessenz der Rede ist, dass der Führer Italien jetzt als Verbündeten an seiner Seite weiß. Er und der Duce verstehen sich prächtig, so die Botschaft. Und er teilt dem Rest der Welt mit: Mit Deutschland ist wieder zu rechnen.«

Auf der Leinwand erschien nun der italienische Diktator Benito Mussolini. Tom war überrascht, als der seine Rede auf Deutsch hielt.

»Der ganzen Welt«, rief der Duce mit italienischen Akzent ins Mikrofon, »die sich gespannt fragt, was das Ergebnis der Begegnung in Berlin sein wird: Krieg oder Frieden, können wir beide, der Führer und ich, mit lauter Stimme antworten: Friede!«

Fireburn gab einem Mann beim Projektor einen Wink. »Es folgt das ganze monumentale Trara. Ähnlich wie bei den Reichsparteitagen. Hier noch Aufnahmen vom Konzert des Militärs. Das Einzige, was die Inszenierung dieser neuen Freundschaft zwischen Rom und Berlin gestört hat, war das Gewitter, das über Berlin niedergegangen ist. Tja, das Wetter können die Nazis wohl nicht kontrollieren.«

Ein leises Gelächter entstand im Saal, zur sichtlichen Freude von Fireburn. Die grauhaarige Dame deutete genüsslich auf die Leinwand. »Hier, diese Aufnahmen sind von der Fahrt der Wagenkolonne zurück in das Regierungsviertel. Obwohl es geschüttet hat, sind viele Autos mit offenem Verdeck unterwegs gewesen. Der ganze Besuch Mussolinis in Deutschland, die Besichtigung der Rüstungswerke im Ruhrgebiet und von Schloss Sanssouci, die Einladung zu den Truppenübungen, jetzt die Massenhysterie zu seinen Ehren in Berlin, das ist nichts als Anbiederung. Die Nationalsozialisten wollten Mussolini umschmeicheln und ihn beeindrucken. Da durfte nichts schiefgehen, es war alles straff organisiert. Und deswegen hat sich wohl auch niemand von den Fahrern getraut, gegen die ausdrückliche Anweisung zu handeln und die Verdecke der Autos zu schließen.«

Wieder entstand zustimmendes Gelächter.

»Vielleicht wollte man aber einfach nicht«, warf Tom plötzlich laut ein, »dass sich die Berliner verprellt vorkommen.«

Fireburn runzelte ihre Stirn, kniff die Augen zusammen und schien in der Dunkelheit die Person zu suchen, die unaufgefordert etwas gesagt hatte. Tom spürte auch die Blicke der jungen Agenten rund um ihn herum in seinem Rücken.

»Erklären Sie das«, forderte Fireburn Tom scharf auf, als sie ihn entdeckt hatte.

»Also«, begann Tom und spürte, wie das Blut in sein Gesicht schoss, »ich würde mir zumindest ziemlich blöd vorkommen, wenn ich stundenlang im Regen gewartet hätte und mir dann ansehen darf, wie der italienische Duce im wohlig warmen Auto an mir vorbeirast. Da hätte der eine oder andere von den vielen Tausend Berlinern am Straßenrand vielleicht … nun … unschöne Kommentare gebrüllt.«

»Der wasserscheue Benito«, fügte Richard grinsend hinzu, der neben Tom saß.

Im Raum war es totenstill.

»Interessante These, Mister Wolf«, stellte Fireburn emotionslos fest.

»Ich meine«, rechtfertigte sich Tom nun mit hochrotem Gesicht, »Sie haben selbst gesagt, dass es den Nazis darum geht, Mussolini zu umschmeicheln. Wie hätte dieser temperamentvolle Italiener wohl darauf reagiert, wenn ihn irgendein deutscher Zuschauer beschimpft? Und Mussolini spricht gut Deutsch, er hätte das schon verstanden.«

Fireburns Augen funkelten. Tom war auf einmal überzeugt, dass er seine Argumente dringend besser erklären musste. »Da lasse ich als Organisator doch lieber den Führer und den Duce ein bisschen nass werden und hoffe darauf, dass das bei den Berlinern gut ankommt.«

»Danke für Ihre interessanten Ausführungen.« Fireburn blickte zu dem Mann beim Projektor. »Licht an!«, gellte sie laut, sodass Tom zusammenzuckte.

34. DER RICHTIGE

»Ich hab's!«, verkündete Tobias Hoffmann und lehnte sich nachdenklich in dem Ledersessel zurück. »Ich hab's gezeugt! Von Höll und Nacht wird diese Mißgeburt zur Welt gebracht!«

»Ist das schon wieder Shakespeare?«, fragte Colonel Francis Colpo und warf Hoffmann einen misstrauischen Blick zu. Der Colonel stand als Einziger. Bevor Hoffmann die Stille durchbrochen hatte, hatte Colpo minutenlang die mit dunklem Holz vertäfelten Wände des großen fensterlosen Büros angestarrt und nachgedacht.

»Ja«, antwortete Hoffmann und nahm die Brille von seiner großen Nase. »Es ist noch immer *Othello*. Es sind die Worte des Bösewichts.«

»Erster Akt, dritte Szene«, fügte Catherine Fireburn hinzu. Sie drehte langsam an einem großen Globus und hielt ihn an, als ihr Zeigefinger genau die Mitte Europas erreicht hatte.

»Ich war nie ein Literaturexperte«, zischte Colpo beiläufig und verschränkte die Arme. Er grübelte weiter.

»Und ich habe Sie auch wegen anderer Qualitäten zum Corps geholt«, fügte Nathaniel Evans hinzu. Der Chef des ICG nahm den letzten Schluck Wasser, erhob sich von dem breiten Sofa und knöpfte sein dunkelblaues Sakko zu. »Catherine, meine Herren: Es bleibt nur noch eine Frage, die wir beantworten müssen: Ist Wolf der Richtige?«

Hoffmann blickte zurückhaltend in die Runde und faltete seine Hände. Er war sehr müde, die Besprechung hier unten in den Räumlichkeiten von Catherine hatte schon einige Stunden gedauert.

»Ich denke, er ist genau der Richtige für diese Aufgabe«, antwortete Fireburn mit fester Stimme, trat hinter den gewaltigen Schreibtisch und setzte sich an ihren Arbeitsplatz. Als sie ihre beiden Hände selbstbewusst von sich gestreckt auf die große blankpolierte Platte legte, wirkte sie beinahe wie eine Königin bei einer Audienz, dachte Hoffmann.

»Colonel?«, fragte Nathaniel Evans ruhig, aber bestimmt.

»Der Junge ist, ehrlich gesagt, meine geringste Sorge«, antwortete Colpo ohne eine Regung auf seinem von Narben zerfurchtem Gesicht zu zeigen. Hoffmann räusperte sich laut, sagte aber kein Wort.

»Also sind Sie einverstanden mit der Wahl von Mister Wolf?«, hakte Evans nach.

»Ja«, antwortete Colpo sofort.

»Dann ist es beschlossen«, stellte Evans fest und nickte.

»Wie sieht eigentlich die Position des Weißen Hauses aus?«, fragte Colpo in Richtung von Evans, der schon zu der großen Flügeltür marschiert war.

»Es wird eine für uns sehr nützliche politische Richtungsänderung geben.«

Colpo wirkte misstrauisch. »Ganz offiziell?«

»Ja. Sobald der Präsident es bekannt gibt, werden wir das als Rückendeckung nutzen und mit unserer Operation loslegen.«

35. QUARANTÄNE

5. Oktober 1937

»Oh, sie hasst mich. Da bin ich mir ganz sicher.«

»Ach was …«, entgegnete Richard und schloss das Fenster zur Terrasse. »Ganz schön kalt da draußen … Sag mal, Tom: Oben auf meinem Balkon kann ich den Boden schon gar nicht mehr sehen vor lauter Blättern. Täusche ich mich, oder hast du hier bei dir etwa das ganze Laub zusammengeharkt? Und dann auch noch weggebracht?«

»Natürlich«, erwiderte Tom irritiert, als er mit zwei Flaschen Coke aus der Küche kam. Eine davon hielt er Richard hin. Der griff zu. »Du bist vielleicht ein pedantischer Deutscher. Cheers!«

Tom schüttelte den Kopf, nahm einen Schluck und lockerte seine Krawatte. »Wie dem auch sei. Ich bin überzeugt, dass die Frau mich am liebsten tot sehen würde.«

»Du übertreibst.«

»Ich hätte ihr letzte Woche nicht ins Wort fallen dürfen, als sie den Film von dem Mussolini-Besuch in Berlin gezeigt hat. Und heute unten in 1412 ... Wenn Blicke töten könnten, sag ich nur.«

»Ich gebe ja zu: Catherine Fireburn sollte man nicht einfach so unterbrechen, wenn sie in Fahrt ist. Mir hat jemand erzählt, dass sie das Aufbrausende von ihrem Vater hat.«

»Der war Folterknecht?«

Richard lehnte sich auf der Couch zurück und prustete. »Nein, nein. Ihr alter Herr war ein angesehener Arzt, angeblich einer der besten seiner Zeit. Soll sogar Präsident Wilson operiert haben, heißt es. Aber Doktor Fireburn war auch ein arroganter, selbstherrlicher Tyrann. Der gute Mann war mit seiner Familie mehrere Jahre lang auf einer Vortrags- und Forschungsreise in der ganzen Welt unterwegs. Gerüchteweise hat John Rockefeller den Trip gesponsert. Jedenfalls soll es sich dieser Doktor zu einem Sport gemacht haben, in jeder Stadt seine Hausbediensteten wie Sklaven zu behandeln. In Sankt Petersburg hat er angeblich sogar ein russisches Hausmädchen erst wegen einer Nichtigkeit halbtot geprügelt und anschließend geschwängert.«

Tom neigte seinen Kopf skeptisch zur Seite. »Woher hast du das denn?«

»Glaubst du, das Corps führt nur über niedere Chargen wie uns beide ausführliche Personalakten?«

»Und wie kommst du an die Akte von Fireburn?«

»Gar nicht, mir hat's nur jemand erzählt. Und der hat's auch von jemandem gehört.«

»Ich fasse es nicht«, lachte Tom und ließ sich auf einen Sessel fallen, »wie sehr sich ach so clevere Agenten auf Gerüchte verlassen!«

»Das sind keine Gerüchte, Tom! Ich weiß doch, wem ich trauen kann. Ich kann mich sogar noch an die Städte erinnern, in denen die Familie Fireburn auf der Reise Station gemacht hat: Erst ging's für zwei Monate nach Cambridge, dann nach Paris, dann gleich für ein ganzes Jahr nach Deutschland an die Universität Heidelberg, dort hat Catherine übrigens Deutsch gelernt, dann nach Bologna in Italien, schließlich wie erwähnt nach Sankt Petersburg, wo sich der unschöne Vorfall ereignet haben soll, anschließend … genau, nach Tokio …«

»Gut, gut«, beschwichtigte Tom und blickte auf seine Uhr. »Ich glaub's dir ja.« Er erhob sich wieder, ging auf das *Philco*-Radio zu, das auf einer kleinen Kommode stand, und schaltete es ein. »Die Sendung geht gleich los.«

»Sie hat's einfach im Blut«, bemerkte Richard, während im Radio eine Swingmelodie rauschte, »Widerspruch duldet die Lady einfach nicht.«

»Jaja«, wehrte Tom ab und drehte an einem Regler. Als er den richtigen Sender gefunden hatte, verschränkte er die Arme und lauschte, wie die Fanfaren der Nachrichtensendung gespielt wurden. Nach einem kurzen Knacken begann ein Sprecher unaufgeregt zu lesen: »Präsident Franklin D. Roosevelt hat heute eine neue Brücke am Lake Shore Drive in Chicago feierlich eröffnet. In seiner Rede hat sich der Präsident auch internationalen Themen gewidmet und seine Besorgnis über die sich verschlechternde allgemeine politische Lage in der Welt ausgedrückt. Er kritisierte die anhaltenden Aufrüstungsbestrebungen vieler Länder und skizzierte eine weltweite Epidemie der Rechtlosigkeit.«

»Na bitte«, stieß Richard hervor. Tom biss sich auf die Unterlippe.

»… der Präsident erläuterte weiter, dass eine Gemeinschaft eine epidemische Seuche nur eindämmen kann, wenn die Gemeinschaft eine Quarantäne über die von der Seuche befallenen Patienten verfügt.«

»Quarantäne«, wiederholte Richard. Tom nickte zustimmend und drehte lauter.

»Mister Roosevelt schloss seine Rede mit den Worten: ›Amerika hasst den Krieg. Amerika setzt seine Hoffnung auf Frieden. Amerika wird sich aktiv um Frieden bemühen.‹«

Es knackte ein paar Mal.

»Washington«, setzte der Sprecher fort. »Der Kongress hat heute den Zusatz …«

Tom drehte den Apparat ab und nahm Platz.

»Mit der Kiste wird Roosevelt viel Staub aufwirbeln«, stellte Richard nachdenklich fest. »Genau wie Fireburn heute angekündigt hat. Das ist ein Schuss vor den Bug der Deutschen, der Italiener und der Japsen, Tom. Die schicken ihm alle keine Blumen ins Weiße Haus.«

»Und unsere Presse wird sich auch auf ihn einschießen«, fügte Tom hinzu. »Die Blätter von Hearst und McCormick werden Roosevelt richtig einheizen.«

Richard nickte und trank seine Coke aus. Der Zeitungsbaron von Chicago galt genau wie der steinreiche William Randolph Hearst als mächtiger Verfechter des strikten Isolationismus.

»Das ist wohl eine echte Richtungsänderung«, murmelte Tom.

Richard erhob sich. »Danke für die Coke. Ich habe in zwei Stunden eine Verabredung mit einer süßen Rothaarigen. Die hat Beine, sage ich dir …«

»Viel Spaß.«

»Den habe ich immer!«, rief Richard, bevor er die Tür hinter sich in Schloss fallen ließ.

36. HS1

Tom gähnte, als sich die Türen des Aufzugs öffneten. Obwohl er sich auf dem Weg zur Arbeit extra zwei Donuts mit Schokoladenfüllung gekauft hatte, hatte er immer noch Hunger. Er würde wohl wieder Charlize darum bitten müssen, ihm den Mittagssnack früher als sonst zu bringen, dachte Tom. Ansonsten würde er die Stunden in Atlas-East mit Margarethe Rutherford-Klyneller, Heldemeyer und Ritters einfach nicht durchstehen.

Mit den Händen in den Hosentaschen betrat er genau wie jeden Morgen die laute Atlas-Hall – und blieb schon nach wenigen Schritten unter der großen Glaskuppel abrupt stehen: Jemand versperrte Tom den Weg.

»Guten Morgen«, sagte Tobias Hoffmann ruhig.

»Morgen«, erwiderte Tom zurückhaltend. Charlize, die ein paar Schritte hinter Hoffmann wartete, warf Tom ein gequältes Lächeln zu. Sie schien verwirrt.

»Entschuldigen Sie den, sagen wir, Überfall.« Hoffmann deutete in Richtung der Liftkabine. »Wir müssen uns dringend unterhalten.«

»Worum geht es?«, fragte Tom verwundert, während er kehrtmachte. Hoffmann folgte ihm, doch er schwieg.

»Hoffmann und Wolf?«, fragte die freundliche junge Frau hinter dem Geländer, als die zwei den glockenförmigen Saal der dritten Schleuse betraten, in der Tom nur wenige Minuten zuvor so wie jeden Morgen seinen kleinen Schlüssel in das radförmige Gebilde gesteckt hatte.

»Richtig«, bestätigte Hoffmann und nickte. Die Dame drückte einen Knopf auf einem Pult und setzte damit sofort das Steinrad in der Mitte des Raumes in Bewegung. Tom wich einen Schritt zurück, denn es drehte sich viel schneller als sonst.

»Das haben wir gleich«, bemerkte Hoffmann, als es ganz abrupt wieder zum Stehen gekommen war. Er trat vor und benutzte seinen eigenen Schlüssel aus Messing. Nur einen Augenblick später öffnete sich die Tür des zweiten Lifts vor ihnen.

»Nach Ihnen, Tom.«

Sie traten ein, und die Tür schloss sich rüttelnd hinter ihnen. Die Liftkabine war gleichsam der Zwilling des ersten Aufzuges, stellte Tom fest. Es gab nur einen einzigen kleinen Unterschied. »Um mit etwas Verspätung eine weitere Frage zu beantworten: Ja, wenn es ein Heckwaters S2 gibt, dann gibt es auch ein Heckwaters S1.«

Hoffmann drückte auf einen Knopf, auf den in goldenen Lettern ›S1‹ geschrieben war. Der Lift setzte sich in Bewegung, es ging hinauf. Tom hielt den Atem an.

Vor ihnen lag ein sehr breiter Raum, der völlig ungenutzt zu sein schien. Hie und da konnte Tom im fahlen Licht grobe Steinpfeiler ausmachen, sonst aber nichts. Der Saal machte keinen verfallenen oder schäbigen Eindruck, er war einfach nur leer.

»Wo sind wir hier?«, fragte Tom zurückhaltend, als er ein paar Schritte auf den dunklen Bodenfliesen gemacht und sich umgesehen hatte. Seine Stimme hallte.

»Wir sind hier direkt unter der Atlas-Hall«, erklärte Hoffmann im Gehen und zeigte mit der Hand an die niedrige Decke. »Dort oben steht in etwa Ihr Tisch. Da hinten ist mein Büro, und über diesem Pfeiler hier befindet sich die Atlas-Statue. Kommen Sie.«

Nach ein paar Momenten entdeckte Tom in einiger Entfernung vor ihnen einen Ausgang, durch den helleres Licht drang.

»Heckwaters S1 ist die Schaltzentrale des Corps«, führte Hoffmann weiter aus. »Ein paar alte Käuze nennen diesen Ort auch ›Nemesis‹, aber das ist nur ein obskurer Spitzname.«

Als sie durch den Durchgang traten, blieb Tom sofort stehen: Er fand sich in einer mindestens zwei Stockwerke hohen Röhre wieder, die 30 bis 40 Meter lang war. Auf beiden Seiten von halbgeschlossenen Toren begrenzt, wurde sie vom Schein großer Kronleuchter erleuchtet, die in luftiger Höhe unter der gewölbten Decke baumelten. Die Röhre war leer – nur unmittelbar links und rechts von Hoffmann und Tom befanden sich zwei enge gusseiserne Wendeltreppen.

»Ein Tunnel«, stellte Tom fest, ohne seine Verwunderung zu verbergen.

»Richtig«, sagte Hoffmann einsilbig und griff nach dem schwarzen Geländer neben sich. »Wir müssen nur noch diese Treppe hier hinauf …«

»Was ist dort drüben?«, fragte Tom, ohne sich vom Fleck zu rühren. Er deutete auf ein Portal direkt vor ihnen auf der anderen Seite der Röhre.

»Das … nun …« Hoffmann schien intensiv darüber nachzudenken, wie er die Frage beantworten sollte. Tom machte zwei Schritte auf den unregelmäßig gesetzten Pflastersteinen voraus.

»Über diesen Bereich werden Sie heute nichts erfahren«, stellte Hoffmann klar.

»Aha.« Tom betrachtete neugierig eine Tierskulptur aus Stein, die über dem Torbogen saß. Es war ein Greif, eine Mischung aus einem Löwen und einem Adler. Mit seiner Pranke stützte sich das Fabelwesen auf einen Schild, in den ein großes »C« eingemeißelt war. Wie ein Rahmen umgaben die weit ausgebreiteten Flügel des Tiers den ganzen Sims.

»Kommen Sie jetzt bitte, Tom.«

»So ein düsteres Tier würde ich mir ja nicht ins Wohnzimmer stellen.« Tom sah ein letztes Mal zum Greif und schickte sich an, Hoffmann zu folgen – doch unvermittelt taumelte er und stürzte beinahe.

»Passen Sie auf!« Hoffmann packte Tom rechtzeitig am Unterarm.

»Danke.« Tom blickte erschrocken zu seinen Füßen hinab. »Ich bin über irgendetwas gestolpert.«

Tom hob seine Augenbrauen: Seine rechte Schuhspitze war an einer Metallschiene hängen geblieben. Hektisch warf er seinen Kopf nach links und rechts. Erst jetzt bemerkte er, dass zwei solcher Rillen den gesamten Korridor entlang im Boden verliefen.

»Ist das etwa ein Eisenbahntunnel?«

»Wir verspäten uns.« Hoffmann ignorierte Toms Frage und deutete unmissverständlich auf die Wendeltreppe. Wortlos stiegen sie schließlich hinauf.

»Guten Morgen, Mister Wolf«, hörte Tom eine vertraute Stimme sagen, als er vorsichtig eine gläserne Tür öffnete und in einen niedrigen Raum trat, dessen Mauern aus dunkelroten Ziegelsteinen sich wie ein halbierter Zylinder über dem Boden wölbten.

»Bitte setzen Sie sich«, sagte Nathaniel Evans. Vor Tom befand sich ein äußerst langer dunkler Holztisch, um den einige Menschen dicht gedrängt saßen.

»Hier drüben«, flüsterte Hoffmann Tom im Vorbeigehen zu und deutete auf zwei freie Ledersessel. Als er schweigend Platz nahm, blickte Tom unauffällig links und rechts über seine Schulter. Er erkannte das von Narben übersäte Gesicht von Colonel Francis Colpo. Tom räusperte sich und legte seine Hände auf die Tischplatte. Als er bemerkte, wie schweißnass sie waren, zog er sie zurück und faltete sie über seinem Schoß. Was war das hier für eine Versammlung?

Evans begab sich an den Kopf des Tischs und setzte sich. »Vielen Dank, dass Sie so kurzfristig kommen konnten.«

Tom nickte. Als ob er eine Wahl gehabt hatte.

»Sie fragen sich sicher, was der Grund für diese Sitzung heute ist. Nun, Mister Wolf: Wir haben eine Aufgabe für Sie.«

Tom zuckte zusammen. Hatte er sich verhört?

»Agent Kentz, bitte«, sagte Evans freundlich und deutete in die Richtung eines Mannes, der direkt neben Colpo saß. Er war etwa Mitte 30, hatte schwarze, offenbar mit einer Menge Brillantine nach hinten gekämmte Haare, eine milchig weiße Haut und dunkle Augen.

»Mister Wolf«, begann Kentz, ohne Tom direkt in die Augen zu blicken, »wir werden Sie auf eine Reise nach Europa schicken.«

Für einen Moment glaubte Tom, dass sein Herz aussetzte. Schon eine Sekunde später kniff er die Augen konzentriert zusammen.

»Ich darf vorstellen«, fuhr Kentz ohne weitere Umschweife fort und schob Tom lässig eine geöffnete Mappe zu, »Professor Josef Schwarzbeck. Wir möchten, dass Sie dem Mann einen Besuch abstatten. Sehen Sie sich die Fotos an.«

Kentz sprach mit einem New Yorker Dialekt. Er verschluckte beinahe jedes r genauso, wie es die Mitglieder der »Upper Class« in Manhattan taten, um so ähnlich wie die vornehmen Londoner zu klingen. Kentz' Intonierung erinnerte Tom an jene von Präsident Roosevelt, ebenfalls einem New Yorker.

Tom beugte sich nach vorn. Vor ihm lagen mehrere Bilder eines groß gewachsenen Mannes mittleren Alters mit breitem Gesicht und einem äußerst markanten Schnauzbart. Er hielt eine Aktentasche in der Hand, wahrscheinlich war sie aus Leder, und trug einen recht auffälligen hellen Hut. Auf den meisten Fotos stand Professor Schwarzbeck vor einem Hauseingang und machte auf Tom einen eingeschüchterten oder sogar verwirrten Eindruck.

»Wir stehen mit dem Professor in Kontakt und würden ihm gerne dabei helfen, das Deutsche Reich zu verlassen.«

»Er will also emigrieren?«, fragte Tom und blickte vorsichtig zu Hoffmann hinüber. Doch der zeigte keine Regung.

»Korrekt«, antwortete Kentz und lehnte sich zurück. »Wir wollen den Professor dabei unterstützen, werden aber dabei äußerst diskret vorgehen, wir wollen die Deutschen nicht vor den Kopf stoßen. Deshalb …«

»Was meinen Sie damit?«, wollte Tom wissen.

Kentz schien über die Zwischenfrage nicht besonders erfreut zu sein. Seufzend beugte er sich wieder vor und sah Tom verächtlich in die Augen. »Ich werde Ihnen keine Nachhilfestunden in Diplomatie geben, Mister Wolf. Ist das …«

»Was Mister Kentz sagen will«, unterbrach ihn Nathaniel Evans, »wenn die Deutschen erfahren würden, was wir vorhaben, würden wir unter Umständen unnötige diplomatische Verwerfungen riskieren.«

Tom nickte verlegen. Er hatte jedoch nicht das Gefühl, die Sache ganz verstanden zu haben. Er senkte seinen Blick und betrachtete wieder die Fotos vor sich. Beinahe unbewusst bemerkte er, dass sie alle von einem Auto aus aufgenommen worden sein mussten: Tom erkannte auf mehreren Bildern deutlich den Rand eines runden Seitenspiegels.

Kentz seufzte. »Gut. Sie bekommen zwei Zugtickets der Reichsbahn für eine Fahrt Erster Klasse in die Schweiz. Sie werden Professor Schwarzbeck vorschlagen, ihn dorthin zu begleiten. Von Zürich aus werden wir dann seine Weiterreise in die Vereinigten Staaten arrangieren. Alles verstanden?«

Tom räusperte sich und blickte abwechselnd zwischen den vielen Gesichtern um ihn herum und den Fotos vor sich hin und her. Die plötzliche Stille war beklemmend.

»Ich denke …«, sagte Tom langsam, doch hielt dann für einen Moment inne: Er hatte ein paar Plätze neben Evans auch Catherine Fireburn entdeckt. Sie schien jede Regung auf Toms Gesicht mit höchster Aufmerksamkeit zu verfolgen.

»Vielleicht beschreibe ich Ihre Aufgabe in noch einfacheren Worten«, stieß Kentz genüsslich hervor. »Sie treffen die Zielperson und bringen sie an den Zielort. Ist das so schwer zu kapieren?«

»Und … warum soll gerade ich Ihnen helfen?«, fragte Tom.

»Präzisieren Sie das«, forderte Kentz angriffslustig. Seine kleinen schwarzen Augen wirkten auf einmal auf Tom wie zwei blitzende Punkte.

»Ich meine«, antwortete Tom und bemühte sich, das Zittern seiner Stimme unter Kontrolle zu behalten, »glauben Sie, dass ich in der Lage bin, das zu tun?«

»Sie begeben sich lediglich auf eine luxuriöse Reise«, bellte Colonel Colpo plötzlich, »und unternehmen anschließend mit einer zweiten Person eine weitere Reise auf fremde Kosten. Das sollten Sie schon schaffen.«

Tom presste seine Lippen aufeinander und schluckte. Wieder entstand eine unangenehme Stille. Tom registrierte, wie Kentz und ein paar andere Leute, die Tom nicht kannte, abfällig grinsten.

»Wir haben nicht viel Zeit, Mister Wolf«, warf Nathaniel Evans ein. »Werden Sie uns helfen?«

»Natürlich«, bestätigte Tom, bevor er richtig nachgedacht hatte. Er sah aus dem Augenwinkel, wie Hoffmann auf einmal unruhig in seinem Ledersessel hin und her rutschte.

Evans lächelte gütig. »Ausgezeichnet. Ich danke Ihnen.«

37. WIE IM ZIRKUS

»Der Deckname für Ihre Aufgabe lautet *Iagonum*«, erklärte Captain Rennenbergh.

»*Iagonum*?«, fragte Tom misstrauisch. Er hatte das Wort noch nie in seinem Leben gehört. »Was bedeutet das?«

»Es ist ein Kunstwort«, antwortete der gewaltige Rennenbergh und drehte sich zur Seite. Der Bär von einem Mann hatte Tom durch ein Ganglabyrinth in einen hellen Raum geführt, in dessen Mitte ein Tisch stand, auf dem unzählige Gegenstände fein säuberlich aufgereiht lagen. Rennenbergh schnappte sich mit seiner prankengleichen Hand ein kleines Buch. »Hier ist das Wichtigste gleich zu Beginn. Das ist Ihr neuer Pass, Mister Wolf.«

Tom griff zu und blätterte durch das Dokument. Es war ein gewöhnlicher amerikanischer Reisepass. Doch Tom erschrak beinahe, als er neben einem Foto, das ihn selbst zeigte, einen fremden Namen las.

»Theodor Wenters?«, fragte Tom.

Rennenbergh nickte. »Die Initialen sind mit jenen Ihres richtigen Namens identisch. Das ist Absicht. Sollten Sie eine Unterschrift leisten müssen und versehentlich reflexartig mit Ihrer richtigen beginnen, so ist das nicht weiter tragisch. Sie haben ein Freispiel für die Dauer des ersten Buchstaben. Verstehen Sie?«

»Ich denke schon. Aber warum ... ich meine, warum benötige ich überhaupt eine falsche Identität?«

»Es ist eine reine Vorsichtsmaßnahme. Machen Sie sich keine Sorgen, das Corps will nur alle erdenklichen Risiken für Sie minimieren.«

Tom runzelte misstrauisch die Stirn, während sein Gegenüber nach einer braunen Mappe griff. Er traute der höflichen und geradezu zuvorkommenden Art des Riesen nicht recht.

»Theodor Wenters reist dienstlich nach Berlin. Hier finden Sie Korrespondenzschreiben eines Stahlunternehmens aus Pittsburgh, das Sie angestellt hat, um in Deutschland geschäftliche Kontakte zu knüpfen. Wir gehen das gleich gesondert durch.«

»Okay. Aber wer ist Theodor Wenters überhaupt?«

»Er ist Amerikaner mit deutschen Wurzeln. Genau wie Sie, Mister Wolf. Sie werden keine Probleme haben, in diese Rolle zu schlüpfen.«

Tom verlagerte sein Gewicht von einem Bein auf das andere und blickte angestrengt zu den vielen Dingen, die sich auf dem Tisch befanden. Rennenbergh bemerkte Toms Unruhe, legte die Mappe beiseite und hielt die Hände beschwichtigend in die Höhe. »Glauben Sie mir, Mister Wolf: Ich habe auf Anordnung von Mister Hoffmann alles unternommen, damit für Sie alles so einfach und ungefährlich wie möglich sein wird. Können wir fortfahren?«

Tom atmete tief durch. »Natürlich.«

»Bestens. Wir haben natürlich auch eine neue Brieftasche für Sie zusammengestellt. Visitenkarten, Geld, Schecks ... Sie finden darin alles, was Sie brauchen. Wir machen Sie damit später vertraut. Ganz wichtig ist natürlich, dass Sie Ihre eigenen Sachen bitte vor der Abreise in Ihrem Apartment zurücklassen, zusammen mit allen anderen persönlichen Dingen.«

»In Ordnung.«

»Bei der Planung jeder noch so einfachen Mission müssen wir

natürlich auch für einen Zwischenfall gewappnet sein. Es könnte erforderlich sein, dass Sie die Reise abbrechen müssen.«

»Zum Beispiel in welchem Fall?«

»Das ist jetzt ganz nebensächlich. Wenn das ICG entscheidet, dass Ihre Reise abgebrochen werden muss, dann können Sie vielleicht zu diesem Zeitpunkt nicht auf herkömmlichem Weg kontaktiert werden. Genau deswegen haben wir ein Notfallsystem entwickelt.«

Rennenbergh nahm ein weiteres Papier, auf dem zwei mathematische Formeln abgedruckt waren. »Das hier sind einfache Algorithmen. Sie produzieren jeweils eine ganze Zahl. In beide Formeln sind lediglich zwei Variablen einzusetzen: Und zwar erstens der Tag des Monats und zweitens der Tag des Jobs.«

Tom runzelte die Stirn. Was?

»Ihre Reise, Mister Wolf, beginnt heute, am 6. Oktober. Befinden Sie sich am 12. Oktober in Berlin, so sind die Variablen, die Sie in die Formeln einsetzen müssen, am 12. Oktober erstens die Sieben für den siebten Tag Ihres Jobs, und die zwölf für den 12. Oktober. Rechnen Sie einfach.«

»Moment, Moment, diese Geschichte geht heute schon los?«

Rennenbergh nickte stumm und hielt Tom das Blatt Papier hin. Zögernd griff der danach und betrachtete die zunächst verwirrend anmutenden Gleichungen. Das konnte doch alles nicht wahr sein!

Mehrere Momente vergingen, bis er sich wieder gefangen hatte. Er musste sich jetzt auf diese Einweisung konzentrieren, sagte er sich. Für Panik war später noch Zeit.

Nach einer Weile verstand er, dass die Formeln gar nicht so komplex waren, wie es zunächst schien. Nach wenigen Augenblicken hatte Tom beinahe unbewusst die Ergebnisse parat.

»17 bei der ersten Formel, drei ist das Ergebnis der zweiten.«

»Korrekt und korrekt!« Rennenbergh war hörbar zufrieden. Er griff nach einer Zeitung, die auf dem Tisch lag. Es war der *Washington Herald*.

»Sehen Sie, Mister Wolf, hier haben wir, Moment, da ist es, Seite 17. Und hier, ist Spalte drei, wie Sie gesagt haben. Wenn Sie diese Spalte nun durchlesen und den Decknamen Ihrer Aufgabe finden würden, dann wäre das Ihr Zeichen, die Reise unverzüglich abzubrechen.«

»*Iagonum*«, stellte Tom fest und fuhr sich über die Stirn.

»Natürlich müssen Sie auf das Erscheinungsdatum der Zeitung achten. Es dauert meist ein paar Tage, bis Zeitungen aus Übersee in Europa eintreffen. Es wird Sie nicht wundern, dass dieser Abbruchmechanismus für längere Aufgaben als Ihre konzipiert worden ist. Ihre Reise dauert nur ein paar Tage, das Ganze ist also für Sie nur ein doppeltes Sicherheitsnetz. So wie bei den Artisten im Zirkus.«

»Das ist ja beruhigend.«

»Trotzdem, besorgen Sie sich wenn möglich täglich einen *Washington Herald* und führen Sie die Rechnungen durch. Das dient Ihrer eigenen Sicherheit.«

»Ist der *Washington Herald* überhaupt überall in Deutschland erhältlich?«

»Das ist ein berechtigter Einwand. Im Deutschen Reich sind ausländische Zeitungen zum Teil schwer zu bekommen, manche sind bereits verboten. Aber in diesem Moment trifft das noch nicht auf den *Herald* zu. Daher ist unser Konzept noch funktionstüchtig.«

»Und was mache ich eigentlich, wenn ich *Iagonum* tatsächlich in der Zeitung finde? Was muss ich dann tun?«

»Dafür erhalten Sie das hier. Wir nennen es unser Überlebenspaket.«

Rennenbergh überreichte Tom ein fein säuberlich zusammengelegtes dickes Kleidungsstück, auf dem ein Ledergürtel lag.

»Tasten Sie den Stoff ab«, erklärte Rennenbergh. Tom breitete das Bündel sorgfältig auf dem Tisch aus. Es entpuppte sich als ein modischer schwarzer Mantel.

»An manchen Stellen unter den Nähten sind nützliche Utensilien eingenäht. Man kann es kaum spüren, richtig?«

»Hier, da ist etwas. Was ist da drin?«

»Bargeld in verschiedenen Währungen, Landkarten … solche hilfreichen Dinge. Aber noch einmal: Auf Ihrer Reise ist das nur ein weiteres Sicherheitsnetz.«

»Genau wie im Zirkus, schon verstanden.«

38. ABREISE

Er steckte die schon ein wenig abgenutzte Brieftasche seines neuen Alter Egos in die Innentasche und knöpfte dann den Mantel zu. Er passte wie angegossen. Tom blickte konzentriert in den Spiegel vor sich. »Guten Tag«, sagte er auf Deutsch, »mein Name ist Theodor Wenters.«

Er betrachtete skeptisch seine Gesichtszüge. Er hatte einmal in einem Film gesehen, wie ein Polizist einem Mörder auf die Schliche gekommen war, weil der beim Lügen immer mit der linken Augenbraue gezuckt hatte. Würde sich Tom auch mit seiner Mimik verraten, schon wenn er sich nur mit seinem falschen Namen vorstellte?

Wie, um alles in der Welt, sollte das alles nur gut gehen? Warum hatten ihn Evans, Colpo, Fireburn und vor allem dieser Kentz für diese Sache ausgewählt? Die mussten doch allesamt wissen, dass Tom ein blutiger Anfänger war!

Er schlich mit hängenden Schultern durch das Vorzimmer und ging zurück ins Wohnzimmer. Auf dem Grammofon lief eine Platte von Benny Goodman, Tom hatte sie zur Beruhigung aufgelegt.

Wer war dieser Agent Kentz überhaupt? Tom hatte diesen aalglatten Kerl schon beim ersten Anblick nicht leiden können. Und wie herablassend er mit Tom umgegangen war …

Oder hatte Colonel Colpo recht? War diese Sache wirklich nichts anderes als eine luxuriöse Reise nach Europa, über die sich Tom einfach nur freuen sollte?

Tom ließ sich auf das Sofa fallen, während Mister Goodman auf seiner Klarinette zu einem Solo ansetzte. Herrgott, endlich würde Tom über den Atlantik reisen!

Es musste so sein, natürlich. Es würde alles ein Kinderspiel werden. Warum sonst sollten Nathaniel Evans und die anderen das Risiko eingehen, einen Grünschnabel wie Tom auf diese Reise zu schicken? Wahrscheinlich war dieser Job für einen gestandenen

Agenten viel zu einfach, als das man seine kostbare Zeit damit vergeuden wollte.

So musste es sein.

»Steigen Sie hinten ein«, sagte der wortkarge Mann im beigefarbenen Mantel, hielt Tom die Tür des dunkelblauen Ford auf und schnappte sich, ohne zu fragen, Toms Koffer. Tom gehorchte sofort.

»Guten Abend.« Tobias Hoffmann saß bereits auf der Rückbank und blickte konzentriert auf seine Taschenuhr. Wie aus einem Reflex heraus sah Tom ebenfalls auf seine eigene Uhr, während die Tür im Fonds hinter ihm zugeworfen wurde. Es war kurz vor Mitternacht.

Hoffmann lächelte. »Ich denke, es ist überflüssig, Sie zu fragen, ob Sie alles bei sich haben?«

Tom nickte. Er hatte bestimmt ein Dutzend Mal geprüft, ob er seinen falschen Reisepass und die Dokumente des Stahlunternehmens aus Pittsburgh eingepackt hatte, dazu seine Brieftasche, die extra für Theodor Wenters vom Corps zusammengestellte amerikanische Garderobe, Mister Wenters' Toilettenartikel, die vom Corps ebenso vorbereitete Reiselektüre – *Jamaica Inn*, ein Roman von Daphne du Maurier – sowie einige andere Kleinigkeiten. Und noch öfter hatte er kontrolliert, ob er, so wie von Captain Rennenbergh angewiesen, nichts bei sich trug, das seine wahre Identität verraten konnte. Nur seine Armbanduhr durfte Tom behalten, hatte Rennenbergh erklärt. Diese war weder graviert noch wies sie sonst ein besonderes Merkmal auf.

»Sehr gut«, zeigte sich Hoffmann zufrieden. Der Wagen rollte an.

Tom legte die Hände abwechselnd neben sich auf die Lederpolsterung des Sitzes, nur um sie wenige Augenblicke später wieder vor sich zu verschränken.

»Machen Sie sich keine unnötigen Sorgen, Tom. Wir haben alles bis ins Detail geplant. In Berlin werden Sie direkt am Bahnhof abgeholt und zu unserem Mann gebracht.«

»William Neeson«, fügte Tom sofort hinzu.

»Genau. Mister Neeson wird sich bestens um Sie kümmern, er ist ein, sagen wir, gutmütiger Mensch.«

»Gut zu wissen.« Tom atmete tief ein und blickte aus dem Seitenfenster.

»Nur keine Sorge, Tom, es wird alles gut gehen.«

»Ich werde mich wahrscheinlich erst beruhigen können, wenn ich Professor Schwarzbeck am Hauptbahnhof in Zürich an diesen Valentin Ziss übergeben habe.«

»Das ist nur verständlich.« Hoffmann richtete seine Brille und blickte ernst zu Boden.

»Ich meine«, fügte Tom schnell hinzu, weil er befürchtete, die falschen Worte gewählt zu haben, »ich kriege das schon hin. Sie können auf mich zählen. Es ist nicht so, dass ich mich der Sache nicht gewachsen fühle.«

Hoffmann schwieg beharrlich und blickte nun seinerseits aus dem Fenster.

»Mein Ziel ist es«, verkündete Tom mit fester Stimme, »diesen Mann bis zum 14. Oktober nach Zürich zu bringen. Diese Aufgabe werde ich erfüllen. Sie können auf mich zählen, Mister Hoffmann. Ich werde nicht scheitern, bestimmt nicht.«

»Daran zweifle ich nicht im Geringsten.«

Als der Ford in zweiter Reihe vor der Union Station hielt, sprang der Fahrer sofort aus dem Wagen und ging zum Kofferraum. Tom wollte seine Tür öffnen, doch da beugte sich Hoffmann nach vorn. »Hören Sie, Tom. Egal was Sie tun oder mit wem Sie sprechen: Sie müssen immer vorsichtig sein. Verstanden?«

»Ich bin immer vorsichtig.«

»Und das ist dringend notwendig. Es gibt ein schönes Zitat, das ich Ihnen ans Herz legen will: ›Bosheit zeigt nach und nach erst ihr Gesicht.‹ Vergessen Sie das niemals.«

Es dauerte einige Momente, bis Tom die Worte ganz erfasst hatte. Was wollte Hoffmann ihm damit sagen?

Hoffmann lehnte sich zurück und richtete etwas verlegen seine Krawatte. »Dann sehe ich Sie hier in einigen Tagen wieder.«

Er streckte seine Hand aus.
Tom griff zögerlich zu. »Bis in einigen Tagen.«

39. PLUNDER

»Ich weiß nicht, Adam …«

Immer wieder strich sich Paul Felderer über die Bartstoppel an seinem Hals und erzeugte damit ein lautes Kratzen. Langsam ging er die handgeschriebene Liste durch, indem er mit dem Bleistift die einzelnen Posten antippte und für mehrere Momente lange nachdachte. »Den Tisch, gut, die Sessel sowieso, aber da muss ich einen Sattler wegen dem Leder beauftragen, wenn ich mich erinnere. Und die Sessel sind in den letzten Jahren bestimmt nicht besser geworden, oder?«

»Was ist denn mit meinen Möbeln im Schlafzimmer?« Morgenstein legte seine Hände unzufrieden auf den Tresen und versuchte, die verschlungene Schrift Felderers zu entziffern. »Mein großer Kasten hat mal einige 100 Schillinge gekostet … oder waren's noch mehr?«

»Geh, Adam.« Felderer straffte die Weste über seinem kugelrunden Bauch. »Es ist mit doch wurscht, was der einmal gekostet hat. Jetzt ist er nix mehr wert. Den kann ich dir nur noch als Brennholz verkaufen.«

Morgenstein seufzte und blickte sich im Laden um. Um den Tresen herum war allerlei Plunder und Gerümpel gelagert wie alte

Bilderrahmen, hässliche ägyptische Statuen und Messinglampen. In den Schränken stapelten sich kleine Skulpturen, auf zwei abgewetzten Sofas bei der Eingangstür waren verstaubte Kronleuchter abgestellt. Und überall türmten sich Kitsch und Nippes.

»Das meiste von dem hier ist doch auch nicht viel besser«, beklagte sich Morgenstein resignierend.

»Schau, die Zeiten sind schlecht. Das weißt du. Meine Lager sind voll, die Leute kaufen nichts. Haben ja alle kein Geld. Und Angebot gibt's genug. Ich hatte diese Woche schon drei Delogierungen, und am Nachmittag sind's noch einmal zwei. Ich muss längst nicht alles ankaufen, was mir angeboten wird. Ich will dir ja helfen, aber ich muss auch an mich selbst denken.«

Morgenstein nickte unwillig. Felderer sagte wahrscheinlich die Wahrheit. Familien, die nach einer Delogierung aus ihrer Wohnung geworfen wurden und mit ihrem ganzen Hab und Gut auf Karren oder Wagen durch die Straßen zogen, gehörten mittlerweile genauso zum Wiener Straßenbild wie die Kruckenkreuze der Vaterländischen Front. So viele Leute konnten ihren Mietzins einfach nicht bezahlen, weil sie keine Arbeit mehr hatten.

Felderer blickte auf seine Taschenuhr. »Heute um 14 Uhr ist eine Delogierung beim Karmelitermarkt, hat mir die Polizei gesagt. Ich habe noch zehn Minuten. Also, was mach 'ma, Adam?«

»Die Sachen von Lydia hast du mir damals doch auch abgenommen«, stieß Morgenstein trotzig hervor.

»Ja eh! Bissel was von den Büchern konnte ich ja auch loswerden. Die Romane waren gute Ware, habe ich für ein paar Groschen jeweils verkauft, sage ich ehrlich. War ein gutes Geschäft. Die Regale sowieso, die waren auch ein Renner. Kriegt man ja auch selten, so schöne Gestelle. Aber ich habe in meinem Lager noch die zehn oder 20 Kisten mit diesen … diesem wissenschaftlichen Zeugs herumstehen. Die kann ich nur irgendwem schenken. Vielleicht meinem Neffen, der will ja auch unbedingt studieren.«

Morgenstein biss sich auf die Unterlippe. Es war eine Schande, dass er auch all die wertvollen Bücher an Felderer verkaufen hatte müssen. Lydia hatte eine ganze Abteilung für Fachliteratur der verschiedensten Wissenschaftsgebiete aufgebaut, von Medizin über Kunstgeschichte bis hin zu Physik. Lydias Buchladen war unter Professoren, Ärzten und Buchliebhabern lange Zeit ein Geheimtipp gewesen, denn sie hatte es geschafft, immer wieder Erstausgaben oder vergriffene Bände aufzutreiben.

Am Ende war der Laden in der Leopoldstadt nicht besonders gut gelaufen, die Einnahmen waren in der großen Krise eingebrochen. Schweren Herzens hatte Lydia Adam gefragt, ob sie nicht einen Kredit aufnehmen sollten – und er hatte eingewilligt. Es war die einzige Möglichkeit gewesen. Nur zwei Tage nach Lydias Begräbnis hatte die Bank den Kredit fällig gestellt. Schließlich hatte Adam Morgenstein keine Ahnung von der Führung eines Geschäfts, hatte das Institut argumentiert. Morgenstein hatte keinen Schilling mehr besessen. Ihren letzten Notgroschen hatte er für das Begräbnis von Lydia am Zentralfriedhof aufgebraucht.

Der Altwarenhändler Paul Felderer, dessen Geschäft direkt neben Lydias altem Buchladen lag, hatte Morgenstein damals das meiste abgenommen und sofort in bar gezahlt. Er hatte ihm sogar ein paar Möbel aus der Wohnung in der Operngasse abgekauft.

»Ein paar Romane sind aber auch noch da, wenn i mi net täusch'.« Felderer ging routiniert durch die engen Zwischenräume zwischen dem Plunder auf einen Schrank zu und öffnete eine Glastür. »Hier, die habe ich nicht verkaufen können, da ist der Buchrücken abgerissen.«

Er reichte Morgenstein ein vergilbtes Buch, das nach Staub und Moder roch.

»Winnetou«, las Morgenstein laut und konnte ein Lächeln nicht unterdrücken.

»Karl May geht ja eigentlich ganz gut, aber das ist einfach Müll, der Einband ist hinüber. Ich weiß nicht, warum ich es überhaupt noch habe…«

»Ich kaufe es dir ab.« Morgenstein schlug das Buch auf und strich über die vorderste Seite.

Felderer betrachtete überrascht sein Gegenüber. »Behalte dein Geld, Adam. Ist ein Geschenk. Sonst habe ich noch das Gefühl, ich raube dich aus.«

»Danke.« Morgenstein steckte das Buch in seine Manteltasche.

»Also ich sage dir was.« Felderer blickte wieder auf seine Taschenuhr. »Ich komme am Wochenende bei dir vorbei und schau mir die Möbel noch einmal an.«

»Geht es nicht früher?«

»Hast du es eilig?«

Morgenstein nickte. »Sehr, ja.«

»Na gut.« Felderer strich sich wieder über die Bartstoppel. »Wenn das so ist, was ist mit morgen früh?«

Als Morgenstein die Altwarenhandlung verließ, blickte er über die Schulter zu dem Geschäft, der früher Lydias Buchladen gewesen war. Jetzt stand das Lokal leer, die Scheiben waren mit Zeitungspapier zugeklebt worden.

Was war es für ein Aufwand gewesen, den Laden in die Gänge zu bekommen, erinnerte sich Morgenstein. Lydia hatte all ihr Herzblut in das Geschäft gesteckt. Er machte einen Schritt auf den Eingang zu und betrachtete die verzogene Tür. Morgenstein erinnerte sich, dass er sie vor Jahren eigenhändig lackiert hatte, obwohl er überhaupt kein handwerkliches Talent besaß. Abrupt blieb er stehen, denn an der Tür lehnte ein vielleicht 14 Jahre alter Bursche.

»Is' wos?«, fragte der Junge provokant. Er trug eine Sportmütze und drehte lässig eine Zigarette.

Morgenstein sagte nichts, machte auf dem Absatz kehrt und ging weiter.

Er musste das alles hinter sich lassen. Er tat genau das Richtige.

Dass Felderer ihm helfen würde, war großartig. Ein paar Schillinge würde der für die Möbel schon bezahlen – und Morgenstein brauchte jetzt dringend jede Münze. Jetzt, wo Mussolini und die Deutschen beste Freunde waren, würde es nicht mehr lange dauern, und Österreich würde sich verändern. Das war nach Morgensteins Dafürhalten nur noch eine Frage der Zeit, da konnten die Politiker in Wien erzählen, was sie wollten. Nein, es würde nicht mehr lange dauern, und die Amerikaner würden sich bei ihm melden. Ganz bestimmt. Ganz bestimmt …

40. ÜBERFAHRT

»Hey!«, schrie der Taxifahrer durch sein heruntergekurbeltes Fenster einem Geschäftsmann zu, der vor seiner Motorhaube mit ausgestrecktem Arm ein anderes gelbes Taxi herbeiwinken wollte. »Bist du blind? Steig' hier bei mir ein, Kumpel!«

Der Mann im grauen Nadelstreifanzug schüttelte den Kopf, schlug mit einer zusammengefalteten Zeitung auf die Motorhaube und rief: »Bei dir bestimmt nicht. Bist du besoffen, Freundchen?«

Tom beobachtete die beiden Kontrahenten amüsiert, als er mit seinem Koffer in der rechten Hand vor den Eingang der Pennsylvania Station trat.

»Frech werden auch noch?« Der Taxifahrer stieß mit hochrotem Schädel drohend seine Tür auf. Die laut geschriene Replik des Geschäftsmannes ging im Motorenlärm und dem Gehupe unter, als Tom inmitten der dichten Menschenmenge auf dem breiten Gehweg an der Seventh Avenue in Richtung Süden spazierte. Die Fahrbahn war nass, es hatte wohl geregnet, aber die ersten Sonnenstrahlen drangen in die tiefen Häuserschluchten zwischen den riesigen Wolkenkratzern.

Toms letzter Besuch in New York lag drei Jahre zurück. Sein Vater hatte beruflich hier zu tun gehabt und zusammen mit Gattin Maria und Sohn Tom ein paar Tage in Manhattan verbracht. Karl Wolf hatte Tom damals in einem Restaurant an der Fifth Avenue bei einem Glas Wein erzählt, wie er mit zwei Freunden auf einem Dampfer in die Neue Welt gereist war. Fünf Wochen hatten sie auf Ellis Island zugebracht, bis man sie endlich in das Land gelassen hatte.

»Das legendäre Manhattan lag direkt vor unserer Nase, Junge. Es war fast zum Greifen nahe! Wir haben die vielen Schiffe anlegen gesehen und natürlich die Fähren, die von Staten Island regelmäßig nach Manhattan geschippert sind. Es war fast eine Verhöhnung. Wir waren auf dieser kleinen Insel einfach eingepfercht. Ich hab's nicht ausgehalten, Thomas. In Wien habe ich von New York immer geträumt. Aber auf Ellis Island, was soll ich sagen, da habe ich Manhattan nur noch gehasst.« Nach einer Weile hatte Toms Vater gelacht. »Pass auf, Thomas, dass dir ja nicht dasselbe passiert. Die Stadt ist viel zu großartig, als dass es sich lohnen würde, sie zu hassen.«

Tom atmete tief ein. Was würden seine Eltern wohl dazu sagen, dass ihr Sohn in wenigen Stunden nach Europa reiste? Würde er ihnen das jemals erzählen dürfen?

»Die neue *New York Times*«, schrie ein Zeitungsjunge, »lesen Sie Neues aus der ganzen Welt!«

»Gib mir eine.« Tom suchte in seiner Hosentasche nach einem Quarter. Er reichte die Münze dem Jungen, der gab Tom wortlos ein Exemplar. Im Gehen überflog er die Artikel. Der Feldzug der Japaner in China wurde von den Vereinigten Staaten heftig verurteilt. Weiter unten las Tom, dass London und Paris dem italienischen Duce Mussolini 24 Stunden Zeit gaben, um auf die Forderung nach Rückzug der freiwilligen italienischen Truppen aus Spanien zu reagieren.

»Nur noch drei Tage«, schrie ein älterer Mann. Tom erschrak, blieb stehen und sah auf.

»Dann ist das Ende gekommen!« Der untersetzte Kerl blickte Tom tief in die Augen. »Keine Sorge, nicht das Ende der Welt, Sir. Dann endet die Registrierungsfrist für die kommenden Kommunalwahlen! Gehen Sie wählen, Ihre Stimme für Ihre Stadt! Ihre Stimme für Bürgermeister LaGuardia! Auch Sie, Madam. Kommt schon, Leute, lasst euch registrieren!«

Tom klemmte sich die Zeitung unter den Arm, schüttelte den Kopf und lief weiter.

Das *Chelsea Hotel* lag etwa zehn Straßen südlich von der Pennsylvania Station in der 23. Straße.

Während Tom an der Rezeption ein Gästeformular ausfüllte, spulte der Concierge ein Begrüßungsprogramm ab. »Wir sind stolz darauf, dass wir bereits so herausragende Künstler wie Tennessee Williams, Mark Twain oder Thomas Clayton Wolfe in unserem Haus begrüßen durften. Kennen Sie die Werke von Thomas C. Wolfe? Herausragend und modern, sage ich Ihnen, Sir. Haben Sie von dem Schriftsteller gehört?«

Tom setzte seinen Stift ab und sah auf. »Der Name sagt mir was.«

»Es lohnt sich, seine Werke zu lesen, Sir. Einen angenehmen Aufenthalt wünsche ich, Mister Wenters.«

Im kleinen, aber stilvoll eingerichteten Hotelzimmer stellte Tom sein Gepäck ab, warf die *New York Times* auf sein Bett und zog eine zweite Zeitung aus der Reisetasche. Noch in der Pennsylvania Station hatte er sich den druckfrischen *Washington Herald* besorgt. Sofort begann er im Kopf zu rechnen. »Zweiter Tag der Mission, 7. Oktober.«

Als er die Ergebnisse errechnet hatte, schlug er die neunte Seite der Zeitung auf und begann, das Wort *Iagonum* in der vierten Spalte zu suchen. Nach einer Weile lehnte er sich entspannt zurück. Nichts.

»*Iagonum*«, dachte er. Konnte man so ein merkwürdiges Wort überhaupt im Artikel einer Tageszeitung unterbringen?

Zur Sicherheit ging Tom abermals die errechnete Spalte durch. Danach überprüfte er die ganze Zeitungsseite. Doch das Wort *Iagonum* war nicht zu finden.

Gut so, sagte er in Gedanken zu sich, löste seine Manschettenknöpfe, steckte die Hände in die Hosentaschen und sah auf eine Uhr, die über dem Bett hing. Er musste nur noch drei Stunden totschlagen. Er würde sich im Bad wie im Plan vorgesehen, frisch machen, aber mehr hatte er hier nicht zu tun.

»Herrlicher Ausblick, was?«

»Und wie! Göttlich!«

Die beiden Damen lehnten sich fasziniert an die Reling. Die linke trug einen Hermelinmantel, die etwas untersetzte einen dunklen Nerz. Als plötzlich eine Bö über das Deck wehte, griff die erste flink nach ihrem modischen Hut, an dem eine lange Fasanenfeder angebracht war.

»Pass auf, Schätzchen!«, lachte ihre Freundin. »Wenn dir der ins Wasser fällt, lässt dein Mortimer den Kapitän ein Rettungsboot absetzen, damit die deutschen Matrosen das teure Ding wieder einsammeln.«

Die beiden begannen zu kichern.

»Das würde Morty sogar fertigbringen«, rief die erste und knotete ihren Schal fester.

»Wie lange brauchen wir eigentlich? Sind es vier oder fünf Tage?«

»Ich bin mir nicht sicher, Morty hat was von vier Nächten gebrabbelt, als sie die Koffer aus dem Wagen am Pier geladen haben. Hat Percy dir nichts gesagt?«

»Nein, der hat nur diesen Vertrag im Sinn, den er drüben unterschreiben will. Er hat den ganzen Vormittag nicht mit mir gesprochen. Du kennst ihn ja. Geschäft ist Geschäft.«

»Ach, so oder so wären wir mit dem Luftschiff viel schneller gewesen.«

»Und interessante Leute hat man da kennengelernt. Geschaukelt hat's auch weniger. In den Wolken war's wirklich eleganter. Es ist ein Jammer, dass die *Hindenburg* abgestürzt ist.«

»Oder ein Segen, sonst wären wir noch mit ihr verbrannt, Schätzchen.«

»Ach … Wie lange wird dieser Kahn denn nun bis Hamburg brauchen?«

»Es sind vier Tage und 20 Stunden«, warf Tom lächelnd ein, während er an der Reling gelehnt flüchtig auf seine silberne Uhr blickte. »Planmäßig, versteht sich. Das Schiff kann sich natürlich verspäten, je nach Wetterlage.«

Die Dame im hellen Mantel nickte ihm freundlich zu. »Danke, junger Mann, sehr aufmerksam.«

»Ach«, bemerkte die zweite, »die Deutschen verspäten sich doch nicht. Es heißt doch nicht umsonst, dass die so zuverlässig sind.«

Tom tippte mit einem Finger an seinem Hut. »Ich wünsche Ihnen eine angenehme Reise.«

Er spazierte bis zum Heck des Turbinenschiffs, wo sich schon einige andere Passagiere versammelt hatten, und stellte sich direkt neben einen Rettungsring, auf dem »TS Oldenburg« und »Norddeutscher Lloyd« geschrieben war.

»Perfekt, das wird ein großartiges Foto!«, rief ein Mann, der mit einer Kamera die an Steuerbord auftauchende Freiheitsstatue fotografierte. »Meredith, stelle dich doch da hin, dann habe ich dich mit drauf! Meine hübsche Lady mit *Lady Liberty*!«

Tom steckte die Hände in die Hosentaschen und blickte zurück zu den Hochhäusern von Manhattan.

Als er etwa eine halbe Stunde zuvor über die Gangway das Schiff betreten hatte, war er noch keineswegs beunruhigt gewesen. Mit so einem Schnelldampfer über den Atlantik zu fahren, war keine große Herausforderung, dachte er, es war vielmehr ein Privileg und ein riesiger Spaß: Ein Schwesternschiff der *Oldenburg*, die *TS Bremen,* hatte einige Jahre zuvor das Blaue Band für die schnellste Atlantiküberquerung erobert. Was hätte ihn also an dieser Reise an sich stören sollen?

Doch jetzt, wo er New York langsam verließ, befiel Tom auf einmal ein schlechtes Gefühl.

Als das Nebelhorn des Turbinenschiffs laut aufheulte, wohl als Abschiedsgruß, zuckte Tom zusammen und klammerte sich reflexartig an der Metallstange der Reling fest.

»Jetzt geht's nach Europa!« Die junge Frau namens Meredith strahlte ihren Mann an, der immer noch alles um sich herum fotografierte, und küsste ihn auf die Wange.

Tom stimmte ihr innerlich zu. Es ging nach Europa.

III.

41. EINS

Der Lehrter Bahnhof wurde oft als Schloss unter den Bahnhöfen bezeichnet. Tatsächlich hätte seine elegante Fassade wohl die eines Palastes der Renaissance sein können. Doch Tom hatte keine Augen für die architektonische Schönheit: Wie angewurzelt blieb er genau in der Mitte des belebten Bahnhofsvorplatzes stehen und blickte sich im Schutz eines Zeitungsstands konzentriert um, der den ständigen Strom von Reisenden in zwei Hälften teilte. Über die Köpfe der vielen Menschen hinweg sah Tom eine Straße, auf der zahlreiche Autos in gemächlichem Tempo rollten. Einige Modelle hatte Tom bisher noch nie in seinem Leben gesehen. Hinter einer Reihe von Bäumen auf der anderen Straßenseite entdeckte Tom schließlich die Spree, die in einem Bogen von links nach rechts floss.

»'tschuldigen Se.« Ein alter Mann mit einer karierten Sportmütze und einem Gehstock stieß nur ein paar Schritte neben Tom im Menschengetümmel unachtsam in eine junge Dame, die in einen dunkelgrünen Mantel gehüllt war.

»Passen Se doch uff!«, entgegnete die entnervt, machte einen Schritt zur Seite und hielt dem jungen Zeitungsverkäufer eine Münze hin. Ohne ein weiteres Wort griff sie nach einem Blatt und lief weiter.

Tom runzelte die Stirn: Er hatte kein einziges Wort richtig verstanden. Er wusste, dass der Berliner Dialekt seine Eigenheiten hatte, aber dass er sich so schwertun würde, hatte er nicht befürchtet.

Die viereinhalb Tage auf der *TS Oldenburg* hatte Tom immer wieder genutzt, um mit den deutschen Stewards und Matrosen Gespräche auf Deutsch über das Wetter oder sonstige Nichtigkeiten zu führen. Es hatte Tom das Gefühl gegeben, seine sprachlichen Fähigkeiten zu schärfen. Und es hatte gut geklappt, hatte Tom geglaubt. Als er knapp drei Stunden zuvor mit der *TS Oldenburg* im Hamburger Hafen eingelaufen war, hatte er sich nicht einmal selbst um ein Taxi zum Hamburger Hauptbahnhof kümmern müssen, denn die Angestellten des *Norddeutschen Lloyd* hatten das für Tom erledigt. Der Fahrer hatte ihn sogar direkt zum Bahngleis gebracht und auch seine Koffer in das Abteil des *Fliegenden Hamburger* getragen. Ein Trinkgeld hatte er wortlos abgelehnt. Tom war so völlig abgeschirmt gewesen. Wahrscheinlich verlangten die reichen Leute das, die für gewöhnlich in den Luxuskabinen der Dampfer zwischen den Kontinenten hin und her reisten. Doch Tom hatte Hamburg im Grunde genommen nur wie im Film wahrgenommen.

Die Fahrt mit der rasend schnellen Dieseleisenbahn, die die Strecke zwischen Hamburg und Berlin in etwas mehr als zwei Stunden geschafft hatte, war Tom nach der langen Schiffsreise über den Atlantik nur so kurz wie ein Wimpernschlag vorgekommen – und da er ein Abteil für sich alleine gehabt hatte, hatte er nur mit dem Schaffner ein paar Worte wechseln müssen. Erst hier in Berlin war Tom wirklich in Deutschland angekommen.

Keine Nervosität zeigen, ruhig durchatmen, mahnte er sich selbst. Er spürte, wie er unter seinem dunklen Mantel und dem grauen Anzug zu schwitzen begann, obwohl es relativ kalt war.

Was, wenn man ihn entlarven würde? Die Gestapo und ihre Spitzel waren überall in Deutschland, hieß es.

Quatsch!, fuhr er sich innerlich an. Wieso, um alles in der Welt, sollten sich die überhaupt für Tom interessieren? Schließlich war Tom doch gar kein echter Agent oder Spion, nicht wahr? Dies war doch nur eine völlig harmlose Reise!

Tom blickte sich nun etwas hektischer um. Planmäßig sollte ihn Mister Neeson hier abholen. Aber wo war der? Hatte er Tom verpasst? Tom hielt den Atem an. Was, wenn er überhaupt nicht abgeholt werden würde? Wie sollte er Neeson dann finden? War sein Job vielleicht sogar abgebrochen worden? Tom blickte schnell zurück zum Zeitungsstand: Ob er hier einen *Washington Herald* kaufen konnte?

»Mister Wenters!«

Tom sah ruckartig zur Seite. Ein großer, ziemlich kräftiger Mann um die 45 mit einem freundlichen Gesicht und einer schmalen Nase lächelte Tom an. Er hatte etwas längere braune Haare und trug unter einem offenen Regenmantel ein bequem aussehendes braunes Sakko, darunter einen Wollpullover.

»Ja?« Tom versuchte, seinen Körper zur Ruhe zu zwingen.

»Willkommen in Berlin, Herr Wenters!«, rief der Mann laut auf Englisch mit hörbar amerikanischem Akzent und schüttelte Toms Hand. »Ich bin William Neeson. Hatten Sie eine gute Reise?«

»Es freut mich sehr«, stellte Tom perplex auf Englisch fest und registrierte einige neugierige Blicke von Passanten um sie herum. »Danke, alles bestens, denke ich.«

»Mein Wagen steht da hinten, kommen Sie. Ich nehme Ihnen das hier ab.«

Neeson griff ohne Umschweife nach Toms Gepäck und ging schnurstracks auf die Straße zu. Tom zögerte nur einen Augenblick, aber folgte Neeson dann. Der hielt auf eine große schwarze Limousine zu. »Johann, die Sachen hier.«

Ein Mann im schwarzen Anzug und mit einer schwarzen Schildmütze öffnete den Kofferraum, übernahm von Neeson die Taschen und verstaute sie im Wagen.

»Steigen Sie ein, mein Freund.« Neeson hielt Tom die hintere Tür auf. Der stieg ein.

Als das Auto anfuhr, begutachtete Tom unauffällig das luxuriöse Interieur. Schwarzes Leder und dunkles Holz wechselten sich ab, überall blitzte Chrom. Es war ein Rolls Royce Phantom II, hatte Tom sofort erkannt, Baujahr 1934 oder 1935. Das Auto war nahezu unbezahlbar.

»Sie müssen die Dinger hier entschuldigen«, erklärte Neeson und deutete auf die grauen Vorhänge, die die Heck- und Seitenscheiben verdeckten. »Ich habe Anweisung, die immer zugezogen zu lassen. Erfordert angeblich mein Status. Hat man Ihnen überhaupt verraten, was ich hier in Berlin offiziell treibe?«

»Nein, Sir, nicht direkt.«

»Ich bin Handelsattaché. Im Dienst des amerikanischen Finanzministeriums. In Wirklichkeit beschränken sich meine Tätigkeiten natürlich nicht nur auf die Pflege von Handelsbeziehungen, wie Sie sich denken können.«

Neeson stieß Tom mit dem Ellenbogen jovial in die Seite. Tom zuckte kurz zusammen, lächelte dann aber.

Der Rolls Royce bog in eine Einfahrt ein, rollte langsam über weißen Kies und hielt direkt vor einer zweistöckigen Villa. Der Eingang wurde von vier Säulen flankiert, das steile Dach von großen Bäumen eingerahmt. Nasses Laub lag auf den Stufen der Treppe, die zur Eingangstür hinaufführte. Links und rechts schienen ähnlich herrschaftliche Anwesen anzugrenzen, denn Tom konnte durch die Bäume hindurch einige andere Dächer und kleine Türme ausmachen.

»Ist hier unten ein bisschen unwohnlich«, bemerkte Neeson, als sie eine beinahe leere Eingangshalle betraten. Im Haus war es spürbar kalt. Kein Mensch war weit und breit zu sehen. »Oben habe ich's hübscher, versprochen. Und wärmer.«

Er führte Tom eine Treppe hinauf und drückte, oben angekommen, neben einer vergitterten Glastür auf eine Klingel.

»Wo ist sie denn?« Neeson wirkte ungeduldig. Nach einer Weile wurde ein Schlüssel in einem Schloss umgedreht und die Tür geöffnet.

»Endlich!«, rief Neeson auf Deutsch.

Ein vielleicht 20 Jahre altes Mädchen stand vor ihnen, hielt die Klinke noch in der Hand und begutachtete Neeson und Tom. Sie trug eine weiß-schwarze Dienstbotenuniform und hatte eines dieser merkwürdigen weißen Dinger auf dem Kopf, für das Tom das deutsche Wort nicht einfiel. Das Mädchen nickte langsam und machte einen Knicks. »Guten Morgen, die Herren. Ick hab' wie jewünscht aufjedeckt, Herr Neeson. Janz hinten im Salong drinne.«

»Danke, Klara.« Neeson trat an ihr vorbei in den Flur. Tom starrte die junge Frau an, während sie einen Schritt zur Seite machte. Wie schon die Passanten beim Bahnhof verstand er auch sie kaum.

»Darf ick Ihnen ditt abnehmen?«, fragte das Mädchen und zeigte auf Toms Mantel.

»Jaja, natürlich«, antwortete Tom, nachdem er Klaras Geste richtig gedeutet hatte.

Jeder Schritt auf dem alten Parkett knarrte gewaltig. Tom knöpfte sein Jackett zu, denn er fror.

»Setzen Sie sich doch«, schlug Neeson freundlich vor, als Tom durch eine weiße Flügeltür in eine Art Bibliothek gelangte. Auf einem Tischchen zwischen drei Ledersesseln stand ein Porzellanservice, daneben lag eine Schachtel amerikanischer Zigaretten bei einem Aschenbecher. »Sie sterben sicher vor Hunger nach der Reise, was Mister Wenters? Haben Sie besondere Wünsche? Klara, bringen Sie den Imbiss. Für drei.«

Erst da entdeckte Tom eine weitere Person in einer Ecke hinter einem Fauteuil. Ein Mann mit einem ausdruckslosen und milchbleichen Gesicht, dessen Augen sich hinter einer großen Brille versteckten, kam langsam auf Tom zu. Er trug einen langweiligen, etwas abgetragen wirkenden grauen Anzug und hielt einen ebenso grauen Hut mit der linken Hand fest umklammert.

»Ich bin Stritters«, stellte sich der Herr leise vor, als Klara gegangen war.

»Angenehm«, antwortete Tom zurückhaltend.

»So«, sagte Neeson auf Englisch, »nehmen Sie doch beide bitte endlich Platz.« Tom und der Graue gehorchten, Tom stellte seine Taschen neben sich auf dem gemusterten Teppich ab.

»Also: Wie war Ihre Reise, Mister Wenters?«, fragte Neeson.

»Danke der Nachfrage. Sehr lang, aber sehr bequem.«

Neeson nahm sich eine Zigarette und zündete sie sich an. Der Graue zeigte keinerlei Regung. Er fühlte sich sichtlich unwohl.

»Ja, Mister Wenters, ich weiß, wovon Sie da sprechen! Ich mag Schiffe. Eine Reise mit einem Ozeanriesen, das ist wahrer Komfort. Wissen Sie, seit ich vor einiger Zeit vom Corps zum ständigen Vertreter für Berlin gemacht wurde, reise ich hier in Europa immer wieder mal mit dem Flugzeug. Aber so ein Metallvogel ist nichts verglichen mit einem schönen großen Boot. Finden Sie nicht auch?«

»Nun«, antwortete Tom angespannt, »ich hatte noch nie das Vergnügen zu fliegen.«

Der Amerikaner lachte auf und zog an der Zigarette. »Entsetzlich, es schwankt alles, und man befürchtet ständig abzustürzen.«

Tom blickte unauffällig zum Grauen, doch der schwieg beharrlich.

»Ein schönes Haus haben Sie«, stellte Tom fest und sah sich um.

»Danke, danke, sehr freundlich. Als Handelsattaché der amerikanischen Regierung ist so ein repräsentatives Anwesen in Grunewald natürlich notwendig. Samt Wagen und Personal. Sonst würde man ja auffallen, nicht wahr? Ich wohne hier allein, die Räume unten stehen schon seit Langem leer. Leider ist irgendwas mit der Heizung nicht in Ordnung, mit den Rohren, haben die Handwerker gesagt. Ach, was weiß ich. Entschuldigen Sie bitte diese Kälte. Klara hat Ihnen schon eine zusätzliche Decke in Ihr Zimmer gelegt.«

Der Graue räusperte sich sehr auffällig.

»Ah ja«, stieß Neeson hervor. »Mister Stritters, darf ich Sie bitten, Mister Wenters einzuweisen.«

»Danke.« Stritters beugte sich vor und blickte Tom in die Augen. »Ihnen wurden in Washington Fotos von Professor Schwarzbeck gezeigt. Sind Sie sicher, dass Sie den Mann wiedererkennen?«

»Sie haben die Fotos geschossen?«, fragte Tom.

»Ja. Werden Sie Schwarzbeck wiedererkennen?«

Tom bejahte.

»Gut. Hier drin befinden sich eine Straßenkarte und ein Zettel, auf dem die Adresse des Professors notiert ist.« Stritters hielt Tom einen Umschlag hin. Tom war überrascht, er hatte gar nicht bemerkt, dass Stritters ihn aus einer Tasche gezogen hatte. »Der Fahrer von Mister Neeson wird Sie heute Abend um 21 Uhr hinfahren. Ist nicht weit von hier, die Waagestraße liegt in Schöneberg. Hausnummer 48. Das Schild mit der Nummer hängt direkt über der Tür, ist nicht zu verfehlen. Alles Weitere sollte Ihnen bekannt sein. Alles klar?«

»Alles klar«, bestätigte Tom und griff nach dem gelben Kuvert. Stritters lehnte sich wieder zurück.

»Wunderbar!« Neeson zog genüsslich an der Zigarette.

Wie aufs Stichwort trat Klara durch die Flügeltür und servierte drei Silberplatten, die mit Käse, Schinken, Eiern, Speck, Brot und Früchten gefüllt waren.

»Meine Herren«, sagte Stritters auf Deutsch und erhob sich, »ich empfehle mich. Auf Wiedersehen, Herr Wenters. Herr Neeson.«

Tom stand ebenfalls auf, hielt Stritters aber nicht seine Hand hin, weil der Tom schon den Rücken zugekehrt hatte und sich anschickte, den Flur zu betreten.

»Kaffee?«, fragte Neeson auf Englisch.

»Ja bitte«, antwortete Tom, blickte aber Stritters hinterher. Der ging am Ende des Flurs nicht durch die Glastür, durch die Neeson und Tom eingetreten waren, sondern verschwand in einem kleinen Durchgang auf der linken Seite.

»Zucker und Milch?«, fragte Neeson, als Tom nachdenklich wieder Platz nahm.

»Schwarz bitte.«

Während Klara das Zimmer verließ und die Türen hinter sich geschlossen hatte, griff Neeson gierig nach einer Scheibe Brot, bestrich diese dick mit Butter und gabelte den Schinken auf. »Keine Angst, Stritters ist nicht verkehrt, nur ein wenig sonderbar. Machen Sie sich keine Sorgen. Ich habe vom Corps den Auftrag erhalten, Sie in jeder erdenklichen Weise zu unterstützen, Mister Wenters. Ich bin Ihnen für die Dauer Ihres Jobs sozusagen unterstellt. Ich kümmere mich schon um Stritters, konzentrieren Sie sich ruhig auf Ihre Angelegenheiten.«

Er lachte wieder laut auf und biss zu. Tom lächelte gequält, griff nun seinerseits nach einer Gabel und spießte zwei dicke Speckstücke auf. Erst jetzt bemerkte er, wie hungrig er war.

Neeson goss Tom Kaffee nach. »Eigentlich ist es schade, dass Sie Berlin schon morgen wieder verlassen müssen. Ich hätte Ihnen gerne die Stadt gezeigt. Der Herzog von Windsor und seine Wallis Simpson sind, glaube ich, immer noch in der Stadt. Hat einen riesigen Empfang gegeben, können Sie sich gar nicht vorstellen.«

Tom stimmte stumm zu und kaute dabei.

»In dieser Stadt geht's wirklich rund, Mister Wenters. Ständig passiert etwas. Erst die 700-Jahre-Berlin-Feier, dann die Luftschutzwoche, danach der Besuch von Mussolini, jetzt der ehemalige König von England ... Dieser Herzog ist schon eine Nummer, was? Dankt als König von England ab, weil er auf eine geschiedene Amerikanerin so abfährt. Zumindest hat der alte Knabe Geschmack, was die Weiber angeht!«

Tom nickte wieder, doch er blickte erneut in jene Richtung, in die Stritters verschwunden war.

42. AMATEUR

Es war stockdunkel, als Tom über den weißen Kies auf den schwarzen Rolls Royce zuging. Ein eisiger Wind blies um Toms Nase, und er bekam eine Gänsehaut.

»In ein bis zwei Stunden sind Sie bestimmt wieder hier, oder?«, fragte Neeson, während Johann Tom die Tür zum Fond öffnete.

»Ich denke schon.« Tom räusperte sich angespannt.

»Dann viel Glück und bis später!«

Johann legte einen Gang ein und gab gemächlich Gas. Tom lehnte sich ein Stück zur Seite, um am Kopf des Chauffeurs vorbei durch die Windschutzscheibe blicken zu können. Die Limousine rollte langsam die Einfahrt hinunter, bog in die Straße ein und beschleunigte.

»Herr Wenters«, sagte der Fahrer in perfektem Hochdeutsch und betrachtete dabei Tom im Rückspiegel, »wir werden etwas mehr als 15 Minuten brauchen, je nach Verkehrslage. Sie werden zu dem Treffen mit Ihrem Geschäftspartner nicht zu spät kommen.«

»Sehr gut.«

Als der Wagen mit dem rechten Rad in ein Schlagloch fuhr und kurz durchgeschüttelt wurde, verkrampfte Tom innerlich. Er fühlte, wie ihm die Luft wegblieb. Er griff sich hastig an seine Krawatte, überdachte seine Entscheidung aber blitzschnell wieder und lockerte den Knoten nicht. Er durfte nicht unprofessionell wirken, auf keinen Fall.

Tom starrte aus dem Seitenfenster und beobachtete konzentriert die vorbeifliegenden Bäume der Allee und die dahinter liegenden Villen. Er hätte sich auf der Stelle übergeben können.

Tom zog die Straßenkarte aus seiner Tasche hervor und ging im Kopf die Route durch.

»Waagestraße ist das Ziel, vorher Westkönigstraße, die quert die Raimundstraße ...«

Flüsternd wiederholte er die Namen der Straßen immer wieder und versuchte, sich das ganze Straßennetz mit geschlossenen Augen bildlich vorzustellen. Es klappte. Tom spürte nach einer Weile, wie sich sein Puls etwas beruhigte.

Der Rolls Royce bog auf einer größeren Kreuzung nach rechts und fuhr über eine von mehrstöckigen Wohnhäusern gesäumte Straße in ein dicht bebautes Stadtviertel. Tom registrierte wenig überrascht, dass so gut wie überall rote Hakenkreuzbanner hingen, an Fahnenmasten oder direkt an Hausfassaden.

Obwohl einige Autos und ein paar doppelstöckige Busse unterwegs waren, entdeckte Tom nur wenige Fußgänger. Das war kein Wunder: Bei der Kälte blieben wahrscheinlich auch die Berliner nachts lieber zu Hause.

»Wir sind in wenigen Augenblicken da.« Johann lenkte den Phantom II auf einen kleinen dunklen Parkplatz zwischen zwei Häusern. Der Chauffeur stellte den Motor ab und schickte sich an auszusteigen. »Ich werde hier auf Sie warten, wie es mir Herr Neeson aufgetragen hat.«

»Bleiben Sie sitzen, Johann, ich bekomme die Tür schon alleine auf.«

»Sehr wohl, Herr Wenters.«

Tom machte drei vorsichtige Schritte auf dem leicht abschüssigen Straßenpflaster. Langsam blickte er sich um. Die Bäume vor den dunklen Häusern bewegten sich leise im Wind, hie und da brummten ein paar Autos in der Ferne, ansonsten war es still.

Er musste nur die Raimundstraße hinuntergehen, vorbei am Buchtweg und der Wallberghöhe, dann über die Westkönigstraße bis zur Waagestraße. Hausnummer 48, Wohnung 5. Ganz einfach.

Tom atmete ruhig aus und vergrub seine Hände in den Manteltaschen. Dann ging er los.

Er passierte langsam ein zweistöckiges Haus, dessen Fensterläden geschlossen waren. Auch ein Holztor, über dem »Glasermeister Reinschel und Sohn« auf einem Schild geschrieben war, war versperrt.

Das ist also Berlin, dachte Tom und ging weiter.

Ansatzlos erinnerte er sich an die Worte von Tobias Hoffmann, die der einige Tage zuvor bei der Union Station in Washington an Tom gerichtet hatte: »Bosheit zeigt nach und nach erst ihr Gesicht.«

Tom glaubte auf einmal, Blicke in seinem Rücken zu spüren, ganz so, als ob sich hinter irgendeinem der verschlossenen Fenster ringsum irgendjemand verstecken würde, der ihn beobachtete. Instinktiv begann Tom zu laufen. Doch schon nach drei Schritten bremste er ab und blieb wieder stehen.

Sei verdammt noch mal vorsichtig!, herrschte er sich innerlich an. »Verhalte dich unauffällig!«

Tom marschierte nun im normalen Tempo weiter. Sein Gang war etwas eckig, bemerkte er selbst. Doch vor allem spürte er, wie der Schweiß seinen Oberkörper in Strömen hinabrann.

Tobias Hoffmann hatte ihn zur Vorsicht gemahnt. Also musste er sich verdammt noch mal dazu zwingen, auch vorsichtig zu sein.

Nur nicht auffallen, nur nicht auffallen …

Er blieb abrupt vor einem Schild stehen, auf dem »Westkönigstraße« geschrieben stand. Das war seine Abzweigung, hier musste er abbiegen. Tom wartete an der Kreuzung, bis zwei Autos an ihm vorbeigerauscht waren. Dann betrat er den Gehweg auf der linken Seite und wanderte an einer Litfaßsäule und einigen Straßenlaternen vorbei. Plötzlich trat nur wenige Meter vor ihm eine dunkle Gestalt aus einem Hauseingang. Sie hatte Tom den Rücken zugewandt und verbarg so das eigene Gesicht. Tom presste seine Kiefer aufeinander, aber er hielt nicht an.

Ganz ruhig, ganz ruhig, ganz ruhig, sagte sich Tom gebetsmühlenartig im Rhythmus seiner Schritte. Etwas klimperte, dann klickte es. Tom kniff die Augen zusammen, ging aber weiter. Als er die Gestalt passiert hatte, lauschte er angestrengt, ob er Schritte hinter sich hören konnte. Doch da war nichts.

Ruhig, ganz ruhig, sagte sich Tom wieder.

Er betrachtete angestrengt den Steinboden vor sich. Sein eigener Schatten wurde von dem Schein einer Laterne weit nach vorne geworfen. Tom beobachtete, ob neben seinem eigenen ein zweiter kleinerer Schatten auftauchen würde. Doch das geschah nicht. War der Kerl vielleicht direkt hinter ihm? Tom ging ein paar Zentimeter nach links. Immer noch entdeckte er keinen zweiten Schatten.

… ruhig, ganz ruhig, ganz ruhig …

Tom blickte mit weit aufgerissenen Augen soweit es ging, ohne den Kopf zu verdrehen, abwechselnd nach links und rechts. Nichts.

… ruhig …

Auf einmal hörte Tom in einiger Entfernung hinter sich ein weiteres leises Klicken, das ihn blitzartig zusammenzucken ließ. Nun sah er ruckartig über seine rechte Schulter: Die Gestalt stand nach wie vor im Hauseingang und war offenbar mit einem Gegenstand beschäftigt. Wieder klickte es.

Jetzt erkannte Tom, dass die Gestalt die Tür abgeschlossen hatte und gerade dabei war, den Schlüsselbund in der eigenen Tasche zu verstauen. Langsam entfernte sich der Mann humpelnd und etwas gebückt von dem Eingang und ging in jene Richtung, aus der Tom gekommen war.

Tom atmete leise aus und blickte wieder nach vorn.

Du bist ein verdammter Angsthase, dachte er sich.

Ein Lastwagen fuhr die Straße entlang und rollte an einigen geparkten Autos vorbei, als Tom in einiger Entfernung vor sich das Haus mit der Nummer 48 entdeckte. Das helle Gebäude war ein wenig höher als alle anderen dieses Straßenzuges. Nur vereinzelt drang Licht durch die Fenster nach außen.

War das verdächtig? Oder nicht? Tom knirschte mit den Zähnen. Was war überhaupt verdächtig? Und was war es nicht?

Und ein verdammter Amateur bist du noch dazu!, wollte Tom schreien.

Da entdeckte er neben sich eine kleine Lücke zwischen zwei Häusern. Tom dachte nicht nach, er sprang hinein.

In beinahe totaler Finsternis lehnte er sich mit dem Rücken an eine Mauer im Korridor und atmete tief durch. Nach einer ganzen Weile erst rutschte er langsam ein Stück zur Straße zurück und warf einen Blick zum Haus mit der Nummer 48.

Ein bisschen Misstrauen wird ja wohl erlaubt sein, dachte Tom. Ihm war die ganze Sache einfach nicht geheuer. Nachdenklich sah Tom über seine Schulter. Weit am Ende des dunklen Korridors erkannte Tom wieder etwas helleres Licht.

Versuchen wir's doch einfach hinten herum, sagte er sich und ging los.

Jeder seiner Schritte verursachte ein Plätschern unter seinen Sohlen. Er riss seine Augen so weit wie möglich auf und tastete sich mit der rechten Hand voran.

»Ah!«, zischte er erschrocken und blieb stehen. Er fühlte keine

Mauer mehr neben sich, sondern etwas Spitzes, das aber nachzugeben schien. Vorsichtig griff Tom auch mit der Linken nach dem Hindernis und verstand: Es war eine Hecke, die am Ende des Hauses gepflanzt war.

Er atmete erleichtert auf, als er sich weitertastete. Der Mond erhellte die Umgebung mit seinem fahlen Leuchten so sehr, dass Tom langsam wieder etwas erkennen konnte. Die Hecke war nur knapp einen Meter hoch, und hinter ihr befand sich der Garten des Hauses, an dessen Seitenwand Tom entlang geschlichen war.

Tom lehnte sich vorsichtig auf die Hecke und betrachtete die Rückseiten der wie Perlen an einer Kette aufgereihten Gebäude. Das größte von allen war leicht zu erkennen, das musste jenes mit der Hausnummer 48 sein, verstand er. Tom zögerte einen Moment, doch dann drückte er die Hecke etwas hinunter, sprang mit einem Satz hinüber und landete auf dem weichen Rasen. Sofort hockte er sich hin und lauschte.

Nichts.

Das kann tatsächlich klappen, dachte er sich aufgeregt.

Er krabbelte leise an einem Schuppen vorbei, huschte durch ein Blumenbeet hindurch und steuerte direkt auf einen niedrigen Holzzaun zu, der den Garten auf der anderen Seite abgrenzte. Geschickt schaffte Tom es mit einem Satz auf das nächste Grundstück und versteckte sich hier zwischen ein paar Büschen. Wieder horchte er, aber niemand schien ihn bemerkt zu haben.

Gebückt eilte er weiter voran. An irgendwelchem Gerümpel vorbei erreichte er das nächste Hindernis, einen Drahtzaun. Er kletterte hinüber, rannte über den glitschigen Boden und sprang gleich über die nächste Heckenreihe.

Es waren nur noch wenige Meter, glaubte er. Tom konnte bereits die Hintertür des Hauses Nummer 48 erkennen. Er musste noch eine kleine Steinmauer überwinden, hinter der ein paar Sträucher in die Höhe ragten. Tom gewann Zuversicht: Fast war er am Ziel.

Er beschleunigte sein Tempo. Als er zum Sprung über die Mauer ansetzen wollte, wurde er jedoch auf einmal festgehalten.

Er riss die Augen auf, ihm blieb kurz die Luft weg. Ein surrendes Geräusch entstand. Irgendetwas packte ihn am Oberkörper und riss ihn mit gewaltiger Kraft rücklings zu Boden. Als Tom instinktiv seine Hände schützend vor das Gesicht halten wollte, hielt er jedoch plötzlich etwas zwischen den Fingern. Da begriff er: Es war eine Wäscheleine, nichts weiter. Schnaufend raffte Tom sich wieder auf. Er war ganz einfach in der Dunkelheit in das Seil hineingerannt. Er blickte ein paar Mal in alle Richtungen, doch scheinbar hatte ihn niemand bei diesem Missgeschick beobachtet.

Tom ging in die Knie und hielt sich die schmerzende Brust. Dann schlich er gebückt unter dem vermeintlichen Gegner hindurch und stieg ganz vorsichtig über die allerletzte Barriere. Er hockte sich schließlich mit dem Rücken zur Wand des Hauses Nummer 48 auf den Boden und atmete tief durch.

Bis auf ein paar Schönheitsfehler hat das doch gut geklappt, dachte er nach einer Weile.

Vorsichtig sah er an der Fassade hinauf. Professor Schwarzbeck war nur noch ein paar Meter entfernt. Tom wusste, dass er von jetzt an selbstsicher, professionell und überzeugend auftreten musste. Jetzt durfte er sich keinen Ausrutscher mehr leisten.

Als er sich gesammelt hatte, stand Tom auf, klopfte Hose und Mantel ab und drückte dann die Klinke der Hintertür hinunter.

43. KLARE ANWEISUNGEN

Friedrich Hellwein war es gewöhnt, die Zeit totzuschlagen. Er hatte schon vor Wochen den Volksempfänger aus dem Wohnzimmer geholt und hier neben das Fenster im Schlafzimmer gestellt, direkt neben seinen Schaukelstuhl, in dem er so gut wie die ganze Zeit verbrachte. Er hatte noch nie in seinem Leben so viel Musik gehört wie im vergangenen halben Jahr, so viel war sicher.

Hellwein griff routiniert nach dem Lautstärkeregler und drehte die Musik leiser, auch wenn er unter anderen Umständen wohl genau das Gegenteil getan hätte: Gerade tönte eine herrlich flotte Swingmelodie aus dem Gerät. Der 25-jährige Berliner wusste natürlich, dass Negerjazz entartet und damit verboten war, aber er wusste auch, dass deutsche Musiker sehr wohl ungestraft den amerikanischen Swing imitieren durften. Goebbels und seine Leute duldeten das, das war allgemein bekannt. Hellweins Geschmack war so gesehen also nicht wirklich illegal.

Sicher, es gab auch Musik abseits des Jazz und des Swing. Und ja, Hellwein ging auch für sein Leben gern ins Lichtspielhaus, um sich Operettenverfilmungen anzusehen – er hatte seine Hilde das erste Mal geküsst, als *Leichte Kavallerie* gespielt worden war und die wunderbare Marika Rökk auf der Leinwand gerade zu einem Lied angesetzt hatte – aber es war nun einmal, wie es war: Der Swing einer Big Band, vielleicht sogar mit Louis Armstrong oder Duke Ellington, war allem anderen haushoch überlegen. Sollte es auch noch so unwahrscheinlich sein: Würden *Satchmo* oder der *Duke* irgendwann in naher Zukunft auf Tournee nach Berlin kommen, würde Hellwein jeden Preis für Eintrittskarten zahlen.

Angespannt erhob er sich, hielt das Fernglas vor die Augen und trat ganz an das Fenster heran. Es war kein Risiko, bei der Dunkelheit würde ihn sowieso kein Mensch sehen können. Hellwein nickte zuversichtlich, denn sein Verdacht erhärtete sich. Seine Hand lag schon auf dem Telefonhörer, doch einen Moment lang zögerte er.

Er müsste seine Meldung unbedingt knapp halten und nur das Wesentliche erwähnen. Wichtigtuer konnte doch niemand leiden. Und diese Chance durfte er nicht vermasseln. Hellwein war in der Schule nicht besonders gut gewesen. Mit 14 hatte ihm sein Vater daher eine Lehrstelle in einer Druckerei im Berliner Bezirk Friedrichshain verschafft, doch nach eineinhalb Jahren hatte Hellwein sich wegen einer Nichtigkeit mit einem Gesellen geprügelt und war hochkant hinausgeworfen worden. Als Hellweins Vater davon erfahren hatte, hätte der ihn beinahe zu Tode verdroschen.

Dass er es dann noch zur Polizei geschafft hatte, war einzig und allein dem Umstand zu verdanken gewesen, dass sein Onkel Klaus in seiner Funktion als Bezirkssekretär der Gewerkschaft ein paar Hebel in Bewegung hatte setzen können. Es war alles nur Glück gewesen. Noch dazu: Drei Monate nachdem Hellwein seinen Dienst in der Wache angetreten hatte, war Onkel Klaus von den braunen SA-Leuten heftig drangsaliert worden und als »Feind der Deutschen« beschimpft worden. Ein paar Wochen später hatte Klaus all seinen Einfluss verloren, weil seine Funktionen bei der Sozialdemokratischen Partei und der Gewerkschaft erloschen waren – die Nazis hatten beide Organisationen aufgelöst und verboten.

Hellwein wusste selbst, dass die Chance, jetzt seinen Fuß auch in die Kriminalpolizei zu bekommen, einfach einmalig war. Und die würde er nicht leichtfertig verspielen. Schon gar nicht, wenn vielleicht sogar die Möglichkeit bestand, es mit dieser Sache irgendwie in die Gestapo oder sogar den SD zu schaffen. Gut, letzteres war wahrscheinlich völlig ausgeschlossen – aber die Gestapo? Warum eigentlich nicht? Die Gestapo zahlte gut. Sie gewährte den eigenen Leuten sogar Kredite, um sich Möbel oder ein Auto zu kaufen. Warum sollte Hellwein nicht träumen dürfen? Und Mann, wie würde seine Hilde vor Stolz strahlen, wenn Hellwein es tatsächlich in ein oder zwei Jahren in den Sicherheitsdienst der SS schaffen würde?

Entschlossen hob Hellwein den Hörer ab und begann, die Nummer zu wählen. Als es das dritte Mal klingelte, strich er sich nervös über sein jugendliches Kinn.

»Ja?«, fragte jemand ungeduldig.

»Kommissar Schulze, hier ist Hellwein, Observation in der Waagestraße.«

»Was ist, Fritz?«

»Ich habe etwas Verdächtiges beobachtet.«

»Na dann mal raus mit der Sprache!«, rief Schulze genervt.

»Ein Mann«, berichtete Hellwein und lief hochrot im Gesicht an, »ist vor wenigen Minuten durch die Straße spaziert und hat sich äußerst auffällig verhalten.«

»Was soll das heißen? Was hat er gemacht?«

Hellwein konzentrierte sich. »Er ist in eine Seitengasse gesprungen und hat dann um die Ecke in Richtung Osten gespäht. Dann ist er wieder in der Seitengasse verschwunden. Nach ein paar Minuten ist im Treppenhaus gegenüber das Licht angegangen, und eben jetzt habe ich beobachtet, wie Schwarzbeck zu seiner Wohnungstür geht.«

Hellwein kniff die Augen zusammen. Den Namen des Professors hätte er am Telefon wahrscheinlich nicht erwähnen dürfen. Ein dummer Fehler. Am anderen Ende der Leitung war es totenstill.

»Sind Sie sicher«, fragte Kommissar Schulze nach einem Moment laut, »dass dieser Kerl den PJS besucht?«

Hellwein presste seine Stirn an die Fensterscheibe und blickte über die Straße zum gegenüberliegenden Haus. Er konnte wie immer spielend leicht in die Wohnung von PJS, also Professor Josef Schwarzbeck, blicken. Der Wissenschaftler pflegte die Vorhänge immer erst dann zuzuziehen, wenn er zu Bett ging. Entweder war sich der Mann nicht bewusst, dass man ihn beobachten konnte, oder es kümmerte ihn einfach nicht, vermutete Hellwein. Durch das linke der drei Fenster erkannte er, wie der Professor an seiner Wohnungstür stand.

»Sind Sie sicher, Fritz?«, rief Schulze.

Plötzlich machte Schwarzbeck auf dem Absatz kehrt. Hellwein riss seine Augen auf.

»PJS zieht in diesem Moment die Vorhänge zu«, meldete Hellwein zackig. »Ich kann jetzt nichts mehr sehen. Ich bin mir sicher,

Herr Kommissar, dass das Subjekt jetzt die Wohnung von PJS betritt.«

»Verstanden.« Schulze wirkte auf Hellwein reichlich unentschlossen.

»Ich schlage vor, sofort SS-Untersturmführer Reitzle anzurufen«, sagte Hellwein ungeduldig. Für solche Fälle waren die Anweisungen des Mannes vom SD klipp und klar gewesen. Stefan Reitzle hatte Hellwein und Schulze etwa zwei Wochen zuvor instruiert, ab sofort bei der geringsten Auffälligkeit Alarm zu schlagen.

»Das lassen Sie mal meine Sorge sein, Fritz!«

»Jawoll!«, rief Hellwein eingeschüchtert zurück.

»Beobachten Sie weiter«, befahl Schulze. »Ich melde mich.«

Die Leitung war tot, und Hellwein legte den Hörer zitternd auf. Er hoffte inständig, dass Kommissar Schulze nicht zu lange zögern würde. Mit diesem Untersturmführer Reitzle wollte es sich Hellwein auf keinen Fall verscherzen. Sollte er den Mann vom SD vielleicht selbst anrufen? Nein, das war ausgeschlossen. Damit würde Hellwein gegen den direkten Befehl von Kommissar Schulze handeln. Und der würde ihn dann wegen Nichteinhaltung der Befehlskette in Stücke reißen.

Verdammte Bürokratie, dachte Hellwein wütend.

Nervös blickte er wieder auf die andere Straßenseite, konnte aber nichts erkennen. Was spielte sich da hinter den Vorhängen ab?

44. GANZ UND GAR FALSCH

Schwarzbeck taumelte rückwärts bis ans andere Ende des Wohnzimmers, bis er in seinem Rücken die schweren Samtvorhänge spürte und sich daran festkrallte.

Er hatte sie so gut wie immer offen gelassen, seitdem er vermutet hatte, von einem Spitzel auf der anderen Straßenseite observiert zu werden. Schwarzbeck hatte die Entscheidung damals ganz spontan gefällt, wie so oft. Angriff war doch die beste Verteidigung, hieß es. Und wer sich zu Hause einigelte und versteckte, hatte doch offensichtlich etwas zu verbergen. Also tat er genau das Gegenteil.

Doch nun war alles ganz anders.

Der Professor fühlte sich in seinem dunkelroten Morgenmantel und seinen Pantoffeln völlig falsch gekleidet. Es war zwar eigentlich absurd, aber er hatte sich den Moment seiner Verhaftung deutlich würdevoller vorgestellt. Mit aufrechtem Blick würde er den Leuten entgegentreten, die ihn abholen würden, so hatte sich Schwarzbeck das finale Prozedere in Gedanken bestimmt 100e Male ausgemalt.

Seine Hände hatten zu zittern begonnen, als die Klingel geläutet hatte. Und als die unbekannte Stimme hinter der Tür wiederholt nachdrücklich nach Herrn Schwarzbeck verlangt hatte, hatte der Professor wie aus einem Instinkt heraus ohne Umschweife die Vorhänge geschlossen: Er hatte sofort geahnt, was los war. Nun war alles Selbstbewusstsein verflogen, nun wollte er nur noch sicherstellen, dass die Spitzel auf der anderen Straßenseite ihn in dieser schmachvollen Lage nicht mehr angaffen konnten. Den Triumph wollte er ihnen nicht gönnen.

Schwarzbeck hatte wortlos den Riegel zur Seite geschoben und die Tür aufschwingen lassen. Den Gesichtsausdruck des Mannes, dem er dann in die Augen geblickt hatte, hatte Schwarzbeck zunächst nicht einordnen können.

Der relativ große Mann, der feine Lederschuhe, einen ziemlich teuer wirkenden dunklen Mantel und einen schwarzen eleganten Hut trug, schloss achtsam die Tür hinter sich, kam langsam zu Schwarzbeck in den Salon und blieb schweigend genau unter dem Kristallluster stehen, ein paar Schritte neben dem Kamin, in dem das Feuer fröhlich prasselte. Sein Gesicht wirkte aus der Nähe äußerst jung, er hatte ein stark ausgeprägtes Kinn und markante Wangenknochen.

Warum, zum Teufel, war der Kerl allein? Tauchte die Gestapo nicht immer im Rudel auf? Und seit wann konnten sich die Gestapo-Leute solche Kleider leisten?

»Sie sind Professor Josef Schwarzbeck«, stellte der junge Mann angestrengt fest.

Schwarzbeck drehte perplex den Kopf ein Stück zur Seite. Täuschte er sich oder war dieser Mann selbst nervös?

»Das ist korrekt.« Schwarzbeck kniff die Augen leicht zusammen. Sein Gegenüber wirkte mit einem Mal sehr erleichtert. Was war hier los?

»Sagen Sie mal, Freundchen«, fauchte Schwarzbeck und machte mutig einen Schritt nach vorn, »wer, in Gottes Namen, sind Sie überhaupt?«

Tom erschrak. Bislang hatte ja alles ganz gut geklappt, aber diese plötzlich zur Schau gestellte offene Feindseligkeit des Professors brachte ihn ein wenig aus dem Konzept. Nach ein paar Augenblicken hatte Tom den Faden aber wieder gefunden.

»Sind Sie hier alleine?«, fragte er nachdrücklich. Bevor er seine eigene falsche Identität verraten würde, musste er ganz sicher gehen.

»Was geht Sie das an? Sie sehen nicht so aus, als hätten Sie eine Befugnis ...«

Der Professor stockte, als wäre er von seiner eigenen Chuzpe überrascht.

»Ich muss sicher sein, dass uns niemand sonst zuhören kann«, versuchte Tom, ihn zu beruhigen. »Die Angelegenheit erfordert das.«

»Ich lebe hier alleine. Das sollten Sie doch wissen, oder nicht? Wo ist überhaupt Ihre Dienstmarke?«

Irgendetwas lief hier ganz und gar falsch, merkten beide gleichzeitig.

»Ich bin hier«, stieß Tom schnell hervor, bevor wieder sein Gegenüber das Wort ergreifen konnte, »um Ihnen das hier zu überreichen.«

Tom griff in seine Innentasche. Schwarzbeck wich mit großen Augen zurück, doch Tom beruhigte ihn mit einer beschwichtigenden Geste und hielt ihm einen gefalteten Zettel hin.

»Nehmen Sie«, sagte Tom.

Schwarzbeck tat es zögerlich, entfaltete das Blatt und starrte es an.

»Wir haben Ihre Nachrichten erhalten, Herr Professor. Es wurde entschieden, Ihrem Wunsch auf ›Transfer‹ nach Übersee zu entsprechen.«

Schwarzbeck marschierte ansatzlos mit gesenktem Haupt zu seinem Schreibtisch und ließ sich in einen Ledersessel fallen. Tom hob sein Kinn ein Stück. Jetzt war der entscheidende Moment gekommen.

»Dieser Schein hier«, sagte Schwarzbeck langsam nach einer Weile, »das ist eine Fahrkarte Erster Klasse in die Schweiz, wenn ich das richtig sehe.«

Tom nickte lächelnd. Hatte der Mann es endlich begriffen? Doch der Professor zeigte noch keine Anzeichen von ihn überkommender Euphorie. Er betrachtete tief in Gedanken versunken das Dokument in seinen Händen, nur das Knistern des Kamins durchbrach die Stille. Tom zog nach einer Weile unruhig seine Augenbrauen zusammen. Warum brauchte der Kerl so lange, um sein Glück zu verstehen? Doch dann legte Schwarzbeck den Fahrschein vor sich auf einen Stoß Unterlagen, griff nach einer Schachtel Zigaretten und begann, den Kopf zu schütteln.

»Ich glaube, ich stehe im Wald«, sagte er leise mehr zu sich selbst als zu Tom. »Das ist doch ein Witz!«

»Ich fürchte, ich habe Sie nicht verstanden?«

Schwarzbeck sah Tom in die Augen. »Sie sind Amerikaner, habe ich recht?«

»Das tut nichts zur Sache«, antwortete Tom ohne sichtbare Regung.

»Natürlich sind Sie Amerikaner«, stellte Schwarzbeck geistesabwesend fest und ignorierte Toms Antwort, »die Gestapo hätte wohl kaum Zeit damit verschwendet anzuklopfen. Das hätte ich mir sofort denken können.«

»Die Gestapo?«, fragte Tom angespannt. Da blitzten Schwarzbecks Augen auf. Der Professor wandte sich Tom zu.

»Es tut mir ja schrecklich leid, mein junger Freund«, sagte er mit einem zynischen Unterton, »aber Ihre Leute haben da etwas gründlich durcheinanderbekommen. Arbeiten Sie hier in der amerikanischen Botschaft? Für Botschafter William Dodd?«

»Wovon reden Sie da?«

Schwarzbeck stand auf und hielt Tom das Zugticket hin. »Ich bin nicht der, nach dem Sie suchen.«

Tom wich mit dem Kopf ein paar Inches zurück. Ihm wurde auf einmal unerträglich heiß. »Nicht ... derjenige ...?«, fragte er stockend. Was? *Was?*

»Ich habe nie darum gebeten, in die Vereinigten Staaten emigrieren zu dürfen. War das jetzt klar genug?«

Tom fühlte, wie sich Schweißperlen auf seiner Stirn sammelten.

»Nein«, antwortete Tom und merkte nicht, wie lächerlich er klang, »Sie ... haben darum gebeten, in die Vereinigten Staaten ...«

Schwarzbeck schüttelte milde lächelnd seinen Kopf, steckte sich eine Zigarette an und sagte genüsslich: »Nein. Das habe ich überhaupt nicht. Nicht im Entferntesten.«

Der Professor blies eine blaue Dunstwolke aus der Nase. Tom kniff seine Augen zusammen.

»Erklären Sie es mir«, forderte Tom. Der alte Mann musterte Tom von oben bis unten.

»Bitte«, sagte Tom nach einer Weile und wirkte dabei ziemlich verloren.

Schwarzbeck nahm wieder Platz. »Also gut. Ich habe Botschafter Dodd ein Empfehlungsschreiben zukommen lassen. Ich bin lediglich ein Mittelsmann in dieser Angelegenheit. Mehr nicht.«

Tom schluckte, und Schwarzbeck nahm einen weiteren kräftigen Zug an seinem Glimmstängel. Tom fühlte sich wie in einem bösen Traum. Wie eine dritte Person betrachtete er sich selbst, wie er verloren vor dem Kamin stand und das Gefühl hatte, selbst zu verbrennen.

»Scheiße!«, rief Schwarzbeck außer sich und starrte an Tom vorbei die Wand an. »Wie, um alles in der Welt, kann man so etwas denn nur missverstehen? Was sind Ihre Leute denn für Dilettanten? Meine Worte waren, verdammt noch mal, sorgfältig gewählt, ich bin doch kein Erstklässler, der zum ersten Mal einen Aufsatz geschrieben hat, der jeglichen Zusammenhang vermissen lässt!«

»Ich …«, begann Tom, doch er wusste nicht, was er sagen sollte. Das konnte doch alles nicht wahr sein! Konnte sich das Corps geirrt haben? Wieso konnte bei Toms erster Aufgabe gleich alles so schiefgehen?

»Am besten, Sie verlassen jetzt meine Wohnung, junger Mann.«

»Warten Sie.« Tom war kurz davor, in Panik zu geraten. »Wenn Sie der Mittelsmann sind, wen haben Sie dann vertreten? Für wen haben Sie die Empfehlung abgegeben?«

»Gehen Sie jetzt«, wiederholte Schwarzbeck und stand demonstrativ auf.

»Hören Sie, wenn Sie ein Empfehlungsschreiben verfasst haben, das an Botschafter Dodd gerichtet ist, dann ist der, den Sie empfohlen haben, doch sicherlich die Person, die nach Amerika emigrieren will. Richtig?«

Schwarzbeck zögerte.

»Und wenn Sie ein Empfehlungsschreiben verfasst haben, dann werden Sie auch ein Interesse daran haben, dass diese Person, Ihr Hintermann, sozusagen, in dieser Angelegenheit erfolgreich ist.«

»Und wenn schon.«

»Meine Aufgabe, Herr Professor, ist eindeutig: Ich soll die Zielperson bis zum 14. Oktober in die Schweiz bringen. Dort wird die Weiterreise der Zielperson in die Vereinigten Staaten organisiert. Helfen Sie mir bitte. Wer ist Ihr Hintermann?«

Schwarzbeck nahm wieder Platz. Schweigend griff er nach einer ganzen Weile in die unterste Schublade seines Schreibtischs und zog bedächtig etwas heraus.

Toms Nerven waren zum Bersten angespannt. Er erinnerte sich plötzlich daran, wie er Tobias Hoffmann im Taxi vor der Union Station in Washington vor einer gefühlten Ewigkeit versprochen hatte, ihn nicht zu enttäuschen.

»Meine Aufgabe ist es«, hatte Tom gesagt, »diesen Mann bis zum 14. Oktober nach Zürich zu bringen. Diese Aufgabe werde ich erfüllen. Sie können auf mich zählen, Mister Hoffmann. Ich werde nicht scheitern, bestimmt nicht.«

»Daran zweifle ich nicht im Geringsten«, hatte Hoffmann wie selbstverständlich geantwortet.

»Sie hätten mich wohl kaum aufgesucht«, stellte Schwarzbeck fest und riss Tom aus seinen Gedanken, »wenn Ihre Leute nicht von der Existenz meines Schreibens gewusst hätten. Und weil das der Fall ist, kennen Ihre Freunde ohnehin bereits die Identität meines geschätzten Kollegen, um den sich hier alles dreht. Es ist also kein Geheimnis, das ich vor Ihnen bewahren muss. Sein Name ist Adam Morgenstein.«

Tom prägte sich den Namen gut ein.

»Sie haben recht«, fügte Schwarzbeck unaufgeregt hinzu, »ich will, dass Adam es nach Amerika schafft. Also setzen Sie verdammt noch mal alles daran, dass das klappt.«

»Wo finde ich ihn?«, fragte Tom und gewann ein wenig Zuversicht.

»Hier.« Schwarzbeck reichte Tom ein Blatt Papier, das halb in einem Umschlag steckte. Der Brief war an eine gewisse Helga Fassmann gerichtet, in der Kampstraße 15, Tür 17, in Berlin.

»Bevor Sie mir eine dumme Frage stellen: In der Kampstraße finden Sie Adam nicht. Die Korrespondenz zwischen ihm und mir läuft seit einiger Zeit nicht mehr direkt zwischen uns ab. Ich lasse meine Briefe über meine Sekretärin Helga abschicken, und zwar an die Hausmeisterin von Adam. Und umgekehrt geht's genauso. Wir machen das aus Sicherheitsgründen.«

Tom nickte, obwohl er nicht ganz verstand. Auf der Rückseite des Kuverts war der Absender vermerkt: Anita Ramatzky, Operngasse 40, in Wien.

»Wien?«, flüsterte Tom und fühlte, wie seine Knie zu zittern begannen.

»Korrekt, genau dort.« Schwarzbeck drückte seine Zigarette in einem Aschenbecher aus. »Ist das etwa ein Problem?«

45. ZWEIGE

»Ah, Herr Wenters! Sie sind schon zurück? Ich …«

»Kommen Sie mit«, unterbrach Tom Neeson forsch und gab ihm unmissverständlich zu verstehen, ihm in den Salon zu folgen.

»Aber was ist denn los? Was ist …?« Neeson schloss die Glastür und taumelte überrascht und verwirrt Tom hinterher. »Was ist um Himmels willen passiert?«

Tom schüttelte seinen Kopf. »Schwarzbeck ist nicht die Zielperson.«

»Was?« Neeson machte einen erstaunten Gesichtsausdruck.

»Professor Josef Schwarzbeck ist nicht die Zielperson. Die Zielperson befindet sich nicht in Berlin, sondern in Wien.«

»Woher … wie und wieso …?«

»Mister Neeson, Sie haben mir gesagt, dass Sie mich in jeder erdenklichen Weise unterstützen müssen, nicht wahr?«

»Ja, das ist soweit korrekt.«

»Und Sie sind mir unterstellt bei dieser Aufgabe, richtig?«

»Ja, natürlich.«

»Das waren Ihre Worte, habe ich recht?«

»Ja, natürlich, natürlich, das waren meine …«

Tom atmete tief durch »Gut. Jetzt müssen Sie mich unterstützen. Ich muss so schnell wie möglich nach Wien, und Sie werden mir dabei helfen. Ich darf keine Zeit verlieren.«

Neeson schien mit der Situation überfordert zu sein. »Puh, nach Wien? In Österreich?«

»Ich habe mich vielleicht nicht klar genug ausgedrückt: Es muss schnell gehen! Verdammt schnell! Verstehen Sie? Wie komme ich dort hin?«

Neeson fasste sich mit einer Hand an sein Kinn und tippte mit seinem Zeigefinger auf seine Unterlippe. Tom wurde ungeduldig.

»Also mit dem Zug, vielleicht dem Nachtzug, das wäre eine Option«, holte Neeson nachdenklich aus. »Oder natürlich gleich mit dem Auto. Es gibt von Tempelhof auch einen Linienflug mit der *Lufthansa* nach Wien, denke ich. Oder ist der eingestellt worden?«

Tom verlagerte ungeduldig sein Gewicht von einem Fuß auf den anderen. Er beschwor Neeson innerlich, endlich den Ernst der Lage zu erfassen.

»Aber da wäre ja noch eine ganz andere Alternative«, murmelte Neeson und sah verstohlen über seine Schulter. »Richtig … Das wäre eine ziemlich gute Lösung.«

»Wovon sprechen Sie?«, fragte Tom hastig.

»Von Bob.« Neeson wandte sich wieder ganz Tom zu und nickte lächelnd. Er schien auf einmal sehr zufrieden zu sein. »Bob kann Sie so schnell wie kein anderer nach Wien bringen.«

»Wer ist Bob?«

»Das erkläre ich Ihnen unterwegs«, rief Neeson und stürmte aus dem Salon. »Folgen Sie mir.«

Neeson lief über den Flur, blieb jedoch plötzlich stehen, als er bemerkte, dass sich Tom keinen Zentimeter bewegt hatte.

»Herr Wenters«, fragte Neeson verwirrt, »ich dachte, Sie hätten es eilig?«

»Täusche ich mich, oder habe ich hier heute Morgen eine Flasche Cognac herumstehen sehen?«

Neeson lachte laut auf. Er kam auf ihn zu und legte seine Hand auf Toms Schulter. »Keine Sorge, ich habe immer eine Flasche Brandy im Wagen. Sie können sich während der Fahrt Mut antrinken, Kumpel.«

»Los, Johann«, rief Neeson aufgeregt und beugte sich zum Fahrer vor, »treten Sie voll drauf!«

»Sehr wohl.« Der Chauffeur ließ den Rolls-Royce-Motor aufbrüllen. Tom wurde in den Sitz gepresst, als sie die Einfahrt des Anwesens entlangrasten und in die Allee einbogen.

»Hier, das ist mein Geheimversteck.« Neeson klappte ein unscheinbares Fach in der Mittelkonsole auf und überreichte Tom wortlos eine silberne Flasche.

»Danke«, sagte Tom, öffnete den Drehverschluss und nahm einen kräftigen Schluck. Sofort verdrehte er seine Augen. Was das auch immer für ein Wässerchen war, es schmeckte grauenhaft bitter.

»Da vorne links, Johann, wir nehmen die Abkürzung«, befahl Neeson wild gestikulierend, »bleiben Sie auf dieser Spur, halt, nein, doch, weiter!«

Tom blickte auf seine Uhr. Es war schon nach Mitternacht.

Jetzt ging es nach Wien, in die Stadt seines Vaters. Tom konnte es kaum fassen.

»Wir sind jetzt noch eine Weile unterwegs, Herr Wenters«, erklärte Neeson enthusiastisch. »Bob wird sich freuen, dass er endlich mal wieder was Richtiges zu tun bekommt.« Er stieß Tom mit dem Ellenbogen in die Seite.

Tom hatte auf Geheiß von Neeson seine Koffer in der Villa zurückgelassen. Die Dokumente, sein Pass und alle anderen wichtigen Dinge steckten nun in den Taschen seines Jacketts. Und natürlich trug er darüber den vom ICG präparierten Mantel und den Gürtel.

Es wird schon alles gut gehen, dachte Tom.

»Biegen Sie hier ab, Johann, ja doch, ja doch, das klappt schon, machen Sie einfach, was ich Ihnen sage, Mann!«

Aber was, wenn er erst einmal in Wien sein würde? Was würde ihn dort erwarten? Tom ballte unauffällig die Hände zu Fäusten und dachte scharf nach.

»Entspannen Sie sich, Herr Wenters. Ich habe hier alles im Griff!«

Tom sah das Kruckenkreuz in Gedanken direkt vor sich, das Symbol des österreichischen Ständestaates.

»Geben Sie endlich Gas, Johann! Mehr schafft der Wagen nicht? Dass ich nicht lache! Dieses Prunkstück britischer Ingenieurskunst?«

Österreich wurde von Bundeskanzler Kurt Schuschnigg autoritär regiert, der händeringend Österreichs Existenz als »zweiten deutschen Staat« zu bewahren versuchte.

»... nein, nein, hier nach rechts! Ja, passen Sie auf, das sollten Sie doch schaffen!«

In Österreich gab es trotz Verbots zahlreiche Anhänger des Nationalsozialismus, die den Anschluss an das Deutsche Reich herbeisehnten. Und viele von ihnen waren bestens organisiert: Die SS und die SA waren in Österreich streng verboten, existierten aber, als harmlose Turnvereine getarnt, im Untergrund. Die beiden Organisationen drillten ihre Mitglieder still und heimlich für den Fall, dass sich den Nazis in Österreich eine neue Gelegenheit zu Revolution bieten würde.

»Ich hätte mich gleich selbst ans Steuer setzen sollen.«

Tom wurde plötzlich unsicher. Tat er überhaupt das Richtige? Hätte er nicht vielleicht zunächst Kontakt nach Washington aufnehmen und Hoffmann und die anderen über die neue Sachlage informieren sollen?

»Jetzt tun Sie doch nicht so, als könnten Sie nicht schneller fahren, Mann! Da, bleiben Sie auf der Innenspur ...«

Tom blickte wieder aus dem Fenster. Dunkle Wohnhäuser flogen vorbei, aber langsam schienen sie sich dem Rand der Stadt zu nähern.

Nein, er musste jetzt handeln. Die Reise nach Wien war unausweichlich. Er hatte Tobias Hoffmann schließlich sein Wort gegeben. Tom würde die Zielperson in Zürich spätestens am 14. Oktober abliefern. Und man erwartete von Tom, dass der seinen Auftrag erfüllen würde. Natürlich ging man auch davon aus, dass er die richtigen Entscheidungen treffen und nicht bei jeder sich auftuenden Schwierigkeit wie ein überfordertes Kind bei den Eltern um Rat fragen würde. Tom schämte sich für sein amateurhaftes Auftreten bei Schwarzbeck. Wenigstens hatte niemand Toms Stotterei und Hilflosigkeit miterlebt – abgesehen vom Professor natürlich. Ab sofort würde er sich nur noch professionell verhalten, nahm sich Tom vor.

»Somit war Ihr Aufenthalt in Berlin ja sogar noch kürzer, als ich befürchtet hatte.« Neeson zwinkerte Tom zu.

»Stimmt«, stellte Tom fest.

Das war also Berlin, dachte er sich. Viel von der Stadt hatte er tatsächlich nicht gesehen.

Nach etwa einer halben Stunde rasten sie über eine schmale Straße durch einen Wald. Die Zweige von Laubbäumen beugten sich bedrohlich tief über die Fahrbahn, und nur die runden Scheinwerferkegel des Rolls Royce erhellten die Finsternis. In einem kleinen Dorf lenkte Johann den Wagen schließlich auf einen sandigen Weg und steuerte ihn zwischen kleinen Bauernhöfen hindurch.

»So, Johann, endlich«, flüsterte Neeson. »Da vorne rechts.«

Tom bewunderte den Chauffeur. Er hatte die konfusen und hektischen Fahranweisungen von Neeson ohne ein einziges Widerwort einfach erduldet. Neeson hatte sich die ganze Fahrt hindurch mit seinen Befehlen andauernd widersprochen, es aber wohl selbst nicht bemerkt. Er selbst hielt sich wahrscheinlich immer noch für einen der besten Verkehrslotsen der Welt.

Ganz langsam holperte der Wagen über den buckligen Untergrund, bis die zwei Lichter ein großes Holzgebäude anstrahlten. Der Motor verstummte.

»Bleiben Sie einfach hier stehen, Johann. Kommen Sie, Herr Wenters.«

Tom und Neeson verließen den Wagen. Als Johann auch die Scheinwerfer abdrehte, war es stockfinster. Tom konnte fast nichts mehr erkennen.

»Warten Sie hier einen Moment«, zischte Neeson. »Ich sehe mal nach, wo Bob steckt.«

Neeson ging auf die hohe Scheune zu und verschwand umgehend in der Dunkelheit.

Es war geradezu himmlisch still. Tom vermutete, dass sie sich irgendwo südlich von Berlin befanden. Er atmete lange aus und steckte seine Hände in die Manteltaschen. Nach einer Weile entdeckte er den Mond hinter sich und bemerkte, dass der ganze Himmel kaum von Wolken bedeckt war. Tom legte seinen Kopf in den Nacken und drehte sich allmählich im Kreis. Nach einer Weile hatte er die Konstellation des Großen Wagen gefunden und hob unvermittelt überrascht die Augenbrauen: Unbewusst hatte er wohl bislang geglaubt, dass dieses Sternbild nur von Amerika aus zu sehen war. Natürlich war das Unsinn. Nördlich des Äquators konnte man es Nacht für Nacht genauso von jedem anderen Ort aus bewundern, egal ob von London, Paris, Bagdad, Tokio oder eben Berlin. Tom hatte das natürlich in der Schule gelernt. Dennoch: Der vertraute Anblick so weit von den Vereinigten Staaten entfernt hatte Tom einfach überrascht.

»Pst! Hierher!«, flüsterte Neeson aufgeregt. Tom stapfte vorsichtig los.

»Hierher«, wiederholte Neeson. »Bob macht sich einsatzbereit. Folgen Sie mir, auf der anderen Seite ist eine Tür.«

Der Amerikaner führte Tom die hölzerne Wand entlang. »Das hier ist ein alter Bauernhof, den wir vor ungefähr einem Jahr gekauft haben. Für unsere Zwecke ist der einfach ideal. So, da sind wir.«

Neeson öffnete ein quietschendes Tor, und sie betraten einen kleinen Vorraum, in dessen Mitte ein abgenutzter Tisch vor einem Stapel von Strohballen stand. Auf dem Tisch lagen zwei dunkelgrüne Taschen neben einer hell brennenden Petroleumlampe.

»Bob?«, flüsterte Neeson und schloss die Tür hinter sich.

»Hier.« Ein müde wirkender Mann um die 40, der in einen kakifarbenen Overall gekleidet war und einen Schraubenschlüssel in der linken Hand hielt, trat langsam hinter den Strohballen hervor.

»Bob, das ist Theodor Wenters, der Passagier.«

Tom nickte zurückhaltend.

»Hi, Theodor«, sagte Bob auf Englisch mit einem starken amerikanischen Westküstenakzent und drückte Tom seine rechte Pranke in die Hand. »Auch wenn ich nicht davon ausgehe, dass das Ihr richtiger Name ist.«

Sie schüttelten sich wortlos die Hände.

»Gut«, stellte Neeson zufrieden fest, »ich glaube, ich werde hier nicht mehr benötigt. Es hat mich gefreut, Sie kennenzulernen, Herr Wenters. Alles Gute.« Neeson reichte Tom die Hand, doch beide bemerkten gleichzeitig, dass Bobs Händedruck wenige Augenblicke zuvor Toms Finger mit Öl verschmiert hatte.

»Viel Glück«, lachte Neeson, klopfte Tom auf die Schulter und verließ die Scheune.

»Wie geht's denn jetzt nach Wien?«, fragte Tom.

»Auf dem direkten Weg«, antwortete Bob. Er schnappte sich eine der grünen Taschen vom Tisch und warf sie Tom zu. »Hier, nehmen Sie das und kommen Sie mit.«

Tom packte das grüne Ungetüm, und folgte Bob durch eine schmale Tür.

»Ah. So also.« Tom schluckte: Er stand vor einem dunkelblauen Doppeldecker, der so gerade in diese Holzscheune passte. Bob ging auf die Motorenklappe des Flugzeugs hinter dem hölzernen Propeller zu und ließ sie laut krachend zufallen.

»Wenn wir uns beeilen, schaffen wir es noch bis vor Morgengrauen nach Wien und wieder zurück. Aber wir müssen uns ranhalten.« Er trottete wieder an Tom vorbei und ging in den Vorraum. Wenig später kam er mit einer Kiste in Händen zurück. »In Ihrem Fall natürlich: nur hin und nicht wieder zurück.«

»Was macht dieses Ding hier überhaupt?«, fragte Tom ungläubig, während sein Blick die zwei Tragflächen entlang lief.

»Das Baby gehörte mal der Royal Air Force, war ein Schulungsflugzeug. Das Corps hat es denen vor meiner Zeit abgekauft. Was das hier macht? Na ja, das hier ist so was wie ein Fluchtflughafen für Mister Neeson. Ich stehe auf Abruf bereit und bringe jeden Passagier ohne zu fragen überall hin.«

»Und die Deutschen wissen nichts davon?«

»Das kann ich mir beim besten Willen nicht vorstellen. Die sind ja nicht alle blind und dämlich. Ich glaube, die juckt das nur nicht. Soll doch der amerikanische Handelsattaché William Neeson irgendwo im Nirgendwo ein Flugzeug besitzen. Warum soll die das kümmern? Hier, fassen Sie mal mit an.«

Während Tom Bob half, ein schweres Fass zum Flugzeug zu rollen, runzelte er nachdenklich die Stirn.

»Das ist unser Treibstoff für die Reise«, erklärte Bob, nachdem er sich wieder an dem Flugzeug zu schaffen machte. »Die Kiste hier habe ich in den letzten Monaten so umgebaut, dass sie locker die Strecke Berlin-London schafft. Nach Wien und zurück sollte es daher auch gehen. Allerdings werden wir dort nicht landen.«

»Und wie …?«

»Wie ich Sie absetze? Sie meinen ohne Landung? Hier, Sie haben die Antwort auf Ihre Frage selbst mitgebracht.«

Bob zeigte auf die grüne Tasche.

»Was ist das?«

»Das ist ein Fallschirm. Mit dem springen Sie in der Nähe von Wien aus dem Flugzeug, gleiten sicher und leise durch die österreichische Luft und landen weich und sicher auf der österreichischen Erde. Was sehen Sie mich so an? Haben Sie noch nie was von einem Fallschirm gehört?«

»Ich springe aus dem Flugzeug?«

»Keine Sorge, ich habe die Karte studiert. Nördlich von Wien gibt's hauptsächlich Äcker und Wiesen. Das wird ein Kinderspiel. Ich lasse Sie schon nicht ins Verderben hüpfen, mein Freund.«

Toms Gesicht lief hochrot an. »Und warum, um Himmels willen, landen wir nicht einfach auf irgendeinem Acker oder einer Wiese?«

»Nein, bei der Dunkelheit ist das keine gute Idee. Aber für eine Fallschirmlandung überhaupt kein Problem.«

»*Überhaupt kein Problem*?«

Bob schnallte Tom den Fallschirm um. Dann griff er nach Toms Hut und stopfte ihn in dessen Manteltasche. »Den verlieren Sie sonst noch in der Luft, Junge.«

Als sich Tom wenige Minuten später hinter den Steuerknüppel des vorderen Sitzes gequetscht hatte, stellte sich Bob auf eine kleine Leiter neben das Flugzeug und hielt eine Landkarte über die Bordwand. »Also, es geht hier entlang, immer nach Süden, immer geradewegs nach Süden. Wir werden größere Städte meiden, wir sollen schließlich nicht entdeckt werden, nicht wahr? Dann passieren wir hier die Grenze zur Tschechoslowakei, lassen Prag rechts liegen, überqueren hier die österreichische Grenze, und dann sind wir schon in Wien. Ganz einfach. Kein Problem.«

Tom sah Bob prüfend in die Augen. Der hatte sich mittlerweile eine braune Lederjacke angezogen, eine Fliegerkappe samt Brille aufgesetzt und wirkte allmählich so, wie sich Tom einen echten Piloten vorstellte.

»Was ist das hier?« Tom zeigte auf der Karte auf ein Gebiet östlich von Berlin, das rot kariert war.

»Das ist die Flugverbotszone, die die Deutschen eingerichtet haben. Die zieht sich seit dem Frühling die ganze polnische Grenze entlang. Kommen wir aber nicht mal in die Nähe von. So … wir sollten jetzt keine Zeit verlieren.«

Bob warf die Karte auf den hinteren Sitz, sprang die Treppe hinunter und machte sich daran, das große Scheunentor zu öffnen. Mit lautem Poltern schob er beide Rolltüren zur Seite. Draußen war es immer noch stockdunkel. Bob entfernte zwei Blöcke von den Rädern des Flugzeuges.

»So, Theodor, jetzt brauche ich wieder Ihre Hilfe.« Bob stellte sich auf Zehenspitzen neben das Flugzeug und zeigte auf einen kleinen Schalter vor Tom.

»Wenn ich ›jetzt‹ rufe, dann drehen Sie das Ding nach rechts, und ziehen vorher den Hebel hier nach hinten. Klar?«

Tom nickte hektisch und spürte, wie sein Herzschlag schneller wurde. Warum hatte er Neeson nur so eindringlich aufgefordert, ihn nach Wien zu bringen?

Bob ging zum Propeller und rief: »Jetzt!«

Tom zog den ersten Hebel und drehte dann den Metallschalter wie angewiesen herum. Mit einem lauten unregelmäßigen Geknatter, das schnell in ein rhythmisches Rattern überging und das ganze Flugzeug zum Erbeben brachte, erwachte der Motor der Maschine zum Leben. Bob sprang auf seinen eigenen Platz hinter Tom und stieß zuvor mit seinem Fuß die Leiter vom Flugzeug weg.

»Gut gemacht, Theo! Los geht's.«

»Warten Sie«, brüllte Tom nach hinten. »Haben Sie zufällig einen *Washington Herald* hier?«

»Was?«

Das Flugzeug setzte sich in Bewegung, der Motor heulte noch einmal kräftiger auf.

Egal, dachte sich Tom resignierend, jetzt ist es zu spät.

Das Flugzeug verließ die Scheune und bewegte sich holprig hinaus in die Finsternis. Tom konnte rein gar nichts erkennen, aber er vertraute auf Bob. Der Kerl würde schon wissen, wohin er steuerte. Schließlich würde der sich selbst nicht einfach umbringen wollen.

Nach etwa einer Minute drehte Bob die Maschine stark nach rechts und drosselte die Geschwindigkeit. Der Lärm ließ kurz nach.

»So, Theo, jetzt starten wir. Hier, setzten Sie sich die auf und sagen Sie Deutschland auf Wiedersehen!« Bob klopfte lachend auf Toms Schulter und reichte ihm eine große Brille. Tom brauchte ein wenig, aber schließlich konnte er sie sich um den Kopf schnallen.

»Okay«, sagte er mit zittriger Stimme.

Sofort heulte der Motor wieder auf. Unter gewaltigem Gewackel schoss der blaue Doppeldecker nach vorn. Tom presste seine Unterarme in die Seitenwände und spannte jeden seiner Muskeln an. Während die Maschine über den Boden hinwegstürmte, hoffte Tom inständig, dass sie nicht in irgendein Hindernis krachen würden. Auf einmal wurde das Flugzeug vorne nach oben gerissen. Gleichzeitig verschwand das andauernde Gepolter mit einem Schlag. Doch immer noch heulte das Triebwerk ohrenbetäubend auf. Als in seiner Magengegend ein flaues Gefühl entstand, verstand Tom: Sie befanden sich in der Luft.

Da neigte sich das Flugzeug schlagartig nach links, doch offenbar gewollt, denn kurze Zeit später korrigierte Bob wieder ein wenig nach rechts. Nach einiger Zeit senkte sich die Nase des Fliegers wieder, und sie befanden sich in einer halbwegs ruhigen waagerechten Lage.

»So, jetzt geht es erst mal nur noch geradeaus!«, rief Bob.

Tom blickte langsam links und dann rechts über die Bordwand nach unten und atmete aus. Er flog in einem Flugzeug!

Die Maschine glitt überraschend ruhig und sanft durch die Luft. Immer wieder wackelte es ein wenig, aber Tom machte es zu seiner eigenen Überraschung kaum etwas aus. Es rüttelte nicht mehr als in einer Straßenbahn, glaubte er. Seine Anspannung ließ allmählich nach.

Wien also, dachte Tom. Schlagartig wurde ihm bewusst, dass er gar keine Karte von der Umgebung Wiens oder von Wien selbst besaß. Das konnte ein Problem werden, insbesondere, wenn er mitten in der Nacht abgesetzt werden würde. Ein Schauer lief ihm über den Rücken, als er daran dachte, dass er in nicht allzu ferner Zukunft aus diesem Flugzeug springen musste …

Plötzlich kam ihm ein neuer Gedanke: Was hatte dieser Riese namens Rennenbergh damals in Heckwaters gesagt? Was hatte das Corps in Toms Mantel versteckt?

»Bargeld in verschiedenen Währungen, Landkarten … Solche hilfreichen Dinge.«

Das war es! Tom löste sofort die Gurte des Fallschirms ein wenig, um an seine linke Innentasche zu gelangen. Nach einer Weile hatte er eine recht lockere Naht aufgerissen, die Rennenbergh ihm gezeigt hatte. Das wackelnde Flugzeug ließ Toms Hand jedoch immer wieder unkontrolliert hin und her tanzen.

»Komm schon«, fauchte Tom ungeduldig. Nach einer Weile ertastete er mehrere kleine Bündel und zog eines mühsam heraus. Es handelte sich um ein dünnes Paket, dessen Oberfläche sich wie

Seidenpapier anfühlte. Tom hielt es so tief wie möglich im Flugzeug und betrachtete es von allen Seiten. Er erkannte aber nicht viel, es war viel zu dunkel.

»Dann wollen wir mal sehen.« Als Tom das schützende Papier aufriss, wurde ein ganzer Haufen Scheine in die Luft gewirbelt und vom Wind im hohen Bogen aus dem Flugzeug gesogen.

»Nein!«, rief Tom. Er versuchte verzweifelt, die umherwehenden Banknoten zu retten, doch er erwischte keine. Nur eine einzelne flatterte mitten in sein Gesicht, die er mit Glück mit seinem Mund festhalten konnte.

»Was war denn das, Theodor?«, schrie Bob belustigt. »Mussten Sie schnell noch was loswerden?«

Tom griff hastig nach dem Fetzen in seinem Mund. Er hielt ihn dicht vor seine Augen.

»Bank of England«, las Tom. Es war eine britische Pfundnote.

Hoffentlich war da nur englisches Geld und keine österreichische Karte dabei, dachte er sich, steckte kopfschüttelnd den Geldschein ein und zurrte seinen Gurt wieder fest.

Er lehnte sich zurück und blickte geradeaus.

Nach etwa einer halben Stunde hatten sich Toms Augen ganz an das düstere Schwarz gewöhnt, und er konnte die Konturen der Landschaft unter ihnen deutlich erkennen. Der ebene Grund erhob sich allmählich zu größeren Anhöhen und wuchs schließlich in der Ferne zu kleinen Bergen an.

Tom legte seine Hände zufrieden auf die Bordwände. Bob steuerte das Flugzeug direkt auf einen Gipfel zu. Sie schienen immer schneller zu werden, während der Abstand zu einer schroffen Felswand immer kleiner wurde. Als das Flugzeug sie überflog, sackte die Erde unter Tom und Bob wieder rasend schnell ab, ganz als ob der Doppeldecker mit Anlauf vom Gipfel abgesprungen wäre. Es war ein berauschendes Gefühl – und Tom stieß spontan einen lauten Freudenschrei aus.

Bob lachte laut auf. »Fliegen ist das Größte, nicht wahr?«

46. SPRUNG

»Sie sollten sich langsam bereit machen, Theo.«

Nach einigen Stunden hatten sie, wie geplant, die Tschechoslowakei überquert, Österreich erreicht und waren nun laut Bobs Berechnungen nur noch wenige Minuten von der österreichischen Hauptstadt entfernt.

»Sehen Sie dort unten? Das ist die Donau. Das Lichtermeer dahinter ist schon Wien!«

»Ja, ich kann es sehen!« Tom zurrte noch einmal die Riemen seines Fallschirms fest zu. »Wie ... wie genau ... wie springe ich jetzt?«

»Wie?«

»Ja! Wie?«

»Meine Güte, Theo, einfach über die Wand zu Ihrer Rechten weit nach vorne beugen! Alles andere übernimmt dann der gute alte Sir Isaac Newton! Oder wenn's Ihnen lieber ist, dann geht's auch auf der linken Seite!«

Tom sah über die Bordwand nach unten und schluckte. Er musste da jetzt wohl oder übel durch. Er hatte Neeson schließlich dazu gedrängt, ihn so schnell wie möglich nach Wien zu bringen. Tom öffnete seinen Sicherheitsgurt und richtete sich Inch um Inch auf. Doch da sackte die Maschine kurz ab, und Tom ließ sich instinktiv wieder zurück in den Sitz fallen.

»Jetzt beeilen Sie sich schon, Theo! Wovor haben Sie denn Angst? Dass Sie aus dem Flugzeug fallen könnten? Ha!«

Stimmt, dachte Tom. Das war der Sinn der ganzen Übung.

»Wenn ich hier rausspringe, krache ich dann nicht unter Umständen genau in das, das ...?«

»Das Höhenruder? Dort hinten? Mann, Sie springen hier vorne raus!«

»Aber bei der Geschwindigkeit?«

»Machen Sie schon, Theo! Ich muss langsam umdrehen. Der Sprit wird sonst knapp! Springen Sie!«

»Aber …«

»Springen!«

»Aber …«

»SPRINGEN!«

Tom atmete kräftig ein, nahm seinen ganzen Mut zusammen und wollte mit einem Satz über die Bordwand rollen, als das Flugzeug wieder kräftig an Höhe verlor und in ein Loch fiel. Tom rutschte unkontrolliert zurück in seinen Sitz.

»Theo, wenn das so nichts wird, dann gibt's da noch Plan B!« Bob zog seinen eigenen Gurt fest.

»Was ist Plan B?«

Der Motor heulte auf, die rechte Tragfläche schoss nach oben und Tom wurde gegen die linke Wand gepresst. Die Maschine rollte weiter und weiter links über, bis der Doppeldecker unter dem lauten Getöse des Motors auf dem Kopf stand und Tom in die dunkle Tiefe geworfen wurde.

Jetzt ist es vorbei, dachte er sich.

Schon nach einem kurzen Augenblick sah Tom die kleine blaue Maschine nicht mehr. Alles rauschte. Seine Kleidung flatterte im Wind, er ruderte wild mit den Armen. Er hatte keine Ahnung, wo oben und unten war. Er sah nichts mehr, er musste seine Augen zusammenkneifen. Seine Ohren waren betäubt von dem pfeifenden Lärm.

»… vorbei!«

Er versuchte, mit seiner rechten Hand die Reißleine zu ergreifen, aber er erwischte sie nicht.

»… alles vorbei …«

Und dann endlich hatte er den Strang an seiner linken Schulter erwischt. Er zog daran so kräftig er nur konnte. Plötzlich ging alles ganz schnell. Die Gurte um seinen Oberkörper zogen sich fest zusammen und pressten jeden Rest Luft aus Tom heraus. Jemand schien ihn mit einer ungeahnten Kraft hinauf zu reißen, während seine Gliedmaßen in die entgegengesetzte Richtung gezerrt wurden. Ihm blieb die Luft weg.

Und dann auf einmal war es still.

Tom blickte etwas benommen hinauf. Über ihm wehte ein dunkelgrüner Kreis, von dem Dutzende Schnüre zu ihm nach unten gespannt waren.

»Gott sei Dank«, flüsterte Tom. Da entdeckte er in einiger Entfernung das Lichtermeer von Wien. Der Wind drehte ihn langsam um die eigene Achse. Ein mächtiger Fluss schimmerte links unter ihm, zu seiner Rechten erhob sich ein kleiner dunkler Berg.

Von wegen nur Äcker und Wiesen, dachte er sich, aber zumindest lande ich nicht im Wasser.

Ansatzlos keuchte Tom laut auf. Seine Knie wurden eingedrückt und seine Beine zur Seite gepresst. Er fiel hart vorne über und wurde ohnmächtig.

Tom riss die Augen auf. Was war los? Wo war er?

Als er sich langsam bewegte, fühlte er, dass etwas seinen Kopf und seinen Körper einhüllte. Auch sein Gesicht war bedeckt.

Was war das? Panisch versuchte er, sich zu befreien. Doch es klappte nicht. Je mehr er mit seinen Beinen strampelte, umso stärker wurden sie eingezwängt. Nach einer Weile hielt er still.

»Bleib ruhig«, flüsterte er. »Stell dich nicht wie ein Kind an.«

Tom streckte langsam seine Hand aus. Nach einer Weile ertastete Tom eine Naht. Offenbar hatte sich der Fallschirm über ihm ausgebreitet, nichts weiter. Konzentriert schob er den Seidenstoff an der Naht entlang in eine Richtung. Irgendwann musste er so zum Ende des runden Schirms gelangen.

»Ganz ruhig, gleich haben wir es.«

Nach einigen Sekunden war er frei. Erleichtert warf Tom den Stoff zur Seite.

Es war noch Nacht, stellte er fest. Tom richtete sich auf und begann, die Gurte von seinem Körper zu lösen. Während die Metallschnallen im Wirrwarr der Schnüre laut aneinander klapperten, bemerkte er, dass sein rechtes Bein etwas schmerzte. Aber es war keine ernsthafte Verletzung, denn er konnte problemlos auftreten. Tom blickte sich um und entdeckte ein paar Lichter in der Ferne.

»Versuchen wir es Schritt für Schritt«, flüsterte Tom, um sich zu beruhigen. Gleichzeitig raffte er den Fallschirm mit beiden Händen zusammen. »Wir brauchen einen Weg, oder eine Straße. Wo Licht ist, da sind Häuser. Und wo Häuser sind, da wird eine Straße nicht weit sein.«

Tom klemmte sich den Fallschirmstoff unter den Arm und setzte vorsichtig einen Fuß vor den anderen. Er atmete so langsam wie möglich, um seinen Herzschlag zu drosseln. Tom sank bei jedem Schritt leicht in der matschigen Erde ein, aber schon nach einigen Yards fühlte er, dass sich der Untergrund festigte. Seine Schuhe verursachten nun kaum noch Geräusche, wenn er sie auf den Boden setzte.

»Gut, gut.« Die Lichter in der Ferne flackerten nun. Tom erkannte, dass ein paar Schritte vor ihm einige Äste im Wind schwankten. Er musste sich vor einem Hain oder einem Gebüsch befinden. Tom streckte seine freie Hand aus.

»Perfekt.« Es war genau das, was er gesucht hatte. Tom stopfte den Fallschirm, so gut er konnte, zwischen das Geäst eines Busches. Wenn alles nach Plan laufen würde, sollte er schließlich noch am selben Tag Österreich wieder verlassen, also war es überhaupt kein Problem, den Gegenstand so behelfsmäßig zu verstecken. Würde jemand den Schirm hier finden und das dann auch noch den Behörden melden, so würde es sicher einige Zeit dauern, bis jemand Toms Spur verfolgen würde. Wenn sich überhaupt jemand für ihn interessieren würde.

»Weiter.« Er schritt vorsichtig voran, immer das Licht in der Ferne als Ziel vor Augen. Ab und zu schlugen ihm Blätter und Äste ins Gesicht.

Nach einer ganzen Weile befand sich Tom wieder auf freiem Feld. Er erkannte die Umrisse einer kleinen Häusergruppe. Wahrscheinlich waren es Bauernhöfe. Er blieb stehen und suchte den Horizont ab. Links von den Häusern machte er eine Reihe von Bäumen aus, die wie aufgereiht in gleichmäßigen Abständen gepflanzt waren.

»Vielleicht eine Allee.« Er marschierte los.

Zwischen zwei Buchen kletterte er eine kleine Anhöhe hinauf. Oben angekommen, klackte es plötzlich unter seinen Schuhen: Er war auf Stein getreten. Er befand sich auf einer gepflasterten Straße.

»Na also!« Er drehte sich einmal um die eigene Achse. Hinter ihm färbte sich der Himmel am Horizont zaghaft rötlich. Das bedeutete, dass diese Straße in Richtung Süden führte.

»Läuft doch alles glänzend«, stellte er halblaut fest, holte seinen Hut aus dem Mantel hervor und klopfte seine Kleidung mit beiden Handflächen ab, um sie behelfsmäßig von Schmutz und Erde zu reinigen. »Auf nach Wien.«

Die Luft war klar. Toms Bein schmerzte kaum noch, dafür hatte er Hunger. Aber wenigstens war er nicht müde. Und das war im Moment das Wichtigste, dachte Tom. Er musste bei klarem Verstand bleiben.

Als er einige Minuten der Straße gefolgt war, hörte Tom ein leises brummendes Geräusch hinter sich. Sofort blieb er stehen und drehte sich um. Er erkannte ein Fahrzeug und sprang zur Seite. Es war ein Lastwagen, der langsamer zu werden schien. Tom zog seine Augenbrauen zusammen.

»Guten Morgen«, rief Tom, als der schwere Wagen ächzend neben ihm stehen blieb und ihn der Lenker argwöhnisch durch das geöffnete Seitenfenster betrachtete.

»Grüß Gott.« Der Mann legte seinen massigen Unterarm auf das heruntergekurbelte Fenster.

»Sagen Sie, komme ich auf diesem Weg nach Wien?«

Sein Gegenüber blickte skeptisch drein. »Sie san net von do, wos?«

Tom hatte kein Wort verstanden. »Wie bitte?«

»Wo kummen S' denn her?«

»Ich habe mich ein wenig verlaufen, glaube ich.«

»Verlaufen. Ah so. Und nach Wien wolln S'?«

»Wien, ja. Wien, genau. Wien.«

Der Mann blickte nach vorn. Der Motor des Lasters lief laut. »Do san S' am richtigen Weg.«

»Können Sie mich nach Wien mitnehmen, bitte?«

»Na. Tuat ma leid.« Der Mann legte quietschend einen Gang ein. »In der Richtung is eh da Bahnhof von Klosterneuburg. Wiederschaun.«

Der Lastwagen fuhr über das Straßenpflaster davon.

Tom fühlte sich an die Begegnung mit Klara erinnert, dem Hausmädchen von Neeson in Berlin. Wenigstens hatte er nun den Beweis, dass die Sprachtrainings in Heckwaters mit Misses Rutherford-Klyneller vollkommen umsonst gewesen waren.

Als es schon recht hell war, erreichte Tom eine Kreuzung und blieb vor einem Holzwegweiser stehen. Es waren noch drei Kilometer bis zu dem Ort namens Klosterneuburg, las er. Tom verließ die Straße, lief hinter eine Reihe hoher Tannen, griff in die Innentasche seines Mantels und zog nach und nach vier längliche, mit seidig glattem Stoff überzogene flache Pakete hervor. Er hockte sich hin, legte die vier Bündel vor sich auf den Boden und riss vorsichtig das erste von oben nach unten auf. Tom war beeindruckt: Er hielt einige Reichsmark-Geldbündel in Händen. Aber keine Landkarte von Wien. Also öffnete Tom das nächste Paket. Darin verbarg sich wieder Geld. Tom zählte ein paar 100 französische und belgische Francs, dänische Kronen, einige Schweizer Franken und auch einige 100 österreichische Schillinge.

»Zumindest etwas.« Das österreichische Geld konnte er gut gebrauchen. Er verstaute die Scheine in seiner Brieftasche, bevor er das dritte Paket öffnete.

»Ja«, rief Tom leise. Er entfaltete auf dünnem Papier gedruckte Landkarten, die übereinander geschichtet waren. Vorsichtig breitete Tom sie aus. Die erste zeigte die Berliner Innenstadt.

»Nur logisch«, sagte sich Tom, während er nach der nächsten griff. Sie zeigte das deutsch-tschechoslowakische Grenzgebiet, die dritte das Umland von Berlin, die vierte Potsdam. Danach fand er je einen Stadtplan von Dresden und Leipzig.

Das war's, dachte Tom und knirschte mit den Zähnen. Es blieb nur noch das letzte Bündel. Tom riss es auf und seufzte sofort.

Das letzte Paket war ausschließlich mit amerikanischen Dollarnoten gefüllt.

Er räumte das Geld und die Pläne wieder zusammen und verstaute sie sicher in seinem Mantel.

Wenige Minuten später erreichte Tom die Stadt Klosterneuburg. Schon von Weitem entdeckte er zwei hoch aufragende Kirchentürme. Er kam zu einem kleinen Bahnhof und betrat eine fast menschenleere Halle. Hinter einem Schalterfenster entdeckte Tom einen Beamten, der eine Schildmütze trug und in einer Zeitung blätterte. Tom ging auf ihn zu und lächelte freundlich. »Grüß Gott! Bitte, wann fährt der nächste Zug nach Wien?«

47. ALLES DURCHEINANDER

Kentz hatte Mühe, den Hörer an sein Ohr zu halten. Im Halbschlaf rieb er sich mit der freien linken Hand die Augen und blickte dann flüchtig auf seinen Wecker. Es war mitten in der Nacht.

»Agent Kentz?«, fragte eine tiefe Stimme.

»Ja, am Apparat.« Kentz setzte sich auf die Bettkante und blickte hinter sich. Cheryl – oder hieß sie Sharon? – lag mit dem Rücken zu ihm unter der Decke. Kentz stellte fest, dass sich ihr schlanker Oberkörper regelmäßig hob und wieder senkte, offenbar war sie vom Klingeln des Telefons nicht aufgeweckt worden. Kentz war ziemlich egal, ob er das junge Ding um den Schlaf bringen würde, er wollte aber nicht, dass sie das Gespräch belauschte.

»Können Sie mich hören, Agent Kentz?«

»Ja doch«, flüsterte Kentz ungeduldig. Welcher Armleuchter war da am anderen Ende der Leitung? Kentz fuhr sich genervt durch seine langen schwarzen Haare. Sie fühlten sich ölig an, stellte er fest. Erst jetzt erinnerte er sich: Er hatte nicht geduscht, weil er am vorigen Abend nicht alleine nach Hause gekommen war.

»Wir haben soeben erfahren, dass Mister Wolf Berlin verlassen hat, Agent Kentz.«

Kentz richtete sich abrupt auf. »Was? Heute schon? Mit Schwarzbeck?«

»Nein. Das Corps hat uns soeben gemeldet, dass Mister Wolf mit einem Flugzeug Berlin verlassen hat. Alleine.«

»Was für ein scheiß Flugzeug denn?« Eine Ader auf seiner Stirn begann zu pulsieren.

»Es gehört wohl Mister Neeson, Mister William Nee…«

»Wo ist der Idiot hingeflogen?« Kentz sprang auf. Er war völlig nackt, aber das kümmerte ihn nicht.

»Nach Wien, Sir.«

Kentz schloss seine Augen. Ausgerechnet Wien! Das hatte ihm gerade noch gefehlt. Kentz ahnte Böses.

»Dieser Schwachkopf! Dieser verdammte Schwachkopf! Was glaubt der, wer er ist?«

Er hätte es wissen müssen, dachte Kentz. Als er diesen blutjungen Schnösel im Büro von Nathaniel Evans bei der Besprechung eingewiesen hatte, hatte er gleich ein schlechtes Gefühl gehabt. Der Kerl war offenbar ein eigensinniger, selbstverliebter Trottel.

»Auch wenn es sehr spät ist«, erklärte die Stimme am anderen Ende ruhig, »wäre es wohl angebracht …«

»Ich bin in zehn Minuten im Büro.« Kentz knallte den Hörer auf die Gabel.

Er fluchte laut und starrte den Fußboden an. Wo zum Teufel waren seine Sachen?

»Ist etwas passiert, Darling?«, hörte Kentz eine hohe Stimme fragen.

»Zieh deine Sachen an und verschwinde«, herrschte er das Mädchen an und ging ins Badezimmer.

»Dieser verdammte Wolf!«, fluchte Kentz, als er das Licht anknipste und nach seinem Kamm suchte. »Der bringt uns noch alles durcheinander!«

Als Erstes musste er dringend mit jemandem vom ICG sprechen. Am besten mit Colonel Colpo. Ja, Colpo würde die Sache vielleicht geradebiegen können.

48. HELDEN UND DOME

Tom lief die Treppe hinunter und sah über den weitläufigen Platz, der von mehrstöckigen Stadthäusern umgeben war. Zwei eckige Uhrtürme zierten die Front des Bahnhofs im Norden von Wien und zeigten an, dass es kurz nach 8 Uhr war. Tom blickte auf sein Handgelenk und war zufrieden: Seine eigene Armbanduhr hatte durch die unsanfte Landung mit dem Fallschirm keinerlei Schaden genommen.

Er zog den Umschlag aus seiner Hosentasche, auf dem die Adresse von Anita Ramatzky geschrieben stand, der Hausmeisterin von Doktor Adam Morgenstein.

»Operngasse 40«, las Tom, nickte und steckte das Papier wieder ein.

Es war naheliegend, dass sich die Operngasse in der Nähe der Wiener Oper befand. Aber wie würde er dort hinkommen?

Wenige Schritte vor Tom ratterte eine rot-weiß lackierte eckige Straßenbahn über den Platz und hielt an einer Haltestelle. Eine Handvoll Fahrgäste stieg aus den Waggons. Tom lief los, sprang in die Tramway und hielt dem Fahrer einen Geldschein hin. Wortlos und ohne Tom anzublicken, reichte der ihm sofort einen Fahrschein samt Wechselgeld zurück. Als die Bahn losrollte, nahm Tom ganz hinten auf einer unbequemen Holzbank Platz und blickte aus dem Fenster.

»Franz-Josefs-Bahnhof«, las Tom auf einem roten Schild der Station, die sie gerade verließen.

An der ersten Haltestelle hinter einer Brücke stieg ein älteres Ehepaar ein und setzte sich drei Reihen vor Tom einem grauhaarigen Mann gegenüber, der die zwei offenbar kannte.

»Grüß' Sie Gott, die Herrschaften«, rief er und hob seinen Hut, »schön kalt hammas heut', nicht wahr?«

»Grüß Gott, Herr Trokupil«, antwortete die Dame freundlich.

»Wird sicher ein langer Winter, des können S' mir glauben, Herr Trokupil«, fügte ihr Begleiter hinzu und zog sich demonstrativ enger den Schal um den Hals.

»Waren Sie am Sonntag bei der Eröffnung von der neuen Donaubrücke dabei?«

»Wir waren mit der ganzen Sektion der Vaterländischen Front. Sie auch, Herr Trokupil?«

Die drei bemerkten nicht, dass Tom ihr Gespräch neugierig verfolgte. Nie zuvor hatte er einen anderen Menschen als seinen eigenen Vater diesen Dialekt sprechen hören.

»Nein, gnädige Frau. Ich hab' nur in der Zeitung davon gelesen. Ich war an dem Abend im Prater im Stadion, das Fußballmatch anschauen. Aber das hätt' ich mir auch sparen können.«

»Ja, die Ungarn haben uns ganz schön vorgeführt. Zwei zu eins.«

»Früher wär' das nicht passiert, das sag' ich Ihnen.«

»Ja, früher …«

Etwa eine halbe Stunde lang blieb Tom in der Straßenbahn, ohne recht zu wissen, wohin sie ihn brachte. An einem größeren und belebten Platz schließlich stiegen alle Fahrgäste aus, und auch

Tom verließ den Waggon. Er vergrub seinen Kopf zwischen den Schultern und machte ein paar ziellose Schritte auf dem Pflaster. Er war angespannt. Wo war er? Tom drehte sich einmal im Kreis. Nach einer Weile entdeckte er über den Dächern der mehrstöckigen Gebäude ringsum eine in den Himmel ragende dunkle Spitze.

Der Stephansdom, erkannte Tom. Die Kirche war der Mittelpunkt von Wiens Altstadt, wie er wusste. Tom richtete seinen Hut und steuerte zu Fuß geradewegs auf die Kirche in der Ferne zu. Sie lag vielleicht ein oder zwei Meilen entfernt, schätzte er. Im Zentrum würde er schon irgendwie die Oper und schließlich die Operngasse finden.

Tom folgte dem Verlauf einer belebten Straße, die von stattlichen Bauten gesäumt war. Auch wenn hie und da die Fassaden etwas verblasst wirkten, waren die dicht an dicht stehenden Häuser überaus prächtig. Er blieb stehen und betrachtete ein weißes sehr breites Bürogebäude. Vielleicht war es ein Ministerium, dachte er. An der rechten Wandkante saß ein unscheinbarer grauer Engel, der eine Harfe in Händen hielt und sich scheinbar gerade anschickte, seine Flügel auszubreiten und loszufliegen. Toms Blick wanderte noch weiter nach oben: Von der Dachkante blickten zahlreiche steinerne Statuen auf das Treiben unten auf der Straße hinab. Doch keiner der vielen Passanten nahm davon Notiz.

Tom war beeindruckt. Als der Große Krieg etwa 20 Jahre zuvor die österreichisch-ungarische Monarchie zu Grabe getragen hatte und die Republik ausgerufen worden war, war Wien von der Hauptstadt einer Weltmacht zum Wasserkopf eines abgeschlagenen Rumpfstaates geschrumpft. Doch seine opulente imperiale Schönheit hatte Wien offenbar noch keineswegs eingebüßt.

Tom zuckte zusammen. Für einen winzigen Moment hätte er schwören können, dass sich eine der weiblichen Figuren bewegt hätte.

»Hearst, konnst net aufpassen?«

Er fuhr herum.

»Schau dass d' weidakummst!«, schrie ein Mann mit hochrotem Kopf aus der Fahrerkabine eines Lastwagens in Richtung eines Jungen, der eine schwere Kiste direkt vor der Motorhaube des Fahrzeuges quer über die Gasse schleppte.

Tom marschierte weiter. Wenige Minuten später erreichter er schließlich den gewaltigen Stephansdom, dessen einzelner Turm über dem mächtigen Eingangsportal emporragte. Toms Blick wanderte höher und höher.

»Vorsicht!«, rief jemand und zog Tom am Arm zurück.

Nur wenige Inches vor Tom rauschte ein mit Fässern beladenes Fuhrwerk vorbei. Ein Mann um die 30, der einen etwas altmodischen Strohhut trug, lachte Tom an: »So früh am Morgen überfahren zu werden, ist gar keine gute Idee, Herr Kollege!«

»Danke.« Tom atmete tief durch und nickte dann freundlich.

»Keine Ursache.« Der großgewachsene Mann folgte einer Gruppe nach rechts.

Tom prüfte nun vorsichtig, dass sich kein weiteres Fahrzeug näherte, kreuzte erst dann die Straße und spazierte schließlich staunend über den Domplatz.

Es war einfach unglaublich, dass er hier war. Verstohlen blickte er die Fassade der Kirche hinauf. Und es war noch viel unglaublicher, dass er an dieser Stelle ohne seinen Vater stand.

Vielleicht sollte er in ein Geschäft oder ein Restaurant gehen, überlegte er, um sich nach dem Weg zur Operngasse zu erkundigen. Er konnte sich schließlich einfach als Tourist ausgeben. Rechts vor ihm lag ein lang gezogener Platz, in dessen Mitte eine große barocke Säule in die Höhe ragte. Auf der linken Seite hielten einige große Busse der Linie acht, zahllose Menschen stiegen ein und aus. An Litfaßsäulen hinter der Haltestelle klebten Porträts von Bundeskanzler Kurt Schuschnigg und große Kruckenkreuzsymbole.

»Gebt! Für die Wiener Winterhilfe! Für das Kinderferienwerk der Vaterländischen Front! Spendet!«

Tom trat ein vielleicht zwölfjähriger Junge mit ungewaschenem Gesicht vor die Füße, der ein auf Sperrholz geklebtes Plakat geschultert hatte. In seiner rechten Hand hielt er eine Metalldose, die er immer wieder schüttelte.

»Lasst uns Kinder nicht frieren! Für die Wiener Winterhilfe! Gebt!«

Tom griff in seine Hosentasche und fischte ein paar Münzen heraus, die ihm der Fahrer in der Straßenbahn als Wechselgeld gegeben hatte.

»Danke, der Herr!«, sagte der Junge, als Tom das Geld in die Dose gesteckt hatte.

Nach ein paar Schritten wandte Tom seinen Kopf nach rechts, als er dort das Läuten von Glocken vernahm. Er beobachtete, wie Damen in feinen Pelzmänteln und modischen Hüten zusammen mit zahlreichen Herren über den Platz in Richtung einer kleineren Kirche strömten. Um sie herum bettelte bestimmt ein Dutzend verwahrloster Kinder um Almosen. Tom bog am Ende des Platzes nach links auf den Kohlmarkt ab, wie er auf einem Straßenschild lesen konnte. In noblen Geschäften, die gerade von Angestellten aufgeschlossen wurden, wurden feine Kleider und Maßanzüge angeboten. Anderen Läden stellten Schmuck oder Juwelen, wieder andere Delikatessen und Weine in ihren großen Schaufenstern aus. Tom kniff skeptisch die Augen zusammen: Würde er vielleicht unnötige Aufmerksamkeit erregen, in solchen teuren Läden nach dem Weg zu fragen? Besser wäre wohl ein einfaches Gasthaus, glaubte er. Oder machte er sich zu viele Gedanken? Könnte er sich nicht vielleicht gerade hier problemlos als Tourist ausgeben, ohne dass irgendwer Verdacht schöpfen würde? Auf einmal entdeckte Tom zwei uniformierte Polizisten, die ihm entgegenschlenderten. Tom blieb abrupt stehen. Langsam steckte er seine Hände in die Manteltaschen und ballte sie zu Fäusten. Die beiden Schutzmänner unterhielten sich und hatten ihre Hände auf dem Rücken verschränkt. Tom drehte sich instinktiv um und marschierte auf eine Seitengasse zu. Als er um eine Ecke gebogen war, zwang er sich, schneller zu gehen.

Die können nicht hinter dir her sein, beruhigte er sich. Das ist unmöglich. Niemand weiß, dass du hier bist. Nach einer Weile blieb er stehen und wandte sich um. Die zwei waren ihm nicht gefolgt.

Gut so, dachte sich Tom erleichtert. Jetzt suche endlich die Operngasse. Stell dich nicht so dumm an und lass dich nicht andauernd von Kleinigkeiten ablenken!

Tom senkte sein Haupt und marschierte minutenlang durch ein Labyrinth von engen Gassen. Er passierte zahlreiche Wohn-, Büro- und auch herrschaftliche Amtsgebäude, setzte aber einen Tunnelblick auf und starrte nur stur geradeaus.

Schließlich hielt er wieder an, denn er fand sich auf einmal auf einem weiteren großen Platz wieder: In einiger Entfernung vor ihm bäumte sich ein Ross auf, das auf einem zwei bis drei Meter hohen Sockel auf den Hinterläufen stand. Ein riesiger Reiter streckte mit seiner rechten Hand einen Feldherrnstab in den Himmel, blickte über seine linke Schulter hinter sich und schien Tom geradezu aufzufordern näherzukommen. Hinter einer zweiten ganz ähnlichen Reiterstatue erhob sich die berühmte Hofburg und schmiegte sich in sanfter Rundung um den Heldenplatz.

»Junge«, flüsterte Tom und schob seinen Hut ein Stück hinauf.

Die zwei symmetrischen Gebäudeflügel links und rechts waren mit zahlreichen Säulenpaaren und Statuen verziert und über der Loggia im Zentrum ruhte ein goldener, doppelköpfiger Adler mit ausgebreiteten Schwingen. Einige Tauben flatterten auf, als Tom an der ersten Reiterstatue vorbeiging und auf einer bronzenen Plakette las, dass es sich um eine Darstellung von Erzherzog Karl handelte, der vor langer Zeit das mittlerweile untergegangene Kaiserreich verteidigt hatte. Die zweite Skulptur war zu Ehren von Prinz Eugen errichtet worden, wie Tom der Inschrift entnahm.

Er blickte nach rechts und betrachtete ein massives Burgtor mit den fünf Rundbögen. Auf diesem stand in goldenen Lettern »Iustitia Regnorum Fundamentum« geschrieben.

Gerechtigkeit ist die Grundlage der Herrschaft, übersetzte Tom in Gedanken.

Nach einer Weile blickte er wieder zur Hofburg. Auf jedem Eckpunkt des Daches entdeckte er mystische Statuen. Die Figuren genossen scheinbar den atemberaubenden Blick über die Stadt.

Am liebsten hätte Tom eine Kamera gekauft, damit er ein Foto machen konnte, das er dann seinen Eltern …

Die Operngasse, Tom, mahnte ihn seine innere Stimme. Los jetzt!

49. SCHWÄCHLING

Reitzle hatte seine Hände auf das Fensterbrett gelegt und starrte regungslos durch die Scheiben in den Innenhof hinunter. Langsam hob er die linke Hand an sein Kinn und presste dann geräuschlos seine Faust an die Lippen.

»Herr Untersturmführer«, sagte Kommissar Schulze stramm stehend, »wenn Sie wollen, kann ich sofort meine Leute in die Waagestraße schicken und Schwarzbeck herholen lassen.«

Stefan Reitzle fuhr herum, zog seine Uniformjacke zurecht und warf Schulze einen kurzen, aber vernichtenden Blick zu. Schulze verstummte sofort. Der Schweiß rann an den Wangen des Kommissars herab.

»Wann haben Sie vergangene Nacht Meldung gemacht?«, fragte Reitzle laut und blickte zum jungen Friedrich Hellwein, der direkt neben einem Porträt des Führers an der Rückwand von Schulzes Arbeitszimmer stand.

»Genau um 22.25 Uhr, Herr Untersturmführer«, antwortete Hellwein wie aus der Pistole geschossen. Reitzle erkannte in seiner Stimme zwar Angst, aber der junge Mann log nach Reitzles Dafürhalten nicht. Da war er sich mittlerweile sicher. Reitzle wandte sich wieder Schulze zu.

»Das ist fast zwölf Stunden her!«, schrie Reitzle und ließ den Kommissar zusammenzucken.

Schulze fuhr sich nervös über seinen Oberlippenbart. »Die Meldung von Hellwein war lückenhaft … und nicht eindeutig.«

Reitzle blickte wieder zu Hellwein und beobachtete, wie der junge Mann mit den kurz geschorenen blonden Haaren Kommissar Schulze empört anstarrte. Hellwein war außer sich vor Zorn, dennoch wagte er es nicht, seinem Vorgesetzten offen zu widersprechen. Und das, obwohl der Kommissar dem Jungen die Schuld in die Schuhe schieben wollte.

»Verantwortung auf niedere Chargen abzuwälzen, ist ein Zeichen von Führungsschwäche«, stellte Reitzle kühl fest und hätte Schulze am liebsten auf der Stelle verprügelt oder sogar erschossen. Mit solchen Leuten musste man kompromisslos umgehen. Schwächlinge und Wendehälse waren das Letzte. »Wollen Sie sich dazu äußern, Herr Kommissar?«

Reitzle sah dem Schwitzenden von oben herab in die Augen. Der hielt dem Blick nicht stand und starrte zu Boden.

»Dachte ich es mir doch.« Dann wandte er sich dem jungen Mann zu. »Hellwein, Sie kommen mit mir.«

»Jawoll«, rief der. Er wirkte jedoch reichlich verwirrt.

»Was haben Sie …?«, fragte Schulze vorsichtig.

Reitzle setzte seine Mütze auf und ging zur Tür. »Friedrich Hellwein hat den Mann gesehen, der Professor Schwarzbeck besucht hat. Nur er kann ihn auch identifizieren.«

Reitzle blieb unvermittelt in der Tür stehen und blickte noch einmal über seine Schulter zurück. »Und abgesehen davon hat er im Gegensatz zu Ihnen meine Anweisungen genau befolgt. Sie werden noch von mir hören, Herr Kommissar. Darauf können Sie sich verlassen. Sieg Heil!«

Der SS-Untersturmführer eilte durch den Gang zum Treppenhaus des Präsidiums, Hellwein folgte ihm wortlos.

Reitzle hatte noch keine Ahnung, was er als Nächstes tun musste. Die Sache war delikat, da durfte er sich jetzt keinen Fehler erlauben. Aber eines war ihm völlig klar: Früher oder später würde er diesen Hans Quint von der Gestapo zu Rate ziehen müssen, der ihn wegen Professor Schwarzbeck so sehr bedrängt hatte.

Quint wird sich ins Fäustchen lachen, dachte Reitzle wütend.

Andererseits: Quint hatte den Ruf eines exzellenten Ermittlers. Vielleicht war der jetzt ja genau der richtige Verbündete, den Reitzle brauchte?

50. KAFFEE

»Dieehre«, trällerte der Ober in schwarzer Dieneruniform, als Tom ein vornehm eingerichtetes Kaffeehaus betrat.

»Wie bitte?«, fragte Tom und zog seinen Mantel aus.

»Ich habe die Ehre, Sie zu begrüßen«, wiederholte der Ober nun langsam und deutlich. Er hatte einen gezwirbelten Schnurrbart und hielt eine seiner in weiße Handschuhe gehüllten Hände hinter dem Rücken abgewinkelt. »Wünschen der Herr zu frühstücken?«

»Ja, ein Platz am Fenster wäre nett.«

»Sehr wohl.«

Zahlreiche Gäste saßen an den mit blütenweißen Tüchern gedeckten Tischchen, waren in Zeitungen vertieft, diskutierten, rauchten oder genossen schweigend ihren Kaffee. Tom entschied sich für einen Platz ganz in der Nähe der Eingangstür, von der man den mit reichlich dunklem Holz und Messing verzierten Raum gut überblicken konnte.

»Was wünschen der Herr zu trinken?« Der Ober lächelte, während er sich zu Tom hinabbeugte und eine kleine Vase mit einer roten Blume auf dem Tisch zurechtrückte.

»Kaffee, bitte.« Tom strich über die gestreifte Seidenpolsterung seiner Sitzbank.

»Eine Melange? Einen Mokka? Einen Pharisäer?«

»Einfach nur Kaffee, bitte«, antwortete Tom unsicher.

»Sehr wohl.« Leicht irritiert eilte der Kellner an einer Zierpalme vorbei durch den Saal davon.

Tom rieb seine Finger aneinander. Sie fühlten sich wie erfroren an. Länger hätte er in der Kälte nicht ziellos umherirren können.

Er musste sich endlich einen Stadtplan beschaffen, beschloss er. Und zwar schnell. Außerdem musste er herausfinden, wann ein Zug nach Zürich fahren würde.

Vergiss nicht, dass du unter Zeitdruck stehst, sagte er sich.

»Die Melange«, verkündete der Ober und servierte Tom eine Tasse. »Zu speisen wünschen der Herr? Ein Wiener Frühstück mit Konfitüre und Semmeln vielleicht?«

»Das klingt gut.«

»Sehr wohl, der Herr.«

»Sagen Sie«, flüsterte Tom und beugte sich nach vorn, »guter Mann, können Sie mir wohl mit einem Gefallen behilflich sein?«

»Natürlich, ich werde mich bemühen.«

Tom zog einen 20-Schilling-Schein aus seiner Tasche und legte ihn diskret auf den Tisch. »Ich muss noch heute Abend in die Schweiz, nach Zürich. Ich habe vergessen, mich in meinem Hotel zu erkundigen. Können Sie für mich herausfinden, wann ein Nachtzug fährt?«

Der Ober zögerte nicht einen Augenblick, griff nach dem Geld und sagte: »Selbstverständlich.«

»Und haben Sie amerikanische Zeitungen aufliegen?«

»Ich werde sehen, welche Ausgaben frei sind, der Herr.«

Tom war zufrieden und nippte am Kaffee.

»Wie gefällt Ihnen unsere Stadt?«

Tom drehte sich überrascht um. Ein untersetzter Mann mit schütterem Haar und einem runden Gesicht betrachtete Tom freundlich vom Nachbartisch aus. Hinter ihm blickte ein hagerer Kerl um die 30 über eine schmale Brille hinweg unauffällig, aber neugierig zu Tom hinüber, während eine rothaarige Dame am selben Tisch Tom unverhohlen musterte und dabei an ihrer Zigarette zog.

»Wien ist sehr schön«, antwortete Tom zögernd.

»Woher aus Deutschland kommen Sie?«, fragte der Untersetzte.

Tom zögerte. Der Mann legte seine Zeitung beiseite, stand auf schob seinen Stuhl an Toms Tisch.

»Gestatten, dass ich mich vorstelle: Anton Starzer.« Er schüttelte Toms Hand.

»Wenters, Theodor Wenters«, antwortete Tom.

»Entschuldigen Sie bitte meine Neugier und Aufdringlichkeit. Wissen Sie, Ihre Sprache ist für unsereins eben unverkennbar.«

Tom hob seine Augenbrauen. »Ist das so?«

»Sie müssen Tonis Art entschuldigen, Herr Wenters«, mischte sich die Rothaarige ein, »er platzt immer mit der Tür ins Haus. Ich bin Caroline Hebenstreit, das hier ist Teddy Eisenfels. Sehr erfreut.«

Der hagere Mann neben ihr lächelte zurückhaltend.

»Wir lassen Sie natürlich gerne in Ruhe«, fuhr die rothaarige Hebenstreit fort, »wenn Sie das wünschen. Wenn Sie eine amerikanische Zeitung wollen, kann ich Ihnen gerne die *New York Times* hier anbieten. Die ist aber etwas älter als eine Woche.«

»Danke, das ist sehr freundlich.«

»Und Sie müssen diskret sein«, fügte Eisenfels leise hinzu, »vorhin war bereits die Polizei da und hat fast alle Ausgaben von der konfisziert, zusammen mit der *Neuen Zürcher Zeitung* und dem *Prager Tagblatt.*«

Die sommersprossige Hebenstreit zwinkerte mit einem Auge. »Franz, der Ober, ist meistens so geschickt, ein paar Exemplare vor denen zu retten.«

Tom nahm einen Schluck Kaffee. Der schmeckte ausgezeichnet. »Was schreibt denn die *New York Times* so Schlimmes, dass die Wiener Polizei sie beschlagnahmt?«

»Sobald etwas von angeblichen Spannungen zwischen Wien und Berlin zu lesen ist«, schilderte Starzer, »wird im Moment alles konfisziert. Einfach alles.«

»Toni ist Redakteur beim *Wiener Tagblatt*«, erklärte Caroline Hebenstreit und schien erfreut, Tom in ein Gespräch verwickelt zu haben.

»Wir dürfen rein gar nichts Kritisches schreiben. Nichts, was die Regierung Schuschnigg schlecht erscheinen ließe.«

»Und da gäbe es Einiges zu schreiben«, stieß Eisenfels hervor.

Tom lächelte. »Es erscheint mir, ehrlich gesagt, ziemlich ungeschickt, die Zeitungen erst in den Kaffeehäusern einzusammeln.«

Caroline lachte auf und nickte.

»Das ist ja nur bei der Auslandspresse der Fall«, winkte Starzer ab. »Bei den österreichischen Blättern greift der Staat schon früher ein. Schauen Sie, jeden Tag, lange vor Sonnenaufgang, werden alle heimischen Zeitungen von den braven Staatsdienern geprüft. Und wenn ein Blatt etwas nicht Erwünschtes geschrieben hat, wird die Ausgabe vor Veröffentlichung einkassiert. Ganz einfach.«

»Aber wir langweilen Sie«, sagte die Rothaarige und lehnte sich vor. »Sind Sie auf Urlaub in Wien?«

»Sie langweilen mich gar nicht«, sagte Tom schnell.

Starzer hob seine Hand. »In den Theatern haben sie bei den Proben auch immer einen Zensor sitzen, der aufpasst. Der Schuschnigg ist außenpolitisch vielleicht ein Zauderer, aber innenpolitisch ist er nicht zimperlich.«

»Aber so ein bisschen Zensur sollte Ihnen doch aus Deutschland schon bekannt sein, nicht wahr?«, mischte sich Eisenfels ein und blickte Tom angriffslustig in die Augen.

»Ja, da haben Sie recht.« Tom fühlte sich langsam etwas unbehaglich. Er nippte an seiner Tasse.

»Soll der Schuschnigg doch ein Zauderer sein«, sagte Caroline Hebenstreit und spielte mit einer silbernen Kette, die über ihrem jugendlichen Dekolleté baumelte, »er ist nicht deppert. Kein Dummkopf, meine ich … Aber belästigen wir Sie jetzt nicht weiter mit Politik. Herr Wenters, haben Sie vor, einen Heurigen zu besuchen? Ist ein Muss für jeden Touristen.«

»Ich habe mir noch keine Gedanken darüber gemacht.«

»Sollten Sie unbedingt. Achten Sie aber darauf, nicht in die Touristenfallen zu tappen. Mit dem 38er sind es auch nur ein paar Stationen vom Stadtzentrum. Haben Sie auch schon eine Stadtrundfahrt mit den Autos des Verkehrsbüros gemacht?«

»Nein, aber danke für den Tipp, ich …«

»Was sagen Sie als Deutscher denn zu den Gerüchten«, fragte Starzer ansatzlos, »dass die Nazis in Berlin bald von der Führung der Wehrmacht weggeputscht werden?«

»Ich habe von solchen Gerüchten auch nur in den Zeitungen gelesen«, wich Tom aus. Es stimmte: In der internationalen Presse gab es immer wieder solche Meldungen, die sich auf unbestätigte Quellen stützten.

»Wissen Sie«, führte Starzer mit einem etwas selbstgefälligen Gesichtsausdruck aus und spielte mit einem Stück braunen Zucker, das neben seiner Kaffeetasse auf dem Unterteller lag, »meiner Meinung nach ist der ganze Faschismusspuk bald vorbei. In Deutschland wird sich die Wehrmacht schon nicht endlos lang von diesem kleinen Herrn Führer auf der Nase herumtanzen lassen. Italien ist sowieso instabil, Mussolini wird bald gestürzt. Sein Land ist finanziell einfach am Ende.«

Tom trank aus, senkte seinen Blick und sagte nichts.

»Ich teile deine Zuversicht keineswegs, Toni«, mischte sich der hagere Eisenfels ein. »Sie werden kommen. Die Piefke kommen zu uns, ganz sicher. Meine Mutter sagt, die Deutschen sind die neuen Hunnen. Und die sind auch gekommen, Toni.«

»Geh!«, rief Starzer abfällig. »Du weißt, ich habe mit Antisemitismus nix am Hut, Teddy, aber was du sagst, ist nichts weiter als typischer jüdischer Defätismus!«

»Na, da haben wir's wieder«, murmelte Caroline Hebenstreit.

»Ich bin ja auch ein typischer Kaffeehausjude, oder etwa nicht?«, lachte Eisenfels.

Als die drei das Kaffeehaus verlassen hatten, kam der Kellner Franz wieder zu Tom an den Tisch. »Ich habe mich erkundigt. Ein Nachtzug nach Zürich geht um 22.53 Uhr, Abfahrt vom Westbahnhof. Wissen der Herr, wie Sie dort hinkommen?«

»Nein. Hätten Sie vielleicht eine Karte?«

»Ich werde eine holen.«

»Und haben Sie einen *Washington Herald*?«

Zu Toms Überraschung brachte ihm der Mann eine relativ aktuelle Ausgabe des *Herald*. Sofort begann Tom mit der Kopfrechnung. Aber auf der Seite fünf in der zweiten Spalte fand er das entsprechende Wort nicht.

Iagonum, dachte Tom. Was das wohl bedeutete.

Er biss in ein Stück Gebäck, und butterte sich gleichzeitig ein zweites kleines Brötchen mit einer süßen Erdbeerkonfitüre.

Während er in Ruhe aß, ließ er seinen Gedanken freien Lauf. Wie hatte das Corps Professor Schwarzbeck nur mit diesem Morgenstein verwechseln können? Wer hatte so einen Fehler gemacht? Es wollte Tom einfach nicht in den Sinn kommen. Aber wie auch immer: Tom war zufrieden, jetzt in Wien zu sein. Er würde die ganze Geschichte schon zu einem guten Ende bringen, davon war er überzeugt.

Tom bezahlte eine gute halbe Stunde später ausgeruht und gestärkt die Rechnung. Dem Ober gab er ein großzügiges Trinkgeld.

»Dankeschön, der Herr, vielen Dank! Ich habe hier einen Stadtplan gefunden. Hier … da, beim Gürtel ist der Westbahnhof. Sehen Sie?«

Tom nickte.

»Kann ich noch irgendetwas für Sie tun?«

»Ja, das können Sie in der Tat. Wie komme ich am schnellsten in die Operngasse?«

Tom hatte seinen Mantel bis oben zugeknöpft und marschierte stumm den Gehweg entlang, während ihm der eisige Wind um die Nase wehte. Noch einmal zog er unauffällig den Briefumschlag mit Morgensteins Adresse aus seiner Tasche, um ganz sicher zu gehen. Operngasse 40. Es stimmte.

Tom blieb bei einem Laternenpfahl stehen und betrachtete das dunkelgraue, unscheinbare mehrstöckige Wohnhaus auf der anderen Straßenseite. Alles machte einen ruhigen Eindruck. Tom richtete seinen Hut und überquerte die Straße. Sofort suchte er die Schilder neben der Eingangstür ab.

»Morgenstein«, las Tom und klopfte zweimal mit dem Zeigefinger auf eine Messingtafel. »Wohnung 26 …«

Plötzlich schwang die schwere Tür langsam auf.

»Kann ich Ihnen helfen?«, fragte eine ältere Frau skeptisch, die einen grauen Kittel trug und einen Besen in der Hand hielt.

»Ich suche Herrn Morgenstein.«

»Herr *Doktor* Morgenstein«, korrigierte die Frau Tom scharf und hob ihre Nase. Dann schüttelte sie den Kopf und warf Tom einen tadelnden Blick zu. »Jetzt lassen seine Studenten ihn nicht einmal mehr zu Hause in Ruhe. Zufällig weiß ich, dass der Herr Doktor erst am Abend wieder da ist.«

»Sie wissen nicht zufällig, wo er sich im Moment …?«

»Also ich bitt' Sie«, unterbrach die Dame Tom und griff wieder nach der Türklinke, »das geht Sie gar nichts an. Das hier ist ein Wohnhaus, kein Amt! Gehen Sie in sein Institut auf der Hochschule, das hat Parteienverkehr.«

»Sie sind Anita Ramatzky, nicht wahr?«, fragte Tom, bevor sie die Tür zuwerfen konnte. Die knapp 40-Jährige wirkte auf einmal wie ertappt. Eisig und ängstlich zugleich musterte sie Tom von Kopf bis Fuß.

»Wenn Sie von der Staatspolizei sind«, fauchte sie mit bebender Stimme, »dann darf ich bitte Ihren Ausweis sehen, der Herr?«

»Nein, nein, das nicht!«

Nur einen Moment später fiel die Tür krachend ins Schloss. Tom war dennoch zufrieden.

Nach einer Weile fand er einen Park und setzte sich auf eine Bank ganz in der Nähe eines großen Brunnens unweit einer Kirche. Tom entschied sich, Morgensteins Wohnung erst am Abend wieder aufzusuchen, gegen 20 oder 21 Uhr. Wahrscheinlich musste Morgenstein ein paar Dinge zusammenpacken, dann hätten sie auf jeden Fall noch genug Zeit, bis 22.53 Uhr am Westbahnhof zu sein.

So weit, so gut, dachte er sich, jetzt heißt es warten.

Tom überlegte sich genau, was er Morgenstein erzählen würde, damit dieser so schnell wie möglich kooperierte. Im Grunde musste er dem Doktor genau wie Professor Schwarzbeck am Tag zuvor in Berlin gegenübertreten: selbstbewusst, aber höflich. Das konnte auf gar keinen Fall falsch sein.

Tom streckte seine Arme aus und gähnte.

Die Situation war nicht neu für ihn. Schwarzbeck in Berlin war, im Nachhinein betrachtet, gewissermaßen die Generalprobe gewesen. Tom musste sich mit dem Doktor nur noch in den Zug setzen und nach Zürich fahren. Und schon hätte er seine Aufgabe erfüllt.

51. VERACHTUNG

»Du glaubst tatsächlich, dass es so funktioniert?« Morgenstein griff nach seinem Schal, der auf einem hölzernen Kleiderständer hinter seinem Schreibtisch baumelte.

»Ich bin fast überzeugt«, antwortete Viktoria Baroq ohne zu zögern und nickte ihm zu, während sie auf ihrem Drehsessel saß und damit keck hin und her schwenkte.

»Nur fast überzeugt?«

»Na ja, vielleicht ein bisschen mehr als fast.«

Morgenstein lächelte. Es war unendlich schade, dass diese so begabte junge Frau nur unter vier Augen so offen ihre Gedanken äußern konnte. Nur wenn Viktoria mit Morgenstein allein war, strotzte sie mittlerweile vor Selbstbewusstsein und konnte ihre natürliche Schüchternheit ganz ablegen. Dass sie seit ein paar Tagen von sich aus mit ihren wissenschaftlichen Ideen auf Morgenstein zukam, war der bisherige Höhepunkt ihrer Offenheit.

»Es ist unumgänglich, einen Chemiker zu Rate zu ziehen«, erklärte Viktoria und bewegte ihre rechte Hand wie so oft unbewusst auf der Tischplatte hin und her, als ob sie in Gedanken Klavier spielte. »Einen fähigen Chemiker, der den großen Rahmen versteht. Wenn ich es schaffen sollte, Urankerne mit Neutronen zu beschießen und tatsächlich zu spalten, dann hilft es mir alles nichts, solange ich das Ergebnis nicht beweisen kann. Dann habe ich bestenfalls nur die Arbeit von Enrico Fermi wiederholt. Ein Chemiker aber kann mir helfen, den nächsten Schritt zu machen.«

Morgenstein seufzte und nickte nachdenklich, doch nicht aus den Gründen, die Viktoria vermutete.

Es war entsetzlich, dachte er.

Sobald Viktoria gezwungen war, mit einem anderen Kollegen zu sprechen, würde sie wieder in ihre übliche Zurückhaltung verfallen. Es war wahrscheinlich kein Wunder, dass die wenigsten Kollegen an der Universität ihren genialen Geist erkannten. Morgenstein wusste selbst nur zu gut, dass ein schüchterner männlicher Physiker oft einfach als eigenbrötlerisch akzeptiert wurde, ohne dass dessen Kompetenz gleich angezweifelt wurde. Aber eine weibliche zurückhaltende Wissenschaftlerin wurde so gut wie immer als ahnungslos und unfähig abgestempelt. Da half auch nicht, dass Frauen wie Marie Curie, Irène Joliot-Curie oder Lise Meitner bereits eindrucksvoll bewiesen hatten, dass die Vorurteile dem weiblichen Geschlecht gegenüber einfach falsch waren.

Nein, sie würde ihre grandiosen Gedanken mit niemandem sonst teilen als mit ihm, dachte Morgenstein.

Gerade dir verrät sie jetzt alles, sagte er sich. Es drehte ihm bei dem Gedanken beinahe den Magen um, so sehr plagte ihn sein schlechtes Gewissen. Gerade dir.

»Und wie sieht dieser nächste Schritt aus?«, fragte Morgenstein vorsichtig und legte sich den Schal um seinen Hals.

»Nun, es müssen neuartige Analyseprozeduren entwickelt werden. Ich denke da an chemische Absonderungen. Dann können wir klären, welche Bestandteile bei der Zerstörung der Urankerne entstehen. Und ich bin überzeugt davon, dass bei der Spaltung genau das passiert, was ich dir jetzt schon seit Stunden erzähle. Entschuldige bitte meine Penetranz.«

Viktoria lachte auf und lehnte sich zurück.

»Du meinst die Energiefreisetzung«, nickte Morgenstein und blickte zu Boden. Er war den ganzen Nachmittag lang Viktorias Ausführungen geduldig gefolgt und hatte so getan, als hätte er die Details alle zum ersten Mal erfahren.

Du solltest dich in Grund und Boden schämen, dieses Mädchen so auszunutzen, dachte er sich.

»Und es würden weitere Neutronen freigesetzt werden«, schilderte Baroq. »Und die sind in der Lage, weitere Kerne zu spalten.«

»Das wäre dann eine … eine Kettenreaktion.«

»Genau. Aber es zu beweisen, darum geht es! Was nützt eine fantastische Theorie, wenn man sie praktisch nicht nachweisen kann?« Scheinbar unbewusst legte Viktoria ihre Hand auf das rote Buch, das vor ihr auf dem Schreibtisch lag. Morgenstein entging die Bewegung natürlich nicht.

»Du hast schon eine Idee für ein chemisches Verfahren, habe ich recht?«

»Es ist nur ein Konzept.« Baroq lächelte verlegen. »Ich bin keine Chemikerin.«

Morgenstein setzte seinen Hut auf. »Ich werde mich morgen einmal umhören, ob dir jemand einen Mann vom chemischen Institut empfehlen kann. Ich habe dort noch ein, zwei gute Bekannte. Von früher.«

»Das ist sehr lieb von dir. Ich wusste, du würdest mir helfen.«

»Selbstverständlich.«

»Ich möchte dich aber um etwas bitten«, fügte sie hinzu und wirkte mit einem Mal sehr ernst. »Es sollte unbedingt jemand sein, der … wie soll ich es ausdrücken … jemand, der nicht den ganzen Ruhm für sich will.«

Morgenstein schluckte.

»Ich will niemanden, der sich mit fremden Federn schmückt, verstehst du das? Oder ist das zu egoistisch von mir? Es tut mir leid, ich bin wahrscheinlich zu …«

Morgenstein lächelte gequält. »Nein, dafür musst du dich nicht entschuldigen.«

Sie atmete erleichtert auf.

»Einen schönen Abend, Viktoria.«

»Wünsche ich dir auch!«

Bevor er das Zimmer verließ, warf er einen verstohlenen Blick auf das unscheinbare kleine rote Notizbuch seiner Kollegin. Er verachtete sich selbst in diesem Moment so sehr wie nie zuvor für das, was er getan hatte – und für das, was er noch tun würde.

52. AUFBRUCH

Die Straßenlaternen brannten bereits, als es leicht zu nieseln begann. Tom fror ein wenig, aber das störte ihn nicht. Jetzt konnte er diese Aufgabe endlich auf die Zielgerade bringen.

Er beobachtete das Haus Nummer 40 von der gegenüberliegenden Straßenseite und blickte sich ein letztes Mal um. Dann, als ein roter Wagen an ihm vorbeigerollt war, ging er los.

Tom drückte unauffällig mit seiner Schulter gegen das Haustor, während er die Klinke hinunterpresste. Widerstandslos öffnete es sich. Er ließ die Tür hinter sich vorsichtig wieder zufallen. Neben einem riesigen schwarzen Schrank fand er den Aufgang und stieg langsam die dunkle Treppe hinauf.

Tom klopfte an die Tür mit der Nummer 26, nahm seinen nassen Hut ab, atmete tief ein und versuchte, gelassen zu wirken. Sofort klickte und knarrte es, als ob die Bolzen mehrerer Schlösser zur Seite geschoben wurden. Die Tür öffnete sich einen Spalt, und ein schlanker Mann mit kleinen schwarzen Augen, kahlem Kopf und weißem Vollbart starrte Tom an.

»Herr Doktor Morgenstein?«, fragte Tom.

»Ja«, antwortete der Mann vorsichtig.

»Ich muss mit Ihnen sprechen.«

»Worum … geht es denn?«

»Um eine dringende Angelegenheit. Darf ich reinkommen?«

Morgenstein wirkte unschlüssig. Tom beugte sich ein Stück vor und flüsterte: »Wir haben einen gemeinsamen Freund in Berlin, Herr Doktor.«

Morgenstein hob die Augenbrauen und öffnete den Mund ein Stück, dann trat er einen Schritt zurück. Nach einer Weile deutete er Tom einzutreten. Hinter ihm verschloss er die Tür. Die kleine Wohnung wirkte beinahe unbewohnt, die Wände waren großteils leer.

»Sie sind allein?«, fragte Tom, während er sich umsah. Die Türen zur Küche, dem bescheidenen Bad und zwei kleinen Zimmern standen offen.

»Ja, außer mir ist niemand hier. Darf ich fragen, wer Sie …?«

»Mein Name ist Theodor Wenters. Ich bin hier, weil wir Ihre Nachricht erhalten haben.«

Morgensteins Augen wurden größer und größer.

»Wir haben uns entschlossen, Sie bei uns aufzunehmen. Es geht heute für Sie los.«

Der kleine alte Mann brachte nur ein heiseres Schluchzen heraus. Dann machte er einen Schritt auf Tom zu, drohte beinahe umzufallen und umarmte ihn schließlich.

»Danke«, flüsterte Morgenstein. »Endlich, endlich. Ich hatte befürchtet, Sie würden nie kommen.«

Tom hielt seine eigenen Hände weit von sich gestreckt.

»Herr Doktor Morgenstein, wir müssen uns beeilen, es tut mir leid, aber wir dürfen jetzt keine Zeit verlieren!«

»Ja, natürlich.« Er ließ Tom los und zog seine Weste zurecht. »Bitte entschuldigen Sie, es tut mir leid.«

»Das muss es nicht. Wir müssen uns jetzt aber an einen strikten Zeitplan halten. Hören Sie mir genau zu. Wir beide werden Wien noch heute verlassen.«

Morgenstein schien verwirrt. »Sie sind alleine hier?«

»Ja, nur ich. Hören Sie mir jetzt bitte zu.«

»Natürlich, natürlich. Verzeihen Sie, die Aufregung.«

»Es ist alles arrangiert. Wir werden in die Schweiz reisen. Haben Sie einen gültigen Pass?«

»Natürlich.«

»Gut. Packen Sie jetzt bitte. Aber nur das Nötigste, nur eine Tasche, wenn es …«

Morgenstein hob lächelnd seine Hand, und Tom verstummte. »Einen Moment«, sagte der Doktor und lief in ein Zimmer. Nach einem Augenblick kam er mit einer kleinen Aktentasche und einem braunen Lederkoffer und stellte das Gepäck vor Tom auf den Fußboden. »Ich hoffe, dass er nicht zu groß ist, ansonsten kann ich noch einiges davon hier lassen.«

»Nein, nein.« Tom bemühte sich nicht, seine Verwunderung zu verbergen. »Das … das wird funktionieren. Wieso … ich meine, warum sind Sie schon vorbereitet?«

»Ich wusste, dass Sie kommen werden. Ich wusste es einfach.«

Für einen Moment zögerte Tom. Doch dann zuckte er mit den Achseln. »Sehr gut, das verschafft uns nur noch mehr Zeit. Der Zug bringt uns kurz vor 23 Uhr aus der Stadt.«

Tom blickte auf sein Handgelenk, während Morgenstein eine

Taschenuhr hervorholte. Schweigend sahen sie sich schließlich in die Augen.

»Vielleicht überprüfen Sie noch einmal, ob Sie alles bei sich haben, Doktor. Vergessen Sie nicht, Sie werden das Land für sehr lange Zeit verlassen.«

»Oder für immer.« Morgenstein wirkte gefasst. Er machte sich sofort ans Werk. »Ich bin ja so erleichtert, dass es jetzt endlich losgeht«, rief er Tom aus der Küche zu, während er sorgsam sein Gepäck überprüfte.

»Ich kann Sie gut verstehen.« Tom schlenderte zum Fenster im beinahe leeren Wohnzimmer, das zur Operngasse zeigte. Es lief alles nach Plan. Er löschte das Licht der einzigen Lampe im Raum, um einen Blick hinunter zu werfen. Eine Person spazierte auf dem nassen, gepflasterten Gehweg entlang. Es regnete immer noch. Alles war ruhig.

»Die Arbeitsunterlagen«, sagte Morgenstein, »die sind wohl das Wichtigste.«

»Ja«, antwortete Tom geistesabwesend und ging in das Schlafzimmer. Durch ein Fenster konnte er in einen Hinterhof blicken. Ein paar Tonnen und Kisten entdeckte er dort unten, direkt neben einem Treppenhaus eines zweiten Gebäudes. Auch hier schien alles ruhig zu sein.

»Kleidung und so weiter, das kümmert mich nicht. Es gibt ja auch in Amerika Kaufhäuser.«

Tom lächelte zustimmend, ging zurück ins Wohnzimmer und betrachtete die Gasse. Der einzelne Passant war ein Stück weitergegangen. Alles in Ordnung.

»Was freue ich mich auf den Moment, wenn ich dann zum ersten Mal in ein richtiges amerikanisches Restaurant gehen kann.«

Der Passant ging auf einen Hauseingang gegenüber zu.

»So ein richtiges … Wie nennt man das? Mir läuft das Wasser schon jetzt im Mund zusammen.«

Der Mann stellte sich neben die Tür und drehte sich um. Tom sprang zur Seite und verbarg seinen Körper hinter dem Vorhang.

»Und diese riesigen amerikanischen Autos!«

Toms Herz begann ansatzlos, heftiger zu schlagen. Die Gestalt dort unten blieb seelenruhig im Regen stehen.

»… es wird einfach großartig werden. Wie im Märchen …«

Da bemerkte Tom einen zweiten schwarz gekleideten Mann, der von rechts über die Fahrbahn schritt. Auch er beeilte sich nicht. Sein Hut und sein Mantel waren klitschnass.

Tom schluckte und atmete dann kräftig ein. Welcher Mensch würde sich im Regen nicht beeilen voranzukommen? Insbesondere, wenn er keinen Regenschirm dabeihatte?

»All die Monate habe ich gehofft und bin vor Angst beinahe gestorben. Dass es heute endlich soweit sein soll … Es erscheint mir noch keineswegs real.«

Der zweite Mann bewegte sich langsam weiter und blieb auf Höhe des Hauses Nummer 40 bei einer der Laternen seelenruhig stehen.

Verdammt, verdammt, fluchte Tom innerlich und atmete schneller. Der Mann lehnte sich im Regen an die Metallstange und blickte über die Straße. Plötzlich hob er seinen Kopf und sah zum Fenster hinauf. Im gleichen Augenblick drehte sich Tom blitzschnell mit dem Rücken zur Wand und flüsterte: »Oh Gott.«

»Irgendetwas nicht in Ordnung?«, fragte Morgenstein, als er lächelnd in das Wohnzimmer trat.

»Zur Seite«, befahl Tom energisch, »bleiben Sie vom Fenster weg!«

Morgenstein zuckte zusammen und gehorchte sofort. Er bückte sich und versteckte sich in einer dunklen Ecke des Zimmers. »Was ist los?«

»Bleiben Sie ruhig, seien Sie still. Vielleicht irre ich mich.«

Tom irrte sich bestimmt nicht. Wer zum Teufel waren die? Toms Lider schlossen sich wie von selbst. Sein Mund war entsetzlich trocken, und er fühlte, wie seine Hände zu zittern begannen.

Doch dann riss seine Augen wieder auf. Er ging in die Knie und kroch schließlich auf allen vieren an Morgenstein vorbei durch das Zimmer und in den hinteren Raum. Dort richtete er sich wieder auf, hielt seine Hände vor seinen Mund und blies warme Luft in sie hinein.

»Finde eine Lösung«, sagte er sich und blickte vorsichtig aus dem Fenster in den Hinterhof. Hier war nichts zu sehen.

»Denk' nach!«

Er betrachtete die kahlen Wände, die von der Decke baumelnde Lampe, eine Kommode und schließlich das Bett, das mitten im Zimmer stand. War das zu abwegig?

»Los«, spornte er sich an. Er gab sich einen Ruck und riss das Laken von der Matratze. Er zog die Decke aus dem Überzug und knotete die beiden langen Stoffbahnen an den Enden zusammen.

»Hier, ziehen Sie mal kräftig daran«, flüsterte Tom Morgenstein zu, nachdem er ihm das eine Ende des provisorischen Seils quer durch die Wohnung zugeworfen hatte.

»Was haben Sie vor?«, fragte Morgenstein leise.

»Wir sind hier im zweiten Stock, da unten sind einige Kisten, eine passable Landezone. So, noch einmal kräftig ziehen, Doktor, gut so!«

»Sie wollen, dass wir da hinunter ...?«

»Warten Sie es ab«, sagte Tom mit verbissener Miene. »Panik bringt uns gar nichts. Verstanden?« Tom zog die verknoteten Tücher wieder zu sich her. Als Abstiegsseil war es eindeutig zu kurz. Sie waren hier viel zu weit oben, da würden sie sich beim Sprung einige Knochen brechen. Tom sah erneut vorsichtig hinaus, öffnete schließlich das Fenster des Schlafzimmers und band ein Ende des Leintuches an den Mittelstock des Rahmens.

»Doktor, machen Sie sich fertig. Nehmen Sie Ihr Gepäck. Aber zeigen Sie sich um Himmels willen nicht am Fenster!«

»Ja, in Ordnung!«

Toms Plan war bestimmt nicht der beste. Aber klappen konnte er dennoch. Auch wenn er dazu sehr viel Glück brauchte. Und schnelle Beine.

Er warf die zusammengeknoteten Laken aus dem Fenster. Das weiße Seil baumelte an der Außenwand im Innenhof.

»Kommen Sie jetzt, Doktor. Es geht los.«

53. DUELL

Es würde jetzt nur auf ihn selbst ankommen.

Tom stand unten in der Halle zwischen dem riesigen schwarzen Schrank und dem Treppenaufgang und starrte die Eingangstür des Hauses Nummer 40 an. Er zitterte am ganzen Körper und hörte, wie Regentropfen hinter der schweren Tür auf die Straße niederprasselten. Das Kopfsteinpflaster würde in dieser Nacht rutschig sein.

Du wirst das schaffen, spornte sich Tom innerlich an und senkte seinen Blick. Ganz bestimmt.

Tom holte noch einmal tief Luft, umklammerte entschlossen die Klinke mit seinen beiden Händen, zog die Tür auf und trat vor das Haus.

Sofort sah er ihn: Der schwarz gekleidete Mann, dessen Gesicht von den Regenfäden verhüllt wurde, lehnte auf der anderen Straßenseite an der Laterne. Tom warf ihm einen finsteren Blick zu und dachte wieder: ganz bestimmt.

Als der Kerl Tom entdeckte, wich er einen halben Schritt von der Laterne zurück und spähte über seine rechte Schulter. Er nickte dem zweiten Mann zu, der halb verborgen im Schatten eines Hauseinganges stand.

Blitzschnell sprang Tom zur Seite und rannte los.

Der zweite Mann im Hauseingang reagierte sichtlich überrascht. Als er auf Tom zueilen wollte, rutschte er tollpatschig aus und fiel beinahe zu Boden. So holte Tom einen Vorsprung heraus und hatte freie Bahn. Er rannte sich in einen fieberhaften Rausch, während ihm der Regen ins Gesicht peitschte. Hinter ihm vernahm er aufgeregtes Gebrüll und polternde Schritte. Das waren mehr als zwei Männer hinter ihm her, verstand er.

»Du musst viel schneller werden!«, fuhr er sich an.

Abwechselnd warf er Arme und Beine nach vorne und sah Laterne um Laterne und Haus um Haus vorbeifliegen.

Lass' sie nicht schießen, bitte!

Plötzlich blendeten ihn zwei Scheinwerferpaare. Die Autos hupten schrill, doch Tom rannte einfach weiter mitten auf der Fahrbahn. Ein Wagen musste abrupt abbremsen, um ihn nicht zu überfahren. Endlich eine Kreuzung. Eine rot-weiße Straßenbahn rollte von links heran. Tom wollte unbedingt vor ihr die Straße kreuzen. Die würden ihn sonst einholen und umbringen! Die Warnglocke der Straßenbahn klingelte energisch, doch Tom beschleunigte und sprang nur Zentimeter vor dem Metallkoloss über die Gleise.

»Nein!«, schrie er, als er landete. Seine Füße rutschten unkontrolliert zur Seite, er knallte bäuchlings auf den Boden und glitt einige Meter über das unebene Pflaster. Sein ganzer Körper wurde durchgerüttelt, und auf einmal durchzuckte ein stechender Schmerz sein linkes Bein. Tom presste die Augen zu.

»Steh' auf!«, fuhr er sich an. Er rang nach Atem. »Steh' auf!«

Er blickte hinter sich und entdeckte sofort seine Verfolger. Es waren vier Männer, erkannte er nun. Immerhin lagen sie aber noch ein gutes Stück zurück.

»Steh' endlich auf!«

Er stützte sich hastig auf das linke Bein, brach aber sofort wieder zusammen. Das Knie brannte höllisch. Offenbar hatte er sich beim Sturz die Haut aufgerissen.

»Sind Sie verletzt?«, rief ihm ein Passant besorgt zu, der einen Regenschirm in der Hand hielt. Doch Tom ignorierte ihn.

»Komm' schon!« spornte er sich erneut an. Es musste irgendwie gehen, beide Beine mussten funktionieren. Er erhob sich, dieses Mal langsamer. Er spürte, wie das warme Blut sein Schienbein hinabrann, als er vorsichtig lostrabte. Er wischte sich mit einer Hand das Regenwasser vom Gesicht und blickte stur nach vorn.

Er lief um die Wiener Oper herum, verstand er auf einmal. Ein Bein vor das andere, schneller, schneller.

Tom zwang sich, sich wieder zu konzentrieren. In den verwinkelten Gassen der Wiener Innenstadt wollte er Haken schlagen, um die Verfolger abzuschütteln. Er war ein guter Läufer, das musste klappen. Die würden irgendwann nicht mehr mithalten können.

Du hättest nie nach Wien kommen dürfen, dachte Tom ansatzlos. Nein, korrigierte er sich noch im gleichen Moment selbst, du hättest im Sommer erst gar nicht nach Washington gehen sollen.

Er erreichte einen Platz, und vor ihm tauchte plötzlich eine Gruppe von Menschen auf.

»Was fällt Ihnen ein!«, schrie ein großer Mann, der seinen Regenschirm fallen ließ, als Tom ihn leicht an der Schulter touchierte. Tom behielt sein Tempo bei. Er drehte den Kopf kurz nach hinten. Seine Verfolger waren ein Stück weiter weg, aber immer noch hinter ihm.

Tom steuerte nach rechts, passierte eine Kirche und schlüpfte in eine schmale Gasse. Beinahe kam er in der Kurve zu Fall. Erst Sekunden später hörte er das Echo der polternden Verfolger in der Häuserschlucht widerhallen. Sie waren langsamer, wenn auch nur ein wenig.

Es wird klappen, es muss klappen.

Links flog ein großer Platz vorbei. Ein weißes majestätisches Gebäude lag dahinter. Immer wieder drohte er auszurutschen. Die Steine des Pflasters waren zu unregelmäßig und nass. Er durchquerte eine breite Durchfahrt und fand sich plötzlich auf einem weiteren ovalen Platz wieder. Zahlreiche Autos parkten vor einem Palast, der sich unmittelbar zu Toms Linker erhob. Tom zögerte nicht und rannte durch ein hohes Tor.

Weiter!

Die Anstrengung forderte ihren Tribut. Sein Hals verengte sich, er konnte kaum noch Luft holen. Seine Beine rebellierten. Er sah nur noch die Straße vor sich.

Nicht nachdenken!

Er registrierte kaum, dass er unter einer riesigen Kuppel hindurch, über einen großen rechteckigen Hof und durch den mittleren von drei Torbögen auf eine große Freifläche gelangte, die er eigentlich schon kannte.

Nicht aufgeben!

Erst als er das sich aufbäumende Ross erkannte, wurde es Tom klar. Er befand sich wieder auf dem Heldenplatz.

Iustitia Regnorum Fundamentum, las Tom wie in Trance vor sich auf dem Burgtor, das er einige Stunden zuvor bereits einmal gesehen hatte. Er schnaubte und wurde langsamer.

Sie waren geschlossen. Die Tore, alle fünf, waren geschlossen.

»Verdammt!«

Plötzlich war Tom wieder hellwach. Er ignorierte die Warnsignale seines Körpers. Das Adrenalin ließ ihn gewähren. Er blickte sich um.

»Verdammt!«, fauchte er. Er war in seine eigene Falle getappt. Ein meterhoher Metallzaun auf einem hohen Steinsockel umgab das ganze Feld vor ihm. Sofort lenkte Tom scharf nach rechts. Doch schon einen Augenblick später bremste er rasant ab und rutschte ein Stück, hielt sich jedoch auf den Beinen. Vor ihm, vielleicht 50 Meter entfernt, erkannte er drei dunkle Gestalten, die auf ihn zukamen. Sie waren noch weit weg, aber sein Fluchtweg war abgeschnitten.

Hektisch drehte sich Tom um und streckte die Hände zur Seite. Er keuchte verzweifelt. Ein einzelner Verfolger stürmte hinter ihm heran. Er war Tom mit Abstand am nächsten. Die Gruppe der Verfolger musste sich aufgeteilt haben, erkannte Tom.

Die würden ihn umbringen. Einen Amerikaner, einen Spion, einen Feind. Hier auf der Stelle. Wer auch immer *die* waren.

Tom wandte sich um und steuerte wieder auf den Zaun zu. Er sprang über eine niedrige Hecke hinweg und hüpfte auf den steinernen Sockel. Die zahlreichen schlanken Speere des Gitters waren dicht an dicht gesetzt. Tom sah sich hektisch um. Der Dunkle war kaum 20 Schritte von ihm entfernt, die anderen drei lagen noch ein weites Stück hinter ihm.

Tom schrie laut vor Anstrengung, klammerte sich an der oberen Querstrebe fest, versuchte, mit den Füßen, so gut es ging, Halt zu finden und zog sich nach oben. Nach oben, nach oben mit den Beinen. Gleich würde der ihn packen. Gleich. Er hörte ihn, er war schon ganz nah. Tom griff hinauf. Fast war der Kerl da.

Lass ihn nur nicht schießen!

Tom atmete tief ein und umfasste mit seinen Händen so fest wie möglich die schmalen Metallstangen und drehte sich zum Verfolger.

Der Dunkle streckte schon die Hände nach Toms Bein aus, als Tom mit seinem linken Fuß, so schnell er konnte, nach vorn trat. Es krachte. Er traf die Gestalt direkt im Gesicht. Sie taumelte, stürzte zurück und fiel benommen zu Boden.

Das war die Gelegenheit. Tom zwang seinen ganzen Körper zu einer gewaltigen Kraftanstrengung und stieß sich selbst schreiend über die Speere.

Dass er nicht aufgespießt wurde, war reines Glück. Er rutschte wie leblos auf der rettenden Seite hinunter, und kam auf dem Steinsockel zu stehen. Tom hatte es geschafft.

»Nur weg jet…«

Da blieb ihm die Luft weg. Ein Arm packte ihn von hinten über die rechte Schulter hinweg am Hals und würgte ihn. Tom rutschte mit seinen Beinen vom Sockel und fiel unsanft nach unten. Er würde sterben. Jetzt würde er sterben.

Er bekam keine Luft. Sein Kopf dröhnte. Ihm wurde schwarz vor Augen.

Tom warf sich instinktiv nach vorn. Er schaffte es, den Griff etwas zu lösen, doch wieder wurde er zurückgehalten. Die fremde Hand hatte ihn noch immer an der Schulter gepackt. Tom drehte sich um.

Er sah direkt in das tief von Falten zerfurchte Gesicht des unbekannten Verfolgers, der ihn durch den Zaun hindurch zurückhielt. Eine riesige Nase trennte die geradezu pechschwarzen funkelnden Augen, und über seinen weit geöffneten Mund quoll ein breiter schwarzer Schnauzbart. Der Dunkle starrte Tom hasserfüllt an. Aber es war noch etwas anderes in seinem Blick, das Tom sofort Zuversicht verschaffte: Angst. Der Mann wusste, dass Tom kurz davor war zu entkommen. Er wusste, dass Tom sie alle bezwingen könnte.

Nur der rasselnde Atem der beiden durchbrach die Totenstille. Tom sah, dass die anderen drei Männer weiter in Richtung des Zauns rannten, doch noch waren sie ein ganzes Stück weit entfernt. Tom packte den Arm seines Widersachers mit beiden Händen, lehnte sich zurück und holte tief Luft.

»Jetzt!«

Er riss den Arm mit einem Ruck nach links. Der Kerl heulte vor Schmerzen auf, doch er ließ Tom noch immer nicht los. Tom konnte es nicht fassen. Mit einem lauten Schrei drückte er den Arm des Mannes mit aller Gewalt und Kraft, die er noch aufbringen konnte, zur Seite. Und es krachte.

Zwischen den Speeren eingeklemmt, hatte er dem Mann den Arm gebrochen. Der Schwarze brüllte wie am Spieß und ließ von Tom ab. Tom war frei, sackte zu Boden und schob sich mit den Händen und Füßen vom Zaun fort. Hektisch sprang er auf, rannte über die mehrspurige Ringstraße, passierte das Naturhistorische Museum und bog in die Bellariastraße ein.

»Operngasse, schnell!«, befahl Tom einem Fahrer, nachdem er sich auf die Rückbank eines Taxis geworfen hatte. Tom gab dem Chauffeur fast alles Bargeld, das in seiner Hosentasche steckte.

»Dann halten Sie sich gut fest!«, antwortete der Lenker.

Als der Wagen rasant in eine Kurve bog und Tom allmählich wieder ruhig atmete, kamen ihm wieder die Worte von Tobias Hoffmann in den Sinn.

»Bosheit zeigt nach und nach erst ihr Gesicht.«

54. ABSCHIED

Das Taxi hielt direkt vor der Haustür.

»Warten Sie hier«, wies Tom den Fahrer an, als er aus dem Wagen kletterte.

»Passt, Chef!«

Alles schien ruhig. Tom betrat die Eingangshalle, ließ die Tür hinter sich zufallen und sah sekundenlang bewegungslos die Treppe hinauf. Tom war von Regen und Schweiß völlig durchnässt. Dicke Tropfen fielen von seinem Gesicht auf den Boden. Er griff mit der rechten Hand zum Schrank neben der Treppe und schob den Riegel zur Seite.

»Doktor Morgenstein«, flüsterte Tom, »ich bin es. Die Luft ist rein.«

Als Tom vorsichtig die großen Schranktüren zur Seite klappte, sah er sofort Morgensteins verängstigte dunkle Augen. »Kommen Sie, wir müssen uns beeilen.«

»Fahren Sie zum Westbahnhof«, rief Tom, als er hinter sich die Tür des Taxis zuknallte und sich neben Morgenstein auf die Rückbank quetschte, der sich kreidebleich an seinem Koffer festklammerte. Der Wagen bog rasant um die Ecke. Nach ein paar Momenten wandte Tom sich Morgenstein zu. »Entspannen Sie sich. Hat doch alles geklappt.«

Morgenstein lachte verlegen. »Sie haben gut reden. Als Sie mich eingesperrt haben, da wäre ich schon fast kollabiert vor Angst. Und als das Geschrei auf der Straße losgegangen ist, habe ich mich schon im Himmel gesehen, Herr Wenters. Es ist dann genau das passiert, was Sie vorhergesagt haben. Diese Leute sind in das Haus nur so reingestürmt und sind die Stiege hinauf. Ich habe es genau gehört. Ich hätte fast einen Herzinfarkt bekommen in meinem Versteck. Da hätten die gar nichts mehr tun müssen …«

»Es waren mehrere?«, fragte Tom.

»Ja, ganz bestimmt.«

Tom nickte. Dann waren es insgesamt mindestens sechs Männer: Vier waren hinter ihm her gewesen, und mindestens zwei hatten also Morgensteins Wohnung inspiziert.

»… und nach einer halben Ewigkeit sind die wieder heruntergestürmt. Aber die sind einfach an mir vorbei. Ich meine, an dem Schrank vorbei. Gott sei Dank! Nein, Ihnen sei Dank!«

Das Ablenkungsmanöver mit den zusammengeknoteten Decken im Schlafzimmer hatte tatsächlich funktioniert, dachte Tom zufrieden. Die mussten wirklich geglaubt haben, dass Morgenstein durch den Hinterhof geflohen war.

Sein linkes Bein war leicht verletzt. Nichts Schlimmes, wahrscheinlich nur ein paar Schrammen, die im Moment schmerzten. Er spürte auch noch immer die Würgemale an seinem Hals, aber auch das würde vergehen. Tom sah auf seine Uhr. 22.15 Uhr. Sie lagen gut in der Zeit.

»Wer waren die?«, fragte Morgenstein vorsichtig. »Die Staatspolizei? Oder doch nicht etwa Deutsche?«

»Ich habe keine Ahnung«, antwortete Tom ehrlich.

»Haben Sie die Fahrkarten bekommen?«, fragte Morgenstein Tom leise, als der vom Schalter in der Halle des Westbahnhofs zurückgeeilt kam.

»Ja«, flüsterte Tom, blickte sich vorsichtig um und griff nach dem Koffer des Doktors. »Gleis drei. Kommen Sie.«

Morgenstein wischte sich mit einem Taschentuch über die Stirn, setzte seinen Hut auf und folgte Tom.

»Nach Zürich?«, fragte ein freundlicher Schaffner, als Tom ihm am Bahnsteig wortlos die Tickets entgegenstreckte. »Ich bringe die Herrschaften gleich zu Ihrem Coupé, kommen Sie mit.«

Bevor sie einstiegen, warf Tom einen letzten Blick über die Schulter. Doch er entdeckte nichts Auffälliges. Morgenstein und er betraten ein Abteil, das sie für sich alleine hatten. Tom gab dem Schaffner ein Trinkgeld und verschloss die Tür.

»Das hätten wir geschafft!«, lachte Morgenstein erleichtert.

Noch nicht, noch sind wir in Wien, dachte sich Tom, nickte aber. Er wollte den Doktor auf keinen Fall verunsichern. Tom setzte sich ans Fenster und betrachtete skeptisch zwei Männer in blauen Jacken, die Kisten in einen der Waggons hoben.

»Ich traue mich fast nicht zu fragen«, sagte Morgenstein, der scheinbar Toms Miene richtige gedeutet hatte, »weil das beim letzten Mal zu einem unangenehmen Abenteuer geführt hat. Aber ist etwas nicht in Ordnung?«

Genau in dem Moment setzte sich die Lokomotive unter lautem Pfeifen endlich in Bewegung.

Tom atmete auf. »Nein, alles bestens. Jetzt sind wir auf dem Weg.«

Schon nach wenigen Minuten waren die letzten Lichter der Stadt vorbeigeflogen. Wien lag hinter ihnen, und der Zug rollte durch die tiefschwarze Nacht in Richtung Westen. Sie würden nun durch ganz Österreich fahren, ehe sie die schweizerische Grenze passieren und in Zürich ankommen würden. Tom blickte auf seine Armbanduhr und gähnte. Er lag voll und ganz im Zeitplan.

Tom legte seinen Hut auf den Nebensitz und betrachtete Morgenstein, der seelenruhig aus dem Fenster in die Dunkelheit starrte. Die Räder des Waggons rumpelten rhythmisch über die Schwellen der Gleise.

Toms Körper war von den Anstrengungen und Aufregungen der letzten Tage erschöpft. Aber er musste wach bleiben, noch war es nicht ganz geschafft. Er musste wach bleiben. Einfach nur wach bleiben.

»Es ist ein merkwürdiges Gefühl«, sagte Morgenstein ansatzlos, »dass es jetzt passiert ist. Ich meine, dass ich jetzt auf dem Weg bin.«

Tom nickte und setzte ein aufmunterndes Lächeln auf. »Es wird Ihnen in Amerika gefallen, da bin ich mir sicher.«

»Wissen Sie, so sehr ich verabscheue, was mit meinem Land in den letzten Jahren und Jahrzehnten so alles passiert ist, und so wenig ich daran glaube, dass es um die Zukunft Wiens gut bestellt ist, umso mehr bin ich jetzt doch davon überzeugt, dass ich die Stadt vermissen werde. Ich bin selbst überrascht.«

»Ich muss mich für meine Unkenntnis entschuldigen, aber haben Sie vielleicht Verwandte oder Freunde in den Vereinigten Staaten?«

Morgenstein schüttelte den Kopf.

Tom rutschte unsicher hin und her. Er befürchtete auf einmal, dass der Doktor jetzt kalte Füße bekommen könnte. Und das wäre das Letzte, was Tom jetzt benötigen würde.

»Durch meine Emigration verschlechtert sich meine soziale Lage aber nicht merklich«, beteuerte Morgenstein. »In Wien habe ich keine engen Verwandten mehr. Meine Eltern sind lange gestorben, und ich war ein Einzelkind. Es gibt ein paar Vettern und Neffen und Nichten, ja, aber der Kontakt ist keineswegs eng, verstehen Sie?«

»Ja.«

Morgenstein seufzte. Sein Gesichtsausdruck wirkte melancholisch.

»Der einzige Mensch, um den es mir wirklich schade ist, ist meine geschätzte Kollegin. Viktoria ist ein echter Schatz.«

Tom sagte nichts.

»Dass ich mich nicht von ihr verabschiedet habe, ist wirklich eine Schande. Ich hoffe, sie nimmt es mir nicht allzu übel. Nichts von alledem. Und ich hätte sie mit allem Nachdruck daran erinnern sollen, dass sie regelmäßig Klavier spielt! Diese gescheite junge Dame weiß gar nicht zu schätzen, welche Talente in ihr schlummern …«

»Sie hatten in Ihrer Wohnung erwähnt, dass Sie sich auf die amerikanischen Kaufhäuser freuen. Oder die Autos und die Restaurants?«

Morgenstein sah auf und lächelte. »Ja, das stimmt, das stimmt. Natürlich. Amerika. Es war immer ihr Traum, wissen Sie.«

»Der Traum von Ihrer Kollegin Viktoria?«

»Nein, nein, der Traum meiner gestorbenen Frau.«

»Oh, es tut mir leid, ich wusste nicht …«

»Keine Ursache. Das ist längst vergangen. Lydia, meine Gattin, hat es sich immer gewünscht, eines Tages zusammen mit mir eine

Reise nach Amerika zu unternehmen. Sie wollte sich New York ansehen. Und Kalifornien. Und Texas und Montana. Einfach alles von der Ostküste bis zur Westküste, von Norden bis nach Süden. Finanziell war das natürlich für uns beide nicht zu stemmen. Aber das hat ihr gar nichts ausgemacht. Sie hat so viele Bücher über Amerika verschlungen wie kein zweiter Mensch, möchte ich meinen. Sogar vor romantischem Kitsch hat sie nicht Halt gemacht, sie hat sogar Karl May gelesen. Und sie war wie besessen von den amerikanischen Filmen. Wenn im *Haydnkino* in der Mariahilfer Straße ein John-Ford-Film lief, haben wir uns den manchmal zehnmal gemeinsam angesehen. Und Lydia sprach Englisch beinahe wie selbstverständlich mit einem unverkennbaren amerikanischen Akzent. Das hat ihr einmal ein Tourist aus Cleveland attestiert, der in ihrem Laden ein paar Bücher kaufen wollte.«

Der Doktor wirkte auf einmal so redselig wie ein kleines Kind.

»Vor drei Jahren, als Lydia gestorben ist, hatte ich das erste Mal mit dem Gedanken gespielt, nach Übersee zu emigrieren. Damit ich statt ihr ihren Wunsch erfüllen kann. Es klingt naiv und kindisch, ich weiß, ich weiß. Aber dass es jetzt klappt … Ich kann es gar nicht in Worte fassen.«

Beide schwiegen eine Weile.

»Ich will Sie nicht mit all diesen Sentimentalitäten belästigen«, sagte Morgenstein schließlich.

»Wie ist Ihre Frau ums Leben gekommen?« Tom wusste, dass es ihm eigentlich keineswegs zustand, eine so private Frage zu stellen, aber er war einfach neugierig.

»Es war schlicht und ergreifend Pech. Im Sommer vor drei Jahren haben hier in Wien die Nationalsozialisten den Bundeskanzler ermordet.«

»Der fehlgeschlagene Juli-Putsch.«

»Richtig, richtig. Kanzler Dollfuß ist im Bundeskanzleramt am Ballhausplatz von den Nazis erschossen worden. Lydia war an diesem Tag in der Innenstadt, ich weiß bis heute nicht genau, warum. Man hat bei ihr in einer Tasche zwei Erstausgaben eines frühen Fontane-Romans gefunden, wahrscheinlich wollte sie die an einen

Antiquitätenhändler verkaufen. Lydia war Buchhändlerin, hatte ich das erwähnt? Vor dem Bundeskanzleramt war sie offenbar in den Aufruhr geraten. Die Nazis hatten an dem Tag versucht, das Kanzleramt mit Gewalt unter ihre Kontrolle zu bekommen, die Wiener Polizei und die Garde hat sie daran gehindert. Irgendwann sind Schüsse gefallen – und Lydia …«

Morgenstein blickte auf seine Schuhe. »Es war eben Pech. Als der Putsch gescheitert ist, haben sie schließlich ein paar der Nazis gehängt. Die Polizei hat mir gesagt, Lydia sei von einer Kugel aus der Waffe eines Illegalen erschossen worden. Ich weiß nicht, ob das stimmt. Man hat auch nie jemanden deshalb verurteilt. Aber es kümmert mich auch nicht. Nicht mehr. Wer es letztendlich war, es ist mir egal.«

»Das ist verständlich.« Tom fühlte sich unbehaglich.

Morgenstein blickte wieder aus dem Fenster. »Aber jetzt liegt Wien hinter mir. Wien …«

Eine ganze Zeit saßen beide einfach nur da und schwiegen.

Als Tom vor Erschöpfung eindöste, sah er plötzlich wieder das Gesicht des Mannes vor sich, dessen Arm er vor der Hofburg gebrochen hatte. Tom zuckte zusammen und riss die Augen auf. Für einen Moment hatte er geglaubt, den Griff seines Widersachers um seinen Hals zu spüren. Doch da war nichts, versicherte sich Tom. Er war noch am Leben und in Sicherheit.

Und nur einen Moment später schlief er ein.

55. GRENZEN

Die Passkontrolle, gefolgt von der Zoll- und Devisenkontrolle an der Grenze zur Schweiz, verlief problemlos. Tom beobachtete angespannt neben Morgenstein am Fenster des Abteils, wie ihr Zug am späten Vormittag unter lautem Pfeifen ein großes Holzschild passierte, das ein rotes Wappen mit einem weißen Kreuz zeigte.

»Geschafft«, stieß Tom erleichtert hervor und strahlte über das ganze Gesicht. »Wir haben es wirklich geschafft, Doktor. Willkommen in der Schweiz!«

Die Fahrt durch die Schweiz langweilte Tom. Ein scheinbar undurchdringlicher Schleier aus Wolken und Nebelschwaden verbarg die schweizerischen Berge. Schon die für ihre atemberaubende Schönheit bekannten österreichischen Alpen hatte er verschlafen, aber er hatte sich damit getröstet, dass er in der pechschwarzen Nacht sowieso nicht einen einzigen Gipfel erkannt hätte.

Nach einer kurvenreichen, aber höchst unspektakulären Fahrt erreichte der Nachtzug aus Wien den Hauptbahnhof von Zürich.

»Ich übergebe Sie jetzt meinem Kontaktmann«, erklärte Tom langsam, als er Morgensteins Koffer vom Gepäcknetz herabhievte. »Sein Name ist Valentin Ziss. Er wird Ihre Weiterreise in die Vereinigten Staaten organisieren.«

»Sehr schön. Ich bin Ihnen sehr dankbar, Herr Wenters.«

Tom und Morgenstein bewegten sich auf dem Bahnsteig unter einer großen Kuppel in einer Menge von vielen Menschen. Tom war nicht mehr müde, sondern ausgebrannt. Er fühlte sich wie nach einer langen durchzechten Nacht, hatte einen schlechten Geschmack im Mund und war sichtlich erschöpft und erledigt.

Nur noch wenige Augenblicke, dann ist es vorbei, sagte er sich.

»Herr Wenters?«, rief ein Mann, der am Rande des Bahnsteigs neben einer Holzbank an einer Wand stand. Tom und Morgenstein blieben stehen, Tom deutete seinem Reisebegleiter zu warten.

Noch einen Augenblick, Tom, sagte er sich. Er ging auf den

großen, dürren Mann zu, der einen dunklen Homburg und einen blauen Anzug trug und dessen Gesichtsausdruck zurückhaltend wirkte.

»Mein Name ist Valentin Ziss. Sie sind Herr Wenters«, stellte der Mann trocken fest und sah zu Morgenstein hinüber.

»Ihr Wort«, flüsterte Tom unaufgeregt.

»*Iagonum*«, antwortete Ziss leise. Tom nickte.

»Schwarzbeck war nicht die Zielperson«, stellte Tom knapp fest. »Das hier ist die Zielperson.«

Ziss musterte Toms Begleiter wie eine Ware. Es war nicht zu erkennen, ob Ziss zornig, überrascht oder verwirrt war. Dann nickte Ziss jedoch langsam. »In Ordnung. Folgen Sie mir, Herr Morgenstein.« Er griff geschickt nach dem Oberarm des Doktors und überreichte Tom gleichzeitig einen Briefumschlag. »Warten Sie hier noch zehn Minuten, Herr Wenters, dann rufen Sie diese Nummer an. Ein Fernsprecher ist in der Halle.«

Er nahm Tom den Koffer aus der Hand und machte sich sofort mit Morgenstein auf den Weg in Richtung Bahnhofshalle. Der Doktor drehte seinen Kopf schnell herum und nickte Tom zu, als wollte er sich bedanken, doch Ziss drängte den Mann weiterzugehen.

Es ist geschafft, dachte sich Tom zufrieden und nickte Morgenstein lächelnd zu. Dann, als die beiden um die Ecke gebogen waren, ließ sich Tom auf die Bank fallen, nahm seinen Hut ab, fuhr sich erschöpft durch die Haare und betrachtete die Fahrgäste aus Wien, die den Bahnsteig mit ihrem Gepäck entlanggingen.

Er befand sich in Zürich und hatte Valentin Ziss die Zielperson fristgerecht übergeben. Er hatte es tatsächlich geschafft.

»… Folgen Sie mir, Herr Morgenstein …«

Plötzlich riss Tom seine Augen auf.

»… Folgen Sie mir, Herr Morgenstein …«

»Oh Gott«, flüsterte Tom.

»… Herr Morgenstein …«

Tom sprang auf und sprintete den Bahnsteig entlang.

»… Herr Morgenstein …«

Er drückte mit seinem ganzen Körper eine hohe Tür auf, taumelte voran, bremste mitten in einer großen Halle ab und sah sich hektisch um. Dass ihn ein paar Passanten misstrauisch anstarrten, bemerkte Tom nicht einmal.

Es gab keine Spur von den beiden. Ziss hatte Morgenstein fortgeschafft.

Tom hielt sich verzweifelt die Hand vor den Mund. Wenn dieser Kerl eben überhaupt Valentin Ziss gewesen war. Der Mann hatte Tom ausgetrickst!

Der Umschlag! Tom riss das Kuvert ohne Umschweife auf. Er zog ein paar Münzen und einen Zettel heraus, auf dem eine Telefonnummer handschriftlich notiert war. Tom drehte sich um seine eigene Achse und rannte auf das Ende der Halle zu, wo ein paar öffentliche Fernsprecher an der Wand montiert waren. Hektisch nahm er einen Hörer ab und begann, die Nummer zu wählen.

Tom wartete. Es dauerte eine halbe Ewigkeit, bis es klickte. Toms Lippen zitterten.

»Ja?«, fragte eine unbekannte Männerstimme auf Deutsch.

»Mit wem spreche ich?«

»Ah, Herr Wenters, gut.«

»Mit wem spreche ich?«

»Seien Sie unbesorgt. Es ist alles in bester Ordnung.«

»Mit wem spreche ich?«, rief Tom lauter.

»Mister Wolf«, sagte die Stimme langsam, »es ist alles in Ordnung. Ihre Aufgabe ist erfolgreich erledigt.«

»Nichts ist in Ordnung! Ziss, oder wer das auch immer war …«

»Mister Wolf, halten Sie Ihren Mund. Das war Herr Ziss. Wir wissen, dass Sie Doktor Adam Morgenstein abgeliefert haben. Es ist alles in Ordnung.«

Tom stockte der Atem.

»Nehmen Sie ein Taxi zum Hotel *Post*. Dort wird Sie Mister Kelly erwarten. Er wird Ihnen das Wort zur Identifikation nennen. Haben Sie das verstanden?«

»Ja«, bestätigte Tom sofort.

»Gut. Das wär's.«

IV.

56. IN DIE NEUE WELT ZURÜCK

»Pergetty«, las Tom am Bug, als er über die Gangway an Bord des alten britischen Hochseefrachters ging, der inmitten unzähliger Schiffe und Boote im Hafen von Marseille lag.

Toms Aufenthalt in der Schweiz war kürzer gewesen, als er es erwartet hatte. Mister Kelly hatte Tom eine neue Reisetasche mit »Zeug für unterwegs« gegeben und ihn sofort in einen Zug gesetzt, der Tom via Genf und Lyon bis an die Mittelmeerküste in die Hafenstadt Marseille gebracht hatte. Tom war die ganze Fahrt hindurch kaum zur Ruhe gekommen. Auch wenn er froh war, dass die ganze Sache vorbei war. Wie hatte Valentin Ziss von Morgensteins Existenz wissen können? Was war passiert? Hatte Tom vielleicht selbst Neeson gegenüber den Namen Morgenstein fallen lassen, der dann wiederum Ziss informiert hatte?

Tom genoss den salzigen Geruch des Meeres, als er an der Reling stand und zurück zum Ufer blickte. Die *Pergetty* schipperte an Dutzenden Frachtkränen vorbei, als zwei Griechen Tom eine Zigarette anboten.

»Sie fahren auch nach Amerika, ja?«, fragte einer der beiden in holprigem Englisch.

Tom nickte. »Amerika, ja.«

»Wir sind die einzigen Passagiere«, sagte der jüngere, der ganz passables Englisch sprach. »Sonst sind nur Kisten an Bord.«

»Fast eine Privatkreuzfahrt«, stellte Tom fest.

»Hoffentlich ist in den Kisten nichts Wertvolles drin. Sonst überfallen uns noch die Piraten.«

In den vergangenen Monaten waren im Mittelmeer einige zivile britische und sowjetische Handelsschiffe ohne Vorwarnung von U-Booten versenkt worden. Die Vermutung lag nahe, dass es sich bei den Angreifern um deutsche oder italienische Schiffe handelte. Stalin hatte eine heftige Protestnote an Mussolini geschickt, der die Angelegenheit aber einfach ignoriert hatte.

»Und wenn wir Spanien passieren«, fügte Tom hinzu, »müssen wir auch höllisch aufpassen. Wenn uns ein Schiff von Francos Faschisten kapern will, dann wird uns niemand zur Hilfe eilen.«

Der Grieche brummte zustimmend und warf seinen Zigarettenstummel ins Wasser.

Um die Piraten-U-Boote im Mittelmeer zu jagen, hatten England und Frankreich ihre bislang vor der Küste Spaniens patrouillierenden Kreuzer und Zerstörer abgezogen. Nun waren die »Wachhunde« fort, und vor allem Italien konnte wieder nach Belieben Kriegsmaterial zur iberischen Halbinsel schicken, um damit General Franco zu unterstützen. Somit war die spanische Küstenkontrolle fehlgeschlagen, das Nichteinmischungskomitee war ausmanövriert. Mit dem dreisten Piratencoup hatten Rom und Berlin den spanischen Faschisten kräftig den Rücken gestärkt.

»Wir kommen schon durch«, munterte Tom die beiden auf.

In weitem Abstand zu den Balearen steuerte das Schiff nach Süden, um die spanischen Gewässer zu meiden. Tom hielt es selten in seiner engen Kabine aus und verbrachte fast jede Minute an Deck. Natürlich war es nicht wahrscheinlich, auch nur ein einziges aus dem Wasser ragendes U-Boot-Periskop mit bloßem Auge zu erkennen, selbst wenn die *Pergetty* still und heimlich von 100en Unterseebooten gejagt worden wäre, aber so hatte Tom eine Beschäftigung. Um der Mannschaft des großen Kahns aus dem Weg zu gehen, setzte er sich oben an den verrußten, schon leicht verrosteten braunen Schornstein, der sich erhöht in der Schiffsmitte ein Stück hinter der Brücke befand.

»Kreuzer voraus!«, schrie der Maat im Ausguck eines Nachmittags und versetzte Tom und die Crew in Aufruhr.

»Einer von unseren«, beruhigte der Kapitän sofort, »britische Flagge. Fährt steuerbord ab.«

Als sie nach zwei Tagen die Meerenge von Gibraltar passierten, war die Erleichterung an Bord förmlich zu spüren. Nun lag das Schlimmste hinter ihnen.

Auf der Fahrt über den Atlantik blieb Tom vermehrt unter Deck, denn es regnete oft. Am fünften Tag auf See geriet die *Pergetty* in ein Unwetter und kämpfte sich schwankend fast 30 Stunden durch die sich auftürmenden Wellen, die auf das Schiff niederstürzten.

Doch dann klarte es auf, und die Sonne zeigte sich. Weit und breit sah Tom unter den wenigen Wolken bis hin zum Horizont nichts als die ruhige See.

Sie erreichten die amerikanische Küste, passierten Norfolk und steuerten in der Chesapeake Bay in Richtung Norden geradewegs auf Baltimore zu, wo die *Pergetty* festmachte.

Toms Beine fühlten sich schwach an, als er die Gangway zum Kai hinabging. Die Schiffskost hatte ihm nicht besonders geschmeckt, und das ständige Schwanken des Bootes hatte ihn in keiner Nacht richtig durchschlafen lassen. Am Dock empfingen Tom drei Herren, die braune Trenchcoats trugen. »Mister Wenters«, sagte einer, »kommen Sie bitte mit uns.«

Ohne zu zögern folgte Tom ihnen zu einem blauen Ford. Es ähnelte genau jenem Modell, mit dem er an seinem ersten Tag in Washington mehr als vier Monate zuvor nach Heckwaters gefahren worden war.

Schweigend sah Tom währen der Fahrt aus dem Fenster. Sie verließen den Hafen von Baltimore und fuhren Richtung Süden, geradewegs auf Washington zu.

»Gentlemen«, fragte Tom nach einer Weile, »bringen Sie mich nach Heckwaters oder in die Evensenfield Road?«

»Heckwaters, Sir?«, fragte der Fahrer freundlich, aber überrascht.

»Wohin bringen Sie mich?«

»Werden Sie alles sehen, mein Freund«, erwiderte die Person neben ihm. »Entspannen Sie sich.«

Es war stockfinster, als sie die Hauptstadt erreichten und in einem Hinterhof hielten, der von fensterlosen hohen Wänden umgeben war.

»Hier rein.« Einer der Männer öffnete eine laut quietschende Metalltür. Sie brachten Tom durch einen engen Gang in ein kleines Zimmer.

»Setzen«, fauchte der kleinste von den dreien, der Gamaschen trug. Seine spitze Nase und seine vorstehenden Augen verliehen ihm etwas Bizarres. Der Mann wirkte wie ein Gangster. Tom schnappte sich wortlos einen Stuhl, rückte an den grauen Tisch und blickte sich um. Alle Wände, die Decke und sogar der Fußboden waren mit weißen Fliesen bedeckt. Eine einzelne Lampe hing von der Decke und sorgte für ein unangenehm helles, beklemmendes Licht. Tom räusperte sich und steckte seine Hände in die Hosentaschen.

»Und jetzt?«, fragte er.

Niemand antwortete.

»Ich habe Zeit.«

Plötzlich hörte Tom Schritte. Er drehte seinen Kopf um und blickte unruhig zur sich öffnenden Tür.

»Mister Wolf.« Agent Kentz schloss die Tür hinter sich und setzte sich auf einen zweiten Stuhl. Tom hob seine Augenbrauen.

»Dann fangen wir mal von vorne an«, sagte Kentz und beugte sich angriffslustig nach vorn. »Sie werden mir jetzt Schritt für Schritt erzählen, was passiert ist. Beginnend bei Ihrer Ankunft in Berlin. Wir arbeiten uns dann zu Ihrem hübschen Ausflug nach Wien vor.«

Kentz blickte Tom hasserfüllt in die Augen. Doch der schwieg beharrlich.

»Also«, schrie Kentz ansatzlos und schlug mit der Faust auf den Tisch, »wird's bald?«

Eine Ader auf seiner Stirn pulsierte. Nach einem Moment krallte er sich mit seinen Händen an der Tischplatte fest. Tom lehnte sich zurück und schwieg.

»Sind Sie taub, oder was?«, brüllte Kentz, stand auf und warf so seinen Stuhl um.

»Nein«, sagte Tom leise, »bin ich nicht.«

»Was ist dann los mit Ihnen, Sie Arschloch?«

»Ich bin nicht taub. Aber ich glaube nicht, dass ich Ihnen Rechenschaft schuldig bin, oder täusche ich mich? Warum bin ich nicht in Heckwaters?«

»Sie verdammte, arrogante kleine Ratte.« Kentz ging hinter dem Tisch auf und ab. Plötzlich schwang die Tür auf.

»Was soll das?«, kreischte Kentz und fuhr herum.

Tobias Hoffmann trat in den Raum, warf Tom einen prüfenden Blick zu, nahm dann seine Brille von der Nase tupfte sich das Gesicht mit einem Tuch ab.

»Er bleibt hier!«, rief Kentz, als er seine sichtliche Überraschung überwunden hatte.

»Nein«, entgegnete Hoffmann scharf und setzte seine Gläser wieder auf. »Kommen Sie, Tom.«

Tom gehorchte sofort. Er folgte Hoffmann hinaus, ohne Kentz eines Blickes zu würdigen. Im Innenhof stiegen sie in einen schwarzen Chrysler.

»Guten Abend, Mister Wolf«, sagte der Fahrer freundlich und trat das Gaspedal durch, kaum dass Tom die Tür hinter sich zugezogen hatte.

»Guten Abend«, sagte Tom erleichtert und wurde in den Sitz gepresst.

Hoffmann wischte sich erneut mit einem Tuch über das Gesicht. »Was haben Sie da nur angestellt.«

»Ich habe genau das getan«, antwortete Tom unsicher, »was man mir aufgetragen hat. Oder nicht?«

Hoffmann lachte leise. »Richtig. Da haben Sie wohl recht. Ich bin froh, dass Sie wieder da sind. Und noch dazu unversehrt.«

»Was war das eben mit Kentz?«

»Wir werden das alles in Heckwaters in Ruhe besprechen.«

Es war schon dunkel, als Tom die bronzene Statue, schimmernd in der Dunkelheit, erkannte. Nur ein paar Lampen an den Schreibtischen erhellten die große Atlas-Hall, als Hoffmann zügig zum Atlas-East-Tor voraneilte.

»Halten Sie hier«, wies Hoffmann den Soldaten im Lift an. Der stoppte den Aufzug und öffnete die Tür zur zweiten unterirdischen Ebene. Hoffmann führte Tom in eine kreisrunde Kammer und ließ sich in einen bequemen Ledersessel fallen.

»Das hier ist ein Tonaufnahmegerät«, sagte Hoffmann und deutete auf einen Apparat, der auf einem runden Tisch lag. »Wir werden damit alles aufnehmen, was Sie mir jetzt erzählen.«

Tom musterte den Kasten skeptisch, auf den zwei Spulen waagerecht montiert waren.

Hoffmann lachte leise. »Keine Angst, das Gerät beißt nicht. Es eine Kopie des deutschen *AEG Magnetophon K1*. Funktioniert mit Zelluloidband. Möchten Sie vielleicht irgendetwas trinken? Oder haben Sie Hunger?«

»Nein, danke. Wird das hier jetzt ein ... Verhör?«

»Nein, nein, kein Verhör. Zunächst einmal, herzlich willkommen wieder zurück bei uns, Tom. Wie Sie sich vorstellen können, haben wir uns hier ein wenig den Kopf zerbrochen, während Sie in Europa waren. Was Sie da alles angestellt haben ... Es ging, muss ich zugeben, ein wenig turbulent zu. Am interessantesten war es in genau jenen Stunden, als wir erfahren haben, dass Sie sich auf dem Weg nach Österreich befinden.«

Tom schluckte.

»Aber zunächst will ich von Ihnen genau erfahren, was in den letzten Tagen passiert ist.«

Hoffmann schaltete das Gerät an, und die Spulen begannen zu rotieren. Er schob Tom ein Mikrofon hin.

»Berlin. Ihre Ankunft«, sagte Hoffmann und lächelte Tom aufmunternd zu.

»Okay ... Berlin ... Ich bin also am Lehrter Bahnhof angekommen.«

»Wie war die Fahrt mit dem *Fliegenden Hamburger*?«

»Sehr schnell«, sagte Tom nach einem Moment.

Tom erzählte von seinem Aufenthalt bei Neeson, dem folgenschweren Treffen mit Schwarzbeck, seinem Flug nach Österreich, dem Sprung mit dem Fallschirm, von Morgenstein, der Jagd quer durch Wien, der Reise in die Schweiz und die Übergabe an Valentin Ziss. Ab und zu unterbrach Hoffmann ihn und stellte Zwischenfragen, manchmal machte er sich Notizen. Aber kein Detail schien den grauhaarigen Mann zu überraschen oder aus der Fassung zu bringen.

»Und da sind Sie in das Zimmer gestürmt, und ich konnte endlich von Kentz weg«, schilderte Tom. Hoffmann knipste das Aufnahmegerät aus.

»Vielen Dank, Tom. Ich glaube, es ist doch schon ziemlich spät. Am besten ist es, wenn ich Sie nun in Ihr Apartment bringen lasse.«

»Aber was ist mit Morgenstein? Was mit Ziss? Wussten Sie, dass …«

»Wir werden Ihnen einiges erklären müssen. Vieles, denke ich. Aber erst morgen.«

57. DER GRUND

»Konnten Sie sich schon von Ihrer Reise erholen?« Nathaniel Evans schüttelte Tom die Hand.

»Danke, alles bestens.«

Tom war in der Nacht zuvor in seinem Apartment in der Evensenfield Road Nummer sieben sofort wie tot in sein Bett gefallen. Zum ersten Mal seit Langem hatte er wieder eine Nacht durchgeschlafen. Er hatte sich früh am Morgen rasiert und lange geduscht, trug einen sauberen Anzug und geputzte Schuhe. Er machte wieder einen zivilisierten Eindruck.

»Bitte machen Sie es sich bequem.« Evans ging an den Kopf des langen Tisches, der unter der gewölbten Ziegeldecke genau in der Mitte des Saales stand. »Darf ich Ihnen Mister Owen vorstellen.« Der Leiter des Corps deutete auf einen Mann, der an der linken Seite Platz genommen hatte und Tom freundlich zunickte. Owen war mittleren Alters und wirkte in seinem grauen Anzug füllig. Seine hellwachen blauen Augen hinter der schmalen Lesebrille sowie seine von Sorgenfalten zerfurchte Stirn ließen ihn auf eine souveräne Weise intelligent erscheinen, dachte Tom.

»Warten wir noch auf jemanden?«, fragte Tom und sah in Richtung der vielen Stühle, die am unteren Ende des Tisches frei waren. Hoffmann, der zusammen mit Tom in das Büro von Evans gekommen war, schob seine Brille auf seiner Nase hin und her und sagte langsam: »Später, ja. Wir werden aber trotzdem gleich anfangen.«

Evans faltete seine Hände konzentriert. »Mister Owen, bitte.«

»Gut«, begann der und räusperte sich. »Mister Wolf, wir wussten von Anfang an, dass Doktor Adam Morgenstein und nicht Professor Josef Schwarzbeck in die Vereinigten Staaten emigrieren wollte.«

Tom zuckte überrascht zusammen und blickte nach einer Weile fassungslos zwischen Evans, Hoffmann und Owen hin und her.

»Wie bitte?«, fragte Tom.

»Sehen Sie«, fuhr Owen konzentriert fort, »im vergangenen Sommer sind fast zeitgleich zwei Ansuchen aus Europa zufällig auf dem Schreibtisch eines gewissen Garnett Lee in unserem Außenministerium hier in Washington gelandet. Es handelte bei diesen zwei Schreiben um erstens eine fast flehentliche Bitte von Doktor Morgenstein, in unserem Land aufgenommen zu werden, sowie zweitens um eine Empfehlung für eben diesen Doktor Morgenstein, gezeichnet von seinem deutschen Freund und Kollegen Josef Schwarzbeck. Der hat den Wiener Wissenschaftler in den höchsten Tönen gelobt.«

»Und warum, zum Teufel, war ich dann bei Schwarzbeck?«

»Wir haben die letzten Monate die beiden Herren Wissenschaftler in Wien und Berlin genauestens durchleuchtet. Und wir sind zum Schluss gekommen: Dieser Morgenstein ist ein extrem interessanter Bursche, den wir sofort bei uns aufnehmen sollten – aber Schwarzbeck genauso.«

»Warum?«

»Nun, die zwei sind auf einem wissenschaftlichen Gebiet tätig, das, wie soll man es ausdrücken …«

»… das strategisch von enormem Interesse ist«, warf Nathaniel Evans ein. »Diese zwei Gentlemen brüten etwas aus, das die Zivilisation, wie wir sie kennen, völlig auf den Kopf stellen kann. Und jenes Land, welches diese beiden Genies in seinen Reihen weiß und von ihren Forschungsergebnissen letztendlich profitiert, kann vielleicht in zehn oder 20 Jahren die Kräfteverhältnisse auf der ganzen Welt maßgeblich beeinflussen.«

Tom unterdrückte ein Lachen. »Diese zwei? Sie sprechen von Schwarzbeck? Und Morgenstein?« Tom hatte zunächst das Bild des Berliner Professors vor Augen, der Tom, in einen Morgenmantel gehüllt, in seiner Wohnung empfangen hatte. Dann erinnerte er sich an den im Schrank zusammengekauerten Doktor Morgenstein in Wien. Wie sollten diese zwei so gewöhnlichen Menschen etwas Großes vollbringen können?

»Was haben die beiden erfunden?«, hakte Tom nach.

»Es ist entschieden«, erklärte Hoffmann, »das so geheim wie möglich zu halten. Daher werden wir Sie nicht über alle Details in Kenntnis setzen.«

Unzufrieden biss sich Tom auf die Unterlippe.

»Ergebnis unserer Recherche war jedenfalls«, fuhr Owen ruhig fort, »dass Josef Schwarzbeck Berlin nie und nimmer verlassen wird. Und genau deshalb mussten Sie zu ihm.«

»Was?« Tom lächelte abfällig. »Das müssen Sie mir jetzt schon genauer erklären.«

»Sie müssen verstehen, Mister Wolf, in dieser Angelegenheit haben wir eine sehr kompromisslose Strategie verfolgt. Die Vorgabe war: Wir nehmen uns Morgenstein, und wenn wir Schwarzbeck nicht haben können, machen wir den für unsere Gegner unbrauchbar.«

»Was soll das heißen?«

»Überlegen Sie, was Sie selbst getan haben, Mister Wolf.«

Tom wich mit seinem Kopf einen Inch zurück. Er verstand nicht.

Owen rutschte ein Stück nach vorn. »Ein völlig unbekannter amerikanischer Geschäftsmann taucht eines Tages an einem Berliner Bahnhof auf. Er wird von einem bekannten amerikanischen Handelsattaché mit seinem auffälligen Rolls Royce abgeholt und in seiner Dienstvilla untergebracht, bevor er später wieder mit der Luxuslimousine zu einem deutschen Physikprofessor gefahren wird, dem er ein Ticket Erster Klasse in die neutrale Schweiz unter die Nase hält und mit diesem noch am nächsten Tag das Land verlassen will.«

Toms Augen weiteten sich. »Für was für ein Spiel haben Sie mich da benutzt?«

»Erstens: Es ist den deutschen Behörden längst bekannt, dass William Neeson für den amerikanischen Geheimdienst arbeitet. Die Gestapo beschattet ihn auf Schritt und Tritt. Ist Ihnen nicht aufgefallen, dass der Rolls immer ein paar schwarze Limousinen im Schlepptau hatte?«

Tom schüttelte langsam seinen hochroten Kopf. »Neeson ... Er ist nicht der Vertreter des ICG in Berlin?«

»Er ist vor über einem Jahr aufgeflogen und seitdem für uns völlig wertlos. Wir lassen ihn aber weiter vor Ort stationiert, schon alleine damit die Deutschen sich nicht sicher sind, ob wir wissen, dass sie wissen, dass er ein amerikanischer Spion ist. Ein klassisches Spielchen, ein Ablenkungsmanöver.«

Tom starrte verwirrt ins Leere und versuchte, das soeben Gehörte einzuordnen.

»Neeson ist beinahe wertlos für uns. Wir kürzen ihm daher auch seit geraumer Zeit die Mittel. Das Personal hat er bis auf eine Haushälterin und den Fahrer gekündigt. Und seine Heizung kann er schon lange nicht mehr reparieren lassen. War es kalt bei ihm in der Villa?«

Tom nickte. Er bekam eine Gänsehaut.

»Zweitens: Uns war ebenso bekannt, dass die Wohnung von Professor Schwarzbeck seit Monaten von den Deutschen überwacht wird.«

»Das kann doch nicht ...!«

»Doch, ganz recht. Vermutlich wegen seiner Verbindung zu einem jüdischen österreichischen Physiker, niemand Geringerem als dem uns gut bekannten Adam Morgenstein, haben die deutschen Behörden Schwarzbeck ständig beobachtet. Das hat einer unserer Agenten in Berlin herausgefunden.«

Tom schloss seine Augen. Er fühlte sich regelrecht gedemütigt.

»Dieser Agent ist übrigens der Mann, der sich Ihnen in Neesons Villa als Mister Stritters vorgestellt hat. Das ist nicht sein richtiger Name, aber ich glaube, das versteht sich von selbst.«

»Warum, zum Teufel, lassen Sie mich unter den Augen von so vielen deutschen Spionen und Spitzeln dann bei Schwarzbeck antanzen?« Es war nicht zu fassen! Er war von vorne bis hinten belogen worden!

»Es war ein Schauspiel. Wir wollten den Deutschen zu verstehen geben, dass Schwarzbeck in Verbindung mit dem amerikanischen Geheimdienst steht.«

Langsam glaubte Tom zu verstehen.

»Noch einmal: Schwarzbeck wird Berlin unter keinen Umständen verlassen. Er ist kein Nazi, aber seinem Heimatland eng verbunden. Wenn er nicht auf unsere Seite wechselt, bleibt er im Einflussbereich der Nazis. Das war für uns inakzeptabel. Also mussten wir ihn bei den Deutschen in Misskredit bringen, indem wir ihn als vermeintlich willigen Überläufer denunzieren. Die waren wegen seiner Freundschaft zu einem Juden ohnehin schon misstrauisch. Wir haben dann nur den Tropfen geliefert, der das Fass zum Überlaufen gebracht hat. Zugegeben, einen ganz schön großen Tropfen.«

»Es ist Ihnen ja bekannt, Tom«, warf Hoffmann plötzlich ein, »wie der deutsche Polizeiapparat mit Dissidenten und Vaterlandsverrätern umspringt.«

»Die Deutschen haben alles beobachtet«, schilderte Owen. »Ihre Reise war ein voller Erfolg – was diesen Teil anbelangt.«

»Was wird mit Schwarzbeck passieren?«, fragte Tom und blickte Evans in die Augen.

»Er wird von seinen Aufgaben entbunden«, antwortete Evans ohne Umschweife. »Und er wird seine Forschungsarbeit nicht fortsetzen können. Sollte er privat weiterarbeiten, werden seine Erkenntnisse in Deutschland kaum auf Gehör stoßen. Er ist damit neutralisiert.«

Es traf Tom wie ein Schlag. Er fühlte sich schrecklich. »Warum ich? Warum haben Sie mich dazu missbraucht?«

»Das klingt vielleicht hart«, antwortete Owen und zuckte mit den Achseln, »aber wir mussten einen entbehrlichen Mann nach Berlin schicken.«

»Entbehrlich?« Tom schlug seine Hände über dem Kopf zusammen.

»Jemand, der nicht wissen durfte«, nickte Owen seelenruhig, »dass Schwarzbeck gar nicht der war, den wir in Wirklichkeit nach Amerika schaffen wollten.«

»Ich fasse es nicht. Das ist …«

»Es geschah zu Ihrem und unserem Schutz«, unterbrach ihn Evans.

»Gesetzt den Fall«, erklärte Owen, »dass die Gestapo Sie, Mister Wolf, kurzerhand festgenommen hätte, hätten Sie in einem Verhör alles ausgespuckt, was Sie wissen. Glauben Sie mir, den Verhörmethoden der Gestapo hätten Sie keine fünf Minuten standgehalten. Sie hätten alles verraten, was Sie wissen. Alles. Sie hätten beim Leben Ihrer Eltern geschworen, dass Sie im Auftrag des amerikanischen Nachrichtendiensts Professor Schwarzbeck in die Staaten holen wollten, weil der Professor darum gebeten hat.«

»Verstehen Sie, Tom?«, fragte Hoffmann.

Und Tom verstand tatsächlich. So wäre Tom der perfekte Beweis für die Unwahrheit gewesen.

»Sie hätten Morgensteins Namen gar nicht gekannt«, sagte Owen.

»Ein Verhör bei der Gestapo?«, fragte Tom zynisch. »Das haben Sie einfach so einkalkuliert? Das kann … das kann doch alles nicht …!«

Tom schnappte nach Luft. Plötzlich zog er seine Augenbrauen zusammen, hob seinen Zeigefinger in die Luft und sagte drohend: »Aber eines haben Sie nicht berücksichtigt: Wenn ich alles verraten hätte, was ich weiß, dann hätte ich vor allem auch die Existenz des ICG verraten.«

Owen zeigte keinerlei Gefühlsregung. »Oh, das wäre kein Problem gewesen. Das Corps ist den deutschen Behörden längst bekannt. Genau wie wir so einiges über den deutschen Sicherheitsdienst, die militärische Abwehr oder die Gestapo wissen. Und, ohne Ihnen nahetreten zu wollen, Mister Wolf: Was Sie über das Corps ausplaudern können, ist nichts Bedeutendes.«

»Sie haben in Kauf genommen, dass ich verhaftet werde?«, schrie Tom, sprang auf und war außer sich.

»Bitte beruhigen Sie sich!«, sagte Evans laut. Tom schnaubte, aber nahm nach ein paar Momenten wieder Platz.

Evans musterte ihn ruhig. »Das Corps wusste, dass die Aufgabe gefährlich ist. Und wir haben uns für den Fall der Fälle abgesichert. Aber: Wir waren zu 99 Prozent davon überzeugt, dass die Deutschen Sie unbehelligt lassen. Und genau das ist auch passiert. Mister Wolf, Sie sind nicht verhaftet worden. Oder?«

Tom dachte nach und kämpfte gegen seine Wut an.

»Die Deutschen wollen im Moment keinen Krach mit uns«, schilderte Owen. »Amerika ist neutral, eine Spionagekrise braucht im Moment niemand. Der beste Beweis hierfür war für uns immer William Neeson. Den lassen die Deutschen auch gewähren und völlig unbehelligt mit seinem Rolls Royce quer durch Berlin fahren. Der Mann wird beschattet, aber das ist es auch schon.«

»Nein«, stellte Tom fest, »in Berlin haben sie mich nicht verhaftet. Aber in Wien haben sie es versucht.«

Owen blickte zu Evans, genau wie Hoffmann. Tom war zufrieden. Darauf habt ihr wohl keine passende Antwort, was?, dachte er triumphierend.

Nathaniel Evans griff nach einem Telefonhörer neben sich. »Louisa, darf ich Sie jetzt bitten?«

Sofort legte er wieder auf und richtete die Brille auf seiner Nase. »Mister Wolf, die Sache ist noch etwas komplizierter, als Sie bislang wissen. Ich muss Sie jetzt um einen Gefallen bitten: Halten Sie ab jetzt den Mund und bleiben Sie sitzen, egal, was passiert. Ist das klar?«

Tom war vom plötzlichen Befehlston überrascht und blickte grimmig drein.

»Bitte«, fügte Hoffmann hinzu und legte beschwichtigend seine Hand auf Toms Unterarm.

Nach einem Moment des Schweigens nickte Tom.

Eine junge Frau klopfte an die Scheibe der Glastür. Evans gab ihr ein Zeichen. Das Tor schwang auf, und eine Gruppe von Männern trat nach und nach in den Saal. Vorneweg stolzierte niemand anderes als Agent Kentz höchstpersönlich, der finster zu Tom herüberblickte. Tom ballte unter dem Tisch seine Hände zu Fäusten. Zu Kentz gesellten sich vier mürrische Handlanger in schwarzen Mänteln, doch Tom würdigte keinen von ihnen auch nur eines Blickes. Erst als sich der letzte der vier neben Kentz am unteren Ende des Tisches postiert hatte, blickte Tom ein wenig auf und erkannte, dass der rechte Arm des Mannes bandagiert war. Er trug ihn in einer weißen Schlaufe an seinem Körper. Ruckartig hob Tom den Kopf und riss die Augen auf. Tom war unfähig zu sprechen, nur sein Kinn fiel langsam hinab.

Er war es. Kein Zweifel, er war es! Die lange Nase, die dunklen Augen, der schwarze Schnauzbart. Dieser Mann hatte Tom in Wien gejagt. Diesem Mann hatte er den Arm gebrochen.

»Mister Evans«, sagte Kentz gelangweilt, »Mister Hoffmann, Mister Owen … und natürlich: Mister Wolf.«

Tom atmete schnell ein und aus.

Kentz sah zu Tom herüber. »Ich glaube, ich muss Ihnen, Mister Wolf, meine Mitarbeiter nicht mehr vorstellen.«

»Das …?«, versuchte Tom zu fragen.

»Ja, ganz recht«, unterbrach Evans ihn.

»Sie verstehen nicht, das sind die …«, wollte Tom leise erklären.

»Ja, ganz recht«, sagte Hoffmann laut und nickte.

»Sie haben das Leben meiner Leute aufs Spiel gesetzt«, fauchte Kentz Tom an. »Ist Ihnen das eigentlich klar?«

»Mister Wolf handelte strikt nach Anweisung«, bellte Owen sofort zurück. »Sie haben ihm persönlich befohlen, die Zielperson nach Zürich zu bringen.«

»Ersparen Sie mir diesen Schwachsinn, Owen!«, schrie Kentz und wurde hochrot.

»Mäßigen Sie sich«, wies Evans Kentz zurecht. »Vergessen Sie nicht, wo Sie sich hier befinden.«

Sofort war es totenstill. Tom hatte jeden Muskel in seinem Körper angespannt.

»Sie müssen mir noch einiges erklären, Nathaniel«, forderte Kentz leise mit vibrierender Stimme, »das ist Ihre Pflicht. Ich habe diese Operation geleitet. Ich!«

»Wir werden Ihnen die Protokolle der Vernehmung von Mister Wolf übergeben. Meine Assistentin Louisa hat die Dokumente bereits vorbereitet. Sie sind an der jungen Frau eben vorbeigerannt.«

»Mit diesem bürokratischen Mist lasse ich mich nicht abspeisen, zum Teufel!«

»Mister Owen hat in Kürze Zeit für Sie«, stellte Evans klar. »Und für den Moment, Mister Kentz, wäre das alles. Sie können jetzt gehen.«

Kentz schnaubte laut vor Wut. Doch dann drehte er sich wortlos um und rannte zusammen mit seinen Gefolgsleuten hinaus.

Owen wirkte sehr amüsiert. »Der wäre fürs Erste ruhiggestellt.«

Das kann doch alles nicht wahr sein, dachte Tom und schüttelte seinen Kopf.

»Tom«, stieß Hoffmann hervor, »ich habe Ihnen an Ihrem ersten Tag im Corps erklärt, wie die Geheimdienste unseres Landes zueinander stehen. Wir befinden uns in einem harten Konkurrenzkampf. Es geht hier um Prestige und Anerkennung. Es artet leider alles zu oft in einem ziemlich dreckigen Spiel aus.«

»Agent Kentz arbeitet für das FBI«, verkündete Evans.

»Ein hohes Tier im FBI hat im Spätsommer spitzgekriegt«, erklärte Owen, »was für zwei riesige Fisch das Corps mit Morgenstein und Schwarzbeck am Haken hat. Also haben die sich in politischen Kreisen hier in Washington stark gemacht, dass sie an der Angelpartie beteiligt werden. Und noch dazu haben die sich den fetteren von beiden Fischen ausgesucht, der schon fast an Land war. Habe ich jetzt die Metapher ein bisschen überreizt?«

Hoffmann lachte leise.

»Was soll das heißen?«, fragte Tom.

»Das FBI hatte in dieser Angelegenheit die Aufgabe übernommen«, erklärte Owen, »Morgenstein aus Wien nach Amerika zu holen. Der Teil der Übung war vergleichsweise ein Klacks – und auch der ruhmreichere. Kentz wollte schlicht und ergreifend die ganzen Lorbeeren einheimsen. Den komplizierteren und weniger glanzvollen Part der *Iagonum*-Operation, den Teil mit Schwarzbeck, haben sie großzügig uns überlassen.«

»Wie konnte das FBI das bestimmen?«, fragte Tom ungläubig.

»Es war nicht das FBI selbst«, antwortete Evans. »Genau wie Mister Owen gesagt hat, hat das Bureau großen Einfluss. Das FBI hat nur die richtigen Hebel betätigt. Das ICG ist eine junge Behörde, ein Feldversuch, wenn Sie so wollen, und wir sind natürlich der Regierung weisungsgebunden.«

Tom seufzte und senkte seinen Blick.

»Ich würde Ihnen an dieser Stelle gerne mein Lob aussprechen«, sagte Owen, »wie überaus mutig und umsichtig Sie sich in Berlin verhalten haben, Mister Wolf. Ihre Entscheidung, auf eigene Faust nach Wien zu reisen, war einfach klasse.«

Tom sah überrascht auf.

Owen grinste. »Sie haben damit dem Corps einen riesigen Gefallen getan. Und Mister Kentz und dem FBI ganz schön eins ausgewischt.«

»Was?«

»Als Sie sich schon mit dem kleinen Doppeldecker auf dem Weg nach Wien befunden haben, ist der Mann, den Sie als Mister Stritters kennengelernt haben, von William Neeson über die Ereignisse des Abends in Kenntnis gesetzt worden. Stritters hat dann ein recht wütendes Telegramm verschlüsselt an uns geschickt. Ich zitiere: ›Dieser Wenters hat den Verstand verloren, und dieser Idiot von William Neeson hat ihn noch nicht einmal aufgehalten‹. Zitat Ende.«

Hoffmann lachte wieder leise, während Toms Miene sich nur wenig entspannte.

»Kentz und die anderen Gentlemen des FBI waren selbstredend nicht sehr angetan, als wir denen erzählt haben, dass Sie sich offenbar selbst in Wien auf die Suche nach Morgenstein machen.«

»Und ich halte fest«, warf Hoffmann ein, »dass Sie damit keinen Fehler gemacht haben. Sie haben sich strikt an die Anweisungen gehalten. An die Anweisungen von Mister Kentz, um genau zu sein.«

»Das FBI hatte zu diesem Zeitpunkt seit Tagen ein paar Leute in Wien in einem Hotel einquartiert. Die haben nur darauf gewartet, dass Kentz ihnen den Befehl gibt, sich Morgenstein zu schnappen. Kentz war so in Panik, dass er seinen Agenten in Wien zuerst befohlen hat, Morgenstein sofort gewaltsam zu fassen und in die Schweiz zu verfrachten. Fünf Minuten später hat er seinen Befehl widerrufen und seine Leute angewiesen, sich zurückzuhalten und nach Ihnen Ausschau zu halten, Mister Wolf. Und bei Morgensteins Wohnung in der Operngasse haben die Sie dann wohl auch gefunden.«

»Und dann ist alles endgültig aus dem Ruder gelaufen«, sagte Hoffmann.

»Ich verstehe das trotzdem nicht«, stellte Tom nach einer Weile fest. »Warum diese Hetzjagd?«

»Offiziell«, antwortete Owen, »weil Sie nicht Herr Ihrer Sinne waren.«

»Quatsch«, rief Tom böse.

»Inoffiziell, weil Kentz seinen Leuten befohlen hat, dass der wild gewordene Agent des ICG unter keinen Umständen Morgenstein in der Schweiz abliefern darf. Ich habe ja gesagt: Das FBI wollte die ganzen Lorbeeren einheimsen.«

»Sie können sich nicht vorstellen«, sagte Evans, »wie überrascht wir waren, dass Sie es zusammen mit dem Doktor bis nach Zürich geschafft haben. Das war einfach ... unglaublich. Das FBI war überraschend in die Schranken gewiesen worden – von einem einzigen Mann des ICG.«

»Was glauben Sie«, lachte Hoffmann, »wie man in eingeweihten Kreisen hier in Washington darauf reagiert hat, dass ein unerfahrener Corps-Neuling auf seiner allerersten Mission sechs gestandene FBI-Agenten überlistet?«

Tom zog seine Mundwinkel nach oben. »Und das mit einem aus Bettlaken geflochtenen Fluchtseil.« Owen lachte laut auf.

»Wir sind Ihnen zu großem Dank verpflichtet, Mister Wolf«, verkündete Evans.

»Wo ist Morgenstein jetzt?«, fragte Tom nach einem Moment der Stille.

»Er hält sich an einem sicheren Ort auf«, antwortete Owen, »hier in den Vereinigten Staaten, ganz isoliert. Er hat auf eigenen Wunsch keinen Kontakt zur Außenwelt. Wahrscheinlich drückt ihn jetzt das schlechte Gewissen, abgehauen zu sein. Wenn er sich an die neue Umgebung gewöhnt hat, werden wir ihn mit ein paar Wissenschaftlern zusammenbringen. Wir wollen behutsam vorgehen.«

»Und was ist mit Schwarzbeck?«, fragte Tom.

58. VERHÖR

Das fensterlose Verhörzimmer im Keller des Gebäudes in der Prinz-Albrecht-Straße, das Quint ausgesucht hatte, war eine der kleineren Kammern. Beklemmende Enge war bekanntermaßen ein wirksames Instrument der Einschüchterung, erzielte aber nicht bei allen Kandidaten die gleiche Wirkung. Manche fühlten sich in großen, weitläufigen Zimmern deutlich unwohler. Doch dieser Typus Mensch befand sich nach Quints Erfahrung in der Minderheit.

Quint ließ sich Zeit. Er ging im Rücken des Verdächtigen auf und ab. So, dass der die Schritte auf dem nackten Steinboden zwar hören, aber den Kriminalinspektor der Gestapo nicht sehen konnte. Quint selbst beobachtete den Nacken seines Gegenübers genau. Immer wieder zuckten die Muskelstränge des Verdächtigen zusammen, manchmal verkrampften sie regelrecht. Seine Schultern sackten manche Momente herab, dann hob der Verdächtige sie wieder ruckartig nach oben. Natürlich hatte der Mann Angst, wusste Quint. Wahrscheinlich fürchtete er sich wie noch nie in seinem Leben zuvor.

Der Verdächtige hatte seit über 36 Stunden nicht mehr geschlafen. Er hatte in der grell beleuchteten Zelle kaum etwas zu essen bekommen, dafür aber viel zu trinken. Aufs Klo hatte man ihn nicht gehen lassen, und in der Zelle hatte er sich nachweislich nicht erleichtert. Wahrscheinlich stand der Mann kurz davor, sich in die Hose zu machen.

Quint nickte in Gedanken. Weiter hatte er nicht gehen dürfen, und auch hier im Verhörzimmer würden seine Mittel begrenzt sein. Er blickte zur einzigen Tür, in deren oberem Drittel ein schmaler Schlitz eingelassen war. SS-Untersturmführer Stefan Reitzle würde jeden Schritt von Quint mit Argusaugen beobachten. Aber der Gefangene wusste das ja nicht.

Quint ging auf die andere Seite des Zimmers und stellte sich vor den Tisch, an dem der Gefangene an einen Stuhl gekettet saß.

»Wissen Sie, dass Ihr Freund Adam Morgenstein spurlos verschwunden ist?«

Der Gefangene Josef Schwarzbeck runzelte fragend die Stirn.

»Wer?«, fragte er genervt und legte seinen Kopf ein Stück zur Seite.

Quint war mit der Antwort zufrieden. Er hatte gehofft, dass Schwarzbeck zunächst den Dummen spielen und lügen würde. Arrogante oder selbstbewusste, insbesondere auch tyrannische Menschen taten das oft. Ansatzlos schlug Quint mit der flachen Hand mitten in das Gesicht des Professors.

Momente wie diese waren sagenhaft, dachte Quint. Menschen wie Schwarzbeck, die in jeder Situation ihres Lebens unbewusst oder bewusst die volle Kontrolle an sich rissen, erkannten plötzlich ihre völlige Hilflosigkeit. Schwarzbeck verstand in diesem Moment, dass er einer anderen Person auf Gedeih und Verderb ausgeliefert war. Dazu kam, die meisten Angehörigen der oberen Gesellschaftsschichten – und dazu zählte nach Quints Einschätzung ein Universitätsprofessor – waren in ihrem Leben noch nie ernsthaft mit körperlicher Gewalt konfrontiert gewesen. Schwarzbeck sah nicht so aus, als hätte er sich in seinem Leben jemals geprügelt. Er hatte sich höchstens vielleicht als Kind auf dem Schulhof mit Gleichaltrigen gezankt. Ganz sicher hatte er von seinem Vater die eine oder andere Ohrfeige oder Schläge mit einem Rohrstock erlitten. Wer hatte das nicht? Aber die elterliche Züchtigung in Kindesjahren war zumeist nichts im Vergleich zu der Erfahrung, von einem Beamten der Gestapo in einem Verhörraum geschlagen zu werden.

Quint ballte seine rechte Hand zu einer Faust. Er konnte förmlich beobachten, wie sich Entsetzen in Schwarzbecks Gesicht breitmachte. Jetzt hatte der Mann nicht nur Angst, sondern Todesangst. Es war erstaunlich, aber ein einfacher Schlag ins Gesicht reichte oft aus, um jemanden zum Reden zu bringen.

»Halten Sie mich nicht zum Narren«, sagte Quint ruhig. »Sie wissen, dass ich weiß, dass Ihnen von offizieller Stelle vor Jahren schon untersagt worden ist, den Kontakt zu Morgenstein aufrechtzuerhalten. Natürlich kennen Sie den Mann.«

Blut rann aus der Nase des Professors und färbte seinen Schnauzbart dunkelrot. Schwarzbeck nickte sofort, sein Atem ging schnell. »Ja, ja«, gab er zu. »Aber ich höre zum ersten Mal, dass er verschwunden ist. Das ist die Wahrheit!«

Quint griff in die Innentasche seines Jacketts. Aus dem Augenwinkel beobachtete er zufrieden, dass der Gefangene dabei zusammenzuckte.

Quint legte ein Foto auf den Tisch, das einen jungen Mann in einem schwarzen Mantel und mit schwarzem Hut zeigte, wie er aus einer britischen Limousine ausstieg.

»Sie erkennen den hier?«

Schwarzbeck zögerte. Quint konnte förmlich spüren, dass der Professor die Frage intuitiv verneinen wollte. Sofort hob Quint ruhig den linken Arm und legte ihn auf den Tisch. Schwarzbeck zuckte zusammen.

»Ja, der war bei mir.«

Quint war zufrieden, zeigte es aber nicht. Er ging langsam um den Gefangenen herum. Als er sich im Rücken des Professors befand, blickte er entzückt zum Sehschlitz der Tür.

»Ich will es Ihnen leicht machen«, bemerkte Quint, als er Schwarzbeck ganz umrundet hatte und ihm wieder in die Augen sehen konnte. »Der Mann hat sich bei seiner Einreise ins Deutsche Reich als Theodor Wenters ausgegeben. Er ist von einem Amerikaner namens William Neeson als Gast in Berlin empfangen worden. Neeson ist ein amerikanischer Spion. Genau wie Wenters. Was wollte der von Ihnen?«

»Er hat mich gefragt, ob ich Deutschland verlassen und in die Vereinigten Staaten auswandern will. Das ist doch kein Verbrechen?«

»Und? Was haben Sie geantwortet?«

»Ich habe sofort abgelehnt«, rief Schwarzbeck ängstlich. »Das schwöre ich!«

»Haben Sie Heinrich Meyerling getötet?«

»Was?«

Schwarzbeck war von der überraschenden Wendung des Verhörs offensichtlich verwirrt. Das war genau, was Quint beabsichtigte.

»Der ist doch von einem Einbrecher …«, stammelte Schwarzbeck mit großen Augen.

»Erzählen Sie keinen Müll!«, rief Quint laut, ohne aufgeregt zu wirken. »Sie haben Heinrich Meyerling im Streit getötet und versuchen seitdem, das Deutsche Reich zu verlassen. Deshalb haben Sie sich an die Amerikaner gewandt.«

»Das stimmt nicht!«, rief Schwarzbeck trotzig.

Mist, dachte Quint verblüfft. Schwarzbecks Mimik, der Tonfall seiner Stimme sowie das plötzlich wiedererlangte Selbstvertrauen erstaunten ihn. Sagte der Professor tatsächlich die Wahrheit?

»Sie leugnen also beide Verbrechen«, stellte Quint kalt fest. »Ich wollte es Ihnen leicht machen, das habe ich Ihnen erklärt. Sie wissen, dass wir für unkooperative Gefangene andere Mittel parat haben?«

Schwarzbeck schloss die Augen. Eine Träne rann seine Wange herab.

»Ich bin kein Freund von diesen Eisenruten, mit denen man einen erwachsenen Mann mit nur einem Schlag zum Krüppel machen kann. Ganz zu schweigen von den Stromschocks.«

»Nein, nein, bitte nicht.«

Ein leises Plätschern ließ Quint aufhorchen. Er blickte zu Boden und erkannte, dass Urin vom Stuhl des Gefangenen herabrann.

Gleich hab' ich dich, dachte Quint.

»Haben Sie Meyerling umgebracht?«, fragte er und stützte beide Hände auf den Tisch.

Schwarzbeck sah auf. Sein Kinn zitterte.

»Sie haben ihn getötet? Ja?«, fragte Quint und nickte.

»Ich …«, flüsterte der Professor.

Plötzlich schwang die Tür mit einem lauten Ächzen auf, und Untersturmführer Stefan Reitzle trat in das Zimmer. Hinter ihm stand der Polizist Hellwein, der das Verhör offenbar auch verfolgt hatte. Er wirkte regelrecht schockiert.

»Bringen Sie ihn in die Zelle, er soll sich dann waschen«, befahl Reitzle und ließ zwei Männer der Gestapo in den kleinen Verhörraum, die Schwarzbeck sofort losketteten.

»Danke«, nuschelte der Professor, als er an Reitzle vorbeigeführt wurde.

»Machen Sie sich keine Illusionen«, entgegnete der kühl. »Das wird Konsequenzen für Sie haben.« Schwarzbeck senkte seinen Blick, als er, von den Gestapo-Leuten flankiert, im Gang verschwand.

»Lassen Sie uns allein, Hellwein«, wies Reitzle den Polizisten an.

»Jawoll«, nickte der und verschloss die Metalltür.

»Sie lassen Schwarzbeck gehen?«, fragte Quint und hob sein Kinn.

»Wir hatten klipp und klar vereinbart«, rief Reitzle und legte seine SS-Mütze auf den Tisch, »dass Sie den Mann nicht nach dieser Geschichte mit Meyerling befragen werden! Das war die Abmachung – die Sie gebrochen haben, Quint!«

»Der Mann hat doch eindeutig was ausgefressen!«, antwortete Quint nicht minder laut. »Er war nur einen Moment davor, den Mord zu gestehen!«

»Weil Sie ihn unter Druck gesetzt haben, Mann. Der hätte in einer halben Stunde auch mit Brief und Siegel unterschrieben, die Mutter von Charlie Chaplin zu sein.«

»Es darf doch wohl nicht wahr sein!« Quint funkelte mit den Augen. »Sie schützen Schwarzbeck immer noch!«

Reitzle blickte angewidert auf die Urinpfütze auf dem Steinboden. »Ach, Schwarzbeck wird geächtet. Er wird sich ins Privatleben zurückziehen, aus gesundheitlichen Gründen oder was weiß ich. Seine Karriere ist irreparabel beschädigt.«

»Aber er kommt davon, Himmel noch eins!«

Reitzle seufzte. »Verstehen Sie das denn nicht? Ich habe die klare Anweisung, kein großes Trara zu machen. Was glauben Sie, wie sähe das aus, wenn ein jahrelang geförderter Mann, der immer wieder mit honorigen Größen des Reichs und der Partei gesehen worden ist, sich plötzlich als Spion entpuppt?«

Quint lachte sarkastisch und schüttelte den Kopf.

»Es wurde entschieden, in diesem Fall kein Exempel zu statuieren.« Reitzle zog seine Uniformjacke zurecht.

»Weil jemand Angst hat, seinen eigenen Ruf damit zu beschädigen?«

Reitzle schwieg.

»Ihr Schweigen reicht mir als Antwort.«

»Hans, die Amerikaner hätten uns beinahe vorgeführt. Die haben sich diesen Morgenstein unter den Nagel gerissen und wollten Schwarzbeck auch zu sich rüber holen, aber das haben wir gerade noch mit Glück verhindert.«

»Richtig. Und?«

»Und diesen Heinrich Meyerling haben die Amerikaner dann doch bestimmt auch getötet. Hm?«

»Schwachsinn!«, bellte Quint.

»Es war so. Je früher Sie es akzeptieren, umso besser.«

Quint ging im Raum auf und ab und knirschte mit den Zähnen. Reitzle schnappte sich den zweiten Stuhl, der nicht beschmutzt worden war, stellte ihn weit vom Tisch entfernt an die Tür, setzte sich hin und streckte seine Beine aus.

»Hans, ich hätte von Anfang an mit Ihnen kooperieren sollen. Es war ein Fehler, es nicht zu tun.«

Quint blickte misstrauisch zu Reitzle hinüber.

»Die Amerikaner sind zu weit gegangen«, sagte der Mann vom Sicherheitsdienst der SS, »aber so springt man nicht mit uns um. Jetzt müssen wir denen diskret, aber mit voller Härte die Grenzen aufzeigen. Ich habe die Erlaubnis, dass wir das gemeinsam machen. Ab jetzt haben Sie meine volle Unterstützung.«

»Erlaubnis?«, fragte Quint abgebrüht. »Sie meinen wohl eher, den Befehl. Und Sie wollen nicht mich unterstützen, sondern dass ich Ihnen unter die Arme greife.«

Reitzle lachte.

Quint ging auf den Tisch zu, wo immer noch das Foto von Theodor Wenters lag.

Gut, dachte Quint und betrachtete das Gesicht des Amerikaners, eins zu null für meinen Gegner. Wer du auch immer in Wirklichkeit bist.

Quint sah ein, dass ihm im Mordfall Heinrich Meyerling die

Hände gebunden waren. Daran gab es wohl nichts zu rütteln – für den Moment. Aber die Schmach, die ihnen dieser Amerikaner Wenters zugefügt hatte, ließ sich wieder ausmerzen. Und vielleicht ergab sich ja später noch die Möglichkeit, dem Fall Meyerling neuen Schwung zu geben. Den alten Ludwig Meyerling, der Quint demnächst bestimmt wieder nach Fortschritten in der Ermittlung löchern würde, könnte Quint vielleicht auch fürs Erste besänftigen, wenn er ihm erklärte, dass Heinrich Meyerling in eine große Spionageaffäre verwickelt gewesen war, auch wenn das nach Quints Dafürhalten so natürlich nicht stimmte.

»Ich habe Ihnen übrigens noch nicht verraten«, stieß Reitzle auf einmal hervor und erhob sich, »dass wir noch einen Trumpf in Händen halten.«

Quint fuhr überrascht herum. »Wovon sprechen Sie?«

Reitzle lächelte zufrieden. »Der Jude Doktor Morgenstein hatte offenbar eine Kollegin, mit der er eng zusammengearbeitet hat. Sehr eng. Sie heißt Viktoria Baroq.«

Schwarzbeck steckte sich als Erstes eine Zigarette an, als er auf die Prinz-Albrecht-Straße trat. Nach zwei kräftigen Zügen fühlte er sich beinahe wieder wie ein Mensch.

Sein Anzug, sein Hemd und sein Mantel stanken erbärmlich, aber wenigstens hatte er die Unterwäsche wechseln können.

Es lief ihm kalt den Rücken hinunter. Noch nie zuvor in seinem Leben war er so gedemütigt worden und hatte so um sein Leben gefürchtet. Dass beides gleichzeitig passiert war, hatte die Scham und die Furcht nur potenziert, analysierte er nüchtern, als er um die Ecke bog. Er traute sich nicht, auch nur für einen Augenblick über die Schulter zurückzublicken. Er fürchtete zu sehr, dass dann der Albtraum erneut beginnen könnte.

Als er die vielen Passanten auf den Fußwegen und die Autos auf der Fahrbahn bewusst wahrnahm, wurde ihm mit einem Schlag etwas klar: Er war am Leben! Er hatte das alles überlebt!

Unvermittelt stiegen ihm Tränen in die Augen.

Er nahm sich vor, nie wieder etwas Ungesetzliches zu tun. Nie wieder würde er auch nur bei Rot über die Ampel gehen. Nie wieder wollte er eingesperrt oder verhört werden.

Es war ihm klar, dass sein Leben, wie er es kannte, nun zu Ende war. Es war unausweichlich, dass seine Laufbahn als Wissenschaftler in Berlin vorbei war. Aber das sorgte ihn keineswegs.

Soll ich eben meinen Platz an der TH verlieren, dachte er sich. Pah! Was kümmerte ihn das schon? Er war am Leben und in Freiheit!

Er hatte zwar nicht genügend Geld beiseitegelegt, um sich zur Ruhe zu setzen, aber er würde sich schon irgendwie durchschlagen. Vielleicht würde sich irgendein Industrieunternehmen erbarmen und ihn aufnehmen. Leute mit technischem Verstand waren doch immer gefragt. Ja, er würde das schon schaffen, und wenn er irgendwo als Kellner arbeiten musste.

Die Zeit der Nazis läuft auch irgendwann ab, sagte er sich, warf den ausgerauchten Glimmstängel zu Boden und schnappte sich sofort einen neuen.

Ja, irgendwann würden die Nationalsozialisten schon aus dem Land gejagt werden, dachte Schwarzbeck zuversichtlich und blickte sich nach einer Bushaltestelle um. Und wenn die weg sind, ist es bestimmt besser, vorher ein Feind der Nazis gewesen zu sein.

Er hätte sich damals nicht mit diesen Leuten einlassen sollen. Damals, als ihn diese Männer in den SS-Uniformen ins noble *Horcher* eingeladen, ihm nach dem opulenten Essen mehrere gute Kognaks spendiert und Honig ums Maul geschmiert hatten, da hatte die ganze Sache ihren unrühmlichen Anfang genommen. Er erinnerte sich genau, wie Herr von Trepptal, der ältere der beiden SS-Männer, zwischen zwei Bissen Streuselkuchen beiläufig gefragt hatte, was Schwarzbeck denn von diesem Ungarn namens Leo Szilard halten würde, der von international anerkannten Physikern wie Ernest Rutherford oder Nils Bohr als genialer, wenn auch unkonventioneller Wissenschaftler geschätzt wurde. Trepptal hatte erklärt, Gerüchte zu kennen, dass dieser Szilard etwas ganz Gewaltiges ausgeheckt hätte.

Schwarzbeck seufzte und stieß den blauen Dunst aus. Deine verdammte Gier! Deine verdammte Geltungssucht!

Bis zu jenem Treffen im Restaurant *Horcher* hatte sich Schwarzbeck nur ein einziges Mal mit Leo Szilard auseinandergesetzt: Adam Morgenstein hatte Schwarzbeck auf einem Kongress in Wien von dem ungarischen Querdenker berichtet und erzählt, dass der verwegene Ungar ihm, Morgenstein, unter vier Augen von einer geradezu revolutionären Idee berichtet hatte. Er, Szilard, hatte behauptet, dass man mittels einer nuklearen Kettenreaktion die Atome einer kritischen Masse radioaktiven Materials so zur Spaltung bringen konnte, dass dabei eine geradezu fantastische Menge an Energie freigesetzt würde. Szilard war laut Morgenstein der Überzeugung, dass diese Entdeckung, würde sie je bekannt werden, ein neues Zeitalter der Menschheit einläuten konnte. Und genau deshalb musste sie geheim gehalten werden, so Szilard. Schwarzbeck schüttelte langsam den Kopf. Er hatte Szilard nach Morgensteins Schilderung damals sofort für einen übergeschnappten Fantasten gehalten, der unter Verfolgungswahn litt – eben bis zu jenem Tag, als die SS-Leute Schwarzbeck ins *Horcher* eingeladen hatten.

Schwarzbeck hatte dem SS-Mann von Trepptal genau das geantwortet, was der hören hatte wollen. Schwarzbeck hatte ihm von Experimenten erzählt, die er angeblich schon längst im Kopf gehabt hätte, und von atemberaubenden Thesen, die er in Kürze formulieren würde, die an die geheimen Ideen von Szilard direkt anknüpfen würden. »Wenn ich nur die finanziellen Mittel hätte«, hatte Schwarzbeck geklagt, »die dazu notwendig sind.« Es war ein dreistes Lügengebilde, das Schwarzbeck da konstruiert hatte.

Deine Gier! Deine verdammte Gier!

Von Trepptal hatte ihm sofort eine Professur und Forschungsgelder in Aussicht gestellt. Und postwendend hatte sich Schwarzbeck ans Werk gemacht, haarsträubendes theoretisches Material zu produzieren, das die SS-Leute beeindrucken sollte. Und es hatte gewirkt. Prompt hatte Schwarzbeck den Posten an der TH bekommen. Aber nicht nur das: Fortan hatte er regelmäßig Einladungen zu Empfängen erhalten, war zu Filmpremieren eingeladen worden und hatte auf unzähligen Bällen und Partys die Hände von wahrscheinlich Tausenden Politiker, Diplomaten, Spitzensportlern, Sängern, Schauspielern und Wirtschaftsbossen geschüttelt. Schwarzbeck hatte es genossen.

Natürlich hatten diese beschränkten SS-Leute zunächst nicht gewusst, dass er alle seine wissenschaftlichen Thesen in der Folge heimlich zusammen mit Adam Morgenstein erarbeitet hatte. Und im Grunde hatte Adams Beitrag zu ihrer geheimen gemeinsamen Arbeit den von Schwarzbeck bei Weitem an Relevanz und Originalität überboten. Ja, Adams Arbeit war tatsächlich, im Gegensatz zu der von Schwarzbeck selbst, etwas wert! Nein, sie war sogar genial!

Und dann war jener Tag gekommen, als von Trepptal Schwarzbeck wieder aufgesucht und nahegelegt hatte, den Kontakt zu dem Juden Morgenstein abzubrechen. Etwa zu diesem Zeitpunkt musste ihm auch der krankhaft ehrgeizige Heinrich Meyerling auf die Schliche gekommen sein, dachte Schwarzbeck. Meyerling hatte noch weniger Ahnung von der Nucleus-Physik als Schwarzbeck gehabt. Aber dieser hauptberufliche Sohn eines Karriere-Nazis war auf die Annehmlichkeiten und Privilegien, die Schwarzbeck genossen hatte, so neidisch wie ein hungriger Geier auf einen stärkeren Artgenossen, der einen frischen Kadaver ganz für sich in Beschlag nahm.

Schwarzbeck steuerte zielstrebig auf eine Bushaltestelle zu.

Vielleicht hatte ihm diese Verbindung zu von Trepptal und der SS letztendlich den Kopf gerettet, dachte Schwarzbeck. Dieser Untersturmführer Reitzle hatte doch auch eine SS-Uniform getragen?

Als er die Fahrbahn überquerte, bemerkte er, dass ein Doppeldeckerbus bereits dabei war, die Station wieder zu verlassen. Brummend fuhr das Ungetüm langsam an.

»Halt!«, rief Schwarzbeck. Wagemutig lief er zwischen den Stoßstangen zweier Autos hindurch und sprang auf das Trittbrett des hinteren Eingangs des Busses. Er hielt sich an einem blanken Metallgriff fest, hangelte sich ins Businnere und suchte sich einen Platz am Fenster.

»Todesmutig, watt?«, berlinerte ein grimmiger Fahrgast, der eine Ausgabe der *B.Z.* durchblätterte. Doch Schwarzbeck nahm ihn gar nicht wahr.

Er hatte es geschafft.

Irgendwann sind die Nationalsozialisten Geschichte, dachte sich Schwarzbeck zufrieden.

59. DIE FÜNFTE VON FÜNF UND APPLAUS

»Andere Alternativen?« Hoffmann schloss die Tür seines Arbeitszimmers hinter ihnen beiden.

Tom ließ sich in den Sessel fallen und betrachtete durch die gläsernen Wände das Getümmel in der Atlas-Hall. »Ich meine, gab es keine andere Möglichkeit, als Schwarzbecks Ruf zu zerstören? Wieso haben Sie ihn nicht einfach gegen seinen Willen außer Landes geschafft?«

»Erklären Sie das«, bat Hoffmann, nahm hinter seinem Schreibtisch Platz und goss sich einen Tee ein.

»Nun, Sie hätten ihn vielleicht in die Schweiz locken können und mich aus der Geschichte herausgehalten.«

»Abgesehen von dem politischen und diplomatischen Knall«, antwortete Hoffmann und lachte leise, »den wir unweigerlich mit so einer Entführung ausgelöst hätten, hätte Professor Schwarzbeck sowieso jegliche Zusammenarbeit mit uns verweigert. Wer kooperiert denn mit seinen eigenen Kidnappern? Er wäre für uns wertlos geworden.«

»Ist das so?«, fragte Tom skeptisch, musste aber zugeben, dass das Argument stichhaltig war.

»Die simpelste Variante wäre natürlich die Eliminierung von Professor Schwarzbeck gewesen.« Hoffmann wippte mit seinem Stuhl vor und zurück. Seine Ruhe ließ Tom erschrecken. »Aber auch das war keine Alternative für uns«, fügte Hoffmann gelassen hinzu. »Ein deutscher Forscher von Ausländern in Berlin ermordet – das wäre ein gefundenes Fressen für das Promi gewesen.«

»Für was?«

»Das Propagandaministerium. Goebbels könnte den *Völkischen Beobachter* mit solchem Material auf Jahre hinaus füllen. Selbst wenn unser Attentäter unerkannt geblieben wäre, die Vereinigten Staaten, genau wie jedes andere Land, hätten es sich sofort abschminken können, jemals wieder irgendeinen interessanten Deutschen zur Flucht überreden zu können.«

»Das klingt einleuchtend. Irgendwie.«

»Sie werden sicher noch lange brauchen, Tom, bis Sie das Ganze verarbeitet haben.«

Tom blickte an der Atlas-Statue vorbei auf den großen verspiegelten Kubus, der das Licht in der Atlas-Hall reflektierte. »Dahinter befindet sich der Raum von Nathaniel Evans, richtig?«

»Oh, Ihnen ist es während der Besprechung aufgefallen?« Hoffmann nahm einen Schluck Tee.

»Es ist ja fast ein Panoptikum. Er beobachtet alle hier, ohne dass die meisten es wissen?«

Hoffmann nickte. »Wenn er es will, ja.«

»Warum haben Sie mich für diese Sache ausgewählt?«, fragte Tom ernst.

Hoffmann schüttelte langsam und nachdenklich den Kopf. »Ich kann es Ihnen nicht genau sagen. Es ist … Sie waren, sagen wir, eine Zufallswahl des Führungsgremiums.«

Tom betrachtete lange die Mimik von Hoffmann. Konnte er ihm und den anderen im Corps nach allem, was vorgefallen war, uneingeschränkt vertrauen? Doch dann erinnerte er sich wieder an eine andere Sache.

»Bosheit zeigt nach und nach erst ihr Gesicht«, sagte Tom langsam. »Danke, dass Sie mich gewarnt haben.«

Hoffmann antwortete nicht, er blickte nur zu Boden.

»Und was, zum Teufel, haben Morgenstein und Schwarzbeck nun so Geniales entdeckt«, fragte Tom, »oder entworfen oder erfunden, dass wir uns so sehr um die beiden bemüht haben?«

»Sie müssen sich damit abfinden, dass Sie nicht alles erfahren. Versuchen Sie vielleicht, das Positive aus dieser Geschichte mitzunehmen. Sie waren erfolgreich. Sehr erfolgreich.«

Tom schüttelte den Kopf und lachte auf.

Hoffmann faltete seine Hände. »Da fällt mir noch eine andere Sache ein. Sie waren jetzt fast zwei Wochen nicht in Heckwaters. Damit die Operation *Iagonum* auch intern bestens gedeckt ist, müssen wir uns eine Geschichte ausdenken, damit niemand hier im Haus auch nur auf die Idee kommt, Fragen zu stellen.«

»Und Sie haben bestimmt schon eine Idee?«

Hoffmann lachte leise. »Natürlich. Sehen Sie, jeder, der dem Corps beitritt, muss fünf Prüfungen absolvieren, um seine Grundausbildung erfolgreich zu beenden. Es sind fünf …«

»Moment«, unterbrach ihn Tom ungläubig, »Sie wollen mir doch nicht erzählen, dass das alles nur …?«

»Oh nein, Ihre Mission war ganz und gar nicht simuliert. Alles war echt.«

Für einen Moment hatte er die Hoffnung gehabt, dass das alles doch nicht böse Realität gewesen wäre.

»Die letzte dieser fünf Prüfungen«, fuhr Hoffmann ruhig fort, »ist die bei Weitem schwierigste und gefährlichste Hürde und entscheidet, ob aus dem Neuling ein Agent des ICG wird.«

»Was ist das für eine Hürde?«

»Im Grunde genau das, was Sie jetzt bereits hinter sich haben. Eine echte Mission. Die ersten vier Examen dienen für gewöhnlich als Vorbereitung auf so eine reale Feldoperation, in Ihrem Fall jedoch wurde dieser Ablauf auf den Kopf gestellt.«

»Und das heißt?«

»Das heißt, dass die schwierigste Prüfung nunmehr bereits hinter Ihnen liegt. Herzlichen Glückwunsch.«

»Na vielen Dank.«

»Es ist bislang noch nie vorgekommen, dass ein Neuling die fünfte Prüfung als Erstes absolviert hat, noch dazu mit Bravour. Wir haben dafür Sorge getragen, dass die anderen Neulinge davon erfahren. Wundern Sie sich also nicht, wenn man Sie auf diese Sache anspricht oder Ihnen vielleicht gratuliert.«

»Und wenn mich jemand fragt, was bei dieser ominösen Prüfung genau passiert ist, sage ich natürlich, dass das streng geheim ist. Habe ich recht?«

»Genauso ist es«, bestätigte Hoffmann und blickte auf seine Taschenuhr. »Sie sollten sich übrigens beeilen, Catherine Fireburn hält Ihren wöchentlichen Vortrag. Der beginnt in diesem Moment.«

»Ich verstehe.« Tom zupfte seine Krawatte zurecht und stand auf. Als er die Tür öffnen wollte, blieb er jedoch stehen und fragte: »Da fällt mir ein: Was bedeutet eigentlich das Wort *Iagonum*?«

»Das ist geheim«, antwortete Hoffmann knapp.

»Sie sind spät dran.« Der Soldat drückte das Gitter des Aufzugs zur Seite. Tom zückte seine Corps-Card. Als Tom sie dem Mann reichen wollte, blieb er jedoch stehen.

»Worauf warten Sie?«, fragte der Soldat, doch Tom ignorierte ihn. Einer der fünf kleinen Kreise am unteren Rand der silbernen Karte war von einem winzigen kreuzförmigen Loch perforiert. Es war der Kreis am rechten Rand. Der fünfte.

»Gibt es ein Problem?«

»Die fünfte Prüfung«, murmelte Tom.

»Sir?«

»Nichts.«

Tom stieß die Tür zum Saal 1412 auf und duckte sich sofort: Catherine Fireburn stand an ihrem Pult und hielt vor der versammelten Menge der Corps-Agenten ihren Vortrag.

»... und deswegen haben Sie ein Auge auf Mussolinis Reden in den kommenden Tagen, Ladies und Gentlemen.«

Tom schlich sich leise und gebückt zum Mittelgang des Auditoriums.

»Ich möchte auf einen neuen Erlass Berlins eingeh...« Plötzlich stockte Fireburn mitten im Wort, und Tom sah auf. Wort- und regungslos fixierte sie Tom sekundenlang mit ihrem eisigen Blick.

Ein leises nervöses Raunen ging durch die Menge. Irritiert wandten sich die zahlreichen Zuhörer nach und nach auf ihren Sitzplätzen um, bis auf einmal irgendwo im Auditorium ein junger Mann aufsprang und Tom zusammenzucken ließ.

»Bravo!«, rief der schlanke Kerl mit strahlenden Augen und schlug seine Handflächen aufeinander. Und ehe Tom verstand, was passierte, tat es das ganze Publikum dem klatschenden jungen Mann gleich, und tosender, überschwänglicher Applaus erfüllte den sonst so stillen Raum 1412.

»Gut gemacht! Bravo!«

Tom grinste verlegen und nickte in alle Richtungen.

»Meine Damen und Herren«, rief Fireburn nach einer Weile scharf, »ich darf Sie doch bitten!«

Der Aufruhr erstarb so schnell, wie er aufgebrandet war. Tom nützte die letzten Momente der allgemeinen Unruhe und sprang auf einen freien Stuhl in einer hinteren Reihe.

»Trotz der allgemeinen Begeisterung, dass Mister Wolf wieder bei uns ist, wir sind noch nicht fertig.«

Tom sah angespannt nach vorne.

»Vorgestern hat das deutsche Luftfahrtministerium einige Meldungen an das Propagandaministerium weitergegeben, die ...«

Nur eine Reihe vor ihm entdeckte Tom plötzlich *sie*. Die blonde Unbekannte sah über ihre Schulter zurück, hatte eine ihrer dunklen Augenbrauen anzüglich nach oben gezogen, ein schelmisches Lächeln auf den Lippen und blickte Tom gelassen in die Augen.

Nach einer ganzen Weile zwinkerte *sie* ihm zu und drehte sich wieder nach vorn.

Tom grinste bis über beide Ohren.

60. GROSSER ERFOLG

»Somit sind die Ziele von *Iagonum* voll erfüllt.« Nathaniel Evans blickte mit verschränkten Armen durch die verglaste Wand seines Arbeitszimmers und an dem Rücken der großen Bronzestatue vorbei in das Rund der Atlas-Hall.

»Ich denke, das können wir mit Fug und Recht behaupten«, bekräftigte Hoffmann und faltete seine Hände. Er wippte im Ledersessel vor und zurück.

»Und trotzdem gebe ich zu bedenken«, warf Colonel Colpo mit säuerlicher Miene ein und erhob sich von seinem Platz, »dass wir großes Glück gehabt haben. Dieser Wolf, der hatte verdammtes Glück.«

»Außerdem ist unser Verhältnis zum FBI beschädigt«, pflichtete ihm Catherine Fireburn bei und blickte zu Evans hinüber. Der wandte sich langsam um.

»Sie haben beide recht«, stellte er fest. »Wolf hatte das Glück des Tüchtigen auf seiner Seite. Und Agent Kentz wird einsehen, dass er sich nur selbst geschlagen hat.«

»Gibt es noch etwas von unserem Mann aus Berlin?«, fragte Fireburn und blickte zu Colpo hinüber.

Der nickte. »Er hat sich umgehört und einen der Beamten identifiziert, die Professor Schwarzbeck verhaftet und im Hauptquartier der Gestapo in der Prinz-Albrecht-Straße verhört haben.« Colpo blätterte in einer Akte, die auf einem Stapel vor ihm auf dem massiven Tisch lag. »Sein Name ist Hans Quint, ein Kriminalinspektor der Gestapo.«

»Wissen wir etwas über ihn?«

»Nicht viel. Dürfte aber ein guter Mann sein, hat einen ausgezeichneten Ruf. Schwarzbeck hat ihm mit Sicherheit alles erzählt, was er weiß. Neben Quint war bei der Verhaftung noch ein Mann der SS zugegen. Es handelt sich, den Abzeichen auf der Uniform nach zu schließen, um einen Untersturmführer, dessen Identität unser Mann in Berlin noch nicht herausfinden konnte.«

»SD?«, fragte Evans.

»Ja«, nickte Colpo, klappte die Akten zu und verstaute sie in einer schwarzen Aktentasche.

Fireburn nickte betreten und presste, tief in Gedanken versunken, ihre schmalen Lippen zusammen.

»Wie hat Wolf eigentlich reagiert, als Sie ihn eingeweiht haben?«, fragte Colpo.

»Verhältnismäßig gut«, antwortete Hoffmann.

»Denkt er darüber nach hinzuschmeißen?«, hakte Colpo nach.

Hoffmann überlegte. »Er wird sich, sagen wir, bestimmt darüber Gedanken machen.«

»Aber sicher wird er das«, fügte Fireburn kalt hinzu. »Er fühlt sich in seiner Ehre gekränkt. Aber ich halte ihn für ambitioniert. Er hat jetzt Blut geleckt. Er wird mehr wollen.«

Hoffmann beobachtete schweigend, wie Colonel Colpo mit einer Hand langsam über die Tischplatte wischte und Fireburn einen misstrauischen Blick zuwarf. Das von Narben übersäte Gesicht des Colonels wirkte wie versteinert.

»Das wäre alles.« Evans wies damit alle Anwesenden an, den Raum zu verlassen.

61. LOGIK

Drei Wochen später – Mitte November 1937

Der Haupteingang des Hauses der Vaterländischen Front, das sich Am Hof Nummer vier mitten in der Wiener Innenstadt befand, wurde von strammstehenden Männern des Sturmkorps bewacht. Sie trugen allesamt ihre martialischen dunkelblauen Uniformen.

»Front Heil!«, grüßte einer von ihnen, als Viktoria Baroq sich der hohen Tür näherte. Sie zuckte vor Schreck zusammen und musste unweigerlich daran denken, was Adam ihr wenige Monate zuvor über die Ähnlichkeit der Symbole der Nazis und jener der Vaterländischen Front erzählt hatte.

Mit scheu eingezogenem Kopf betrat sie die große Eingangshalle, die mit zahllosen Kruckenkreuzen und Porträts von Doktor Kurt Schuschnigg geschmückt war, und steuerte auf eine Empfangsdame zu.

»Front Heil«, begrüßte sie eine großgewachsene Dame, die eine aufwändige blonde Lockenfrisur trug und deren Blusenkragen natürlich das Abzeichen der Vaterländischen Front zierte.

»Grüß Gott«, entgegnete Viktoria Baroq. »Bitte, ich habe um 11 Uhr einen Termin mit Herrn Peter Mandler. Ich bin mir nicht sicher, wo ich ihn hier finde.«

»Einen Augenblick, des hamma glei'.« Die Empfangsdame griff nach einem Telefonhörer.

Nur eine Minute später erschien der wohl knapp 40-jährige Mandler in der Halle und begrüßte Viktoria galant.

»Küss' die Hand«, sagte er und verbeugte sich. Viktoria musterte unauffällig sein fülliges Gesicht, seinen freundlichen Blick und den gezwirbelten Schnauzbart. Dann rang sie sich zu einem Lächeln durch und antwortete: »Ich bin erfreut.«

»Darf ich Sie ins Café *Kreutz* auf einen Kaffee einladen? Das ist gleich um die Ecke, und da können wir uns ungestört unterhalten.«

»Gerne«, stimmte Viktoria zu.

Sie nahmen an einem Tisch Platz und bestellten. Ein Ober brachte Mandler einen kleinen Espresso, ein Glas Wasser und einen Apfelstrudel. Viktoria servierte er eine Melange und ein Stück Sachertorte. Während Viktoria einen kräftigen Schluck nahm, strich Mandler verlegen seine graue Seidenweste glatt und richtete seine Manschetten. Dann sah er Viktoria mitfühlend in die Augen. »Es ist mir wirklich eine Freude, Sie kennenzulernen, Fräulein Baroq. Auch wenn die Umstände natürlich alles andere als erfreulich sind.«

Viktoria nickte und senkte ihren Blick.

»Ich bin vergangene Woche bereits zum dritten Mal von der Polizei aufgesucht worden«, erklärte Mandler. »Es scheint so, als tappten die Herren völlig im Dunkeln. Inspektor Weber hat mir Ihren Namen und Ihre Telefonnummer verraten, Fräulein Baroq, daher habe ich Sie angerufen. Ich hoffe, ich habe Sie damit nicht in Verlegenheit gebracht.«

Viktoria fühlte sich von der Mandlers Höflichkeit geradezu geschmeichelt.

»Nein, nicht im Geringsten«, antwortete sie nachdem sie sich die Lippen mit der Serviette abgetupft hatte.

»Ich gestehe, ich fühle mich in dieser Lage etwas hilflos. Inspektor Weber hat mir eröffnet, dass ich der nächste noch lebende Verwandte von Adam bin, den er ausfindig machen konnte. Das hat mich, ehrlich gesagt, ziemlich überrascht.«

»Viele aus seiner Familie sind gestorben oder verzogen«, stellte Viktoria nach einem Moment fest. »Zumindest habe ich das so in Erinnerung. Adam hat selten über seine Familie gesprochen.«

»Aha. Ich wollte mich mit Ihnen auch deshalb unterhalten, Fräulein Baroq. Um uns auszutauschen. Vielleicht bringen wir ja gemeinsam ein wenig Licht ins Dunkel. Hat Adam Ihnen gegenüber jemals erwähnt, dass er sich Feinde gemacht hat?«

»Das hat mich Inspektor Weber auch gefragt. Aber beim besten Willen: Nein. Adam ist doch ein sehr sanftmütiger Mensch. Er hat keine Feinde, da bin ich mir sicher.«

»Das ist alles sehr seltsam.«

»Er mag natürlich die Nationalen nicht«, fügte Viktoria hinzu und räusperte sich, »und die Antisemiten natürlich auch nicht.«

Mandler nickte. »Er ist ja auch Jude.«

»Aber persönliche Feindschaften hat er deshalb nicht, soweit es mir bekannt war.«

»Wissen Sie, Fräulein Baroq, Anfang des Sommers hatte Adam sich nach langer Zeit wieder bei mir gemeldet. Wir haben uns auf dem Naschmarkt getroffen und unterhalten. Er hat mir eröffnet, dass er Österreich verlassen will.«

Viktorias Augen weiteten sich. »Wie bitte?«

»Ganz richtig. Er wollte unbedingt weg aus Wien und unbedingt in die Vereinigten Staaten.«

»Davon hat er mir nie etwas erzählt.« Mechanisch und geistig abwesend rührte sie ihren Kaffee um.

»Er wirkte sehr ... getrieben. Ja, das beschreibt es wohl am besten.«

»Er hat sich immer besorgt über die politische Lage geäußert. Was alles in Deutschland passiert, das hat ihm zugesetzt. Aber dass er die Zelte abbrechen wollte, hat er nie geäußert. Nie!«

Mandler hob beschwichtigend die Hand. »Ich glaube auch nicht, dass er sein Vorhaben umsetzen konnte.«

Viktoria wirkte noch verwirrter.

»Adam hätte sich natürlich von Ihnen und vielleicht auch von mir verabschiedet«, erklärte Mandler geduldig. »Und selbst, wenn er darauf verzichtet hätte: Warum hat die Polizei dann seine Wohnung in diesem sonderbaren Zustand vorgefunden?«

Viktoria nickte schnell. Inspektor Weber hatte ihr geschildert, dass Adams Wohnung durchwühlt vorgefunden worden war, die Tür war aufgebrochen gewesen. Zudem war ein Seil aus zusammengeknoteten Betttüchern aus dem Schlafzimmerfenster gebaumelt.

»Es ist alles höchst mysteriös«, flüsterte Viktoria.

»Ich möchte nur ungern über diese schlimmen Dinge sprechen, aber diese Ungewissheit lässt mir keine Ruhe. Schließlich gibt es immer noch keine Spur von Adam. Und nicht einen Blutstropfen hat man in seiner Wohnung gefunden. Es tut mir leid, ich wollte Sie nicht schockieren, Fräulein Baroq.«

»Schon gut. Was vermuten Sie?«

»Ich wollte zunächst Ihre Meinung hören, Fräulein Baroq. Haben Sie eine Theorie?«

Viktoria zögerte.

»Können Sie sich vorstellen«, fragte Mandler, »dass Adam das Opfer eines Verbrechens geworden ist? Um präziser zu sein: Ich denke, es deutet vieles auf eine Entführung hin.«

Baroq schüttelte heftig den Kopf. »Aber warum sollte jemand Adam entführen?«

»Es ist lediglich eine Vermutung. Inspektor Weber hat mich indirekt darauf gebracht. Ein Raub ist auszuschließen, zumal Adam über keinerlei Vermögenswerte verfügt hat und offenbar kürzlich sogar gezwungen war, Teile seiner Einrichtung zu verkaufen. Und selbst, wenn sich ein Dieb in die Operngasse verirrt hätte, und selbst, wenn Adam ihn auf frischer Tat ertappt hätte – warum ist Adam dann verschwunden? Wissen Sie, mein Nachbar, Hofrat Stichhammer, ist vor einem halben Jahr in Döbling überfallen worden. Er hat einen Schlag auf den Kopf bekommen, als er die Langfinger aufhalten wollte. Aber Herr Stichhammer ist damals nicht spurlos verschwunden.«

»Ich verstehe, was Sie sagen wollen.«

»Deshalb denke ich, dass unser Adam das Opfer einer Entführung geworden ist. Allerdings drängt sich die Frage auf: Wer, in Gottes Namen, hat ihn entführt?« Mandler blickte Viktoria eindringlich in die Augen. »In Adams privatem Umfeld sind beim besten Willen keinerlei Feinde auszumachen, das haben Sie selbst bestätigt, Fräulein Baroq.«

Viktoria spürte, wie ihr Herz zu rasen begann.

»Ich begebe mich auf das Gebiet der Spekulation«, flüsterte Mandler und beugte sich vor. »Dessen bin ich mir bewusst, Fräulein

Baroq. Hören Sie: Damals, auf dem Naschmarkt, da war mir, als fürchte sich Adam vor Verfolgern. Hat er im Rahmen seiner beruflichen Tätigkeit vielleicht irgendetwas getan, was die Staatspolizei auf den Plan gerufen hat? Hat er mit irgendwelchen Veröffentlichungen gegen die Zensur verstoßen? Oder ist er vielleicht einer illegalen Partei beigetreten? Den Sozialisten? Den Kommunisten?«

Viktoria griff nach der Serviette und wischte sich krampfhaft über ihre Lippen. Konnte das sein? Ihr wurde unerträglich heiß.

»Haben Sie auf der Universität irgendetwas Verdächtiges bemerkt? Ist er beobachtet worden?«

Viktoria blickte sich hastig im Kaffeehaus um.

»Sie haben sich doch mit Adam ein Büro geteilt, Fräulein Baroq. Haben Sie etwas gesehen oder gehört, das in diesem Licht rückwirkend vielleicht verdächtig wirkt?«

»Aber was bedeutet das denn für mich?«, flüsterte Viktoria und blickte Mandler ängstlich in die Augen. Mandler griff sich überrascht an den Bart. Er verstand nicht.

»Ja, ich habe mir mit Adam ein Büro geteilt«, versicherte Viktoria aufgebracht, »aber ich habe doch nichts Verbotenes getan! Ich habe doch nichts getan!«

Mandlers Wangen verfärbten sich auffällig rot. »Bitte, bitte, Fräulein Baroq, ich sehe keinen Grund, warum Sie sich Sorgen machen sollten, ganz und gar nicht, Fräulein Baroq. Es hat doch nichts mit Ihnen zu tun. Ich wollte nicht, dass Sie den Eindruck bekommen, dass ich Sie verdächtige oder Sie in Gefahr sehe.«

Viktoria schossen 1000e Gedanken durch den Kopf. Sie hatte mit Adam zusammengearbeitet. Er war nun spurlos verschwunden. Wenn das stimmte, was Mandler sagte, befand sie sich dann etwa in Gefahr? Aber wieso? Wieso? Was hatte die österreichische Staatspolizei damit zu tun? Viktoria kannte diese geheimen Spitzel nur von Erzählungen, allein der Gedanke an diese angeblich so brutalen, allmächtigen und allgegenwärtigen Leute der Wiener Geheimbehörde ließ sie erzittern.

Hatte die Adam entführt? Das war doch lächerlich!

Aber war es das wirklich?

Viktoria war kurz davor, in Panik zu geraten.

»Ich wollte Sie auf keinen Fall beunruhigen«, bekräftigte Mandler lächelnd, als er bemerkt hatte, was er angerichtet hatte. »Es wird sicher für alles eine ganz harmlose Erklärung geben.«

Viktoria nickte schnell.

62. BEI JERRY

Zwei Wochen später – Ende November 1937

»Wie wär's mit dieser Zitronentorte, Sir«, fragte die Dame hinter der Vitrine und setzte einen treuen Hundeblick auf, »die ist einfach unwiderstehlich.«

Tom suchte konzentriert das Angebot ab. Sein Blick schweifte über die gedeckten Apfelkuchen, eine riesige Pfirsichtorte, mehrere Cremeschnitten und Schokoladeecken, bis er eine mit Dutzenden Erdbeeren übersäte Komposition entdeckte.

»Ein Stück von der hier, bitte«, sagte er, während ihm das Wasser im Mund zusammenfloss.

»Eine gute Wahl, Sir. Ich bringe es Ihnen gleich. Wollen Sie Schlagsahne?«

»Unbedingt.«

Er nahm an einem Tisch am Fenster Platz, von dem er nicht nur die gut besuchte Konditorei unweit der Evensenfield Road überblicken, sondern auch die Straße im Auge behalten konnte. Viel

Laub lag auf der Fahrbahn, die Bäume wirkten ringsum nackt wie Gerippe und bogen sich im Wind unter dem stahlblauen Himmel.

»Noch Kaffee, Sir?«, fragte die adrette Kellnerin, nachdem sie den Kuchen serviert hatte. Sie deutete auf eine Kanne.

»Nein danke.«

»Hier«, rief ein dicker Junge am Nebentisch, der einen Schokoladenkuchen in sich hineinstopfte. »Meine Mum hat nichts mehr.«

»Oh, wie aufmerksam, Toby!« Seine Mutter tätschelte dem Burschen die Wange.

»Einen feinen Jungen haben Sie da«, rief Jerry Kling, der rundliche Besitzer der Konditorei, während er die silberne Registrierkasse mit einem Tuch zu polieren schien. Tom beobachtete den Mann aus den Augenwinkeln. Tom war zum insgesamt dritten oder vierten Mal zu Gast in der Konditorei, hatte aber noch nicht einmal erlebt, dass der rotwangige Jerry sich auch nur zwei Schritte von der Kasse entfernt hätte.

»Evelyn, Tisch fünf!«, befahl Jerry, klemmte seinen linken Daumen lässig hinter seinen roten Hosenträger und setzte ein selbstverliebtes Grinsen auf.

Tom nahm zunächst einen Schluck, stellte die weiße Tasse aber sofort wieder ab. Der Kaffee in Wien hatte ihm deutlich besser geschmeckt: kräftiger, vollmundiger und intensiver.

»Sofort, Mister Kling«, antwortete Evelyn gehorsam und trabte los. Gleichzeitig ertönte im Radio das nächste Lied. Tom erkannte die Melodie schon nach wenigen Takten, wahrscheinlich genau wie alle anderen um ihn herum: Es war Fred Astaire, der *The Way You Look Tonight* sang, das Stück aus dem erfolgreichen Film *Swing Time*, das auch den Oscar für das beste Lied gewonnen hatte. Während Tom einen Stapel Briefe auf seinem Tisch zur Seite schob und vorsichtig eine Zeitschrift unter dem *Washington Herald* vom Vortag hervorzog, wippte sein Fuß im Takt. Astaire und die blonde Ginger Rogers hatten ein hervorragendes Filmpaar abgegeben, dachte er.

Tom blickte sich kurz um, dann schlug er die Zeitschrift auf, während er penibel darauf achtete, dass niemand um ihn herum die Titelseite sehen konnte. Als die Glocke der Eingangstür bimmelte, sah Tom auf und schob die Zeitschrift unauffällig, aber schnell wieder unter den *Herald*.

»Habe ich mich doch nicht getäuscht!«, rief Richard und kam sofort auf Tom zu. Eine junge hübsche Brünette hatte sich bei ihm untergehakt und warf Tom ein Lächeln zu: Es war Charlize, die in der Atlas-Hall an einem Nachbartisch ihren Arbeitsplatz hatte.

»Hi, Tom!«, rief Charlize freundlich. »Das ist ja ein Zufall. Wir wollen dich nicht überfallen, aber Richard hat dich durchs Fenster gesehen und da wollten wir kurz Hallo sagen.«

»Na klar hat er nichts dagegen.« Richard klopfte Tom auf die Schulter, legte dann seinen Mantel ab, warf ihn flugs auf einen Kleiderständer und ließ sich auf einen freien Stuhl fallen. Tom erhob sich prompt und zog Charlize einen zweiten Stuhl neben sich heran. »Aber natürlich. Bitte, nehmt Platz.«

»Na, wenigstens vergessen nicht alle Männer ihre Manieren ständig zu Hause«, bemerkte Charlize und warf Richard einen missbilligenden Blick zu.

Richard verschränkte die Arme. »Also bitte. Ich habe dich zum Essen eingeladen, genau wie vereinbart. Darüber hast du dich auch nicht beklagt.«

»Weil du es mir geschuldet hast«, lachte Charlize. »Für deinen Zahlungsrückstand ist ein Essen doch wohl das Mindeste! Tom, leihe dem Kerl nur ja nie Geld, du bekommst es zwar irgendwann zurück, aber mit den entgangenen Zinsen könnte Roosevelt wahrscheinlich die Tausenden New Deal-Brücken und Dämme noch einmal bezahlen.«

Tom lächelte.

»Der ist gut, den muss ich mir merken«, sagte Richard und lachte laut auf. »Und du beschäftigst dich tatsächlich auch am Wochenende mit der Welt da draußen?« Richard tippte auf den *Washington Herald*. Auf der aufgeschlagenen Seite entdeckte Tom einen Artikel über die Lage in China. Daneben war ein Foto vom chinesischen Ministerpräsidenten Chiang Kai-shek in Uniform abgedruckt, der mit seinen Soldaten den auf dem Vormarsch befindlichen japanischen Truppen erbittert Widerstand leistete.

»Pass auf, dass du dein Hirn nicht überlädst, Tom«, lachte Richard.

»Na ja, ich halte mich einfach auf dem Laufenden.«

Charlize dirigierte wortlos die Kellnerin her und bestellte einen Kaffee für sich. »Heutzutage ist Politik doch nur noch deprimierend. Egal, ob sich die Schlagzeilen um Asien, Spanien, Italien, Deutschland oder sonst ein Land drehen – von wo gibt's denn heutzutage noch Gutes zu berichten? Im Ernst! Das kann doch nicht immer so gewesen sein, oder? Ich kann es kaum fassen, aber ich muss Richard recht geben: Am Wochenende solltest du dich ablenken, Tom.«

»Sie gibt mir recht, ist das zu fassen?« Richard musterte Toms Kuchen. »Äh … Miss, für mich bitte auch eines von dem hier. Schmeckt der so gut, wie er aussieht, Tom?«

»Noch besser.«

»Reden wir endlich über etwas Lustigeres.« Charlize griff nach ihrer Tasse, die die Kellnerin gebracht hatte. »Du hast Fireburn ja damals unten in 1412 ganz schön die Show gestohlen, was?« Charlize warf Tom einen neckischen Blick zu.

»Das kann man wohl sagen«, pflichtete Richard bei.

»Sie hat nicht sehr amüsiert gewirkt«, sagte Tom ernst. »Aber ich habe sie bisher noch nie besonders gut gelaunt erlebt.«

»Ich auch nicht«, stimmte Richard zu.

»Wie hast du dich gefühlt«, fragte Charlize, »als dir alle applaudiert haben? Ich wäre hochrot angelaufen.«

»Es war in der Tat … sonderbar.«

»Du hast mich an dem Tag da unten gar nicht gesehen, oder?«, fragte Charlize. »Ich hatte einen Platz direkt vor dir.«

»Wirklich?«

»Nur eine Reihe vor dir. Ich war genau neben Sarah. Du kennst sie doch, oder?«

»Ich glaube nicht, nein.«

Charlize nippte am Kaffee. »Blond, dürr, fast so hübsch wie ich?«

»Sie heißt also Sarah«, sagte Tom vor sich hin und nickte. Er musste sich anstrengen, um sich ein verräterisches Grinsen zu verkneifen.

»Klar kennt er sie«, warf Richard ein, »das Mädchen übersieht keiner.«

»Nicht alle Männer sind gleich«, tat Charlize Richards Beitrag ab und wirkte dabei reichlich verkrampft. »Was sind denn das für Briefe, Tom?« Sie warf neugierig einen Blick auf den Stapel, den Tom an den Rand des Tisches geschoben hatte. »Hast du eine Geliebte, die sich nach dir sehnt?«

Tom fühlte sich ertappt. Er schob den Stapel ein paar Zentimeter zur Seite. »Meine Eltern haben mir geschrieben. Ich will ihnen zurückschreiben.«

Charlize nickte verständnisvoll.

»Sind alle an Heckwaters S2 im State Department adressiert. Würde mich interessieren, über welche Umwege die zu mir gelangt sind.«

»Das ist einfacher, als du denkst«, stellte Richard beiläufig fest. »Das Außenministerium hat eine Postverteilungsstelle hier in Washington. Alle Briefe oder Pakete, auf denen Heckwaters vermerkt ist, werden dort in einen Container geworfen. Die denken sich gar nichts dabei, dass der tagtäglich von unseren Leuten abgeholt wird. Irgendwo in Heckwaters wird das dann verteilt. Und bei uns weiß man ja, wo Thomas K. Wolf seinen Briefkasten hat.«

»Klingt wirklich simpel«, staunte Tom.

»Sag ich doch.«

Tom blickte auf den obersten Brief. »Ist Heckwaters eigentlich ein Name? Oder ein Code?«

»Nein, nein«, antwortete Charlize. »Das ist einfach eine Abwandlung von Hauptquartier oder Headquarters. Klingt doch so ähnlich. Findest du nicht?«

»Stimmt.«

Charlize trank aus, sprang auf und holte eine Brieftasche aus ihrer Handtasche. »So, ich bin jetzt verabredet.«

»Lässt du dich jetzt gleich noch einmal ausführen?«, fragte Richard und machte ein erstauntes Gesicht. »Noch einer, der dir Geld geschuldet hat?«

»Macht es dir etwas aus, dass du nicht der einzige Mann in meinem Leben bist? Das ist ja süß.« Charlize grinste neckisch und setzte sich ihren dunkelgrünen Hut auf. »Genieße den Sonntag, Tom. Wir sehen uns morgen.«

Richard warf ein paar Münzen auf den Tisch und sprang auf. »Dann werde ich dich zumindest noch bis zur Kreuzung begleiten. Ich will mir ja nichts nachsagen lassen.«

Charlize schüttelte im Gehen nur belustigt den Kopf.

»Wir sehen uns«, rief Richard Tom zu, während er Charlize hinterhereilte.

»Na klar«, sagte Tom und lachte.

Nach ein paar Minuten schob er langsam den *Washington Herald* zur Seite und schlug die darunter liegende Zeitschrift wieder auf.

Er hatte großes Glück gehabt, dachte Tom, dass weder Charlize noch Richard das Magazin aufgefallen war. Die zwei waren so neugierig, dass sie sich mit Sicherheit nicht mit einer simplen Ausrede abspeisen hätten lassen.

Tom blätterte um.

Der Verkäufer in dem Geschäft in der Innenstadt hatte ihm versichert, dass die *Physical Review* eine der renommiertesten Fachzeitschriften der Physikwelt wäre.

»Außer ein paar Eierköpfen kauft die kaum jemand, Sir«, hatte der Mann gewitzelt, »wahrscheinlich, weil kein Mensch versteht, was da drinsteht.«

Tom überflog die Titel der einzelnen Artikel nur. Ihn interessierten zunächst lediglich die Verfasser. Doch die Namen Josef Schwarzbeck und Adam Morgenstein tauchten auf keiner Seite auf.

War eine dumme Idee, dachte Tom nach einer Weile. Warum sollten auch zwei Wissenschaftler aus Österreich und Deutschland Artikel in einer Zeitschrift der *American Physical Society* veröffentlichen? Und warum genau in dieser einen Ausgabe, die Tom sich besorgt hatte?

Er klappte das Blatt zu und schob es wieder unter den *Washington Herald*.

Nein, er musste seine Suche ganz anders angehen. Er musste sich in einer Bibliothek systematisch umsehen, oder gleich einen Experten um Rat bitten. Nur so würde Tom herausfinden, was diese zwei Männer, die er in Berlin und Wien kennengelernt hatte, so besonders machte.

Tom stand auf, bezahlte bei Jerry seinen Kaffee und seinen Kuchen und verließ die Konditorei.

Tom hatte sich festgelegt. Er war in Europa nicht ins Messer gelaufen, nein, er hatte überlebt. Verdammt, er hatte großen Erfolg gehabt. Vielleicht war es zum Großteil Glück gewesen, aber zum Teufel: Er hatte dem Corps großen Erfolg beschert. Und er würde dieses Corps erst verlassen, wenn er wusste, warum diese zwei Physiker aus Übersee von solcher Bedeutung waren.

Und erst dann, wenn er herausgefunden hätte, was um alles in der Welt dieses merkwürdige Wort *Iagonum* bedeutete.

63. UNTERSCHIEDE

Morgenstein knipste das Licht in der Küche an und hielt überrascht inne.

Schon wieder, dachte er amüsiert und musterte interessiert den kleinen Schalter aus Kunststoff. In jedem kleinen Detail steckten sie, die Unterschiede.

Er hatte sein neues Heim in New Hampshire nun vor mittlerweile zwei Wochen bezogen, aber diese überraschenden Momente, in denen ihm schlagartig bewusst wurde, dass er sich nicht mehr in Wien, sondern in den Vereinigten Staaten aufhielt, wollten scheinbar nicht aufhören. Und in jedem dieser Momente wurde ihm klar, dass er es geschafft hatte: Er war in Amerika!

Morgenstein streckte seine Hand aus, legte den Kippschalter ein paar Male beiläufig um und lächelte dabei. In Wien hatte er das Licht in all seinen Zimmern nur durch das Drücken runder Knöpfe ein- und ausgeschaltet.

Morgenstein räusperte sich, ging auf das Küchenfenster zu und schloss die Vorhänge, die mit einem Blumenmuster bedruckt waren.

Im Grund war alles anders: Die Fenster zog man hier nicht so wie Türen auf, sondern schob sie, genau wie in einem Zugabteil, nach oben. Auch das Leitungswasser hatte seine Tücken: Morgenstein hatte das Gefühl, als würde es hier eindeutig salziger als in Wien schmecken. Interessanterweise genau wie die amerikanische Butter. Das Brot, das er bislang gegessen hatte, erschien ihm hingegen deutlich geschmackloser als jenes in Österreich.

Er ging langsam an dem riesigen Kühlschrank vorbei, einem *All-Steel Refrigerator* von *General Electric*. Morgenstein wollte gar nicht wissen, was das Monstrum gekostet hatte. Wahrscheinlich war das Gerät teurer als ein Auto. Aber Geld schien in seinem neuen Leben ohnehin eine untergeordnete Rolle zu spielen.

Als dieser nette Mister Owen ihn 14 Tage zuvor mit dem riesigen Cadillac in die Kleinstadt Brockton in New Hampshire gebracht hatte, hatte er ihm nicht nur das Haus formell übergeben und gezeigt, sondern Morgenstein noch am gleichen Tag in eine Schneiderei geführt, wo drei italienischstämmige Männer an Morgenstein Maß genommen hatten. Während Morgenstein sich erst auf die ungewohnte Situation einstellen hatte müssen – bis dahin hatte er so eine Prozedur erst einmal erlebt, nämlich als er sich in der Leopoldstadt einen Gehrock für die Hochzeit mit Lydia hatte schneidern lassen – hatte Owen Morgenstein beiläufig vorgeschlagen, fürs Erste nur drei oder vier Anzüge in Auftrag zu geben. »Wenn

Sie sie ein paar Tage getragen haben«, hatte Owen gesagt, »merken Sie ja, ob es irgendwo zwickt, oder ob Ihnen ein Stoff oder ein Schnitt besonders gefällt. Dann kann man das bei der zweiten Bestellung gleich berücksichtigen.«

Morgenstein hatte sich selbst den Stoff ausgesucht, aber Owen hatte ihn freundlich beraten, als der bemerkt hatte, dass Morgenstein in diesen Sachen nicht erfahren war. So hatten sie einen grauen Nadelstreif, einen schlichten blauen Zweireiher sowie einen dunkelbraunen Dreiteiler bestellt. Mister Owen hatte alles anstandslos bezahlt. Anschließend hatten sie noch Schuhe, Dinge des alltäglichen Bedarfs sowie einen neuen Hut gekauft. Morgenstein hatte sich wie ein König gefühlt – und das Gefühl hielt noch immer an.

Morgenstein ging an dem großen Schreibtisch im Wohnzimmer vorbei und steuerte auf die Treppe zu.

Dieses Haus war kein Palast, dachte er, aber es war dicht dran. Morgenstein standen die Küche und zwei Zimmer im Erdgeschoss sowie zwei Schlafzimmer und das große Bad im oberen Stockwerk zur Verfügung. Als Owen ihn 14 Tage zuvor die Treppe hinaufgeführt hatte, hatte Morgenstein kurzzeitig sogar geglaubt, dass es im Haus noch ein zusätzliches Stockwerk geben würde, denn Owen hatte gesagt, dass sie sich nun den »second floor« ansehen würden. Dass das deutsche Erdgeschoss dem amerikanischen »first floor« entsprach, und somit der erste Stock dem »second floor«, hatte sich aber rasch aufgeklärt. Owen hatte gelacht und gesagt: »Kein Problem, Doktor. So etwas Ähnliches habe ich selbst erlebt, als ich vor Jahren in Berlin war. Seitdem weiß ich, dass man die Hotelrezeption in Deutschland niemals im ersten Stock findet. Die Briten machen das richtig, die nennen das einfach ›ground floor‹.«

Morgenstein stapfte die Stufen hinauf.

Er war überrascht gewesen, wie dünn alle Wände des hübschen Hauses waren. Manche waren nur ein paar Zentimeter breit, oder Inches, wie man hier sagen musste. Es schien gar so, als wäre nur der Schornstein aufgemauert, alles andere – die Wände, die Böden und das Dach – war lediglich aus Holz gezimmert worden.

Oben angekommen, blickte er flüchtig aus dem Treppenfenster. Die Gärten seiner Nachbarn faszinierten ihn. Bislang hatte er geglaubt, dass nur die Briten für ihre gepflegten Rasen und Vorgärten berühmt waren. Doch diese Allee in Brockton bewies das Gegenteil.

Er betrat das Schlafzimmer und setzte sich auf das breite Bett. Er hatte sich die ersten Nächte an die reichlich dünne Bettdecke gewöhnen müssen. Eigentlich war es keine Daunenbettdecke, sondern mehr eine knappe Wolldecke, die über ein Leintuch gelegt war. Aber er hatte in einem Schrank mehrere Überdecken gefunden und fror in den Nächten mittlerweile nicht mehr.

Langsam atmete er tief ein.

Er hätte zu gerne Viktoria in Wien von dem Luxus erzählt, den er hier genoss. Aber er schämte sich viel zu sehr, als dass er ihr hätte schreiben können. Wie hätte er ihr glaubhaft in einem Brief erklären sollen, warum er all das getan hatte? Es war unmöglich.

Daher war es nichts anderes als ein Wink des Schicksals gewesen, dass Mister Owen Morgenstein nachdrücklich gebeten hatte, fürs Erste keinen Kontakt zu seinen Freunden und Bekannten in Europa aufzunehmen.

»Es ist wahrscheinlich am besten«, hatte Owen argumentiert, »dass Sie sich ganz darauf konzentrieren, in den Vereinigten Staaten anzukommen. Blicken Sie nicht hinter sich, sondern ab jetzt nur noch nach vorn.«

Morgenstein seufzte. Oh ja, dachte er, dieser Mister Owen war selbstverständlich mit allen Wassern gewaschen. Er, Morgenstein, sollte nicht einfach nur mit seinem bisherigen Leben in Österreich abschließen, nein, es durfte niemand wissen, wo er sich jetzt befand. Das lag doch auf der Hand! Morgenstein war bei seiner Flucht aus Wien nur dank dieses unglaublich gerissenen Herrn Wenters einer riesigen Katastrophe entgangen. Er, Morgenstein, war gejagt worden. Dass Owen dieses Faktum vor Morgenstein nicht offen angesprochen hatte, konnte in Morgensteins Augen nur darauf zurückgeführt werden, dass Owen ihn nicht unnötig verängstigen wollte. Aber Morgenstein hatte sich schon längst damit abgefunden: Er,

Adam Morgenstein, war in Amerika untergetaucht – wenn auch in ein luxuriöses Leben.

Er blickte sich um. Auf dem Nachttisch, neben einem großen Vorrat von *Hershey*-Schokoladetafeln, von denen Morgenstein einfach nicht genug kriegen konnte, stand ein kleiner silberner Bilderrahmen. Das Foto zeigte ein Porträt seiner verstorbenen Frau Lydia.

Nein, es war kein großer Verlust, die Verbindungen nach Europa abzubrechen. Viktoria war außen vor, und der einzige andere Mensch, dem er von seinem Aufenthalt in Amerika hätte schreiben können, war Josef Schwarzbeck. Und der konnte sich sowieso zusammenreimen, dass Morgenstein es mittlerweile über den Atlantik geschafft hatte.

Morgenstein nickte. Er musste sich voll und ganz auf das Hier und Jetzt konzentrieren.

Bald würde die unbeschwerte Eingewöhnungsphase, die die Amerikaner, und allen voran dieser Mister Owen, Morgenstein gönnten, wohl oder übel vorübergehen. Owen hatte Morgenstein ein paar Tage zuvor eröffnet, dass man bald ein Treffen mit amerikanischen Wissenschaftlern arrangieren wollte, um auszuloten, wie man Morgenstein am besten in den Staaten integrieren könnte.

Morgenstein rückte seine Brille zurecht.

Natürlich wollten die jetzt haben, was Morgenstein ihnen in seinem Brief im Sommer so vollmundig angeboten hatte. Nur deswegen hatten sie ihn schließlich hergeholt.

Damit würde nun der knifflige Teil beginnen.

Der Doktor erhob sich und ging im Zimmer auf und ab.

»Es wird darauf ankommen«, sagte er leise, »was für ein Kaliber die dir vorsetzen.« Es bestand natürlich immer noch die Möglichkeit, dass die Behörde, die Mister Owen vertrat, zwar Interesse an Morgensteins Arbeit hatte, aber über keinen einzigen Mann in den eigenen Reihen verfügte, der das alles im Detail verstehen würde. Dann würde Morgenstein leichteres Spiel haben.

Morgenstein blieb stehen. War das wahrscheinlich?

Er setzte sich wieder auf das Bett und legte seine Hände auf die Decke. Dann lief es ihm so kalt den Rücken hinunter, dass er zu zittern begann.

64. ZUM ZWEITEN MAL IM WEG

Zwei Wochen später – Mitte Dezember 1937

Die Luft war eisig und ließ Toms Atem kondensieren, als er durch die Evensenfield Road lief. Er rieb seine in Handschuhe gehüllten, aber dennoch vor Kälte schmerzenden Hände aneinander, sprang voller Elan über die mit Schnee und unansehnlichem Matsch bedeckte Fahrbahn und öffnete eilig das Gartentor vor dem großen Gebäude mit der Haus Nummer sieben, dessen Veranda mit Tannenzweigen und roten Schleifen festlich geschmückt war. Tom schob seinen Mantelärmel ein Stück zurück und blickte auf seine Uhr: Es war kurz vor Mittag, und er war ziemlich hungrig. Er freute sich schon auf die heiße *Heinz*-Dosensuppe, die er sich in seiner Küche warm machen würde, und sprang die Stufen zur Eingangstür hinauf.

»Einen schönen Samstag!«, rief Tom gut gelaunt, als er die Tür wieder hinter sich ins Schloss fallen ließ und aus den Augenwinkeln jemanden im Treppenhaus entdeckte. »Und fröhliche Weihnachten wünsche ich Ihnen natürlich, wenn auch im Voraus.« Tom nahm seinen Hut ab und zog sich die Handschuhe aus.

»Bislang ist der Tag eher beschwerlich als schön«, hörte Tom eine hohe Stimme, die vor Anstrengung bebte. Tom blieb konsterniert wie angewurzelt stehen: Es war *sie*.

»Kann ich Ihnen vielleicht behilflich sein?«, fragte Tom vorsichtig. Die schlanke junge Frau ließ ein riesiges Paket vor sich auf die Treppenstufe krachen, drehte sich um, zog ihren dunklen Wintermantel zurecht und blickte zu Tom hinab.

»Ich glaube, das hatten wir schon einmal, nicht wahr?«, fragte sie nach ein paar Sekunden des Schweigens, runzelte ihre Stirn und zog lässig an der breiten Krempe ihres modischen Hutes.

»Stimmt«, antwortete Tom. »Immer wenn ich Sie hier sehe, schleppen Sie irgendwelche Sachen hinauf.«

Sie zog ihre rechte Augenbraue hinauf. »Aber dieses Mal versperre ich zur Abwechslung den Weg.«

Tom nickte und lächelte.

»Wenn Sie wirklich so freundlich wären?«, fragte sie. Sofort eilte Tom die Stufen hinauf und griff mit beiden Händen nach der riesigen Schachtel. Als er sie anheben wollte, stöhnte er auf. »Was haben Sie darin eingepackt? Steine?«

»Nein«, lachte sie, »das ist Feuerholz, für meinen Kamin.«

Tom blickte unauffällig in ihr makelloses Gesicht. Als sein Blick auf ihre funkelnden Augen fiel, sah er sofort schüchtern zu Boden.

»Kommen Sie«, sagte sie, »ich gehe voran. Der Taxifahrer wollte es mir bis in die Wohnung tragen, aber Sie wissen ja, wie es das Corps mit Fremden hier im Haus hält.«

»Ja, natürlich, natürlich«, ächzte Tom.

Im zweiten Stock öffnete sie eine Tür, an der die goldenen Buchstaben »SG« angebracht waren.

»Stellen Sie es bitte einfach hier im Flur ab, ich erledige das schon.«

»Das kommt gar nicht infrage«, antwortete Tom. »Wo ist der Kamin?«

»Sie sind sehr freundlich. Durch die Tür dort bitte.«

Tom atmete tief durch, als er das Paket im Wohnzimmer auf einem roten Teppich ablegen konnte.

»Sie sind ein Schatz.« Sie nahm ihren Hut ab, und ihre hochgesteckten blonden Haare kamen zum Vorschein.

»Das ist doch selbstverständlich.«

»Oh, wie unhöflich ich bin«, rief sie plötzlich, »es tut mir leid, ich habe mich noch gar nicht vorgestellt: Mein Name ist …«

»Sarah«, kam ihr Tom zuvor. Sie schien überrascht.

»Richtig, Sarah Guttham. Ich bin erfreut.«

Tom reichte ihr die Hand. »Mein Name ist …«

»Wolf, Thomas K. Wolf«, kam sie diesmal ihm zuvor und lächelte triumphierend. »So gut wie jeder im Corps weiß das.«

»Nennen Sie mich Tom. Die Freude ist ganz meinerseits.«

Für ein paar Momente schwiegen beide. Sie blickten einander lediglich in die Augen.

»Ich möchte Sie nicht länger aufhalten«, stieß Tom schließlich hastig hervor und sah auf seine Armbanduhr.

»Natürlich, ich habe Ihre Zeit ohnehin schon viel zu lang in Anspruch genommen.«

Tom verließ das Apartment. »Auf Wiedersehen. Wenn Sie wieder einmal jemanden brauchen, der Ihnen beim Tragen hilft – Sie wissen ja, wo Sie mich finden.«

Sarah lachte. »Danke. Auf Wiedersehen, Tom.«

Tom lief die Treppe hinab und hörte, wie Sarah hinter ihm die Tür schloss und den Riegel vorschob.

»Wenn Sie jemanden brauchen, der Ihnen beim Tragen hilft?«, flüsterte Tom, als er seine eigene Wohnung erreichte. Er war wütend auf sich selbst. Er konnte sich nicht erinnern, jemals in seinem Leben zu einer Frau so einen Blödsinn gesagt zu haben.

Du bist ein Idiot, Tom, dachte er.

65. LESSING

Viktoria stützte sich auf das Fensterbrett und starrte durch den auf die Scheibe prasselnden Schneeregen auf den Judenplatz unter ihr. Ohne einmal zu blinzeln, fixierte sie die einsame Statue des Dichters Gotthold Ephraim Lessing in der Mitte des Platzes.

»Der Herr Doktor hat sich also nicht bei Ihnen gemeldet?«, fragte der ältere Mann ruhig und blätterte langsam durch seinen Notizblock.

»Nein, Herr Inspektor«, antwortete Viktoria.

»Ich verstehe«, sagte Inspektor Weber. Er steckte seinen Bleistift in die Tasche seiner Weste und zuckte nach einer Weile mit den Schultern.

»Ich bin, ehrlich gesagt, ziemlich ratlos«, gab er unumwunden zu. »So etwas habe ich in meinen 25 Dienstjahren noch nicht erlebt, Fräulein Doktor Baroq.«

Baroq drehte sich langsam herum. Unter ihre Augen hatten sich tiefe dunkle Ringe gelegt, ihre Wangen wirkten eingefallenen. Es schien so, als wäre die jugendliche Frau in den letzten Wochen um Jahre gealtert.

»Und Sie nehmen sich die Sache offenbar auch sehr zu Herzen«, sagte Weber mitfühlend. Viktoria lächelte verlegen und zupfte am Kragen ihrer zerknitterten Bluse.

»Bei dieser Sachlage bleibt uns keine andere Möglichkeit mehr. Ich bin angewiesen, den Fall jetzt zu den Akten zu legen.«

Baroq schüttelte überrascht den Kopf und ging nach einem Moment auf das Klavier zu, das mitten im Wohnzimmer stand. »Das können Sie doch nicht machen!«

»Wir haben alles in unserer Macht Stehende unternommen. Die Ermittlungen werden eingestellt. Es tut mir sehr leid.«

»Das ist unvorstellbar«, flüsterte Baroq und legte ihre rechte Hand vorsichtig auf die weißen Tasten.

»Es tut mir leid. Wirklich. Aber mir bleibt einfach keine andere

Wahl. Für mich ist der Fall genau so rätselhaft wie für Sie, Fräulein Doktor.«

Baroq zog ihre Hand von dem Instrument zurück. Sie benötigte ein paar Momente, um sich zu überwinden, doch dann blickte sie Weber direkt in die Augen.

»Herr Inspektor, wenn die … wenn die österreichische Staatspolizei in diese Angelegenheit involviert wäre, würden Sie mich doch darüber in Kenntnis setzen, nicht wahr?«

Weber runzelte die Stirn. »Ich glaube nicht, dass ich Ihnen folgen kann, Fräulein Doktor.«

»Ich meine, wenn die Staatspolizei mit dem Verschwinden von Adam etwas zu tun hat … Würden Sie …?«

Weber wich einen Schritt zurück. Er fühlte sich sichtlich unwohl. »Wissen Sie etwas, das Sie mir bisher verschwiegen haben?«

»Nein, nein!«, rief Viktoria und schien der Verzweiflung nahe. »Antworten Sie mir bitte! Hat die Staatspolizei Adam verhaftet? Stehe ich auch unter Verdacht? Bitte, Herr Inspektor, sagen Sie es mir!«

»Bitte beruhigen Sie sich. Ich habe keine Ahnung, wovon Sie da überhaupt sprechen.«

Viktoria lief eine Träne über die Wange. Ihr Körper zitterte.

»Die Staatspolizei hat mit dieser Sache bestimmt nichts zu tun«, flüsterte Weber. Er beugte sich vor, zog ein Taschentuch aus seinem Jackett und reichte es ihr. »Ich bin auch nur ein kleines Rädchen in diesem Staatsapparat, wissen Sie, aber hinter Ihnen ist bestimmt niemand her. Das versichere ich Ihnen. Sie sind eine ehrbare Bürgerin und noch dazu ein Mitglied der Vaterländischen Front. Natürlich stehen Sie nicht unter Verdacht.« Weber hielt kurz inne. »Und diese Hirngespinste über die Staatspolizei sollten Sie ganz schnell wieder vergessen.«

Viktoria schluckte und setzte sich auf den Hocker vor dem Klavier. »Ich danke Ihnen für Ihre Aufrichtigkeit, Herr Inspektor.«

»Nichts zu danken, gnädiges Fräulein.«

Als Weber sich anschickte zu gehen, griff er nach ihrer eiskalten Hand und deutete einen Handkuss an. »Fröhliche Weihnachten wünsche ich Ihnen, Fräulein Doktor.«

Als Inspektor Weber die Wohnung verlassen hatte, zog Viktoria ein kleines rotes Buch aus ihrer Rocktasche, das mit einem Gummiband umschlungen war. Die Ränder des Ledereinbandes waren abgenutzt, die Kanten der Seiten schon vergilbt. Baroq strich mit ihrer linken Hand vorsichtig und langsam über das Buch. Dann blickte sie sich im Wohnzimmer um und atmete tief ein.

Inspektor Weber trat durch die hohe Eingangstür des Hauses, über der zahlreiche gespenstische Fabelfiguren auf einem kunstvollen Sims mit steinernen Engeln zu ringen schienen.

»Da«, sagte Hans Quint leise und ballte die Faust um den Griff des Regenschirms kräftig zusammen. Friedrich Hellwein, der einen Meter neben Quint an der Hausecke stand, verlor kein Wort und regte sich nicht.

Quint beobachtete mit Argusaugen, wie der Wiener Inspektor hinter der Lessing-Statue entlang im Schneeregen quer über den Platz in Richtung Norden eilte und nach wenigen Augenblicken in einer Gasse verschwand.

»Soll ich ihm folgen?«, fragte der junge Hellwein leise.

»Nein«, antwortete Quint sofort, aber sein Blick lag für einige Momente auf der Statue des Dichters.

In Deutschland hätte man die schon längst entfernen lassen. Quint erinnerte sich, dass das Lessing-Museum in Berlin im Jahr zuvor geschlossen worden war. Lessings bekanntes Stück *Nathan der Weise* stellte schließlich einen Juden als moralisch aufrechten und vorbildlichen Menschen dar. Es war einfach lächerlich.

»Weber zu folgen, ist jetzt nicht mehr notwendig«, stellte Quint fest und sah konzentriert zu Hellwein. »Kommen Sie.«

Quint drehte sich um und ging in Richtung Südosten, Hellwein folgte ihm.

Quint trug seit seiner Ankunft in Wien einen kleinen Kompass in der Hosentasche bei sich, den er aber jetzt nicht benötigte. Den Weg zurück in die Herrengasse hätte er mit verbundenen Augen gefunden, schließlich lag die nur wenige 100 Meter entfernt in der Nähe der Hofburg. Dennoch: Die manchmal nur ein paar Schritte breiten und verschlungenen Gassen im Zentrum Wiens hatten Quints gutem Orientierungssinn in den letzten Tagen einiges abverlangt. Berlins Straßennetz war deutlich geradliniger und großzügiger, meinte er.

Nach wenigen Minuten erreichten sie das Hochhaus in der Herrengasse. Quint betätigte die Klingel eines der vielen Büros im Gebäude. Sofort wurde ihnen geöffnet.

Quint war sehr zufrieden. SS-Untersturmführer Stefan Reitzle hatte ihren Inkognito-Aufenthalt in Wien tadellos vorbereitet. Bislang war alles bestens gelaufen.

Sie betraten die Räumlichkeiten einer Firma, die offiziell lang haltbare Lebensmittel vertrieb, in Wirklichkeit aber einer von mehreren Deckmänteln für die Spionageaktivitäten der SS in Wien war. Der Leiter dieser geheimen Dienststelle war der blutjunge, aber scheinbar recht fähige österreichische SS-Mann Wilhelm Höttl.

Quint betrat mit Hellwein das für sie zur Verfügung gestellte karge Zimmer, zog seinen Mantel aus, stellte den nassen Regenschirm in einen Messingbehälter und setzte sich sofort an den Schreibtisch. Er nahm einen Briefbogen ohne vorgedruckten Briefkopf aus der Schublade und schrieb mit einer Füllfeder: *Inspektor hat wie angekündigt VB heute besucht. Vermute, dass er VB wie angekündigt von erfolgloser Beendigung der Untersuchungen berichtet hat. Damit alles wie geplant. Warte auf weitere Anweisungen.*

Just als Quint den Stift abgesetzt hatte, hatte Friedrich Hellwein schon geistesgegenwärtig die *Leica* aus einem Aktenschrank geholt und reichte sie wortlos an Quint weiter.

»Sehr gut«, war der Kriminalinspektor der Gestapo sichtlich erfreut. Hellwein nickte nur.

Quint hielt die Kamera über das Blatt Papier, blickte durch den Sucher und drückte nach einem Augenblick einmal auf den Auslöser.

»Bringen Sie die gleich ins Nebenzimmer.«

»Jawoll«, antwortete Hellwein zackig und nahm die *Leica* wieder an sich.

»Und noch was«, rief Quint, bevor Hellwein den Raum verlassen konnte. »Sie machen bislang gute Arbeit, Hellwein. Weiter so.«

Über Hellweins Gesicht huschte ein Lächeln.

»Sagen Sie den Leuten, der Film muss noch heute Abend nach Berlin.«

»Jawoll«, bestätigte Hellwein und sprang los.

Quint griff nach einem bereitliegenden Feuerzeug und zündete den Brief an. Das lichterloh brennende Stück Papier ließ er in eine kleine Tonne neben sich fallen und beobachtete, wie es langsam zu kleinen Aschenflöckchen zerfiel.

Quint lehnte sich zurück. Die Methode, die Mitteilungen für Berlin nur als Fotografien zu verschicken, gefiel ihm. Sie war zwar nicht ganz perfekt – schließlich konnten auch Fotos und Filme abgefangen werden – aber so gab es in den geheimen Büros bei einer drohenden Durchsuchung durch österreichische Behörden zumindest nichts Schriftliches zu finden, was verräterisch gewesen wäre.

Der Kriminalinspektor der Gestapo überlegte: Dass die Wiener Polizei die Ermittlungen im Fall Morgenstein abbrechen hatte lassen und Inspektor Weber sich an diese Anweisung offensichtlich auch hielt, war ausgezeichnet. Quint wusste von der Entscheidung von Webers Vorgesetzten, weil Reitzle von Berlin aus über ein Netzwerk aus Verbündeten einen Sektionschef in der Wiener Polizei ausgemacht hatte, der ein Sympathisant der Nationalsozialisten war und gerne plauderte.

»Von 20 österreichischen Polizisten ist im Schnitt einer insgeheim ein waschechter Nationalsozialist«, hatte Reitzle noch vor Quints Abreise aus Berlin erklärt. »Nazi-Sympathisanten gibt's in Österreich noch viel mehr, Hans. Das wird uns helfen.«

Und genau das tat es nun. Für Quint war es zwar eine Kuriosität, als deutscher Gestapo-Kriminalinspektor im Ausland im Einsatz zu sein, aber die Unterstützung, die er direkt von Österreichern erhielt, sei es von der Polizei oder von den österreichischen SS-Leuten, machten die Sache in gewisser Weise beinahe zu einem Heimspiel. Der Staat Österreich war vielleicht ein Gegner des Deutschen Reichs, aber unzählige Österreicher standen längst mehr oder weniger offen auf Seiten der Deutschen. Quint hatte auch erfahren, dass nicht wenige Offiziere des österreichischen Bundesheeres Mitglieder des geheimen NS-Soldatenrings waren. Im Notfall konnte Quint vielleicht ja sogar auf ein paar Panzer zurückgreifen, dachte er halb ernst.

Quint erhob sich und trat ans hohe Fenster, von dem er auf die belebte Herrengasse blicken konnte. An den Fassaden der Gebäude baumelte weihnachtlicher Schmuck, so gut wie alle Geschäfte waren mit Lichterketten dekoriert. Und beinahe überall hingen Kruckenkreuze und Porträts von Kanzler Schuschnigg, die mit Schleifen und Tannenzweigen umrahmt waren. Sofort wurde Quint wieder ernst.

Trotz der vielen NS-Sympathisanten regierte in Wien immer noch das Kabinett Schuschnigg, dessen Staatspolizei überall nach Staatsfeinden fahndete. Quint durfte sich keinen Fehler erlauben, jeder weitere Schritt musste, genau wie alle bisherigen, exakt nach Plan durchgeführt werden. »Hochmut kommt vor dem Fall«, sagte er sich.

Es stellte sich nun die Frage, wie genau sie mit der Zielperson Viktoria Baroq verfahren sollten. Die junge Dame lag nun gleichsam wie auf dem Präsentierteller vor Quint. Doch der musste erst einmal abwarten, bis Untersturmführer Reitzle in Berlin alles organisiert hatte, damit sie in Wien zum nächsten Schritt übergehen konnte.

»Du darfst nicht übermütig werden«, sagte Quint und ballte seine rechte Hand wieder zu einer Faust, während er eine schwere *Austro-Daimler*-Limousine beobachtete, die durch die Herrengasse rollte.

Quint nickte schnell. Hellwein und er mussten sicherheitshalber umgehend die geheimen SS-Büros wieder verlassen, entschied Quint, und zurück in ihre Pension in der Josefstadt westlich der Innenstadt fahren, wo sie sich, als Touristen getarnt, zwei günstige Einzelzimmer genommen hatten.

Er drehte sich um, marschierte zielstrebig durch das Zimmer und schnappte sich seinen Regenschirm.

Nur wenn Quint besonnen blieb, konnte er schon bald zurück bei Erika und den Kindern in Berlin sein. Quint war überrascht, aber er vermisste Alfred und die kleine Hannah. Nüchtern hatte er in der vergangenen Nacht festgestellt, dass er seine Familie noch nie in seinem Leben für eine so lange Zeit nicht gesehen hatte. Aber er würde schon bald nach Berlin zurückkehren können – vorausgesetzt, er konzentrierte sich nun mehr denn je auf den erfolgreichen Abschluss seiner Arbeit.

Mit Viktoria Baroq werden wir es den Amerikanern zeigen, dachte er sich entschlossen und verließ das Büro.

Quint sah das Foto von Theodor Wenters im Geiste direkt vor sich, das die Kollegen der Gestapo mehr durch Zufall in jener Nacht in Berlin geschossen hatten, als sie dem Rolls Royce von William Neeson gefolgt waren. Quint, genau wie SS-Untersturmführer Stefan Reitzle, hatte sich das Gesicht des Spions Wenters genauestens eingeprägt.

Dem Mann zahlen wir es heim, dachte sich Quint, riss die Tür des Nachbarbüros auf und rief dann: »Hellwein, sind Sie endlich fertig? Dann los jetzt.«

66. POSTKARTEN

»Jetzt wärmen wir uns erst einmal am Ofen«, schlug Maria Wolf vor. Tom stellte seinen Koffer im Flur ab und zog seinen Mantel aus. »Und dann gibt es etwas Warmes zu trinken. Bist du hungrig, Junge?«

Tom legte seinen Hut auf die Garderobe. »Nein, nicht sehr.«

Tom war am frühen Morgen des 23. Dezember mit dem Zug nach Boston gereist. Das Corps hatte ihm einen Urlaub bis ins neue Jahr verordnet, den er zur Erholung nutzen sollte.

»Und?«, fragte sein Vater mit einem stolzen Lächeln auf dem Gesicht, »wie hältst du dich in unserer Hauptstadt?«

Tom blickte schweigend in die Augen seines Vaters. Er schien ihm viel älter, als er Karl Wolf in Erinnerung gehabt hatte.

»Ich glaube, ich schlage mich ganz gut.«

»Das freut mich zu hören.« Karl Wolf klopfte seinem Sohn auf die Schulter.

»Aber manchmal«, begann Tom nachdenklich und blickte zu Boden.

»Ja?«

»Es ist …«

»Sagt schon«, rief Maria Wolf gut gelaunt und kam aus der Küche zurück in den Flur, »worauf habt ihr zwei denn Hunger?«

»Für mich wirklich nichts«, antwortete Tom. Er war erleichtert.

Am Abend des 24. Dezember besuchte Tom zusammen mit seinen Eltern wie jedes Jahr die Holy Trinity Church in der nicht weit entfernten Shawmut Avenue, in der die Messe auf Deutsch gelesen wurde.

»Fröhliche Weihnachten, Frau Wolf«, flüsterte eine ältere Dame Toms Mutter zu, als sie sich in eine der hölzernen Bankreihen setzten.

»Ihnen auch, Frau Hammerschmidt«, antwortete sie und nickte ihr zu.

Als der Organist das Lied *Oh du Fröhliche* anstimmte und die ganze Gemeinde um Tom herum zu singen begann, überkam Tom ein sonderbares Gefühl. Er starrte wie gebannt auf die Zeilen im Kirchenliederbuch vor ihm. Er bewegte seine Lippen zum deutschen Text, aber er bekam keinen Laut heraus.

Toms Mutter bereitete am folgenden Vormittag penibel das Weihnachtsessen vor. Sie ließ sich wie jedes Jahr dabei durch nichts und niemanden ablenken und duldete in der Küche keine Störung. Nur das RCA-Radio, das besinnliche Lieder spielte, akzeptierte sie als akustische Untermalung ihrer Tätigkeit.

»Ich hoffe, der Truthahn schmeckt euch«, erklärte Maria Wolf und nahm sich die Schürze ab, als sie sich an den Tisch setzte.

»Er sieht perfekt aus, Schatz«, lobte sie Karl Wolf, während Tom schon Kartoffeln aus einer Schale auf seinen Teller schaufelte.

Maria Wolf sah zu Tom und drückte seine Hand. »Schön, dass du wieder bei uns bist.«

»Was hältst du denn von unserem Außenminister, Thomas?«, fragte Karl Wolf, als er einen Bissen geschluckt hatte. »Schmeckt auch perfekt, Schatz.«

»Ich bin ihm noch nicht begegnet«, sagte Tom bemüht ruhig.

»Aber wie findest du, agiert er? Was für einen Ruf hat er in Washington?«

Tom schob das Fleisch des Truthahns mit der Gabel in der dunklen Soße herum. »Keinen anderen als in der Öffentlichkeit.«

»Und wie stehst du selbst zu ihm?« Karl Wolf griff nach der Flasche Pinot Noir und schenkte seiner Gattin und sich selbst nach. Toms Glas war noch gefüllt.

»Ich halte ihn für einen fähigen Mann.« Tom nahm einen Schluck Wasser.

»Ich halte es für eine Schande, dass er nicht mehr unternimmt. Vor allem Europa würde einen starken Vermittler jetzt brauchen.«

»Amerika hat es sich selbst ausgesucht, neutral zu sein. Auch Außenminister Cordell Hull muss sich daran halten.«

»Das ist doch ausgemachter Blödsinn.« Karl Wolf hatte die Worte auf Deutsch gesagt und schüttelte lächelnd seinen Kopf.

»Karl«, wies ihn Maria Wolf zurecht. »Ich darf doch sehr bitten.«

»Natürlich, Maria. Bitte entschuldige.«

Tom schwieg. Er blickte starr auf das weiße Fleisch auf seinem Teller und stocherte mit seiner Gabel im Gemüse herum.

»Es muss sich halt endlich jemand trauen«, fuhr Karl Wolf fort, »mit der Faust auf den Tisch zu hauen. Was soll die Welt denn noch alles schweigend mit ansehen?«

»Präsident Roosevelt hat bereits vor Monaten in der Quarantäne-Rede die grassierende Gesetzlosigkeit in der ganzen Welt angeprangert«, entgegnete Tom.

»Eine Rede!«, rief Karl Wolf zynisch. »Eine Rede gegen die ganze Welt! Ha! Italien ist jetzt aus dem Völkerbund ausgetreten. Und die Japaner schlachten die Chinesen immer noch ab, oder? Mussolini und die Japaner haben sich offensichtlich nicht von Roosevelts Rede beeindrucken lassen, nicht wahr?«

Tom presste die Lippen aufeinander. »Amerika die Schuld an dem zu geben, was in Tokio, Rom oder von mir aus auch in Berlin entschieden wird, ist reichlich dreist.«

»Ich gebe Amerika daran nicht die Schuld. Aber uns Amerikaner trifft sehr wohl die Schuld, dass wir hier hinter dem Atlantik die Hände in den Schoß legen, während wir längst Druck ausüben müssten.«

»Ich glaube nicht, dass sich der Führer und der Duce Druck aus Washington gefallen lassen würden.«

»Dann müssen wir Druck auf unsere britischen Freunde ausüben. Vor Kurzem war doch dieser Halifax beim Führer, nicht wahr?«

Tom nickte. Der britische Lordpräsident Edward Wood, 1. Earl of Halifax, der eine gewichtige Stimme in der britischen Politik hatte, hatte Mitte November Deutschland einen Besuch abgestattet.

»Und dieser Halifax bekräftigt doch tatsächlich«, echauffierte sich Karl Wolf nun, »dass England nichts dagegen hat, wenn das Deutsche Reich seinen Einflussbereich erweitert.«

»Der Vertrag von Versailles nach dem Krieg war Unrecht, das sehen die Briten eben seit Langem ein«, warf Maria Wolf ruhig ein, nahm einen Schluck Wein und zuckte mit den Schultern.

»Aber selbst dann kann man doch den Nazis keinen Persilschein für Eroberungen ausstellen, Liebchen!«

»Das haben die Briten ja auch nicht getan«, stellte Tom klar. »Halifax hat betont, dass eine kriegerische Gebietsaneignung durch Deutschland inakzeptabel wäre.« Erst als Tom seinen Satz beendet hatte, bemerkte er, dass er die Politik Englands verteidigt hatte. Eigentlich lag ihm nichts ferner als das.

»Pah!«, rief Karl Wolf und schüttelte den Kopf. »Was die Engländer machen, ist verantwortungslos. Das ist so, als gäbe man einem stadtbekannten Einbrecher, der ständig ankündigt, bald auf Beutezug gehen zu wollen, den Schlüssel zu seinem eigenen Haus.«

»Die Wirklichkeit ist deutlich komplizierter«, erklärte Tom kühl, um seinen Standpunkt zu verteidigen, der eigentlich nicht sein eigener Standpunkt war. Eigentlich teilte er die Meinung seines Vaters.

Karl Wolf warf seinem Sohn einen missmutigen Blick zu. Dann starrte er zum Fenster hinaus und kaute mechanisch. »Und was, wenn Österreich doch ganz langsam von diesem Nazi-Virus infiziert wird? Da kommt man doch ins Grübeln.«

»Frau Hammerschmidt hat mir neulich gesagt«, erzählte Maria Wolf, »die Österreicher spielen sich nur auf, die Deutschen sind gar keine echte Bedrohung.«

»Bitte?«, fragte Karl Wolf.

»Na, Frau Hammerschmidt meint, der Schuschnigg will sein Land einfach nur in die Schlagzeilen bringen. Um sich wichtig zu machen.«

Tom seufzte.

»Eine ziemlich fragwürdige These«, erwiderte Karl Wolf. »Ich bleibe dabei, mein Sohn: Außenminister Cordell Hull muss sich mehr in Europa engagieren. Er …«

»Jetzt lassen wir das Thema!«, sprach Toms Mutter ein energisches Machtwort. »Es ist Weihnachten. Und überhaupt: Dein

Unterton gefällt mir nicht, Karl. Wie kannst du Thomas vorwerfen, was ein anderer Mensch tut oder lässt?«

Sie schwiegen.

Toms Vater blickte nach einer Weile zerknirscht zu Tom. »Es tut mir leid. Du weißt, ich bin bei diesem Thema weder objektiv noch emotionslos noch fair.«

Tom nickte.

»Und jetzt lass' es dir schmecken, Junge. Du hast ja dein Essen noch kaum angerührt.«

Am Abend des 26. saßen sie zu dritt am Tisch vor dem Kamin und betrachteten Familienbilder. Das Radio spielte leise Weihnachtslieder.

»Das hier ist schön«, stieß Karl Wolf hervor und zog ein kleines Foto aus der Schuhschachtel. »Da bist du, glaube ich, gerade 17 Jahre alt, Tom«, sagte Maria Wolf.

»Ja«, bestätigte Tom, »das war in der High School.«

Seine Mutter betrachtete das Bild kritisch. »Ganz schön dünn warst du.«

»Aber verdammt schnell. Ich habe da das Zwei-Meilen-Rennen gewonnen.«

»Stimmt! Ich erinnere mich. Deswegen dieses Trikot, natürlich.«

Karl Wolf griff tief in den Karton hinein. »Hier sind ja auch die Postkarten aus Wien dabei. Schau an, das ist das Volkstheater. Schaut her! Hier, da haben wir fast jede Woche Stehkarten ergattert. Aber schnell mussten wir sein. Wir sind die ganzen Treppen nach oben gerannt, um die besten Plätze zu bekommen. Nur ganz vorne bei den Stehplätzen konnte man irgendetwas erkennen. Und alles waren Studenten dort oben.«

Toms Miene verfinsterte sich.

Karl Wolf stöberte mit kindlicher Freude weiter. »Ich muss doch noch eine von der Oper haben. Dort waren wir auch ab und zu.«

Tom sah aus dem Fenster. Es war dunkel draußen, ein paar geschmolzene Schneeflocken flossen die Scheiben hinab.

Plötzlich hörte er die laute schrille Glocke in seinem Kopf. Sie schlug energisch, immer wieder, immer lauter. Er sah die Automobile vor sich und roch den niederprasselnden Regen.

Weiter, immer weiter …

Toms Bein begann auf einmal zu schmerzen. Tom blieb der Atem weg. Er rannte die Wiener Oper entlang. Er konnte sich selbst dabei sehen. Die schwarzen Gestalten hinter ihm.

Tom atmete laut ein und fuhr sich mit seiner Hand über den Nacken.

»Ich bin sehr müde«, sagte er gefasst. »Gute Nacht.«

»Gute Nacht, Thomas.« Sein Vater stöberte weiter in der Schachtel herum.

67. DAS NEUE JAHR, SCHNEE UND SIEBEN

»60 leere Rucksäcke lagen so am Ende vor dem ruchlosen Dachauer namens Herbert Auerläufer.«

»Sehr gut.« Margarethe Rutherford-Klyneller nickte langsam. Tom sah von dem Buch auf und räusperte sich.

»Die Diphthonge bereiten Ihnen offenbar keine Schwierigkeiten mehr, Mister Wolf. Und diese merkwürdigen Krächzlaute, mit denen Sie vor wenigen Monaten noch jedes ch verunstaltet haben, scheinen sich auch verabschiedet zu haben.«

Tom ersparte sich jeden Kommentar.

»Damit können wir die heutige Sitzung beschließen.« Rutherford-Klyneller blickte auf ihre schmale goldene Armbanduhr. »Ich bin mit Ihrem Lerneifer im neuen Jahr sehr zufrieden.«

»Vielen Dank.« Tom erhob sich. Ohne jedes weitere Wort verließ er die dunkle Kammer in der vierten unterirdischen Ebene.

Tom ließ sich in der Atlas-Hall in seinen Stuhl fallen und griff sofort nach dem *DCIM*, dem *Daily Confidential Internal Memo.* Das war ein Rundschreiben, das von Catherine Fireburns Stab tagtäglich für alle Mitarbeiter des Corps erstellt wurde. Es enthielt alle relevanten Nachrichten in kompakter Form und war so etwas wie die Tageszeitung des ICG. Es gab halbernste Gerüchte, dass die Führungsetage des Corps eine eigene Fassung des *DCIM* erhielt, mit Comics, Kreuzworträtseln und Reisebeilage.

»Frankreich ist das Topthema«, erklärte Charlize, die Toms Neugier richtig gedeutet hatte.

»Danke.« Er überflog die einzelnen Berichte. Inmitten der Wirtschaftskrise Frankreichs hatten sich die Kommunisten und Sozialisten mit dem Ministerpräsidenten Camille Chautemps überworfen, als Folge war die ganze Regierung geschlossen zurückgetreten. Wenige Tage später aber war schon die nächste Regierung von Chautemps zusammengestellt worden.

Tom schüttelte seinen Kopf. Der Verschleiß von Kabinetten in Paris war sagenhaft. In den vergangenen acht Jahren hatte es 19 französische Regierungen gegeben. Und Camille Chautemps hatte das Amt des Ministerpräsidenten schon zum mittlerweile dritten Mal inne.

»Unglaublich.« Er blätterte um.

»Was ist unglaublich?«

Tom sah auf und blinzelte. Vor ihm stand Sarah Guttham.

»Nichts Besonderes«, sagte er schnell, »nichts weiter.« Tom schob das *DCIM* beiseite und sprang auf. Nervös steckte er eine Hand in seine Hosentasche, zog sie aber sofort wieder heraus.

»Hatten Sie ein schönes Weihnachtsfest?«, fragte Sarah und zog ihre rechte Augenbraue ein Stück nach oben.

»Ja, doch«, antwortete Tom hastig. »Sie auch, hoffe ich?«

Sarah nickte. »Ich wollte mich noch einmal für Ihre Hilfe bedanken. Sie waren sehr freundlich vor Weihnachten.«

»Nicht der Rede wert.«

»Insbesondere in Anbetracht meines schroffen Verhaltens bei unserem ersten Aufeinandertreffen.«

»Aber ich bitte Sie.«

»Sagen Sie, Tom«, begann Sarah, blickte angestrengt auf den Boden, machte einen kleinen Schritt auf Tom zu und stockte. Toms Augen wurden größer und größer.

»Ich frage es mich die ganze Zeit schon«, flüsterte sie nachdenklich. »Seit Tagen zermartere ich mir mein Hirn.«

»Worüber?«, fragte Tom und runzelte die Stirn.

Sarah blickte blitzschnell auf und fragte ansatzlos: »Was halten Sie von Zwergen?«

»Von Zwergen?«

Gegen 23 Uhr traten sie zusammen mit Dutzenden anderen Besuchern aus dem Kino auf die F Street. Sarah und er hatten am Freitagabend gemeinsam eine Vorstellung des Films *Schneewittchen und die sieben Zwerge* besucht.

»Und die haben diesen Mister Disney für verrückt erklärt«, sagte Tom.

»Wie meinst du das?«, fragte Sarah amüsiert und hängte ihre Handtasche um ihre Schulter.

Tom wollte ein Taxi herbeiwinken. »Kaum jemand hat ihm geglaubt, dass ein gezeichneter Film in Spielfilmlänge wirklich funktionieren kann.«

»Dann wäre wohl das Gegenteil bewiesen.« Sarah griff nach Toms Arm. »Lass uns zu Fuß gehen, ja?«

»Gerne.«

»Woher weißt du das?«, fragte Sarah.

»Was meinst du?«

»Das über Disney. Den Film.«

»Keine Ahnung. Ich hab's irgendwo gelesen.«

»Wie heißen diese sieben Jungs noch mal? Happy, Grumpy …«

»… Bashful, Sneezy, Sleepy, Doc und Dopey«, ergänzte Tom sofort. Sarah blieb stehen und verschränkte ihre Arme.

»Mein Gedächtnis ist gut, Mister Thomas K. Wolf, aber wieso hast du dir die alle gemerkt?« Tom beugte sich zu Sarah vor. »Na, die waren alle auf dem Cover des *Time Magazine*.«

Sarah schlug mit der Hand auf Toms Oberarm und lachte. »Komm, hier geht's entlang. Die Luft tut gut, was?«

Ein paar Autos rauschten an ihnen vorbei, als sie die Pennsylvania Avenue hinauf spazierten.

»Wo kommst du her?«, fragte Tom.

»Meine Familie lebt in New Jersey, in Trenton. Aber geboren bin ich in Lüderitz. Kennst du das?«

»Der Name sagt mir etwas. Liegt aber nicht in Deutschland.«

»Warm.«

»Afrika?«

»Wärmer.« Sarah lachte.

»Südwestafrika?«

»Heiß! Nicht schlecht, Mister Wolf. Lüderitz ist eine deutsche Kolonialstadt. Mein Vater und meine Mutter sind vor dem Krieg dorthin ausgewandert. Wir hatten ein Landgut dort. Nebenbei war mein Vater für die kaiserlichen Behörden auch als Landschaftsplaner beschäftigt. Er hat Straßen konstruiert, solche Dinge. Als ich fünf war, mussten wir fort.«

»Am Ende des Krieges?«

Sarah nickte. »Ich habe damals die Dramatik nicht verstanden, für mich war das ein Abenteuer. Mein Vater wollte aber partout nicht zurück nach Deutschland. Also haben er und meine Mutter ein zweites Mal neu angefangen. Und jetzt plant mein Vater eben Parks und Wohnstraßen bei der Stadtbehörde von Trenton.«

»Was hast du vor dem Corps gemacht?«, fragte Tom.

»Ich war Krankenschwester. Eigentlich wollte ich immer Ärztin werden. Aber ein Studium, das war eben unmöglich.«

»Wie, ich meine, wie bist du dann angeheuert worden?«

»Naja. Eines Tages standen Männer der Army einfach vor meinem Elternhaus. Ich dachte, sie wollten, dass ich als Krankenschwester den Streitkräften beitrete. Aber die hatten andere Pläne mit mir.«

Sie grinste über das ganze Gesicht.

»Und wie lange bist du schon … Nein, entschuldige, bitte vergiss die Frage wieder.« Er war sich nicht sicher, ob er sie nach ihrer Zugehörigkeit zum Corps ausfragen durfte.

Sarah blickte Tom aufmunternd in die Augen.

»Ich komme aus …«, begann er, um das Thema zu wechseln.

»Boston, ich weiß«, unterbrach ihn Sarah. »Und hast in Philadelphia studiert, richtig?«

Tom nickte. Dann schwiegen sie. Sie hatte ihm zu verstehen gegeben, dass sie mehr wusste als er.

»Gute Nacht«, sagte Tom, als er sie in den dritten Stock bis zur Tür ihres Apartments gebracht hatte.

»Gute Nacht, Tom. Es war wirklich ein schöner Abend.«

»Ja, das finde ich auch.«

»Wir sehen uns hoffentlich bald wieder«, sagte sie vorsichtig.

»Ja, unbedingt! Ich meine … ja, gerne.«

Sie lächelte. »Auf Wiedersehen.« Sie schloss leise die Tür hinter sich.

»Auf Wiedersehen, Sarah.«

68. PUBLIKATIONEN

»Und damit können wir für heute abschließen.« Vorne am Pult nickte Professor Blair nachdenklich. Wie aus einem Traum gerissen bemerkte Tom, dass die Studenten in den vielen Reihen vor ihm wie auf Kommando aufsprangen, ihre Schreibsachen und Bücher zusammenkramten und den Saal verließen. Tom widerstand dem intuitiven Drang, es ihnen gleichzutun, aber der Geruch der Kreide, das andächtige Schweigen im Saal sowie das so vertraute Gefühl, auf einer unbequemen Holzbank zu sitzen und einer trockenen Vorlesung schweigend beizuwohnen, hatte ihn offenbar gedanklich wieder in seine eigene Studienzeit in Philadelphia zurückversetzt. Tom räusperte sich. Bei genauerer Abwägung schien ihm das Studium in Wharton aber schon eine Ewigkeit lang zurückzuliegen.

Tom wartete, bis alle Studenten den Hörsaal verlassen hatten, und ging schließlich nach vorne.

»Sie sind sonst nie in meiner Vorlesung, oder täusche ich mich?«, fragte Blair. Der Professor war ein ernsthaft wirkender Mann Mitte 50, der schnell sprach und dem seine dicke Hornbrille etwas Strenges verlieh. Seine schiefen gelben Zähne schien er verbergen zu wollen, dachte Tom, indem er beim Sprechen seinen Mund nur wenig öffnete.

»Richtig. Mein Name ist Thomas K. Wolf. Ich hatte Sie vor Weihnachten in einer Angelegenheit angerufen.«

»Mister Wolf, ja, ich verstehe. Sie sind der Gentleman vom Außenministerium?«

Tom nickte.

»Ich habe, ehrlich gesagt, Ihre Anfrage für etwas skurril gehalten, Mister Wolf«, sagte Blair zögerlich. »Jetzt, wo Sie in Natura vor mir stehen, gehe ich davon aus, meine Vermutung revidieren zu müssen, dass es sich bei Ihrer Bitte um einen Scherz gehandelt hat.«

»Ich verstehe.« Tom und senkte seinen Blick. »Gut, wenn das so ist, dann ergreife ich nochmals diese Gelegenheit, Sie erneut darum zu bitten …«

»Nein, nein, Sie haben mich falsch verstanden, Mister Wolf. Ich habe Ihre Anfrage zwar für skurril gehalten, aber ich war deshalb nicht untätig. Ich muss zugeben, ich bin ein recht neugieriger Mensch. Kommen Sie.«

Blair griff nach seiner Aktentasche und führte Tom ohne Umschweife in sein Büro, das sich im zweiten Stock des Gebäudes befand.

»Da haben wir es.« Blair nahm hinter seinem Schreibtisch Platz und holte einen Stapel Papiere hervor. »Doktor Adam Morgenstein, Wien, sowie Professor Josef Schwarzbeck, Berlin. Diese zwei Gentlemen waren mir vor Ihrem Anruf völlig unbekannt, Mister Wolf. Ich habe mich aber beinahe sofort daran gemacht, Karteien hier in unserem Haus nach diesen zwei Namen zu durchsuchen.«

»Und?«

»Kein Ergebnis. Also habe ich begonnen, zahlreiche geschätzte Kollegen im ganzen Land zu befragen. Auf meine nächste Telefonrechnung bin ich schon gespannt. Wie auch immer, ein Dozent an der Columbia University in New York hat mir den entscheidenden Hinweis gegeben. Der erste Kandidat, dieser Josef Schwarzbeck, hat vor zehn Jahren eine interessante Reihe über Elementumwandlungen geschrieben.«

»Aha. Was kann man sich darunter vorstellen? Als Laie?«

»Sie kennen den britischen Nobelpreisträger Ernest Rutherford? Ja? Sagt Ihnen der Name etwas? Rutherford hat vor 20 Jahren Stickstoff in Sauerstoff transformiert, mittels Alphapartikeln. Es handelte sich dabei um die erste menschengemachte Elementumwandlung der Geschichte. Eine ganz außergewöhnliche Leistung. Ihr Josef Schwarzbeck hatte wohl Ähnliches mit anderen Elementen probiert – oder vielmehr, über den Versuch theoretisiert.«

»Das heißt?«

»Nun, seine eigenen Versuche sind gänzlich erfolglos verlaufen. Ich möchte mir kein vernichtendes Urteil über einen mir unbekannten Kollegen anmaßen, insbesondere dann nicht, wenn ich dessen Arbeiten nicht im Detail kenne, und schon gar nicht, wenn ich kein Experte des Fachgebietes bin. Aber wie mir gesagt wurde, fehlt Schwarzbecks Artikeln Grundlegendes. Es fehlt das Originäre. Das heißt, er hat sich offenbar darauf beschränkt, bereits bekanntes Wissen zu zitieren.«

Tom hob seinen Kopf und biss sich auf die Unterlippe.

»Seine Artikel sind von sekundärer Qualität, um es so auszudrücken, Mister Wolf.«

»Gut, gut. Aber was ist mit Doktor Morgenstein?«

»Oh, glauben Sie mir: Der Mann war noch schwieriger ausfindig zu machen. Ich habe mehr durch Zufall mit einem Emigranten aus der Tschechoslowakei namens Doktor Vlacek gesprochen, der in Berkeley lehrt und der diesen Mister Morgenstein flüchtig kennt. Doktor Morgenstein ist, so wie es sich mir darstellt, ebenfalls ein Theoretiker, genau wie Schwarzbeck. Er beschäftigt sich offenbar hauptsächlich mit Theorien zur Beschreibung des Aufbaus von Atomen, oder zumindest hat er das in der Vergangenheit getan. Er hat ein paar Ideen zur Massenbestimmung von Atomkernen formuliert, aber dabei war nichts Bahnbrechendes.«

»Massenbestimmung von Atomkernen … Was bedeutet das genau?«

»Nun, Morgensteins aktuellste Publikation, die mir Doktor Vlacek aus Berkeley nennen konnte, befasst sich mit der Stabilität des Atomkerns von instabilen Atomen. Aber, so leid es mir tut, wieder auf eine recht harsche Wortwahl zurückzugreifen, diese aktuellste Publikation hat schon fast pseudowissenschaftlichen Charakter.«

»Was meinen Sie damit?«

»Morgenstein ist offenbar ein Anhänger der fantastischen Vorstellung, dass eine angeblich in Atomkernen gebündelte gewaltige Kraft nur darauf wartet, von uns Menschen entfesselt und für unsere Zivilisation genutzt zu werden.«

»Können Sie das genauer erklären?«

»Sehen Sie, es gibt einen Schlag von Wissenschaftlern, die die Realität von der Fantasie nicht trennen können.«

»Und was sind das für Wissenschaftler?«

»Leute, die H.G. Wells gelesen haben«, lachte Blair und gab zum ersten Mal den Blick auf sein ganzes schiefes Gebiss frei.

»Bitte?«

»H.G. Wells kennen Sie doch sicher. Den Science-Fiction-Autor?«

»Natürlich«, nickte Tom. Er hatte in der Schule Wells' berühmte Bücher *Die Zeitmaschine* und *Krieg der Welten* gelesen.

»Wells hatte vor 20 Jahren eine ganz faszinierende Idee«, erklärte Blair, »die er in seinem Roman *The World Set Free* verarbeitet hat.«

»Der Titel sagt mir, ehrlich gesagt, nichts.«

»Das ist auch nicht gerade sein berühmtestes Werk. Gehen wir kurz zurück in die echte Wissenschaft: Wie Sie vielleicht wissen, geben radioaktive Elemente …«

»Wie zum Beispiel Uranium?«

»Richtig. Uran, oder auf Englisch eben Uranium, ist schwach radioaktiv, das heißt, es zerfällt. Und während des langsamen Zerfalls gibt Uran kontinuierlich eine relativ geringe Menge Energie ab. Aber, und jetzt kommt's, weil die Zerfallszeit solcher Atome in manchen Fällen unheimlich lang ist, kann die gesamte freigesetzte Energie so eines einzelnen Elements in Summe gewaltig sein. H.G. Wells hat sich genau diese Fakten angesehen und gedacht: Das hat Potenzial für einen Bestseller.«

»Und … wie genau?«

»Indem sich Wells die sogenannten atomaren Bomben ausgedacht hat: Waffen, die den ständigen Zerfall radioaktiver Atome nutzen und, anders als konventionelle Bomben, nicht nur einmal, sondern andauernd explodieren. Und das tage-, wochen- oder jahrelang.«

Tom griff sich an sein Kinn und tippte nach einer Weile auf seine Lippe. »Und das ist …?«

»Völliger Unsinn!«, lachte Blair. »Es ist die Fantasie eines begabten Schriftstellers! Aber wenn Sie Doktor Morgenstein fragen, wird der Ihnen vielleicht etwas anderes erzählen.«

Tom schwieg, während Blair zufrieden lächelte.

»Die Idee von H.G. Wells ist ja ganz nett«, führte Blair weiter aus, »aber der Mann ist eben Literat und kein Physiker. Das zeigt sich übrigens auch in Folgendem: Wissen Sie, was in Wells' Roman bei dem künstlich induzierten atomaren Zerfall der radioaktiven Atome als Endprodukt entsteht, nachdem natürlich eine sagenhafte Menge an Energie freigesetzt worden ist? Sie erraten es nie. Gold, Mister Wolf. Pures, reines Gold.«

»Sagen Sie, Professor Blair«, begann Tom nach ein paar Momenten des Schweigens, »sagt Ihnen das Wort *Iagonum* etwas? Handelt es sich dabei vielleicht auch um ein Element?«

»*Iagonum*? Nein, nie gehört.«

Tom seufzte. Dann stand er auf.

»Ich danke Ihnen für Ihre Zeit und Mühe, Professor Blair.«

»Kein Ursache.«

Tom verließ grübelnd den Campus der Universität und nahm ein Taxi zurück nach Hause.

Professor Blair hatte ihm auch nicht den ersehnten Hinweis geben können, dachte Tom. Zwar wusste er nun ein wenig mehr über Schwarzbecks und Morgensteins bisherige wissenschaftliche Tätigkeit, aber Handfestes hatte er noch nicht erfahren.

Es war zum Verrücktwerden. Welche Bedeutung hatte dieses Wort *Iagonum* nur? Es musste doch herauszufinden sein!

Ob Tobias Hoffmann vielleicht Tom die Wahrheit verraten würde? Nein, dachte Tom, natürlich nicht. Er hätte es nach Toms Rückkehr aus Europa schon längst getan, wenn er es gewollt hätte. Hoffmann spielte immer mit offenen Karten, soweit es ihm möglich war, war Tom überzeugt. Wahrscheinlich hatte Hoffmann die strikte Anweisung vom Führungsgremium des ICG erhalten, das Geheimnis von *Iagonum* zu wahren.

Nathaniel Evans, Francis Colpo oder Catherine Fireburn könnten dir bestimmt alles erklären, dachte Tom, als der Wagen in die Evensenfield Road einbog. Wenn Tom die ganze Wahrheit über *Iagonum* erfahren wollte, dann würde er eine dieser drei Personen dazu bringen müssen, sie ihm zu erzählen. Aber wie sollte er das anstellen?

69. DAS ABKOMMEN

12. Februar 1938

Die Leitung knackte auffällig laut.

»Ja?« Quint presste den Hörer noch dichter an sein Ohr. Gespannt lauschte er und blickte unruhig in seinem kleinen Einzelzimmer in der Pension in der Wiener Josefstädterstraße um sich.

»Können Sie mich laut und deutlich verstehen?«, fragte jemand am anderen Ende ansatzlos. Quint erkannte die Stimme sofort: Es war SS-Untersturmführer Stefan Reitzle.

»Ja, das kann ich«, antwortete Quint erleichtert.

»Gut«, sagte Reitzle hörbar zufrieden. Die anonyme Kontaktaufnahme hatte reibungslos geklappt. Natürlich konnte das Telefonat irgendwo zwischen Wien und Berlin abgehört werden. In diesen Zeiten war es sogar sehr wahrscheinlich, dass jemand ungebeten mitlauschte. Daher gingen Quint und Reitzle kein Risiko ein und nannten keine Namen.

»Was gibt es?«, fragte Quint und ballte seine Hand zu einer Faust.

»Das wird in Kürze alles in den Zeitungen stehen«, erwiderte Reitzle nach einem Moment des Schweigens. »Wie ich höre, hat Kanzler Schuschnigg soeben in Berchtesgaden einem Abkommen mit dem Führer zugestimmt.«

Quint riss seine Augen auf.

»Das Verbot der NSDAP wird in Österreich aufgehoben«, verkündete Reitzle schnell. »Alle Nationalsozialsten, die jetzt in Österreich in Haft sitzen, werden begnadigt und auf freien Fuß gesetzt.«

Das ist unglaublich, dachte Quint, rührte sich aber nicht.

»Aber das Beste ist«, legte Reitzle nach und verbarg die Freude in seiner Stimme nicht mehr, »ein weiterer Sympathisant der Nationalsozialisten soll in Wien dem Kabinett von Schuschnigg beitreten. Aber dieses Mal an wirklich prominenter Stelle.«

»Welcher Posten?«

»Das Innen- und Sicherheitsministerium. Ein Wiener Anwalt namens Arthur Seyß-Inquart wird's werden, wie ich höre.«

»Und was bekommt Österreich im Gegenzug dafür?«, fragte Quint misstrauisch.

Reitzle lachte plötzlich laut auf. »Keinen Besuch von der Deutschen Wehrmacht, vermute ich.«

Quint schluckte. Das war kein Abkommen, das war ein Diktat. Nichts anderes. Allmählich begann er, zufrieden zu lächeln. Der Führer war ein echter Teufelskerl!

»Formal ist dieser Seyß natürlich noch nicht in Amt und Würden. Aber Schuschnigg kann sich nicht widersetzen. Sonst könnte er sich gleich den eigenen Strick holen.«

»Gut, gut«, sagte Quint und erhob sich von seinem Stuhl.

»Für uns heißt das, dass bald ein Nationalsozialist als Innenminister Herr über die österreichische Polizei und Staatspolizei ist. Den Rest können Sie sich denken.«

»Jawoll«, bestätigte Quint zackig. Das würde in der Tat so einiges deutlich erleichtern. Die österreichische Polizei würde in Kürze höchstwahrscheinlich keine große Gefahr mehr für ihre Operation bedeuten. Und wahrscheinlich würde dann endlich die Sache mit Fräulein Baroq wie geplant ins Rollen kommen. Der Erfolg war zum Greifen nahe.

»Guten Abend, mein Freund«, verabschiedete sich Reitzle.

Es knackte wieder laut, und die Leitung war tot.

70. ZUM JINGLES

18. Februar 1938

Richard steckte seine Hände tief in die Manteltaschen. »Die richtig guten Karten hätten zwei Dollar 75 gekostet, Tom.«

»Und wenn schon.« Tom schüttelte lächelnd seinen Kopf. »An dem Abend hätte ich für eine Karte auch ohne zu zögern fünf, zehn oder 20 Dollar Eintritt gezahlt.« Als sie die Straße hinter einem vorbeifahrenden Chrysler überquerten, summte er die Melodie von *Sing, Sing, Sing*, die ihm seit Wochen nicht mehr aus dem Kopf ging.

»Jaja, du bist ja auch nicht nur einer der größten Benny Goodman-Fans, sondern vor allem auch vermögend.« Richard sprang als Erster neben einer leuchtenden Straßenlaterne auf den Gehweg, der hie und da mit Schnee bedeckt war. »Verdammt kalt ist das heute Nacht wieder, herrje.«

»Und wenn's meine allerletzten zwei Dollar 75 gewesen wären«, rechtfertigte sich Tom, »ich hätte sie hingelegt.«

»Das kannst du ja jetzt auch bequem behaupten, so oft du willst. Jetzt ist es sowieso zu spät.«

»Allerdings.« Tom nickte langsam, zog seinen Schal dicht um seinen Hals zusammen und seufzte. Goodmans Konzert in der *Carnegie Hall* in New York war vielleicht *das* musikalische Ereignis des Jahres, ja, wenn nicht des Jahrzehnts gewesen. Neben Goodmans Big Band hatten auch Musiker von Duke Ellington gespielt, dazu war Count Basie zusammen mit ein paar seiner Musiker aufgetreten. Und die reizende blonde Sängerin Martha Tilton hatte mit ihrer Gesangseinlage zu *Loch Lomond* das Publikum und die Kritiker zu Begeisterungsstürmen hingerissen.

»Aber wahrscheinlich wäre ich trotzdem mit dir mitgekommen«, sagte Richard schließlich. »So ein bisschen Ablenkung kann nicht schaden.«

»Stimmt«, pflichtete Tom leise bei. »Hast du gelesen, dass dieser Jansa jetzt tatsächlich abgesetzt worden ist?«

Richard nickte.

»Damit sind so gut wie alle Punkte von diesem Berchtesgadener Abkommen umgesetzt«, stellte Tom nachdenklich fest. Der österreichische General Alfred Jansa war ein erfahrener Stratege und hatte in der Vergangenheit keinen Hehl daraus gemacht, das österreichische Heer bestens auf einen deutschen Angriff vorbereiten zu wollen. Aber nun war er aus dem Weg geräumt. »Läuft alles nicht besonders gut dort drüben, was?«

»Nein«, antwortete Richard nachdenklich.

»Sag mal, weißt du eigentlich, wo du uns hinführst?« Tom blieb vor einem geschlossenen Lebensmittelladen stehen und blickte sich nach Straßenschildern um. Die Gegend, in der sie sich befanden, machte auf Tom einen recht düsteren Eindruck. »Mir kommt vor, wir laufen im Kreis.«

»Ach was, natürlich kenne ich den Weg. Da vorne links, dann sind's nur noch ein paar Schritte. Komm, beeilen wir uns. Es ist verdammt kalt.«

»Na, dann geh du einfach schneller. Ich muss dir ja hinterher, nicht umgekehrt.«

»Zu Befehl.« Richard salutierte halbherzig. »Du wirst das *Jingles* mögen, Tom. Ist ein toller Laden, hat Klasse. Die Band, die da spielt, ist zwar nicht so gut wie die von Benny Goodman, aber sie kann sich sehen lassen. Und wenn es dir gefällt, wie ich vermute, kannst du das nächste Mal ja mit Sarah hingehen.«

Tom blieb stehen und blickte Richard überrascht an.

»Im Corps gibt's nie lange Geheimnisse, Kumpel«, erklärte Richard. »Tratsch und Klatsch wird überall heiß geliebt. Und jetzt komm weiter, sonst frieren wir noch fest. Wie läuft's denn bei euch?«

»Na ja ... eigentlich gar nicht. Ich war mit Sarah einmal im Kino, das war es aber auch.«

»Echt? Warum hast du sie dann nicht gleich noch mal ausgeführt?«

»Ganz einfach: Ich habe sie seitdem nicht einmal mehr gesehen. Weder in Heckwaters noch in der Evensenfield Road. Und glaube mir, ich bin ein paar Mal bei ihrer Wohnung oben gewesen und habe angeklopft. Wenn ich es mir recht überlege, wahrscheinlich öfter, als es sich für einen Gentleman gehört.«

»Ach, das muss gar nichts bedeuten.« Richard machte eine wegwerfende Handbewegung. »Das ist im Corps ganz normal. Manchmal sind Leute bei uns für ein oder zwei Monate spurlos verschwunden. Irgendwann tauchen die einfach wieder auf. Du warst ja auch im Herbst für ein paar Wochen weg, nicht wahr?«

»Ich glaube, ich verstehe, was du sagen willst.« Tom fühlte sich schlagartig besser.

»Keine Sorge, Sarah kommt schon wieder, Tom. So, da vorne ist es auch schon. Siehst du das Schild? *Jingles Bar*. Das wird ein Abend, mein Freund! Die erste Runde *Four Roses* geht auf mich!«

»Sag mal«, begann Tom zögerlich und blieb noch einmal stehen, »wenn ich mit Colonel Colpo oder Nathaniel Evans unter vier Augen sprechen wollte, wie müsste ich das anstellen?«

Richard war sichtlich überrascht. Er sah sich kurz um, offenbar um sicherzugehen, dass auch niemand in Hörweite war. »Worüber willst du denn mit den beiden quatschen?«

Tom zögerte. Dass er den Colonel und den Chef des ICG über die Hintergründe von *Iagonum* ausfragen wollte, konnte er natürlich kaum ausplaudern. Schon alleine, weil das Vorhaben bei genauerer Betrachtung einfach lächerlich war, merkte Tom schlagartig: Wieso sollte überhaupt irgendjemand im Corps einem Grünschnabel wie Tom ein solches Geheimnis verraten?

»Naja, wie du schon festgestellt hattest, war ich im Herbst ein paar Wochen weg«, stammelte Tom, denn irgendetwas musste er Richard schließlich antworten. »Es hat damit zu tun.«

»Ach so. Aber das kannst du dir leider abschminken, befürchte ich. Evans hält sich fast ausschließlich in HS2 auf, und Colpo hat auch keine Sprechstunde, Kumpel. Die Mitglieder des Führungsgremiums trifft man meiner Erfahrung nach nur, wenn die es selber wollen. Nicht umgekehrt.«

»Dachte ich mir schon.« Tom rieb seine Hände aneinander. »Irgendwie ist es mir heute fast zu kalt, um auszugehen.«

»Jetzt machen Sie mal nicht auf den letzten Metern schlapp, Mister Wolf. Was willst du denn jetzt sonst anstellen? Umkehren? Zu Hause alleine herumsitzen? Dass ich nicht lache.«

»Na, da ist es wenigstens richtig warm. Und außerdem wollte ich heute sowieso ein Buch lesen.«

»Ich glaube, ich höre nicht richtig!« Richard schüttelte seinen Kopf. »Wahrscheinlich auch noch irgendetwas Spannendes auf Altgriechisch oder Latein, was?«

»Nein. Einen Roman von H.G. Wells, der mir empfohlen wurde.« Tom hatte sich am Tag zuvor endlich ein Exemplar von *The World Set Free* besorgt, von dem ihm Professor Blair an der Georgetown Universität erzählt hatte.

»So.« Richard packte Tom bei der Schulter. »Jetzt will ich nichts mehr von dem langweiligen Unsinn wissen. Klar?«

»Zu Befehl.« Tom ahmte Richards halbernsten militärischen Gruß von vor wenigen Augenblicken zuvor nach. »Vielleicht wäre ein heißer Tee erst einmal genau das Richtige.«

»Aber dann mit einem ordentlichen Schuss Whiskey!«

Als sie die Bar betraten, sortierte Tom seine Gedanken. Colonel Colpo und Nathaniel Evans bekam er also auf keinen Fall zu fassen, aber es gab ja noch eine dritte Person im Führungsgremium. Und die traf er noch dazu jede Woche im Raum 1412.

Dir kann also nur Catherine Fireburn helfen, verstand Tom und bekam eine Gänsehaut.

Ausgerechnet Fireburn.

71. DER DÄMON

Mittwoch, 9. März 1938

Er spazierte an dem Haus auf der Main Street von Brockton vorbei, an dessen Fensterscheiben immer mittags die aktuellen Titelblätter der Zeitungen ausgehängt wurden. Zwei Männer begutachteten schweigend, was in der Welt passiert war, und warfen Morgenstein einen misstrauischen Blick zu, als er sie hinter ihrem Rücken passierte.

»Guten Tag«, sagte der Doktor freundlich auf Englisch und rang sich zu einem Lächeln durch.

»Tag«, zischte einer der beiden widerwillig zurück und zog kurz an seinem Hut.

Morgenstein konnte sich über das ihm von den Einwohnern Brocktons entgegengebrachte Misstrauen nicht beschweren. Er war über Nacht als Fremder einfach so in der Kleinstadt aufgetaucht, lebte nun seit Monaten völlig isoliert von der Umwelt allein in seinem Haus am Stadtrand und mied jeglichen Kontakt zu den Nachbarn. Es hatte sich wahrscheinlich schon nach wenigen Tagen herumgesprochen, dass er niemals zur Arbeit zu gehen schien. Ach, wahrscheinlich kursierten die wildesten Gerüchte, wer er in Wirklichkeit war und wie er seinen Lebensunterhalt bestritt. Und die Kinder der Stadt erzählten sich vielleicht schon Schauergeschichten über den greisen Sonderling mit dem weißen Bart.

Morgenstein bog hinter der Filiale der *Western New Hampshire Bank* rechts in die lange Allee ein, an deren Ende kurz vor dem Wald sein Haus lag, und seufzte.

Er hatte sich seinen Aufenthalt in Amerika wahrlich anders vorgestellt. Er hatte das Städtchen Brockton bislang nur zwei Mal für wenige Stunden verlassen, um mit Mister Owen Termine wahrzunehmen. Aber abgesehen davon waren die vergangenen Monate von trister Eintönigkeit geprägt gewesen. Montana, Texas oder

Kalifornien – pah, er hatte sich das Land der unbeschränkten Möglichkeiten bislang nur mit sehr beschränkten Mitteln ansehen können, nämlich ausschließlich auf der Landkarte, die in seinem Wohnzimmer an der Wand hing.

Und trotz alledem: Es war die richtige Entscheidung gewesen, an diesem Morgen das Telegramm nach Wien geschickt zu haben, dachte Morgenstein und nickte. In Wien würde es nun Ernst werden, ganz bestimmt. Auch wenn das manche Zeitungsredakteure noch immer nicht zu verstehen schienen. Seit Berchtesgaden hielt das Deutsche Reich Österreich so gut wie im Würgegriff, da war sich Morgenstein sicher. Und selbst wenn Viktoria hier in Amerika ein ähnliches Schicksal blühen würde, wie es Morgenstein selbst zuteil geworden war, er musste der jungen Frau die Flucht aus Wien nach Amerika als Alternative zumindest anbieten. Das war er ihr schuldig!

Wie Viktoria wohl reagieren würde, fragte er sich. Jetzt war das Telegramm vielleicht schon in Wien angekommen, dachte er.

Aber erst wenn Viktoria tatsächlich eine Antwort telegrafieren und sich für die Emigration entscheiden würde, musste Morgenstein sich schließlich darum sorgen, wie er ihr überhaupt helfen konnte.

Morgenstein strich sich über seinen Bart.

Natürlich würde er in diesem Fall mit Mister Owen sprechen. Mit wem denn auch sonst? Sonst kannte Morgenstein ja keine Menschenseele in diesem riesigen Land. Aber Owen würde schon Interesse an der Physikerin Doktor Viktoria Baroq haben.

Sicher, natürlich, versicherte sich Morgenstein.

Und selbst wenn er seine eigene Position damit gefährdet hatte, dachte Morgenstein verbissen, er war es Viktoria einfach schuldig! Und wieso übersah er immer wieder, dass Viktoria keineswegs ein gleichermaßen niederschmetterndes Dasein in Amerika fristen würde, wie Morgenstein es selbst zu ertragen hatte! Ach, und selbst wenn doch, das war noch immer besser als die Aussicht, von den Nazis geknechtet zu werden.

Nein, es war richtig, bekräftigte Morgenstein in Gedanken seine eigene Argumentation. Es war richtig, dass er seine auf Scham und Schuldgefühlen basierende Furcht überwunden hatte, mit Viktoria in Kontakt zu treten. Es war längst an der Zeit gewesen. Dabei blieb es.

Er stockte, als er den Schlüssel in der Haustür nicht herumdrehen konnte. Das Schloss war offen, bemerkte er. Er drehte an dem Knauf und trat schließlich ein.

»Guten Tag, Mister Morgenstein.«

Morgenstein fuhr herum. Er riss seine Augen auf, als er Mister Owen entdeckte, der am Schreibtisch lehnte. Neben ihm stand ein riesiger Mann im dunklen Trenchcoat, ein Stück von beiden entfernt saß eine dritte Person auf dem Sofa mit dem Rücken zu Morgenstein.

»Was …?«

»Ich entschuldige mich für diesen Überfall«, sagte Owen, doch sein Gesichtsausdruck blieb erschreckend ernst. »Würden Sie uns bitte Gesellschaft leisten?«

Morgenstein schluckte, nahm seinen Hut ab und knöpfte sich hastig den Mantel auf.

»Das nehme ich Ihnen ab.« Der Hüne neben Owen machte einen Schritt nach vorn und griff nach Morgensteins Sachen. Ohne ein weiteres Wort verließ er schließlich den Raum in Richtung Küche.

Morgenstein spürte, wie seine Unterlippe zu zittern begann. Irgendetwas stimmte hier nicht. Bei allen bisherigen Besuchen hatte sich Mister Owen so höflich und gesittet wie ein echter Gast gegeben. Nie wäre er auf die Idee gekommen, eigenmächtig das Haus zu betreten. Bislang.

»Bitte nehmen Sie doch hier Platz.« Owen deutete auf einen Sessel. Morgenstein gehorchte sofort.

»So«, begann die Person auf dem Sofa, die bis zu diesem Moment kein Wort gesagt hatte, und wandte sich Morgenstein zu. Der wich sofort zurück: Das Gesicht seines Gegenübers war von zahlreichen langen und tiefen Narben entstellt. Im schummrigen Licht wirkte das Gesicht regelrecht wie eine teuflische Fratze.

»Sie haben uns belogen, Herr Doktor Morgenstein«, stellte Colonel Colpo langsam fest.

Morgenstein öffnete seinen Mund, doch wie hypnotisiert von den blauen Augen Colpos wagte er nicht zu antworten. Eine beklemmende Stille erfüllte das Zimmer.

»Diese Konzepte, diese Thesen, das alles stammt nicht von Ihnen, richtig?«

Der Doktor spürte, wie ihm die Tränen in die Augen stiegen. So einfach war das? Wer war dieser Dämon mit dem zernarbten Gesicht, dass er so spielend Morgensteins größtes Geheimnis gelüftet hatte?

»Ich ... ich ... das ...«, stammelte Morgenstein. Sein Gegenüber stand abrupt auf und blickte mit zusammengekniffenen Augen auf den Doktor hinab.

»Wagen Sie es nicht, mich anzulügen!«, flüsterte Colpo wütend und hob seinen Zeigefinger.

Morgenstein schüttelte heftig seinen Kopf und flüsterte: »Nein, nein, bestimmt nicht!«

»Also gut. Dann erzählen Sie. Alles.«

72. STUMMER SCHREI

Donnerstag, 10. März 1938

»Eine Volksabstimmung!«, rief der rotwangige Matthias Scharrer, ein kleiner Mann mit schütterem Haar, der sein Abzeichen der Vaterländischen Front stolz am Revers trug. »Ein Plebiszit über die Zukunft Österreichs! Ich pack's noch immer nicht!«

»Recht hast«, stimmte ihm seine Gattin Elfriede zu. »Dass der Schuschnigg sich das traut, hätt' ich nie geglaubt.«

»Für euch ist so eine Wahl eh nix Neues«, warf der deutlich jüngere Franz Lang grinsend ein und griff nach einer Halteschlaufe über seinem Kopf, als der Bus schwungvoll um die Ecke bog und in die Innere Stadt von Wien gelangte. »Für mich ist das die erste Wahl überhaupt.«

»Warst bei der letzten noch zu jung?«, fragte Elfriede überrascht, während sie wie alle Fahrgäste von der Fliehkraft ein Stück nach links gedrückt wurde.

»Nur zwei Monate«, nickte Lang.

»Wann haben wir denn das letzte Mal überhaupt gewählt?«, fragte Matthias Scharrer und lachte schließlich auf. »Ich kann mich gar nicht mehr genau erinnern.«

»Landesweit?«, mischte sich sein Kollege Guido Trostmann ein und faltete seine Zeitung zusammen. »Fast acht Jahre ist's her. Sei froh, dass du dieses Mal nicht schon wieder zu jung bist, Franz. Der Schuschnigg hat das Wahlalter für diese Abstimmung auf 24 hochgesetzt.«

»Wirklich?«, fragte Elfriede und beugte sich zu Trostmann vor. »Warum denn das?«

»Weil die Jugend wohl mehrheitlich auf Seiten der Nazis steht«, antwortete Trostmann.

»Aber das ist ja …«, wollte Elfriede protestieren, aber Trostmann kam ihr zuvor. »Betrug? Genau. Werden die Deutschen sich auch lauthals drüber beschweren.«

»Aber bitte, bitte«, versuchte Matthias Scharrer zu beschwichtigen, »gegen eine ordentliche Volksabstimmung in einem souveränen Land können doch nicht einmal die Nazis etwas unternehmen. Und wenn sie doch Gift und Galle spucken, zeigt das ja nur, dass die Nazis Angst vor dem aufrechten Votum der österreichischen Bevölkerung haben. Nicht wahr? Wenn wir alle mit Ja stimmen und unserem Bundeskanzler Doktor Schuschnigg unser Vertrauen schenken, dann ist die Zukunft unseres Landes gesichert. Glaubt's mir.«

Trostmann seufzte. »Und das Wahlalter ist ja nur die eine Sache. Im Wahllokal wird's nur einen Stimmzettel mit der Aufschrift ›Ja!‹ geben. Wennst mit Nein stimmen willst, musst dir einen eigenen Zettel mitnehmen und an den scharfen Augen der VF-Wahlhelfer damit auch noch vorbeikommen.«

»Wirklich?«, fragte Elfriede.

»Geh«, zischte Scharrer, »bei uns gibt's so etwas nicht!«

»Schuschnigg will eine politische Inszenierung«, legte Guido Trostmann nach. »Unter den Bedingungen wird natürlich eine riesige Mehrheit für die Unabhängigkeit stimmen.«

»Geh«, sagte Scharrer und lachte abfällig.

»Vielleicht ist's besser, wenn man gar nicht abstimmen tät. Soll sich der Schuschnigg doch einfach schleichen. Vielleicht sollte sich Österreich wirklich besser den Deutschen anschließen.«

»Das kannst doch nicht wirklich wollen, Guido«, sagte Elfriede Scharrer und wirkte entsetzt. »Diesen Radikalen willst dich anschließen? Du, Guido?«

»Na und? Dann gibt's vielleicht endlich Ruhe. Ich hab's satt, dieses verlogene Gerede, dieses Hin und Her …«

»Sei vorsichtig, was du sagst, Guido!«, brummte Scharrer in drohendem Ton.

»Schaut's dort!«, rief Franz Lang und deutete durch die Seitenscheibe auf einen Platz, an dem der Linienbus vorbeifuhr. An einer großen Häuserfront war ein riesiges Plakat angebracht worden, auf dem in riesigen Buchstaben »JA! Mit Schuschnigg für eine freies Österreich!« geschrieben stand.

»Bis in den Tod rot-weiß-rot«, las Trostmann den etwas kleiner gedruckten Spruch darunter vor.

Matthias Scharrer wirkte unzufrieden. »Ich weiß wirklich nicht, was ihr Pessimisten alle habt. Erst beklagen sich alle, dass das Volk jahrelang nicht wählen darf, und wenn's sich ändert, seid ihr wieder unglücklich! Ich muss schon …«

»Entschuldigen Sie bitte«, unterbrach ihn eine zierliche junge Frau, die sich von einem der Sitzplätze erhoben hatte und offenbar zur Tür wollte.

»Kein Problem, gnä' Frau«, antwortete Lang freundlich. »Hias, mach dich nützlich und geh a Stück zur Seite, damit die gnädige Frau aussteigen kann.«

Scharrer sprang sofort perplex zur Seite, warf aber Lang dann einen bösen Blick zu.

»Danke schön.« Viktoria Baroq stieg aus dem Bus. Mit einem zufriedenen Lächeln auf den Lippen zupfte sie sich ihren roten Mantel zurecht und spazierte schließlich sofort in Richtung Süden.

Was für Stunden waren das!

Sie hatte es kaum glauben können, als sie am Abend zuvor die Rede von Kanzler Schuschnigg im Radio gebannt verfolgt hatte. Das österreichische Volk durfte über sein Schicksal frei entscheiden! Das war einfach großartig! Wie gern wäre sie bei dieser historischen Rede im Stadtsaal in Innsbruck dabei gewesen, dachte Viktoria.

»Stimmt mit Ja!«, rief ihr ein schlaksiger Mann mit großen dunklen Augen entgegen, als sie auf den Platz Am Hof einbog. Er hielt ihr ein Flugblatt entgegen.

»Danke, Front-Heil.« Viktoria griff, ohne zu zögern, zu.

»Pfiat Gott«, verabschiedete sich der schneidige Mann von Viktoria und reichte schon den nächsten Zettel an einen anderen Passanten.

»Ja! Für Schuschnigg!«, skandierte eine ganze Menge von Zettelverteilern auf einmal hinter ihm. Sie alle hatten sich offenbar, genau wie unzählige andere Unterstützer, vor dem VF-Haus versammelt.

»Es lebe das freie Österreich!«, rief eine ältere Dame, die einen Strauß Blumen in die Höhe hielt und sich durch die Menge zum Eingang des VF-Hauses drängte, wo die Männer des Sturmkorps strammstanden.

»Gott schütze den Frontführer!«, jubelte jemand anderes, sofort wurden zahlreiche Kruckenkreuzfahnen heftig geschwenkt.

Viktoria sah sich um und genoss den Anblick. Geschlossenheit war genau das, was die Österreicher jetzt demonstrieren mussten. Den Nationalen musste die Stirn geboten werden!

Sie brauchte deutlich länger als gewöhnlich, bis sie das Ende des Platzes erreicht hatte, wo nicht mehr ganz so viele Menschen versammelt standen. Doch das Dröhnen der Lautsprecherdurchsagen und das Gejohle der Menge waren nicht zu überhören.

»Wirst sehen, die Nazis werden sich das nicht gefallen lassen«, hörte sie plötzlich jemanden ein paar Schritte neben ihr sagen. Als sich Viktoria im Gehen umsah, entdeckte sie zwei Herren in feinen Anzügen, die unauffällig bei einem Hauseingang warteten und rauchten.

»Na klar«, stimmte der zweite zu. »Die werden sich schon wieder zusammenrotten, diese braunen Studenten. Diese G'fraster … Und die österreichischen SA- und SS-Leute scharren auch schon mit den Hufen.«

»Das wird heute Nacht krachen, Herbert, das wird net schön. Die Abstimmung ist ein Schritt zu weit. Das wird die Deutschen nur wütend machen.«

Viktoria sah sofort wieder nach vorn und ging schneller weiter.

Lass' dich nicht verängstigen!, dachte sie sich und rang innerlich ihren Zorn nieder. Nein, nein, sie durfte sich nicht von solchen das Unglück heraufbeschwörenden Subjekten beeindrucken lassen. Es waren ganz außergewöhnlich wunderbare Stunden! Nichts anderes!

Zunächst war wie aus heiterem Himmel die Ankündigung der Volksabstimmung gekommen und nur wenig später genauso unverhofft das Telegramm aus Amerika von Adam! Er lebte! Adam Morgenstein hatte es sicher in die Vereinigten Staaten geschafft! Als Viktoria an diesem Vormittag das Telegramm in ihrem Büro auf der Universität in Empfang genommen hatte, hatte sie sich so glücklich und erleichtert wie noch nie in ihrem ganzen Leben gefühlt.

Ja, es waren wunderbare Stunden!

All diese Sorgen über die Staatspolizei, all die Ängste, dass sie beschattet oder verfolgt werden könnte – es waren alles nur Hirngespinste gewesen. Das Telegramm von Adam hatte es eindeutig bewiesen. Er lebte! Viktoria atmete kräftig durch und strahlte. Sie fühlte förmlich, dass ihr ein gewaltiger Stein vom Herzen gefallen war.

Viktoria bog lachend in die stille Kurrentgasse ein.

Es war wunderbar: Jetzt konnte sie sich endlich wieder ganz auf ihre Arbeit konzentrieren, denn nun gab es überhaupt keine düsteren Ablenkungen mehr. Als sie einen geparkten grauen Lastwagen passierte, griff sie sich an die Stirn und schüttelte belustigt den Kopf. Wie naiv war sie gewesen, dass sie sich kurz vor einer Verhaftung durch die österreichische Staatspolizei gewähnt hatte?

»Du dummes Ding«, sagte sie kichernd halblaut und dachte daran, dass sie, wahrscheinlich in einem Anflug von Panik, ihr kostbarstes Gut in ihrer Wohnung versteckt hatte. Wieso, um alles in der Welt, hatte sie nur so lange denken können, dass die Staatspolizei an dem roten Notizbuch interessiert sein könnte?

Viktoria wurde in ihrem Gedanken jäh unterbrochen, als ein blonder Mann hinter dem Lieferwagen hervortrat und sich ihr in den Weg stellte.

»Haben Sie mich erschreckt«, japste Viktoria, blieb abrupt stehen und lachte verlegen auf. Der Mann vor ihr war recht jung, wahrscheinlich noch unter 30, relativ groß – aber vor allem machte er keine Anstalten, zur Seite zu gehen.

»Würden Sie mich bitte durchlassen.« Viktoria wurde nach einem Moment misstrauisch. »Ich wohne dort vorn.«

Plötzlich hörte Viktoria hinter sich ein lautes Poltern, das sie zusammenzucken ließ. Mit weit aufgerissenen Augen warf sie instinktiv den Kopf herum. Sie verstand sofort, dass jemand die Beifahrertür des Lastwagens energisch aufgestoßen hatte und aus der Kabine gesprungen war. Doch ehe sie die Gestalt erkennen konnte, spürte Viktoria, wie sie brutal an den Schultern gepackt und ihr gleichzeitig etwas Weiches auf den Mund gepresst wurde. Ein schrecklicher Geruch strömte in ihre Nase, der sie in Panik geraten ließ. Viktoria schrie und strampelte mit den Beinen, schlug mit dem Knie heftig auf den Boden – doch sofort wurde ihr schwarz vor Augen.

»Schnell«, befahl Hans Quint und ließ den in Chloroform getränkten Lappen in seiner Manteltasche verschwinden. Friedrich Hellwein ließ geschickt seinen festen Griff um Viktoria Baroqs Schultern los und fasste so unter ihre Arme, dass er die zierliche Frau spielend allein halten konnte. Quint griff sofort nach ihren Füßen.

Gemeinsam hatten sie die Bewusstlose innerhalb von wenigen Augenblicken in den Laderaum des Lastwagens geschafft. Hellwein sprang in den Wagen, und ohne dass Quint weitere Anweisungen geben musste, begann der junge und eigentlich recht unerfahrene Berliner Polizist sofort damit, die Frau zu fesseln und zu knebeln. Quint knallte wortlos beide Hecktüren zu und ging nach vorn.

»Los«, sagte Quint knapp und schloss die Beifahrertür hinter sich.

»Jawohl«, antwortete Ewald Komornicek. Der 44-jährige Wiener Kriminalpolizist und Mitglied der österreichischen NSDAP legte sofort den ersten Gang ein, gab Gas, und der Wagen rollte an.

Hans Quint ballte seine rechte Hand zur Faust. Er spürte, wie sein Herz heftig schlug.

Als sie exakt nach geplanter Fahrroute über den Judenplatz gerollt, um zwei Ecken gefahren und schließlich auf die Wipplingerstraße in Richtung Nordwesten eingebogen waren, hörte Quint ein Klopfzeichen hinter sich.

»Was heißt das?«, fragte Komornicek. Auch wenn der Wiener bislang sehr routiniert und professionell agiert hatte, wirkte er plötzlich etwas unruhig, merkte Quint.

»Das ist nur die Bestätigung«, antwortete Quint betont gelassen, »dass unser weiblicher Gast jetzt gesichert und versteckt ist.«

»Ah«, nickte Komornicek, konzentrierte sich wieder auf den Verkehr und beschleunigte den Wagen.

Quint registrierte die zahlreichen Grüppchen von Flugzettelverteilern auf den Gehwegen, die vielen Kruckenkreuzfahnen und die Plakate, auf denen beinahe überall das Wort »Ja!« prominent abgedruckt war.

Quint atmete tief ein. Ihre Aktion hätte zeitlich kaum besser angesetzt werden können, dachte er. Ganz Österreich befand sich in Aufruhr. In Kürze würde vielleicht absolutes Chaos herrschen, aber noch hatten Quint und Hellwein genügend Zeit.

»Wir liegen gut im Zeitplan«, stellte Quint fest und blickte auf seine Uhr.

»Wenn wir einmal aus Wien heraußen sind«, bemerkte Komornicek und bog auf die breite Ringstraße ein, »bring ich Sie noch vor 20 Uhr bis an die Grenze, keine Sorge. Aufhalten wird uns sowieso keiner.«

Quint nickte. Und wenn doch, dachte er, wird der Polizeiausweis von Komornicek schon ausreichen, um jeden lästigen Kontrolleur abzuwimmeln. Quint streckte die Finger der rechten Hand langsam aus. Es würde schon alles klappen. Und selbst wenn sie ein sehr dienstbeflissener oder misstrauischer österreichischer Ordnungshüter tatsächlich aufhalten würde, würden sie sogar eine flüchtige Durchsuchung des Laderaums problemlos überstehen. Quint war sich sicher, dass Hellwein seine Aufgabe hinten gewissenhaft durchgeführt hatte und Fräulein Baroq genau wie geplant in die präparierte Kiste gelegt hatte.

»Heute Nacht wird's heiß hergehen in Wien, Herr Quint.« Komornicek nickte in Richtung einer Gruppe von vielleicht 50 oder 100 Menschen, die in einer Quergasse zahlreiche Transparente in die Luft reckten. Quint kniff seine Augen zusammen und las die Parolen: »Wahlenthaltung!« und »Nieder mit den Judenfreunden!« Ein junger Mann mit verbissenem Blick schwenkte dazu eine Hakenkreuzfahne.

Jetzt ist es wohl soweit, dachte der Gestapo-Kriminalinspektor. Die feige Masse der stillen Sympathisanten des Nationalsozialismus' in Österreich, die sich jahrelang nur im Geheimen gegen die schwarze Vaterländische Front von Schuschnigg gestellt hatte, würde sich wohl jetzt endlich aus der Deckung wagen und sich auf die Seite der mutigeren Nationalen stellen. In Graz, der drittgrößten Stadt Österreichs, war die nationale Erhebung ja bereits im Gange, hieß es.

Soll der Bürgerkrieg doch ausbrechen, sagte er sich. Was heute Nacht passiert, kann mir egal sein.

73. NEUGIER

Agent Fuller sprang sofort vom Barhocker auf, als er durch das Fenster hindurch die Gestalt draußen entdeckt hatte. Die Person schien zielstrebig auf den Eingang der Bar zuzukommen.

Cameron, schläfst du?, dachte Fuller angestrengt und entschied sich kurzerhand, nicht loszulaufen. Stattdessen legte er die rechte Hand auf seinen Dienstrevolver, der in seiner Manteltasche steckte, und konzentrierte sich.

»Geschlossene Gesellschaft, Freundchen«, hörte er dumpf Camerons Stimme durch die versperrte Eingangstür der Bar. »Verschwinde! Klar? Sonst mach ich dir Beine!«

Nur einen Augenblick später verfolgte Fuller durch die verschmutzten Scheiben auf der rechten Seite hinter zwei leeren

Tischen, wie die Gestalt sich rasch wieder vom Haus entfernte. Hoffentlich suchte der Kerl sich jetzt eine andere Kaschemme, um sich volllaufen zu lassen, und kam nicht mehr zurück.

Gut gemacht, Cameron, dachte Fuller, setzte sich ruhig wieder auf den Hocker und ließ seine Waffe los. Er griff nach seinem Krawattenknoten, drehte sich zur Seite und nickte langsam Kentz zu. Der Gesichtsausdruck von Agent Kentz verriet Fuller sofort, dass der alles mitbekommen hatte. Dem Mann schien nichts zu entgehen, dachte Fuller und schluckte.

Liebend gern hätte Fuller jetzt seine *Lucky Strike*-Zigaretten herausgeholt und sich eine angezündet, aber Kentz hätte ihn wohl dafür sofort die eigene FBI-Dienstmarke schlucken lassen und dann noch quer über den dreckigen Fußboden geschleift. Und insbesondere auf Letzteres hatte Fuller keine besondere Lust. Eine Putzfrau hatte den Laden bestimmt das letzte Mal im vorigen Jahrhundert betreten.

Fuller atmete leise ein. Für Kentz zu arbeiten, machte ihn einfach nervös. Allein der Geruch von Kentz' Haarwasser – Fuller tippte auf *Wildroot Hair Tonic With Oil* – ließ ihn regelmäßig zusammenzucken.

»Was da in Österreich passiert, ist ein Glücksfall für uns, so sehe ich das«, schilderte Kentz leise und setzte offenbar sein Gespräch mit jener Person fort, die ihm gegenübersaß. Fuller wandte sich wieder zur Seite, um den Eingang, die Tür zur Küche und alle Fenster bestens im Auge zu behalten. Er spitzte aber, so gut es ging, seine Ohren.

Deine Neugier bringt dich noch mal in echte Schwierigkeiten, Dick, dachte Fuller. Wenn Agent Kentz wüsste, dass einer seiner Handlanger ihn belauschte, würde er wahrscheinlich völlig ausrasten.

Mit wem sprach Kentz da überhaupt? Warum hatte Kentz diese wohl allerhässlichste Bar von ganz Washington als Treffpunkt ausgewählt? Und warum durfte niemand Zeuge des Treffens sein?

»Darauf haben Sie mein Wort, klar?«, rief Kentz etwas lauter und ließ Fuller wieder aufhorchen.

»Wenn Sie dieses Problem endlich endgültig lösen«, sagte Kentz energisch, aber deutlich leiser, »kriegen Sie alles genau wie vereinbart. Aber dieses Mal dürfen keine Fehler passieren, klar? Ich will nicht noch einmal so einen Schlamassel wie beim ersten Mal. Das Corps muss jetzt bluten. Nein, es muss jetzt endlich sterben. Es muss Geschichte werden! Und noch etwas …«

Fuller hielt den Atem an.

»Dieser Thomas K. Wolf, dieser Amateur … Wenn Sie den dabei … Sie verstehen? Damit würden Sie mir auch einen persönlichen Gefallen tun. Klar?«

Fuller biss sich auf die Unterlippe. Wer auch immer dieser Mister Wolf war – Fuller war froh, nicht in dessen Schuhen zu stecken.

74. DIE ENTFÜHRUNG

Tom marschierte nachdenklich durch die Dunkelheit. Seine Haut war blass, und er fühlte sich sonderbar leer, als er die Bakeridge Street kreuzte und in die Evensenfield Road einbog.

Die letzten Nachrichten, die Tom in der Atlas-Hall gehört hatte, bevor er Heckwaters verlassen hatte müssen, waren alles andere als ermutigend gewesen. Die amerikanischen Diplomaten in Wien hatten über zahlreiche Zusammenstöße von Nazis und Anhängern Schuschniggs gekabelt, die in so gut wie allen Städten des Landes stattfanden. Ein Putsch der Nazis stand angeblich unmittelbar bevor. Und aus der Corps-Station in München, die scheinbar gut informiert war, gab es Berichte, wonach Teile der deutschen Wehrmacht mobilisiert worden waren.

Was würden die Weltmächte jetzt unternehmen, wenn es wirklich zum Krieg kommen würde? Was würden Chamberlain, Chautemps, Mussolini und Stalin unternehmen? Und wie würde Präsident Roosevelt reagieren?

Tom trat verärgert einen Stein vom Fußweg, zog den Ärmel seines Mantels ein Stück zurück und betrachtete seine Armbanduhr. Wie spät war es gerade in Wien? Kurz nach 4 Uhr morgens, errechnete er schnell. In Wien hatte der Freitag natürlich schon begonnen, während in Washington der Donnerstag erst zur Neige ging.

Es machte ihn wahnsinnig. Die Sache mit Österreich hatte ihn dennoch natürlich nicht vergessen lassen, dass er sich vorgenommen hatte, Catherine Fireburn endlich auf das Geheimnis von *Iagonum* anzusprechen. Auch auf die Gefahr hin, brüsk abgewiesen zu werden – die Sache mit Morgenstein und Schwarzbeck ließ ihm keine Ruhe. Er musste es zumindest versuchen!

Bei der letzten Besprechung im Raum 1412 hatte Tom jedoch in letzter Sekunde einen Rückzieher gemacht: Fireburn hatte einen jungen Mann im Auditorium zusammengestaucht, weil der ihren Vortrag nicht mit voller Aufmerksamkeit verfolgt hatte. Jetzt ist sie bestimmt nicht in der Stimmung, hatte sich Tom da gedacht, jemandem einen Gefallen zu tun. Und schon gar nicht dir!

Aber diese Woche musste Tom es einfach wagen. Er musste!

Plötzlich drehte sich Tom ruckartig herum. Eine dunkle Limousine bog mit quietschenden Reifen in die Evensenfield Road und steuerte mit rasantem Tempo genau auf Tom zu.

»Was zum …?«, fragte Tom laut und hielt sich die Hand wütend vor das Gesicht, als die Scheinwerfer ihn blendeten. Der Wagen bremste nur einen Meter neben ihm ab. Bevor Tom überhaupt verstand, was geschah, wurde die Tür zum Fond aufgestoßen, und zwei kräftige Arme zerrten Tom ruckartig ins Wageninnere.

»Hey!«, schrie Tom wie wild und versuchte, sich loszureißen. Doch er hatte keine Chance. Zwei muskulöse Männer hatten ihn spielend zwischen sich in die Mitte der Rückbank gequetscht, als der schwarze Wagen sofort wieder beschleunigte. Schlagartig wurde es Tom bewusst: Er wurde entführt.

»Bleiben Sie ruhig«, sagte der Bär von einem Mann neben ihm laut, als Tom seine rechte Hand aus der Umklammerung befreit hatte und zu einem Schlag ausholte. Tom traf seinen Sitznachbarn mit der Faust an der Schläfe, doch dem schien das nur wenig auszumachen.

»Beruhigen Sie sich!«, rief eine Stimme von vorne irritiert.

Sofort hatte der zweite Riese Toms Arm wieder gepackt und drückte ihn gewaltsam und geschickt zu Boden. Tom war mit einem Mal wie gelähmt.

Toms Atem ging schnell. Er war den Leuten völlig ausgeliefert, verstand er. Er suchte mit seinen Augen panisch die Umgebung ab und sah schließlich durch die Frontscheibe, wie der Wagen halsbrecherisch über das Pflaster donnerte. Wer, zum Teufel, waren die? Was hatten sie mit ihm vor? Tom spürte einen stechenden Schmerz in seiner Brust.

»Hier rechts!«, befahl jemand.

Toms Oberkörper flog nach vorn, als der Fahrer auf die Bremse stieg, den Wagen waghalsig in eine Einfahrt lenkte und ihn nur Millimeter vor einer Mauer zum Stehen brachte. Der Motor lief weiter.

»Was soll das?«, schrie Tom laut.

Nur einen Moment später zündete der Beifahrer ein Feuerzeug an und drehte sich nach hinten. »Bitte beruhigen Sie sich doch endlich!«, sagte er. Tom erkannte den Mann im flackernden Flammenschein sofort: Es war Mister Owen.

»Was? Was, zum Teufel, soll das?« Tom blickte verwirrt in das vertraute Gesicht.

»Entschuldigen Sie unsere Hektik und gewaltsame Unverfrorenheit, Mister Wolf«, sagte Owen. »Ich habe keine Zeit für Erklärungen. Sie müssen mir schnell ein paar Fragen beantworten, das ist verdammt wichtig. Verstehen Sie das?« Owen warf den Männern links und rechts von Tom einen eisigen Blick zu. »Lasst ihn endlich los!«

»Nichts für ungut, Kumpel«, brummte der, dem Tom einen Schlag verpasst hatte, und ließ von Tom ab. »Aber du hast ganz schön wild um dich geschlagen.«

Tom nickte schnell, als er wieder frei war, und beugte sich vor. »Was soll dieser Überfall?«

»Ich bin gerade aus Brockton in New Hampshire zurückgekommen«, erklärte Owen schnell. »Ich habe Sie in Heckwaters knapp verpasst, aber Mister Hoffmann hat mir gesagt, Sie wären gerade auf dem Nachhauseweg.«

»Was wollen Sie von mir, Owen?«

Owen hob seine Hände und schien seine Gedanken zu sammeln. »Als Sie Doktor Morgenstein von Wien nach Zürich gebracht haben, Mister Wolf, hat der Doktor den Namen Viktoria Baroq erwähnt?«

Tom runzelte die Stirn.

»Viktoria Baroq«, wiederholte Owen sofort.

»Ja«, antwortete Tom, »an den Namen Viktoria erinnere ich mich.«

»Da sind Sie sich ganz sicher?«

»Ja, ganz sicher. Er hat etwas von einer Kollegin namens Viktoria erwähnt.«

»Was genau?«

Tom legte seinen Zeigefinger auf die Lippen und versuchte, sich wieder an die Situation in dem Abteil im Zug zu erinnern.

»Bitte, das ist furchtbar wichtig«, sagte Owen nachdrücklich.

»Es ist schon ein bisschen her, aber Doktor Morgenstein hat, glaube ich, erwähnt, dass er sich nicht von ihr verabschiedet hatte. Und das hat ihn wohl gewurmt. Es war ihm unangenehm.«

»Das ist alles?«

»Ich denke schon, ja.«

»Okay«, fauchte Owen enttäuscht. Doch sofort sammelte er sich wieder. »Hat er etwas von einem Buch erzählt? Von einem roten Notizbuch?«

Tom hob die Augenbrauen. Dann schüttelte er seinen Kopf. »Nein. Ganz sicher nicht.«

»Überlegen Sie bitte ganz genau. Ich kann Ihnen gar nicht sagen, wie wichtig das ist.«

Tom schloss die Augen. Er sah den weißbärtigen Morgenstein wieder vor sich.

»Es tut mir leid, Mister Owen. Nein, Morgenstein hat kein rotes Buch erwähnt. Bestimmt nicht.«

Owen löschte die Flamme des Feuerzeugs und wandte sich nach vorn.

»Gut. Vielen Dank, Mister Wolf. Ich muss jetzt umgehend zurück nach Heckwaters. Und verlieren Sie über dieses Gespräch nicht ein Wort.«

Der Riese zu Toms Linker sprang aus dem Auto, zog Tom hinter sich her und stellte ihn gleichsam auf der Straße neben dem Wagen ab. Und gerade als der Kerl sich zurück in die dunkle Limousine gehangelt hatte, schnellte der Wagen mit durchdrehenden Reifen auf die Fahrbahn zurück und verschwand mit aufheulendem Motor in der Dunkelheit.

Tom atmete laut aus, nahm seinen Hut ab und blickte sich etwas irritiert um.

»Ah«, murmelte er. Er befand sich direkt vor dem Gartentor von Evensenfield Road Nummer sieben, seinem Zuhause.

Was, um alles in der Welt, ist da nur passiert?, fragte er sich, als er sich nach ein paar Augenblicken wieder gefangen hatte. Wer war diese Viktoria Baroq, und hatte sie etwa auch etwas mit *Iagonum* zu tun?

Vorsichtshalber überprüfte Tom seine Armbanduhr, aber sie war von der ruppigen Behandlung der zwei Schlägertypen nicht beschädigt worden. Die Zeiger liefen zuverlässig im Rund.

Was wohl noch in Wien passiert, dachte er, als er unbewusst sofort wieder errechnet hatte, wie spät es in Österreich in diesem Moment war.

75. ZUR RECHENSCHAFT

Freitag, 11. März 1938

Peter Mandler zog mit zittriger Hand seine goldene Taschenuhr aus der Westentasche. Überrascht stellte er fest, dass es schon nach 20 Uhr war. Wie war die Zeit nur so schnell verronnen? Wo war dieser Freitag nur geblieben?

Er steckte die Uhr ein, eilte planlos durch den mit zahllosen hektischen Menschen gefüllten Saal im Bundeskanzleramt, blieb bei einem der Fenster stehen und blickte in den Innenhof hinunter. Die Polizisten und Soldaten hielten noch immer streng nach Anweisung ihre Stellungen, aber in den Gesichtern der jungen Männer las Mandler selbst aus dieser großen Entfernung nichts weiter als Angst und Hilflosigkeit. Vom Ballhausplatz und Minoritenplatz dröhnten die Sprechchöre der Menschenmassen her, die lauthals den Kopf von Kanzler Schuschnigg forderten. Die Nazis hatten es geschafft, dachte Mandler.

Kurz nach Mittag war es losgegangen, rekonstruierte Mandler in Gedanken. Sein alter Freund Julian Schluga, der im Kanzleramt arbeitete, hatte ihn in seinem Büro im Haus der Vaterländischen Front angerufen und ihm einen regelrechten Schock versetzt. »Es gibt ein Ultimatum aus Berlin, Peter«, hatte Schluga unverblümt erklärt. »Wenn Schuschnigg die Abstimmung nicht zumindest verschiebt, marschiert die Deutsche Wehrmacht sofort in Österreich ein.«

Mandler atmete tief ein. Zunächst hatte er das alles nur für einen bösen Albtraum gehalten.

Aber am Nachmittag hatte Schluga erneut angerufen. »Das war's, Peter. Schau, dass du vom Haus der VF wegkommst. Und denke an deine Familie. Der Schuschnigg wird seinen Rücktritt erklären. Der Seyß hat schon seine Minister für eine nationale Regierung von Berlins Gnaden gefunden.«

»Was?«, hatte Mandler in die Sprechmuschel gerufen und war völlig außer sich aufgesprungen. »Das kann doch nicht wahr sein!«

»Doch, es ist so! Glaube mir!«, hatte Schluga nicht minder laut geantwortet. »Doktor Schuschnigg konnte gar nicht anders, verstehst du denn nicht? Die deutschen Panzer stehen schon in Passau an der Grenze!«

»Aber die Volksabstimmung …?«

»Wird abgesagt. Die verkünden es jetzt bestimmt bald im Radio.«

Erst da war Mandler der ganze Ernst der Lage bewusst geworden. »Österreich ist am Ende, Peter«, hatte Schluga gesagt, bevor er aufgelegt hatte.

Wie paralysiert hatte Mandler zusammen mit Dutzenden anderen Angestellten der umliegenden Ressorts vom Fenster im zweiten Stock beobachtet, wie der Platz am Hof von mehr und mehr Anhängern der Nationalsozialisten bevölkert worden war.

»Das wird ein richtiger Putsch«, hatte sein Sekretär Minichmeyer irgendwann leichenblass festgestellt. Minichmeyer hatte sich sofort seine Sachen geschnappt und war nach Hause gelaufen. Dutzende Schreibkräfte, Sekretärinnen und auch VF-Funktionäre hatten es ihm gleichgetan.

Da hatte auch Mandler nichts mehr gehalten. Er hatte sich aus dem Hinterausgang hinausgeschlichen und war zu Fuß die wenigen 100 Meter zum Kanzleramt gelaufen. Auf seinem kurzen Weg durch die engen Wiener Gassen hatte er erschreckend viele Nazisymbole gesehen, insbesondere Armbinden und Flaggen.

Es hatte ihn nicht überrascht, dass das Kanzleramt von oben bis unten in hellem Aufruhr stand. Aber Mandler war völlig konsterniert gewesen, wie viele stadtbekannte Nationale im Haus zu sehen waren. Manche trugen offen Hakenkreuzarmbinden.

Kurz vor 20 Uhr schließlich war Kurt Schuschnigg vors Radiomikrofon getreten und hatte der Bevölkerung mitgeteilt, dass er der Gewalt weichen müsse. Dem österreichischen Heer hatte er den Auftrag gegeben, sich ohne Widerstand zurückzuziehen. Zum Schluss hatte die bebende Stimme von Schuschnigg regelrecht gedonnert: »So verabschiede ich mich in dieser Stunde von dem österreichischen Volke mit einem deutschen Wort und einem Herzenswunsch: Gott schütze Österreich!«

Mein Gott, dachte Mandler und nahm auf einem Stuhl Platz, der neben dem Fenster zufällig an der Wand stand, diesen Freitag wirst du so schnell nicht vergessen. Er legte beide Hände auf sein Gesicht. Es war alles einfach nicht zu fassen.

»Peter!«, hörte er plötzlich jemanden rufen. Mandler sah auf und entdeckte Julian Schluga.

»Was, um alles in der Welt, machst du hier?«, fragte Schluga entsetzt und kam auf Mandler zugeeilt. »Ich habe doch gesagt, du sollst dich schleichen!«

»Ich weiß doch selbst nicht, was ich tue.« Mandler, sprang auf und richtete seine Weste. »Wie geht's denn jetzt weiter, Julian?«

Schluga, ein frühzeitig kahl gewordener Mittdreißiger, machte einen zutiefst besorgten Gesichtsausdruck, zögerte einen Moment, doch dann legte er seinen Arm um Mandlers Schulter. »Generalsekretär Zernatto ist vor einer halben Stunde geflüchtet. Der ist jetzt bestimmt schon auf dem Weg ins Ausland. Und in Graz sind angeblich schon mehr Nazis auf der Straße, als hier in Wien, habe ich gerade gehört. Es geht nicht weiter. Es ist wirklich vorbei, Peter.«

»Wie konnte das nur passieren!«, schluchzte Mandler. Er konnte das alles einfach nicht fassen.

»Göring war es«, sagte Schluga mit hochrotem Kopf nach einem Moment und rang seine Wut nieder.

»Herrmann Göring?«, fragte Mandler. Er wusste natürlich, dass die Nummer drei des Deutschen Reichs – in der Nazihackordnung reihte sich Göring nur hinter dem Führer selbst und dessen Stellvertreter Rudolf Heß ein – einer der radikalsten Wortführer für den von den Nazis geforderten Anschluss Österreichs gewesen war, aber was genau hatte dieser Kerl denn verbrochen?

»Göring erpresst uns im Auftrag des Führers!«

»Aber wie?«

»Wenn Seyß nicht der Nachfolger vom Schuschnigg wird, gibt der Führer den deutschen Panzern den Einmarschbefehl. Dann werden wir überrollt, ganz einfach. Wir haben also gar keine andere

Wahl, Seyß wird Bundeskanzler. Aber die Krönung ist: Göring hat Seyß sogar schon ein komplett vorgefertigtes Telegramm nach Wien geschickt, mit dem Seyß trotzdem um den Einmarsch deutscher Truppen betteln soll, sobald er dann zum Kanzler ernannt worden ist. Vermeintlich, um die Aufstände niederzuschlagen und die Ordnung wieder herzustellen. Kannst dir das vorstellen? Jetzt erpressen sie also das Bundeskanzleramt, damit er das gefälschte Telegramm offiziell als Bundeskanzler nach Berlin schicken und die Wehrmacht einladen kann. Es ist von vorn bis hinten ein Verbrechen.«

»Damit können die doch nie durchkommen! Diese Märchen von kommunistischen Aufständen, das werden die Briten und Franzosen doch durchschauen!«

»Nein«, sagte Schluga und schien vor Zorn beinahe zu platzen. »Die Deutschen werden mit dem Verbrechen durchkommen. England, Frankreich, beide legen die Hände in den Schoß.«

»Aber ... aber Mussolini?«

»Der stellt sich tot, Peter«, antwortete Schluga sofort. »Wie die Deutschen das auch immer geschafft haben, der Mussolini wird nix unternehmen. Gar nix. Glaub mir endlich: Es ist aus!«

Mandler nickte apathisch.

»Peter«, flüsterte Schluga und beugte sich nach vorn, »Seyß-Inquart wird in wenigen Minuten seine Rede im Radio halten. Dann wird jedem Deppen klar sein, wer die neuen Herren im Land sind. Schau, dass du vorher nach Hause kommst. Und verlasse Österreich. Ich würde an deiner Stelle nach Pressburg fahren.«

»Aber ...«

»Peter!«, rief Schluga, »jetzt kapier's doch endlich! Die Nazis haben eine Verhaftungsliste! Kannst du sicher sein, dass du nicht darauf stehst?«

Schluga deutete auf eine fröhlich lachende Gruppe auf der anderen Seite des Saals. Mandler erkannte sofort ein paar prominente österreichische Nazis. Er wurde wütend und fühlte sich doch völlig machtlos. Vor nicht einmal vier Jahren hatten wenige Meter von hier entfernt Leute dieses Schlags den letzten österreichischen

Bundeskanzler ermordet. Und nun hatten sie auch den Nachfolger von Engelbert Dollfuß auf dem Gewissen, auch wenn sie Kurt Schuschnigg nicht ermordet hatten.

»Danke für alles, Julian«, sagte Mandler.

»Da drinnen wird sich's abspielen«, rief der Taxifahrer, der Mandler in Richtung Döbling chauffierte.

»Bitte?«, fragte Mandler in Gedanken versunken und blickte ruckartig aus dem Fenster. Nach einem Moment erkannte er, dass sie am Franz-Josefs-Bahnhof vorbeifuhren. Auf dem Vorplatz tummelten sich die Menschen zu Hunderten und strömten, mit Koffern bepackt, panikartig zum Haupteingang. Zwischen ihnen versuchten Angestellte der Bahn und eine Handvoll Polizisten, Ordnung zu schaffen, waren aber offensichtlich ganz und gar nicht Herren der Lage.

»Beim Südbahnhof wird's nicht anders ausschauen«, stellte der Fahrer trocken fest, während er links abbog. Mandler nickte unaufhörlich und starrte ins Leere. Die Massenflucht war offenbar im vollen Gange.

»Des Ding sollten S' übrigens abnehmen, der Herr«, sagte der Fahrer nach ein paar Minuten der Stille im Wagen.

»Was meinen Sie?«, fragte Mandler und beobachtete die vielen Passanten auf den Gehwegen links und rechts von ihnen, die mit Fackeln, Knüppeln und Hakenkreuzfahnen ausgestattet wohl ins Stadtzentrum zogen. Mittendrin entdeckte er einen größeren Trupp von SA-Leuten in braunen Uniformen.

»Na das dort, da an Ihrem Revers.« Der Fahrer deutete im Spiegel auf Mandlers Anzug.

Nach einem Moment verstand Mandler. Beschämt nahm er das rot-weiße Abzeichen der Vaterländischen Front ab.

Mandler bezahlte hektisch den Fahrer und lief die Treppe zu seinem Haus hinauf.

»Bella«, rief er, als er die Haustür hinter sich ins Schloss fallen ließ und in den Salon eilte.

»Peter!«, antwortete seine Gattin Isabella laut und fiel ihm um den Hals. Mandler war erleichtert, dass sie unversehrt war. »Gott sei Dank!«, flüsterte sie.

»Die Kinder?«, fragte Mandler.

»Sind beide oben, ich habe sie von Elena früh zu Bett bringen lassen.«

»Los. Wecken wir sie auf. Und Elena soll unsere Sachen packen.«

»Was?« Isabella, deren rote Augen ein eindeutiges Zeichen waren, dass sie mehrmals geweint hatte, war sichtlich verwirrt.

»Elena!«, rief Mandler laut, doch das Haus- und Kindermädchen stand schon in der Tür.

»Guten Abend, der Herr«, sagte das zierliche dunkelhaarige Mädchen unterwürfig und machte einen Knicks.

»Packen Sie unsere Koffer, nur das Wichtigste. In einer halben Stunde muss alles fertig sein.«

Isabella sank in einen Biedermeierlehnsessel. Ihr Gesicht war kreidebleich. Als Mandler ihr einen mitleidigen Blick zuwarf, sah sie auf. Sofort erkannte er, dass sie verstanden hatte. Dann schluckte sie und nickte ihm zu.

Dafür liebte Mandler seine Frau. Isabella schaltete in schwierigen oder brenzligen Situationen deutlich schneller als er selbst.

»Worauf warten Sie denn noch, Elena?«, fragte Isabella. »Beeilen Sie sich.«

Mandler ging in Gedanken durch, was er alles in den kommenden 30 Minuten tun musste: Im Tresor in seinem Arbeitszimmer lagen einige 1.000 österreichische Schillinge, dazu 300 britische Pfund, die von seiner letzten Dienstreise übrig geblieben waren, und Gott sei Dank auch seine umfangreiche Goldmünzensammlung. Die Münzen würden noch hilfreich sein, war er sich sicher. An das Guthaben auf der Bank würde er vielleicht in den Repräsentanzen der *Creditanstalt* in Prag oder Pressburg herankommen, vorausgesetzt, die Nazis ließen die Auslandstransfers nicht allzu schnell sperren. Die Grundbuchurkunde für das Haus musste er unbedingt auch mitnehmen, überlegte er und wollte aus dem Salon gehen. Doch Elena versperrte ihm den Weg.

»Haben die Herrschaften etwa plötzlich Angst?«, fragte das Mädchen und verschränkte demonstrativ seine Arme. Mandler traute seinen Ohren nicht. Er machte einen unsicheren Schritt zur Seite.

»Bitte beeilen Sie sich, Elena.« Mandlers Stimme zitterte. »Es ist wirklich ernst.«

»I waß«, bemerkte Elena im tiefsten Meidlinger Dialekt.

»Machen Sie schon, Elena!«, rief Isabella forsch und sprang auf.

»Ich lass' mir jetzt gar nix mehr sagen«, bellte Elena mit blitzenden Augen zurück.

»Was soll das heißen?«, fragte Mandler ungläubig nach einigen Momenten.

»Jetzt ist's vorbei mit ›Elena dies und Elena das‹.« Das Mädchen lächelte diabolisch. »Ich hab' jahrelang mitgehört, wie Sie bei Tisch über die Nationalen geschimpft und gelästert haben. Jetzt ist's vorbei damit, was?«

»Elena?« Isabella wirkte fassungslos.

»Ich könnt' ja einmal bei der Polizei anrufen.« Elena schien ihre Überlegenheit voll auszukosten. »Vielleicht erwisch' ich ja jemanden von der SA? Und die sind doch bestimmt daran interessiert, so einen VFler wie den gnädigen Herrn einzusperren, was glauben Sie?«

»Erbärmliche Denunziantin«, zischte Isabella mit hochrotem Gesicht. Elena warf ihr einen verachtenden Blick zu. Doch das Hausmädchen zuckte gleichzeitig auch zusammen, stellte Peter Mandler überrascht fest. Sofort fasste er wieder Mut. Offenbar war es dem Mädchen doch noch nicht ganz geheuer, gegen seine Herrschaften zu revoltieren.

»Willst du Geld?«, fragte er kalt. »Dann komm mit. Ich habe alles im Arbeitszimmer. Ich gebe dir 1.000 Schilling. Dann verschwinde.«

Elena zögerte, doch als Mandler entschlossen auf sie zutrat, nickte sie und wich zur Seite.

Mit einer Mischung aus Erleichterung und Zorn ging Mandler durch den Gang auf sein Büro zu.

»Irgendwann«, stellte er im Gehen fest, »werden all jene Leute zur Rechenschaft gezogen werden, die an diesem Putsch beteiligt waren. Alle. Darauf können Sie Gift nehmen, Elena.«

»Sie meinen, so wie die Anhänger vom Schuschnigg jetzt dran glauben?«

Mandler blieb überrascht stehen, drehte sich um und blickte in die hasserfüllten Augen seiner Angestellten. Am liebsten hätte er sie geohrfeigt. Aber er tat es nicht.

Ganz plötzlich hatte er nur noch einen Gedanken: Adam Morgenstein hatte damals wirklich recht gehabt.

Wäre ich mit Bella und den Kindern doch nur auch früh genug aus Österreich geflüchtet, dachte Mandler ängstlich. So wie Adam nach Amerika.

76. IAGONUM

»Die Deutschen wollen Südtirol nicht annektieren«, fasste Fireburn im Schein einer kleinen Lampe am Pult zusammen und warf dem stillen Auditorium im Raum 1412 einen eisigen Blick zu. »Deswegen hat Mussolini wohl nicht eingegriffen und Schuschnigg im Stich gelassen.«

Tom biss sich auf die Unterlippe und rutschte unruhig in der Dunkelheit auf seinem Sessel hin und her.

»Feine Verbündete«, stieß jemand neben ihm hervor.

»Die Briten werden wegen dem unbedeutenden Österreich nicht gegen Deutschland in den Krieg ziehen und …«

»Was ist mit Frankreich?«, rief jemand im Publikum nach vorn. Fireburn quittierte den unerlaubten Zwischenruf mit einem vernichtenden Blick. Aber nach wenigen Momenten der totalen Stille im Saal sagte sie: »Frankreich hat im Moment genügend Schwierigkeiten vor der eigenen Haustür. Ministerpräsident Chautemps ist schließlich gestern zurückgetreten, wie Sie wissen sollten, junger Mann.«

Tom schnaubte leise. Die gefühlte 1000. Regierungsumbildung in Frankreich hätte zu keinem ungünstigeren Zeitpunkt passieren können. Angeblich hatte Léon Blum, der Vorgänger von Chautemps, auch gute Karten, dessen Nachfolger zu werden. Es war absurd.

Und dennoch: Wie konnten alle bei diesem Coup einfach nur zusehen?

»Aber Österreich wurde als souveräner Staat ein Ultimatum gestellt«, sagte Tom laut. Er erschrak selbst, als er seine Worte hörte. Fireburn musterte ihn mit einem herablassenden Blick. Er war schon der zweite an diesem Abend, der sich zu einem Zwischenruf hinreißen hatte lassen – die grauhaarige Dame kochte wahrscheinlich innerlich.

»Das können doch nicht alle ignorieren!«, rief Tom, um seine Entrüstung zu rechtfertigen, lauter, als er es eigentlich vorgehabt hatte. Oh je, dachte er sofort, nachdem er das letzte Wort gesprochen hatte, jetzt bringt sie dich um.

»Goebbels' Propagandaministerium hat bekräftigt, dass es kein Ultimatum gegeben hat. Damit steht Aussage gegen Aussage.«

Fireburns kalter Blick blieb für einen langen Moment auf Tom ruhen. Doch dann widmete sie wieder ihren Unterlagen ihre ganze Aufmerksamkeit.

Tom hielt die Luft an. Er dachte nicht einmal im Schlaf daran, jetzt noch etwas zu erwidern.

»Der Nationalsozialist Seyß-Inquart ist zum Kanzler von Österreich ernannt worden. Sie haben es bereits im Radio verkündet. Wir werden genau beobachten, was die kommenden Stunden bringen. Ich danke Ihnen für Ihre Aufmerksamkeit. Sie sind damit entlassen.«

Die Dunkelheit im Saal wich einem angenehmen Licht, nach und nach erhoben sich die Leute um Tom herum und verließen den Saal.

»Sie kommt ganz nach ihrem alten Herrn, was?«, hörte Tom jemanden flüstern.

»Dieser tyrannische Chirurg«, antwortete jemand genauso leise, »der von Cambridge bis Tokio ein paar Dutzend Zimmermädchen verprügelt und vergewaltigt haben soll?«

Sein Gesprächspartner kicherte. »Von ihm hat sie bestimmt gelernt, wie man mit Untergebenen umzuspringen hat!«

Tom richtete langsam seine Krawatte, räusperte sich und stand ganz gemächlich auf. Er hatte trotz all dieser erschütternden Neuigkeiten keineswegs vergessen, was er sich für den heutigen Abend noch vorgenommen hatte. Er presste seine Kiefer aufeinander und marschierte schließlich nicht auf den Ausgang zu, sondern hinunter zu dem Rednerpult, wo Catherine Fireburn gerade dabei war, ihre Unterlagen in eine Mappe zu legen.

Er verlangsamte sein Tempo. Wie sollte er es überhaupt anstellen, sie um Hilfe zu bitten, ohne dass sie ihn sofort umbrachte? Wie sollte er sie fragen, ob sie ihm verraten würde, was das Geheimnis von *Iagonum* wäre, ohne dabei vollends lächerlich und dilettantisch zu wirken? Noch dazu in diesen Stunden? Tom blieb unschlüssig im Mittelgang stehen.

Das ist eine idiotische Idee!, schrie er sich innerlich an.

Gerade als er sich umdrehen wollte, sah Fireburn auf.

»Mister Wolf«, sagte sie beiläufig und ließ Tom das Blut in den Adern gefrieren. »Ich habe etwas mit Ihnen zu besprechen.«

Tom ahnte Böses.

Fireburn nahm die Mappe unter den Arm, deutete auf den schmalen Durchgang hinter dem Rednerpult. »Kommen Sie.«

Fireburn führte ihn schweigend eine geschwungene Treppe hinab.

Wohin, zum Teufel, bringt die mich?, dachte Tom nach einer

Weile. Doch dann hielt er inne: Ein leichter Windhauch blies ihm ins Gesicht, als er laut krachend auf ein Gitter trat. Instinktiv ergriffen seine beiden Hände ein Metallgeländer neben ihm. Tom stand in luftiger Höhe auf einer Empore, die mit armdicken Bolzen an den schier endlos in die Höhe ragenden Felswänden eines zylinderförmigen Hohlraums befestigt war.

»Wow«, flüsterte er. Tom blickte durch das Gitter hinab und erkannte mehrere Meter unter sich festen Boden. Er kniff seine Augen zusammen: Auf der kreisrunden Grundfläche waren riesige Apparate und Maschinen aufgestellt, von denen zahlreiche Kabel und Leitungen die Wände entlang bis ganz hinauf führten.

»Kommen Sie«, befahl Fireburn. Das Echo ihrer Schritte auf dem Gitter erfüllte die Luft, als sie über einen breiten Steg einen Durchgang auf der anderen Seite erreichte. Wortlos folgte Tom ihr.

Sie marschierten wieder eine Treppe hinauf, folgten einem schmalen Gang und blieben vor einer Metallluke stehen. Fireburn drückte das Tor auf, das Tom nur bis zur Schulter reichte. Sie stiegen nacheinander hindurch. Gebückt trat Tom auf einen dicken Perserteppich, der in der Mitte eines großen Saals lag. Überall waren antike Holzschränke zu sehen, die reichlich düster wirkten.

»Nehmen Sie Platz.« Fireburn verschloss die Geheimtür, deren Umrisse in der dunklen Holzverkleidung der Wand kaum zu erkennen waren. Tom setzte sich vor den gewaltigen Schreibtisch, neben dem ein großer Erdglobus in einem massigen Holzgestell langsam rotierte.

Fireburn schlenderte gedankenvoll durch den Saal. »Ich habe Sie in meine Räumlichkeiten geführt, weil ich mit Ihnen etwas unter vier Augen besprechen muss.«

Tom regte sich nicht. Ihm war die Situation nicht geheuer.

»Sie suchen nach der Wahrheit, Mister Wolf, nicht wahr?«

Tom nickte langsam.

»Nun, dann verrate ich Ihnen die Wahrheit.« Fireburn setzte sich. »Wie gut sind Ihre Kenntnisse der Kernphysik, Mister Wolf?«

Tom versuchte nicht einmal, seine Überraschung zu kaschieren. »Ich ... ich habe mich in den letzten Wochen informiert.« Er entschied sich, nicht gleich zu erwähnen, dass er Professor Blair an der Universität von Georgetown aufgesucht hatte. Aber vielleicht wusste Fireburn das ohnehin schon.

»Ich verstehe.« Fireburn zeigte keinerlei Gefühlsregung. »Nun, dann wird Ihnen vielleicht der Name Leo Szilard etwas sagen. Nein? Das macht nichts. Vor etwa fünf Jahren hatte dieser überaus begabte ungarische Physiker die Idee, den Kern eines radioaktiven Atoms mittels Beschusses von Neutronen aufzubrechen.«

»Aufzubrechen?«, fragte Tom unsicher.

»Ja. Bei diesem Vorgang sollen laut Szilard weitere Neutronen entfesselt werden, die ihrerseits weitere Atomkerne aufsprengen. Dies führt unweigerlich zu einer Kettenreaktion, die alle Atome einer so genannten kritischen Masse radioaktiven Materials vollständig kollabieren lässt und dabei laut Leo Szilard eine unvorstellbare Menge an Energie freisetzt. Eine Energie, die Ihre kühnsten Träume übertrifft, Mister Wolf.«

Tom nickte abgeklärt, aber sein Herz schlug mit einem Mal wie wild. Jetzt hatte er den Faden gefunden. »Wie von H.G. Wells beschrieben«, fügte er hinzu.

»Oh, Sie kennen *The World Set Free*?« Fireburn hob ihre schmalen Augenbrauen. »Ich bin beeindruckt. Sie haben offensichtlich Ihre Hausaufgaben gemacht, Mister Wolf. Dann wissen Sie auch von Wells' Idee der Atombombe.«

»Ja. Aber das ist ein literarisches Hirngespinst.«

»Richtig, in der Form, wie Wells die Atombombe beschrieben hat«, entgegnete Fireburn und beobachtete Toms überraschte Miene mit Genugtuung.

»Was wollen Sie damit sagen?«

»Sehen Sie, Leo Szilard hat sofort geahnt, welche unglaubliche Sprengkraft seine Theorie hat. Und das im wahrsten Sinn des Wortes. Also hat er das Konzept der atomaren Kettenreaktion einer kritischen Masse in London als Patent schützen lassen und alle Rechte daran sofort der Royal Navy übertragen. So konnte Szilard seine Ideen vor der Welt geheim halten.«

»Offenbar nicht vor der ganzen Welt«, stellte Tom mit einem flauen Gefühl im Magen fest.

»Natürlich nicht. Wir haben aufgrund unserer exzellenten Kontakte zu den Briten recht bald davon erfahren und sofort unsere Schlüsse gezogen. Außerdem wissen wir, dass auch die Deutschen hellhörig geworden sind, als sie Gerüchte von Szilards fantastischen Thesen aufgeschnappt haben. Die SS ist deshalb unter anderem an Professor Josef Schwarzbeck in Berlin herangetreten. Man hat ihn gebeten, intensive Forschungsarbeiten zu betreiben. Und das hat der Mann dann auch getan. Aber insgeheim nicht alleine, sondern zusammen mit Doktor Morgenstein aus Wien.«

»Was für Forschungsarbeiten? Was haben Schwarzbeck und Morgenstein ausgeheckt?«

Fireburn lächelte zufrieden. »Ist das nicht offensichtlich?«

Toms Atem ging schnell. Er sagte kein Wort.

»Gut, ich erkläre es Ihnen. Im vergangenen Sommer haben sich Morgenstein und Schwarzbeck in einem Fernduell mit einem zweiten Forscherteam bestehend aus dem Deutschen Otto Hahn und der Österreicherin Lise Meitner befunden. Beide Gruppierungen unternehmen seit einiger Zeit Versuche, Atomkerne mittels Neutronenbeschuss zu sprengen. Jedoch, und dieses Detail macht den feinen Unterschied aus, während Hahn und Meitner dieses Ziel in Berlin aus rein akademischen Beweggründen verfolgen, würde diese epochale Meisterleistung für Morgenstein und Schwarzbeck nur einen Zwischenschritt darstellen. Denn sie verfolgen in Wirklichkeit seit Jahren das Ziel, mit Hilfe der Atomspaltung eine Kettenreaktion zu verursachen, wie sie Leo Szilard bereits vor fünf Jahren theoretisch beschrieben hat.«

Toms Augen weiteten sich langsam.

»Mister Wolf: Doktor Morgenstein und Professor Schwarzbeck haben eine echte, ganz reale Atombombe geplant. Und wenn ihre Atomspaltung Erfolg hat, sind sie diesem Ziel ein ganzes Stück näher.«

»Unmöglich«, flüstert Tom eingeschüchtert.

Fireburn schüttelte nur den Kopf. »Wir wissen aus erster Hand, dass Doktor Morgenstein bei einem Kongress in Wien von Leo Szilard höchstpersönlich in seine Theorie der atomaren Kettenreaktion eingeweiht worden ist. Seit diesem Tag versucht Morgenstein wie ein Besessener, zusammen mit Schwarzbeck die Theorie in die Praxis umzusetzen. Und er hat sich diesen Sommer an uns gewandt, weil er uns den Plan für die erste ganz reale Atombombe angeboten hat. Sie sehen, das ist alles andere als unmöglich.«

»Aber das kann einfach nicht sein.« Tom starrte fassungslos auf den Fußboden. »Die atomare Bombe von H.G. Wells ist unmöglich! Das hat mir ein Fachmann bestätigt.«

»Vergessen Sie H.G. Wells!«, rief Fireburn. »Vergessen Sie die Vorstellung von kontinuierlich explodierenden Bomben, die jahrelang brennen. Diese Ideen sind irreal. Nein, H.G. Wells' Vorstellungskraft hat nicht annährend ausgereicht, um die wahre Zerstörungskraft einzuschätzen, die in einer echten Atombombe aus Uranium steckt.«

»Von was für einer Zerstörungskraft sprechen Sie?«

Fireburn ließ sich Zeit. Dann sagte sie emotionslos: »Eine einzige Uraniumbombe könnte eine ganze Stadt ausradieren, Mister Wolf.«

»Gibt es für diese Behauptungen Beweise?«

Fireburn lächelte milde. »Natürlich. Sehen Sie sich um.«

»Was?«, fragte Tom und blickte unsicher über seine Schulter.

»Was würde wohl passieren«, fragte Fireburn und erhob sich, »wenn ein zu allem entschlossenes Regime diese Waffe besitzen würde? Stellen Sie sich vor: Was würde passieren, wenn diese Bombe eines Tages in London, Paris oder Berlin gezündet werden würde?« Fireburn legte ihre Hand auf den großen Globus. »Oder hier – in Washington?«

Tom zog seine Augenbrauen zusammen. Nach ein paar Momenten kam Fireburn entschlossen auf Tom zu. Nur einen Schritt vor ihm blieb sie stehen und griff mit beiden Händen nach den Armlehnen von Toms Sessel.

»Mister Wolf«, sagte sie scharf, »Heckwaters ist nichts anderes als ein riesiger Bunker, der der Detonation einer nuklearen Atombombe trotzen soll.«

Tom regte sich nicht. Das konnte doch nicht wahr sein! Das war unmöglich!

»Ganz Heckwaters ist eine von massiven Schichten aus Metall und Stein geschützte unterirdische Kleinstadt«, führte Fireburn aus und ging zurück hinter ihren Schreibtisch, »die von der Außenwelt abgeschnitten völlig autark funktionieren kann.«

»Das ist nicht …«, wollte Tom widersprechen, doch die Worte blieben ihm im Halse stecken. Ganz plötzlich erinnerte er sich an seinen ersten Tag in Washington, als Hoffmann ihn zum ersten Mal nach Heckwaters geführt hatte.

»Das Wasserbecken nach der ersten Schleuse«, flüsterte Tom plötzlich und griff sich an die Stirn.

»Es hat Trinkwasserqualität und reicht theoretisch für Jahre«, parierte Fireburn sofort. »Und es kann bei einem Brand als Löschwasser dienen. Die Leitungen führen durch ganz Heckwaters.«

»Und die Schleusen …?«

»… sind nicht nur Sicherheitskontrollen, ganz richtig. Die massiven Luken halten jeder nur denkbaren Explosion stand.«

»Das ist unglaublich!«

»Heckwaters ist so konzipiert worden«, erklärte Fireburn, »dass es im Ernstfall in kürzester Zeit Hunderte Angehörige des Staatsapparates und des Militärs aufnehmen kann. Wir sind auf alles vorbereitet. Haben Sie die Generatoren am Fuße unseres Turms bemerkt, über die wir auf dem Weg in mein Büro hinabblicken konnten? Wir haben ein großes Treibstofflager, damit können wir zig Jahre lang Strom erzeugen. Wir haben Tonnen unverderblicher Lebensmittel und Medikamente gelagert. Hunderte Schlafräume stehen bereit. Die ursprüngliche Planung hat sogar vorgesehen, den kompletten Eisenbahnzug des Präsidenten unterirdisch unterzubringen.«

»Die Schienen in HS1«, dachte Tom und erinnerte sich daran, wie er über die Metallrillen gestolpert war.

»Die Tunnel sind jedoch nie an das Schienennetzwerk der Stadt angeschlossen worden. Wissen Sie, die Errichtung dieser Anlage ist Hals über Kopf beschlossen worden, nur kurz nachdem Leo Szilard seine Patente angemeldet hatte. Und in Zeiten, in denen die Regierung Roosevelt dabei war, im Rahmen des New Deals Unsummen für öffentliche Bauprojekte wie Staudämme in Tennessee oder Hunderttausende neue Regierungsgebäude auszugeben, um der Wirtschaftskrise entgegenzuwirken, wurde dieses überaus kostspielige Bauvorhaben von Heckwaters ebenso genehmigt. Als aber allmählich wissenschaftliche Größen die Thesen Szilards kritisiert haben, hat die Panik in den eingeweihten Regierungskreisen langsam abgenommen. Die finanziellen Mittel wurden gestrichen. Heckwaters wurde in einer kleineren Fassung fertiggestellt, jedoch stand der Komplex leer. Bis schließlich das Corps hier untergebracht worden ist.«

Tom bemühte sich redlich, sich all die neuen Informationen einzuprägen.

»Aber die Atlas-Hall …«

»… ist nicht gerade ein Paradebeispiel einer für Bombenangriffe gewappneten Halle«, unterbrach ihn Fireburn kalt. »Das ist korrekt. Da es in der ursprünglichen Bunkeranlage nicht ausreichend weitläufige Säle gab, hat Nathaniel Evans die Atlas-Hall nachträglich errichten lassen. Die Glaskuppel kann im Ernstfall innerhalb von nur 30 Minuten mit zweieinhalb Meter dicken Steinplatten für immer versiegelt werden. Der Steinsarg ist ständig einsatzbereit.«

»Ein Steinsarg?«

Fireburn betrachtete Tom argwöhnisch. »Sie müssen all diese Dinge wissen, um verstehen zu können, wie wichtig die Operation *Iagonum* war.«

»Ich denke, jetzt ist mir Einiges klar.«

»Ich habe Ihnen noch nicht das Wichtigste verraten«, unterbrach ihn Fireburn. »Mister Wolf: Ihr Leben ist in Gefahr!«

»Wie bitte?«, fragte er und lächelte ungläubig.

»Auch wenn man Ihnen das Gegenteil weisgemacht hat, Operation *Iagonum* ist noch nicht vorbei. *Iagonum* ist verraten worden.«

»Was soll das heißen?«

Fireburns Blick wanderte blitzartig zwischen Toms Augen hin und her. »Haben Sie sich eigentlich jemals gefragt, welche Bedeutung das Wort *Iagonum* hat, Mister Wolf?«

»Natürlich.« Es war nicht zu fassen! Würde Fireburn jetzt auch dieses Geheimnis lüften?

»Es ist«, sagte sie und blickte auf den großen Globus neben sich, »wie soll ich es sagen ... Ein Kunstwort, Mister Wolf. Es setzt sich zusammen aus Uranium und Iago.«

Fireburn wartete scheinbar auf eine Reaktion. Doch Tom bewegte sich nicht. Uranium machte nun Sinn, dachte er. Aber ...

»Sie sind mit Shakespeare nicht vertraut?«, fragte sie lächelnd.

»Ich ... offenbar nicht gut genug.«

»Iago ist einer der Hauptcharaktere in Shakespeares *Othello, der Mohr von Venedig*. Es ist eine raffinierte Tragödie über Eifersucht, ein wahres Meisterwerk. In einer Schlüsselszene täuscht der Fähnrich Iago den Feldherrn Othello und überzeugt ihn, dass er betrogen wird. Iagos List ist so meisterhaft, dass Othello wenig später seine geliebte Gattin Desdemona ermordet, die ihm in Wirklichkeit natürlich niemals untreu gewesen ist.«

Tom glaubte zu begreifen.

»Genau wie Iago sollten Sie damals in Berlin ein Täuschungsmanöver durchführen, damit ein unschuldiger Mensch aus dem Weg geräumt wird, Mister Wolf.«

Tom starrte angestrengt ins Leere.

»Aber das mir ohne mein Wissen überantwortete Täuschungsmanöver hat nicht funktioniert«, stellte er verbissen nach einer Weile fest. »Professor Schwarzbeck ist nicht getötet worden.«

»Korrekt. Sie konnten den Hals des Professors aus der Schlinge ziehen.«

»Warum, zum Teufel, ist mein Leben dann in Gefahr?«

»Sie haben viel durcheinandergebracht. Sie haben sich mit Ihrer Reise nach Wien nicht nur Feinde im FBI geschaffen, sondern auch im ICG.«

Ruckartig sah Tom auf.

»Mächtige Feinde, Mister Wolf.«

»Was? Warum?«

»Wissen Sie, wie *Othello* endet?«, fragte Fireburn und faltete ruhig ihre Hände. »Othello erkennt seinen fatalen Fehler und nimmt sich das Leben. Iagos Machenschaften aber werden entlarvt. Iago wird festgenommen … und gefoltert und getötet.«

Eine Ader auf Toms Stirn begann zu pulsieren. Es lief ihm kalt den Rücken hinunter.

»Sie sind diesem Schicksal Iagos entkommen, Mister Wolf. Für den Moment.«

»Soll das heißen, dass …«

»In Kürze werden ungewöhnliche Dinge passieren«, unterbrach Fireburn ihn und erhob mahnend beide Hände. »Verhalten Sie sich vorsichtig, wenn Sie überleben wollen. Seien Sie misstrauisch.«

»Was für Dinge?«

»Gewisse Personen des Corps wünschen, dass die Operation *Iagonum* wie geplant zu Ende geführt wird.«

»Wer?«, fragte Tom.

»Das kann ich Ihnen nicht sagen.«

Tom sprang auf. »Wer will, dass ich sterbe? Sie haben gesagt, dass *Iagonum* verraten wurde. Von wem? Wer sind diese verdammten Verräter?«

»Mister Wolf«, rief Fireburn laut und brachte Tom sofort zum Schweigen, »haben Sie noch nicht begriffen, wie ernst die Lage auch für mich ist? Ich riskiere alles, weil ich Ihnen helfe. Alles!«

Tom bedeckte seinen Mund mit der rechten Hand. Doch als er bemerkte, wie seine Finger zitterten, ballte Tom sie zu einer Faust.

»Bewahren Sie Ruhe«, befahl ihm Fireburn konzentriert. »Die Lage ist nicht aussichtslos. Sie sollten jedoch genau hinterfragen, welchen Menschen im Corps Sie trauen können und welchen nicht.«

Fireburn stand auf, ging langsam zu der Geheimtür und zog sie auf.

»Und jetzt gehen Sie. Sie waren schon viel zu lange hier. Wir riskieren zu viel.«

»Danke«, sagte Tom.

»Mir gebührt kein Dank, Mister Wolf.«

Fireburn sah Tom ausdruckslos hinterher, als er durch die Luke in den dunklen Gang schlüpfte.

Es war, als würde er aus einem bösen Traum erwachen, als Tom wenige Minuten später die Atlas-Hall wieder betrat und die große Glaskuppel hoch über ihm musterte.

Sie wirkte auf einmal fragil, dachte er. So, als würde sie in Kürze zerspringen und Millionen von Scherben auf ihn herabzufallen drohten.

77. AUS DER HAND FRESSEN

Samstag, 12. März 1938

Als Viktoria aufwachte, blinzelte sie ein paar Mal. Langsam zog sie ihre Hand zum Gesicht, um sich den Schlaf aus den Augen zu wischen.

Allmählich bemerkte sie, dass ihr Kopf sehr schmerzte. Außerdem hatte sie großen Durst, ihr Mund fühlte sich unangenehm trocken an.

Nur kurz aufstehen und in der Küche ein Glas Wasser holen, dachte sie und gähnte, während sie sich im Bett herumdrehte, dann kannst du weiterschlafen.

Als sie sich auf ihr rechtes Knie legte, durchströmte ein heftiger Schmerz ihren Körper. Sofort wandte sie sich wieder um, richtete ihren Oberkörper ein wenig auf und strich sich ihre langen Haare nach hinten.

Wo bist du?, fragte sie sich und war irritiert, als sie die Bettdecke ein Stück nach unten schob. Sie fühlte sich merkwürdig unvertraut an.

Viktoria zog eilig das rechte Bein an und schob das Nachthemd hinauf, sodass sie ihr Knie betrachten konnte. Die Haut war blau und grün gefärbt, ganz wie durch eine Prellung oder einen Sturz. Dass es nichts Schlimmeres war, beruhigte sie nur einen kurzen Augenblick.

Wo bin ich hier?, fragte sie sich und betrachtete die weißen Ärmel ihrer Nachtkleidung.

Was … was ist eigentlich passiert? Doch dann erinnerte sie sich wieder.

Sie sah den blonden jungen Mann vor sich, der sich ihr in der Kurrentgasse in den Weg gestellt hatte. Sie spürte seinen starken Griff an ihren Schultern, sie fühlte, wie sie mit dem Knie auf das Straßenpflaster gefallen war – und sie roch den üblen Gestank …

Viktoria wurde kreidebleich, begann zu zittern, riss ihre Augen auf und blickte sich hektisch um.

Sie befand sich in einem breiten Bett, das in der Mitte eines recht großen Zimmers stand. Durch zwei Fenster fiel helles Licht herein. Links entdeckte sie einen großen Schrank, einen Frisiertisch und davor einen Stuhl, dessen Sitzfläche mit rotem Samt überzogen war.

Wo war sie hier? Was war nur mit ihr geschehen?

Vorsichtig schob Viktoria die weiche Bettdecke zur Seite und tastete sich vorsichtig ab. Aber abgesehen von dem Knie und den Kopfschmerzen war sie offenbar unversehrt.

Sie nahm allen Mut zusammen und erhob sich. Sie setzte ihre nackten Füße auf einen hochflorigen, weichen Teppich und ging auf eines der Fenster zu. Ihr Zimmer befand sich offenbar im dritten oder vierten Stock eines alten Gebäudes, das beinahe wie eine Burg wirkte. Das Fenster zeigte direkt auf einen großen Wald, der bis zum Horizont zu reichen schien. Soweit Viktoria blickte, erkannte sie keinen einzigen markanten Punkt, anhand dessen sie sich vielleicht orientieren hätte können.

Wo, um alles in der Welt, war sie? Und um Himmels willen: Was war geschehen?

Ein leises Klicken ließ sie zusammenzucken. Sie drehte sich nach links herum und entdeckte eine Holztür. Ein zweites Klicken ließ Viktoria verstehen, dass jemand das Schloss aufsperrte.

Jemand kommt herein!, dachte sie, war aber unfähig, sich nur einen Zentimeter zu bewegen.

Mit bibberndem Körper beobachtete Viktoria, wie ein großgewachsener Herr in einer dunkelgrünen Uniformjacke das Zimmer betrat, auf dessen Ärmel eine schwarze Raute gestickt war, in denen die Buchstaben »SD« prangten. Auf seinen großen Händen balancierte der Mann etwas ungeschickt ein Tablett, auf dem zwei Porzellankännchen und ein paar Teller standen.

»Sie sind wach, wunderbar«, sagte der Mann mit einem für Viktoria fremden Dialekt, der aber freundlich klang.

Viktorias Lippen zitterten wie Espenlaub, aber sie bemerkte es gar nicht.

»Mögen Sie Kaffee oder Tee?«, fragte der Mann in der Uniform und stellte das Tablett auf dem Bett ab. »Ich habe Ihnen beides mitgebracht. Sie können sich ja noch entscheiden. Hier sind frische Brötchen und Butter, jemand bringt gleich noch eine weitere Auswahl an Konfitüre. Dauert nur noch ein bisschen. Der Koch ist nicht sehr geschickt, fürchte ich.«

Viktoria tastete hinter sich nach dem Fensterbrett und krallte sich daran fest. Sie war mit der Situation vollends überfordert.

»Mein Name ist Stefan Reitzle«, stellte sich der Mann vor und verbeugte sich mit hinter dem Rücken verschränkten Armen. Ganz so, als wäre er ein Diener oder Kellner, dachte Viktoria. »Gibt es etwas, was ich für Sie tun kann, Fräulein Baroq? Ist Ihnen kalt? Dann lasse ich sofort noch ein paar Decken bringen.«

Viktoria regte sich nicht. Reitzle blieb breit lächelnd einfach stehen. Er schien auf eine Antwort zu warten.

»Nein, danke«, flüsterte Viktoria nach einer Weile.

»Ich hoffe, Sie werden sich bald von den Anstrengungen erholen. Ich lasse Sie nun wieder allein.« Er schlug immer noch lächelnd die Hacken seiner Stiefel zusammen und ging in Richtung Tür.

»Wo bin ich hier?«, flüsterte Viktoria kaum hörbar, bevor er das Zimmer verließ.

»Keine Sorge«, antwortete Reitzle freundlich, »Sie befinden sich hier in Sicherheit. Es kann Ihnen jetzt nichts mehr geschehen, Fräulein Baroq. Wir kümmern uns darum.«

Viktoria nickte apathisch. Dann blickte sie langsam in Richtung des Tabletts. Der Kaffee duftete verführerisch.

Reitzle trat in den Gang und verschloss die Tür hinter sich. Erst als er den Riegel vorgeschoben hatte, erlaubte er sich, leise zu lachen. Das war ja fast noch besser gelaufen als er es sich in seinen kühnsten Träumen vorgestellt hatte.

Er passierte im engen Gang einen Tisch, an dem ein blutjunger SS-Mann Wache schob, und steuerte auf die Wendeltreppe zu. Ihm kam eine ältere Dame in Zivil entgegen, die ein weiteres Tablett trug, das mit einigen Schalen beladen war.

»Das machen Sie gut, Frau Streitner«, rief Reitzle augenzwinkernd und blieb stehen. »Einer Karriere als Kellnerin würde nichts im Weg stehen.«

»Jawoll, Herr Untersturmführer«, antwortete sie, ohne eine Gefühlsregung zu zeigen.

Reitzle verfolgte aus der Entfernung, wie die durchaus ansehnliche Dame, die ihre Haare zu einem braven Zopf zusammengebunden hatte, zur Tür ging, den Riegel zur Seite schob, »Guten Tag«, trällerte und eintrat. Gespannt hörte Reitzle, wie sie offenbar ein paar Worte mit Viktoria Baroq wechselte. Schließlich lachte ihre helle Stimme auf, und nach wenigen Augenblicken kam sie ohne Tablett zurück auf den Gang, verschloss die Tür wieder und warf Reitzle sofort einen unterwürfigen Blick zu.

»Jetzt braucht es etwas Geduld, Herr Untersturmführer«, bemerkte sie leise, ohne die Spur von einem Lächeln auf ihren Lippen.

Reitzle nickte ihr zufrieden zu und ging weiter.

Auch wenn er es sich nicht nehmen hatte lassen, sich heute diese Viktoria Baroq selbst einmal anzusehen, ab sofort würde bis auf Weiteres nur noch die erfahrene Hilde Streitner mit diesem Fräulein aus Wien sprechen.

Die Kriminaloberassistentin Streitner war ihm empfohlen worden. Sie hatte in den Gefängnissen der Gestapo angeblich schon zahllose verstockte weibliche Gefangene dazu gebracht, alles auszuplaudern, was Streitner wissen hatte wollen. Und dazu hatte Streitner sich nur über mehrere Tage oder Wochen hinweg mit den Gefangenen regelmäßig unterhalten müssen. Es war nun einmal so: Frauen vertrauten sich in Extremsituationen nur allzu oft einer anderen Frau an.

Reitzle erreichte die enge Treppe, die bestimmt schon 200 Jahre alt war, und lief sie mit zuversichtlicher Miene hinunter.

Fräulein Baroq hatte sich ihm wenige Augenblicke zuvor alles andere als feindlich dargestellt, überlegte er sich und grinste schließlich. Sie hatte nur eingeschüchtert gewirkt. Vielleicht standen die Chancen gar nicht schlecht, dass das Mädchen tatsächlich überzeugt werden konnte, dass es vor den bösen Amerikanern gerettet worden war. Und vielleicht würde diese Hilde Streitner aus dem Fräulein Baroq noch eine überzeugte Nationalsozialistin machen. Ja, mit ein bisschen Glück würde ihnen das begabte Mädchen aus Wien sogar noch aus der Hand fressen, dachte Reitzle.

Er erreichte das Erdgeschoss und lief in Richtung Haupteingang.

Aber auch wenn sich Baroq doch noch als widerspenstig erweisen und nicht mit ihnen kooperieren würde – das wäre auch kein großes Problem. Wichtig war im Moment nur, dachte Reitzle zufrieden, dass sie sich die junge Frau vor den Amerikanern geschnappt hatten.

Das wird den Amis eine Lehre sein, sagte er sich.

In der mit vielen Hakenkreuzfahnen geschmückten Haupthalle kam ihm der quirlige SS-Rottenführer Kanter entgegen und streckte seinen rechten Arm stramm zum Gruß aus.

»Sieg Heil, Herr Untersturmführer!«, rief Kanter. Seine Stimme hallte laut mehrmals wider.

»Was gibt's denn noch?«, fragte Reitzle im Gehen.

»Ich hatte vorhin vergessen zu fragen, was wir mit den persönlichen Gegenständen der Gefangenen machen sollen, Herr Untersturmführer.«

»Zunächst mal«, antwortete Reitzle ruhig und blieb stehen, »haben Sie keine Gefangene hier im Haus, Kanter. Erinnern Sie sich?«

»Jawoll, Herr Untersturmführer. Ich meine natürlich, die Gegenstände unseres Gastes.«

»Gut. Was für Gegenstände sind das?«

»Ich habe sie mitgebracht«, antwortete Kanter stolz und zückte einen dicken braunen Umschlag. »Ein Hausschlüssel, Inhalt einer Handtasche, Schminke, Taschentuch, eine Fahrkarte, österreichisches Geld, etwa 20 Schilling, eine Einkaufsliste und ein Telegramm.«

»Verwahren Sie es irgendwo.« Reitzle setzte desinteressiert seine Dienstmütze auf.

»Jawoll, Herr Untersturmführer.«

Gerade als Kanter wieder gehen wollte, sagte Reitzle aber: »Moment, zeigen Sie mir bitte noch das Telegramm.«

Als Reitzle seinen Dienstwagen erreicht hatte, den er direkt vor dem Eingang geparkt hatte, sah er flüchtig die Fassade von Schloss Stellbach hinauf. Das recht hübsche Gebäude war, soweit Reitzle wusste, dem Reich aus dem Vermögen eines Hals über Kopf emigrierten Juden zugefallen und diente der SS nun als Bildungs- und Schulungszentrum. Aber, aus welchen Gründen auch immer, es stand seit zwei Jahren fast ständig leer und war daher für die Unterbringung von Viktoria Baroq perfekt geeignet.

Bevor Reitzle die Wagentür öffnete, entfaltete er das Telegramm.

»Ich glaub', ich dreh' durch, hör' mal«, rief Reitzle im rheinischen Dialekt und lachte auf, als er den Text und den Absender gelesen hatte.

Wo genau war es aufgegeben worden? »Brockton, N.H.«, las Reitzle konzentriert. Die Buchstaben »N.H.« mussten für New Hampshire stehen, glaubte er. Sofort steckte er das zerknitterte Blatt Papier in die Innentasche seiner Uniform und sprang in den schwarzen Wagen.

Auf der Hinfahrt hatte er ungefähr 45 Minuten hierher gebraucht. Wenn er sich beeilte, dachte Reitzle und startete eilig den Motor, dann würde er es aber vielleicht in nur einer halben Stunde nach Berlin zurück schaffen.

Er tätschelte seine Uniform an jener Stelle, an der das Telegramm in der Tasche steckte. Reitzle musste jetzt dringend mit ein paar Leuten sprechen.

»Oh Morgenstein, du Jüdelein«, sang der SS-Untersturmführer genüsslich, »das wird ein Fehlerlein gewesen sein.«

78. RED RUSH

Tom wippte mit einem Glas Wasser in der Hand auf einem Stuhl vor und zurück. Es war totenstill.

Das ist einfach zu viel, zu viel, dachte er immer wieder.

Seit Stunden saß er nun bereits in der Dunkelheit in seiner Küche und starrte apathisch vor sich hin.

Wer, um alles in der Welt, waren die Verräter, von denen Fireburn gesprochen hatte? Wie real war die Uranbombe? Konnte sie tatsächlich eine ganze Stadt vernichten? Und hatten Morgenstein und Schwarzbeck sie tatsächlich geplant? Konnte das alles möglich sein?

Tom sah auf seine Armbanduhr. Es war bereits kurz nach 4 Uhr. Hektisch und verkrampft tippte er mit dem Zeigefinger auf seine Lippen und presste seine Augen zusammen.

Und Heckwaters? Heckwaters war tatsächlich nichts anderes als ein riesiger Bunker?

Das war alles zu viel, zu viel auf einmal!

Tom gähnte. Er war todmüde, aber viel zu aufgekratzt, um zu schlafen. Er hatte es versucht, aber ohne jeden Erfolg. Sein eigener heftiger Herzschlag hatte ihn wachgehalten.

»Wer sind diese verdammten ...?«

Ansatzlos sprang er auf und warf das Glas wuchtig gegen die Wand. Es zersplitterte krachend in mehrere Stücke. Das Wasser, das sich auf der Tapete verteilt hatte, tropfte langsam auf den Boden.

Tom drehte sich um, marschierte in den Flur und trat wuchtig mit dem nackten Fuß gegen die Kommode. Sofort schrie er laut vor Wut und Schmerz auf.

Er wollte sich darüber nicht den Kopf zerbrechen! Über nichts! Nicht über Catherine Fireburn, nicht über Agent Kentz oder Colonel Colpo, nicht über Mister Owen, nicht über Tobias Hoffmann, nicht über Professor Schwarzbeck oder Doktor Morgenstein und nicht über William Shakespeare, Iago oder Othello!

Und schon gar nicht über Österreich!

Tränen stiegen in seine Augen, aber Tom wischte sie sofort weg.

»Wer seid ihr?«, sagte er langsam vor sich hin und atmete laut ein und aus. »Wer seid ihr, ihr gottverdammten Verräter?«

Ein schrilles Klingeln ließ ihn zusammenzucken. Er fuhr mit weit aufgerissenen Augen herum – und verstand erst beim zweiten Klingeln, dass sein Telefon läutete.

»Ja?«, fragte Tom eilig, als er den Hörer abgenommen hatte und an sein Ohr drückte.

»Mister Wolf, entschuldigen Sie bitte die Störung zu dieser unchristlichen Stunde«, sagte eine Tom unbekannte männliche Stimme.

»Schon in Ordnung«, antwortete Tom vorsichtig.

»Im Auftrag von Mister Hoffmann soll ich Ihnen ausrichten, Sie mögen sich heute außerplanmäßig um 7 Uhr früh in Heckwaters einfinden.«

Tom zog seine Augenbrauen zusammen. Das war in weniger als drei Stunden.

»Hallo, sind Sie noch dran, Mister Wolf? Haben Sie mich verstanden?«

»Ja«, antwortete Tom sofort. »Um 7 Uhr in Heckwaters. Verstanden.«

»Mister Hoffmann entschuldigt sich ausdrücklich für das kurzfristige Arrangement. Gut, das wäre es auch schon. Ich hoffe, Sie finden noch etwas Schlaf bis 7 Uhr, Mister Wolf. Gute Nacht.«

Es klickte, und die Leitung war tot.

Tom atmete lange aus.

»Hier entlang, Sir«, sagte der mürrische Soldat und führte Tom zielstrebig durch den Gang auf der dritten unterirdischen Ebene in Atlas-East.

Tom prüfte mit regungsloser Miene seinen perfekten Windsor-Krawattenknoten, richtete seine Manschetten und blickte flüchtig auf seine schwarzen Halbschuhe hinab. Sie waren makellos sauber. Alles stimmte.

»Hier«, zischte der Unteroffizier und öffnete eine breite Flügeltür.

Tom betrat selbstbewusst einen großen ovalen Saal, in dem mehrere Reihen von leeren Stühlen um ein Gebilde platziert waren, das wie ein schwerer Altar wirkte: Auf zwei gewaltigen Sockeln aus Stein lag eine dicke Platte mit einer glatten, glasartigen Oberfläche, die von vier trichterförmigen silbernen Lampen angeleuchtet wurde.

Tom erkannte sofort Tobias Hoffmann, der in Gedanken vertieft auf das Gebilde blickte. Ein paar Meter von ihm entfernt saß Richard mit verschränkten Armen nachdenklich auf einem Sessel der ersten Reihe.

»Sie haben mich rufen lassen?«, fragte Tom, nachdem er sich geräuspert hatte.

Hoffmann und Richard sahen auf.

»Sehr gut, sehr gut.« Hoffmann war sichtlich erfreut und kam sofort auf Tom zu. »Das ging ja noch schneller, als ich dachte.«

Richard nickte Tom aufmunternd zu.

»Wir haben, sagen wir, ein kleines Problem, Tom«, erklärte Hoffmann.

»Ich verstehe«, sagte Tom kühl und kaschierte seine Aufregung.

»Um es kurz zu machen: Ich wurde gefragt, ob das Corps Ihre Dienste erneut in Anspruch nehmen darf.«

»Was soll das bedeuten?«, fragte Tom und blickte direkt in Hoffmanns Augen.

Hoffmann seufzte und schob seine runde Brille die Nase hinauf. »Das Corps musste leider feststellen, dass die Zusammenarbeit mit Doktor Morgenstein nicht so reibungslos verlaufen ist, wie wir es erwartet hatten. Er hat uns einiges verschwiegen.«

»Verschwiegen?«

»Sehen Sie, Doktor Morgenstein hat sich zu unserer großen Überraschung geweigert, sich über die relevanten Details seiner interessanten Arbeit mit unseren Experten hier in Amerika zu unterhalten. Es hat sich schließlich ein Verdacht aufgedrängt, der nun leider bestätigt wurde. Wir sind von Doktor Morgenstein betrogen worden.«

»Das müssen Sie mir schon genauer erklären.« Tom steckte demonstrativ seine Hände in die Hosentaschen.

Hoffmann lehnte sich an das massive altarartige Pult hinter sich. »Wir haben Morgenstein zur Rede gestellt, und er hat sofort ausgepackt. Er hat zugegeben, dass er die revolutionären Thesen seiner Arbeit nicht selbst verfasst, sondern dass er sie abgekupfert hat.«

»Was? Von wem? Von Schwarzbeck?«

»Nein, Mister Wolf. Professor Schwarzbeck weiß nichts davon, das hat uns Morgenstein glaubhaft versichert. In Wahrheit …«

»Warten Sie, warten Sie. Das alles hat etwas mit dieser Frau zu tun, wie hieß sie noch gleich …«

»Ihr Name ist Viktoria Baroq, richtig. Mister Owen hat Sie nach diesem Namen gefragt, unmittelbar nachdem Doktor Morgenstein ihn im Verhör preisgegeben hatte. Das ist mir bekannt.«

Das war also der Grund gewesen, warum Owen ihn von seinen ruppigen Handlangern so hektisch in den Wagen zerren hatte lassen und sich bei Tom nach diesem Fräulein Baroq erkundigt hatte.

»Unser Adam Morgenstein ist zwar ein heller Kopf«, sagte Hoffmann, »aber diese junge Viktoria Baroq ist das wahre Genie.«

»Und was ist mit ihr?«, fragte Tom angriffslustig.

»Mister Owen hat sofort einen Mitarbeiter der amerikanischen Gesandtschaft in Wien nach Baroq suchen lassen. Das gestaltet sich in diesen Tagen in Wien natürlich nicht allzu einfach, wie Sie sich vorstellen können. Bislang wissen wir nicht, wo sich Fräulein Baroq aufhält.«

Tom rührte sich nicht. »Mister Owen hat mich auch gefragt, ob ich etwas über ein rotes Buch weiß.«

»Richtig, richtig. Doktor Morgenstein hat im Verhör beteuert, dass Baroq ein kleines rotes Notizbuch besitzt, in dem sie all ihre Geistesblitze festgehalten hat. Baroq soll es wie einen Schatz gehütet haben, ihr ganzes wissenschaftliches Leben soll darin stecken. Morgenstein hat es ihr laut eigenen Angaben mehrmals unbemerkt für kurze Zeit abnehmen können und die darin beschriebenen Formeln und Ideen seitenweise abgeschrieben.«

Tom schüttelte den Kopf. Das konnte doch nicht wahr sein! Morgenstein ein Betrüger?

»Und flugs hat er das Ganze, sagen wir, zusammengefasst und Professor Schwarzbeck in Berlin als seine eigene Arbeit vorgelegt.«

»Sagenhaft.«

»Auch wenn Sie natürlich aus Gründen der Geheimhaltung nicht wissen dürfen, was die Arbeit von Doktor Morgenstein … ich meine, was die Arbeit von Viktoria Baroq konkret für uns bedeutet, Sie müssen mir glauben, Tom: Diese Arbeit ist es wert, große Risiken einzugehen.«

Tom knirschte mit den Zähnen. Dass er über die Uranbombe und das Geheimnis von Heckwaters bestens im Bilde war, konnte Hoffmann natürlich nicht wissen.

»Wir müssen diese Viktoria Baroq unbedingt finden«, sagte Hoffmann nachdenklich. »Und wenn wir das nicht können, dann ist dieses kleine rote Notizbuch unsere letzte Hoffnung.«

»Ich verstehe. Aber in diesen Stunden übernehmen die Deutschen die totale Kontrolle über Wien und ganz Österreich. Das Land liegt im Chaos.«

»Exakt. Und der Tumult des Übergangs liefert uns eine großartige Gelegenheit, uns unerkannt auf die Suche nach Viktoria Baroq zu machen.«

»Und Sie wollen, dass ich das tue?« Tom hörte die Worte von Catherine Fireburn in seinem Kopf widerhallen.

»... In Kürze werden ungewöhnliche Dinge passieren ...«

»Wir wollen, sagen wir, so wenige Menschen wie möglich in diese delikate Angelegenheit einweihen. Sie, Mister Wolf, sind in diese Sache von Anfang an involviert gewesen.«

»... Verhalten Sie sich vorsichtig, wenn Sie überleben wollen. Seien Sie misstrauisch ...«

»Und genau deswegen hat man mich als Ihren Vorgesetzten gefragt, ob das Corps Ihre Dienste wieder in Anspruch nehmen darf, Tom.«

»Aha«, brummte Tom mit verbissener Miene.

»Aber ich habe sofort abgelehnt.«

»Was?«, fragte Tom und machte einen Schritt zurück. Er war völlig überrascht.

»Ganz richtig. Ich habe das Ansuchen abgelehnt. Nach Ihrer Erfahrung mit Operation *Iagonum* hielt ich es für eine wahnwitzige Idee, Sie erneut für eine Aufgabe zu verwenden – ohne Ihre eigene Zustimmung.«

Tom kniff die Augen zusammen. Das hatte er nicht zu hören erwartet. »Das heißt, ich kann einfach Nein sagen, und das war's?«

»Ganz genau. Es ist einzig und alleine Ihre Entscheidung. Das ist das Corps Ihnen einfach schuldig. Eine Ablehnung wird für Sie keinerlei Konsequenzen haben.«

Tom verlagerte sein Gewicht abwechselnd von einem Bein auf das andere.

»Was genau würde passieren, wenn ich tatsächlich ablehnen würde?«, fragte Tom misstrauisch und blickte zu Richard hinüber, der die ganze Zeit über nicht ein einziges Wort gesagt hatte.

Hoffmann lachte leise. »Nun, dann würde, genau wie Sie es offenbar vermuten, Lieutenant Beckers für Sie einspringen. Er wird aber in jedem Fall an dieser Operation teilnehmen.«

»Bitte?«

»Für den Fall, dass Sie Ja sagen, habe ich eine zweite Bedingung gestellt, Tom. Ich habe gefordert, dass man Ihnen dieses Mal einen erfahrenen Agenten zur Seite stellt. Dieser Vorschlag ist akzeptiert worden, zumal ohnehin die vierte der fünf Prüfungen der Corps-Ausbildung eine einfache Feldmission unter Führung eines gestandenen Profis vorsieht. Es würde in Ihrem Fall also nur vorgegriffen werden. Zum zweiten Mal.«

Tom blickte vorsichtig zu Richard. Der nickte nur wieder entspannt.

»Ich verstehe«, sagte Tom und sah zu Boden. Blitzschnell überlegte er.

Owen hatte ihn also in den Wagen gezerrt und über Viktoria Baroq und ihr rotes Notizbuch befragt, weil Morgenstein sich als ein Betrüger entpuppt hatte. Das war aber alles passiert, bevor Tom von Catherine Fireburn gewarnt worden war. Bedeutete das daher, dass Fireburns Warnungen nichts mit dieser Angelegenheit zu tun hatten?

Tom blickte vorsichtig zu Hoffmann hinüber. Konnte Tobias Hoffmann Tom etwas Böses wollen? War er einer der Verräter?

Nein, das war undenkbar. Der Mann hatte Tom zum Corps geholt. Und hätte er Tom schaden wollen, hätte er in den letzten Monaten schon reichlich Gelegenheit dazu gehabt. Nein, Hoffmann stand eindeutig auf Toms Seite.

Tom spürte, wie seine Handflächen schweißnass wurden. Wien, wieder Wien …

»Weiß Agent Kentz von Viktoria Baroq?«, fragte Tom laut.

»Wir haben es ihm nicht verraten«, antwortete Hoffmann. »Und wir haben es auch nicht vor, bis diese Sache abgeschlossen ist. Das FBI bleibt außen vor.«

Tom nickte, machte einen halben Schritt nach vorn und blickte zu Richard hinüber. Zu glauben, dass dieser Tom dem Tode ausliefern würde, war einfach absurd.

Nein, diese Sache war nicht das, wovor Fireburn ihn gewarnt hatte: Agent Kentz und das FBI hatten Tom damals in die Bredouille gebracht. Der schleimige Kentz war es, ihm musste Tom misstrauen. Ja, so musste es sein, es gab gar keine andere Möglichkeit. Catherine Fireburn hatte den Namen des FBI-Agenten nur nicht offen ausgesprochen, wahrscheinlich weil ihr eine offene Denunziation selbst nicht geheuer gewesen war. Schließlich hatte sie selbst gesagt, dass sie alles riskierte, indem sie Tom warnte. Fireburn hatte einfach Angst.

»Wo ist Mister Owen?«, fragte Tom.

»Er befindet sich in diesem Augenblick auf dem Weg nach Europa. Er wird sich heute von Italien aus nach Villach durchschlagen, einer Kleinstadt in Südösterreich, wo die Eltern von Viktoria Baroq leben. Aber das würde uns zu unserem Plan führen, Mister Wolf.«

Hoffmann schob seine Brille wieder den Nasenrücken hinauf. Er fühlte sich sichtlich unbehaglich. »Wir müssen jetzt, sagen wir, zu der entscheidenden Frage schreiten, Tom.«

Für eine ganze Minute herrschte Stille.

»Also«, begann Tom zaghaft, »was, wenn ich tatsächlich Ja sage?«

»Kommen Sie.« Hoffmann lächelte und winkte sowohl Tom als auch Richard herbei. »Treten Sie näher. Sie beide.«

Während Tom den Tisch neugierig betrachtete, stellte sich Richard hinter Tom und klopfte ihm wortlos auf die Schulter.

»Einen Moment.« Hoffmann zog an einem kleinen Hebel. Tom beugte sich nach vorn über die glänzende Glasplatte, unter der plötzlich mehrere Lichtquellen aufflammten und eine Landkarte hell erleuchteten. Die zeigte Mitteleuropa.

»Der Deckname dieser Aufgabe lautet *Red Rush.*« Hoffmann zog einen Teleskopstab aus seiner Jackentasche. »Wir werden Sie beide durch die Schweiz schleusen. Von dort werden Sie ein Automobil nehmen und damit bis nach Wien fahren. Das ist unserer Einschätzung nach am schnellsten und sichersten in diesen Tagen.«

Hoffmann ließ die Spitze des Stabes auf der Karte durch die ganzen Alpen in Richtung Osten wandern.

»Die Wehrmacht, die SS, die Gestapo und auch die Schläger der SA übernehmen die Ordnungsgewalt im ganzen Land, aber Sie sollten schon durchkommen. Wir kümmern uns um eine passende Legende. Während Sie beide sich dann spätestens am Dienstag in Wien nach Viktoria Baroq und ihrem roten Buch umsehen, wird Mister Owen in Villach das Elternhaus von Baroq unter die Lupe nehmen.«

»Einen Moment bitte«, unterbrach ihn Tom. »Sie haben gesagt, dass Sie uns über die Schweiz einschleusen wollen. Aber wie bringen Sie uns dorthin? Abgesehen davon: Heute ist Samstag. Wie sollen wir bis Dienstag in Wien sein? Selbst mit dem schnellsten Dampfer dauert die Überfahrt über den Atlantik alleine vier Tage.«

Hoffmann lachte leise.

»Der Teil wird dir besonders gut gefallen, Kumpel«, bemerkte Richard grinsend.

79. CHUZPE UND COURAGE

SS-Untersturmführer Stefan Reitzle klopfte im Gehen auf die Schulter von Hans Quint. »Ich kann Ihnen nur noch mal gratulieren, Hans. Mit Ihnen macht die Arbeit wirklich Spaß.«

»Danke.« Quint nickte zufrieden mit hinter dem Rücken verschränkten Armen. Sie spazierten am Hotel *Adlon* vorbei in Richtung Westen über den Pariser Platz, der am Ende vom Brandenburger Tor flankiert wurde.

»Den Zugriff durchzuführen, war mutig und richtig«, wiederholte Reitzle. Das hatte er beim Abendessen zuvor bestimmt fünfmal betont. »Auch wenn es jetzt vielleicht danach aussieht, dass wir Wien in ein paar Tagen ganz unter Kontrolle haben – ich bin froh, dass wir Baroq still und heimlich aus diesem Trubel geholt haben. Und dass wir Mut bewiesen haben, wird unseren Karrieren auch nicht schaden, Hans.«

»Was werden Sie jetzt in Sachen Adam Morgenstein unternehmen?«

»Ich habe da ein paar Leute gesprochen«, gab sich Reitzle bedeckt und blieb bei einer Straßenlaterne stehen.

»Und?«

»Es ist sehr heikel«, sagte Reitzle leise. »Also wollen wir das nicht vertiefen, nicht wahr? Sie können sich auf jeden Fall sicher sein, Hans, dass wir uns um den Juden kümmern. Jetzt, wo wir dank dieses Telegramms wissen, wo er sich aufhält, gibt es Möglichkeiten.«

Quint nickte und blickte sich dann um. Ein paar Limousinen rollten hinter ihnen über das Pflaster auf das Brandenburger Tor zu.

»Wissen Sie, warum das hier ›Pariser Platz‹ heißt?«, fragte Quint.

»Nein«, gab Reitzle sofort zu.

»Es erinnert an eine Sternstunde der preußischen Geschichte, an die Eroberung von Paris 1814.«

»Ah, natürlich«, nickte Reitzle augenzwinkernd. »Da haben wir's Napoleon gezeigt, was?«

Quint blickte Reitzle direkt in die Augen. »Ich bin von der rechtlichen Legitimität unserer Aktion mit Fräulein Baroq nie überzeugt gewesen. Auch jetzt noch nicht. Und jetzt planen Sie offenbar auch noch etwas gegen Morgenstein, das alles andere als regelkonform und legal ist.«

»Nanana«, unterbrach Reitzle Quints Redefluss. »Das führt jetzt aber zu weit. Und überhaupt: Sie sorgen sich ja rührend um das Schicksal eines Juden, Hans.«

Quint hob sein Kinn, sagte aber nichts.

Reitzle lächelte. »Sehen Sie. Sie sind es in der Gestapo natürlich gewöhnt, sich strikt an Regeln und Gesetze zu halten. In solch höchst komplexen internationalen Angelegenheiten bewegt man sich aber nun mal zwangsläufig in einem rechtlichen Graubereich. So ist das eben. Wenn es Sie stört, Hans, dann vergessen Sie nicht, dass diese heiklen Dinge für Sie jetzt beendet sind. Betrachten Sie die Sache mit Fräulein Baroq als eine Exkursion oder eine Weiterbildung, hm?«

Quint musterte seinen Begleiter argwöhnisch, sagte aber nichts.

»Und, Mann«, legte Reitzle nach, »erfreuen Sie sich doch daran, dass wir es diesem Spion Theodor Wenters und den Amis so richtig gezeigt haben.«

Sie machten ein paar Schritte auf dem Fußweg.

»Wie hat sich Friedrich Hellwein eigentlich geschlagen?«, fragte Reitzle.

»Sehr gut«, antwortete Quint. »Die ganzen Monate hindurch hat er sich äußerst professionell verhalten. Ich habe bereits auf der Fahrt von der österreichischen Grenze hierher mit ihm darüber gesprochen, ob er Interesse daran hat, in die Gestapo zu wechseln.«

»Das klingt doch vielversprechend. Ich werde dem Jungen eine Empfehlung schreiben.«

Sie durchschritten das Brandenburger Tor und blieben auf der anderen Seite stehen.

»Ich wünsche Ihnen alles Gute, Hans.« Reitzle schüttelte Quint die Hand.

»Ihnen auch«, antwortete Quint zurückhaltend.

Als Reitzle schon ein paar Schritte in Richtung Norden marschiert war, drehte er sich noch einmal um und rief: »Ach ja: Können Sie mir ein gutes Restaurant in Wien empfehlen?«

Quint machte irritiert einen Schritt auf Reitzle zu.

»Wenn nichts dazwischen kommt«, erklärte Reitzle, »fliege ich am Montag mit einer Delegation des SD nach Österreich. Ich habe doch gesagt, unseren Karrieren wird diese Sache richtig guttun, hm?«

»Wenn nicht noch etwas dazwischen kommt?«, fragte Quint.

Reitzle sah auf seine Armbanduhr. »19.30 Uhr. In diesen Minuten soll die Vorhut der Wehrmacht angeblich schon in Wien eintreffen. Bislang sind die Österreicher schwer begeistert vom Einmarsch. Der Fahrzeugtross des Führers kommt zum Teil nur im Schritttempo voran, weil so viele Menschen jubelnd auf den Straßen stehen und feiern. Aber wer weiß, ob sich da nicht noch ein österreichischer General findet, der Widerstand leisten will.«

»Sieg Heil.« Quint hob seine Hand zum Gruß und wandte sich um.

»Und was mit Ihrem Daumen passiert ist«, rief Reitzle ihm hinterher, »werden Sie mir wohl auch jetzt nicht verraten, was?«

Quint ging, ohne eine Reaktion zu zeigen, einfach weiter. Er ballte nur seine rechte Hand fest zu einer Faust.

Schnicki, der Hund aus Holz, der vier Rollen anstelle von Beinen hatte, schoss regelrecht über das Parkett. Quint erkannte sofort das ratternde Geräusch, das dabei verursacht wurde.

»Hannah!«, rief Erika Quint und eilte durch den Flur. »Der Papa will doch seine Ruhe!«

»Ja, Mama«, antwortete die achtjährige Hannah und blieb sofort stehen. Verstohlen blickte sie durch die geöffneten Flügeltüren in das karg eingerichtete Arbeitszimmer ihres Vaters.

Hans Quint warf ihr einen strengen Blick zu. Sofort schnappte sich das Mädchen den Hund Schnicki und trug ihn wortlos ins Kinderzimmer.

Quint lehnte sich zurück. Es war so schön, wieder zu Hause zu sein.

Er beugte sich nach einer Weile über den Schreibtisch und griff nach seiner Gestapo-Dienstmarke. Vorsichtig ließ er sie in seiner Hand hin und her wandern. Das kleine Metallding, dessen Anblick allein ausreichte, um die meisten Menschen in Angststarre zu versetzen, hatte Quint während seines langen Aufenthaltes in Wien natürlich nicht bei sich getragen. Schließlich befestigte er die Marke routiniert mit der schmalen Kette an seinem Gürtel. Dann widmete er sich wieder den Briefen, die Erika in den vergangenen Monaten wie vereinbart auf dem Schreibtisch gesammelt hatte.

Er schnappte sich den Messingbrieföffner und schlitzte das nächste Kuvert auf. Es war eine Weihnachtskarte von seinen Eltern. Ohne lange nachzudenken, warf Quint sie in den Papierkorb neben sich, als seine Frau ins Zimmer trat.

»Der hier ist heute Morgen erst gekommen«, sagte Erika Quint und legte einen Umschlag oben auf den Briefstapel.

Quint griff sofort danach und nickte.

»Es ist schön, dass du wieder da bist, Hans. Sehr schön.«

Quint sah auf. Erika war eine wunderbare Frau, dachte er. Sie hatte sich offensichtlich für den heutigen Tag besonders fein zurecht gemacht und stärker geschminkt als sonst. Ihre braunen Haare glänzten sehr, sie hatte sie also wahrscheinlich extra gewaschen. Das rote Kleid war ihr liebstes, wie er wusste, und die hohen Schuhe trug sie nur selten, weil sie von ihnen schmerzhafte Blasen an den Füßen bekam. Auch die Halskette, die sie von ihren Eltern geschenkt bekommen hatte, legte sie nur zu besonderen Anlässen an.

»Es steht gar kein Adressat darauf«, fragte Quint verwundert und tippte auf den weißen Umschlag.

»Er ist heute Morgen von einem Kurier vorbeigebracht worden«, antwortete Erika Quint und verschränkte ihre Arme, sodass ihr Busen nach oben gedrückt wurde.

»Ich verstehe.« Quint riss den Umschlag nachdenklich auf, zog einen gelben Zettel hervor, entfaltete ihn und las eine mit einer Schreibmaschine verfasste Mitteilung:

Kriminalinspektor Quint: Der amerikanische Agent und Kontaktmann von Professor Josef Schwarzbeck, der sich im vergangenen Oktober unter dem Namen Theodor Wenters in Berlin aufgehalten und Ihre Aufmerksamkeit erregt hat, wird sich in der kommenden Woche an untenstehender Adresse einfinden.

Quints Augen weiteten sich. Erika Quint deutete die Gefühlsregung ihres Mannes richtig und machte auf dem Absatz kehrt. In solchen Situationen war es immer angebracht, ihn alleine zu lassen.

Hans Quint suchte hektisch die Nachricht ab. Es gab keinen Absender.

»Wer hat das vorbeigebracht, Erika?«, rief Quint scharf.

»Ein Bote«, antwortete seine Frau überrascht und blieb in der Tür stehen.

»Hat er gesagt, von wem er geschickt wurde?«

»Nein.«

»Nichts?«

»Nein, wirklich nicht, Hans. Ist es etwas … Schlimmes?«

Quint blickte wie gebannt auf die wenigen Zeilen der Mitteilung und las Wort für Wort die am Ende des gelben Zettels geschriebene Adresse.

»Hab' ich einfach nur großes Glück oder …?«, flüsterte Quint fassungslos.

Was hatte das zu bedeuten? Würde der Amerikaner Wenters tatsächlich an dieser Adresse auftauchen? Von wem stammte dieser Brief? Und wenn er echt war: Warum würde jemand Wenters verraten? Und warum würde man ihn an Quint verraten?

Quint legte seine rechte Hand auf die Tischplatte und ballte sie nervös zu einer Faust, entspannte sie sofort wieder, nur um sie wenige Augenblicke später wieder zu verkrampfen.

Er hörte gar nicht, dass sein Telefon läutete.

»Hans«, sagte Erika vorsichtig beim dritten Läuten.

Wie gehetzt sah er auf.

»Willst du nicht rangehen?«, fragte seine Frau mit überraschtem Blick. Doch Quint reagierte nicht darauf.

»Hans!«, schrie Erika böse.

Sofort wachte Quint aus seiner Erstarrung auf, schnappte sich den Hörer und fragte: »Ja?«

»Herr Kriminalinspektor, na, es wird auch Zeit. Warum lassen Sie mich so lange warten?«

Quint erkannte die Stimme sofort, sie ließ ihn jeden Muskel in seinem Körper sofort anspannen. Es war Ludwig Meyerling, der Vater des im vergangenen Sommer getöteten Heinrich Meyerling, der Quint mehr oder weniger gezwungen hatte, als Privatermittler den Mörder seines Sohnes ausfindig zu machen.

»Wie ich höre, sind Sie wieder in Berlin?«, rief Meyerling laut.

»Das ist richtig. Soeben wieder eingetroffen.«

»Und warum haben Sie sich noch nicht bei mir gemeldet?«, brüllte Meyerling.

»Ich …«

»Mir reicht es, Quint! Ich habe Ihnen von Anfang an gesagt, dass ich Sie mir vorknöpfe, wenn Sie die Sache vermasseln. Sie haben mich schwer enttäuscht!«

Quint sprang mit hochrotem Kopf von seinem Stuhl auf. »Ich habe Ihnen mehrfach geschildert, welchen Schwierigkeiten meine nicht offiziellen Ermittlungen …«

»Ersparen Sie mir diese Ausreden! Sie hatten jetzt fast neun Monate Zeit und haben nichts vorzuweisen!«

»Ich muss energisch widersprechen!«

»Versager haben immer 1000 Gründe parat, warum sie etwas nicht zuwege gebracht haben! Nein, nein, nein, es reicht mir. Ich werde mich in Kürze wieder mit meinem Freund treffen, dem Reichsminister Göring, und ihm einmal ganz ausführlich schildern, welch miserablen Kräfte unsere Gestapo da offenbar mitschleppen muss.«

Quint begann vor Wut zu zittern.

»Ehrbare Männer haben wenigstens den Anstand«, bellte Meyerling, »sich eine Kugel durch den Kopf zu jagen, wenn sie versagt haben!«

Am liebsten hätte Quint sich sofort in seinen Wagen gesetzt, wäre zur Villa dieses faulen Bonzen gefahren und hätte ihn eigenhändig zu Tode geprügelt. Aber Quint wusste, dass ihn selbst der Gedanke daran im Moment nur aufhielt. Blitzschnell überlegte er: Er musste jetzt unbedingt etwas tun, was ihm Zeit verschaffen würde.

»Sind Sie mit Ihrem theatralischen Gebrüll endlich am Ende?«, rief Quint, so laut er konnte. Zu seiner eigenen Überraschung war Meyerling offenbar von Quints Courage mundtot gemacht: Am anderen Ende der Leitung war es plötzlich still.

»Dann kann ich Ihnen ja erklären«, fügte Quint ruhig hinzu, »dass ich den Mörder Ihres Sohnes in Kürze festnehmen werde.«

»Was?«, schrie Meyerling nach ein paar Momenten.

Quint blickte zu Erika, die regungslos in der Tür stand und offenbar zutiefst verängstigt war.

Er setzte sich wieder auf seinen Stuhl und wog genauestens ab, was er als Nächstes sagen sollte. Es war natürlich völliger Unsinn, was er Meyerling da nun als Wahrheit verkaufen wollte, aber Quint hatte keine andere Wahl, war er überzeugt.

»Herr Meyerling, ich habe Ihnen gegenüber bereits im vergangenen Herbst meinen Verdacht erläutert, dass Ihr Sohn Opfer eines internationalen Spionagekomplotts gewesen ist.«

»Ja. Und?«

»Ihr Sohn wurde von einem amerikanischen Spion namens Theodor Wenters ermordet. Ich bin diesem Mann seit Monaten auf den Fersen …«

Quint zögerte einen Moment und griff nach dem gelben Zettel, der vor ihm auf dem Schreibtisch lag.

»… und kommende Woche werde ich ihn festnehmen.«

Sofort kniff Quint die Augen zusammen. Ihm war seine eigene Unprofessionalität zuwider, sich so sehr auf diese wenigen Zeilen eines völlig Unbekannten verlassen zu haben.

»Haben Sie Beweise?«, fragte Meyerling herrisch.

Nun war es zu spät für einen Rückzieher, wusste Quint. Er blickte seiner Frau in die Augen und antwortete ruhig: »Ja.«

Wenn er diesen Amerikaner erst einmal geschnappt haben würde, dachte Quint, würde es ein Leichtes sein, ihn in die Mangel zu nehmen und im Verhör jedes Geständnis der Welt aus ihm herauszubekommen. Quint wusste, dass er dazu in der Lage war.

»Nun«, sagte Meyerling nach einer Weile und schien deutlich ruhiger, »aber ich warne Sie, Herr Kriminalinspektor. Wenn das nur eine leere Versprechung gewesen ist, sind Sie endgültig dran. Ist das klar? Ich gebe Ihnen noch drei Tage Zeit. Und weil morgen Sonntag ist, will ich so nett sein, erst am Montag zu zählen anzufangen. Wenn Sie also am Mittwoch keine Ergebnisse vorweisen können …«

»Am Mittwoch haben Sie den Kopf des Amerikaners auf Ihrem Schreibtisch liegen, wenn Sie das wollen.« Quint knallte energisch den Hörer auf.

80. CESAR

Das silbergraue Ungetüm aus Metall wurde von den leichten Wellen auf und ab geschaukelt, am Bug schwappte das Wasser bis zu den runden Kabinenfenstern hinauf.

»Sie haben vielleicht von dem Schwesternboot gehört, Tom«, rief Hoffmann, als sie über den Holzsteg voranmarschierten. »Die

Caledonia ist letzten Sommer in knapp 15 Stunden von Irland nach Kanada geflogen.«

»Ich erinnere mich.« Tom krallte seine Hand fest um den Griff seines Koffers. Alle Zeitungen hatten die Geschichte damals gebracht. Nachdem die Zeppelinflüge wegen des Absturzes der Hindenburg eingestellt worden waren, gab es seitens vieler Gesellschaften Bestrebungen, endlich wieder den transatlantischen Flugverkehr zu beleben. »Eine *Sikorsky* von *PanAm* ist doch gleichzeitig die entgegengesetzte Richtung geflogen, nicht wahr?«

»Und hat, glaube ich, eine halbe Stunde kürzer gebraucht«, ergänzte Richard, der Tom auf dem schmalen Steg folgte.

»Sie müssen sich also gar keine Sorgen um Ihre Sicherheit machen«, beteuerte Hoffmann und lächelte aufmunternd. »So ein Transatlantikflug ist, sagen wir, keine riskante Pionierleistung mehr.«

Tom betrachtete konzentriert die Mechaniker in Blaumännern und die Crewmitglieder in den Uniformen der *Imperial Airways*, wie sie sich emsig an dem *Short S.23 Empire*-Flugboot zu schaffen machten. Das Wetter war gut, die Sonne ließ die metallene Hülle glänzen. Zwischen dem Hauptflügel und dem ganz unten angebrachten Stummelflügel, der das Flugboot im Wasser stabilisierte, las Tom den Namen der Maschine: *Cesar*.

»Der Flug der *Caledonia* letzten Sommer war aber nur ein Experiment«, gab Tom zu bedenken und blieb stehen.

»Nur keine Bange, mein Junge«, sagte Captain Rourke, der plötzlich hinter ihnen auftauchte. Hoffmann hatte Richard und Tom mit dem britischen Piloten und seiner insgesamt vierköpfigen Mannschaft wenige Minuten zuvor im kleinen Bootshaus am Rande des Hafens von Baltimore bekannt gemacht. Rourke war ein vielleicht 50-jähriger Mann mit konzentriertem Blick, dessen markantes Gesicht von einem eleganten grauen Schnurrbart dominiert wurde. Rourke hatte sofort einen ruhigen und besonnenen Eindruck gemacht.

»Der Flug ist mit dieser Maschine keine große Herausforderung«, erklärte er und nickte erst Richard und dann Tom zu. »Wir nehmen nur Sie beide als Passagiere mit, daher haben wir Platz für Extratanks. Das macht den Flug zwar ziemlich unwirtschaftlich, aber unsere Reichweite ist gewaltig.«

Richard schob seinen Hut zufrieden ein Stück nach oben. »Klingt einleuchtend.«

»Wir starten, wenn Sie bereit sind, Gentlemen.« Rourke schüttelte Hoffmann zum Abschied die Hand und eilte das letzte Stück zum Flugboot, wo sein Co-Pilot schon wartete.

»Unwirtschaftlich ist dieser spezielle Flug für *Imperial Airways* bestimmt nicht«, sagte Hoffmann zu Tom und schmunzelte, als Rourke außer Hörweite war. »Auf zwei Tickets umgerechnet ist das bestimmt der teuerste Flug aller Zeiten, den das Corps sich da leistet.«

»Eine einzigartige Sache, was?«, lachte Richard und folgte Rourke. »Ich werde uns mal zwei Plätze reservieren, Tom.« Richard blickte über seine Schulter und zwinkerte Tom zu.

»Sie haben Owen auch so rübergebracht?«, fragte Tom unsicher. Seine Anspannung konnte er nicht lösen, seine Stimme vibrierte beinahe.

»Ja, wir haben insgesamt zwei Flugboote gechartert, die *Cesar* und die *Cloe*. Mister Owen, ein weiterer Agent und deren Einsatzleiter haben die Maschine gestern genommen. Und sie sind alle drei problemlos in Europa angekommen.«

Tom rang sich zu einem Lächeln durch.

»Alles Gute, Tom.« Hoffmann streckte seine Hand aus. Tom schüttelte sie kräftig.

Als ein Mann vom Bodenpersonal Tom in die Einstiegsluke helfen wollte, drehte sich Tom noch einmal um, begann zu grinsen und rief Hoffmann zu, der auf dem Steg stehen geblieben war: »Bosheit zeigt nach und nach erst ihr Gesicht, nicht wahr? Das gilt aber wohl nicht für diese Flugboote.«

Hoffmann lächelte. »Ich hoffe nicht.«

»Von wem stammt dieser Spruch eigentlich?«, rief Tom, gerade als der junge Mann von *Imperial* die Luke schließen wollte.

»Das ist Shakespeare«, antwortete Hoffmann laut. »Es stammt aus Othello.«

Toms Gesicht wurde kreidebleich.

»Sir, wir würden jetzt gerne zumachen«, sagte der Mann von *Imperial* ungeduldig.

»Okay«, antwortete Tom so leise, dass er es selbst kaum hörte.

Als die vier *Pegasus*-Motoren aufheulten und Tom sowie Richard sich angeschnallt hatte, starrte er nervös aus dem runden Seitenfenster. Hoffmann stand regungslos auf dem Steg und beobachtete, wie die *Cesar* sich langsam in Bewegung setzte und durch das Wasser pflügte.

»Jetzt beruhige dich doch endlich«, forderte Richard ihn belustigt auf. »Das ist ja langsam echt peinlich. Wird schon alles gut gehen. Hm?«

Tom nickte langsam.

»Die Einrichtung ist allerdings alles andere als luxuriös.« Richard betrachtete das karge Interieur um sie herum. Die Bordwände waren zum Teil kaum verkleidet, der Boden mit rauen Platten belegt. Zur Gewichtsreduzierung waren alle Holzvertäfelungen, Plüschsofas und andere Annehmlichkeiten, die in den anderen Flugbooten dieses Typs eigentlich Standard waren, in die *Cesar* gar nicht erst eingebaut worden.

»Aber wenigstens müssen wir nicht stehen, was?«, lachte Richard und klopfte auf seinen relativ bequemen Sitz.

»Ja.« Tom sorgte sich keineswegs mehr um den Flug.

Er hatte ein ungeheuer schlechtes Gefühl.

... Es stammt aus Othello ...

Das konnte doch kein Zufall sein! Hatte Catherine Fireburns Warnung doch dieser Operation gegolten, hatte sie ihn vor *Red Rush* gewarnt? Dass *Iagonum* zur Hälfte nach einem Protagonisten aus *Othello* benannt war, wie Fireburn ihm verraten hatte, konnte doch kein Zufall sein! Herrje, war Hoffmann doch ein Verräter? Warum, zum Teufel, hatte Hoffmann ihm damals, als Tom im Herbst zur Operation *Iagonum* aufgebrochen war, ein Zitat aus

Othello mit auf den Weg gegeben? Um ihn zu warnen? Oder um ihn zu verhöhnen, weil Hoffmann davon ausgegangen war, dass Tom es ohnehin nicht richtig deuten hätte können?

Nach wenigen Momenten wendete die *Cesar* und stellte die Nase in den Wind.

»Ich kann's kaum erwarten.« Richard blickte auf seine Armbanduhr und winkelte seine Beine an. »15 Stunden über den Atlantik, plus ein paar mehr fürs Drumherum.«

Aber warum hatte Catherine Fireburn nicht den Decknamen *Red Rush* erwähnt? Warum, um alles in der Welt, hatte sie ihn nicht genau vor dieser Sache gewarnt? Warum nicht?

Ein Ruck ging durch das Flugboot, und unter ohrenbetäubendem Lärm schnellte die *Cesar* nach vorn.

»Juhu!«, rief Richard begeistert. »Das ist ja noch heftiger, als ich gehofft hatte!«

Tom spürte, wie Schweiß seine Stirn hinabrann.

Jetzt geht es los, sagte er sich und schloss die Augen.

V.

81. UNMITTELBAR

Sonntag, 13. März 1938

Sarah schlenderte über den Trampelpfad den Metallzaun entlang.

Als sie eine der wenigen Stellen erreichte, an denen der Sichtschutz schlampig montiert worden war, lugte sie unauffällig im Gehen durch die Lücke. In Bruchteilen einer Sekunde prägte sie sich genau ein, was sie gesehen hatte.

Es werden weniger, stellte Sarah in Gedanken fest, nachdem sie die Maschinen gezählt hatte.

Der Münchner Flughafen Oberwiesenfeld war in den vergangenen drei Tagen ein reichlich hektischer Ort gewesen. Am Freitag hatten auf dem Platz einige Dutzend Transportflugzeuge der Luftwaffe auf ihren Abflug gewartet, auch einige *JU52*-Maschinen hatten sich darunter befunden. Zwei davon waren in der Nacht auf Samstag dann in Richtung Wien geflogen. Sarah hatte sich als gewöhnliche Passagierin ausgegeben und einen gleichermaßen neugierigen wie angeberischen Bediensteten des Flughafens solange mit ihrem Charme bezirzt, bis der ihr verraten hatte, dass er unter den ausschließlich ranghohen Fluggästen der ersten Maschine den Reichsführer SS Heinrich Himmler und den Chef der Sicherheitspolizei Heydrich erkannt hatte. Eine Eskorte bestehend aus vielleicht zwei Dutzend Hünen in SS-Uniformen, ausgerüstet mit Gewehren und Pistolen, hatte die zweite Maschine genommen.

Hoffentlich hatte das ICG mit dieser Information etwas Sinnvolles anstellen können, dachte Sarah und steuerte auf dem Feldweg nach rechts, um in einer lang gezogenen Kreisbewegung in vielleicht ein bis zwei Stunden zum Flughafen zurückzukehren. Zu lange wollte sie sich nicht mehr dort aufhalten, außerdem musste sie ihr Aussehen wieder ein wenig verändern. Wenn sie jemand schon beobachtete, würde sie sich zwar nicht retten können, indem sie sich nur einen anderen Hut aufsetzen oder ihren Mantel wenden würde, aber den flüchtigen Blick einer gelangweilten Wache konnte man so täuschen.

Sarah gähnte. Sie hatte in den vergangenen Tagen nicht viel geschlafen.

Freitag früh hatte die ICG-Station in München ein privates Telefongespräch einer Sekretärin des österreichischen Generalkonsuls in München abgehört. Die hatte eine Freundin völlig aufgelöst angerufen und beklagt, ihre Stelle wahrscheinlich schon in Kürze zu verlieren. Ihr Chef hatte nämlich Andeutungen gemacht, dass der Angriff des Deutschen Reichs auf Österreich unmittelbar bevorstand. Das Konsulat würde dann ja nicht mehr gebraucht, hatte sie gemutmaßt. Und das Corps hätte das nur bestätigen können. Im ganzen Umland von München hatten die Agenten der Corps-Station Straßensperren der Wehrmacht bemerkt. Sogar einige der brandneuen Autobahnen, über die die amerikanischen Zeitungen so oft schwärmerisch berichteten, waren blockiert worden. Die Lastwagen und Panzer des Heeres waren in Richtung österreichische Grenze gerollt.

Und am Samstag hatte schließlich auch Sarah den Höhepunkt der Aktivitäten auf dem Flugfeld Oberwiesenfeld zu vermelden gehabt. Um kurz nach 10 Uhr morgens war die Maschine mit dem Führer angekommen.

Sarah bog hinter einem Bauernhaus links ab und ging zwischen zwei Äckern direkt auf ein kleines Wäldchen zu.

Als Sarah eine Kneipe in einem nahegelegenen Ort aufgesucht hatte, um ihrem Chef Henry Foy telefonisch von der Landung und der sofortigen Weiterfahrt des Reichskanzlers zu berichten, hatte sie im Radio gehört, wie Goebbels die Proklamation des Führers verlesen hatte. Sarah konnte sich an die Worte noch gut erinnern.

»Ich habe mich daher entschlossen«, hatte Goebbels gegen Ende verkündet, »den Millionen Deutschen in Österreich nunmehr die Hilfe des Reiches zur Verfügung zu stellen. Seit heute Morgen marschieren über alle Grenzen Deutsch-Österreichs die Soldaten der Deutschen Wehrmacht. Es lebe das nationalsozialistische Deutsche Reich!«

Der Wirt in der Kneipe hatte sich selbst sofort einen Schnaps eingeschenkt, erinnerte sich Sarah.

Plötzlich blieb sie stehen. In vielleicht 20 Metern Entfernung kam ihr ein Mann entgegen. Sofort hatte sie erkannt, wer er war, und das beunruhigte sie umso mehr.

»Guten Tag«, grüßte Sarah den kräftigen Mann freundlich, als er in Hörweite war. Er trug eine Tweedjacke mit Flicken auf den Ellbogen und hob seinen Hut zum Gruß, um den Anschein eines zufälligen Treffens zu vermitteln.

»Sarah«, flüsterte Henry Foy leise, »bin ich froh, dass ich Sie so schnell gefunden habe. Kommen Sie mit.«

Sarah gehorchte. Sie steckte ihre Hände in die Taschen des Mantels, und während sie neben Foy den Weg entlangmarschierte, spürte sie, wie ihr Herz schneller schlug. Was war los?

»In Heckwaters müssen alle wahnsinnig sein«, stieß Foy hervor.

»Wieso? Was ist passiert?«

»Als ob wir nicht schon genügend Schwierigkeiten hätten ... Es sind noch vielleicht 100 Meter, ich habe meinen Wagen beim Waldrand geparkt.«

»Hank«, sagte Sarah leise, aber mit scharfem Unterton. Foy zuckte zusammen, als er seinen Spitznamen hörte. »Was ist los?«, fragte Sarah.

»Wie es aussieht«, antwortete Foy zögerlich und blieb stehen, »muss ich dich so schnell wie möglich nach Wien schaffen.«

»Was?«, fragte Sarah überrascht.

82. STERNE IN DER SCHWEIZ

Montag, 14. März 1938

»Arrêt ici, oui. Merci.«

Richard klopfte dem Taxifahrer auf die Schulter und reichte ihm einen Geldschein, als sie den Bahnhof Cornavin ganz in der Nähe des Zentrums von Genf erreichten.

Als das Taxi davonbrauste, blickte Tom auf eine riesige weiße Uhr, die zwischen zwei Säulen an der fast schnörkellosen grauen Steinfront des Bahnhofs hing. Es war mitten in der Nacht, 2.30 Uhr.

»Hier entlang.« Richard ging über eine menschenleere Straße voran.

Toms Kopf dröhnte. Der stundenlange Lärm der Propeller hatte sich regelrecht in seine Ohren gebrannt. Nach dem Flug über den Atlantik und den beiden Anschlussflügen nach Paris-Le Bourget und von dort weiter nach Genf wünschte er sich nun nichts sehnlicher, als sich in ein gemütliches Bett legen zu können.

»Wir haben's gleich geschafft«, flüsterte Richard und gähnte, als er hinter einer geschlossenen Tischlerei stehen blieb. Er griff in einem Hauseingang eines etwas verfallen wirkenden Hauses unter einen Briefkasten.

»Komm schon«, sagte er, dann klickte es. Der Briefkasten öffnete sich ein kleines Stück, sodass Richard hineingreifen konnte. Er holte einen Schlüssel heraus und schloss damit wortlos die Eingangstür auf. Schweigend stiegen sie eine wackelige Holztreppe nach oben. Die Farbe blätterte von den Wänden, und es roch nach Staub.

»Nicht sehr groß«, bemerkte Richard, als er Tom im zweiten Stock in eine kleine Wohnung führte, »aber es reicht für uns allemal.«

Die Einrichtung der Corps-Unterkunft in Genf war spartanisch, aber grundsolide. Richard zeigte Tom ein Schlafzimmer. Neben einem schmalen Bett standen auf einem Beistelltischchen eine Gaslampe und ein Wecker. »Ich bin nebenan. Das Bad ist dort drüben. Gute Nacht.«

Tom warf seine Reisetasche in die Ecke, legte sich sofort auf das Bett und stellte mit letzter Kraft den Wecker auf 5.30 Uhr. Er schlief sofort ein.

Ein schrilles Läuten veranlasste Tom, mit weit aufgerissenen Augen nach oben zu schnellen.

Schweiz, Genf, richtig, dachte Tom und rieb sich den Schlaf aus den Augen. Klingelnd bewegte sich der vibrierende kleine Wecker immer dichter auf die Tischkante zu. Nur ein paar Sekunden später fiel er in Richtung Boden, schlug krachend auf und verstummte sofort.

Um kurz vor 7 Uhr bestiegen Tom und Richard am Bahnhof Cornavin einen der vielen schwarz-grün lackierten Waggons jenes Zuges, der sie innerhalb weniger Stunden bis nach Sankt Gallen bringen sollte.

Tom kannte die Strecke zum Teil, war er doch knapp ein halbes Jahr zuvor schon in entgegengesetzter Richtung hier entlanggekommen, als er von Zürich nach Marseille gefahren war.

»Hier, Tom, ich habe ein paar Zeitungen besorgt«, stieß Richard hervor, als sie das Nordwestufer des Lac Léman, des Genfer Sees, entlangrollten. »Das ist nicht die neueste Ausgabe des *Washington Herald*, aber ich rechne gleich mal.«

Tom schlug konzentriert ein schweizerisches Blatt auf, lehnte sich in seinem bequemen Sitz zurück und seufzte.

»Was ist?«, fragte Richard abwesend.

»Überhaupt keine Gegenwehr in Österreich.«

»Ach so, das.«

»Schau her, das ist der Empfang in Linz.« Tom tippte energisch auf ein großes Foto in der Zeitung. Es zeigte eine gewaltige Menschenmenge, die vor dem Linzer Rathaus dem Führer zujubelte. Auf dem Balkon erkannte Tom neben dem deutschen Reichskanzler auch den neuen österreichischen Bundeskanzler Arthur Seyß-Inquart und den SS-Chef Heinrich Himmler.

»Er will«, las Tom kopfschüttelnd vor, »den Millionen Deutschen in Österreich die Hilfe des Reiches zur Verfügung stellen. Herrje. Als ob er ein guter Samariter wäre. Das ist so fadenscheinig! Und die jubeln ihm auch noch zu, während er sie belügt. Alle!«

»Na ja«, sagte Richard beiläufig und vertiefte sich wieder in seine Rechnung. »Ich glaube, das nehmen die meisten billigend in Kauf, wie es so schön heißt.«

»Hör dir das an: ›Unser Korrespondent wurde an diesem Tag in Linz Augenzeuge von schier unendlichen Beifallsstürmen und grenzenloser Euphorie.‹ Ist das zu fassen?«

»Gut, alles in Ordnung.« Richard legte den *Washington Herald* auf seinen Nachbarsitz. »Kein Abbruch.«

»Kanzler Seyß-Inquart hat gestern offenbar schon ein Gesetz zur Wiedervereinigung Österreichs mit Deutschland unterschrieben«, las Tom weiter, ohne Richards Einwurf überhaupt zu registrieren.

»Echt?«, fragte Richard überrascht.

»Jetzt ist wohl kaum noch mit Widerstand zu rechnen«, stellte Tom resignierend fest und reichte Richard die Zeitung. »Dabei ist das alles ein riesiger Irrsinn!«

Richard überflog die Seite und legte das Blatt schließlich zur Seite. »Man muss der Realität ins Auge blicken, Tom. Bestimmt nicht alle, aber der Großteil der Österreicher hat offensichtlich genug von Schuschnigg und seiner Vaterländischen Front. Die wollen einen Wechsel, und zwar schleunigst. Und sie glauben, dass der Nationalsozialismus die Lösung ist, weil er in Deutschland ihrer Meinung nach großartig funktioniert. Nein, Tom, die glauben ganz und gar nicht, dass sie einem Irrtum erliegen.«

»Ich bin jedenfalls froh, dass meine Eltern vor Jahren nach Amerika ausgewandert sind und ich diesem Wahnsinn entkommen bin.«

»Was wäre wohl passiert, wenn dieser böhmische Gefreite mit dem kleinen Bärtchen den ganzen antisemitischen Mist nicht in

Deutschland, sondern bei uns in Amerika verzapft hätte? Im Ernst, was, wenn der Führer nicht in den Bierkellern von München, sondern in New York groß rausgekommen wäre? Überlege mal. Was wäre dann wohl passiert, wenn er mitten in Manhattan am Times Square gegen die jüdischen Banker der Wallstreet gewettert hätte, die, was weiß ich, die unser Land damals an diesem Schwarzen Freitag vielleicht mit Absicht in die Katastrophe gestürzt haben, oder so ähnlich?«

»So einen Schwachsinn hätte ihm in New York keiner abgekauft«, sagte Tom reflexartig und blickte stur aus dem Fenster.

»Vielleicht. In Deutschland haben die ihm auch das Märchen abgekauft, dass die Juden schuld an der Niederlage der Deutschen im Weltkrieg waren.«

Tom schwieg.

»Da ist Ziss«, stellte Richard fest, als ihr Zug im Hauptbahnhof von Sankt Gallen einfuhr. Er zeigte auf den großen blonden Schweizer, der auf dem Bahnsteig wartete.

Tom knirschte mit den Zähnen. »Den kenne ich schon.«

Valentin Ziss begrüßte die zwei mit zurückhaltender Freundlichkeit. Er wirkte in seinem dunklen Anzug, seinem gestreiften Hemd und der dunklen Krawatte ganz so, als wäre er ein Anwalt, der zwei seiner Mandanten abholte. »Kommen Sie, mein Wagen steht gleich um die Ecke.«

Tom ließ den Schweizer nicht einen Moment aus den Augen, als sie die Straße überquerten und im leichten Nieselregen in eine Sackgasse einbogen.

Valentin Ziss hatte ihn damals im Herbst nicht betrogen, das wusste Tom. Das hatten andere getan. Aber trotzdem traute Tom dem Mann einfach nicht über den Weg.

Ziss chauffierte sie in einer relativ alten Opel-Limousine aufs offene Land hinaus.

»Die Sonne kommt ein wenig heraus«, bemerkte der Schweizer, als sie mit geringer Geschwindigkeit auf einen holprigen Landweg einbogen.

»Ja, sieht so aus«, pflichtete Richard bemüht höflich bei und blickte in die Wolken. Tom sagte kein Wort. Sie hatten kaum Platz in den engen Sitzen, und sein Rücken machte ihm zu schaffen.

Ziss bog von der schmalen Allee in die Einfahrt eines verlassen wirkenden Bauernhofs ein. Der Motor erstarb auf einem von Gras überwucherten Hof. Das Hauptgebäude neben der Scheune wirkte verfallen, einige Fensterscheiben waren eingeschlagen.

»Ich habe in der Stube alles vorbereitet«, erklärte Ziss und stieg aus. »Wenn Sie mir bitte folgen würden?«

Nach nur zehn Minuten hatte Tom sich verwandelt: Er trug nun in Deutschland hergestellte Unterwäsche, einen grauen Nadelstreif eines englischen Schneiders, der ein exklusives Geschäft in Düsseldorf hatte, ein weißes Hemd mit dazu passender Seidenkrawatte aus Frankreich, sowie bequeme italienische Lederschuhe und einen gut sitzenden *Fedora*-Hut. Als er aus dem Gebäude wieder auf den Hof trat, richtete Tom seine Gürtelschnalle ein letztes Mal gerade und knöpfte sich seinen schwarzen Mantel zu, in dessen Innenfutter an manchen Stellen beinahe unmerkliche Unebenheiten zu ertasten waren.

»Ist alles zu Ihrer Zufriedenheit?«, fragte Ziss, der vor einem Holztor auf der anderen Seite des Hofes stand.

»Bestens.« Tom prüfte ein letztes Mal, ob seine neue Brieftasche samt allen gefälschten Dokumenten in seiner Innentasche steckte.

»Sehr schön. Ich habe Ihr neues Reisegepäck bereits in den Wagen geladen.«

Tom ging sofort auf den grünen Opel zu.

»Nein, Herr Wallstrom«, stellte Ziss klar und lächelte, »ich habe für Sie beide einen schnelleren Wagen besorgt.«

Während Ziss ein Vorhängeschloss am Garagentor aufsperrte, trat Richard hinter Tom auf den Hof. »Mist«, fluchte er und zupfte an seiner Kleidung, »ich glaube, meine Hose ist ein Stück zu kurz. Charlize hat Ziss bestimmt mit Absicht die falsche Größe geschickt. Dieses hinterlistige Luder!«

»Was für ein Wagen?«, fragte Tom, der Richard gar nicht gehört hatte, und machte ein paar vorsichtige Schritte nach vorn.

»Er wird Ihren Anforderungen entsprechen.« Ziss schob das Tor mit einem kräftigen Ruck langsam nach oben.

»Einen Moment«, rief er und schlüpfte unter dem Tor hindurch in die Dunkelheit. Nur einen Augenblick später ertönte der satte Lärm eines Motors, und ein blank polierter runder Stern blitzte in der Dunkelheit vor ihnen auf. Richard klopfte Tom auf die Schulter. Links und rechts von einem schmalen Kühlergrill leuchteten kreisrunde Scheinwerfer. Auch wenn Tom sich mit europäischen Automobilen nicht so gut wie mit amerikanischen auskannte, das hier war ihm vertraut.

»Wo haben Sie das gute Stück denn aufgetrieben?«, rief Richard, als Ziss ganz langsam den Mercedes-Benz aus dem Versteck hinausrollen ließ. Hinter der beeindruckend langen Motorhaube blitzte die von Chrom umrandete Frontscheibe in der Sonne auf. Die Vorderradverkleidungen schimmerten dunkelgrün und glitten an den Seiten des Sportwagens wie eine Welle hinab, formten eine fließende Trittfläche unter den Türen, um sich dahinter wieder aerodynamisch als eine elegante Schale um die Hinterräder zu legen.

»Mercedes-Benz, 320 Cabriolet«, verkündete Ziss, als er wenige Zentimeter vor Toms Beinen abgebremst hatte. »Sechs Zylinder, 78 PS bei einem Hubraum von 3200 Kubikzentimeter. Wenn ich es mir richtig gemerkt habe. Spitzengeschwindigkeit: 126 Kilometer in der Stunde. Für Ihre Zwecke angemessen.«

»Angemessen?«, fragte Tom. »Mir gefällt sogar die Farbe.«

Ziss winkte Richard herbei. »Ich zeige Ihnen, wie man das Verdeck öffnet.«

»Jetzt mal im Ernst, Herr Ziss«, fragte Richard, »wo haben Sie den her?«

Ziss schickte sich an, das schwarze Dach einzuklappen. »Das Fahrzeug hat einem Bankier aus Sankt Gallen gehört. Der Mann hat jedoch nur drei Tage nach Auslieferung des Cabriolets Suizid begangen.«

»Sagen Sie mir nicht, dass der Wagen mit einem Fluch belegt ist.«

»Natürlich nicht«, stellte Ziss klar. »Es hat sich herausgestellt, dass der Bankier sowohl seine Partner als auch seine Kunden über

Jahre hinweg betrogen und eine nicht unbeträchtliche Summe Geld für sich selbst beiseitegeschafft hatte. Er konnte sich damit einen recht ausschweifenden Lebensstil finanzieren.«

»Und sich solche Spielzeuge wie das hier kaufen?«, fragte Tom.

»Richtig. Der Betrug ist schließlich bekannt geworden.«

»Und da hat er sich gleich umgebracht?«, fragte Richard, als sie das Klappdach ganz verstaut hatten.

»Die Vermögensgegenstände des Bankiers sind auf Drängen der geschädigten Partner rasch verkauft worden. Ich konnte so dieses wenige Wochen alte Automobil für einen sehr günstigen Preis erstehen.«

»Nicht schlecht, Herr Ziss«, rief Richard. »Aber sagen Sie: War das wirklich Selbstmord?«

»Soweit mir bekannt ist, ja.« Ziss marschierte auf den Opel zu. »Inwieweit er bei diesem Unterfangen von seinen Partnern gedrängt oder gar unterstützt worden ist, ist mir jedoch nicht bekannt.«

»Das sind ja raue Sitten in der Schweiz«, schlussfolgerte Tom halbernst. Richard schmunzelte nur.

»Der Kauf dieses Automobils passt bestens in Ihre Legende, meine Herren«, erklärte Ziss, nachdem er etwas vom Fahrersitz des Opels genommen hatte. »Herr Bruckner«, sagte Ziss und nickte Richard zu, »Sie haben den Wagen über mich erstanden, weil Sie Ihren Urlaub in Zürich abbrechen und so schnell wie möglich nach Wien wollen, um die geschichtsträchtigen Geschehnisse dort mit eigenen Augen verfolgen zu können. Genau wie Ihr Begleiter und Berater, Herr Wallstrom.«

»Weil wir eben zwei patriotische Deutsche sind.« Richard stieß Tom mit dem Ellenbogen in die Seite.

»Und weil du als fauler Sohn eines leider jüngst verstorbenen, aber vermögenden Unternehmers aus Düsseldorf von einem Abenteuer zum nächsten tingelst und dein Erbe verprasst«, fügte Tom kühl hinzu.

»Und deswegen habe ich ja dich, mein lieber Tim Wallstrom, damit du auf mich aufpasst.«

»Und auf dein Geld.«

»Hier sind die Papiere des Wagens.« Ziss reichte Richard die Unterlagen. »Hier der Kaufvertrag und die Versicherungsbestätigung. Es ist alles wasserdicht.«

»Vielen Dank, Valentin.« Richard reichte dem Schweizer die Hand. »Passen Sie gut auf unsere echten Pässe auf.«

»Seien Sie unbesorgt. Ich wünsche Ihnen alles Gute.«

Tom nickte dem Schweizer zu.

Ziss wandte sich schließlich Tom zu. »Ich hoffe, dass Ihnen unsere heutige Begegnung besser in Erinnerung bleibt als unser erstes Treffen im vergangenen Herbst.«

Tom nickte. »Da bin ich mir sicher.«

Als Tom gerade auf dem Beifahrersitz Platz genommen hatte, drehte Richard den Zündschlüssel herum. Der Motor sprang an und surrte gleichmäßig.

»Dann wollen wir mal«, rief Richard und gab vorsichtig Gas. Richard bog auf die Allee ein und gab dem Mercedes kräftig die Sporen, sodass Tom seinen Hut weit nach unten ziehen musste, damit er ihm nicht vom Kopf geweht wurde. Die Nadel des Tachometers raste in der Mitte des hölzernen Armaturenbretts von oben rechts im Uhrzeigersinn nach unten, passierte ganz unten die 80-Stundenkilometer-Marke und schnellte schon weiter nach links oben. Die Bäume flogen an ihnen nur so vorbei.

»Du kennst den Weg?«, rief Tom und blickte nach vorn auf die Straße.

»Ja klar! Ich habe die Route im Kopf. Aber selbst wenn ich mich verfahre – auch ein guter Seemann braucht nur die Sterne zum Navigieren.«

»Und bei Tageslicht? Was benutzt der Seemann dann? Die Sonne?«

»Nein, nein. Wir haben doch da vorne drauf einen Stern, dem müssen wir nur folgen.«

Tom schüttelte lachend den Kopf.

83. DIE NACHT ÜBER DAS LAND

»Sind Sie sicher, dass Sie auf die andere Seite wollen?« Der schweizerische Grenzbeamte beugte sich tief hinab und blickte Richard eindringlich in die Augen.

»Wir wissen, was in Österreich passiert, ja«, antwortete Richard.

Tom versuchte, selbstsicher zu lächeln. Auf einmal kläffte ein Schäferhund aufgeregt nur Meter vor ihnen und ließ Toms Blick sofort nach vorn schnellen.

»Aus«, rief ein älterer Soldat aufgeregt und zerrte an der Leine des Tieres. Vielleicht 100 Soldaten der eidgenössischen Armee waren hinter zahllosen Rollen Stacheldraht, massiven stählernen Panzersperren und meterhohen Zäunen postiert und bewachten die Grenze. Ein Überfall der deutschen Truppen auf die Schweiz war vielleicht nicht sehr wahrscheinlich, aber die Stärke der übermächtigen Kriegsmaschinerie des Dritten Reichs bereitete offenbar Unbehagen.

»Sehen Sie, was dort drüben los ist?«, fragte der junge Soldat und wedelte mit Richards und Toms Pässen in Richtung Osten. »Die Lage hat sich schon seit gestern etwas beruhigt, aber die haben alles abgeriegelt. Die Leute werden verhaftet. Wir haben gehört, die hätten schon einige erschossen, die über die Grenze nach Liechtenstein fliehen wollten. Sie wollen da wirklich hinein?«

Richard nickte. »Wir sind beide deutsche Reichsbürger. Wir fahren, so gesehen, nur nach Hause.«

»Na dann.« Der Mann gab Richard die Pässe zurück, richtete sein geschultertes Gewehr und gab ein Zeichen in Richtung eines Wachturms neben der Straße. Als Richard den Mercedes anrollen ließ, öffnete sich ganz langsam ein großes Tor. Im Schritttempo fuhren sie auf einen rot-weiß-gestreiften Schlagbaum zu. Als sie ihn passiert hatten, wurde der Zaun hinter ihnen quietschend wieder geschlossen, und Dutzende Soldaten blickten dem grünen Wagen durch die engmaschigen Barrieren ausdruckslos hinterher.

»Niemandsland«, stellte Richard fest. Tom zog seinen Mantel dicht zusammen. Ein großer Mann, der eine graue Uniform und einem Stahlhelm trug, zog sein Maschinengewehr vor den Oberkörper, kam auf sie zu und deutete ihnen anzuhalten.

»Papiere«, rief er Richard zu, der sofort die Dokumente zückte. Hinter dem deutschen Soldaten wehte an einem Mast eine rote Fahne, die ein Hakenkreuz in der Mitte zeigte. Das rot-weiß-rote Banner Österreichs und das Kruckenkreuz waren allem Anschein nach schon entfernt worden.

Der Uniformierte blätterte seelenruhig in den Reisepässen von Rudolf Bruckner und Tim Wallstrom. Toms Hände begannen zu zittern, unauffällig stopfte er sie unter seine Oberschenkel.

»Die Grenze ist dicht. Warum wollen Sie durch?«

»Wir möchten nach Wien«, erklärte Richard mit ruhiger Stimme. »Wir sind den ganzen Weg aus Düsseldorf ...«

Plötzlich brach einige Meter hinter dem Schlagbaum ein Tumult aus. Der Soldat fuhr herum.

»Nein!«, schrie eine junge Frau und rannte auf österreichischer Seite auf den Schlagbaum zu. Zwei Polizisten waren in der Ferne sofort aus einem Wachhaus gestürmt und fingen die vielleicht 20-Jährige ein. Doch die wehrte sich. Zwei Männer sprangen aus einem Fahrzeug, dessen Dach mit Koffern und Kisten schwer beladen war, und versuchten, ihr zu helfen.

»Bleiben Sie, wo Sie sind!«, kreischte ein Polizist und richtete seine Pistole auf die zwei. Sofort bremsten die ab und warfen ihre Hände in die Luft.

»Nicht schießen bitte!«

Nur wenige Sekunden später hatten die Ordnungshüter die Frau in eine Baracke gezerrt, und das Geschrei war verstummt.

Tom atmete tief ein. Jeder einzelne seiner Muskeln war angespannt.

»Warte hier.« Ehe Tom verstand, hatte Richard seine Tür aufgestoßen und war aus dem Wagen gestiegen.

»Was hast du vor?«, flüsterte Tom aufgeregt.

»Was soll das?«, rief der einzelne Soldat überrascht, der sich wieder zum Mercedes umgedreht hatte. Sofort richtete er sein Gewehr auf Richard. »Ich habe doch gesagt …!«

»Nein!«, wollte Tom rufen, doch seine Stimme versagte. Richard blieb wenige Meter vor der Motorhaube mit dem Rücken zu Tom stehen. War Richard lebensmüde? Tom sah, dass Richard mit dem Soldaten sprach, aber er verstand kein Wort. Plötzlich griff Richard scheinbar in seine Jackentasche und zog etwas heraus. Tom rutschte tief in den Sitz hinab. Auf einmal senkte der Soldat den Lauf seiner Waffe, machte auf dem Absatz kehrt und rief: »Baum hoch! Passieren lassen.«

Tom blickte Richard überrascht an, als der sich wieder seelenruhig hinter das Lenkrad setzte und den Motor startete.

»Wie hast du das geschafft?«, fragte Tom.

»War kein Problem.« Richard hob seine rechte Hand in die Höhe und rieb mit seiner Daumenspitze über die Kuppen seines Zeigefingers und seines Mittelfingers. »Geld ist die simpelste Überredungskunst.«

Tom beobachtete Richard skeptisch aus den Augenwinkeln heraus. Das Cabrio rollte unter dem rot-weißen Balken hindurch und fuhr an zahlreichen deutschen und österreichischen Uniformierten vorbei.

»Willkommen in Österreich«, verkündete Richard. Er gab Gas und lächelte.

»Wir sind hier scheinbar so ziemlich die Einzigen, die *nach* Österreich wollen«, stellte Tom bemüht nüchtern fest, als sie an einer schier endlosen Kolonne von voll beladenen Autos entlangfuhren. Ein Mann und eine junge Frau, die beide an einem roten Wagen lehnten, blickten Richard und Tom mit einer Mischung aus Misstrauen und Angst hinterher. Eine ältere Dame, die im Fond einer Limousine saß und durch ein herabgekurbeltes Fenster Tom genau musterte, schüttelte nur wortlos den Kopf.

Nach ein paar Kurven fiel von Tom die Anspannung etwas ab. Was zählte, war, dass sie es fast problemlos nach Österreich hinein geschafft hatten. Wie Richard das auch immer angestellt hatte, die Grenze war passiert. Und diese Flüchtlinge konnten ja alle nicht ahnen, was Tom und Richard in Wirklichkeit vorhatten.

Sie blieben auf kleinen Straßen und Nebenstrecken, als sie Vorarlberg durchquerten, den westlichsten Teil Österreichs. Sie wussten, dass die Wehrmacht noch nicht das ganze Land besetzt hatte, und die deutschen Militärkonvois noch immer überall in Österreich auf den Hauptverkehrswegen unterwegs waren. Diese Kolonnen und die möglichen Straßensperren wollten Tom und Richard meiden.

»Sieht ja nett aus hier«, sagte Richard, als sie eine kleine Ortschaft durchfuhren.

»Und wie«, stimmte Tom zu. Manche der stattlichen Häuser entlang der Hauptstraße waren bestimmt mehrere Jahrhunderte alt, wirkten aber dennoch sehr gepflegt und ländlich vornehm. Genau in der Mitte des recht belebten Dorfes ragte ein spitzer Kirchturm in die Höhe, der in Toms Augen einen geradezu idyllischen Anblick vollendet hätte, sah man von den beinahe überall gehissten Hakenkreuzfahnen ab. Vereinzelt waren auch noch Kruckenkreuze zu sehen, doch die waren eindeutig in der Minderheit.

Richard bremste das Auto ab. »Entschuldigung«, rief er einem jungen Passanten zu, der eine dunkelgrüne Jacke und einen recht sportlichen Hut trug. Als der sich herumdrehte, gab er den Blick auf ein großes Hakenkreuz aus Metall frei, das er sich ans Revers der Jacke geheftet hatte.

»Sieg Heil!«, rief er enthusiastisch und streckte etwas unsicher seinen rechten Arm zum Gruß aus.

»In Richtung Arlberg muss ich nur hier weiterfahren, stimmt das?«, fragte Richard, ohne die Grußformel zu erwidern.

»Ja, genau, fahren Sie einfach hinter dem Fleischer dort nach links und dann geradeaus«, erklärte der junge Mann in einem für Tom unverständlichen Dialekt und nickte heftig.

»Danke.« Richard gab wieder Gas.

»Sieg Heil!«, rief der Junge hinter ihnen.

»Hast du den verstanden?«, fragte Tom.

»Nein, fast kein Wort. Aber er hat genickt, also sind wir bestimmt richtig.«

Schon nach wenigen Minuten schmiegten sich um sie herum nur noch unberührte Wiesen und Wälder an schroffe Steinwände, die sich zu gewaltigen Bergen erhoben und an den Spitzen schneebedeckt waren.

»Wirklich schade, dass ich keine Kamera dabeihabe«, staunte Tom, als sie am späten Nachmittag auf ein geradezu majestätisches Bergmassiv zusteuerten, auf dessen Rücken sich die Straße in vielen Serpentinen emporschlängelte. Ein Wasserfall tauchte neben der Straße fauchend aus vielleicht 100 Metern Höhe in ein kristallklares Becken ein.

»Das hast du in der Schweiz auch schon gesagt«, stellte Richard amüsiert fest. »Und ich dachte, du bist schon ein paar Mal mit dem Zug durch die Alpen gekommen?«

»Das stimmt auch, aber da war ich nie so dicht dran wie heute.«

Sein Vater hatte Tom auch oft von der Schönheit der Alpen erzählt, erinnerte er sich. Aber seine Beschreibungen waren einem Anblick wie diesem einfach nicht gerecht geworden. Als sich der Himmel am Horizont rötlich färbte und sie gerade einen riesigen Bergsee passierten, klopfte Richard nachdenklich auf das Lenkrad.

»Ist irgendwas?«, fragte Tom.

»Wenn ich mich richtig an die Karte erinnere … hinter dem See hier … es sollte eigentlich gleich wieder hinabgehen … Ah, da sind wir schon.«

Da fiel die Straße hinter einer Kuppe steil ab und gab den Blick über unzählige Täler und Bergketten vor ihnen frei.

»Das könnte sich kein Postkartenmaler kitschiger ausdenken, oder?«, fragte Tom.

»Wird da jemand gefühlsduselig?«, fragte Richard mit schiefem Grinsen.

Der Wagen schoss den Pass durch die felsige Landschaft hinab und tauchte gleichsam auf der sich schlängelnden Straße tief in einen grünen Wald ein, der bis ans Ende des Horizonts zu reichen schien.

Als es dunkel wurde, hielten sie kurz an und schlossen das Verdeck.

Wenige Kilometer westlich von Innsbruck fuhren sie schließlich durch einen kleinen Ort, in dem Tom auf dem Tor eines Bauernhofs ein riesiges Transparent entdeckte. Er kniff seine Augen zusammen. »Führer befiehl, Tirol folgt Dir!«, stand in schwarzen Lettern auf dem Plakat geschrieben. Es wurde von einem Lagerfeuer erhellt, das in unmittelbarer Nähe lichterloh flackerte. Die Schaufenster eines Lebensmittelgeschäftes im Haus daneben waren mit der Parole »Arisiert« beschmiert worden.

»Da.« Richard ließ Tom sofort wieder nach vorn blicken. Mehrere Lastwagen der Wehrmacht rollten ihnen entgegen. »Das sind deutsche Gebirgsjäger«, bemerkte Richard, »glaube ich.«

»Das würde passen.« Tom blickte unauffällig über seine Schulter auf die rollenden Kolosse. Der Anblick ließ ihn für einen Moment unwillkürlich erschaudern. »Sind die vorgestern nicht schon am Brenner gewesen?«

»Keine Ahnung, ob's die Jungs hier waren.«

Deutsche Truppen hatten sich an der österreichisch-italienischen Grenze mit italienischen Offizieren getroffen und auf den Anschluss angestoßen, hatte eine Schweizer Zeitung berichtet.

»17 Stück«, zählte Tom, als der letzte Transporter des Konvois auf der Gegenfahrbahn an ihnen vorbeigerollt war. Schließlich drehte er seinen Kopf ganz nach rechts und blickte in den dichten Wald, der sich neben der Straße erstreckte.

Richard kniff seine Augen zusammen. »Junge, ist das auf einmal stockfinster hier. Ich erkenne die Straße kaum.«

Nach weiteren 250 Kilometern, auf denen sie über einen Pass und durch zahlreiche enge Täler gekommen waren, hatten sie die Stadt Salzburg erreicht. Schemenhaft erkannten sie das von einigen Lichtern erleuchtete Wahrzeichen der Stadt, die Festung Hohensalzburg. Sie konnten die Stadt umgehen, stellten sie fest, nachdem sie die Karte studiert hatten.

Tom streckte sich, so gut es ging, im Beifahrersitz, während er die Landkarte überflog. »Gut so. Jetzt sollten wir mehr als die Hälfte der Strecke geschafft haben.«

In einem Dorf namens Hirtstetten, das auf halber Strecke zwischen Salzburg und Linz lag, beobachteten sie Mitglieder einer Kapelle, die in Trachten gekleidet vor einem begeisterten Publikum spielten. Ein paar Hunde rannten jaulend über die Straße auf eine in Reih und Glied aufgestellte Abordnung von Männern in braunen Uniformen und mit roten Armbinden zu, die insgesamt wohl über 100 brennende Fackeln in die Höhe hielten.

»Da ist die SA«, stellte Tom leise fest.

»Die haben den Platz umbenannt, siehst du?«

Über einem Schild, auf dem groß »Gemeinde-Hauptplatz« stand, war auf einem noch größeren Zeichen »Platz des Führers des Deutschen Reichs« geschrieben worden.

Etwa 20 Minuten später tauchten mitten auf der Fahrbahn vor ihnen riesige Buchstaben auf, die mit weißer Farbe auf das Straßenpflaster gepinselt worden waren.

»Bis in den Tod – Rot-weiß-rot«, entzifferte Tom. Das Schuschnigg-Zitat.

»Ein komisches Land«, bemerkte Richard. »Weißt du, ich habe mal jemandem beim Renovieren geholfen ...«

»Einem Mädchen?«

»Natürlich. Auf jeden Fall: Als wir die uralten Tapeten im Erdgeschoss alle rausgerissen und die Wände schon mit neuer Farbe bemalt hatten, war oben in den Schlafzimmern noch alles beim Alten. Das Haus war nur halb fertig, wenn du so willst.«

»Und?«

»Ein ganz ähnliches Gefühl wie damals in dem Haus habe ich heute hier auch.«

»Und wie lange hat's gedauert, bis alles in dem Haus ganz fertig war?«

»Linda, so hieß das Mädchen, hat mir da ganz schön Beine gemacht. Aber es hat ein bisschen länger gedauert als das eigentlich veranschlagte Wochenende.«

»Na siehst du.« Tom blickte auf seine Uhr. »Heute ist ja auch Montag. Nein, schon Dienstag.«

»Moment ... was ist das?« Richard drosselte die Geschwindigkeit. Vor ihnen stand eine Gruppe von Menschen am Straßenrand, ein Lastwagen war mit angeschalteten Scheinwerfern daneben im Gras geparkt, und eine Gestalt schien mit einer Taschenlampe zu winken.

»Mist, eine Kontrolle«, stieß Richard hervor und schluckte.

»Glaube ich nicht«, murmelte Tom und lehnte sich ein Stück nach vorn. »Sieht irgendwie komisch aus.«

»Halt«, rief die Gestalt mit der Lampe und deutete Richard an, ein Stück zur Seite auszuweichen, »fahren S' links vorbei, genau. Und überfahren S' uns keinen von denen, klar?«

Als Richard, wie angewiesen, nach links lenkte, erkannte Tom, was los war.

»Das kann doch nicht wahr sein«, flüsterte er wütend.

Eine Gruppe von bewaffneten SA-Leuten und in Zivil gekleideten gut gelaunten Männern überwachte vielleicht zehn Gestalten, die auf Knien die Fahrbahn mit Lappen säuberten. Auf der Straße entdeckte Tom zahlreiche Konterfeis von Kurt Schuschnigg und einige große Kruckenkreuze, die zum Teil schon abgeschrubbt waren.

»Nicht so langsam, ihr Saujuden«, rief ein älterer Mann und streckte seine Fackel hoch in die Luft. »Die Straße soll glänzen, verstanden?«

Die Menge begann, laut zu lachen.

Richard beschleunigte wieder. Tom ballte vor Wut die Hände zu Fäusten. Weder er noch Richard sprachen ein Wort.

Ein paar Kilometer hinter Linz hielt Richard den Wagen neben einer Wiese an, um Treibstoff nachzufüllen. Tom gähnte und vertrat sich die Beine. Rund um sie herum war nichts außer Dunkelheit.

Richard klopfte auf den Kanister, aus dem das Benzin plätschernd in den Tank floss. Tom steckte seine Hände in die Hosentaschen und sah sich um.

Irgendwo in dieser Gegend musste es sein, glaubte er. Sein Vater hatte ihm oft erzählt, dass der Ort irgendwo in der Nähe von Linz lag. Aber Tom hatte den Namen des Städtchens, wo seine Großeltern beerdigt waren, schlicht und einfach vergessen.

Ida und Johann Wolf hatten in Wien gelebt, rief Tom sich in Erinnerung, und waren dort auch beide geboren. Aber als ihr Sohn Karl nach Amerika emigriert war, hatte es sie aufs Land gezogen, eben hierher in die Nähe von Linz. Vor über 15 Jahren schon waren sie gestorben, und Tom hatte die beiden nie kennengelernt.

Tom schob mit dem Schuh einen Stein neben der Fahrbahn ins Gras. Österreich war sein Land, dachte er, es war nicht nur das Land seines Vaters. Toms halbe Familie stammte von hier.

»Jetzt ist es wirklich nicht mehr weit«, erklärte Richard auf einmal leise. »Der ganze Tross des Führers ist heute wahrscheinlich fast die gleiche Strecke entlanggefahren, die wir jetzt noch vor uns haben. Lustig, was? Wir nehmen besser eine kleine Parallelstrecke, die Hauptbahn ist sicher von den Deutschen weiterhin blockiert. So, der Tank ist wieder voll. Lass uns weiterfahren.«

Tom stieg wortlos in den Wagen. Er war ausgelaugt, müde und erschöpft.

Richard schaltete die Innenbeleuchtung ein, »Ich werfe besser noch schnell einen Blick auf die Karte.« Tom blickte instinktiv auf seine silberne Armbanduhr. Es war 1.30 Uhr.

Während er an der kleinen Krone an der Seite drehte, erinnerte er sich an das Dinner im Hotel in Philadelphia, bei dem seine Eltern ihm die Uhr überreicht hatten.

Nein, Österreich war nicht sein Land. Hier in Österreich lagen lediglich irgendwo die toten Hüllen seiner Vorfahren begraben, mehr nicht. Amerika war Toms Zuhause, ja. Dort war er selbst aufgewachsen, dort stammte er her. Tom war Amerikaner, nichts anderes.

»Okay«, rief Richard und löschte das Licht, »los geht's!«

Und wen interessierte es schon, wo er herkam? Es zählte jetzt einzig und allein seine Aufgabe, die Operation *Red Rush* benötigte Toms volle Aufmerksamkeit. Tom verschränkte die Arme und lehnte sich zurück.

Es zählt nur *Red Rush*, dachte er.

Tom wurde durch einen Ruck an der Schulter geweckt.

»Wach auf Tom, wir sind da.«

Tom riss die Augen auf. Er befand sich noch immer im Mercedes, aber etwas war anders. Gelbes Licht bestrahlte die lange Haube, und der Motor darunter war offensichtlich verstummt. Tom erkannte nach einem Moment, dass der Wagen hinter einer riesigen schwarzen Limousine parkte, deren Kennzeichen mit »WH« begann – die Abkürzung für »Wehrmacht, Heer«.

»Mist«, rief Tom leise und raffte sich auf.

»Ist schon in Ordnung«, beruhigte ihn Richard. »Du brauchst die Ruhe sowieso für morgen.«

Als Tom ausstieg, verstand er, dass ihr Wagen unmittelbar vor dem Hotel *Bristol* abgestellt war.

»Zentraler geht's nicht, was?«, fragte Richard leise und schlug die Fahrertür zu. Tom drehte sich langsam um. Das Hotel lag direkt an der Ringstraße im Zentrum von Wien.

»Wie spät ist es?«, fragte Tom.

»Sehr früh.« Richard hielt Tom eine Reisetasche hin. »Oder sehr spät, je nachdem. Ah, da ist er schon.«

»Guten Morgen, die Herrschaften«, trällerte ein formell gekleideter Herr, der aus der Drehtür der noblen Unterkunft geeilt kam und seinen Zylinder zog, »darf ich Ihnen das Gepäck abnehmen? Folgen Sie mir bitte, hier entlang.«

Tom blickte noch einmal über seine Schulter. Der Ring, die Prachtstraße Wiens, war beinahe völlig leer, aber festlich geschmückt: In regelmäßigem Abstand hingen an Hunderten Pfosten und Laternen unzählige rote Fahnen, Hakenkreuze und Spruchbänder. Woher die Nazis wohl all diese Fahnen und Plakate so schnell herbekommen hatten, fragte er sich. Zwischen der breiten Fahrbahn und den Gehwegen waren Absperrungen errichtet worden, die von zahlreichen Uniformierten bewacht wurden. Hie und da entdeckte Tom olivgrüne Lastwagen und auch einige schwarze Limousinen, an deren Front Wimpel der Wehrmacht angebracht waren. Fahrer, Männer in schwarzen SS-Uniformen, Wachen und offenbar auch einige Schaulustige waren allenthalben zu sehen.

Er betrat das Hotel.

»Wir sind völlig ausgebucht«, hörte Tom den freundlichen Herrn an der Rezeption zu Richard sagen, der sich gähnend auf das dunkle Holz stützte.

Die Eingangshalle des Hotels war relativ klein, aber überaus luxuriös: Teurer Marmor wechselte sich mit dunkelbraunem und mit Golddekor verziertem Holz an den Wänden ab.

»Was?«, fragte Richard. »Aber ich habe von Zürich aus telefonisch reservieren lassen.«

»Ja natürlich«, gab der Rezeptionist zu und blätterte hektisch in einem großen Notizbuch vor sich. »Natürlich, der Herr. Aber … seit gestern sind zahlreiche unangekündigte Gäste aus dem Deutschen Reich in unserem Haus abgestiegen. Sehr viel Prominenz.«

Richard setzte einen angesäuerten Gesichtsausdruck auf.

»Das hat bei uns viel durcheinandergebracht, wie der Herr sicher verstehen wird. Im *Grand Hotel* nebenan ist es noch viel ärger, dort logiert fast die ganze Spitze des deutschen Heeres, könnte man meinen. Aber … ich sehe gerade, dass hier bei uns am heutigen Abend ein paar Herrschaften aus Berlin überraschend wieder abgereist sind. Sie haben offenbar Glück, gnädiger Herr.«

»Oder Sie«, sagte Richard arrogant.

Tom blickte starr auf eine Holzstanduhr. Es war 3.40 Uhr.

»Ich hole sofort Ihre Zimmerschlüssel, einen Moment.«

»Sagen Sie«, fragte Richard, »ich war den ganzen Tag im Wagen – der Führer ist, wie geplant, in Wien eingetroffen?«

»Jawohl«, antwortete der Rezeptionist, »der Führer logiert im *Imperial*, das ist in diese Richtung, auf der anderen Seite der Ringstraße. Ab Mittag war die Stadt wie gelähmt. Wissen Sie, die ganze Mariahilfer Straße war ein einziges Menschenmeer, genau wie drüben der Schwarzenbergplatz. Es war ein Gedränge, das können Sie sich nicht vorstellen. Die Kirchenglocken haben geläutet, ein Lärm war das, ein Wahnsinn. Am Abend hat der Führer schon eine Rede vom Balkon des *Imperial* gehalten. Bis vor unseren Eingang hier sind die Leute gestanden. Sie sind mit dem Fahrzeug gut durchgekommen?«

»Ja, kein Problem. In der Stadt steht ja an fast jeder Kreuzung die Polizei. Die halten die Straßen frei, ist ganz schön gut organisiert. Und morgen?«

»Um 10 Uhr ist die große Veranstaltung am Heldenplatz angesetzt. So, Herr Bruckner, Ihre Schlüssel. Herr Wallstrom, bitte schön. Ich lasse Ihr Gepäck sofort hinaufbringen. Herbert, bitte! Zeig' den Herrschaften Ihre Zimmer.«

Toms Zimmer war riesig. Einige antike Gemälde hingen dekorativ an den mit silbern schimmernden Seidentapeten bespannten Wänden. Die Decke war kunstvoll bemalt und wurde von zahlreichen Lampen effektvoll angestrahlt. Tom legte seinen Hut auf einen der barocken Stühle, der zwischen den hohen Fenstern hinter dem großen Bett stand.

»Eine gute Nacht wünsche ich«, sagte der Diener und verbeugte sich.

»Was nehmen Sie als Trinkgeld, Schilling oder Reichsmark?«, fragte Tom.

»Oh, das ist ganz gleich. Seit vorgestern nehme ich beides.«

Tom gab dem Diener ein paar Münzen, als Richard durch die weiße Tür ins Zimmer kam. Er wartete, bis der Page sich bei Tom bedankt hatte und gegangen war.

»Alles wie geplant, Herr Wallstrom. Wir werden morgen um 9 Uhr hier losgehen.«

»Einverstanden.« Tom hatte die Route vom Hotel bis zu Viktoria Baroqs Wohnung auf dem Flug über den Atlantik mithilfe eines Stadtplans von Wien auswendig gelernt.

»Dann würde ich sagen«, schlug Richard vor, ging zu einem Fenster und warf einen Blick hinaus, »morgen um 8 Uhr Frühstück.«

»8 Uhr«, bestätigte Tom.

»Ich hoffe, dass diese bescheidene Unterkunft Ihren hohen Ansprüchen genügt, Herr Wallstrom. Ich wünsche eine gute Nacht.« Richard zwinkerte mit dem linken Auge und verließ das Zimmer. Tom verschloss wortlos die Tür hinter ihm.

Während er seinen Mantel auszog, schlenderte er auf das Fenster zu, aus dem Richard einen Blick hinausgeworfen hatte, und wollte den Vorhang wieder zuziehen. Doch sofort packte er den dicken Stoff mit aller Kraft.

Er konnte auf der gegenüberliegenden Straßenseite die Oper sehen. Er sah die Schienen. Er erkannte genau jene Stelle auf der Ringstraße, an der er vor fast einem halben Jahr im Oktober gestürzt war, während er verfolgt worden war.

Tom schloss die Augen. Er hörte wieder die schrille Glocke der Straßenbahn.

»Wir müssen vorsichtig sein«, mahnte er sich leise.

84. VORFREUDE

Dienstag, 15. März 1938

Um 8.59 Uhr trat Tom vor das Hotel *Bristol.* Er trug seinen schwarzen Mantel, darunter den zweiten Anzug vom britischen Schneider aus Düsseldorf, ein weißes Hemd und eine perfekt geknotete dunkle Krawatte. Konzentriert blickte er mit leicht zusammengekniffenen Augen nach oben. Die Sonne schien relativ schwach, einige Wolken bedeckten den Himmel über Wien. Der für die Stadt scheinbar so typische leichte Wind blies Tom ins Gesicht, als er seinen Blick senkte und seinen *Fedora*-Hut aufsetzte.

Tausende Menschen säumten bereits die Ränder der Wiener Ringstraße und quetschten sich mit kleinen Fahnen in Händen reihenweise hinter die Absperrungen. In regelmäßigen Abständen waren Soldaten und Polizisten postiert.

»Heil!«, schrien Dutzende Menschen auf der anderen Seite immer wieder im Chor. Tom hörte in der Ferne eine schmetternde Trommel. Wie ein Maschinengewehr stimmte sie rhythmisch einen militärischen Marsch an. Dann setzte ein ganzes Orchester dumpf ein.

»Wir sehen uns dann später, Herr Wallstrom.« Richard klopfte Tom auf die Schulter, als er gerade aus der Drehtür gekommen und neben Tom getreten war. Tom nickte ihm zu. Sofort verschwand Richard nach links auf dem Fußweg. Tom richtete noch einmal seine Krawatte und marschierte im Rhythmus der Trommel entschlossen nach rechts los.

Sein Weg war nicht kompliziert: Er musste die Kärntner Straße Richtung Norden entlanggehen, über den Stephansplatz und die Rotenturmstraße, dann nach links abbiegen, über den Hohen Markt zur Wipplingerstraße und noch einmal nach links über einen Platz zur Kurrentgasse. Das war es schon.

In der breiten Kärntner Straße kam Tom eine Gruppe junger Männer entgegen, die offenbar betrunken waren. Lachend riefen sie mehr durcheinander als gleichzeitig eine Parole und zogen die Blicke der Menge auf sich.

»Der Kuart is fuart, jetzt geht's uns guat!«

Immer lauter wurde ihr Geschrei, und immer mehr Zuschauer beobachteten entweder kopfschüttelnd oder vergnügt das Schauspiel.

»Der Kuart is fuart, jetzt geht's uns guat!«

Tom hörte sie hinter sich immer noch schreien, als die Menschenmenge etwas dichter wurde. Männer mit langen Bärten und riesigen Hüten, die in festliche Trachten gekleidet waren, und Frauen in bunten Dirndln flanierten auf dem Pflaster vor ihm. An einer Standarte, die ein Junge bei sich trug, erkannte Tom, dass es sich um einen Traditionsbund aus der Steiermark handelte. Ein paar

Schritte weiter schienen die Passanten von der Auslage eines großen Kaufhauses fasziniert zu sein. Tom erkannte einen Augenblick später warum: Ein riesiges Schild pries »beste deutsche Ware« an, die es hier zu kaufen gab.

»Geh, Werner, kaufen wir uns gleich so eine deutsche Fahne für unseren Balkon, was?«, fragte eine hübsche Frau ihren Begleiter. »Oder so ein Führerporträt für den Eingangsbereich?«

Tom passierte eine ganze Reihe von Läden, die Schilder mit Aufschriften wie »Deutscher Betrieb«, oder »Arische Eigentümer« in ihre Fenster gehängt hatten. Ob das wohl Ausdruck von Stolz oder Angst war?, fragte er sich. Die Straße war nun völlig überfüllt. Tom fand sich inmitten von Herren in feinsten Anzügen, Damen in ihren besten Kleidern, aber auch Arbeitern mit zerschlissener Garderobe wieder. Durch den Wirrwarr rasten dazu Kinder und Jugendliche, und hie und da tauchten immer wieder wachsame Polizisten oder Ordnungsbeamte auf. Es war ein regelrechter Auflauf. Tom blickte im Vorbeigehen in eine Quergasse.

»Himmelpfortgasse«, las er auf dem rot umrandeten weißen Straßenschild, blieb unvermittelt stehen und runzelte die Stirn. Dann hob er angewidert seinen Kopf und ging weiter. Auf die graue Wand war in schwarzer Farbe »Juden und Kommunisten jetzt endlich raus aus Wien!« geschmiert worden.

Als Tom den Stephansplatz erreichte, marschierte ihm ein Trupp junger Männer in braunen Uniformen mit roten Armbinden entgegen. Tom wich ihnen seufzend aus, stellte sich etwas abseits vor den Eingang einer geschlossenen Pelzhandlung und ließ seinen Blick zur Turmspitze des Stephansdoms hinaufwandern.

»Augen geradeaus«, rief einer der Uniformierten.

Idioten, dachte Tom, als die Leute fast an ihm vorbei waren. In ihm stieg ein unbändiger Zorn auf. Am liebsten wäre er diesen Braunen hinterhergelaufen, hätte sich einen von denen geschnappt, ihn bis zur Himmelpfortgasse geschleift und dann die verdammte Schmiererei abwischen lassen.

Quatsch, dachte Tom. Solche Gedanken brachten jetzt nichts. Er musste sich konzentrieren.

Tom sah flüchtig auf seine Armbanduhr, als er in die Kurrentgasse einbog. Es war 9.27 Uhr. Perfekt.

Er blickte sich um. Der Judenplatz, auf den die Kurrentgasse mündete, war, abgesehen von einer Statue des Dichters Gotthold Ephraim Lessing, menschenleer. Das Haus Nummer 20 war vierstöckig, die Fassade blaugrau, die schlichten Fenster weiß. Auf einem Sims über dem Eingangsportal des Hauses schienen mehrere steinerne Engel mit monströsen Mischungen aus Schlangen, Drachen und Echsen zu kämpfen. Tom schüttelte abschätzig seinen Kopf. Er empfand die Darstellung als geschmacklos, ja morbid. Wer, zum Teufel, hatte einem Bildhauer so eine Arbeit in Auftrag gegeben? Welcher Mensch war so verkommen, dass er so etwas Schreckliches schön finden konnte?

Lass den Quatsch!, fuhr Tom sich innerlich an. Er musste vernünftig sein und sich nur auf seine Aufgabe konzentrieren. Seinen Emotionen freien Lauf zu lassen, war unprofessionell und unangebracht.

Im Nachbarhaus war eine Bäckerei untergebracht, sie schien geschlossen. Tom blickte ein weiteres Mal auf seine Uhr. Als der Minutenzeiger auf 30 sprang, betrat Tom lautlos das Gebäude.

In genau diesem Moment würde Richard in das Büro von Viktoria Baroq auf der Technischen Hochschule von Wien treten und Mister Owen knapp 400 Kilometer entfernt ebenfalls in exakt diesem Augenblick in das Elternhaus von Baroq in Villach eindringen. Die kritische Phase von *Red Rush* hatte begonnen.

Toms spürte, wie sein Körper von Adrenalin durchströmt wurde, als er die Treppe hinauf ging. Im dritten Stock fand er sofort die Wohnung von Baroq. Ihr Name war auf einem Schild neben einer Tür angebracht, über der eine »31« aus Messing hing. Das war jene Nummer, die in den Unterlagen des Corps angeführt war. Es passte. Tom klopfte mit der Faust sanft an die Tür. Nichts passierte.

»Fräulein Baroq?«, rief Tom halblaut und klopfte ein zweites Mal.

Offenbar niemand da, dachte Tom zähneknirschend nach einer Minute vergeblichen Wartens. Schließlich blickte er über seine

Schulter, griff langsam in seine Manteltasche und fischte einen filigranen Dietrich hervor, der im von Valentin Ziss zusammengestellten Gepäck versteckt gewesen war. Es war ein Werkzeug für Einbrecher, das angeblich jedes Schloss knacken konnte. Toms Herz begann, heftig zu schlagen, als er den schmalen Metallbolzen ansetzte. Tom wusste nicht genau, was er eigentlich tat – auf der Autofahrt am Tag zuvor hatte Richard ihm nur eine grobe theoretische Einweisung im Umgang mit dem Dietrich gegeben. Als Tom alles genauso gemacht hatte, wie er es seiner Meinung nach hätte tun sollen, drehte er das Instrument herum und kniff die Augen zusammen. Es klickte – das Schloss war offen.

»Okay«, flüsterte Tom ungläubig. Er drückte die Klinke nach unten, und sofort schwang die Tür knarrend nach innen.

Das war ja einfach, dachte er sich überrascht. Doch sofort spornte er sich wieder an: Noch 14 Minuten, beeil' dich.

Tom beugte sich vor und blickte in Baroqs Wohnung. Vor ihm lag ein großes Zimmer, das recht spartanisch eingerichtet war. Ein alter Schrank stand einsam auf der rechten Seite an der nackten Wand, auf der linken entdeckte Tom lediglich ein hohes Bücherregal, das aber beinahe leer war. Weiter hinten entdeckte er einen polierten Esstisch und zwei Stühle. Direkt bei einem der Fenster befand sich ein großer Sekretär, auf dessen Arbeitsfläche lediglich eine Tasse stand, in der Bleistifte steckten.

Tom machte zwei Schritte nach vorn und verschloss sofort die Tür hinter sich.

»Fräulein Baroq?«, rief er und betrachtete flüchtig ein Klavier, dessen schwarzer Lack im Sonnenlicht glänzte. Nach einem kurzen Moment warf er einen Blick durch einen Durchgang in ein zweites Zimmer. Abgesehen von einem schmalen Bett und einer Kommode war es leer.

Zurück im Wohnzimmer fand Tom hinter dem Piano die Küche und ein angeschlossenes Bad. Beide Räume wirkten wie unbewohnt, insbesondere die Küche schien unbenutzt. Ein Fenster, das zur Kurrentgasse zeigte und von dem man auch auf den Judenplatz blicken konnte, stand offen. Tom blickte hinab: Der Parkettboden war rutschig. Durch das offene Fenster hatte es offenbar in die Wohnung hineingeregnet.

Was hat das zu bedeuten?, fragte er sich.

Viktoria Baroq hielt sich offenbar nicht in der Wohnung auf. Aber für wie lange schon? Dass hier ein Fenster einfach so offenstand, irritierte Tom. Er blickte sich noch einmal um. Die Zimmer wirkten zwar allesamt etwas lieblos eingerichtet, aber waren trotzdem relativ aufgeräumt und sehr sauber. Nein, dass hier ein Fenster arglos offengelassen war, war merkwürdig. Es passte nicht.

Hatte Viktoria Baroq vielleicht Hals über Kopf die Stadt verlassen? War sie, wie so viele Österreicher, am Wochenende geflüchtet? Oder noch schlimmer: War die junge Wissenschaftlerin vielleicht verhaftet worden?

Tom sah hektisch auf seine Uhr. Nur noch zwölf Minuten. Er schüttelte den Kopf und ging zielstrebig ins Wohnzimmer. Es war im Moment irrelevant, darüber nachzudenken, denn er konnte diese Fragen gar nicht beantworten. Und vielleicht hatte das offene Fenster rein gar nichts zu bedeuten. Ja, vielleicht hatte Richard an der Universität oder Mister Owen in Villach ja Glück gehabt. Vielleicht stand einer von beiden in diesem Moment bereits Viktoria Baroq gegenüber und versuchte, sie davon zu überzeugen, mit ihm so schnell wie möglich das Land zu verlassen.

Tom rief sich in Erinnerung, was Tobias Hoffmann ihm in Heckwaters gesagt hatte.

»Wir müssen diese junge Frau Viktoria Baroq unbedingt finden. Und wenn wir das nicht können, dann ist dieses kleine rote Notizbuch unsere letzte Hoffnung.«

Du suchst jetzt das rote Notizbuch, forderte sich Tom innerlich auf. Das war das Einzige, um das er sich jetzt kümmern konnte.

Sofort ging er auf das Regal zu. Auf einem Brett waren zahlreiche dicke Wälzer abgelegt. Tom schnappte sich einen nach dem anderen und blätterte sie durch. Nach wenigen Minuten war er fertig: Es gab keine Spur von einem kleinen Notizbuch.

Nach und nach durchsuchte er mehrere Stöße von feinsäuberlich übereinander geschlichteten Zetteln auf einem der unteren Bretter.

»Fehlanzeige«, murmelte Tom und drehte sich um. Mit zwei großen Schritten war er beim Schrank gegenüber und öffnete die Flügeltüren: Vor ihm hingen ein paar Mäntel und Jacken, die er, ohne zu zögern, abtastete.

»Der Schreibtisch«, nickte Tom, als er ergebnislos fertig war, und ging auf den Sekretär beim Fenster zu. Die drei Schubladen waren mit Schreibstiften, Tintenfässern und allerlei Krimskrams gefüllt – aber ein Notizbuch war nicht darunter.

Tom richtete sich auf und tippte mit dem Zeigefinger nervös auf die Unterlippe.

Er sprang ins Schlafzimmer, tastete die Matratze ab, durchsuchte die Kommoden, lief anschließend in die Küche, durchstöberte alle Geschirrschränke und Besteckschubladen, kontrollierte anschließend den Mülleimer sowie ein Schränkchen im Bad – vergeblich.

»Verdammt!«, zischte Tom.

Vielleicht dachte er zu sehr wie ein Amateur, überlegte er.

Wenn dieses Buch wirklich so unglaublich wichtig ist, fragte er sich, was würdest du dann damit tun?

Sofort kniete Tom sich auf den Boden, um die Holzdielen zu überprüfen. Vielleicht war eine von ihnen lose. Wenn dieses rote Notizbuch tatsächlich so wichtig war, dass es sogar ein Geheimdienst wie der ICG unbedingt haben wollte, dann hatte es Viktoria Baroq vielleicht irgendwo versteckt. Schließlich sprang er auf und tastete alle Wände von oben bis unten ab, um einen vermeintlichen Hohlraum ausfindig zu machen.

Wieder nichts, dachte er sich frustriert und blickte auf die Uhr. Er hatte laut Plan noch fünf Minuten, dann musste er die Wohnung wieder verlassen. Zu lange sollte Tom sich aus Sicherheitsgründen nicht hier aufhalten. Tom ging wieder ans Fenster und hockte sich so hin, dass er unter die Tischplatte des Sekretärs sehen konnte. Er tastete sie ab, doch er fand kein Geheimfach oder Ähnliches. Tom bemerkte, wie der Schweiß unter seinem Anzug und dem Hemd seinen Oberkörper hinabströmte.

Noch drei Minuten. Es wurde langsam knapp.

Unzufrieden stellte Tom sich in die Mitte des Zimmers und drehte er sich hektisch im Kreis.

Was hatte Adam Morgenstein damals über Viktoria Baroq gesagt? Tom kniff seine Augen zusammen und versuchte sich zu erinnern.

»Der einzige Mensch«, hatte Doktor Morgenstein erzählt, als er gemeinsam mit Tom im Zug von Wien nach Zürich gefahren war, »um den es mir wirklich schade ist, ist meine geschätzte Kollegin. Viktoria ist ein wirklicher Schatz.«

»Da war doch noch etwas!« Tom und stützte seine Hände in die Hüften.

»Diese gescheite junge Dame weiß gar nicht zu schätzen, welche Talente in ihr schlummern …«

Aber was? Was hatte Morgenstein noch über Viktoria Baroq erwähnt?

Plötzlich fiel Toms Blick auf das Klavier.

»Und ich hätte sie mit allem Nachdruck daran erinnern sollen, dass sie regelmäßig Klavier spielt!«

Er trat auf das Piano zu. Langsam klappte er den Deckel auf und legte seine Finger vorsichtig auf die weißen Tasten. Dann öffnete er den großen Resonanzkörper. Die Saiten aus Metall lagen sichtbar vor ihm, und Tom beugte sich nach vorn. Er traute beinahe seinen Augen nicht: Ganz unten im Kasten lag etwas. Blitzartig langte er mit der Hand an der Rückwand des Klaviers entlang in den riesigen Kasten hinein – aber sein Arm war zu kurz.

Mach schon, beeil dich!, spornte er sich innerlich an. Die Schweißperlen liefen seine tiefrote Stirn hinab. Tom presste seine Schulter gegen das Holz – und dann hatte er es. Fest umklammert zog er den Gegenstand aus seinem Versteck und hielt ihn dicht vor seine Augen: Es war ein rotes, kleines Notizbuch! Das war es!

Tom entfernte hastig ein schmutziges Gummiband, das um das Buch gewickelt war, und schlug es auf. Die Seiten waren von oben bis unten vollgekritzelt worden und mit Formeln und Gleichungen regelrecht übersät. Tom atmete tief durch: Er hielt es in seinen Händen!

Jetzt nichts wie raus hier, dachte er. Sofort stopfte er das Buch in die Innentasche seines Jacketts und klappte das Instrument vorsichtig wieder zu. Ohne zu zögern, lief Tom zur Wohnungstür, öffnete sie ein Stück und blickte in den Flur hinaus. Sofort zuckte er zusammen: Er hörte Schritte.

»Die hier, oder?«, rief jemand. Sofort wich Tom hinter die Tür zurück und hielt seinen Atem an.

»Nein!«, befahl eine zweite Stimme. »Im dritten Stock nur die Wohnungen 30 und 33. Die anderen net. Habens S' verstanden?«

»Jawohl!«

Tom wich einen Zentimeter nach vorn. Er entdeckte eine große Gestalt in der Nähe des Treppenaufgangs: Es war ein SA-Mann, der Toms einzigen Fluchtweg blockierte.

»Bleiben Sie gleich hier oben und haben S' ein Auge auf die zwei Wohnungen, Gruber. Ich hole jetzt die Kameraden. Und wenn jemand an Ihnen vorbei will, Gruber, halten Sie die Person an. Lassen Sie sich die Papiere zeigen und klären Sie, ob derjenige oder diejenige auf unserer Liste steht. Wenn das der Fall ist, gleich festhalten. Lassen wir dann unter Schutzhaft stellen. Klar?«

»Verstanden!«, antwortete der Uniformierte mit dem Rücken zu Tom und knallte seine Hacken zusammen.

»Hier herauf!«, bellte die zweite Stimme von weiter unten. Sofort entstand ein Geräusch zahlreicher Schritte im Treppenhaus.

Tom gab sich einen Ruck. Beweg dich!, fuhr er sich an. Er schlich in die Küche, setzte sich auf den Boden und presste seinen Rücken gegen eine Wand.

»Bleib ruhig«, sagte er leise vor sich hin. »Bleib ruhig!«

Nach einigen Minuten ertönte plötzlich ein schallendes Poltern in der Nebenwohnung, und Tom spitzte seine Ohren. Dumpfe, ihm unverständliche Befehle wurden gerufen, unterbrochen nur von lautem Krach. Es hörte sich an, als ob Möbel umgeworfen wurden.

Er hat 30 und 33 gesagt, versuchte Tom, sich zu beruhigen, aber sein Atem ging schnell. Du bist in Wohnung Nummer 31, du bist in Sicherheit. Hier wollen die bestimmt nicht rein. Nur Geduld, nur Geduld.

85. VERSTECKT

Er sah auf seine Armbanduhr: Es war schon fast 11 Uhr. Der Krach nebenan war verstummt, aber der SA-Kommandant rief immer noch sporadisch laute Befehle durch das ganze Haus.

Langsam wurde es auf dem Küchenboden ungemütlich. Tom stützte seinen Ellenbogen auf das angewinkelte Knie und atmete langsam aus.

»Egal«, hörte er die tiefe Stimme wieder dumpf durch die Mauer, »einpacken und mitnehmen.«

Mittlerweile hatte sich Tom zusammengereimt, was nebenan vor sich ging. Er hatte etwa nach einer halben Stunde aus dem Fenster gespäht und einen Lastwagen vor dem Haus entdeckt, auf den zwei Männer in braunen Uniformen zwei Gemälde gehievt hatten. Wahrscheinlich fand nebenan eine Razzia statt. Vielleicht waren die Nachbarn von Viktoria Baroq prominente Mitglieder der Vaterländischen Front gewesen, vielleicht aber auch untergetauchte österreichische Kommunisten oder Sozialisten, Juden oder andere Menschen, die die Nazis als Feinde betrachteten. Und die Schläger der SA wollte diese Leute nicht nur von der Polizei in Schutzhaft nehmen lassen, sondern gleich auch noch deren Privatvermögen beschlagnahmen.

Tom strich sich mit den Händen über die Kniescheiben. Auch wenn er den Zeitkorridor von *Red Rush* mittlerweile gehörig überschritten hatte, er musste nur noch ein bisschen Geduld haben, dachte er. Dann würde er schon unbehelligt aus dem Haus wieder verschwinden können.

»Jawohl!«, rief jemand plötzlich laut. »Ich prüfe das hier noch.«

Ruckartig zog Tom seine Beine an und riss die Augen auf. Die Tür zu Baroqs Wohnung wurde quietschend aufgestoßen. Tom wagte kaum zu atmen. Nach einem Moment hörte er ein schleifendes Geräusch im Salon nebenan: Jemand hatte die Wohnung betreten.

Tom blickte wie gebannt über seine rechte Schulter hinweg aus der Küche hinaus in das große Wohnzimmer. Knirschend kamen die Schritte näher. Toms Herz blieb stehen, glaubte er, als er einen schwarzen Stiefel nur wenige Zentimeter neben sich auf das Parkett treten sah. Ein braun gekleideter riesiger Kerl ging mit starrem Blick auf das Fenster zu.

Tom konnte es kaum glauben. Hätte der SA-Mann seinen Kopf nur um Zentimeter gedreht, hätte er Tom entdeckt, der auf dem Küchenboden, wie ein Tier zusammengekauert, dasaß. Aber er tat es nicht. Fast eine Ewigkeit schien der SA-Mann durch die Glasscheiben auf den Platz zu starren. Dann wandte der Kerl sich nach rechts, weg von Tom. Regungslos konnte Tom sein Glück kaum fassen. Der Mann blickte neugierig über den Sekretär, dann zum Klavier, dann drehte er sich ruckartig herum und sah in die Küche.

»Was?«, japste er und taumelte erschrocken mit gekrümmtem Körper zurück.

Tom reagierte sofort: Wortlos schob er sich an der Wand nach oben und machte einen Schritt zurück, sodass er aus Versehen mit dem Rücken an den Küchenschrank stieß.

»Was …? Aufstehen!«, schrie der SA-Mann. »Was machst du hier?«

Nun registrierte Tom, dass sein Gegenüber gar nicht mehr so riesig wirkte, da er ihm nun aufrecht gegenüber stand: Der etwas untersetzte SA-Mann, dessen runde dunkle Augen ängstlich auf Tom fixiert waren, war sogar kleiner als Tom selbst.

»Was machst du hier? Antworte, sofort!«

»Ich bin nicht bewaffnet«, sagte Tom und hob beschwichtigend seine Handflächen, »ich bin völlig ungefährlich, sehen Sie?«

»Komm da raus! Los!«

Tom nickte und machte einen langsamen Schritt nach vorn. Der Uniformierte wich sofort zurück und wirkte dabei so, als würde er vor Angst und Aufregung gleich kollabieren.

»Was machen S' hier? Verstecken Sie sich?«

Tom trat mit einem großen Satz in den Salon und wollte dem Mann gerade antworten, als vier weitere Männer in braunen Uniformen durch die offenstehende Wohnungstür hereingerannt kamen. Tom schluckte: Alle hielten Schlagstöcke in den Händen.

»Was ist das hier für ein Aufruhr?«, rief ein älterer SA-Mann und ließ die vier anderen sofort zur Seite springen. »Was soll das, Gruber?«

»Ich habe diesen Verdächtigen hier gestellt«, rief der Dicke und knallte die Hacken seiner Stiefel zusammen. »Er hat sich versteckt!«

»Name, hm?«, zischte der Anführer.

Tom schloss instinktiv seine Augen, als sein Kopf unter einem wuchtigen Knall zur Seite gedrückt wurde.

»Na, wird's bald?«

Der Alte hatte Tom ansatzlos einen Schlag mit dem Knüppel versetzt. Ein heftiger Schmerz durchzog Toms linke Gesichtshälfte, und sein Ohr donnerte. Er taumelte zur Seite.

»Was machst du hier? Dein Name!«

Tom versuchte, seinen Mund zu bewegen. Er musste sich schnell etwas einfallen lassen.

»Mein Name ...«

Blut sammelte sich in seinem Mund.

»mein Name ist ...«

Der Alte holte ein zweites Mal aus, doch dieses Mal war Tom vorbereitet: Er packte den Schlagstock an der Spitze, bevor der SA-Mann ihn auf Toms Kopf hinabsausen lassen konnte. Für einen kurzen Augenblick war der Alte wie konsterniert, er hatte offensichtlich nicht mit Widerstand gerechnet. Toms Augen blitzten auf. Obwohl er den Moment des Triumphs genoss, wusste er auch, dass er einen Fehler begangen hatte. Er war von insgesamt sechs Männern umzingelt, und er hatte sich ihnen nun offen widersetzt. Das konnte nicht gut ausgehen.

»Was ist hier los?«, brüllte jemand so laut, dass sich Tom duckte und seine Augen in Erwartung einer Serie von heftigen Schlägen zusammenpresste. Doch nichts passierte.

»Was erlauben Sie sich?«, fauchte der alte SA-Anführer.

Tom sah vorsichtig auf. Verschwommen erkannte er, dass der Alte ihm den Rücken zugewandt hatte genau wie die anderen in den braunen Uniformen. Sie alle blickten zu einem großen Mann hinüber, der in der Tür stand.

»Gibt's einen Grund, diesen Herrn festzuhalten?«, rief der in einem autoritären Ton.

Tom erkannte die Stimme.

»Lassen Sie mich mal sehen«, zischte Richard in Richtung des SA-Anführers und kam auf Tom zu.

»Weisen Sie sich g'fälligst erst einmal aus!«, bellte einer der jüngeren SA-Leute in Wienerischem Dialekt und stellte sich Richard in den Weg. Tom beobachtete, wie Richard ruhig in die Innentasche seines Mantels griff und eine an einer Kette befestigte Metallmarke gut sichtbar für alle in die Höhe hielt. Tom erschrak: Es handelte sich um eine Dienstmarke der Gestapo.

»Also«, sagte Richard kühl, »liegt gegen diesen Herrn etwas vor?«

»Er hat sich verdächtig verhalten«, antwortete der dickliche Gruber sichtlich beeindruckt. »Ich hatte Anweisungen, jeden aufzuhalten und unter Schutzhaft zu stellen …«

»Seit wann kann die SA eine Person unter Schutzhaft stellen?«, fragte Richard in Richtung des Alten. Der lief hochrot an, genau wie Gruber. Als der seinen Mund öffnen wollte, kam ihm Richard zuvor: »Für Verhaftungen sind, soweit ich weiß, immer noch die staatlichen Polizeibehörden zuständig! Und bestimmt nicht die minderbemittelten Schläger irgendeiner längst entmannten Parteiorganisation wie der SA.«

Tom traute seinen Ohren nicht.

»Was erlauben Sie sich?«, bellte der Alte fuchsteufelswild.

»Sie darauf hinzuweisen«, schrie Richard noch lauter zurück, »dass im Deutschen Reich Recht und Ordnung herrschen! Und beides gilt auch in Wien, ist das klar?«

Die jüngeren SA-Männer warfen einander unsichere Blicke zu.

»Ich habe meine Anordnungen völlig ordnungsgemäß …«, stotterte der Alte verkrampft. Wieder ließ Richard ihn nicht ausreden. »Wenn Sie der Meinung sind, dass eine Person überprüft werden soll, dann haben Sie die zuständigen Stellen darüber zu informieren, nicht mehr. Verstehen wir uns? Amtsanmaßung ist in unserem Land strafbar, sind Sie sich dessen bewusst?«

Der Alte kochte vor Wut und rang nach Worten. Richard griff nach Toms Oberarm. »Dann werde ich den Mann hier jetzt mitnehmen und überprüfen.«

»Jawohl«, rief der Alte zackig. Gruber und die anderen nickten nur eifrig.

Tom folgte Richard wortlos aus der Wohnung. Während beide die Treppe hinabstiegen, griff Richard unauffällig in seine Manteltasche, holte ein Taschentuch hervor und hielt es Tom im Gehen hin. Doch der zögerte.

»Okay, wenn du es nicht brauchst.« Richard zog das Tuch wieder zurück und wischte sich damit den Schweiß von der Stirn.

»Hast du das rote Buch gefunden?«, fragte er.

»Gestapo, was?«, flüsterte Tom angriffslustig und wischte sich mit der bloßen Hand ein paar Mal über das Gesicht.

»Hast du in der Wohnung alles abgesucht?«, fragte Richard nachdrücklich, als sie den ersten Stock erreichten.

»Woher hast du diese Gestapomarke her? Und wieso weiß ich nichts davon?«

»Hast du das Notizbuch nun gefunden oder nicht?«

Tom schüttelte seinen Kopf. »Nein«, log er.

Plötzlich krachte es ein paar Stockwerke über ihnen. Richard blickte sofort ängstlich nach oben.

»Die räumen wahrscheinlich nur auf«, erklärte Tom abfällig und ging weiter.

Vor dem Haus in der Kurrentgasse war die Ladefläche des Lastwagens mittlerweile gut gefüllt. Neben Gemälden waren Kronleuchter, antike Möbel und zwei Standuhren aufgeladen worden. Wahrscheinlich hatten diese Leute auch Silberbesteck und Schmuck mitgehen lassen, vermutete Tom.

»Hier entlang«, befahl Richard und steuerte nach links. Hinter ihnen krachte es immer wieder in dem blaugrauen Haus, doch weder Richard noch Tom blickten zurück.

Als sie nach ein paar Minuten durch das Wirrwarr der engen

Gassen gelaufen waren und eine kleine Kirche erreichten, blickte sich Richard prüfend um und blieb schließlich stehen. »So, hier hört uns keiner. Also: Was ist genau passiert?«

»Wieso weiß ich nichts von dieser Marke, verdammt?«, fragte Tom bedrohlich leise und zog seine Augenbrauen zusammen.

»Okay«, antwortete Richard. Langsam zog er das Abzeichen der Gestapo aus seiner Hosentasche. »Sie ist nicht echt. Es ist nicht gerade schwer, das Ding zu fälschen, dafür aber riskant, es zu verwenden. Ich habe sie für Notfälle.« Dann steckte er das Abzeichen wieder ein. »Ein wirklich misstrauischer Mensch lässt sich von so einer Metallplakette nicht beeindrucken und will einen Dienstausweis sehen. Und so einen habe ich nicht.«

Tom war nicht überzeugt. »Zum letzten Mal: Warum wusste ich nicht von Anfang an davon, dass du sie dabei hast?«

»Herrgott, Tom! Ich habe dir doch auch nicht gesagt, dass ich blaue und weiße Unterhosen eingepackt habe.«

Toms Gesichtsausdruck ließ keinen Zweifel daran, dass ihm diese Erklärung kaum genügte.

Richard sah sich noch einmal um. »Wenn ich dich belügen würde, ein Polizist der Gestapo wäre und dich umbringen wollte, hätte ich dich den Idioten von der SA eben auch einfach überlassen können. Oder in den vergangenen Tagen einfach hinterrücks abgeknallt.«

Tom überlegte. Das machte allerdings Sinn. »Wegen der Marke sind wir gestern überhaupt nur über die Grenze nach Österreich gekommen, stimmt's?«

Richard schüttelte seinen Kopf. »Ich habe dich nicht angelogen, ich habe das mit Geld regeln können. Aber ja, hätte der Soldat sich nicht bestechen lassen, hätte ich mein Glück wahrscheinlich mit dieser Hundemarke versucht.«

Tom verlagerte sein Gewicht von einem Bein aufs andere und legte gleichzeitig die Hand auf seine schmerzende Wange.

»Danke für vorhin«, sagte Tom. »Das war eng.«

»Gern geschehen. Also: Du hast in Baroqs Wohnung nichts gefunden?«

»Als ich gerade verschwinden wollte«, erklärte Tom langsam und wich Richards Frage aus, »sind diese Typen aufgetaucht. Da wollte ich abwarten.«

»Verstehe.«

»Was war auf der Universität?«

»Fräulein Baroq ist dort das letzte Mal am Donnerstag gesehen worden, ist mir gesagt worden. Seitdem ist sie nicht erreichbar.«

»Vielleicht ist sie geflüchtet. Oder verhaftet worden.«

Richard nickte. »Das rote Buch habe ich auch nicht gefunden.«

In diesem letzten Punkt wusste Tom mit Sicherheit, dass Richard auf keinen Fall log. Denn Tom fühlte, wie das in seiner Innentasche steckende rote Notizbuch von Viktoria Baroq auf seine Brust drückte.

»Mann, ich habe fast eine Stunde im Hotel auf dich gewartet«, erklärte Richard kopfschüttelnd. »Ich habe schon befürchtet, dass etwas schiefgelaufen ist, und bin wie ein Irrer hergerannt.«

»Hoffentlich war Mister Owen erfolgreich.«

»Ja, hoffentlich. So, wir sollten jetzt weiter, wir stehen jetzt schon lange genug hier herum. Komm, am besten hier lang.«

86. DAS MEER

»Es hat keinen Zweck«, rief Tom laut über die Köpfe von zahllosen Menschen hinweg zu Richard. »Folgen wir einfach erst einmal dem Strom.«

Sie wurden von Hunderten Menschen mit stetigem Tempo durch die enge Gasse weitergeschoben. Es war einfach passiert: Tom hatte gar nicht bemerkt, wie sie in den Menschenstrudel hineingeraten waren, aus dem es scheinbar unmöglich zu entkommen war.

»Ja, warten wir einfach mal ab, wo es hingeht«, antwortete Richard unruhig und nickte. Er sprang auf und ab, um sich umblicken zu können. »Irgendwo geht's schon raus.«

»Hat's schon aufgehört?«, fragte eine junge Frau neben Tom, die sich an ihren Begleiter klammerte. »Haben wir's verpasst?«

»Na, Gerli«, antwortete der verkrampft und schob einen jungen Mann vor Tom unsanft zur Seite, »es hat sich ja alles verspätet, weil die Kolonne durch den Ring fast net durchkommen ist. Die Kundgebung hat erst gegen 11 Uhr angefangen, und der Seyß-Inquart redet auch erst. Wir haben bestimmt noch nix verpasst, glaub mir, Gerli.«

Tom boxte sich mit ausgefahrenen Ellenbogen voran, um Richard nicht zu verlieren. Da hörte er wieder dieses sonderbare Rauschen in der Ferne, das sich jedes Mal nach und nach langsam wie eine Welle aufbaute und wenige Momente später wieder verebbte. Es war gespenstisch. Gleichzeitig strebten alle Wiener um sie herum fast wie in Trance immer weiter nach vorn, direkt auf das Rauschen zu.

»Geht's da nicht weiter?«, rief eine alte Frau ungeduldig. »Warum haben's den Platz so schnell abgeriegelt?«

»Der Platz ist für SS, SA und so weiter reserviert, gnä' Frau«, antwortete ihr ein schlanker Mann mit einem Spitzbart, der seine Frau vor sich herdirigierte.

Die Menge schob sich direkt an einem repräsentativen Gebäude vorbei. Als Tom das Straßenschild mit der Aufschrift »Ballhausplatz« las, verstand er: Es handelte sich um das Bundeskanzleramt, wo wenige Tage zuvor noch Kanzler Kurt Schuschnigg regiert hatte.

»Wir sollten zurück«, rief Tom zu Richard hinüber, der knapp zwei Armlängen entfernt von ihm war. »Wir sollten hier versuchen ...«

Doch an ein Umdrehen war jetzt einfach nicht mehr zu denken, zu dicht drängten die Wiener nach vorne. Also gab Tom seinen Widerstand auf.

»Na endlich!«, brüllte jemand erleichtert. Vielleicht 100 Meter vor ihnen erkannte Tom Baumkronen, die die gewaltige Menschenmasse überragten. Unzählige Standarten und Fahnen wurden in die Luft gereckt. Als wieder dieses sonderbare Rauschen entstand, verstand Tom nun, dass es sich dabei um die im Chor jubelnden Stimmen Zigtausender handelte, die allesamt »Sieg Heil!« riefen.

Großartig, dachte Tom zähneknirschend, jetzt sind wir mittendrin. Als er genau wie Richard und Hunderte andere Menschen gegen eine bewachte Absperrung gedrückt wurde, ertönte die Stimme vom neuen österreichischen Kanzler Arthur Seyß-Inquart, die aus großen Lautsprechern quoll. »… wonach Jahrhunderte deutscher Geschichte gerungen haben, wofür ungezählte Millionen der besten Deutschen geblutet haben und gestorben sind, was im heißen Ringen letztes Ziel, was in bittersten Stunden letzter Trost war, heute ist es vollendet …«

Tom wurde hin und her gestoßen. Sein Blick war immer wieder versperrt, doch er konnte erkennen, wie vor ihm in der Mitte der Menge gerade mehrere Jungen auf ein sich aufbäumendes Ross kletterten. Es schien, als wollte sich das Pferd gegen sie wehren und den eigenen Reiter beschützen, der seinen Feldherrnstab in die Luft streckte und noch widerstand, von den Horden zu Fall gebracht zu werden. Der General blickte über seine linke Schulter – ganz so, als ob er Tom fragen wollte, was denn um alles in der Welt im letzten halben Jahr nur geschehen war. Die Triumphstatue von Erzherzog Karl, dem Verteidiger des erloschenen österreichischen Imperiums, die Tom im vergangenen Herbst zum ersten Mal gesehen hatte, stand trotzig inmitten der Zigtausend auf dem Wiener Heldenplatz. Es war ein wahres Menschenmeer.

»… sagen Dank, der restlose Liebe und bedingungslose Treue ist. Mein Führer! Wie immer der Weg führt: Wir folgen nach! Heil, mein Führer!«

Erneut hallten Wogen von dröhnenden Sprechchören über das weite Feld. Auch die zweite Reiterstatue, jene von Prinz Eugen, direkt vor dem Mittelteil der bogenförmigen Hofburg, war von den Zuschauern eingenommen worden. Der Prunkbau der Habsburgermonarchie selbst war mit zahlreichen roten Hakenkreuzbannern behängt.

»Junge, ist das eng«, brüllte Richard, der sich zu Tom durchgekämpft hatte.

»Siehst du die ganzen Statuen an der Hofburg?«, fragte Tom.

»Was? Lauter, ich verstehe dich nicht!«

»Nicht so wichtig.« Tom schüttelte den Kopf. Ihm war, als würden die vielen Figuren und Engel das Schauspiel der sterblichen Menschen unter ihnen wie stille Zeugen der Geschichte betrachten.

»Jetzt kommt er endlich! Da!«

Geradezu hypnotisiert starrten alle erwartungsvoll in Richtung der Loggia in der Mitte der Hofburg: Der Führer war ganz nach vorn getreten. Und seine neuen Untertanen schrien sich die Seele aus dem Leib. Tom blickte sich überrascht um: Alte, Junge, Männer, Frauen und Kinder – sie alle schienen bereit zu sein, in diesem Moment für den lautesten Schrei zu sterben. Sie rissen ihre Arme empor und schwenkten ekstatisch ihre Fähnchen. Auf dem Dach hielt eine Kamera, die man gut erkennen konnte, für die Ewigkeit fest, wie die Österreicher ihren vermeintlichen Erlöser und die Hoffnung auf eine bessere Zukunft zelebrierten. Und als der Führer seinen rechten Arm in den Himmel streckte, erwiderten alle die Geste mit einem noch heftigeren Geschrei.

»Deutsche! Männer und Frauen!«, ertönte seine Stimme aus den Lautsprechern. Mit der harten und alles durchschneidenden Sprache rief er nicht nur über den Platz, sondern in die Stadt und das ganze Land hinein. Die Schreie der Menschen waren sofort verstummt.

»In wenigen Tagen hat sich innerhalb der deutschen Volksgemeinschaft eine Umwälzung vollzogen, die wir heute wohl in ihrem Umfange sehen, deren Bedeutung aber erst spätere Geschlechter ganz ermessen werden …«

Der Führer stand vielleicht nur noch 300 oder 400 Meter entfernt von Tom.

Da war er also: Jener Mensch, der das alles verantworten musste.

»... Ich spreche im Namen der Millionen dieses wunderschönen deutschen Landes, im Namen der Steirer, der Nieder- und Oberösterreicher, der Kärntner, der Salzburger, der Tiroler und vor allem im Namen der Stadt Wien, wenn ich es den in diesem Augenblick zuhörenden 68 Millionen übrigen deutschen Volksgenossen in unserem weiten Reich versichere:

Dies Land ist deutsch, es hat seine Mission begriffen, es wird diese erfüllen, und es soll an Treue zur großen deutschen Volksgemeinschaft von niemandem jemals überboten werden ...«

Die vibrierende Stimme aus den vielen Lautsprechern ließ Toms Körper erzittern. Er fühlte sich auf einmal schrecklich leer und verloren.

»... Ich kann somit in dieser Stunde dem deutschen Volke die größte Vollzugsmeldung meines Lebens abstatten: Als Führer und Kanzler der deutschen Nation und des Reiches melde ich vor der deutschen Geschichte nunmehr, den Eintritt meiner Heimat in das Deutsche Reich!«

Als das Geschrei wieder losging, riss Tom reflexartig seine Augen auf.

Er hätte vor Wut und Hass weinen können. Er hätte sich vor Übelkeit übergeben können. Doch er tat es nicht.

Regungslos blieb er einfach stehen und betrachtete den Untergang der Heimat seiner Vorfahren.

87. ÜBERRASCHUNGEN

»Was für eine Show!« SS-Untersturmführer Stefan Reitzle klatschte in die Hände. »Was für eine Begeisterung! Hätte ich diesen gemütlichen Wienern gar nicht zugetraut. Die Menschen waren ja förmlich elektrisiert! Und damit meine ich nicht nur unsere SS- oder SA-Abordnungen direkt auf dem Heldenplatz. Haben Sie die Wiener beobachtet? Auch auf der Ringstraße und rund um den Heldenplatz? Was für eine Ekstase!«

»Und die Inszenierung war wieder meisterhaft«, pflichtete ihm Ullrich Flügel bei.

»Ich habe mich ehrlich gefragt, wo die so schnell so viele Fahnen her haben«, lachte Doktor Veit Reschny.

»Na, die haben wir natürlich mitgebracht!«, erklärte Reitzle und zuckte lachend mit den Schultern. »Die Luftwaffe hat Fahnen en masse vom Reichsparteitagsgelände aus Nürnberg eingeflogen.«

»Ah, ich verstehe«, nickte Reschny.

Reitzle musterte seine zwei Begleiter beiläufig. Er hatte sich mit den beiden am Vortag die Maschine von Berlin nach Wien geteilt und sich noch an Bord gleich mit ihnen angefreundet. Reitzle war zufrieden: Die Reise hatte er schon erfolgreich dazu nutzen können, um neue Kontakte zu knüpfen.

»Alles in allem eine gelungene Veranstaltung, nicht wahr?«, erkundigte sich Flügel, der wohl ein paar Jahre älter als Reitzle selbst war und im Propagandaministerium arbeitete. Nach Reitzles Einschätzung war der Mann sehr ehrgeizig, aber gleichzeitig nicht unsympathisch. »Das wird auch der Auslandspresse nicht entgehen, meine Herren, das kann ich Ihnen versichern. Alle werden von der gewaltigen Begeisterung schreiben, überall. Und das wird diese destruktiven Gerüchte der jüdischen und bolschewistischen Clique ein für alle Mal zerstreuen, dass der Anschluss gegen den Willen der Österreicher passiert ist.«

»Richtig, richtig«, stimmte Reitzle zu, als sie um die Ecke bogen und eine etwas kleinere Nebengasse entlang marschierten. »Das kann niemand vertuschen, dass die Österreicher mit ganzem Herzen dabei sind. Und mein Lieber, was gehen die den Wechsel in einem forschen Tempo an! Ich ziehe den Hut vor deren Enthusiasmus.«

»Ja«, seufzte Doktor Reschny, »wir müssen sie schon einbremsen.«

»Bitte?«, fragte Flügel nach.

»Na, einbremsen!« Reschny, ein stämmiger Mann, dessen Jugendlichkeit von einer Halbglatze und einem buschigen Schnurrbart gemildert wurde, arbeitete im Berliner Wirtschaftsministerium und hatte auf dem Flug am Vortag erklärt, dass er nach Wien geschickt worden war, um der neuen Gauleitung in Wien bei organisatorischen Fragen unter die Arme zu greifen. »Die Denunzierungen von angeblichen Schuschnigg-Getreuen nimmt einfach Überhand. Jeder verpfeift auf gut Glück jeden.«

»Ist doch praktisch!«, lachte Reitzle und schob seine SS-Mütze ein Stück den Kopf hinauf. »Die Leute nehmen uns damit doch nur die Arbeit ab. Wir müssen ja sowieso die meisten Stellen neu besetzen.«

»Nur logisch«, stimmte Flügel sofort zu. »Es hilft nichts, nur den Kanzler zu entfernen, es muss ja die Führungsstruktur des ganzen Landes völlig umgekrempelt werden.«

»Das steht außer Frage«, beteuerte Reschny, »aber viele Österreicher begreifen die neue Lage scheinbar auch als Gelegenheit, sich eine Beförderung zu ergaunern.«

Reitzle nickte verständnisvoll. »Ach so, jetzt weiß ich, worauf Sie hinauswollen. Wenn ein Vizeamtsvorsteher seinen langjährigen Intimfeind um den Posten des Amtsvorstehers bringen will, dann behauptet der Vize eben kurzerhand, der Rivale wäre schon immer ein Feind des Nationalsozialismus gewesen? Oder gleich ein Mitglied der Skatrunde von Schuschnigg persönlich? Meinen Sie so was, Doktor Reschny?«

»Genau. Aber es betrifft nicht nur Ämter. Wir kriegen Anträge für Stellenumbesetzungen in Zeitungsredaktionen, Betriebsvorständen, Museumsdirektionen, Versicherungen, Sportvereinen – ja sogar in der Kirche.«

Reitzle grinste achselzuckend. »Ja, was soll man machen. Die Menschen sind halt alles auch nur Tiere, nicht wahr? Der Stärkste und Dreisteste setzt sich eben durch! Sagt mal, wann beginnt die Heerschau?«

»Keine Sorge, wir haben genügend Zeit fürs Mittagessen.«

»Das Restaurant im Hotel *Bristol* ist mir ausdrücklich empfohlen worden«, versicherte Flügel, als sie um die Ecke bogen, »die haben auch ein paar edle Tropfen auf ihrer Karte. Die Österreicher können das.«

»Na dann?« Reitzle ging als Erster durch die Drehtür in die Lobby des Hotels.

»Sie reisen schon ab?«, fragte der Rezeptionist.

»Ja«, antwortete Richard knapp.

»War etwas nicht zu Ihrer Zufriedenheit?«, hakte der junge Mann besorgt nach.

Tom hielt sich unauffällig seine Wange. Der Schmerz vom Schlag des SA-Mannes hatte schon etwas nachgelassen, aber die Schwellung war noch lange nicht verschwunden. Er betrachtete durch die gläserne Front des Hotels *Bristol* schweigend das Treiben auf dem Ring. Die Menschen wirkten vergnügt wie auf einem Volksfest.

Tom blickte wieder auf den Boden und machte ein paar Schritte auf dem Marmor.

»... den Eintritt ...«

Er schloss die Augen.

»den Eintritt meiner Heimat ...«

»Nein, alles bestens«, beruhigte Richard und unterschrieb einen Zettel. »Wir haben uns sehr wohl gefühlt. Aber die Pflicht ruft.«

»Ich verstehe. Ich mache dann die Rechnung fertig, Herr Bruckner.«

Tom beobachtete, wie ein großgewachsener Mann in SS-Uniform das Hotel betrat. Sofort stachen Tom die Insignien des SD, des Sicherheitsdiensts der SS, auf dem Ärmel der Jacke ins Auge, und drehte den Kopf reflexartig ein Stück zur Seite.

»Haben Sie eigentlich Zigarren dabei, Stefan?«, fragte ein Begleiter den Herrn in der SS-Uniform. Der blickte flüchtig zu Tom hinüber, blieb abrupt stehen und runzelte wortlos die Stirn.

»Und, Stefan?«, fragte ein zweiter etwas kleinerer Begleiter mit Halbglatze, »Sie wollen uns die doch nicht vorenthalten, oder?«

Tom wagte es nicht, sich zu bewegen. Starrte der SS-Mann ihn etwa an?

»Hat der gute Doktor Reschny etwa recht?«, fragte Flügel halbernst. »Sie wollen uns doch nicht verprellen, Herr Untersturmführer?«

Reitzles Blick lag weiterhin auf den im schwarzen Mantel gehüllten jungen Mann an der Rezeption. Reitzle grübelte angestrengt nach: Hatte er diesen Kerl schon einmal gesehen? Die Augen kamen ihm bekannt vor, und diese markanten Gesichtszüge wirkten sonderbar vertraut …

»Na, soll er doch mit den Kubanischen knauserig sein«, rief Flügel und klopfte Reitzle so heftig auf die Schulter, dass der sofort aus seinen Gedanken gerissen wurde und herumfuhr. »Dann wird er eben die Rechnung im Restaurant übernehmen, hm?«

Reschny lachte.

»Ich … ich bitte um Verzeihung«, stammelte Stefan Reitzle und bemühte sich, gelassen zu wirken. »Natürlich habe ich meine Zigarren dabei, für euch ist jeweils eine reserviert.«

»Na, dann wollen wir nicht länger warten, ich habe Hunger!« Flügel ging mit Reschny voran. Reitzle folgte ihnen.

»Herr Doktor Reschny, hatten Sie nicht gesagt, dass das Hotel hier, so wie das *Imperial*, einem Juden gehört?«, fragte Flügel beiläufig.

»Ja, ganz richtig«, antwortete Reschny. »Schallinger heißt er. Aber der wird sich bald warm anziehen müssen.«

Als sie durch die Lobby auf den Salon zustrebten, in dem zahllose Herrschaften in braunen und schwarzen Uniformen ausgelassen mit Anzugträgern plauderten, packte Reitzle noch einmal die Unruhe: Im Gehen wandte er seinen Kopf herum und suchte nach dem Burschen, der an der Rezeption gestanden war. Doch ehe er ihn gefunden hatte, wurde er von einem deutlich interessanteren Anblick abgelenkt.

»Entschuldigen Sie, meine Dame«, hörte Reitzle einen fetten Herrn im Nadelstreif sagen, der gehorsam wie ein Dackel im Salon zur Seite sprang, »ich bin untröstlich. Bitte, gehen Sie durch.«

Reitzle war beeindruckt: Die Absätze ihrer feinen Schuhe klackten auf dem Marmor, als die bildhübsche Blondine in einem dunklen Rock und einem figurbetonten Mantel in die Lobby trat. Ohne Reitzle zu beachten, stolzierte sie an ihm vorbei. Unter dem großen Hut stachen ihre vollen roten Lippen und die goldblonden Haare regelrecht hervor und ließen ihre ganze Erscheinung so perfekt anmuten, dass Reitzle genau wie die erstaunten Männer im Salon, die ihr mehr oder weniger unauffällig hinterherblickten, die junge Frau für einen Filmstar oder eine weltberühmte Sängerin halten mussten.

»Stefan, hier geht's lang.« Doktor Reschny hatte zusammen mit Flügel schon die Treppe erreicht.

»Ich komme«, antwortete Reitzle, riss sich zusammen und lief weiter. Er durfte sich nicht ständig von Nebensächlichkeiten ablenken lassen, mahnte er sich. Nein, er musste sich nun darauf konzentrieren, seine neu gewonnenen Kontakte zu pflegen. Das würde seiner Karriere schließlich sehr dienlich sein.

Tom riskierte einen Blick über die Schulter. Er war erleichtert, als er beobachtete wie der SD-Mann um die Ecke verschwunden war. Aber gerade als Tom aufatmen wollte, weiteten sich seine Augen, denn eine andere Person kam geradewegs auf ihn zu: Es war Sarah!

Noch schöner als in seiner Erinnerung, rückte sie wortlos eine große Lederhandtasche in ihrer rechten Hand zurecht, blieb einen Schritt vor Tom stehen und sah ihn schweigend an.

Tom versuchte, sein Erstaunen zu kaschieren. Sie durfte nicht hier sein! Was, um alles in der Welt, machte sie hier? Was hatte sie in Wien verloren?

»Wir wären soweit«, sagte Richard als er seine Brieftasche in der Jacke verstaute und, von der Rezeption kommend, auf Tom zutrat, »wir müssen nur unsere Sachen holen, dann …«

In dem Moment registrierte Richard Sarahs Anwesenheit. Blitzschnell blickte er zu Boden, sodass kein anderer Hotelgast in der Lobby um sie herum die Überraschung in seinem Gesichtsausdruck erkennen konnte.

»Es ist alles arrangiert, Herr Wallstrom«, bemerkte er leise. Erst nach ein paar Augenblicken hob er wieder den Kopf an.

»Meine Herren«, sagte Sarah leise und lächelte.

Tom rührte sich nicht. Richard schien innerlich zu brodeln. Ohne ein einziges weiteres Wort ging er zurück zur Rezeption. »Junger Mann, ich brauche doch noch einmal meinen Zimmerschlüssel. Geht ganz schnell, ich gebe ihn in zehn Minuten wieder hier ab.«

»Gerne.«

Richard verriegelte die Zimmertür von innen und musterte Sarah argwöhnisch.

»Ich bin gerade erst angekommen«, durchbrach sie sofort das Schweigen. »Ich habe einen Eilbefehl für euch.«

Tom ließ sich rücklings auf ein weiches Sofa fallen. Richard schwieg, aber Tom erkannte Verwunderung in seinen Augen.

»Die Anweisungen waren sehr knapp«, erklärte Sarah schnell. »Wir haben nur wenig Zeit, wir müssen sofort los. Wir sollen zu dritt eine Person in Heidelberg abholen, sie wird dort festgehalten. Es handelt sich um eine Dame, ihr Name lautet Viktoria Baroq. Ich habe mich so beeilt, rechtzeitig hier zu sein … Sagt euch der Name irgendetwas?«

Toms Miene verfinsterte sich. Doch Richard reagierte wesentlich heftiger: Pfeilschnell zog er einen Gegenstand unter seinem Mantel hervor und richtete ihn auf Sarah. Es war eine Pistole. Sarah wich zurück, denn der runde Lauf zielte genau auf ihren Kopf. Richard starrte sie etwas vorgebeugt und mit angespanntem Gesichtsausdruck an.

»Was soll das?«, rief Tom und sah hektisch zwischen den beiden hin und her.

»Richard«, protestierte Sarah eindringlich, »wir haben keine Zeit für so etwas, was hast du …«

»Halt den Mund!«, zischte Richard.

Tom handelte instinktiv. Sofort sprang er auf und stellte sich schützend zwischen die Waffe und Sarah. Richard hatte damit offensichtlich nicht gerechnet.

»Aus dem Weg!«, fuhr er Tom an.

»Den Teufel werde ich tun! Was ist, verdammt noch mal, los?«

Plötzlich krachte etwas hinter ihm dumpf zu Boden. Tom drehte seinen Kopf. Sarahs Handtasche lag direkt vor ihren Füßen auf dem Teppich – und auch sie hielt nun eine Pistole in Händen und spannte den Hahn.

Tom wurde nach einigen Augenblicken erst allmählich klar, in welcher Lage er sich befand: Er stand genau in der Schusslinie. Würde auch nur einer von beiden abdrücken, würde die Kugel in jedem Fall zuallererst Toms Schädel durchschlagen.

»Seid ihr beide wahnsinnig?«, schrie er wütend und streckte seinen linken und rechten Arm in die Höhe, als ob er mit seinen Handflächen die Projektile im Falle des Falles stoppen könnte.

»Geh aus dem Weg«, forderte ihn Richard bedächtig auf.

»Was ist in dich gefahren, Richard?«, fragte Sarah verängstigt. »Ich habe mir diese Geschichte nicht ausgedacht! Ich bin sofort in München aufgebrochen, damit wir keine Zeit verlieren – und jetzt das? Was ist bloß los mit dir?«

»Tut mir leid«, antwortete Richard zynisch, »aber es gibt da etwas, was mich ein wenig stört.«

»Und was?«, riefen Tom und Sarah gleichzeitig.

Richard legte seinen Kopf etwas zur Seite, sodass er an Tom vorbeisehen konnte. »Mein PCC.«

Tom blickte zu Sarah, die erschrocken ihre Augen aufriss.

»Was …?«, fragte Tom.

»Oh Gott«, flüsterte Sarah, »ich Idiot!«

»Was, um Himmels willen, ist ein PCC?«, fragte Tom aufgeregt.

»*Black Mercury*«, stieß Sarah hervor, »hörst du? *Black Mercury*!«

Es klickte. Richard hatte seinen Lauf gesenkt. »Das Personal Contact Codeword jedes einzelnen Corps-Agenten ist nur dem Führungsgremium des Corps bekannt«, schilderte Richard und blickte regungslos zu Sarah hinüber. »Dass sie es kennt, beweist, dass sie im offiziellen Auftrag hier ist.«

Langsam steckte er seine Pistole wieder unter seinen Mantel. Nach einem Moment sicherte auch Sarah ihre Waffe. Tom ließ seine Arme fallen.

»Wieso hast du das PCC nicht sofort genannt, Sarah?«, fragte Richard scharf, aber leise. »Jeder weiß, dass ein Agent von dem Schlimmsten ausgehen muss, wenn ein anderer Agent unplanmäßig einfach so auftaucht. Und jeder weiß, dass man als Allererstes das PCC zu nennen hat, am besten noch bevor man ›Guten Tag‹ sagt! Wir hätten uns das alles hier sparen können.«

»Es …«, begann Sarah, doch Tom unterbrach sie: »Nicht jeder weiß das.«

Richard seufzte.

»Und wen interessiert das jetzt überhaupt«, fragte Tom nach einem Moment. »Wie geht es jetzt weiter? Was tun wir? Das ist doch jetzt das Entscheidende, oder irre ich mich?«

»Du hast recht«, gab Richard leise zu. Sarah nickte Tom zu und lächelte gequält.

»Viktoria Baroq ist in Heidelberg, hast du gesagt?«, fragte Tom.

»Ihr kennt sie also?«

Richard und Tom nickten stumm.

Sarah schien wieder voll gefasst. »Gut … gut … Der Reihe nach: Mein Chief of Station hat mir in München einen Befehl ausgehändigt. Direkt aus Heckwaters, von oberster Stelle. Richard, dein PCC war in dem Funkspruch nur genauso wie der Rest des Textes verschlüsselt. Mein Chief war ganz aufgeregt. Das muss wirklich ein sehr dringender Auftrag sein, hat er mir gesagt.«

»Normalerweise ist ein PCC immer doppelt codiert«, erklärte Richard in Toms Richtung.

»Ich sollte meinen Job sofort abbrechen, nach Wien fahren und euch beide hier und heute treffen. Der Chief war alles andere als begeistert. Aber er hat mich sofort in den Zug gesetzt. Ich hatte schon befürchtet, ich würde euch verpassen, so eng, wie das zeitlich geplant war. Noch dazu ist der zivile Grenzverkehr zwischen Österreich und Deutschland fast zum Erliegen gekommen.«

»Was sollen wir genau tun?«, fragte Richard.

»Wir müssen sofort los, nach Heidelberg. Baroq soll noch morgen von uns dort aufgelesen und aus dem Land eskortiert werden. Sie wird in der Turmstraße 36 festgehalten.«

Tom runzelte seine Stirn. Auf einmal hatte das Corps die junge Dame gefunden? Wie?

»Aber warum …?«, wollte Tom fragen.

»Leute«, unterbrach ihn Sarah laut und blickte auf ihre Uhr, »es wird wirklich ziemlich knapp! Der Zug fährt in einer halben Stunde!«

»Nein.« Richard schüttelte seinen Kopf. »Wir haben einen Wagen. Wir nehmen den. Aber wir werden trotzdem keine Zeit verlieren. Wir müssen zuerst aus der Stadt raus, und zwar sofort. Morgen sollen wir Baroq schon aufgreifen?«

»Ja«, bestätigte Sarah.

»Heidelberg«, murmelte Richard nachdenklich. »Ist ein ganzes Stück. Aber sollte machbar sein.«

Tom wusste nicht mehr, wo ihm der Kopf stand. Das konnte doch nicht alles wirklich passieren! Er musste raus aus diesem Zimmer.

»Ich brauche was zu trinken«, erklärte er, »ich bin gleich wieder da.«

»Kein Problem.« Richard griff nach seiner eigenen Reisetasche.

Ein Schluck Wasser, dann würde alles schon viel klarer sein, glaubte Tom und griff hastig nach der Türklinke des Badezimmers.

»Wie lautet der Name dieser neuen Operation, Sarah?«, hörte er Richard hinter sich fragen. Tom fuhr blitzschnell um.

»*Iagonum B*«, antwortete Sarah beiläufig.

Tom verließ sofort das Zimmer. Vor dem Waschbecken krümmte er sich und atmete kräftig aus und ein.

Neinneinnein ... Das konnte nicht wahr sein! Fireburn hatte ihn vor *Iagonum* gewarnt. Und er hatte ihre Warnung einfach so in den Wind geschlagen.

Tom sah auf und blickte in den Spiegel. Die Verräter von *Iagonum*, wer sie auch immer waren, hatten ihn spielend leicht in die Falle tappen lassen. *Iagonum* war noch nicht beendet.

88. FEHLSCHLAG

»Wie, sie sind abgereist?«, fragte Kenneth Alburn. Sein schriller Tonfall ließ ihn selbst erschrecken.

»Jawohl, gnädiger Herr. Vor etwa 20 Minuten haben die Herrschaften Bruckner und Wallstrom unser Haus verlassen.«

»Aber ... aber ...«, stammelte Alburn und lief hochrot an, während ihm die Schweißperlen auf der Stirn standen. Er griff sich an den Hemdkragen und rang nach Atem.

»Ist dem gnädigen Herrn nicht gut?«, fragte der Rezeptionist besorgt.

»Hören Sie«, begann Alburn mit bebender Stimme, »ich war gestern viermal hier und habe nach den beiden Herren gefragt. Mir wurde jedes Mal erklärt, dass die Herren Bruckner und Wallstrom nicht in diesem Hotel abgestiegen sind. Jedes Mal! Und jetzt waren die zwei auf einmal doch da? Das ist doch ...!«

»Mit mir haben Sie nicht gesprochen, bedaure«, antwortete der Concierge ruhig.

»Aber mit zwei Ihrer Kollegen!« Alburn bemühte sich redlich, die Fassung zu bewahren. Es war ihm grundsätzlich zuwider, laut zu werden, und in seiner Position im diplomatischen Dienst an der amerikanischen Gesandtschaft in Wien hatte er dies auch bislang kein einziges Mal tun müssen, soweit er sich erinnerte. Aber diese prekäre Situation stellte Alburn auf die Probe.

»Soweit ich mich erinnere, gnädiger Herr, sind die Herren Bruckner und Wallstrom in der vergangenen Nacht erst sehr spät angereist. Das könnte es erklären.«

»Ich war zuletzt kurz nach Mitternacht hier, um Gottes willen!« Sofort sah Alburn sich peinlich berührt um und hoffte, dass keiner der Anwesenden in der Lobby des Hotels *Bristol* an seinem ausfallenden Ton Anstoß genommen hatte.

»Dann werden Sie sie knapp verpasst haben, mein Herr. Soweit ich mich erinnere, sind die Herrschaften gegen 2 oder 3 Uhr morgens eingetroffen.«

Das darf doch alles nicht wahr sein, dachte Alburn und fuhr sich mit der Hand durch seine silbergrauen Haare. Er hatte es vermasselt! Er hätte natürlich in der Hotellobby abwarten müssen, notfalls hätte er eben hier die ganze Nacht verbracht. Aber nein, er hatte sich ja anders entschieden … Warum hatte er sich nur so sehr davor gefürchtet, dass seine Dienstwohnung Ziel einer illegalen Razzia werden könnte? Warum war er einfach unverrichteter Dinge wieder nach Hause gefahren? Was hätte er denn dort im Falle eines Falles überhaupt ausrichten können? Hätte er, Kenneth Alburn, einem wütenden Mob von plündernden SA-Leuten oder sonstigen Marodeuren die Stirn geboten? Quatsch! Und warum, zum Teufel, hatte er trotz der falschen Entscheidung nicht einmal daran gedacht, an der Rezeption des *Bristols* noch eine Nachricht für Wallstrom und Bruckner zu hinterlassen?

Diese Leute dieser komischen Heckwaters-Abteilung werden dich lynchen, Kenneth, dachte sich Alburn. Er hatte gleich ein ganz schlechtes Gefühl gehabt, als er Hals über Kopf diesen Sonderauftrag aus Washington erhalten hatte, eine Depesche an zwei völlig unbekannte Personen namens Rudolf Bruckner und Tim

Wallstrom zu übergeben, deren Inhalt er ebenso wenig kannte. Herrgott, er wusste in dieser Angelegenheit ja lediglich, dass diese zwei deutschen Staatsbürger im Wiener *Bristol* absteigen würden, sonst rein gar nichts!

»Sie können sich nicht vorstellen«, stellte Alburn angestrengt fest, »wie wichtig diese Sache für mich ist.«

Der Auftrag war eindeutig gewesen: Alburn musste unter allen Umständen dafür sorgen, dass Bruckner und Wallstrom die Depesche erhalten würden. »Koste es, was es wolle«, hatte die Anweisung aus Washington geheißen.

»Ich weiß leider wirklich nicht, gnädiger Herr, wie ich Ihnen behilflich sein könnte.«

»Wissen Sie denn«, fragte Alburn und beugte sich vor, »wohin die zwei wollten? Oder haben die Herrschaften gesagt, warum sie so schnell abgereist sind?«

»Bedauere, nein.«

Alburn nickte resignierend. Es war zu spät – er hatte es wirklich vermasselt.

»Dennoch vielen Dank für Ihre Mühen«, sagte Alburn und schluckte. Er wusste, er hatte nun einen glatten Fehlschlag gegenüber Washington zu verantworten. Und gegenüber der Abteilung mit diesem seltsamen Namen Heckwaters.

89. PARABELLUM

Der Mercedes schoss durch die Straßen Wiens, deren Häuser links und rechts fast ausnahmslos mit den wehenden roten Hakenkreuzflaggen geschmückt waren.

»Mehr nicht?«, fragte Richard irritiert, als sie den nördlichen Stadtrand passiert hatten.

»Nein, sonst stand in dem Befehl gar nichts«, wiederholte Sarah, die auf dem Beifahrersitz saß und eine Landkarte in Händen hielt.

»Woher kennt das Corps die Adresse in Heidelberg? Wird Baroq bewacht? Und von wem? Wie sollen wir sie ohne Papiere außer Landes schaffen? Hat sie einen Pass dabei? Will sie überhaupt ...?«

»Richard, der Befehl war gerade einmal vier Zeilen lang! Ich weiß es nicht, okay?«

»Das ist wirklich wenig.«

»Ich weiß«, antwortete Sarah wütend. »Ich hab's mir nicht ausgesucht.«

»Ich werde mir was überlegen. Das Wichtigste ist erst mal, dass wir so schnell wie möglich nach Heidelberg kommen.«

Plötzlich warf er seinen Kopf in den Nacken. »Da oben.«

»Flugzeuge?«, fragte Sarah.

»Die deutsche Luftwaffe«, rief Tom unvermittelt und richtete sich auf. Er hatte die ganze Fahrt bislang zusammengekauert auf der Rückbank geschwiegen. Sarah drehte sich nun sofort zu ihm nach hinten.

»Die Militärparade dürfte gerade begonnen haben«, erklärte Tom, lehnte sich nachdenklich wieder zurück und sah durch die sich über die Fahrbahn beugenden nackten Äste der vielen Bäume hindurch in den Himmel, den unzählige Bomber und Abfangjäger wie schwarze Vögel im Formationsflug verdunkelten. Ihre Motoren brummten dabei unisono so laut wie ein Erdbeben.

Tom seufzte leise. Er konnte weder Richard noch Sarah gestehen, dass Fireburn ihn gewarnt hatte. Die Operation *Iagonum* war nicht vorbei, also musste er vorsichtig sein. Denn woher sollte er jetzt noch wissen, ob nicht vielleicht doch Richard oder sogar Sarah zu den Verrätern gehörte?

Tom blickte verstohlen zu Sarah nach vorn. Wieso war gerade sie aufgetaucht? Das konnte doch beim besten Willen kein Zufall sein!

Und Richard? Dass er eine Dienstmarke der Gestapo bei sich trug, war Tom immer noch nicht geheuer. War das wirklich eine Fälschung? Aber wenn nicht: Warum befand sich er, Tom, dann noch in Freiheit?

Waren die beiden da vor ihm wirklich seine Feinde?

Tom griff vorsichtig in seine Jackentasche. Das rote Notizbuch von Viktoria Baroq steckte gut versteckt unmittelbar über seiner Brust in einem dichten Beutel verpackt, den er vor der Fahrt im Schrank in seinem Hotelzimmer gefunden hatte.

Nein, er musste alles für sich behalten.

Tom sah über das versenkte Dach des Cabrios in den Wald. Die Bäume standen dicht an dicht nahe der Fahrbahn.

»Jetzt sollte es flüssig vorangehen«, verkündete Richard. »Aber Heidelberg liegt im Westen Deutschlands, da haben wir noch eine lange Reise vor uns. Wir werden, solange es geht, fahren, heute Nacht sollten wir dann irgendwo ein Quartier suchen. Ich muss mir in Ruhe was ausdenken.«

Sarah nickte. »Und noch einmal, mein Name ist Sonja Gressmeister. Ich lebe in München.«

»Am besten gibst du dich als die Sekretärin der Niederlassung meines Familienunternehmens in Bayern aus, Sarah.«

»Sagen wir lieber Geschäftspartnerin, Richard.«

»Soll mir auch recht sein.«

Tom hörte gar nicht hin. Konnte er vielleicht bei einem Halt einfach aus dem Wagen springen und davonlaufen? Er hatte schließlich das rote Buch bei sich. Würde er es auf eigene Faust irgendwie zurück in die Vereinigten Staaten bringen, wäre *Red Rush* ein Erfolg. Er hatte genügend Geld dabei, und über die Schweiz würde er es schon schaffen.

Aber was, wenn diese Geschichte mit Viktoria Baroq stimmte? Was, wenn es sich dabei um keine Falle handelte? Was, wenn das

Corps den Aufenthaltsort dieser jungen Frau wirklich herausfinden hatte können?

Er schloss seine Augen und ließ die Knöchel seiner Hand knacken. Wenn die Wissenschaftlerin Viktoria Baroq tatsächlich in der Lage war, die atomare Bombe zu konstruieren, konnte Tom es da verantworten, einfach feige abzuhauen und *Red Rush* damit wahrscheinlich zu sabotieren? Mehr noch: Würde er sich dann nicht des Hochverrats schuldig machen?

»Seltsam«, sagte Sarah, als ihnen ein Lastwagen entgegenkam. »Mir wird gerade bewusst, dass ich der Meinung war, in Österreich würde man auf der rechten Straßenseite fahren. Aber wir fahren links? Wie in England?«

Tom musterte verstohlen Sarahs Gesichtsausdruck. Warum, um alles in der Welt, sollte sie ihn verraten? Warum sollte sie die Verräterin sein?

»Du liegst gleichzeitig richtig und falsch«, antwortete Richard. »Das ist in diesem sonderbaren Land scheinbar nicht einheitlich geregelt.«

Und warum traute Tom seinen besten Freund im Corps zu, ihn ans Messer zu liefern?

»Nicht einheitlich?«, fragte Sarah sichtlich überrascht.

»Genau«, antwortete Richard beiläufig. »In manchen Gegenden fährt man links, in manchen rechts. Ich halte mich einfach an die anderen Autos. Aber jetzt sind ja die Deutschen da, die werden das jetzt alles sicher ändern.«

Tom legte sich fest: Er würde nicht einfach wie ein verängstigtes Kind fortlaufen. Ja, er musste vorsichtig sein, aber er durfte nicht in Panik geraten.

Verhalte dich einfach wie ein Profi, mahnte er sich innerlich.

Sie fuhren die malerische Donau in Richtung Westen entlang und passierten in dem welligen Hügelland zahlreiche mittelalterliche Burgen und Festungen.

»Ich kann es noch gar nicht richtig glauben«, sagte Tom nach einer Weile.

»Was meinst du?«, fragte Sarah freundlich.

»Nun, ich hatte wirklich gehofft, dass es irgendeine internationale Reaktion geben wird.«

»Du meinst, vor dem Anschluss? Dass er verhindert wird?«

»Ja.«

»Das war nicht zu erwarten«, warf Richard ein.

»Aber auch nicht auszuschließen«, ergänzte Tom.

»Da hast du recht«, sagte Sarah.

»Wir haben auch nichts getan«, gab Richard zu bedenken. »Ich meine, die Vereinigten Staaten haben sich auch hübsch zurückgehalten.«

Tom schwieg.

»Jeder Mensch und jedes Land verfolgt seine eigenen Interessen«, fuhr Richard fort. »Dass Österreich unabhängig bleibt, war eben nicht im Interesse eines anderen Landes, das etwas dagegen unternehmen konnte. Das ist in der Geschichte unserer Welt bei Gott nicht zum ersten Mal passiert.«

»Aber deswegen muss es einem ja nicht gefallen«, erwiderte Sarah. »Gerade wenn man es für Unrecht hält, sollte man es auch ansprechen.«

»Unrecht, Unrecht.« Richard lächelte abschätzig. »Besonders gewehrt haben sich die Österreicher auch nicht. Mag ja sein, dass die Deutschen die ganzen Fahnen und Flaggen mit nach Wien gebracht haben. Aber gewinkt und geschrien haben die Österreicher schon selbst.«

»Aber nicht alle. Die Österreicher, die ein unabhängiges Österreich wollen, sind natürlich nicht auf den Heldenplatz gekommen.«

»Natürlich, aber …«

»Kann ich die Karte sehen?«, fragte Tom und würgte damit die Diskussion ab.

Wenige Stunden später überquerten sie in der Nähe des Ortes Schärding in einer langen Kolonne hinter zahlreichen anderen Wagen die Grenze nach Deutschland.

»Sieh' sich das einer an«, stieß Tom hervor. Neben der Fahrbahn lag ein Schlagbaum im Gras. Er war offenbar abmontiert worden.

Es war schon ganz dunkel, als Richard ein paar Kilometer hinter der Grenze an einem stillen Straßenabschnitt das Auto anhielt.

»Wir sollten allmählich einen Fahrerwechsel machen«, schlug er gähnend vor, »ich schlafe sonst gleich ein.«

»In Ordnung«, stimmte Tom zu, und sie tauschten die Plätze. »Lass uns auch gleich das Verdeck schließen.«

Abgekämpft ließ sich Richard auf den hinteren Sitz fallen und legte seinen Hut auf sein Gesicht. »Gute Nacht«, brummte er.

Tom startete den Motor. »Ich fühle mich wie ein Filmstar.«

»Bitte?«, fragte Sarah neben ihm.

»Na, so einen luxuriösen Sportwagen fahren doch eigentlich nur Schauspieler wie James Cagney oder Errol Flynn, nicht wahr? Gut, Baseballstars wie Jimmie Foxx von den *Red Sox* oder Joe DiMaggio von den *Yankees* würden hier auch gut hinter das Lenkrad passen.«

»Keine Sorge.« Sarah lächelte und tippte mit dem Finger auf die Karte, die auf ihren Knien lag. »Das kriegst du schon hin. Ich sage dir ja, wo es lang geht.«

»Na dann!« Tom schob den Schaltknüppel in den ersten Gang, trat das Gaspedal behutsam hinunter und kurbelte am Lenkrad. Der Motor drehte schnurrend hoch, und der Wagen raste wie auf Schienen über das Pflaster. Es machte Spaß. Tom lehnte sich ein wenig nach vorn und sah durch die Windschutzscheibe hinauf.

»Wonach suchst du?«, fragte Sarah und beugte sich ebenfalls leicht vor. Ihr goldenes Haar glitzerte, als sie ein entgegenkommender Wagen mit den Scheinwerfern anleuchtete.

Tom blickte wieder auf die Straße. »Nichts, nichts. Ich sehe mir nur die Sterne an. Ein guter Navigator braucht zur Orientierung lediglich die Sterne.«

»Ah ja? Und was machst du großartiger Navigator in einer bewölkten Nacht?«

»Dann folge ich einfach dem Stern da vorne.« Tom deutete lässig auf das Mercedes-Emblem am Ende ihrer Motorhaube und grinste, als er daran dachte, wie Richard eben diesen Spruch bei der Übernahme des Wagens in der Schweiz losgelassen hatte.

»Sehr schlagfertig«, erwiderte Sarah und tat so, als ob sie nicht im Geringsten amüsiert wäre. Doch dann lächelte sie und zog ihre linke Augenbraue nach oben. Tom war zufrieden.

Auf einmal begann Richard, leise hinter Toms Rücken unter seinem Hut zu kichern.

»Ich bin froh, dass wir zusammenarbeiten können, Tom«, bemerkte Sarah, schaltete eine kleine Taschenlampe ein und vertiefte sich in die Landkarte. »In drei Kilometern müssen wir rechts abbiegen.«

»Zu Befehl.«

Als Tom das Cabrio vor einem alten Bauernhaus zum Stehen brachte, erwachte Richard auf der Rückbank und richtete sich ruckartig auf. »Was ist los? Wo sind wir?«

»Alles in Ordnung«, antwortete Sarah beruhigend. »Die bieten hier Zimmer an. Es sieht ruhig aus. Und Licht brennt auch, also scheint jemand noch wach zu sein.«

»Wo sind wir?«

»Zwischen Regensburg und Nürnberg«, erklärte Tom.

Sarah öffnete die Tür auf ihrer Seite. »Lasst mich nur machen. Ich sehe nach, ob man uns hier aufnimmt. Wartet solange hier.«

Schon war sie ausgestiegen und entfernte sich mit schwingenden Hüften. Richard kletterte sofort nach vorn und stieg aus dem Wagen, schloss die Beifahrertür und ging um das ganze Automobil herum. Tom folgte ihm.

»Mein Rücken bringt mich um«, stöhnte Richard leise. Er griff in den Wagen und hob neben der kleinen Lampe seine Reisetasche heraus. Wortlos zog er eine Schachtel aus seinem Gepäck und legte sie auf das Stoffdach des Cabrios.

»Tom«, flüsterte er dabei und blickte sich unauffällig in alle Richtungen um, »hör mir gut zu. Das wird morgen alles bestimmt nicht ganz einfach. Und irgendwie habe ich ein schlechtes Gefühl bei der Sache. Deswegen will ich dir das hier geben.«

Er holte einen kleinen Gegenstand hervor, der im Schein der Lampe metallisch funkelte. Es war eine Pistole.

»Das ist eine Po8, eine *Parabellum*. Eine ausgezeichnete Waffe. Ein Glück, dass unter dem doppelten Boden meiner Tasche Platz für zwei von denen ist. Die Deutschen verwenden ein ganz ähnliches Exemplar wie das hier, diese zwei hier sind aber in die Vereinigten Staaten exportiert worden. Das Corps hat sie ein wenig modifiziert, jetzt sehen die genauso aus wie die der deutschen SS.«

Richard legte die Waffe auf seine rechte Handfläche. Tom betrachtete interessiert und beunruhigt zugleich den runden Lauf, der in ein eckiges Konstrukt auslief. Darunter befand sich der in einen kreisrunden Ring eingebettete kurze Abzug, dahinter der hölzerne Griff, der schräg nach hinten verlief.

»Der Rückstoß befördert den Lauf beim Schuss nach hinten, der Kniegelenkverschluss bewegt sich dann nach oben«, dozierte Richard militärisch zackig und fasste das Griffstück an. »Hier ist das Magazin. Acht Schuss, neun Millimeter. Das Ding ist zuverlässig und präzise.«

Richard entfernte das Magazin und ließ mit einem Ruck das Gelenk oben an der Waffe hinaufschießen. Dann hielt er Tom die Pistole hin. Vorsichtig griff der danach.

»Genauso, ja, genauso. Wenn du sie abfeuern musst, entsicherst du sie mit diesem Hebel.«

Tom legte mit seinem Daumen einen kleinen Balken über dem Griff um. Der verdeckte nun den eingravierten Schriftzug »gesichert«.

»Halt sie weg von dir, ausgestreckt, die Finger immer alle am Griff. Gut so.«

Tom senkte den Lauf der Waffe wieder. Richard nahm sie wieder an sich, sicherte sie, führte das Magazin ein und lud sie durch.

»Hier, das ist ein guter Holster. Du kannst sie so unter der Achsel tragen. Was auch passiert: Behalte sie immer bei dir, lasse sie niemals aus den Augen. Niemals! Klar?«

Tom zögerte. Dann steckte er die Waffe wortlos ein.

Richard packte die Schachtel wieder in seine Tasche. »Ach ja, kein Wort zu Sarah davon. Verstanden?«

Tom nickte. Doch er verstand keineswegs. Was hatte das jetzt schon wieder zu bedeuten?

Nach einer Weile entdeckten sie Sarah, die vom Bauernhaus zurückkam.

»Alles bestens«, flüsterte sie leise, »die Wirtin nimmt uns auf. Sie ist ganz freundlich.«

Tom mied Sarahs Blick, als er und Richard die Taschen aus dem Kofferraum des Wagens holten und ihr zum Haus folgten.

Die vielleicht 60 Jahre alte Wirtin war eine rüstige Frau, die mit einem sympathischen Dialekt sprach. Es klang ein wenig wie das Wienerische, war aber doch wieder gänzlich anders. Sarah konnte mit der lustigen alten Dame gut umgehen, die zwei verstanden sich blendend. Alle drei wurden mehr oder weniger dazu gezwungen, in einer Gaststube auf einer Holzbank Platz zu nehmen.

»Da gibt's nix, i moch Ihnen was zum Essen, dauert nur ein Sekunderl«, erklärte die Frau, als sie an einem gemauerten Kamin vorbei in die Küche lief. Vor dem lichterloh flackernden Feuer lag ein riesiger Hund mit dichtem schwarzem Fell regungslos auf dem Steinboden. Das Tier sprang erst auf, als sein Frauchen mit Schalen und Töpfen in den Armen wieder die Stube betrat.

»Sitz!«, rief die Wirtin, als der Hund seine Schnauze neugierig auf den Tisch hob.

Richard rieb seine Hände. »Das sieht ja lecker aus!«

Es gab frisches Brot, heiße Suppe, danach deftige Würste und dazu Kartoffelknödel.

»Woll'n S' a Bier?«

»Nein«, lehnte Tom freundlich ab und griff nach einem Teller, »vielen Dank.«

»Für mich gern«, nickte Richard und strahlte.

»Ich bin todmüde«, erklärte Sarah, als sie kurz nach Mitternacht allesamt satt waren. »Frau Hambacher, können Sie mir bitte mein Zimmer zeigen?«

»Na klor, i gib' Ihnen a glei a zweite Deck'n, wird ja ganz kolt die Nocht.«

»Gute Nacht, die Herren«, verabschiedete sich Sarah. Richard und Tom nickten ihr zu, als sie der Wirtin die Treppe in den ersten Stock hinauf folgte.

Tom lehnte sich entspannt zurück und löste seine schwarze Krawatte ein wenig. So gut hatte er schon seit Tagen nicht mehr gegessen. Das Feuer knisterte beruhigend.

Richard kraulte den Hund, der sich unter die Bank gelegt hatte. »Hat Sarah gut ausgewählt, den Hof hier.«

»Warum misstraust du ihr?«, fragte Tom unumwunden.

»Ich bin nur vorsichtig.«

»Was weißt du, was ich nicht weiß?«

»Gar nichts. Wirklich. Erzähl mir nicht, dass du dir in den vergangenen Stunden überhaupt keine Gedanken gemacht hast.«

»Warum hat das Corps gerade uns zwei nach Heidelberg umgeleitet?«, fragte Tom nach einer Weile.

»Genau das habe ich mir auf der Fahrt hierher gründlich überlegt. Ich vermute, weil wir die einzigen zwei sind, die wissen, wer Viktoria Baroq ist. Hoffmann hat schließlich in Washington gesagt, dass sie den Kreis der involvierten Leute in dieser Sache so klein wie möglich halten wollen.«

Tom nickte. Hoffmann hatte das tatsächlich erwähnt.

»Aber warum haben sie Sarah dann die Botin spielen lassen?«, fragte er.

»Das ist eigentlich logisch. Natürlich schickt uns das Corps neue Befehle nicht einfach per Telegramm ins Hotel. Das ist viel zu riskant. Da kann man ja gleich auch eine Kopie an das Hauptquartier der Gestapo schicken. Nein, solche heiklen Botschaften kann man nur über einen Boten überbringen. In Wien selbst hat das ICG aber keine Station, und die in München liegt am dichtesten an Wien. Dass es gerade Sarah getroffen hat, war wahrscheinlich nur Zufall.«

»Gut. Für dich ist das also alles nachvollziehbar. Dann verstehe ich aber nicht, warum du Sarah nicht traust.«

Richard seufzte und tätschelte den Hund.

»Lass mir meinen Verfolgungswahn, Tom. Ich bin manchmal eben übervorsichtig, auch wenn es nicht ganz rational ist. Du verstehst doch Latein, oder?«

»Ja. Wieso?«

»Dann kennst du doch sicher den Spruch ›Vis Pacem, Para Bellum‹.«

»Willst du den Frieden, so bereite den Krieg vor«, übersetzte Tom und gähnte. »Oder so ähnlich.«

»Die Pistole, die ich dir gegeben habe, trägt genau diesen Namen. *Parabellum*. Ich kann dem Motto einiges abgewinnen.«

Tom legte die Stirn nachdenklich in Falten. Da schlug Richard seine Hände laut zusammen. »Ruhen wir uns aus.«

Der Hund sprang auf und trottete wieder zum Kamin.

»Und wir müssen uns unbedingt einen *Washington Herald* besorgen«, fügte Richard hinzu.

Tom betrat allein seine kleine gemütliche Kammer im zweiten Stock. Er verschloss die Tür hinter sich und setzte sich auf die dicke weiße Decke, die auf dem Bett lag.

Er holte die Pistole hervor und betrachtete sie im Schein einer Petroleumlampe. Tom legte das Jackett ab, schnallte sich konzentriert den Holster um, klemmte die Waffe zwischen seinen rechten Arm und den Oberkörper und zog dann zur Probe das Jackett wieder an.

Stumm starrte er die Wand vor sich an.

Er spürte wieder das rote Notizbuch, das in der Innentasche auf seine Brust drückte.

Jetzt trägst du schon zwei Sachen bei dir, dachte er sich, von denen niemand wissen darf.

90. KOLONNE

Mittwoch, 16. März 1938

Sie brachen am Vormittag auf und fuhren weiter in Richtung Westen. Heidelberg, die Stadt am Neckar, war nur noch wenige Stunden entfernt. Bald waren sie bei Baroq, dachte Tom.

»Hier sieht es gut aus.« Richard bog auf einen kleinen Feldweg ein, der zu einem verlassenen Schuppen auf einem brach liegenden Feld führte.

Richard, Sarah und Tom stiegen aus und blickten in alle Himmelsrichtungen. Über die Felder wehte eine lebhafte Brise.

»Nichts zu sehen«, stellte Tom fest.

»Gar nichts«, stimmte Sarah zu.

Richard nickte zufrieden. »Perfekt. Sarah, hast du die Karte?«

Sofort breitete sie einen Plan von Heidelberg auf dem Heck des Wagens aus. Sie tippte mit ihrem Zeigefinger auf eine Stelle dicht am Flussufer. »Hier, das ist die Turmstraße 36.«

»Ganz schön nahe an dieser Brücke«, bemerkte Richard. »Kommen wir da mit dem Wagen rüber?«

»Ich denke schon«, antwortete Sarah.

Tom beugte sich vor.

»Schlossgarten«, las er. Obwohl der Plan nur ein paar bunte Linien zeigte, konnte er das Gelände beinahe vor sich sehen. Baroq schien sich in einem Teil der Stadt aufzuhalten, der sich wie eingeklemmt im engen Tal südlich des Neckars befand. Gerade einmal ein paar 100 Meter konnte sich die Stadt hier ausbreiten und erstreckte sich bis zu einem Hügel, auf dem ein Schloss thronte.

»Die erste Frage ist«, sagte Richard, »was uns in der Turmstraße erwartet. Hat sich Viktoria Baroq dort eingemietet? Ist das vielleicht eine Pension? Oder ist sie unfreiwillig dort? Wird sie sogar bewacht? Das müssen wir unbedingt als Erstes rauskriegen. Wir haben zwar wahrscheinlich bei einem Zugriff das Überraschungsmoment auf unserer Seite, aber ob das reicht, müssen wir vor Ort abschätzen.«

»Eine unauffällige Observation?«, fragte Sarah.

»Das stelle ich mir vor, ja. Nur wenn wir wissen, was uns erwartet, werden wir zuschlagen.«

»Und wenn wir uns die junge Dame geschnappt haben, was dann?«, fragte Tom.

»Theoretisch wäre es am elegantesten, mit ihr über die Grenze nach Frankreich zu verschwinden. Die ist nur ein bis zwei Stunden von der Stadt entfernt. Hier unten, seht ihr?«

»Wenn wir keine Papiere für Baroq haben, ist das Selbstmord«, gab Sarah zu bedenken.

Richard nickte sofort und hob seinen Zeigefinger. »Ganz genau, deshalb habe ich ja auch ›theoretisch‹ gesagt. Wenn sie keinen eigenen Pass dabeihat, bleibt uns praktisch betrachtet vielleicht nichts anderes übrig, als Baroq in eine Station des ICG zu schaffen. Sarah, kennst du jemanden in Frankfurt?«

»Nein.«

Richard schien zu überlegen. »Dann müssen uns deine Bekannten in München helfen. Ist eine verdammt lange Strecke, aber näher liegt keine unserer Filialen. Hank Foy ist in München noch der Chef?«

»Ja, das ist er.« Sarah schien überrascht. »Du kennst ihn?«

»Flüchtig. Der wird sich freuen. Wir werden Baroq also in München verstecken und dann sehen, dass wir über unsere Freunde an Papiere für das Mädchen herankommen. Vielleicht haben die in Washington bis dahin aber sowieso schon was organisiert.«

»Das klingt alles sehr nach Improvisation«, warf Tom unruhig ein. Er fand keinen Gefallen an der Vorstellung, mit Viktoria Baroq im Schlepptau noch einmal quer durch das ganze Deutsche Reich zu reisen.

»Stimmt. Aber etwas Besseres fällt mir unter diesen Umständen nicht ein.«

»Vielleicht läuft alles aber auch glatt«, fügte Sarah hinzu, »und wir haben Glück.«

»Genau«, sagte Richard nachdenklich. »So oder so: Tom wird unser Fahrer sein. Sarah und ich sind geübte Schützen und ausreichend bewaffnet, wir zwei übernehmen die Absicherung. Wie viel Schuss hast du, Sarah?«

»Acht in meiner Pistole«, antwortete Sarah sofort und drückte die Landkarte wieder auf das Auto, als ein Windstoß sie kurz aufgewirbelt hatte.

»Dazu noch die acht in meinem Magazin«, rechnete Richard laut. Tom presste seinen Oberarm auf den Holster unter seiner Achsel und biss sich auf die Lippen. Ihm gefiel die ganze Sache überhaupt nicht. Er sah vorsichtig aus den Augenwinkeln zu Sarah. Er glaubte, unter ihrer offen zur Schau gestellten Souveränität auch Nervosität zu erkennen. Doch vielleicht redete er es sich auch nur ein.

»Das sieht auch gut aus«, nuschelte Richard, während er mit dem Gesicht dicht über der Karte einen Straßenverlauf verfolgte. »Es sind nur ein paar 100 Meter bis in die Wälder hier und dort. Bietet vielleicht ganz gute Deckung, wenn wir schnell abhauen wollen.«

»Wie sieht unser Notfallplan aus?«, fragte Sarah.

Richard hob seinen Oberkörper wieder an. »Wenn wir abbrechen müssen, dann geht es sofort ab nach Frankreich. Notfalls eben ohne Baroq. Und zwar hier.«

»Scheibenhardt an der Lauter«, las Sarah vor.

»Genau. Der Grenzort liegt direkt hinter dem riesigen Forst hier. Idyllisch und einsam, für uns perfekt.«

»Bist du sicher?«, fragte Tom.

»Ja. Wie es der Zufall will, bin ich vor etwa einem Jahr schon einmal an genau diesem Grenzübergang nach Frankreich ausgereist. Das war damals ein Kinderspiel.«

»Warst du auf Urlaub?«, fragte Sarah halbernst.

»Nein, das war damals auch aus beruflichen Gründen. Die Grenze verläuft mitten durch das Örtchen Scheibenhardt. Und soweit ich mich erinnere … Ja, hier: Als Alternative hätten wir sogar einen Ausweichübergang ganz in der Nähe etwas weiter westlich an dem Fluss. Das Dorf heißt Bienwaldmühle. Da ist der Fluss nicht sehr breit.«

»Okay«, murmelte Tom, sah von der Landkarte auf und blickte zwischen Sarah und Richard hin und her.

Richard klatschte in die Hände. »Dann lasst uns weiterfahren.«

»Einen Moment noch«, stieß Sarah hervor und rollte die Karte ein. »Wer ist Viktoria Baroq eigentlich? Was will das Corps von ihr?«

Richard und Tom schwiegen. Sarah warf ihre Hände entnervt in die Luft. »Ach kommt schon! Ich werde aus heiterem Himmel quer durch Europa gehetzt und soll jetzt vielleicht mein Leben bei einer Entführung riskieren – habe ich nicht wenigstens verdient zu erfahren, was sich das Corps von dieser mysteriösen Viktoria Baroq erhofft?«

Tom blickte Sarah schuldbewusst in die Augen. Doch sie achtete nur auf Richard, der stumm die Fahrertür öffnete.

»Sag schon, Richard, was macht diese Frau so besonders? Ist sie etwa die Anführerin einer Widerstandsgruppe? Eine einflussreiche Rädelsführerin?«

Richard reagierte nicht.

»Oder ist sie eine Überläuferin? Kann sie uns Staatsgeheimnisse verraten?«

»Sarah«, zischte Richard und schlug mit der Faust auf die Motorhaube, »was ist in dich gefahren? Glaubst du, wir plaudern jetzt ein bisschen über Geheimnisse? Falls es dich beruhigt: Ich weiß selbst nicht genau, was sich das Corps von Viktoria Baroq verspricht. Ich kenne nur Fragmente. So ist das in unserem Geschäft eben. Und selbst wenn ich mehr wüsste, dürfte ich dir natürlich nichts davon verraten! Und das weißt du!«

»Ich will nur wissen«, schoss Sarah selbstbewusst zurück, »ob es diese Frau wert ist, dass ich für sie vielleicht mein Leben riskiere!«

»Ja«, rief Tom sofort. Richard und Sarah starrten ihn überrascht an.

»Ja, sie ist es«, legte Tom nach. »Sie ist es wert, dass wir alle drei unser Leben aufs Spiel setzen, glaubt mir. Und jetzt lasst uns endlich aufbrechen.«

Ohne ein weiteres Wort stieg er in den Wagen.

»Verdammt«, durchbrach Richard das Schweigen. Beinahe eine halbe Stunde lang hatten sie alle drei kein Wort gesprochen, während sie weiter in Richtung Westen gefahren waren.

»Was ist los?«, fragte Sarah, und Tom richtete sich hektisch auf.

»Ich weiß nicht, aber mir kommt es so vor, als ob der Motor auf einmal merkwürdige Geräusche von sich gibt. Aber nur ab und zu.«

Tom spitzte die Ohren. »Stimmt, dieses Brummen ist neu.«

»Was ist das?«, fragte Sarah besorgt.

»Ich habe keine Ahnung, aber es wird lauter.« Richard lenkte den Wagen an den rechten Straßenrand und hielt an. »So ein Mist!«, schrie er und hämmerte auf das Lenkrad, nachdem der Motor verstummt war. »Das gibt es doch nicht! So eine …«

»Warte mal!«, rief Tom und packte Richard von hinten an der Schulter. »Sei still!«

Alle drei lauschten – und trauten ihren Ohren nicht: Das tiefe merkwürdige Brummen war nach wie vor zu hören.

»Das ist nicht der Motor«, sagte Sarah als Erste.

»Lass mich raus«, rief Tom hektisch, griff nach vorn und öffnete die Wagentür. Sofort lief er eine mit Gras bewachsene Böschung hinauf.

»Warte«, rief Sarah hinter ihm, als Tom vorsichtig schon über den höchsten Punkt des Walls spähte. Tom hatte eine Ahnung, und sie erwies sich als richtig.

Ein Tross aus unzähligen wie an einer Perlenkette aufgereihten Fahrzeugen, der bis zum Horizont reichte, bewegte sich langsam unter dem konstanten Lärm von Hunderten Motoren auf einer breiten Straße in Richtung Süden.

»Panzer«, flüsterte Richard, der sich neben Tom hinhockte.

»Ja, das habe ich mir schon gedacht«, stimmte Tom zu, ohne seine Augen von den riesigen Metallungetümen zu lassen.

»Typ Panzer II«, stellte Sarah fest.

Tom zeigte auf eine gut erkennbare Kreuzung in der Ferne, die gesperrt war. »Da drüben kreuzt unser Weg diese Straße.«

»Hmm«, brummte Richard, »im schlimmsten Fall müssen wir eben ein bisschen warten.«

»Was machen die Truppen hier?«, fragte Tom.

»Vielleicht eine Truppenverschiebung«, antwortete Sarah. »Möglich, dass sie den Verbänden nachrücken, die in Österreich einmarschiert sind. Oder es ist eine Übung.«

Tom konnte seine Augen nicht von den Maschinen nehmen. Es war ein gewaltiges, ja ein atemberaubendes Spektakel.

»Keine erbauliche Vorstellung«, bemerkte Tom, »dass die alle auf einen zurasen, was?«

Richard und Sarah schüttelten wortlos den Kopf.

91. DIE ERSTE BRÜCKE

Tom blickte stumm durch die Windschutzscheibe auf das beeindruckende mittelalterliche Schloss, das sich am gegenüberliegenden Neckarufer hinter der Altstadt von Heidelberg an einen bewaldeten Berg schmiegte. Etwas tiefer davor ragte ein spitzer Kirchturm aus der Masse der Stadthäuser hervor, an deren Fassaden hie und da die obligatorischen Hakenkreuzbanner herabhingen. Schließlich lief sein Blick die rot-grauen Steinbögen der alten Brücke entlang, die sich über den Fluss erstreckte. Er fixierte an deren Ende ein großes Tor, das von zwei runden weißen Türmen flankiert war.

»Mir gefällt die Stadt«, stellte Sarah nach einer Weile fest. »Sie wirkt so majestätisch. Wie aus einem Bilderbuch.«

An ihrem parkenden Cabriolet zischten einige Autos auf der regennassen Fahrbahn vorbei.

»Ja, der Anblick hat was«, stimmte Tom zu.

Sarah drehte sich zu ihm. »Tom, auch wenn ich mich nicht um diesen Job gerissen habe … Ich bin trotzdem froh, dass wir zwei zumindest die Gelegenheit hatten … ich meine …«

Tom hob überrascht seine Augenbrauen, schwieg aber.

»Was ich eigentlich sagen will«, fuhr Sarah hastig fort, sah wieder nach vorn und schloss ihre Augen, »ich meine …«

»Ja?«, fragte Tom ruhig.

»Hör einfach auf dein Gefühl, wenn es ernst wird«, flüsterte sie. »Der erste Gedanke … ich meine … das Gefühl im ersten Moment ist meistens das richtige. Ich weiß, ich muss dir das nicht sagen, du hast schon einige haarige Situationen hinter dich gebracht, aber …«

»Nein, nein. Danke für den Tipp. Wirklich.«

Sarah lächelte und sah auf ihre Schuhe.

»Er kommt zurück«, sagte Sarah plötzlich – und nur einen Moment später stieß sie die Tür auf ihrer Seite auf.

Richard kletterte auf die Rückbank, zog eine Zeitung aus seinem nassen Mantel und hielt sie in die Höhe. Es war ein *Washington Herald.* »Ich habe einen gekriegt. Irgendetwas Ungewöhnliches, während ich weg war?«

»In den letzten 20 Minuten sind nur drei Fahrzeuge über die Brücke gekommen«, berichtete Sarah sofort. »Etwa 50 Fußgänger, es werden aber schon viel weniger. Die Straße hier im Norden ist stark befahren, aber in der Nacht wird es bestimmt weniger. Für die am Südufer gilt dasselbe.«

»Gut, gut«, sagte Richard, schlug das Blatt auf und schloss seine Augen. Tom erkannte, dass Richard im Kopf rechnete. Als Richard ruhig durch den *Washington Herald* blätterte, umklammerte Tom das Lenkrad fest mit beiden Händen.

»Alles in Ordnung«, erklärte Richard nach einem Moment und veranlasste Tom sofort, seinen Griff zu lockern. »Nichts zu finden, kein Abbruch.«

»Also legen wir mit der Observierung los?«, fragte Sarah.

»Ja«, antwortete Richard knapp, lehnte sich vor und tippte Tom auf die Schulter. »Wenn du irgendetwas Verdächtiges bemerkst, dann drücke dreimal kurz hintereinander auf die Hupe hier. Klar?«

»Klar.«

»Wir verlassen uns auf dich. Du bist unsere Lebensversicherung, verstehst du?«

»Ich hab's verstanden.« Tom tat genervt.

»Wir sind so schnell wie möglich zurück«, flüsterte Sarah, als sie und Richard aus dem Wagen stiegen. »Bis gleich.«

Tom nickte ihr aufmunternd zu.

Er atmete laut ein und beobachtete Richard und Sarah dabei, wie sie sich langsam entfernten. Nach ein paar Momenten begann er, mit den Fingern auf das Lenkrad zu trommeln. Dann presste er seine Lippen aufeinander und schlug sein Knie gegen das Lenkrad.

Die Vorstellung, hier herumzusitzen und nur abwarten zu können, machte ihn schier wahnsinnig.

Richard und Sarah betraten im Schein der Straßenlaternen die Brücke. Tom kniff seine Augen zusammen. Irgendwo in einem dieser vielen Häuser auf der gegenüberliegenden Uferseite sollte Viktoria Baroq also zu finden sein.

»Kommen Sie doch einfach hier herüber, Fräulein Baroq«, flüsterte Tom und tippte mit seinem Finger mehrmals nervös auf sein Kinn, »tun Sie uns bitte den Gefallen?«

Mit auf den Rücken verschränkten Armen ging Hans Quint zum Fenster, schob den Vorhang vorsichtig ein Stück beiseite und blickte auf die Turmstraße hinunter. Alles war ruhig.

Verdammt, verdammt, fluchte Quint innerlich. Die Zeit lief ihm davon!

Nach einigen Momenten schlenderte er durch das Zimmer wieder zum Schreibtisch zurück, als die Tür geöffnet wurde. Friedrich Hellwein trat mit der Klinke in der Hand auf die Schwelle. »Die Männer sind vom Abendessen im Wirtshaus wieder alle zurück, Herr Kriminalinspektor. Sie warten vollzählig unten in der Stube, wie befohlen.«

»Gut.« Quint nahm in einem unbequemen Holzstuhl Platz und starrte ins Leere. Er stützte seinen Ellbogen auf die Tischplatte, formte mit der rechten Hand eine Faust und strich mit dem Stumpf seines Daumens immer wieder über seinen gekrümmten Zeigefinger.

»Die Männer haben mich wieder gefragt, wie lange sie sich hier noch bereithalten müssen, Herr Kriminalinspektor«, sagte Hellwein und machte einen weiteren Schritt in das Zimmer hinein.

Quint sah auf. »Machen Sie die Tür zu.«

Hellwein gehorchte sofort.

Quint lehnte sich zurück.

Diese Warterei war natürlich nervenaufreibend, nicht nur für ihn selbst. Dass die fünf Gestapo-Beamten aus Stuttgart, die Quint für diese Angelegenheit nach Heidelberg mitgenommen hatte, sich irgendwann langweilen würden, hatte er erwartet. Er war auch davon ausgegangen, dass sie ihn mit Fragen löchern würden: Warum hatten sie genau dieses Haus mitten in der Altstadt von Heidelberg auf Befehl von Quint beschlagnahmt? Was hatten die Besitzer des Hauses, die offenbar völlig unbescholtene Bürger waren, mit dem vermeintlichen Mörder zu schaffen, dem Quint hier auflauern wollte? Und wen hatte dieser Mörder umgebracht, dass die Gestapo und nicht die gewöhnliche Kriminalpolizei ihm nachstellte?

Quint hatte sich entschlossen, seinen Untergebenen so wenig Details wie möglich zu verraten. Er hielt es für fahrlässig, diesen Männern dieselbe Geschichte aufzutischen, mit der er den alten Ludwig Meyerling in Berlin am vergangenen Samstag besänftigt hatte. Nein, die fünf Gestapo-Beamten, die unten in der Stube warteten, hätten vielleicht hinter Quints Rücken Nachforschungen angestellt und herausgefunden, dass Quint bei seiner Suche nach dem amerikanischen Spion nicht im offiziellen Auftrag unterwegs war. Und das hätte alles nur unnotwendigerweise verkompliziert.

»Herr Kriminalinspektor«, fragte der junge Hellwein vorsichtig, »woher wissen Sie eigentlich so genau, dass der Verdächtige genau hier in der Turmstraße 36 auftauchen wird? Ich meine …«

»Ich habe einen Tipp erhalten«, antwortete Quint, ohne zu zögern.

Quint sah zu Hellwein. Der junge Polizist, der zusammen mit Quint wochenlang in Wien zugebracht und Viktoria Baroq nach Deutschland geschafft hatte, schien sein Mienenspiel zu mustern.

»Ah, ich verstehe.« Hellwein wirkte beruhigt.

Der Junge war nicht auf den Kopf gefallen, dachte Quint. Denn schließlich hatte Quint keineswegs gelogen.

»Aber Sie wissen nicht genau, wann der Verdächtige hier sein wird, verstehe ich das richtig?«

»Vollkommen«, bestätigte Quint und bemühte sich, ruhig zu wirken.

Er hatte einfach keine Zeit mehr. Es konnte jede Minute soweit sein – aber auch noch Tage dauern, bis dieser amerikanische Spion mit dem falschen Namen Theodor Wenters hier endlich auftauchen würde. Falls es denn überhaupt jemals passieren würde.

Dieser Meyerling! Dieser verdammte Ludwig Meyerling! Die Frist, innerhalb derer Quint diesem Idioten versprochen hatte, den Kopf des vermeintlichen Mörders von Heinrich Meyerling zu liefern, war beinahe abgelaufen. Was würde der alte Meyerling unternehmen, wenn es Mitternacht schlagen würde? Herrgott, dachte Quint, wahrscheinlich würde der Parteibonze seine Drohungen wahr machen und in wenigen Stunden schon zu Hermann Göring laufen und Quint zum Abschuss frei geben.

»Sind Sie ausgeschlafen, Friedrich?«, fragte Quint ansatzlos.

»Jawohl«, antwortete Hellwein und wirkte mit einem Mal unsicher.

»Gut so. Hören Sie: Sie sind der Einzige hier, der den Verdächtigen wirklich jemals zu Gesicht bekommen hat. Damals, als der in Berlin Professor Josef Schwarzbeck seinen Besuch abgestattet hat. Wir alle anderen, mich selbst eingeschlossen, kennen nur ein nicht ganz scharfes Foto. Also, Fritz: Ich zähle auf Sie. Halten Sie Ihre Augen offen, klar?«

»Natürlich.«

Als Hellwein sich umdrehte, griff Quint in seine Jackettinnentasche und zog den gelben Zettel heraus, der ihm in Berlin zugestellt worden war. Er überflog die Zeilen, die er aber mittlerweile auswendig konnte.

Kriminalinspektor Quint: Der amerikanische Agent und Kontaktmann von Professor Josef Schwarzbeck, der sich im vergangenen Oktober unter dem Namen Theodor Wenters in Berlin aufgehalten und Ihre Aufmerksamkeit erregt hat, wird sich in der kommenden Woche an untenstehender Adresse einfinden.

Turmstraße 36, Heidelberg.

»Herr Kriminalinspektor?«, fragte Hellwein und ließ Quint zusammenzucken.

»Was?«, zischte Quint.

»Ich weiß, es geht mich nichts an, aber ich frage mich schon seit Langem … Was ist mit Ihrer Hand passiert?«

Quints Miene verfinsterte sich. Sofort steckte er den gelben Zettel ein und legte beide Hände in seinen Schoß. So, dass Hellwein sie nicht sehen konnte.

»Ein Unfall«, sagte Quint einsilbig. »Als ich ein Kind war. Lange her.«

Hellwein nickte, verließ das Zimmer und schloss die Tür hinter sich.

Quint erhob sich, atmete tief durch, ging wieder zum Fenster und schaute auf die Straße hinunter. Weit und breit war kein Mensch zu sehen. Der Kriminalinspektor der Gestapo hob den Kopf und blickte zum Fluss hinunter. Er entdeckte ein Pärchen, das, vom Nordufer kommend, über die Neckarbrücke spazierte.

Tom griff nach dem *Washington Herald*, der auf der Rückbank lag. Als er sich wieder nach vorn drehte, erkannte er, dass Richard und Sarah schon die Mitte der Brücke erreicht hatten.

Das ist nur die erste Observation, versuchte Tom, sich innerlich zu beruhigen. Er blätterte in der Zeitung, klappte den Sportteil auseinander und überflog einen Artikel.

Go, DiMaggia, Go! Number 5 should be one of the stars of the Yankees and the League in the upcoming Season. However, the owner of the New York Yankees, Jacob Ruppert, still has to agree with DiMaggio on the player's salary, Washington Herald's Lou Reitner reports.

Tom sah irritiert auf – sofort las er noch einmal die Schlagzeile.

Go, DiMaggia, Go!

Er begann, abfällig zu lächeln. Da hatte doch jemand tatsächlich den Namen des Spielers falsch geschrieben.

»Wie blöd kann man eigentlich sein. Jedes Kind weiß doch, dass er Joe DiMaggio heißt …«

Plötzlich riss er seine Augen auf. Er schüttelte die Zeitung, schaltete hastig das Licht im Auto an, beugte sich weit nach vorn und las konzentriert: *Go, DiMaggia, Go! Number 5…*

»Nein!«, fauchte Tom und reihte in Gedanken die Buchstaben der wenigen Worte aneinander.

»*Go,DiMaggIAGONUM-B…*«

Panisch griff er sich an die Stirn.

»Neinneinnein!«

Iagonum-B war der Operationsname und zugleich das Signalwort. Die Operation musste abgebrochen werden, sofort!

Tom blickte entsetzt zur Brücke hinüber. Richard und Sarah befanden sich noch ein ganzes Stück vor dem großen Tor am anderen Ufer. Blitzschnell ließ Tom seine Faust auf die Hupe niedersausen, doch nur einen Augenblick, bevor er sie betätigen konnte, hielt er inne.

Oh Gott, dachte er und riss seine Augen wieder auf.

Richard hatte die Zeitung durchsucht und hatte keinen Abbruch erklärt. Tom schloss seine Augen und begann blitzschnell zu rechnen.

»Seite 18, Spalte eins.« Es passte. Natürlich passte es!

Tom sah wieder auf. Der Abbruchbefehl war erfolgt, er war korrekt an der richtigen Spalte auf der richtigen Seite platziert worden. Es gab keine andere Erklärung mehr: Richard hatte sie verraten.

Als Tom sich der Tragweite dieser Erkenntnis bewusst wurde, rief er laut: »Sarah!«

Quint stützte sich auf das Fensterbrett und betrachtete dabei seinen verstümmelten Daumen. Fast sein ganzes Leben lang hatte er nun mit dieser Entstellung gelebt.

»Ein Unfall«, hörte Quint sich selbst sagen.

Wie aus dem Nichts heraus lief es ihm kalt den Rücken hinab. Quint verzog seine Miene und kämpfte dagegen an, aber er wusste, dass er keine Chance hatte. Die Erinnerungen ließen sich einfach nicht unterdrücken.

Er presste seine Lippen aufeinander und blickte starr zum Fluss hinunter.

Fast 20 Jahre waren nun vergangen, seit es passiert war. Natürlich war es töricht gewesen, mit seinem Bruder damals in den Schuppen der Röders einzubrechen. Martin war gerade einmal acht Jahre alt gewesen und Hans Quint 14, er hätte es dem Kleinen sofort verbieten müssen. Natürlich. Aber er hatte es nicht getan.

Der teure Motorpflug der Röders war der erste im ganzen Dorf gewesen. Jeder der anderen Bauern war neidisch auf Johann Röder gewesen, und die meisten hatten ihn hinter vorgehaltener Hand als faul und träge verunglimpft. Mit der Maschine hatte er sich angeblich nur deshalb das Leben leichter gemacht, weil er für die harte Feldarbeit eindeutig nicht geeignet war.

Die tonnenschwere, vor Kraft strotzende Maschine hatte Hans Quint magisch angezogen, genau wie seinen kleinen Bruder Martin. Als sie an jenem Nachmittag ein loses Brett in der Rückwand zur Seite geschoben und in den Schuppen eingedrungen waren, hatte Quint sich wie ein Eroberer gefühlt.

»Fass' nichts an«, hatte er Martin angeherrscht, erinnerte sich Quint so, als ob es am Tag zuvor passiert wäre. Martin hatte widerwillig genickt und sich sofort ins Stroh direkt neben eines der großen Metallräder gesetzt, als sein älterer Bruder schließlich auf die Maschine gestiegen war.

Quint hatte keine Erinnerung mehr daran, wie es genau passiert war, hinterher hatte er sich immer wieder ausgemalt, dass er vielleicht den Hebel der Feststellbremse unbemerkt berührt hatte. Aber den schmerzerfüllten Schrei seines Bruders hatte er niemals vergessen. Der Motorpflug war nur ein kleines Stück in Bewegung geraten – doch genug, um auf Martins Hand zu rollen.

Martin hatte wie am Spieß gebrüllt. Panisch war Quint zu ihm hinabgesprungen und hatte sofort versucht, die eingeklemmte Hand zu befreien. Als er es geschafft hatte, hatte sich ihm die ganze Katastrophe offenbart: Martins Daumen, der Zeigefinger und der Mittelfinger waren blutige Klumpen, die wie leblos an seiner Hand baumelten. Quint hatte gar nicht bemerkt, dass sein kleiner Bruder in Ohnmacht gefallen war.

»Das wird wieder, das wird wieder, ganz bestimmt«, hatte Quint mit Tränen in den Augen auf Martin gebetsmühlenartig eingeredet, als er ihn aus dem Schuppen getragen und nach Hause geschleppt hatte.

Quints Mutter war ihm auf dem Hof begegnet. Außer sich vor Angst hatte sie eine Harke fallen lassen und hatte ihre Hände auf die Wangen von Martin gelegt.

»Was ist passiert?«, hatte sie immer wieder laut mit weit aufgerissenen Augen hysterisch geschrien und Martin an sich gezogen.

»Es war ein Unfall«, hatte Quint gestammelt. Nie zuvor hatte er seine Mutter so aufgelöst erlebt. Nur wenige Augenblicke später waren sein Vater und Jakob, der Knecht, aus dem Stall herbeigerannt.

Quint erinnerte sich noch gut an den Moment, als sein Vater seine beiden Söhne erblickt hatte. Quints Hals hatte sich wie zugeschnürt angefühlt, als er wie aus dem Nichts von einem Schlag getroffen und zu Boden gestoßen worden war. Quint konnte sich daran erinnern, dass er sofort bemerkt hatte, dass seine Lippe aufgeplatzt gewesen war, der kräftige Hieb seines Vaters hatte ihn brutal getroffen.

»Hau ab! Hau ab!«, hatte sein Vater voller Zorn gebrüllt und schon zum nächsten Schlag ausgeholt.

Quint war sofort aufgesprungen und in sein Zimmer gerannt.

Stundenlang hatte er sich die Augen ausgeweint. Erst als es dunkel geworden war, hatte er bemerkt, dass sein Hemd und seine Hose von Blut überströmt gewesen waren. Ob es sein eigenes oder das seines Bruders gewesen war, hatte er nicht gewusst.

Spät in der Nacht waren seine Eltern zusammen mit Martin vom Arzt zurückgekommen. Sie hatten den schlafenden Jungen wortlos ins Bett neben den sich totstellenden Hans Quint gelegt. Die Hand von Martin war mit einem dicken Verband umwickelt, hatte Quint nur aus den Augenwinkeln erkannt – aber er hatte sich nicht getraut, sich auch nur einen Zentimeter zu bewegen.

Es hatte bestimmt Stunden gedauert, bis Quint in jener Nacht vor totaler Erschöpfung eingeschlafen war.

Ruckartig war er geweckt worden: Er hatte vor Schreck brüllen wollen, aber ein in sein Mund gestopftes Tuch hatte seinen Schrei erstickt. Mit grober Gewalt war er auf den Rücken gedreht worden und hatte gespürt, wie sein rechter Arm fest umklammert auf die Matratze gepresst worden war. Im Schein einer Lampe hatte Quint zuerst seine Mutter erkannt. Ihre sonst so weichen Gesichtszüge waren einer harten, unnachgiebigen Fratze gewichen, während sie mit beiden Händen Quints Oberkörper auf das Bett presste.

»Der Doktor hat Martin alle drei Finger abgenommen«, hatte sein Vater geflüstert, während er sich mit all seinem Gewicht auf Quints Oberarm gesetzt hatte. Quint wollte vor Angst loskreischen. Doch nur ein dumpfes Wimmern war seinem geknebelten Mund entwichen.

»Weil du nicht auf deinen Bruder aufgepasst hast, Hans«, hatte Quints Vater gesagt und ein Küchenmesser in die Höhe gehoben, »weil du deine Pflichten missachtet und deine Mutter und deinen Vater bitter enttäuscht hast, weil du dich eines so schlimmen Vergehens schuldig gemacht hast, dass uns beiden die Worte fehlen, wirst du nun mit einer Strafe belegt, die dich dein Leben lang mahnen soll.«

Der Schmerz war beinahe unerträglich gewesen, als die Klinge seine Haut und schließlich den Knochen durchschnitten hatte. Bis zum heutigen Tag wunderte sich Quint, dass er damals bei Bewusstsein geblieben war.

Als seine Eltern von ihm abgelassen und den Knebel entfernt hatten, hatte Quint den sauber verbundenen Daumenstumpf betrachtet. Wahrscheinlich aufgrund des Schocks war er nicht in der Lage gewesen, auch nur ein Wort zu sprechen.

»Regeln müssen befolgt werden, Hans«, hatte sein Vater kalt gesagt. »Und bete zu unserem Herrn«, hatte er hinzugefügt, bevor er und Quints Mutter das Zimmer verlassen hatten, »dass Martin nicht an einer Blutvergiftung stirbt.«

Quint atmete tief ein, ballte die rechte Hand zur Faust und blickte mit regungsloser Miene wieder hinunter zum Neckar. Plötzlich entdeckte er ein geparktes Cabrio auf der anderen Seite des Flusses. Er kniff die Augen zusammen und beobachtete, wie im Wageninneren offenbar ein Licht eingeschaltet wurde. Wenige Augenblicke später erlosch es wieder. Gerade als Quint sich wieder herumdrehen wollte, bemerkte er, dass der Wagen plötzlich beschleunigte und rasant lospreschte.

»Was ist denn da los?«, fragte Quint halblaut. »Hellwein!«

Tom zögerte nicht eine Sekunde: Er tat, was er fühlte.

Tom schleuderte die Zeitung hinter sich, startete den Motor und packte den Ganghebel.

»Komm schon!«, rief Tom mit einer Mischung aus Wut und Angst in der Stimme und trat das Gaspedal durch. Der Motor heulte auf, und mit durchdrehenden Reifen raste das Cabrio los. In der Kurve brach das Heck des Mercedes aus, aber Tom schaffte es, ihn unter Kontrolle zu bringen, und steuerte direkt auf die gepflasterte Fahrbahn der Brücke zu.

»Sarah«, rief Tom und lehnte sich nach vorn. In einem Höllentempo fuhr er bedrohlich nah an den Begrenzungsmauern vorbei und erkannte, wie Sarah und Richard vielleicht 20 Meter vor ihm erschrocken auf eine große Steinskulptur auf der rechten Brüstung der Brücke zusprangen. Als er auf die Bremse trat und der Wagen quietschend über die Steine rutschte, griff Tom unter seinen Mantel, zückte die geladene Pistole, beugte sich nach rechts und stieß die Beifahrertür auf.

»Einsteigen!«, rief er mit funkelnden Augen und richtete die Parabellum-Pistole auf Richard. Der und Sarah waren sichtlich entsetzt.

»Hände hoch und weg von ihr!«, schrie Tom laut.

»Was ist in dich gefahren?«, fragte Sarah kreidebleich.

»Wird's bald!«

Sofort wich Richard zur Seite und hob seine Arme, doch Sarah regte sich nicht.

»Einsteigen, habe ich gesagt! Erst du, Sarah, dann er. Und nimm ihm seine Pistole ab!«

»Tom ...«, flüsterte Richard, »was ... was ist denn ...?«

»Halt deinen Mund!«, fuhr Tom ihn an, doch in genau diesem Augenblick erregte etwas weit hinter Richard Toms Aufmerksamkeit: Die Eingangstür des Hauses in der Turmstraße Nummer 36 wurde aufgestoßen.

»Nein«, zischte Tom. Sofort blickten Richard und Sarah hinter sich. Nach und nach traten aus dem nur vielleicht 50 Meter entfernten Gebäude mehrere Gestalten in Zivilkleidung auf die Straße, die alle zu Tom, Richard und Sarah auf die Brücke herüberstarrten.

Die sind bewaffnet, stellte Tom innerlich fest und zuckte zusammen, als er in der Hand eines der Männer ein Gewehr entdeckte.

»Rein jetzt!«, rief Tom, »und nimm ihm endlich die Waffe ab!«

Sarah blickte Richard ratlos an. Der zuckte nur wie wild mit den Schultern.

»Was ist los? Beeil dich!«, schrie Tom.

Die Gestalten begannen, auf die Brücke zuzulaufen. Vorneweg rannte ein recht jugendlicher blonder Mann in einem grauen Anzug.

Da erwachte Sarah aus ihrer Erstarrung, schnappte sich Richards Pistole und sprang blitzschnell in den Wagen.

»Halt!«, rief der Blonde in der Ferne, »bleiben Sie stehen!«

»Was, um alles in der Welt, ist los mit dir, Tom?«, fragte Richard mit bebender Stimme.

»Jetzt mach schon!«, schrie Tom.

Richard gehorchte, schob Sarah dicht an Tom heran und knallte die Tür hinter sich zu.

»Du musst schalten«, wies Tom Sarah an, während er selbst die Pistole über sie hielt, um Richard in Schach zu halten. »Los!«

Tom trat aufs Gas. Die Reifen polierten das nasse Pflaster unter ihnen, und schon schnellte das Fahrzeug nach vorne, direkt auf das Brückentor zu.

»Zweiter Gang«, befahl Tom und betätigte die Kupplung. Knarrend schob Sarah den Knüppel um. Es klappte. Tom kurbelte mit der linken Hand wild am Lenkrad und schmiss den Sportwagen förmlich um die enge Kurve an einer Häuserzeile vorbei.

»Das ist er!«, brüllte der blonde junge Kerl, als er nur wenige Meter vor ihnen an die Fahrbahn rannte. An seine Seite sprang ein muskulös wirkender, etwas älterer Mann mit kurzgeschnittenen dunklen Haaren, dessen wütender Gesichtsausdruck Tom erschrecken ließ.

»Theodor Wenters!«, rief der Mann aufgebracht und zielte mit einer Pistole auf den Wagen, »Sie entkommen mir nicht! Geheime Staatspolizei!«

Tom lenkte unbeeindruckt nach rechts. »Dritter Gang!«

Sarah reagierte sofort, und Tom jagte den Wagen eine steile Straße hinauf. Er wusste, dass sie aus der Stadt hinausführte. Die Tachonadel schoss auf die 80 zu, als er in einer lang gezogenen Kurve das Pedal immer tiefer trat.

»Tom!«, rief Sarah und sah völlig verängstigt nach vorn.

»Go, DiMaggia, Go! Number 5! Verstehst du?«, rief Tom.

»Was?«, brüllten Sarah und Richard gleichzeitig.

»Go, DiMaggia, Go! Number 5! *Iagonum-B*! Der Abbruch-Code! Im *Washington Herald*! Glaubst du, ich bin ein Idiot?«

»Wovon redest du da, um Himmels willen?«, schrie Sarah. Sie war außer sich vor Angst.

»Frag ihn doch! Du bist einer von denen, nicht wahr, Richard? Du arbeitest für die Gestapo, stimmt's?«

»Toooom!«, kreischte Sarah.

Tom sah wieder nach vorn und reagierte augenblicklich: Mit Mühe lenkte er den Wagen um Zentimeter an einer Hausecke vorbei.

»Du wolltest Sarah und mich ans Messer liefern! Du verdammter ...«

»Ich habe kein Codewort gesehen!«, schrie Richard zurück und presste seine Hände gegen das Dach. »Das Abbruchcodewort war nicht da! Kein *Red Rush* weit und breit!«

Toms Augen weiteten sich. Für einen Moment blickte er überrascht zu Richard hinüber. Doch sofort wandte er sich wieder nach vorn.

»Die Operation lautet *Iagonum-B*, nicht *Red Rush*!«, bellte Tom.

»Was? Was? So ein Mist ... Ich bin doch nicht dein Feind, Tom!«

»Lügner!« Tom umklammerte die Waffe fester. »Deine Gestapomarke ... ich hätte es sofort wissen müssen.«

»Du weißt genau, dass das eine Fälschung ist! Herrje, jemand hat uns gelinkt, Tom! Die versuchen, uns gegeneinander auszuspielen! Verdammt, ich habe auch geglaubt, dass wir einen Verräter unter uns haben. Ich dachte, es wäre Sarah!«

»Was?«, fauchte Sarah. »Bist du von allen guten Geistern ...«

»Ich weiß, ich weiß«, beruhigte Richard sie, »ich lag falsch! Es tut mir leid, natürlich bist du keine Verräterin, das weiß ich jetzt. Sie ist auf unserer Seite, hörst du, Tom? Sie hätte uns diesen Leuten eben ausliefern können! Sarah ist eine verdammt gute Schützin, besser als du, Tom, das hätte sie ohne Weiteres ...«

»Hast du nicht begriffen«, unterbrach ihn Tom barsch, »dass ich nicht im Geringsten an Sarah gezweifelt habe?«

Sarah starrte Tom mit offenem Mund an.

»Mann, Tom, wieso hätte ich dir meine zweite Pistole überlassen sollen? Ich wollte, dass du dich vor ihr schützen kannst! Und wieso, zum Henker, hätte ich dich in Baroqs Wohnung gestern in Wien vor der SA retten sollen?«

Tom sagte kein Wort und sah stur auf die Straße.

»Irgendwer will uns hier gegeneinander ausspielen, zum Teufel«, sagte Richard wütend.

Tom schüttelte den Kopf.

»Und was ist jetzt überhaupt mit Viktoria Baroq?«, fragte Sarah und wirkte nervös.

»Sie war bestimmt nie in Heidelberg«, zischte Tom nachdenklich. »Es war alles nur inszeniert, um uns die Falle zu locken.«

»Was hast du jetzt vor?«, fragte Richard.

»Halt' endlich den Mund«, sagte Tom, ohne ihn anzusehen.

»Was haben wir jetzt vor?«, fragte Sarah leise und legte ihre Hand auf Toms Arm.

»Wir machen weiter, wie geplant. Es ist ein Notfall. Es geht sofort zur Grenze, nach Frankreich.«

»Gut«, stimmte sie zu.

Richard sah aus seinem Seitenfenster und schüttelte langsam den Kopf.

»Sind wir auf dem richtigen Weg?«, fragte Tom.

»Ja, bleib' auf dieser Straße«, antwortete Sarah.

»Willst du mich jetzt eigentlich die ganze Fahrt über mit der Pistole bedrohen?«, fragte Richard plötzlich angriffslustig.

»Ja. Aber wenn du es vorziehst, kann ich auch gerne abdrücken.«

Tom hatte keine Ahnung, wie es weitergehen sollte. Sarah wusste das wahrscheinlich. Aber sie sagte nichts. Sie tat nichts, um ihn aufzuregen. Tom brauchte Zeit, um nachzudenken.

Nach etwa einer halben Stunde erreichten sie eine kaum befahrene breite Brücke, die über den Rhein führte. Richard, der seine Arme nach wie vor in die Luft streckte, blickte rechts aus seinem Fenster. Tom bemerkte, dass er unruhig wurde.

»Ähm«, räusperte sich Richard.

»Was?«, zischte Tom.

»Ich befürchte, dass wir verfolgt werden.«

Tom blickte in den Rückspiegel. Hinter ihnen sah er in einiger Entfernung zwei Scheinwerferpaare.

»Du bist zwar echt flott unterwegs, aber seit einiger Zeit sind die hinter uns. Und kommen näher.«

Sarah drehte sich um. »Es stimmt, Tom.«

»Dann fahren wir eben noch schneller.« Tom gab mehr Gas.

Sie gelangten in einen großen Wald, dessen riesige Bäume ihre Äste bis tief über den schmalen Weg hängen ließen. Nur die Lichtkegel der Scheinwerfer des Cabrios durchbrachen die Finsternis.

Die sandige und rutschige Straße wurde immer kurvenreicher, doch Tom behielt seine hohe Geschwindigkeit bei.

»Jetzt sind sie weg«, stellte er triumphierend fest, als er in den Spiegel blickte und weit und breit kein zweites Scheinwerferpaar entdecken konnte.

»Gott sei Dank«, antwortete Sarah, »aber weit sind sie …«

Ein schwarzer Blitz schnellte plötzlich von rechts auf die Fahrbahn und rammte die Front des Cabrios. Es krachte.

Tom riss instinktiv das Steuer nach links, doch sie schlitterten unkontrolliert hin und her. Als Tom auf die Bremse trat, wurden sie allmählich langsamer, doch dann wurden sie abrupt gestoppt. Toms Kopf knallte heftig auf das Lenkrad.

Und dann war es still.

Tom schloss die Augen. Er wollte nur noch weg. Weit, weit weg.

92. ZWEI BRÜCKEN

Nach einer Ewigkeit öffnete er seine Augen.

»Komm, wir müssen hier raus.« Richard reichte ihm die Hand. Hinter ihm leuchtete Sarah mit der kleinen Lampe in den Wagen. Beide schienen unversehrt.

Sein Rücken und seine Beine schmerzten. Tom griff sich vorsichtig an den Kopf und fühlte etwas Blut auf seiner Stirn.

»Ist es schlimm?«, fragte Sarah besorgt.

Tom schüttelte den Kopf – doch dann hielt er seine rechte Hand dicht vor seine Augen.

»Du suchst bestimmt das hier«, sagte Richard ruhig. »Hier, du hast sie fallen lassen.«

Er hielt Tom die schimmernde Luger unter die Nase. Tom griff sofort nach der Waffe, und Richard machte einen Schritt zurück.

»Lass uns sehen«, schlug er leise vor, während Tom aus dem Automobil kletterte, »ob wir den Motor wieder zum Laufen bekommen. Okay?«

»Wie fühlst du dich, Tom?«, fragte Sarah, während Tom über den sumpfigen Boden taumelte und Richard sich in den Wagen beugte. »Ist dir schwindelig? Setz dich lieber, ich schaue mir deine Stirn an.«

»Nein, nein, mir geht's gut. Ist dir etwas passiert?«

»Nein, gar nichts.«

Auf einmal leuchteten die Scheinwerfer des Mercedes wieder auf, und gleichzeitig ertönte das gleichmäßige Brummen des Motors.

»Na, wer sagt's denn!«, flüsterte Richard erleichtert. Er hatte sich hinter das Lenkrad gesetzt.

Tom erkannte nun, dass sie ein paar Meter von der Straße abgekommen und in einer Senke neben dem Weg seitlich an einen mächtigen Baumstamm geprallt waren. Das Cabriolet steckte tief im Matsch fest. Im gelben Lichtstrahl der Lampen lag wenige Meter vor dem Wagen der leblose Körper eines großen Tieres.

»Der hatte weniger Glück«, stellte Tom fest, als er den Kadaver betrachtete. Es war ein prächtiger Hirsch.

»Gott sei Dank läuft der Wagen noch«, bemerkte Sarah. »Bekommen wir ihn da aus dem Schlamassel wieder heraus?«

Richard legte den Rückwärtsgang ein und gab vorsichtig Gas. Das Auto bewegte sich jedoch nicht. Als er das Pedal stärker nach unten trat, begannen die Räder im Schlamm durchzudrehen.

»Das sieht nicht gut aus«, verstand Sarah. »Gar nicht gut.«

»Nein!«, rief Richard plötzlich aufgeregt. »Da hinten!«

Tom drehte sich um: Schwache Lichtkegel flackerten zwischen den vielen Bäumen auf. Ihre Verfolger waren noch ein ganzes Stück weit entfernt, aber in wenigen Augenblicken würden sie sie eingeholt haben.

»Was machen wir jetzt?«, fragte Tom.

Richard sprang aus dem Wagen, rannte auf die Straße und blickte sich um. »Zu Fuß haben wir keine Chance, es ist noch viel zu weit bis zur Grenze. Viel zu weit. Wir brauchen ihren Wagen. Also lauern wir ihnen auf!«

»Und wie willst du das anstellen?«, fragte Sarah schnell.

»Die werden anhalten, wenn die unseren Wagen da vorne im Dreck entdecken. Das ist unsere Chance. Sarah, du gehst dort oben in Deckung. Ich verschanze mich hier im Unterholz. Perfekt, hier ist ein kleiner Graben. Und Tom, du versteckst dich dort oben.«

Als Richard entschlossen auf ihn zukam, hob Tom sofort den Lauf seiner Parabellum-Pistole. Doch Richard ignorierte die drohende Geste.

»Wenn wir kein Glück haben, dann schlägst du dich allein durch den Forst in Richtung Süden durch, Tom. Du hast noch kein einziges Mal eine Waffe abgefeuert, es ist nicht nötig, dass wir dich hier mit reinziehen.«

»Nicht reinziehen?«, rief Tom aufgebracht und richtete die Pistole direkt auf Richards Kopf. »Ich bin mitten drin!«

»Es reicht, Tom!«, fuhr ihn Richard an. »Wach endlich auf! Das ist kein Spiel!«

»Wir stehen alle auf einer Seite«, sagte Sarah. Tom blickte sie konzentriert an. Der Motorlärm in der Ferne wurde lauter.

»Jetzt oder nie!« Richard schüttelte langsam den Kopf. Während er Sarah weiter in die Augen blickte, senkte Tom allmählich die Luger und streckte sie mit dem Griff voran Richard entgegen.

»Danke«, sagte der sichtlich erleichtert und griff nach der Waffe.

»Und hier deine zweite.« Sarah reichte ihm das Exemplar, das sie ihm auf der Brücke in Heidelberg auf Toms Geheiß hin abgenommen hatte.

Richard kontrollierte beide Waffen. »Sarah, warte ab, bis der Fahrer aus dem Wagen gestiegen ist. Vorher dürfen wir nicht schießen. Wenn die wieder abhauen können, haben wir verloren. Wir brauchen dieses Auto. Egal, wie viele Männer es sind, warte ab, bis ich das Feuer eröffne, dann nimm dir als Erstes den Fahrer vor. Klar?«

»Ist klar.«

»Dann los«, rief Richard und schlich gebückt über die Fahrbahn. Tom und Sarah kletterten die Anhöhe hinter dem Cabrio hinauf. Sarah verschanzte sich hinter einem umgefallenen Baum und zückte ihre Waffe. »Geh noch weiter, Tom. Wenn du siehst, dass wir in Schwierigkeiten sind, dann lauf weg. Versprichst du es mir?«

Doch Tom zögerte.

»Versprich es mir!«

»Ist ja gut«, sagte Tom widerwillig. »Ich verspreche es.«

»Dann los!«

Er lief den Hügel hinauf und ließ sich ein gutes Stück weiter oben hinter einem breiten Stamm ins dichte Gestrüpp fallen und blickte wieder den Hang hinunter. Der Motor des Mercedes brummte leise, und die Lichter erhellten den Weg in einem fahlen Schein. Tom kniff die Augen zusammen.

Es war ein Albtraum. Sarah wollte ihr Leben riskieren, und er sollte hier oben das Gemetzel abwarten oder feige davonlaufen?

Die Verfolger näherten sich.

»Oh Gott«, flüsterte Tom leise, fuhr sich mit den schmutzigen Fingern durch das zerzauste Haar und presste seinen Kopf gegen den Baumstamm vor sich. »Lass sie nicht sterben. Bitte.«

Sein Hemd war verschwitzt und sein Mantel und seine Schuhe vom matschigen Waldboden ganz verschmiert. Tom lockerte seine Krawatte, um freier atmen zu können. Seine linke Wange schmerzte wieder.

Fast hatte sie der Wagen erreicht.

Sarah kniete etwa fünf Meter vor ihm im Unterholz und hatte ihre Pistole nach vorn gerichtet. Sie wirkte völlig ruhig. Tom sah, wie Richard sich auf der anderen Seite der Straße gerade im Graben versteckte.

Die große dunkle Limousine bremste stark ab, rollte langsam weiter und kam nur wenige Meter vor dem Mercedes-Cabrio zum

Stehen. Die Scheiben der Limousine wirkten in der Finsternis wie schwarze Spiegel und ließen keinen Blick ins Wageninnere zu. Tom duckte sich tief hinab und blinzelte nicht ein einziges Mal.

Es geht los, dacht er sich aufgeregt.

»Was jetzt?«, fragte Friedrich Hellwein leise, trommelte mit den Händen auf das Lenkrad und blickte starr auf den dunkelgrünen Mercedes vor ihm.

»Ein Unfall«, stellte der Stuttgarter Polizist Jens Zettl neben ihm fest und nickte abgeklärt, »sind bestimmt alle tot.«

»Nichts überstürzen.« Hans Quint, der auf der Rückbank saß, entsicherte seine Pistole. Er hatte gar kein gutes Gefühl. Das Cabrio war offenbar mit großem Tempo gegen diesen Baum gekracht oder aber, es sollte genauso aussehen. Vielleicht handelte es sich um eine Falle. Diesem Spion Wenters traute er alles zu.

»Zettl, steigen Sie aus«, befahl Quint. »Seien Sie vorsichtig. Klar?«

»Jawoll«, antwortete Zettl, überprüfte das Stangenmagazin seiner EMP 35 und lud die automatische Waffe durch.

Tom zuckte zusammen: Eine Tür schwang auf, und langsam trat eine Gestalt von der Beifahrerseite kommend vor den Kühler der Limousine. Der Mann, der einen langen Ledermantel trug, hielt ein Gewehr im Anschlag. Vielleicht war es eine Maschinenpistole.

Wortlos blickte der Kerl zum verunfallten Cabrio hinüber und legte misstrauisch seinen Kopf zur Seite, aber er bewegte sich nicht weiter nach vorne.

Tom schluckte: Der Mann stand nur ein paar Schritte neben Richards Versteck.

Steig du endlich auch aus, beschwor Tom innerlich den Fahrer, damit Sarah ihn anvisieren konnte. Doch nichts dergleichen passierte. Stattdessen ging der Kerl mit dem Gewehr vorsichtig die Motorhaube entlang um den schwarzen Wagen herum.

»Nein«, flüsterte Tom, als er sah, dass der Mann sich rückwärts zur Fahrertür bewegte. So hatte Richard keine Chance, ihn aufs

Korn zu nehmen! Etwas quietschte, und nur einen Moment später beugte sich die Gestalt zu dem einen Spalt geöffnetem Fenster. Er flüsterte scheinbar ein paar Worte. Dann nickte er energisch.

Warum siehst du Idiot dir unsere verdammte Karre nicht genauer an!, wollte Tom schreien, doch plötzlich blickte er instinktiv nach rechts. Zwei Lichter flackerten in der Ferne. Ein weiteres Fahrzeug kam näher, auch wenn man es noch nicht laut hören konnte. Vielleicht war es zwei oder drei Minuten entfernt.

Erst da verstand Tom: Die Insassen der dunklen Limousine warteten auf Verstärkung.

»Gott sei Dank! Hier, hier oben! Hilfe!«

Tom traute seinen Ohren nicht.

»Hier oben! Hilfe!«

Während Sarah den Abhang laut rufend hinunter stolperte, richtete der Mann im Ledermantel sein Gewehr überrascht in ihre Richtung.

»Hände hoch!«, brüllte er. »Kommen Sie da runter!«

»Danke, dass Sie endlich da sind!«, rief Sarah erleichtert, »es war so schrecklich! Sie haben mich einfach so entführt …«

Tom riss die Augen weit auf. »Sarah?«, flüsterte er.

»Hände hoch, hab ich gesagt!«

»… Endlich ist der Albtraum vorbei!«

Als Sarah den Weg erreicht hatte, stieß ein blonder junger Mann die Fahrertür auf und sprang aus dem Wagen.

»Nehmen Sie endlich die Hände hoch, wird's bald?«, brüllte der Blonde mit gezücktem Revolver.

»Einfach so haben die mich mitgenommen«, stöhnte Sarah und schüttelte verzweifelt den Kopf, »einfach so! Ich bin so erleichtert, dass Sie endlich gekommen sind. Ich habe Todesängste ausgestanden.«

Tom atmete schnell. Er konnte nicht fassen, was hier passierte! Sarah ging auf die Kühlerfront des Wagens zu und plapperte unaufhörlich vor sich hin. Die beiden Männer beim Wagen folgten ihr, schrien sie abwechselnd an, bis Sarah sie vor das Auto gelockt hatte.

Und dann ging alles ganz schnell.

Ein Schuss fiel und ließ Tom erstarren. Das Echo des ungeheuren Knalls wurde durch einen tiefen Schrei durchbrochen. Sarah fiel zu Boden.

»Nein!«, brüllte Tom.

Neben ihr stürzte der Mann mit dem Gewehr auf den Rücken. Noch ein Schuss fiel. Dann wieder. Die Projektile sausten so laut wie krachende Hammerschläge durch die Luft.

Tom konnte es nicht glauben: Es war Sarah, die zuletzt geschossen hatte. Ihre Pistole fest mit beiden Händen umklammert, hatte sie sich kaum merklich aufgerichtet und den blonden jungen Mann getroffen. Benommen taumelte der zurück und kippte leblos auf die Motorhaube.

Nun begriff Tom, was sich eben zugetragen hatte. Sarah hatte die Deutschen in die Irre geführt und sie aus ihrer Deckung gelockt, damit Richard den ersten von beiden aus dem Graben heraus erledigen hatte können.

Sarah ist nicht verletzt, sagte sich Tom, als Richard energisch mit zwei Pistolen in den Händen hinter der Limousine auf die Fahrbahn sprang und durch die Scheibe der Hintertür sofort in den Fond feuerte. Die Mündungsfeuer zuckten so hell wie Blitze aus seinen Waffen. Funkensprühend prallten einige Kugeln am Metall ab, doch die meisten durchlöcherten das Chassis mit einer erbarmungslosen Leichtigkeit. Gleichzeitig richtete sich Sarah wieder ganz auf und eilte geduckt auf die Fahrertür zu. Doch plötzlich sprang ein dritter Mann aus dem Wagen. Er trat mit seinem rechten Fuß genau nach Sarahs Revolver und entwaffnete sie so, warf seinen Arm um ihren Hals, riss sie zu Boden und versteckte sich hinter ihr.

»Weg mit den Waffen!«, schrie Quint, so laut er konnte, und streckte seine Dienstwaffe nach vorn. Er beobachtete konzentriert, wie der bullige, recht jung wirkende Mann mit den rötlichen Haaren seine zwei Pistolen auf ihn richtete.

»Weg mit den Waffen, Freundchen, oder sie ist tot.« Quint legte seinen Arm noch enger um den Hals der hübschen Frau.

Die zwei, wer auch immer sie waren, verstanden etwas von ihrem Handwerk. Dass sie sich Quint einfach so ergeben würden, war natürlich ausgeschlossen. Dies hier waren zwei Profis, die würden eher sterben, als sich festnehmen zu lassen, vermutete Quint. Er bemerkte einen leblosen Körper neben sich. Ein zweiter, offenbar jener von Friedrich Hellwein, lag ein Stück weiter vorne bei der Motorhaube. Es war beeindruckend und ärgerlich zugleich, dass ein erfahrener Gestapo-Polizist wie Zettl und vor allem auch ein aufgeweckter Beamter wie Hellwein so spielend verladen und kaltblütig umgebracht worden waren.

Quint blickte für den Bruchteil einer Sekunde unauffällig in Richtung Norden. Der zweite Wagen, in dem die anderen vier Gestapo-Beamten saßen, war noch ein Stück entfernt. Quint musste sich unbedingt etwas einfallen lassen.

»Lassen Sie sie los«, sagte der bullige Rothaarige ohne sichtbare Gefühlsregung.

»Erst die Waffen runter, alle beide«, wiederholte Quint. Er spürte, wie sich das Mädchen an seinem Unterarm festkrallte und mit den Füßen auf dem nassen Boden hin und her rutschte. Er musste ihr gehörig die Luft abschnüren, aber das nahm Quint gerne in Kauf. Würde sie ihr Bewusstsein verlieren, würde das alles sogar leichter machen, glaubte er. Dieser rothaarige Hüne ihm gegenüber tat zwar äußerlich so, als würde ihn das Schicksal des Mädchens nicht kümmern. Aber die Tatsache, dass er noch nicht gefeuert hatte, sprach Bände: Er wollte die junge Frau offensichtlich nicht gefährden, denn selbst aus dieser kurzen Distanz konnte ein geübter Schütze durchaus sein Glück versuchen und Quints Schädel anvisieren. Würde das Mädchen ohnmächtig, würde der Rothaarige vielleicht aus Angst und Panik einen Fehler begehen.

Nur noch ein paar Augenblicke, dann kommt die Verstärkung, dachte Quint und fühlte sich in seiner durchaus prekären Lage von Moment zu Moment sicherer – doch dann zog er seine Augenbrauen zusammen.

Wo, zum Teufel, ist Theodor Wenters?, dachte er und erschrak. Wie, um alles in der Welt, hatte er den vergessen können?

Quint machte mit der röchelnden Frau im Würgegriff ruckartig eine halbe Drehung, damit er sich an die Limousine lehnen konnte. Als er instinktiv über seine Schulter blickte, wusste er, dass er gerade einen groben Fehler begangen hatte.

Tom hatte die letzten Meter des Abhangs mit nur zwei großen Sprüngen überwunden und holte mächtig Schwung, ehe er den dicken Ast genau auf die rechte Schläfe des Deutschen krachen ließ. Im letzten Moment vor dem Aufprall hatte der seinen Kopf herumgerissen und blickte Tom mit einer Mischung aus Hass und Entsetzen direkt in die Augen.

Benommen sackte der kräftige Deutsche zusammen. Sarah riss sich von ihm los, schnappte nach Luft und ließ sich nach vorne fallen.

Richard nahm dem offenbar ohnmächtigen Mann sofort die Pistole ab, dann warf er Tom einen ungläubigen Blick zu.

»Bist du in Ordnung?«, fragte Tom und streckte Sarah die Hand entgegen.

Sie griff sofort danach. Als er sie hochgezogen hatte, schüttelte sie den Kopf und hustete zweimal. »Was fällt dir nur ein, Tom? Du hattest mir versprochen wegzulaufen, wenn es eng wird!«

»Gelaufen ist er«, bemerkte Richard trocken und steckte eine seiner Waffen in die Manteltasche. »Und ziemlich flott obendrein.«

Erst da bemerkte Tom, wie schnell sein eigener Atem ging. Er wischte sich den Schweiß von der Stirn und ließ gleichzeitig den schweren Ast fallen, den er immer noch umklammerte.

»Ist er noch am Leben?«, fragte Tom und beugte sich zu dem Bewusstlosen hinab, dessen Körper schlaff am Wagen lehnte. Tom packte ihn am Kragen und schüttelte ihn brutal.

»Tom, was soll das?«, fragte Richard vorsichtig und machte ein paar Schritte zur Seite, sodass er den Deutschen besser ins Visier nehmen konnte.

»Aufwachen«, rief Tom und schlug dem muskulösen Mann ein paarmal kräftig auf die Wangen. »Aufwachen!«

Als der Kerl seine Augen aufklappte, schien er überraschend gefasst.

»Sie entkommen uns nicht, Wenters«, zischte er.

»Wer, zum Teufel, sind Sie?«, fragte Tom und fletschte seine Zähne. »Und was wollen Sie von mir?«

»Gestapo-Kriminalinspektor Quint«, antwortete der Deutsche mit schmerzverzerrter Stimme. »Sie haben keine Chance, geben Sie auf. Sie sind alle verhaftet.«

»Wer hat mich verraten? Wer hat Ihnen verraten, wo Sie mich finden?«, brüllte Tom und rüttelte sein Gegenüber heftig vor und zurück.

Quint begann diabolisch zu lächeln, während Blut seinen Kopf hinab lief. »Geben Sie auf«, wiederholte er ruhig.

»Es hat keinen Sinn«, rief Sarah und packte Tom an der Schulter, »komm schon, wir müssen weg!«

»Sie hat recht«, stimmte Richard zu und nickte heftig.

Tom richtete sich auf, doch er und Quint sahen sich weiterhin in die Augen.

»Dann los«, sagte Tom und schnappte sich den Griff der Fahrertür. Sarah atmete sichtlich auf.

»Nein, nein«, sagte Richard legte seine Hand auf Toms Schulter, »du Feind der Wildtiere fährst ab jetzt bestimmt nicht mehr.«

Blitzschnell drückte Richard Tom zur Seite, ehe der noch begriffen hatte, was los war.

Quint hatte sich mit atemberaubender Geschwindigkeit gestreckt und nach der Maschinenpistole eines seiner toten Kollegen gegriffen, die vielleicht eineinhalb Meter neben ihm im Matsch lag.

»Nein!«, brüllte Richard.

Ein Schuss fiel und ließ Tom erstarren.

Das Projektil aus Richards Pistole drang nicht einmal einen halben Meter neben Tom in den Oberkörper von Quint ein, der zusammenbrach.

Tom wandte sich schaudernd ab und wischte sich mit der Hand über das Gesicht.

»Dieser hinterhältige ...«, murmelte Richard, griff nach der MP und sprang schnell auf den Fahrersitz.

Tom keuchte – er war dem Erbrechen nahe.

»Kommt schon«, rief Richard und drehte den Zündschlüssel herum, »die anderen sind gleich hier!«

Sarah legte ihre Hand auf die von Tom und sah ihm ruhig in die Augen. »Bitte halte jetzt durch.«

Tom nickte energisch.

»Jetzt macht schon!«, rief Richard, als der Motor satt zu lärmen begann.

Als Sarah in den Fond geklettert war, knallte Tom hinter ihr die Tür zu, rannte um den Wagen herum, sprang über die leblosen Körper, warf noch einen letzten Blick auf das immer noch brummende Cabriolet und hüpfte auf den Beifahrersitz. Eine ganze Menge nasser Erde wurde fortgeschleudert, als Richard Gas gab und die Limousine mit quietschenden Reifen losstürmte.

Ein heftiger Schmerz ließ ihn erwachen. Hans Quint hob stöhnend seinen Kopf aus dem Schlamm und sah zitternd nach vorn.

»Nein!«, flüsterte er. Die schwarze Limousine raste davon – der Spion Wenters entkam!

Quint begann zu röcheln. Er spürte, dass sich sein Mund mit einer Flüssigkeit füllte – es musste Blut sein.

Sofort erinnerte er sich wieder: Eine Kugel hatte ihn in der Brust getroffen.

Er kämpfte dagegen an, das Bewusstsein zu verlieren. Es ging zu Ende, ahnte er. Mit letzter Kraft streckte er seine rechte Hand nach vorn – in die Richtung, in die der Wagen langsam in der Dunkelheit verschwand.

Er wollte brüllen, doch seinen Mund verließ lediglich ein leise gurgelndes Geräusch. Seine eigene Unfähigkeit, noch etwas gegen die Flucht seines Widersachers zu unternehmen, machte ihn vollends wütend. Es war ein Unrecht! Es war falsch, was hier passierte!

Zitternd verkrampfte sich seine mit Matsch und Blut überzogene rechte Hand. Ein letztes Mal ballte Hans Quint sie zu einer Faust.

Tom verschloss mit einem kraftvollen Zug die Tür auf seiner Seite und drehte sich sofort nach hinten. Genau wie Sarah beobachtete er durch die zerschossene Rückscheibe hindurch ihre Verfolger.

»Sie sind schon direkt hinter uns!«, rief Sarah überrascht.

»Wir müssen schneller fahren!«, schrie Tom. Die blendenden Lichter waren kaum noch 20 Meter entfernt.

»Schneller geht's kaum.« Richard war gänzlich mit dem Lenken des Fahrzeugs beschäftigt. »Das ist ein Horch 850, das Ding ist viel zu schwer!«

Der Wagen hinter ihnen holte nach und nach auf.

»Achtung!«, schrie Richard.

Tom schmiss seinen Kopf nach vorn und riss die Augen auf: Ihr Auto gelangte mit hoher Geschwindigkeit auf eine kurze aber steile Brücke und wurde beim höchsten Punkt prompt in die Luft katapultiert. Der Kotflügel touchierte dabei donnernd das massive Metallgeländer der Brücke und ließ einen Funkenregen auf die Frontscheibe und die Seitenfenster niedergehen. Tom, Richard und Sarah schrien gleichzeitig vor Schreck. Der Motor heulte auf. Der Wagen krachte hart wieder am Boden auf und federte ein paar Mal auf und ab.

»Das war knapp!«, brüllte Richard.

Tom schnaufte und blickte gehetzt nach hinten.

»Mir geht's gut«, rief Sarah und klammerte sich an ihrem Sitz fest.

Tom erkannte, dass ihre Verfolger nicht abzuschütteln waren. Der Wagen war direkt hinter ihnen.

»Nur noch einen Meter!«, schrie Sarah.

Da krachte es abermals – doch dieses Mal wurden sie gerammt: Ihre Horch-Limousine wurde nach vorne geschleudert, und Richard hatte Mühe, sie auf dem rutschigen Boden in der Spur zu halten.

»Das hat keinen Zweck«, rief er und griff nach der erbeuteten Maschinenpistole neben sich. »Tom, gleich bist du wieder der

Fahrer. Beim nächsten Rammversuch lenke scharf ein, und dann runter mit dem Kopf! Alle!«

Eine zweite kleine Brücke war vor ihnen bereits in Sichtweite, als Richard das Lenkrad losließ und es Tom überließ. Der packte mit der linken Hand sofort zu. Es krachte – sie waren hinten rechts gerammt worden. Toms Kopf schleuderte zurück und der Wagen brach nach links aus. Tom kurbelte das Lenkrad ebenfalls nach links und unter lautem Quietschen und Ächzen begann sich ihr Wagen tatsächlich auf dem nassen Untergrund um die eigene Achse zu drehen, während er weiter die Straße entlangschoss. Der Motor brüllte auf, das Auto vollzog eine halbe Drehung, zeigte nun mit der Front genau auf den Kühler des Verfolgers und fuhr somit rückwärts.

»Runter!«, brüllte Richard und hielt die Maschinenpistole nach vorn.

Tom rutschte über die Bank nach hinten und legte seinen Oberkörper schützend über Sarah, während Richard eine Kugelsalve durch die zerberstende Frontscheibe jagte. Tom fühlte, wie Scherben klirrten und auf seinen Rücken herabfielen. Die Luft füllte sich mit einem stickigen, verbrannten Geruch.

Sarah darf nichts geschehen, dachte er, als plötzlich der weiter mit dem Heck voraus rollende Horch erneut leicht abhob, in der Luft vom massiven Brückengeländer abgefangen und zurück auf die Straße geworfen wurde.

Als die Maschinenpistole genau wie ihr Motor verstummt war, wagte Tom es noch nicht, die Augen zu öffnen, denn ihr Auto schoss immer noch polternd mit hoher Geschwindigkeit rücklings durch den Wald – doch dann krachte es, und Tom wurde in den Sitz gepresst.

Nach ein paar Momenten hob er langsam seinen Kopf: Scharfe Glasscherben rutschten seinen Nacken hinab. Er stellte überrascht fest, dass es ganz still war.

»Sarah?«, fragte er.

»Ja«, antwortete sie nach einer gefühlten Ewigkeit. Ihre blonden Haare lagen wild über ihrem Gesicht. Sie schob eine Strähne von ihren Augen. »Es ist mir nichts passiert. Was ist mit Richard?«

Gemeinsam blickten sie nach vorn.

»Hier«, stöhnte Richard. Sarah kramte ihre Taschenlampe hervor und schaltete sie ein.

»Oh Gott!«, flüsterte sie.

Richards Gesicht war mit Blut überströmt. Er hatte zahlreiche Schnittwunden an den Händen und im Gesicht, aber schon richtete er sich auf.

»Wo sind sie?«, flüsterte er. »Ich bin mir ziemlich sicher, dass ich sie erwischt habe.«

Tom sah nach vorn: Der Wagen, der sie verfolgt hatte, stand knapp 30 Meter entfernt auf der Fahrbahn. Die Scheinwerfer waren nicht erloschen.

»Wir müssen hier raus«, sagte Richard und sah sich um.

»Hier geht's.« Tom öffnete die arg verbeulte Tür auf seiner Seite mit einem Tritt. »Sarah, komm, ich helfe dir.«

Doch Richard war schon aus dem Fenster geklettert.

»Ah«, stöhnte er, als er auf den Waldboden fiel.

Sarah wandte sich Richard in einem strengen Befehlston zu. »Du bist verletzt, bleib hier beim Wagen und gib uns Rückendeckung. Tom und ich sehen uns das an.«

»In Ordnung«, nickte Richard. Tom war überrascht, dass er nicht protestierte.

»Hier, Tom.« Sarah reichte ihm eine Pistole. »Sind noch drei Schuss.«

Sarah ging gebückt voran durch das Dickicht, durch das sich ihre Limousine rückwärts geschoben hatte. Tom folgte ihr und entsicherte die Luger. Immer wieder festigte er seinen Griff mit der rechten Hand.

Das viertürige Auto parkte seelenruhig mitten auf der Fahrbahn. Als sie sich ihm geduckt näherten, erkannte Tom es als einen recht schnittigen BMW 326, dessen Frontscheibe völlig durchlöchert war. Sarah und Tom bezogen rechts vor der Motorhaube Position.

Die unheimlich Stille ließ Tom einen kalten Schauer über den Rücken hinablaufen. Auf Sarahs Zeichen hin fasste er allen Mut und richtete sich mit vorgestreckter Waffe blitzschnell auf, um in das Wageninnere zu blicken: Der Fahrer und der Beifahrer saßen aufrecht in ihren Sitzen, beide mit geöffneten Augen. Ihre Gesichter waren blutverschmiert genau wie jene von zwei weiteren Insassen auf der Rückbank. Tom wandte seinen Blick ab, als er die Einschusslöcher in ihren Köpfen entdeckte.

»Alles in Ordnung«, rief Sarah laut nach einer Weile, sodass Richard sie ebenfalls hören konnte. Dann legte sie eine Hand auf ihren Mund, ihr war sichtlich übel. Tom sicherte seine Pistole und steckte sie weg.

»Du bist auf den Beinen?«, fragte er überrascht, als Richard angehumpelt kam.

»Ja. Unser Wagen springt nicht an, wir müssen noch einmal tauschen. Aber du würdest mir einen Gefallen tun, wenn du jetzt wieder fahren könntest.«

Tom nickte apathisch.

»Lass mich einmal deine Wunden ansehen«, schlug Sarah Richard vor. Tom hörte es noch kaum. Er ging ein paar Schritte weg von der Straße und stützte sich an einen Baum. Er beugte seinen Kopf nach unten und kratzte sich am Hals. Sein Kopf dröhnte. Den Anblick der vier Toten würde er so schnell nicht vergessen, wusste er. Und dann übergab er sich.

»Das Bein ist nur verstaucht«, erklärte Sarah, als sie Richards Blutungen behelfsmäßig gestoppt hatte, »die zwei Finger hier sind vielleicht gebrochen. Aber das wird alles wieder.«

Richard ersparte Tom das Hinausbefördern der Leichen aus dem BMW. Mit einem Arm zerrte er die Toten aus den Türen.

»Es ist nicht mehr weit zur Grenze«, sagte Sarah kämpferisch zu Tom, als er sich in den Wagen setzte. Tom betrachtete ihr makelloses Gesicht: Sarahs Augen wirkten traurig – und überraschender Weise erleichterte ihn das.

»Das alles hier, es lässt dich doch nicht kalt, oder?«, fragte er leise. Sofort, als er es gesagt hatte, kamen ihm seine Worte reichlich unangebracht und naiv vor.

Langsam drehte Sarah ihren Kopf zur Seite und blickte wortlos in den Wald.

»Widersetze dich nie wieder unseren Anweisungen, Tom. Verstanden? Du hättest vorhin von diesem Deutschen Quint leicht getötet werden können.«

»Bitte? Ich hätte weglaufen sollen?«, fragte Tom überrascht.

Sarah seufzte.

»Hätte ich nicht eingegriffen«, wollte Tom protestieren, doch Sarah schnitt ihm das Wort ab: »Ja, du hättest weglaufen sollen! Du bringst dich und andere nur in Gefahr, wenn du eigenmächtig handelst und dich Abmachungen widersetzt. Verstehst du das denn nicht? Ich kann mich selbst um mich kümmern.«

Tom presste seine Lippen aufeinander und hielt vor Wut den Atem an.

»Durchhalten«, bemerkte er schließlich und wandte sich zu Richard. »Wir schaffen das.«

93. DIE LETZTE BRÜCKE

Fast hatten sie es geschafft, fast war der Albtraum vorbei.

Die schwarze Limousine stoppte vor dem Ortsrand von Scheibenhardt. In den Häusern an der engen Straße, die geradewegs zur Brücke führte, brannte kein einziges Licht. Tom zog die Handbremse an und blickte konzentriert durch die größeren Löcher der völlig perforierten Windschutzscheibe nach vorn: Im Schein der wenigen Straßenlaternen erkannte er in etwa 200 Metern Entfernung einen rot-weißen Schlagbaum vor der Brücke.

»Wir werden zu Fuß gehen müssen«, stellte Richard angespannt fest. Sarah hatte mit einem Taschentuch auf der Fahrt all das Blut aus seinem Gesicht und von seinen Händen entfernt. Seiner Stimme nach zu urteilen, schmerzten seine Verletzungen mehr, als er zugeben wollte. »Holt eure Dokumente raus. Wenn sie fragen, wir haben drüben Geschäftliches zu erledigen, in Hagenau.« Er klopfte Tom auf die Schulter und fügte hinzu: »Es ist besser, wenn ich mit den beiden Schießeisen die Grenze passiere.«

Tom griff in seine Innentasche und reichte ohne Umschweife die Parabellumpistole nach hinten. Er war froh, sie wieder los zu sein.

»Warum werfen wir die Waffen nicht einfach weg?«, fragte Sarah.

»Noch nicht«, antwortete Richard. »Noch sind wir nicht in Sicherheit. Jetzt muss ich hier erst mal aussteigen ...«

»Sollen wir dir helfen?« Sarah knotete sich einen Seidenschal um den Hals.

»Nein, nein, es wird schon gehen.« Richard öffnete die Tür. Er war kreidebleich.

»Tim«, flüsterte Richard sichtlich mit Mühe in Richtung von Tom und nickte dann Sarah zu, als sie in der Dunkelheit langsam durch das beinahe totenstille Dorf marschierten, »du gehst als Erster durch die Kontrolle, dann Sonja. Sollten sie bei mir Verdacht schöpfen, seid ihr zwei schon durch.«

Stacheldrahtrollen säumten den Flussverlauf, und große Schilder wiesen in deutscher Sprache darauf hin, dass sie sich auf die Staatsgrenze zubewegten. Ganz plötzlich glaubte Tom, ein Brennen auf seiner Brust zu verspüren. Er griff für einen kurzen Moment unauffällig auf seinen Mantel und fühlte das kleine Notizbuch in seiner Innentasche, von dem er weder Richard noch Sarah erzählt hatte. Aber er hatte nicht vor, das nun zu ändern. Jetzt war nur entscheidend, dass sie sich in Sicherheit brachten und am Leben blieben, alles andere konnte später geklärt werden.

»Kein überflüssiges Wort mehr«, zischte Tom, als er zwei Soldaten mit geschulterten Gewehren vor einem Wachhaus entdeckte.

Hinter dem einzigen Zugang zur Brücke – einem mit Brettern, Draht und Sandsäcken gesicherten Korridor, der an einer kleinen Baracke vorbeiführte – waren zwei weitere Aufseher postiert, die neben dem Schlagbaum in der Kälte froren.

Mindestens vier Mann, dachte Tom konzentriert. Da erkannte er zwei Wachtürme unweit des Ufers, von denen aus man ins Nachbarland spähen konnte. Hinter der kurzen zweispurigen Brücke wehte am anderen Ufer neben einem mit Sandsäcken geschützten Häuschen die blau-weiß-rote Trikolore in einer leichten Brise. Dort war Frankreich.

Das deutsche Scheibenhardt und das französische Scheibenhard waren nicht zwei Nachbarorte, sondern ein in zwei Hälften durchschnittenes Ganzes. Eine Runde illustrer Politiker musste irgendwann entschieden haben, dass der schmale Fluss namens Lauter die zahlreichen kleinen Fachwerkhäuser aus weißem Stein und schwarzem Holz in zwei Teile zu trennen hatte.

Einer der Soldaten sah auf und trat eine Zigarette mit seinem Stiefel aus. Der junge Mann in der dunkelgrünen Uniform hatte Richard, Sarah und Tom bemerkt.

»Sie wollen um diese Zeit über die Grenze?«, fragte er etwas herablassend.

»Ja«, antwortete Tom sofort.

Der vielleicht 18 Jahre alte Deutsche zuckte mit den Achseln, trat zur Seite und deutete auf die Baracke hinter sich. »Weisen Sie sich dort drüben aus. Halt, einer nach dem anderen.«

Tom blickte über seine Schulter zurück. Richard blieb stehen und nickte ihm zu, Sarah schenkte ihm ein aufmunterndes Lächeln.

Sie ist eine außergewöhnlich willensstarke Frau, dachte Tom. Wahrscheinlich konnte niemand wirklich hinter ihre wunderschöne Fassade blicken und wissen, was in ihrem Kopf vorging.

Er wandte sich wieder herum, ging geradewegs unter einer herabbaumelnden Hakenkreuzfahne hindurch und folgte dem schmalen Gang in Richtung der kleinen Baracke.

»Die Papiere«, befahl ein uniformierter Mann Mitte 30 hinter einem Fenster, deutete mit dem Zeigefinger auf eine große Öffnung unter der Scheibe und schob seine Brille die Nase hinauf. Der oberste Knopf seiner olivfarbenen Jacke war geöffnet, der Mann wirkte müde. Tom fasste in seine Innentasche und wollte seinen Pass hinausziehen – doch plötzlich hielt er inne.

»Ihre Papiere«, wiederholte der Beamte ungeduldig. Tom schob seine Hand wieder in den Mantel.

»Nur einen Moment«, beteuerte er, lächelte gequält und wurde hochrot. Er hatte geistesabwesend anstelle seines Ausweises das kleine rote Notizbuch hervorgekramt, das er in Wien in den Kunststoffbeutel eingewickelt hatte. Schnell stopfte er es wieder in die Innentasche und ermahnte sich innerlich selbst: Mach' jetzt, verdammt noch mal, keinen Anfängerfehler! Er hoffte, dass der Beamte keinen Verdacht geschöpft hatte.

»Hier.« Tom legte den gefälschten reichsdeutschen Pass von Tim Wallstrom aufgeschlagen auf das Holzbrett.

»Wallstrom«, las der Uniformierte desinteressiert und gähnte. Tom bemühte sich, so sehr er konnte, nicht aufgeregt zu wirken, aber sein Puls raste. Der Brillenträger blickte auf und musterte Toms Gesichtszüge. Langsam und bedächtig blätterte er dann zum Foto der Fälschung. Tom ließ seine Arme baumeln und bemühte sich, gelassen zu wirken, doch er befürchtete, dass es ihm nicht besonders gut gelang.

»Haben Sie Devisen dabei?«

»Keine 100 Reichsmark«, log Tom sofort, »Ich bin nur kurz in Frankreich. Ich will morgen Abend schon zurück sein.«

»Der Nächste!«, brüllte der Grenzer und ließ Tom zusammenzucken. Erst als der Mann den Pass zurückschob, hatte Tom verstanden. Sofort nickte er, schnappte sich den Ausweis und eilte los. Es hatte geklappt! Er war durch!

Tom ging durch den Korridor auf den Schlagbaum zu. Die beiden Soldaten wichen zur Seite und ließen die Schranke in die Höhe gleiten. Tom fühlte, wie eine tonnenschwere Last von seinen Schultern fiel, als er die vom letzten Regenwasser glänzende Brücke betrat und endlich das Deutsche Reich verließ.

»Ihre Papiere bitte, Fräulein«, hörte er den Beamten hinter sich laut rufen. Tom setzte langsam einen Fuß vor den anderen, hielt die Luft an und lauschte angestrengt. Nun war Sarah hinter ihm an der Reihe.

»Kann passieren.«

Tom atmete auf. Auch Sarah war durch! Es fehlte nur noch Richard.

»Der Nächste.«

»Ihren Ausweis«, vernahm Tom kaum noch hörbar, denn er hatte schon beinahe den höchsten Punkt der Brücke erreicht. Er schloss die Augen, bemühte sich, beinahe geräuschlos aufzutreten und spitzte seine Ohren: Sarahs Schuhe klackten nicht weit hinter ihm auf dem Pflaster. Fast war es geschafft! Fast!

»Frankreich, Frankreich«, murmelte Tom zuversichtlich und ballte seine Hände zu Fäusten. In ein paar Augenblicken würde sich das verdammte kleine rote Buch aus Wien endlich in Sicherheit befinden …

Wenige Meter vor ihm öffnete sich eine Tür in dem Grenzhäuschen auf französischer Seite. Ganz langsam trat eine Gestalt heraus, die einen dunklen Hut trug und in einen langen Mantel gehüllt war. Tom blieb abrupt stehen und blinzelte: Die Gestalt verbarg eine Hand hinter dem Rücken und blickte auf die deutsche Seite hinüber.

Wer zum Teufel ist das?, dachte Tom, als sich die Person seelenruhig etwa zehn Meter vor ihm mitten auf die Fahrbahn stellte. Auf einmal hob sie den Kopf und ließ Tom unvermittelt einen Schritt zurückweichen: Das fahle Licht fiel auf das von Narben übersäte Gesicht von Colonel Francis Colpo.

»Nein!«, wollte Tom vor Wut und Überraschung schreien – doch ehe er es konnte, schnellte schon die rechte Hand des Colonels nach vorn: Tom blickte direkt in die Mündung eines Revolvers. Als Colpo nur einen Augenblick später mit regungsloser Miene abdrückte, ließ sich Tom instinktiv auf den Rücken fallen. Da brach die Hölle los.

Zahllose Stimmen riefen an beiden Ufern mit einem Mal aufgeregt durcheinander, wurden aber von zahlreichen Schüssen aus allen Richtungen mit Leichtigkeit übertönt. Scheinwerfer erleuchteten die Brücke schlagartig taghell. Tom drehte sich unter dem dröhnenden Lärm auf den Bauch und blickte zurück. Die Brücke war leer – und Sarah war verschwunden.

Eine deutsche Wache sackte getroffen mit schmerzverzerrtem Gesicht hinter dem Schlagbaum zu Boden. Ein zweiter Soldat feuerte mit einem Gewehr in die Luft, während neben ihm Projektile in die Sandsäcke und Barrikaden einschlugen.

Tom überlegte nicht lange. Er raffte sich auf und rannte mit eingezogenem Kopf zurück. Ohne von einer Kugel getroffen zu werden, schaffte er es wieder zum Schlagbaum und blickte sich hektisch um. Wo war Sarah? Wo Richard? Was war mit ihnen geschehen?

Während auf dem deutschen Wachturm eine Salve aus einer automatischen Waffe abgefeuert wurde, rollte Tom unter dem rot-weißen Balken hindurch, kam wieder auf die Beine, sprang gebückt über eine Stacheldrahtzaunrolle, krachte dahinter zu Boden, raffte sich erneut auf und raste los.

»Halt!«, kreischte eine Stimme hinter ihm. Tom kümmerte es nicht. Er warf energisch seine Arme und Beine nach vorn und lief durch die leeren Straßen des Dorfes in Richtung Westen, direkt in einen Wald hinein.

Erst als der Lärm hinter ihm deutlich abebbte, blieb Tom stehen. Sein Herz raste, als er sich an den Stamm einer großen Birke lehnte und außer Atem in alle Himmelsrichtungen blickte. Zitternd tastete er nacheinander seine Arme, Beine und schließlich seinen Oberkörper ab. Alles unversehrt, verstand er und wischte sich schließlich mit einer Hand über den Mund.

Doch das Gefühl der Erleichterung dauerte nur wenige Momente an, denn sofort wurde Tom bewusst, dass er sich nun völlig allein auf deutschem Boden befand – und vor allem, dass er verraten worden war.

»Verflucht!«, flüsterte Tom wütend und verängstigt zugleich. Was sollte er jetzt nur tun? Alles war verloren. Jetzt waren nicht nur die Deutschen, sondern offenbar doch auch die eigenen Leute hinter ihm her! Was, zum Teufel, war nur passiert?

Tom machte unsicher ein paar Schritte zurück in jene Richtung, aus der er gekommen war, und kniff die Augen zusammen. Was um alles in der Welt war mit Sarah und Richard geschehen? Hatten die sich rechtzeitig aus dem Staub gemacht, als sie Colpo erkannt hatten? Aber verdammt, verdammt, wieso hatte Colonel Colpo sie verraten? Wieso, um Himmels willen?

Plötzlich fiel irgendwo erneut ein Schuss und durchschnitt die Luft regelrecht. Tom ging instinktiv in die Knie, drehte sich dann aber um und rannte weiter. Dies war nicht der Zeitpunkt, um lange nachzugrübeln – er musste sich jetzt darum kümmern, am Leben zu bleiben.

Mehrere Minuten lang folgte er einem schmalen Trampelpfad durch den Wald. Dann, auf einmal, wurde Tom langsamer, schnaufte laut, drehte ruckartig seinen Kopf zur Seite und blieb stehen: Er hörte das Plätschern von Wasser. Toms Augen weiteten sich – er entdeckte das glitzernde Flussbett der Lauter, das vielleicht 20 Meter von ihm entfernt hinter einem im Mondlicht schimmernden Grenzzaun lag. Am gegenüberliegenden Ufer erkannte er in der Dunkelheit die Silhouetten zahlloser hoher Bäume, deren Äste im Wind klapperten.

Tom biss sich auf die Unterlippe. Vielleicht konnte er diesem Schlamassel doch noch entkommen!

Er gab sich einen Ruck, querte mit zwei Sätzen den Weg und erreichte das an steilen Pflöcken angebrachte Gitter. Tom verschwendete keinen Gedanken daran, ob der Zaun unter Strom stehen könnte – er griff mit beiden Händen in die Drahtmaschen und kletterte hinauf. Als er ganz oben angekommen war, drückte er mit der rechten Hand drei Stacheldrahtbahnen ein Stück hinab und schob dann vorsichtig zuerst sein linkes und dann sein rechtes Bein hinüber. Als er sich schließlich auf der anderen Seite des Zauns fallen ließ, schnitten sich Drahtdornen in seine Stirn. Tom krachte unsanft zu Boden und spürte, wie ihm Blut über das Gesicht lief. Aber es kümmerte ihn nicht weiter. Er erhob sich, sprintete das letzte Stück des abfallenden Ufers hinab, holte tief Luft und sprang schließlich so weit er nur konnte nach vorn. Er ruderte wild mit

Armen und Beinen, bis er mit zusammengekniffenen Augen in die Fluten eintauchte.

In diesem Moment wusste Tom, dass er einen Fehler begangen hatte.

Das eiskalte Wasser versetzte seinem Körper 1000e Nadelstiche, alles um ihn herum wurde von einem lauten Rauschen verschlungen. Verkrampft sank er wie ein Stein hinab – und er konnte nichts dagegen tun. Er riss seine Augen verzweifelt auf und verstand, dass es hier tatsächlich zu Ende gehen würde.

Er hatte verloren. Er hatte in diesem verdammten Verräterkarussell die Übersicht verloren.

Auf einmal wünschte er sich nichts sehnlicher, als wieder in Philadelphia sein zu können, dort, wo alles angefangen hatte.

94. AUFLESEN

Ganz allmählich spürte er seine Arme wieder. Ein heftiger Schmerz durchzuckte seine Muskeln. Sofort begann er, wild mit den Händen zu rudern, doch es half nichts: Er tauchte immer tiefer hinab und wurde von der Strömung hin- und hergerissen, während seine Lungen nach Sauerstoff schrien.

Tom geriet in Panik. Er riss seinen Mund auf, der sich sofort mit eiskaltem Wasser füllte, und brüllte so laut er konnte – und ganz plötzlich blieb er stehen.

Tom spürte, dass seine durchtränkten Schuhe auf etwas Hartes getreten waren – und stieß sich reflexartig ab.

Als er mit dem Gesicht die Wasseroberfläche durchbrach, atmete er gierig ein und schlug mit allen vieren um sich.

Noch bist du nicht tot!, dachte Tom überrascht und fasste wieder Mut. Er konnte in der Dunkelheit nicht erkennen, wie weit das französische Ufer noch entfernt war, aber er ahnte, dass sein Körper aufgrund der Kälte in wenigen Augenblicken zu keiner Bewegung mehr fähig sein würde. Er musste sich beeilen, es zählte nun jede Sekunde! Tom schnellte nach vorn und ließ seine Arme durch die Fluten peitschen, während er immer wieder das eiskalte Wasser ausspuckte.

Plötzlich riss er seine Augen auf. Er spürte seine Fingerspitzen kaum noch, aber er hatte mit ihnen irgendetwas berührt. Instinktiv warf Tom auch seinen linken Arm nach vorn und klammerte sich mit aller Kraft an dem Gegenstand fest. Tom zog sich heran und erkannte: Er hielt Schilfrohr in den Händen.

Raus aus dem Wasser!, schrie er sich innerlich an.

Er schob sich das flache Ufer hinauf und zog seinen zitternden Körper Stück für Stück auf den matschigen Boden. Als er es geschafft hatte und im nassen Gestrüpp auf den Rücken gerollt war, presste er seine Arme dicht an seine Brust und schloss die Augen.

Der Fluss rauschte nur wenige Zentimeter neben ihm dahin. Seine Atemzüge waren schmerzhaft und viel zu schnell, bemerkte Tom wie in Trance. Wenn er sich nicht bald aufwärmen konnte, wäre alles umsonst gewesen …

Erschrocken hielt Tom den Atem an und öffnete seine Lider: Etwas knackte im Unterholz in nicht allzu großer Entfernung. Tom entdeckte sofort die Silhouette einer großen Gestalt ein paar Schritte vor ihm. Wer auch immer es war: Er hatte Tom mit Sicherheit bereits im Visier und würde ihn in wenigen Augenblicken umbringen.

Tom war nicht in der Lage, sich zu rühren. Dies war also das Ende.

Stumm blickte er in den pechschwarzen Himmel und betrachtete die vielen Sterne, die über ihm funkelten. Nach wenigen Augenblicken bemerkte Tom ein beinahe unhörbares Summen dicht neben ihm. Es war das Uhrwerk seiner Armbanduhr.

Ihm stiegen die Tränen in die Augen.

»Wolf!«, zischte eine tiefe Stimme.

Tom reagierte nicht.

»Mister Thomas K. Wolf! Geben Sie ein Zeichen! Wo sind Sie?«

Hätte die Gestalt noch einen weiteren Schritt gemacht, wäre sie auf Toms kraftlosen Körper getreten. Aber sie blieb regungslos stehen.

Ein zischendes Geräusch ließ Tom zusammenzucken. Überrascht sah er, wie die Gestalt mithilfe eines Streichholzes eine winzige Flamme entzündet hatte.

»Mister Wolf!«, sagte Colonel Francis Colpo, als er Tom mit weit aufgerissenen Augen entdeckt hatte, und beugte sich hinunter. Tom schob sich energisch ein kleines Stück zurück – und ließ damit Colpo überrascht erstarren.

»Schießen Sie schon«, forderte Tom ihn laut auf.

»Kommen Sie«, flüsterte Colpo nach einem Moment und streckte seinen Arm aus. »Wir bringen Sie in Sicherheit.«

Der Colonel packte Tom und zog ihn hoch.

»Mister Ziss«, rief der Colonel flüsternd, als er Tom durch das hohe Gras schleppte. »Ich habe ihn gefunden! Geben Sie Captain Rennenbergh Bescheid und holen Sie Decken!«

»Jawohl, sofort!«, antwortete eine aufgeregte Stimme, die sich wie jene des Schweizers Valentin Ziss anhörte. Tom fühlte seine Beine nicht mehr und war überzeugt, in Kürze ohnmächtig zu werden. Aber er kämpfte dagegen an, denn das, was er um sich herum wahrnahm, war einfach nicht zu fassen.

»Wach bleiben, Wolf«, munterte Colpo ihn besorgt auf.

Halluzinierte er etwa? Schleier zogen vor Toms Augen, und schließlich kippte er vornüber. Tom fiel und fiel, bis er nichts mehr sah, hörte oder fühlte.

Er erwachte durch ein kräftiges Holpern. Tom zitterte: Sein nasses Hemd und seine Hose klebten noch an seinem Körper, aber er war in eine dicke Decke eingehüllt. Wieder wurde er unsanft scheinbar in den Rücken gestoßen – da erkannte Tom, dass er auf einer unbequemen Holzpritsche lag. Er blickte sich hektisch um und erkannte, dass er sich im Laderaum eines fahrenden Lastwagens befand, der mit hohem Tempo durch die Nacht raste.

»Bleiben Sie nur liegen, Mister Wolf.« Ein kräftiger Mann saß auf einer zweiten Pritsche und lächelte Tom gutmütig an.

»Mister Rennen… Rennenbergh«, stotterte Tom erschöpft.

»Wie fühlen Sie sich?«, fragte Rennenbergh, der Tom im vergangenen Herbst in den Tiefen von Heckwaters in die Operation *Iagonum* eingewiesen hatte. Damals, als der ganze Schlamassel angefangen hatte.

»Kalt«, sagte Tom und zog die Decke dichter an seinen Hals.

»Aber wenigstens sind Sie noch am Leben«, fügte Valentin Ziss hinzu. Tom fuhr überrascht herum. Er hatte überhaupt nicht wahrgenommen, dass der wieder äußerst adrett gekleidete Schweizer hinter Tom an der Plane des Wagens lehnte. Ziss hielt einen sorgfältig zusammengelegten triefend nassen Mantel, ein Jackett und einen Hut in Händen – es waren die Sachen von Tom.

»Was machen Sie beide hier?«, fragte Tom, bevor seine Stimme wieder versagte.

»Sie hatten letzten Endes unsagbares Glück, Mister Wolf«, nickte Rennenbergh und wirkte besorgt. »Halten Sie durch, wir sind gleich am Ziel, es sind bestimmt nur noch ein paar Minuten. Dort finden wir trockene Kleidung für Sie. Und etwas Warmes zu trinken. Halten Sie durch.«

»Was ist … was ist nur passiert?«, krächzte Tom leise.

»Sie können sich gar nicht vorstellen, wie verhext alles die letzten Tage war!«, rief der gewaltige Rennenbergh. »Heckwaters hat den Abbruch in der Nacht von Sonntag auf Montag befohlen. Der Colonel und ich haben die Instruktionen etwa bei Sonnenaufgang in unserer vorübergehenden Operationszentrale in Zürich erhalten und sofort alle Hebel in Bewegung gesetzt, um

Sie drei ausfindig zu machen. Sie, Miss Guttham und Lieutenant Beckers.«

»Als ich Ihnen am Montag das Cabrio in Sankt Gallen übergeben habe«, erklärte Ziss schnell und wirkte beschämt, »da war bereits alles abgebrochen, Mister Wolf! Ich bin untröstlich, aber ...«

»Was? Was?«, fragte Tom und blickte verwirrt zischen Rennenbergh und Ziss hin und her.

»Valentin wusste da natürlich noch nichts von dem Abbruch«, warf Rennenbergh sofort energisch ein. »Genau wie angewiesen, ist Valentin am Sonntagabend von unserer Zentrale in Zürich nach Sankt Gallen aufgebrochen, um Montagfrüh den Sportwagen diskret zu erstehen und ihn anschließend Ihnen, Mister Wolf, und Mister Beckers zu übergeben. Valentin war für uns und für Heckwaters in diesen Stunden einfach nicht mehr erreichbar, deshalb konnten wir ihm den Abbruchbefehl auch nicht weiterleiten. Am Bahnhof von Sankt Gallen haben wir Sie und Valentin wohl auch knapp verpasst – es war eben wie verhext!«

»Man hat Sie daher in Wien abzufangen versucht«, sagte Ziss. »Aber in Wien hat Sie ein Bote von der amerikanischen Gesandtschaft verpasst. Es war ... wie verhext.«

»Kein Wunder«, fuhr Rennenbergh fort, »bei dem Durcheinander in Wien und dem engen Zeitplan! Der Colonel hat sofort geahnt, dass es Sie, Miss Guttham und Lieutenant Beckers völlig unentdeckt nach Heidelberg schaffen würden. Er hält wohl große Stücke auf Sie drei, glaube ich. Und der Colonel hat auch darauf gewettet, dass Lieutenant Beckers die Falle in Heidelberg wittern wird und Sie alle sofort die Grenze bei Scheibenhardt ansteuern werden. Mister Colpo konnte sich erinnern, dass der Lieutenant den Grenzübergang schon einmal in der Vergangenheit bei einem anderen Auftrag gewählt hatte. Also sind Ziss, der Colonel und ich sofort hierher nach Frankreich aufgebrochen, sogar Mister Owen haben wir aus Kärnten versucht her zu dirigieren. Und dann sind Sie drei wirklich in Scheibenhardt aufgetaucht! Es ist absolut irre, letztendlich ist alles genau so passiert, wie der Colonel es vermutet hat!«

»Halt, halt!«, rief Tom und riss seine Augen auf. »Was … was ist mit Sarah? Und wo ist Richard?«

»Oh, die beiden sind wohlauf, Mister Wolf. Die zwei sitzen vorne beim Colonel in der Fahrerkabine.«

Tom ließ nach einem Augenblick seinen Kopf erleichtert auf das Holz zurückfallen. Sarah war wohlauf.

»Als Sie und Miss Guttham die Kontrolle an der Grenze schon passiert hatten«, fuhr Rennenbergh fort, »hat es Probleme bei Lieutenant Beckers gegeben. Die Deutschen sind misstrauisch geworden. Ich war oben auf einem Hausdach neben der Brücke auf französischer Seite postiert, zusammen mit Valentin. Als wir beide durch die Ferngläser beobachtet haben, wie die Deutschen die Wunden des Lieutenants entdeckt, ihn langsam umzingelt und aufgefordert haben, die Hände hochzunehmen, habe ich sofort gewusst, dass es so richtig ungemütlich wird. Aber da hatte Colonel Colpo schon eingegriffen. Er hat gleich das Feuer auf die Deutschen eröffnet. Wohl recht knapp an Ihnen vorbei, Mister Wolf, nicht wahr?«

Tom presste zitternd die Decke höher zum Hals. Colpo hatte an ihm vorbeigeschossen? Natürlich, es machte Sinn, bemerkte er in diesem Moment, als der Lastwagen in eine Kurve bog: Colpo hätte Tom aus der kurzen Distanz wohl kaum verfehlt.

»Wir zwei«, sagte Ziss und zeigte auf Rennenbergh und sich selbst, »haben dann Feuerschutz für Sie drei gegeben.«

»Sarah war auf einmal verschwunden«, bemerkte Tom.

»Als der Colonel auf den deutschen Soldaten geschossen hat«, erklärte Rennenbergh, »ist Miss Guttham geistesgegenwärtig sofort über das Geländer der Brücke in den Fluss gesprungen, um aus dem Schussfeld zu kommen. Die französischen Beamten haben sie sofort herausgefischt, das war ein Kinderspiel. Wissen Sie, der Colonel hat alte Freunde im französischen Geheimdienst, die haben uns machen lassen.«

»Und Richard?«

»Lieutenant Beckers hat einen deutschen Zöllner überwältigt und sich in der Baracke verschanzt. Als das Feuergefecht beendet war und alles ruhig gewesen ist, ist er ziemlich unbehelligt zu uns herüber gelaufen. Wäre alles wie im Bilderbuch verlaufen – wenn Sie uns nicht ausgebüxt wären, Mister Wolf. Warum sind Sie wieder umgedreht? Sie waren praktisch schon in Sicherheit!«

Tom schwieg und starrte die dunkelgrüne Plane des Lastwagens an. Colpo hatte nicht auf ihn geschossen …

»Sie wollten bestimmt Ihren beiden Kameraden helfen?«, fragte Ziss.

Rennenbergh lächelte. »Wie auch immer. Der Colonel ist mit mir und Valentin sofort die Straße nach Westen gefahren. Lieutenant Beckers hat uns gesagt, dass Sie wohl zum Ausweichübergang wollten, Mister Wolf. Mann, Sie hatten Glück, ich hätte Sie einfach übersehen, aber dem Colonel muss das aufgewirbelte Wasser im Fluss aufgefallen sein. Und das in dieser Finsternis! Der Mann hat wirklich Augen wie ein Luchs!«

Der Lastwagen stoppte abrupt.

»Kommen Sie, Mister Wolf.« Rennenbergh half Tom auf, während Ziss die Ladeklappe knarrend öffnete. Es dauerte eine Weile, bis Tom soweit war.

»Beeilen Sie sich«, rief Colpo, der plötzlich hinter dem Lastwagen aufgetaucht war. Tom blickte den Mann mit den vielen Narben im Gesicht misstrauisch und zugleich verlegen an.

»Sofort, Sir«, antwortete Rennenbergh.

Als sie über ein Feld auf das Flugzeug zuliefen, winkten ihnen ein paar Männer energisch zu. Rennenbergh und Ziss zerrten Tom zur Einstiegsluke der dunkel lackierten Maschine, an deren Heck ein französisches Hoheitszeichen zu erkennen war.

»Wo ist Sarah?«, fragte Tom, als er sich die Treppe hinaufquälte.

»Schon in dem Baby, beeilen Sie sich jetzt.« Colpo schob Tom in den Bauch des Luftfahrzeugs, während sich die zwei Propeller in Bewegung setzten.

»Auf Wiedersehen, Mister Wolf«, rief Ziss, der offenbar nicht mit einstieg. »Und gute Reise!«

»Wiedersehen.« Als Tom auf einen Sitzplatz ganz hinten im Heck sackte, fiel er wieder tiefer und tiefer hinab – doch diesmal fiel er sanft.

95. VORSTELLUNG

Jemand klopfte auf das Bullauge, doch ehe Tom »Herein« rufen konnte, schwang die Tür bereits auf.

»Endlich ausgeschlafen?«, fragte Richard und grinste. Die Haut in seinem Gesicht hatte sich an manchen Stellen dunkelblau und grün gefärbt und war von zahlreichen Kratzern und ein paar Schnittwunden übersät, die hie und da mit Pflastern versorgt worden waren. Sein rechter Arm war bandagiert und hing in einer Schlaufe.

»Danke, es geht«, antwortete Tom, gähnte und streckte sich.

Er hatte den Flug völlig verschlafen. Erst als ihre Gruppe nach der Landung in zwei französische Citroen-Limousinen umgestiegen war, war er wieder voll zu Bewusstsein gekommen. In Le Havre hatten sie einen Passagierdampfer bestiegen, der am frühen Morgen in Richtung Amerika ablegte.

»Ist mir eindeutig lieber, als mit einem Flugzeug über den Atlantik zu fliegen«, sagte Richard. »Wackelt nicht so.«

Tom räusperte sich. Sein Hals fühlte sich rau und lädiert an, seine Beine und Arme schmerzten so, als wäre er in der vergangenen Nacht einen Marathon gelaufen.

»Komm, zieh dir was an, wir gehen an die frische Luft«, schlug Richard vor.

»Wo ist Sarah?«, fragte Tom, als er sich neben Richard über die Reling beugte und in die Nebelbank starrte. Niemand war in Hörweite, das schlechte Wetter hatte kaum einen Passagier an Deck gelockt. »Und ist sie unverletzt?«

»Ihr ist gar nichts geschehen.« Richard nickte in Richtung des Oberdecks. »Sie hat eine Kabine in der Ersten Klasse. Sie ruht sich aus.«

»Colpo?«, fragte Tom und zupfte die Lederjacke zurecht, die er von Rennenbergh zusammen mit dem neuen Hemd und Sachen zum Wechseln bekommen hatte. Sie passten nicht besonders, aber unter diesen Umständen war er froh, dass er überhaupt saubere Kleidung bekommen hatte. Sein Mantel und seine anderen Sachen hingen in seiner Kabine über einer Wäscheleine zum Trocknen.

»Der Colonel ist auch dort oben, ja«, antwortete Richard. »Er hat mich vor drei Stunden zum Rapport zitiert.«

»Was hat er dir verraten?«, fragte Tom angespannt.

»Nichts. Er wollte nur jedes Detail von mir wissen.«

Tom seufzte. »Rennenbergh und Ziss haben mir erzählt, dass *Red Rush* schon am vergangenen Sonntag abgebrochen worden ist. Das war, bevor wir überhaupt nach Österreich gefahren sind. Was ist da, verdammt noch mal, passiert?«

»Ich weiß es nicht. Gott sei Dank haben sie den Abbruch-Code rechtzeitig im *Washington Herald* platziert – und Gott sei Dank hast du ihn nicht übersehen.«

Tom sah auf. »Es tut mir leid, dass ich geglaubt habe …«

»Nein, nein«, unterbrach ihn Richard, »wenn, dann muss ich mich bei dir entschuldigen. Ich habe uns alle in Gefahr gebracht.« Er klopfte Tom kameradschaftlich auf die Schulter.

»Was du getan hast«, sagte Richard schließlich und nickte langsam, »das war in Ordnung. An deiner Stelle hätte ich genauso gehandelt.«

Tom schwieg und starrte auf das Meer.

»Wer hat uns nur an diesen Quint verraten?« Tom sah abwesend den Gestapo-Beamten in Gedanken vor sich.

»Mach dir keine Hoffnung. Sie werden uns nichts sagen, bevor wir nicht zurück in den Staaten sind. Wenn überhaupt. Übrigens: Ich soll dir von Mister Rennenbergh noch ausrichten, dass wir unter keinen Umständen mit irgendeinem der Passagiere sprechen sollen.«

»Das hat er mir persönlich schon befohlen.«

»Und wir sollen ja nicht auf die Idee kommen, beim Funker ein Telegramm abzuschicken.«

»Hätte ich auch nicht vorgehabt. Warum geben die uns solche Anweisungen?«

»Colpo ist unglaublich nervös. Zumindest vermute ich das. Warum? Keine Ahnung.«

Tom atmete tief ein.

»Wo zum Teufel sind wir hier überhaupt?«, fragte er nach einem Moment, kniff die Augen zusammen und suchte den Horizont ab. Doch überall war nur Nebel.

Richard lächelte. »Da vorne, auf Steuerbord, dort ist Irland.«

»Ich kann nichts sehen.« Tom schüttelte seinen Kopf.

»Glaub mir«, sagte Richard entspannt und nickte, »meine Familie kommt zur Hälfte aus Irland, ich weiß, dass dort hinten Irland liegt. Ich sehe das Grün da schimmern!«

»So ein Quatsch«, lachte Tom, »da ist rein gar nichts.«

»Ach, Tom, du einfältiger Nicht-Ire. Auch wenn man sie nicht sehen kann, meine Heimat ist da.«

Tom drehte sich ihm überrascht zu.

»Meine Heimat ist da, ich kann sie mir ja vorstellen«, fügte Richard hinzu und drehte sich um.

Nachdem er sich vergewissert hatte, dass die Tür zu seiner Kabine verschlossen war, zog Tom den Mantel von der Wäscheleine und prüfte die Innentasche. Der Stoff war noch ganz feucht. Langsam zog Tom einen Gegenstand heraus und atmete auf.

Gott sei Dank ist der Beutel vom Hotel *Bristol* wirklich wasserdicht, dachte er sich, als er das rote Buch von Viktoria Baroq in der Hand hielt. Es hatte überhaupt keinen Schaden genommen.

Sorgfältig wickelte er es in eine Serviette, die er im Schiffsrestaurant mitgehen hatte lassen, und steckte es in seine neue Lederjacke.

VI.

96. ERWACHEN

Sonntag, 20. März 1938

Als Erstes registrierte er das ihm so gut bekannte Adagietto aus Gustav Mahlers fünfter Sinfonie in F-Dur.

Morgenstein richtete sich verwirrt auf und starrte das Grammofon neben sich an. Der Tonträger rotierte gleichmäßig unter der Nadel, während eine wunderbare, sehr langsame Passage der Streicher einsetzte. Es war die perfekte Harmonie, hatte Morgenstein immer geglaubt.

Er blickte an sich hinab. Du musst eingeschlafen sein, stellte er fest und strich sich über das weiße Hemd und seine gelockerte Krawatte. Dann rieb er sich das linke Auge und griff gleichzeitig nach einer Uhr, die auf dem Tischchen vor ihm stand. Es war kurz vor Mitternacht.

»Ach herrje«, sagte er leise und seufzte. Er musste aufhören, sich ständig die alten Stücke anzuhören. Ja, er gab sich mittlerweile viel zu oft seinen nostalgischen und, das musste er zugeben, zunehmend depressiven Gefühlen hin. Was brachte das schon?

Es war richtig, Wien verlassen zu haben, trotz allem, sagte er sich wieder. Schließlich: Selbst Gustav Mahler hatte Wien in Richtung Amerika verlassen!

Er nickte und machte sich daran, sich zu erheben, als er plötzlich in den Lehnsessel zurückfiel und den Kopf herumriss: Ein lautes Poltern, das von der Veranda zu kommen schien, ließ ihn erstarren.

Schlagartig erinnerte sich Morgenstein wieder: Genauso ein Krach hatte ihn überhaupt aus dem Schlaf gerissen.

»Was ist da draußen los?«, flüsterte er ängstlich, stand langsam auf und schlich durch das Wohnzimmer in Richtung der Haustür. Wieder krachte es, doch gleich mehrere Male nacheinander. Morgenstein blieb mitten im Raum stehen und entdeckte durch den Vorhang hindurch Silhouetten von mehreren Menschen. Unfähig, sich zu rühren, beobachtete er, wie die Tür aufgestoßen und eine leblose Gestalt mit dem Kopf voran in den Raum geschleudert wurde.

Agent Fisher, dachte Morgenstein und wurde kreidebleich. Vor seinen Füßen lag jener FBI-Agent, der Morgenstein seit dem Besuch von Mister Owen und Mister Colpo Tag und Nacht überwachte. Fishers Kopf war mit Blut überströmt, seine Augen starrten blicklos ins Nichts.

Zwei Männer, die Morgenstein gar nicht zu beachten schienen, packten den Toten und zerrten ihn wortlos in Richtung Küche.

»Was …?«, japste Morgenstein mit zitternden Lippen.

Vor ihn trat ein stämmiger Mann, dessen schmales Gesicht von ausgeprägten Wangenknochen, buschigen Augenbrauen sowie von zurückweichendem und dünnem, nach hinten gekämmtem dunklem Haar gekennzeichnet war. Besonders markant waren jedoch seine leicht abstehenden Ohren, die dem Mann einen überaus wilden Zug verliehen.

»Was wollen Sie von mir?«, fragte Morgenstein mit Tränen in den Augen und machte hastig einen Schritt nach hinten.

Charles McMunn war äußerst zufrieden.

Es hatte nur eine Stunde gedauert, bis sie es von der Küste nach Brockton geschafft hatten. Das Haus am Stadtrand zu finden, war ebenfalls ein Kinderspiel gewesen – die Straßenkarte, die McMunn von seinen Auftraggebern erhalten hatte, war auf dem neuesten Stand gewesen. McMunn hätte nichts anderes erwartet. Auch bei seinen beiden vorigen Jobs hatten sich seine deutschen Auftraggeber als überaus professionell erwiesen. Die Zusammenarbeit mit diesen Nazis war wirklich herrlich, auch wenn die steifen Knilche durchaus einen Hang zur Arroganz hatten. Wahrscheinlich hielten sie McMunn für einen moralisch erbärmlichen, weil käuflichen Schotten, der seine Arbeit zwar sehr ordentlich erledigte, aber sonst nichts wert war. Aber wen kümmerte das schon? Die Deutschen bezahlten ihn und seine Truppe auch für dieses ungewöhnliche Vorhaben wieder geradezu fürstlich. Und solange sie das taten, würde McMunn sich nicht beschweren.

McMunn griff in seine Innentasche und zog ein Foto hervor, das die Zielperson zeigte. Er hatte sich das Gesicht zwar auf der langen Fahrt mit dem Kutter über den Atlantik gut eingeprägt, aber er wollte ganz sichergehen. Schließlich sah er auf und verglich den weißbärtigen, recht unscheinbaren alten Mann mit dem Bild in seiner Hand.

»Doktor Adam Morgenstein«, stellte McMunn fest.

»Ja?«, antwortete seine Gegenüber und zuckte zusammen.

McMunn sah sich um. Dann ging er zu einem Sofa und schnappte sich ein Kissen. Während er unauffällig die Pistole aus seiner Hosentasche zog, überlegte er sich schon, ob vielleicht ein Nachbar die Sache vorhin auf der Veranda beobachtet haben konnte. Schließlich waren sie recht laut gewesen.

»Was haben Sie vor?«, fragte Morgenstein und bemühte sich, die Fassung wiederzuerlangen. Doch der kräftige Mann vor ihm beachtete ihn gar nicht. Seelenruhig zog er einen Gegenstand hervor – es war eine Waffe.

»Oh Gott«, sagte Morgenstein reflexartig, als ihm klar war, was nun passieren würde.

97. DER SCHWARM AUF DEN STUFEN

Montag, 21. März 1938

Er starrte durch das Seitenfenster des Fords auf den Potomac River. Im Fluss spiegelte sich der stahlblaue Himmel, auf dem anderen Ufer erhob sich das weiße Lincoln Memorial.

»Wohin bringen Sie uns eigentlich?«, fragte Tom.

»Evensenfield Road 7«, antwortete der Fahrer, ein wortkarger Mann Mitte 30, dessen Anzug nicht besonders gut saß.

Tom beobachtete, wie der dunkle Cadillac vor ihnen auf den linken Fahrstreifen bog, während sie selbst sich rechts hielten.

All die Tage auf hoher See hatte sich Tom den Kopf zermartert und überlegt, was wohl zwischen Heckwaters und Wien alles schiefgelaufen war. Doch er hatte natürlich keine befriedigende Antwort finden können. Auf dem Atlantik waren sie von allen Informationen abgeschnitten gewesen.

»Nein«, sagte Tom langsam, den Blick stur auf den Cadillac vor ihnen gerichtet. »Folgen Sie weiter der Limousine von Colonel Colpo vor uns.«

»Sir, ich habe den Befehl, direkt …«

»Folgen Sie dem Wagen. Sie haben mich verstanden.«

»Bitte tun Sie, was er sagt«, fügte Sarah hinzu und beugte sich zum Fahrer nach vorn.

»Okay, Miss.« Widerwillig lenkte er nach links.

Tom blickte unauffällig in den Rückspiegel: Sarah und Richard starrten beunruhigt von der Rückbank nach vorn zu ihm.

»Was hast du vor, Tom?«, fragte Sarah schließlich.

»Du hast jetzt fünf Tage lang kein Wort mit mir gewechselt«, antwortete Tom angriffslustig, »so eine Serie wollen wir doch nicht mir nichts, dir nichts unterbrechen, oder?«

Sarah wurde rot. »Colpo hat es mir verboten. Und zu deiner

Information: Nicht, damit ihr zwei nichts von mir erfahrt, sondern ich nichts von euch.«

Tom knirschte mit den Zähnen und verzog das Gesicht, sagte aber nichts.

Der Ford hielt an der breiten Treppe vor dem unscheinbaren Archivgebäude, der das Hauptquartier des ICG unter sich verbarg.

»Kommt schon«, befahl Tom und stieß seine Tür auf. Vor ihnen hatten Colpo und Rennenbergh bereits den Eingang weiter oben passiert.

»Die haben's ja eilig«, stellte Richard angestrengt fest, dessen bandagierter Arm ihn dabei behinderte, aus dem Wagen zu steigen.

»Du kennst die strikten Zeitpläne, Tom«, rief Sarah, die Richard stützte. »Die werden uns nicht einfach so in Heckwaters hineinspazieren lassen!«

»Das werden wir sehen.« Tom hechtete die Stufen hinauf. Sarah und Richard folgten ihm sofort, wenn auch sichtlich widerwillig.

Mit verbissenem Blick stieß Tom die hohe Tür auf und blickte in die Halle. Nur das Echo der hinter ihnen wieder zufallenden Türflügel durchbrach die Stille und schoss an den vielen Bücher- und Aktenregalen vorbei.

Richard schien leicht außer Atem und wirkte überrascht. »Will uns wohl doch niemand aufhalten.«

Wortlos blickte sich Tom um. Alles war ruhig, sogar der Empfangstisch vor der weißen Marmortreppe, die in das obere Stockwerk führte, war verwaist.

»Das ist mir nicht geheuer«, flüsterte Sarah dicht neben Tom.

Plötzlich ertönte ein lautes Knarren, das alle drei zusammenzucken ließ. Während Tom sich instinktiv vor Sarah stellte, wurde die unscheinbare Tür am Ende des Saales aufgestoßen und zahlreiche Menschen rannten durch sie hindurch in die Halle.

»Sie müssen hier entlang, es gibt keine andere Möglichkeit mehr!«, rief der Anführer der Gruppe und deutete auf die große Marmortreppe. Dann blieb er stehen und blickte ungläubig zu Tom hinüber.

»Es ist Tobias Hoffmann!«, flüsterte Sarah aufgeregt.

Nervös wischte Hoffmann sich über die Stirn und rückte seine silberne Brille auf der Nase zurecht.

»Was tun Sie hier?«, schrie er wütend durch die Halle, dass es Tom bis ins Mark erschütterte und er zurückwich, bis er mit dem Rücken an Richard und Sarah stieß. »Das ist nicht die Zeit für so etwas!«

Während Hoffmann mit hochrotem Kopf hastig auf sie zukam, gaben Tom, Richard und Sarah eingeschüchtert keinen Laut von sich.

»Warum sind Sie nicht in der Evensenfield Road abgesetzt worden? Warum …?«

Da hielt Hoffmann inne: Ein dumpfes Poltern veranlasste alle wie auf Kommando, an die in der Dunkelheit kaum zu erkennende Decke über ihnen zu blicken.

»Sie kommen, Sir!«, rief einer der Männer an der Treppe aufgeregt zu Hoffmann hinüber.

»Großartig.« Hoffmann wirkte mit einem Mal zufrieden. »Jetzt haben wir sie.«

Er rannte zu seinen Untergebenen zurück, blickte sich noch einmal um und rief dann über seine Schulter: »Kommen Sie mit, aber seien Sie, um Himmels willen, still!«

Tom und Sarah liefen los, und Richard humpelte ihnen hinterher.

»Kein Ton«, zischte Hoffmann, während seine Leute an der untersten Stufe der weißen Treppe in Deckung gingen. »Von niemandem«, fügte er hinzu und blickte dabei drohend zu Tom, Richard und Sarah, die sich hinter einem Geländer versteckten. Als das Gepolter lauter wurde, sah Tom angespannt auf, wurde aber von Sarah zurückgehalten, die aufgebracht und mit weit aufgerissenen Augen den Kopf schüttelte.

Nur einen Moment später tauchten oben mindestens ein Dutzend Männer in dunklen Anzügen hinter dem Eckpfeiler des weiten, geschwungenen Aufgangs auf. Tom schob seinen Körper wieder vor jenen von Sarah, als er erkannte, dass jede einzelne der Gestalten eine Waffe in Händen hielt.

»Halt!«, rief Hoffmann laut und sprang vor die Stufen ins fahle Licht. Blitzschnell blieb die Gruppe auf den Stufen wie angewurzelt stehen. Allerdings waren nun zig Läufe von Pistolen und Revolvern auf Hoffmann gerichtet. Sofort gaben sich dessen Untergebene unten auf beiden Flanken zu erkennen und versammelten sich hinter Hoffmann an der untersten Stufe. Sie waren allerdings völlig unbewaffnet, stellte Tom beinahe fassungslos fest. Dennoch: Die Gruppe auf der Treppe schien trotz ihrer Überlegenheit unentschlossen. Die Männer standen so dicht gedrängt beieinander, dass sie zu einer unruhigen Traube zu verschmelzen schienen.

Tom kniff seine Augen zusammen, sein Herz schlug heftig. Was war hier los? Wer waren die Leute dort oben? Was, um alles in der Welt, hatte dieser Auflauf zu bedeuten?

Auf einmal waren erneut laute Schritte zu hören. Tom reckte seinen Kopf in die Höhe und beobachtete über die Schulter von Hoffmann hinweg, wie am obersten Rand der Treppe eine weitere Gruppe von Bewaffneten heranstürmte. Sie wurde angeführt von Colonel Francis Colpo.

»Damit sind Sie umzingelt«, stellte Hoffmann laut fest. Tom erkannte ganz oben auch Rennenbergh, der außer Atem neben Colpo stand und auf die Eingekesselten hinabblickte.

»Auf die Armee ist eben Verlass«, verkündete eine majestätisch tiefe Stimme. Hinter Hoffmann war wie aus dem Nichts Nathaniel Evans aufgetaucht. Der Leiter des Corps ging langsam über die glatten Steinplatten und blickte in die Gesichter der vielen Menschen. Er lächelte seelenruhig, als er Tom, Richard und Sarah entdeckt hatte. Tom zog ungläubig die Augenbrauen zusammen.

Langsam wandte sich Evans der umschlossenen Masse mitten auf der Treppe zu und seufzte.

Plötzlich wagte sich ein Mann aus der schützenden Umklammerung seines Schwarms, sprang zwei Stufen hinab und baute sich demonstrativ etwa einen Meter vor Evans auf: Es war Agent Kentz. Tom biss sich auf die Lippen, doch ehe er etwas unternehmen konnte, spürte er, wie Sarah ihn am Oberarm zurückhielt.

»Lassen Sie mich durch, Nathaniel«, forderte Kentz und richtete einen Revolver auf den Kopf von Evans. »Zum allerletzten Mal, lassen Sie uns einfach gehen.«

Evans schwieg.

»Wie, zum Teufel, konnten Sie uns das antun?«, rief Tom ansatzlos und durchbrach die Stille. Der Schwarm auf den Stufen, Colpo und Rennenbergh, Sarah, Richard, Hoffmann und allen voran Kentz blickten überrascht zu ihm. Alle außer Nathaniel Evans.

»Sie verdammter …!«, schrie Tom. Sarah und Richard hatten Mühe, ihn zurückzuhalten. Nach einer Weile begann Kentz, belustigt zu grinsen.

»Agent Kentz«, stieß Evans ruhig hervor, »das Lachen wird Ihnen noch vergehen. Aber, Mister Wolf, bei all der berechtigten Aversion, die dieser Mann bei Ihnen auslöst, sollten Sie nicht glauben, dass Ihr Zorn ihm allein gebührt.«

Tom blickte perplex zu Evans. Der schien mit angestrengtem Blick in der Gruppe von Kentz' Leuten nach jemandem zu suchen.

»Du hast doch nicht geglaubt, dass du dich einfach so aus dem Staub machen kannst«, sagte Evans. Tom spitzte überrascht die Ohren, während Sarah und Richard verwundert seine Arme losließen. »Du hast uns wohl unterschätzt«, fügte Evans langsam hinzu. »Uns alle hier, Catherine.«

Langsam trat Catherine Fireburn aus dem Schwarm hinter Kentz hervor, der sie bislang verborgen hatte. Sie stellte sich neben den FBI-Agenten und blickte eisig mit hochrotem Kopf auf Evans herab.

»Nein«, entgegnete Fireburn verächtlich, »ich habe euch richtig eingeschätzt. Euch alle.« Sie blickte hasserfüllt zu Tom. »Hitzköpfe, dumme Kinder, Glücksritter!«

»Wenn dem so wäre«, rief Evans, »warum konntest du diese angeblichen *Kinder* mit all deinen schmutzigen Tricks nicht aufhalten?«

»Sie?«, fragte Tom leise. Sarah schüttelte ungläubig den Kopf.

»Sie hatten Glück, Nathaniel!«, schrie Fireburn so laut, dass ihre Stimme vibrierte. »Diese Kinder, diese ahnungslosen Kinder! Früher oder später werden sie scheitern, aber dann wird es nicht mehr so glimpflich ausgehen! Wann siehst du das endlich ein, Nathaniel? Du spielst mit dem Schicksal unseres Landes, während es kurz vor dem Abgrund steht!«

»Diese Menschen sind unsere Zukunft«, antwortete Evans nicht minder laut. »Sie interessieren sich nicht für die Seilschaften alter Männer in Washington oder für antiquierte Strukturen!«

»Du lässt sie Bücher wälzen! Du lässt mich Vorlesungen halten! Mich! Vorlesungen! Wir sind keine Universität, wir sind die Soldaten an der vordersten Front! Wir steuern nicht auf einen Krieg zu, Nathaniel, wir befinden uns bereits mitten in einem! Und wir werden verlieren, wenn nicht endlich jemand den Mut hat, dein Corps und seine jugendlichen Dummköpfe aufzuhalten!«

»Sie waren es«, rief Tom, »Sie haben mich an Kentz ...«

»Natürlich war ich es«, fuhr ihn Fireburn wütend an. »Ich habe einen unerfahrenen Jungen ausgewählt, ein verzogenes, leicht zu beeinflussendes Kind, das sich perfekt einreiht in die Riege der arroganten Theoretiker des Corps, die sich anmaßen, unser Land verteidigen zu wollen!«

»Sie wollten mich der Gestapo ausliefern?«, flüsterte Tom.

»Ein geringer Preis! Das Leben eines naiven Jungen für das endgültige Ende dieses hirnrissigen Projektes namens ICG. Ja, Sie sollten *Iagonum* zum Sargnagel für den Zirkus von Nathaniel Evans machen, Mister Wolf. Ein einziges Leben hätte geopfert werden müssen, und der wahre Geheimdienst hätte sich wieder ungestört um Amerikas Wohl kümmern können!«

»Du meinst das FBI«, stellte Evans ruhig fest. »Jenes FBI, das dieser naive Junge hier überlistet hat.«

Fireburn war außer sich. »Pures Glück war das in Wien im vergangenen Herbst! Pures Glück, Nathaniel! Wie blind bist du?«

»Das Glück des Tüchtigen und das Glück eines Menschen, der sein Herz am rechten Fleck hat«, entgegnete Evans.

»Pah!«, lachte Fireburn hämisch. »Dir ist wirklich nicht zu helfen.«

»Du kannst mich nicht täuschen, Catherine. Du bist verwirrt. Du magst tatsächlich überzeugt sein, aus eigener Initiative zum

Wohle unseres Landes gehandelt zu haben. Aber du warst letztendlich nur eine Marionette in diesem Spiel.«

»Das ist lächerlich!«

»Dein unterdrückter Hass auf das Corps hat den Drahtziehern des Verrates an Mister Wolf und am Corps nur in die Hände gespielt. Und diesen Herrschaften im Hintergrund ging es keineswegs um edle Ziele.« Evans wandte sich nun Kentz zu. »Waren Sie ungeduldig? Geben Sie es zu, Mister Kentz. Ich weiß jetzt von Ihrem Pakt mit Catherine. Mein Kompliment. Das meine ich aufrichtig. Ich hätte nie gedacht, dass Sie es schaffen würden, ein so hochrangiges Mitglied des Corps für sich zu gewinnen. Und Ihr Plan, mithilfe der Operation *Iagonum* das Corps anzuschwärzen und gleichzeitig die Lorbeeren des Sieges selbst einzufahren – was für eine unkonventionelle Idee.«

Kentz lächelte herablassend. Evans blickte wieder zu Fireburn.

»Doch dann dieser unerwartete Rückschlag. Mister Wolf hat sich eben doch nicht wie ein Dummkopf verhalten, Catherine. Mister Kentz hat dir mithilfe seiner unnachahmlich subtilen Methoden wahrscheinlich persönlich die Schuld eingeredet, dass *Iagonum* zur Niederlage des FBI geworden ist, habe ich recht? War es so, Mister Kentz? Der Ruf Ihrer Agenten war dauerhaft beschädigt. Und Catherine, du solltest es bestimmt wieder geradebiegen.«

Fireburns Lippen zitterten. Sie kochte vor Wut.

»Sie haben dich unter Druck gesetzt, während sie dir gleichzeitig irgendeine Karotte hingehalten haben, habe ich recht? Aber zunächst musste Mister Wolf aus dem Weg geräumt werden. Der Mythos des jungen Meisteragenten des Corps sollte vernichtet werden. Dass wir ihn für *Red Rush* aus der Not heraus wieder einsetzen wollten, kam dir gerade recht. Da hast du *Iagonum-B* erfunden.«

Fireburn blickte zu Boden.

»Henry Foy ist einer meiner besten Männer, Catherine. Er führt unsere Station in München so straff und effizient, wie es kein anderer könnte. Du hättest wissen müssen, dass er mich direkt kontaktiert, wenn du eine seiner Agentinnen einfach so abberufst. Es hätte dir klar sein müssen, dass alles schon nach wenigen Stunden auffliegt. Und trotzdem hast du es riskiert.« Evans machte einen großen Schritt auf Kentz zu. »Haben Sie Catherine ein Ultimatum gesetzt?«

Kein Mensch wagte es, ein Wort zu sprechen. Nicht einmal Kentz.

»Das Corps ist nicht schwach. Es funktioniert. Und du hast es erkannt, Catherine. Wahrscheinlich hast du gehasst, es dir einzugestehen, aber du hast es erkannt. Und dennoch hast du die Befehle von Kentz weiter befolgt. Was hat er dir versprochen? Was war die Karotte? Ein Botschafterposten in einer netten Stadt in Europa? Eine hochrangige Stelle im FBI?«

»Genug!«, rief Fireburn. »Ich gebe zu, *Iagonum-B* war kein Geniestreich. Und trotzdem sind deine sogenannten Agenten darauf reingefallen. Sie haben keinen Verdacht geschöpft! Das sollte dir zu denken geben.«

»Sie wissen nicht, wovon ...!«, schrie Sarah. Tom packte sie mit sanfter Gewalt an der Hüfte und hielt sie zurück. Fireburn quittierte Sarahs Anfall nur mit einem abschätzigen Lachen.

»Der Meisteragent Thomas K. Wolf, eine Legende?«, fragte Fireburn. »Der Mann, der das FBI überlistet hat? Dass ich nicht lache. Ich musste nur seine billige Geliebte zu ihm schicken, er wäre ihr blind in den Tod gefolgt. Und sie? Sie hat noch nicht einmal bemerkt, dass sie die Todesbotin war.«

»Sie ...!«, fauchte Tom.

»Seien Sie still, Tom«, flüsterte Hoffmann nachdrücklich.

»Habe ich Sie nicht gewarnt«, fragte Fireburn süffisant, »dass Sie sich Feinde im Corps gemacht haben, mein lieber Mister Wolf? Sie sind nur die Karikatur eines Meisterspions.«

Tom fletschte seine Zähne.

»Ich musste ihm nur ein paar Happen hinwerfen, Nathaniel.« Fireburn sah desinteressiert auf ihre Fingernägel. »Er hat mir sofort aus der Hand gefressen wie ein Schoßhund. Ich habe ihm nur verraten, welche Bedeutung hinter dem Wort *Iagonum* steckt. Und natürlich, was es mit Heckwaters wirklich auf sich hat.«

»Genug gesprochen!«, schrie Evans mit einem Mal und ließ die Leute um Fireburn herum plötzlich aus ihrer Erstarrung erwachen.

»Lassen Sie uns endlich durch«, forderte Kentz eindringlich und fuchtelte drohend mit seiner Waffe herum. Tom wich mit Sarah und Richard zurück und überlegte blitzschnell: Hoffmanns Leute hier unten waren unbewaffnet und viel zu wenige, um Kentz' Schergen aufhalten zu können. Colpo und Rennenbergh standen oben zwar bereit, doch für Kentz und Fireburn war das Eingangstor der Halle nicht allzu weit entfernt.

Kentz begann, diabolisch zu grinsen. Er fuhr sich durch seine zurückgekämmten Haare und machte zwei leichtfüßige Schritte die Treppe hinunter. »Aber wenn ich es mir recht überlege, warum sollte ich Sie eigentlich um Erlaubnis bitten?«

»Wie scheinbar so üblich«, antwortete Evans langsam, »muss ich Ihren Plan wieder durchkreuzen.«

Kentz spannte den Hahn seines Revolvers und verzog sein Gesicht zu einer Fratze. »Diesmal nicht.«

»Mister Hoffmann, wenn Sie so freundlich wären?«, fragte Evans ruhig.

Hoffmann erhob langsam seine rechte Hand, blickte dabei zu Kentz und rief laut: »Corps-Garde!«

Ein Grollen ließ den Saal erzittern. Tom blickte sich nervös um, während sich der Schwarm auf der Treppe zusammenzog. Kentz blickte unruhig hin und her. Aus den unzähligen Regalreihen strömten plötzlich Dutzende Uniformierte in die Mitte der Halle und richteten ihre Gewehrläufe auf Kentz.

»Mister Kentz«, bemerkte Hoffmann und lachte leise, »darf ich Ihnen vorstellen: unsere, sagen wir, Archivare.« Kentz senkte den Lauf seines Revolvers und blickte verwirrt in die vielen Gesichter, die ihn anstarrten.

»Ladies und Gentlemen«, erklärte Evans laut, »hören Sie mir jetzt gut zu. Niemand von Ihnen wird auch nur ein einziges Wort über das verlieren, was sich heute hier zugetragen hat. Es ist niemals passiert. Sollte jemand von Ihnen dieser Anweisung zuwiderhandeln, kann sich derjenige gewiss sein, dass seine Tage in Freiheit gezählt sind. Und nun legen Sie Ihre Waffen ab. Ich werde Sie nur einmal darum bitten.«

Noch bevor jemand reagierte, sprang Tom auf die Stufen der Treppe direkt vor Fireburns Füße und blickte ihr in die Augen.

»Bosheit zeigt nach und nach erst ihr Gesicht«, stieß er regungslos hervor. »Das ist aus Shakespeares *Othello*, wie Sie sicher wissen.«

Fireburn zuckte mit einem Auge. Tobias Hoffmann hielt sich die Hand vor den Mund.

»Letztendlich habe nicht ich die Rolle des Iago gespielt«, flüsterte Tom und beugte sich weit zu Fireburn nach vorn, »sondern Sie. Das Verräterspiel war Ihr Part. Und Sie wissen ja, was am Ende des Stücks mit dem Verräter Iago passiert.«

Tom beobachtete, wie sich Fireburn allmählich an ihre eigenen Worte zu erinnern schien, mit denen sie Tom noch wenige Tage zuvor in ihren eigenen Arbeitsräumen über Iagos Schicksal aufgeklärt hatte. »Othello erkennt seinen fatalen Fehler und nimmt sich das Leben. Iagos Machenschaften aber werden entlarvt. Iago wird festgenommen … und gefoltert und getötet.«

Tom holte blitzschnell mit seinem rechten Arm aus und schlug mit seiner Faust direkt in das Gesicht von Kentz, der neben Fireburn stand. Wuchtig traf er den FBI-Agenten und ließ ihn zu Boden gehen.

»Verdammt!«, brüllte Kentz vor Schmerzen und hielt sich seine blutende Nase.

Tom drehte sich um, ging vorbei an Evans, Hoffmann, Richard und Sarah, bahnte sich den Weg durch die Menge der zur Seite weichenden Corps-Archivare und verließ Heckwaters.

98. VERGLEICHE

Tom stopfte schweigend die Hemden in den Koffer, die gestapelt auf seinem Bett lagen.

Er hatte sich nicht bewusst entschieden zu gehen. Tom wusste, dass es jetzt soweit war, denn er war gewissermaßen sich selbst vertraglich verpflichtet. Er, Thomas K. Wolf, war vor knapp neun Monaten ein Abkommen eingegangen, dem er nun nachkommen musste.

Als er einen Stoß Hosen in eine zweite Tasche werfen wollte, hörte er, wie die Eingangstür des Apartments geöffnet wurde und danach wieder sanft ins Schloss fiel.

»Wenn Sie den Pass von Tim Wallstrom haben wollen«, rief Tom, »er liegt auf der Couch.«

»Sie reisen ab?«, fragte eine Stimme direkt hinter Tom. Es war jene von Nathaniel Evans. Doch Tom reagierte nicht und packte einfach weiter. Erst als eine zweite Person seufzte, blickte Tom über seine linke Schulter und erkannte Tobias Hoffmann, der neben dem Chef des Corps im Vorzimmer stand. Beide blickten aus sicherem Abstand zu Tom herüber.

»Was wollen Sie von uns wissen, Mister Wolf?«, fragte Evans kühl und betrat das Schlafzimmer. Tom richtete sich auf und verschränkte seine Arme.

»Was ich wissen will?«, fragte er und drehte sich langsam herum. Evans nickte stumm.

»Wie, um alles in der Welt, konnte das alles passieren?«

Hoffmann räusperte sich verlegen.

»Wenn ein Mensch in seinem Leben eine Enttäuschung erlebt«, begann Evans, »die ihn an Gerechtigkeit oder an dem Guten im Menschen zweifeln lässt, dann ist es schwierig, ein Idealist zu bleiben. Ach, was heißt schwierig, ja, es ist beinahe unmöglich.«

Tom steckte demonstrativ die Hände in die Hosentaschen, was Evans mit einem Lächeln zur Kenntnis nahm.

»Die Welt ist eben nicht so«, fuhr Evans fort, »wie man sie gerne hätte. Wenn man das erkennt, kann man vor dieser Erkenntnis davonlaufen. Oder man kann versuchen, seinen Teil dazu beizutragen, damit unsere Welt eben doch so wird, wie sie sein sollte. Glauben Sie mir, Mister Wolf, es lohnt sich zu kämpfen.«

Evans richtete seine silberne Brille und sah konzentriert in Toms Gesicht.

»Als ich Catherine Fireburn ins Corps geholt habe, da war ich von ihrer Kämpfernatur überzeugt. Ich habe geglaubt, ihre Energie wäre hilfreich für unsere Sache. Aber ich habe mich in ihr getäuscht.«

Tom zog seine rechte Hand aus der Tasche und warf den Kofferdeckel mit einem Schwung zu.

»Wann haben Sie gewusst, dass diese … Frau ein doppeltes Spiel treibt?«, fragte er.

»Erst als der Leiter von Miss Gutthams Station in München sich über *Iagonum-B* beschwert hat.«

»Dieser Henry Foy?«

»Richtig. Zu diesem Zeitpunkt war uns hier klar, dass etwas faul ist, zumal weder Colonel Colpo noch ich selbst Kenntnis von einer Operation namens *Iagonum-B* hatten. Miss Guttham hatte sich jedoch schon auf dem Weg nach Wien befunden, als wir den Verrat erkannt haben, wir konnten sie nicht mehr zurückhalten.«

»Und mit *Red Rush* hatte Fireburn nichts zu tun?«

»Nicht das Geringste«, warf Hoffmann laut ein. »Die Einsatzleitung von *Red Rush* hatte Colonel Colpo höchst selbst übernommen. Catherine war, sagen wir, völlig außen vor. Der Colonel war es übrigens, der zusammen mit Mister Rennenbergh und Mister Owen das andere Flugboot von *Imperial Airways* nach Europa genommen hat, einen Tag vor Ihnen, Tom.«

»Das hatte ich mir schon gedacht.«

»Catherine hat lediglich die Chance genutzt, die wir ihr leichtfertig geboten haben«, erklärte Evans und klang beschämt. »Sehen Sie, ich bin davon überzeugt, dass Mister Kentz schon seit vergangenem Herbst von ihr verlangt hat, Sie zu neutralisieren, Mister Wolf. Catherine gehört aber nicht zu der Sorte Mensch, die sich zu einem Schnellschuss hinreißen lässt. Sie ist eine sehr vorsichtige Natur. Sie hat Sie mit Sicherheit lange observiert, Ihre persönlichen Freunde studiert und versucht, Sie zu verunsichern und zu täuschen.«

»Mann, muss die sich über *Red Rush* gefreut haben«, murmelte Tom.

Evans lächelte. »Das glaube ich gar nicht. *Red Rush* hat ihr zwar die Gelegenheit geliefert, auf die sie gewartet hat, aber die Operation hat Catherine auch in eine Lage versetzt, die sie gar nicht mag: Sie ist plötzlich unter Zeitdruck gestanden. Das war ihr Verhängnis.«

»Sie hat Foy also den Marschbefehl für Sarah geschickt«, fasste Tom genervt zusammen, »samt dem Personal Contact Codeword für Richard und den Instruktionen für diese *Iagonum-B*-Farce, gut. Sie hier in Heckwaters haben davon Wind bekommen und versucht, Richard und mich aufzuhalten. Aber wie Mister Ziss mir noch in Frankreich gesagt hat, hat ein Bote uns in Wien verpasst. Außerdem haben Sie, Gott sei Dank, den Abbruchcode im *Washington Herald* platziert. Richtig?«

»Exakt so hat es sich zugetragen.«

»Und Viktoria Baroq war nie in Heidelberg, ist es nicht so?«

»Wir haben keine Ahnung, wo sich die junge Frau aufhält. Sie ist nach wie vor wie vom Erdboden verschluckt. Catherine hat sich die Geschichte mit Heidelberg nur ausgedacht.«

Tom lachte zynisch auf. »Warum hat uns dieses Weib nur quer durch Deutschland geschickt?«

»Catherine hat Heidelberg sehr bewusst als das Ziel Ihrer Reise ausgewählt, Mister Wolf. Wissen Sie, Catherine hat bereits die ganze Welt bereist, aber sie hat sich nur ein einziges Mal in ihrem Leben in Deutschland aufgehalten. Als sie noch ein Kind war, ist sie mit ihrer Familie …«

Tom trat wütend gegen den Pfosten seines Bettes und ließ Evans sofort verstummen.

»Das kann doch nicht wahr sein!«, rief Tom. Er erinnerte sich wieder an die haarsträubenden Gerüchte über Fireburn, die neben anderen Richard zum Besten gegeben hatte. »Fireburns Vater war ein brillanter Arzt, habe ich gehört. Er hat angeblich eine jahrelange Vortragsreise unternommen, die ihn um die ganze Welt geführt hat. Ist das tatsächlich die Wahrheit?«

Evans nickte.

»Und während dieser tyrannische Mediziner dabei Dutzende Hausmädchen nicht gerade wie ein Gentleman behandelt hat«, rief sich Tom mit geschlossenen Augen laut in Erinnerung, »sind er und seine Familie samt der kleinen Catherine dabei nach Cambridge, Paris, Sankt Petersburg und Tokio gereist – und auch nach Heidelberg.«

»Das stimmt«, bestätigte Hoffmann überrascht.

»Catherine hat als Schauplatz für ihre *Iagonum-B*-Falle einen Ort ausgewählt«, erklärte Evans, »der ihr vertraut war. Die Turmstraße in Heidelberg war ihr aus ihrer Kindheit wohl noch gut bekannt.«

Tom schnaubte wild und schüttelte den Kopf.

»Catherine überlässt am liebsten nichts dem Zufall. Sie hätte Sie drei genauso gut in München, Linz oder gleich in Wien ins offene Messer laufen lassen können – doch ein solches Unterfangen an einem für sie unbekannten Ort stattfinden zu lassen, hätte sie wahrscheinlich völlig wahnsinnig gemacht.«

Tom sah in Gedanken die grauenvollen Bilder wieder vor sich – all das, was im Wald vorgefallen war. Er hörte das schrille Geräusch, als Metall an Metall geschrammt war. Er hörte das Geschrei und er spürte die Holzsplitter, die sich beim Schlag mit dem Ast in seine Hand gebohrt hatten. Und er erinnerte sich an das Dröhnen der vielen Schüsse.

»Wie hat sie es geschafft, die Gestapo auf uns anzusetzen? Wie hat sie diesen Kriminalinspektor Quint gefunden?«

»Professor Schwarzbeck ist damals im Herbst nach Ihrem Besuch, Tom«, erklärte Hoffmann, »von der Gestapo, sagen wir, zum Interview gebeten worden. Unser Mann in Berlin hat damals herausfinden können, wer in dieser Sache die Ermittlungen und das Verhör geleitet hat.«

»Eben Kriminalinspektor Hans Quint«, ergänzte Evans. »Dieser Name war dem Führungsgremium des Corps seither bekannt.«

»Verstehe.«

»Gott sei Dank ist letztendlich aber alles recht gut verlaufen«, sagte Evans. »Dass Sie drei es zur Grenze geschafft und Colonel Colpo Sie sicher zurück nach Amerika bringen würde, haben wir Catherine bis zur letzten Sekunde natürlich vorenthalten. Wir haben Catherine im Glauben gelassen, dass ihr eigener Plan aufgeht, und mit ihrer Festnahme bis zum letzten Moment zugewartet, um Catherines Hintermänner auszuforschen.«

»Als Ihr Schiff, Tom, aber heute Vormittag in Baltimore festgemacht hat«, erklärte Hoffmann, »konnten wir vor den Spitzeln von Agent Kentz nicht mehr geheim halten, dass sowohl der Colonel als auch Lieutenant Richard Beckers, Sarah Guttham und natürlich Mister Thomas K. Wolf wohlauf sind.«

»Mister Kentz hat daher versucht«, fuhr Evans fort, »Catherine auf den letzten Drücker mit Gewalt aus Heckwaters fortzuschaffen. Es kam dann zu diesem unnötigen Tumult, dessen Zeuge Sie geworden sind, Mister Wolf.«

Tom ging einige Schritte im Schlafzimmer auf und ab. »Ich kann es immer noch nicht fassen, dass all das nur wegen der lächerlichen Rivalität zweier Verbündeter passieren konnte. Das Corps steht, verdammt noch mal, auf derselben Seite wie das FBI! Und bei Gott, es gäbe so viel wichtigere Dinge, als sich selbst gegenseitig ein Messer in den Rücken zu rammen. Ich bin nur froh, dass niemand von unserer Seite bei der Sache ernsthaft zu Schaden gekommen ist. Das wäre unverzeihlich.«

Hoffmann atmete tief ein.

»Was?«, fragte Tom. »Was ist los?«

»Wir könnten es uns jetzt sehr leicht machen«, bemerkte Evans, »aber das will ich nicht.«

»Na, dann rücken Sie schon raus damit!«

»Wir haben Doktor Morgenstein in Brockton in New Hampshire untergebracht. Gestern Morgen haben wir eine äußerst unerfreuliche Nachricht aus Neuengland erhalten.«

Tom setzte sich auf das Bett.

»Obwohl er für uns leider reichlich wertlos geworden ist, hatten wir ihn weiterhin vom FBI als auch von unseren eigenen Leuten diskret bewachen lassen. Vorgestern, mitten in der Nacht, sind unsere Wachleute überwältigt worden. Die Täter sind in das Haus eingedrungen und haben Doktor Morgenstein erschossen.«

Tom schlug wortlos die Hände vor das Gesicht. Er fühlte sich mit einem Schlag völlig kraftlos, unendlich müde und leer.

»Die Täter sind offenbar so unbemerkt verschwunden, wie sie gekommen waren. Keiner der Nachbarn will etwas gesehen oder gehört haben. Doktor Morgenstein ist vor seiner Hinrichtung weder gefoltert oder misshandelt worden. Er ist wahrscheinlich nicht einmal befragt oder gar verhört worden.«

»Wer war das?«

»Es waren Profis. Sie haben keine Spuren hinterlassen.«

Tom öffnete allmählich seine Augen und starrte die Wand an. Morgenstein hatte sich aus Verzweiflung mit fremden Federn geschmückt und die Arbeit von Viktoria Baroq gestohlen. Er hatte es auch getan, weil er um sein Leben gefürchtet hatte, und das offenbar aus gutem Grund.

»Wir wissen noch nicht«, sagte Evans, »wie die Deutschen Doktor Morgenstein finden konnten. Aber wir werden es herausfinden.«

»Sie haben die Schuldigen doch längst gefasst.«

»So einfach ist es nicht.«

»Ach, erzählen Sie mir nichts!«

»Catherine Fireburn und Mister Kentz haben Verbrechen begangen, aber sie sind nicht für den Tod von Doktor Morgenstein verantwortlich, Mister Wolf.«

Tom sprang auf. »Sagen Sie mir nicht, dass Sie die beiden damit davonkommen lassen!«

»Das werden wir natürlich nicht«, antwortete Evans sofort.

»Catherine wird ihre gerechte Strafe erhalten, gehen Sie davon aus, Mister Wolf.«

Tom machte einen Schritt zurück.

»Verfallen Sie nicht Ihrem Jähzorn, Mister Wolf. Vertrauen Sie Ihrem Verstand. Der Mord an Doktor Morgenstein kann nicht Catherine Fireburn angelastet werden, das wäre zu einfach. Dann würden die wahren Mörder davonkommen. Und wünschen Sie sich das?«

Tom hatte verstanden. Er schwieg.

»So pervers es klingen mag: Unser Geschäft ist ein Spiel. Einmal gewinnen wir, einmal wieder die anderen. Die Deutschen sind nicht dumm oder uns unterlegen. Wer den Fehler macht, das zu glauben, hat schon verloren.«

»Was ist mit Kentz?«, fragte Tom nach einem Moment.

»Ich werde das nicht beschönigen. Mister Kentz wird von einflussreichen Persönlichkeiten geschützt, die ihm den Auftrag gegeben hatten, genau das zu tun, was er getan hat. Die werden ihn nicht zur Rechenschaft ziehen. Und ich kann es nicht, weil er mir nicht untersteht.«

»Das ist nicht Ihr Ernst.«

»Die Operation *Iagonum* wird seiner Karriere nicht dienlich sein, aber damit wird man es bewenden lassen. Kentz ist ein Stehaufmännchen.«

»Wie geht es eigentlich Ihrer Faust?«, fragte Hoffmann. Tom streckte langsam seinen rechten Arm aus und betrachtete seine Hand von beiden Seiten. Die Knöchel waren nur leicht geschwollen.

»Alles bestens«, brummte Tom. Hoffmann lachte leise.

»Ich würde es verstehen«, sagte Evans und betrachtete Toms Koffer, »wenn Sie uns jetzt verlassen. Wer könnte Ihnen einen Vorwurf machen.« Langsam ging er durch das Zimmer und starrte aus dem Fenster in den Himmel. »Aber ich bitte Sie, sich diese Entscheidung gut zu überlegen. Ich gebe Ihnen Zeit, so lange Sie wollen. Gewinnen Sie Abstand. Denken Sie in Ruhe nach.«

»Mein Entschluss steht fest.« Tom verschränkte seine Arme

wieder. Evans betrachtete Toms Mimik mit großer Aufmerksamkeit und nickte schließlich.

»Ich bedauere das sehr. Ich selbst werde für Sie ein exzellentes Empfehlungsschreiben im Namen des Außenministeriums aufsetzen. Sie erhalten eine großzügige Abfindung, mit der Sie für einige Zeit gut über die Runden kommen sollten, bis Sie sich neu orientiert haben.«

»Danke.«

»Ich vertraue voll und ganz darauf, dass Sie niemals in Ihrem Leben, Mister Wolf, ein Wort über Ihre Zeit beim ICG verlieren werden.« Evans ging langsam in das Wohnzimmer. »Dennoch, mein Angebot bleibt bestehen. Es liegt voll und ganz bei Ihnen. Lassen Sie mich aber das eine betonen: Ich will nicht, dass das Corps Sie verliert. Menschen wie Sie *sind* das Corps, Mister Wolf.«

Evans nahm einen silbernen Gegenstand aus seiner Manteltasche und legte ihn auf den großen Tisch.

»Das sind die Schlüssel zu einem Wagen, der Ihnen zur Verfügung steht. Er parkt vor dem Haus. Fahren Sie, wenn Sie es wollen. Wohin Sie wollen. Und kommen Sie wieder, wenn Sie es wollen.«

Als Evans die Wohnung verließ, war es für einen langen Moment sehr still.

»Ich werde Sie bei Ihrer Entscheidung nicht beeinflussen, Tom«, erklärte Hoffmann schließlich. »Das steht mir, sagen wir, wohl nicht zu.«

Hoffmann rückte vorsichtig und nachdenklich seine Brille zurecht. Dann machte er drei große Schritte auf Tom zu und streckte ihm die Hand entgegen. Tom ergriff sie. Er wusste nicht, was er sagen sollte.

»Es tut mir leid«, sagte Hoffmann, »dass es so enden musste. Es muss Ihnen so vorkommen, als wäre alles umsonst gewesen.«

»Eine Sekunde.« Tom hob seinen Zeigefinger. Langsam griff er in seine Hosentasche, zog das rote Notizbuch heraus und reichte es Hoffmann. »Es war nicht alles umsonst.«

Hoffmann griff verwundert zu, nahm seine Brille von der Nase, öffnete das Buch und blätterte durch die Seiten. Dann blickte er Tom überrascht in die Augen.

»Sie haben es gefunden!«, flüsterte Hoffmann. Tom nickte.

»Sie wissen, was das vielleicht bedeutet?«, fragte Hoffmann aufgeregt. Tom nickte wieder. Hoffmann verschloss den Schatz von Baroq und verstaute ihn sorgfältig in seiner Jacke.

»Natürlich wissen Sie das. Vielen Dank, Tom. Und auf Wiedersehen.«

99. FINALI

»Eine Frechheit ist das«, brummte er missmutig. »Eine bodenlose Frechheit sondergleichen. Diese armseligen, kleinkarierten Ja-Sager.«

Josef Schwarzbeck blieb vor der Auslage eines Spielzeuggeschäfts auf dem Kurfürstendamm stehen und steckte sich hektisch eine *Asta*-Zigarette an.

»Soll sie doch alle der Teufel holen«, zischte er, als er den blauen Rauch ausatmete. Während er im Strom der Passanten auf dem breiten Gehweg ohne Ziel weiterschlenderte, rechnete er nach, wie viel Zeit er in dem Laden verplempert hatte.

Zwei Monate. Ja, am Montag waren es genau zwei Monate her, seitdem er beim Herrenausstatter *Kreisler & Co.* angefangen hatte. Aus einer Laune heraus hatte er sich dort um die vakante Stelle eines Verkäufers beworben. Er hatte das Geschäft ganz zufällig entdeckt, als er über den Kudamm spaziert war. Warum nicht die Arbeitslosigkeit mit so etwas überbrücken, bis du etwas Besseres findest?, hatte er sich gefragt. Schließlich mussten nach seinem unfreiwilligen Rücktritt vom Posten an der Technischen Hochschule immer noch die Rechnungen bezahlt werden.

Schwarzbeck hätte es sich gleich denken können, dass dieser beschränkte Besserwisser Herbert Kreisler ihn nicht leiden konnte. Wahrscheinlich hatte dieser degenerierte, arrogante Preuße den ehemaligen Professor Schwarzbeck nur deshalb eingestellt, damit er sich daran erfreuen konnte, ihn herumzukommandieren.

Gut, Schwarzbeck musste zugeben: Es hatte ein wenig gedauert, bis er sich an den Alltag und an die Abläufe im Geschäft gewöhnt hatte. War es nicht logisch, dass ein Mann, wie er es nun einmal eben war, erst eine Akklimatisierungsphase benötigte? Woher sollte er denn wissen, wie man eine Registrierkasse bediente? Wie sollte er wissen, dass man bei Reklamationen getragene Ware nicht zurücknahm, wenn sie maßgefertigt war? Und warum war es so schlimm, wenn man an manchen Tagen um 8.10 Uhr anstelle von 8 Uhr im Laden erschien? Um die Zeit gab es doch ohnehin kaum Kundschaft!

»Idioten.« Schwarzbeck warf die ausgerauchte Zigarette auf den Boden und trat sie aus.

Nein, er bedauerte nicht, dass er sein Temperament an diesem Vormittag nicht im Zaum halten hatte können. Die Kommentare dieses geistlosen Herrn Kreisler waren einfach nicht zu ertragen gewesen.

»Die alte Riege in Österreich ist jetzt dran«, hatte er freudig durchs Geschäft gerufen. »Die Ersten von denen haben sie schon in Konzentrationslager geschickt, sagt man. Verdienen sie alle, sollen sie doch alle aufhängen!«

Es war erbärmlich, wie die anderen Speichellecker von Verkäufern einfach nur nickend zugestimmt hatten.

»Bald haben sie dann auch alle Wiener Juden eingesperrt«, hatte Kreisler lachend nachgelegt, »die haben's ja sowieso nicht anders verdient!«

Schwarzbeck war immer noch überrascht, wie sehr er von dieser Äußerung in Rage gebracht worden war. Sofort hatte er seine Sachen geholt und wäre ohne ein weiteres Wort einfach aus dem Laden marschiert, wenn sich Kreisler ihm nicht in den Weg gestellt hätte.

Erst nachdem Schwarzbeck ihm heftige Schimpfworte an den Kopf geworfen hatte, hatte der ihn durchgelassen.

»Sie Schmarotzer, Sie arbeitsscheuer Judenfreund!«, hatte Kreisler ihm mit puterrotem Gesicht hinterhergerufen.

Schwarzbeck blieb an einer Kreuzung stehen. Er befand sich wieder am Anfang: Er war arbeitslos. Seine finanziellen Reserven würden vielleicht noch einige Zeit reichen, aber nicht für ein Leben mit Stil. So oder so, er musste sich jetzt um eine seriöse Stelle bemühen.

Seufzend folgte er einigen Passanten über die Fahrbahn und steuerte direkt auf die Bushaltestelle in der Nebenstraße zu.

Soll es doch so sein, dachte er sich aufmunternd, unter Druck hast du immer am besten gearbeitet, Josef. Du findest schon was Passendes. Du hast schließlich viel zu bieten! Irgendwer wird schon erkennen, was man mit deinem Wissen anstellen kann!

Als er zuversichtlich aufsah, entdeckte er einen Doppeldeckerbus seiner Linie in der Station. Einige Fahrgäste stiegen gerade ein.

»Halt, warten Sie«, rief Schwarzbeck und rannte los. Gerade als sich das große Ungetüm in Bewegung setzte, sprang Schwarzbeck schwungvoll auf die Fahrbahn und streckte seine Hand nach dem Haltegriff aus – doch in diesem Moment beschleunigte der Bus.

»Mist!«, fluchte Schwarzbeck laut und verfehlte das Trittbrett. Er taumelte nach vorne, rutschte aus und fiel mitten auf das Straßenpflaster. Gerade als er sich wieder aufrappeln wollte, ließ ihn ein Schrei einer Passantin auf dem Gehweg zusammenzucken: Er blickte erschrocken zu ihr hinüber und nur den Bruchteil einer Sekunde später hinter sich.

Er konnte nicht mehr reagieren, der grüne Opel traf ihn mit voller Wucht. Schwarzbeck war sofort tot.

Untersturmführer Stefan Reitzle blickte auf die Uhr, die im Gang hing: Es war schon 15 Uhr nachmittags.

»Das dauert«, rief er in Richtung der SS-Wache, die wort- und regungslos an dem Tisch saß. Reitzle seufzte und knöpfte seine Uniformjacke wieder zu. Schloss Stellbach war wirklich ein altes Gemäuer, stellte er fest, beinahe überall war es eisig kalt. Und hier im Gang zog es gewaltig. Würde er anstelle von Viktoria Baroq in einem dieser Zimmer festgehalten werden, dachte er, würde er wohl nach wenigen Tagen an Unterkühlung krepieren.

Wieder blickte er flüchtig auf die Uhr.

»Scheiße«, fluchte er und erschrak ein wenig. Normalerweise sagte er so etwas nicht, sondern dachte es lediglich.

Er fühlte sich unangenehm unruhig, und dieses Gefühl wurde von Tag zu Tag stärker. Vielleicht hatte das schon in Wien begonnen, grübelte er nach. Seit er in Wien diesen merkwürdig vertraut wirkenden Herrn in der Lobby des Hotels *Bristol* gesehen hatte, dessen flüchtig wahrgenommenes Gesicht Reitzle immer noch nicht einordnen konnte, fühlte er sich angespannt.

Auch dass er immer noch nichts von der Gruppe rund um den Schotten McMunn gehört hatte, der sich um den Juden Morgenstein kümmern sollte, war nicht gerade erbaulich, aber auch nicht die eigentliche Ursache für seinen Zustand. Nein. Erst seitdem Reitzle die Nachricht erhalten hatte, dass Hans Quint und Friedrich Hellwein tot waren, war er nicht mehr ganz er selbst. Er verstand es einfach nicht! Was hatten Quint und Hellwein überhaupt dort in Süddeutschland zu schaffen gehabt? Warum waren sie irgendwo im Nirgendwo an der deutsch-französischen Grenze tot aufgefunden worden? Und warum zusammen mit einer Schar anderer erschossener Gestapo-Beamter? Und was hatte der Zwischenfall an diesem Grenzposten Scheibenhardt zu bedeuten? Was war dort in dieser Nacht nur passiert?

Reitzle machte kehrt und schlenderte angestrengt den Gang entlang zurück.

Irgendetwas sagte ihm, dass Quint vor ihm etwas verheimlicht hatte. Vielleicht hatte der Gestapo-Kriminalinspektor eine Spur verfolgt. Aber welche? Hatte er vielleicht diesen Theodor Wenters gefunden? Oder einen anderen amerikanischen Spion?

Reitzle verschränkte die Arme vor seiner Brust. Die Ungewissheit war zum aus der Haut fahren.

Sofort drehte sich Reitzle um und ging wieder zurück. Es hatte wahrscheinlich gar keinen Sinn, sich den Kopf darüber zu zerbrechen. Es gab schließlich noch andere Dinge, um die Reitzle sich kümmern konnte und musste. Hier und jetzt ging es schließlich darum, dass dieses zerbrechliche österreichische Mädchen endlich kooperativ wurde.

Diese Kriminaloberassistentin Hilde Streitner, die einen so guten Ruf in der Gestapo genoss, hatte immer noch keine Ergebnisse vorzuweisen. Aber sie legte nach Reitzles Dafürhalten auch nicht die notwendige Vehemenz in der subtilen Beeinflussung von Fräulein Baroq an den Tag.

»Es braucht Geduld, Herr Untersturmführer«, hatte die alte Streitner zu Reitzle nun schon allzu oft am Telefon gesagt. »Fräulein Baroq ist zwar ein schüchterner Mensch, aber in ihrer Zurückgezogenheit sehr willensstark. Ihre Angst vor Fremden und die von ihr erlebten traumatischen Ereignisse in jüngster Vergangenheit sind eine regelrechte Blockade für mich, Herr Untersturmführer. Es braucht eben Zeit.«

Reitzle zog eine Grimasse, eine Ader pulsierte auf seiner Stirn. Diese dumme Schnepfe! Wer glaubte diese Streitner eigentlich, wer sie war? Eine ausgebildete Ärztin? Oder gar eine Psychotherapeutin?

»Geduld«, wiederholte Reitzle abfällig. Er atmete kräftig ein.

Nach wenigen Augenblicken hatte er sich wieder gefangen. Er durfte auf keinen Fall die Kontrolle über sich selbst verlieren.

»Nein!«, kreischte eine helle Stimme. Reitzle erkannte sie sofort: Es war Hilde Streitner.

Während die SS-Wache aufsprang, eilte Reitzle an die Tür und schob energisch den Riegel beiseite.

»Was ist hier los?«, rief er aufgebracht, als er in das Zimmer von Viktoria Baroq stürmte. Ihm bot sich ein bizarres Bild: Hilde

Streitner stand mit bleichem Gesicht beim Bett und hielt völlig erschrocken ihre Hände in die Höhe. Sie starrte wie gebannt auf Viktoria Baroq, die auf den Tisch beim Fenster gestiegen war, das aufgestoßen war.

»Sie will sich das Leben nehmen!«, rief Streitner, als sie Reitzle wahrgenommen hatte. Baroq krallte sich am Fensterrahmen fest, beugte sich ein Stück nach draußen und blickte hinab.

»Aber Fräulein Baroq«, sagte Reitzle und machte einen Schritt auf den Tisch zu, während ihm eine Brise ins Gesicht blies.

»Keinen Schritt weiter«, befahl das Mädchen laut. Reitzle gehorchte sofort.

»Es ist nicht meine Schuld, dass das Fenster nicht verschlossen ist!«, rief Streitner, als sich für einige Sekunden niemand gerührt hatte.

»Sie haben es aufgebrochen, was?«, riet Reitzle. Er wollte Baroq in ein Gespräch verwickeln – er musste Zeit gewinnen. »Über Nacht, kann das sein, Fräulein Baroq?«

Baroq reagierte nicht. Ihr schlanker Oberkörper hob und senkte sich gleichmäßig – sie schien relativ gefasst zu sein, stellte Reitzle fest.

»Lassen Sie uns darüber reden«, schlug Reitzle schnell vor, »ich bitte Sie! Wir werden Ihnen nichts tun, ich gebe Ihnen mein Ehrenwort.«

»Sie halten mich als Ihre Gefangene«, erklärte Baroq mit fester Stimme. »Genau wie Adam, richtig?«

»Nein, das stimmt nicht«, entgegnete Reitzle nachdrücklich. »Das ist Unsinn!«

»Sie lügen!« Baroq schüttelte den Kopf und rutschte langsam ganz auf das Fensterbrett. »Natürlich lügen Sie.«

Reitzle verstand mit einem Mal, dass er das Mädchen nicht mit billigen Tricks aufhalten konnte: Viktoria Baroq war fest entschlossen, sich das Leben zu nehmen. Einen Sturz aus dieser Höhe von vielleicht zehn oder zwölf Metern konnte niemand überstehen. Er musste nun handeln, wollte er sie noch davon abhalten.

Flugs sprang er an den Tisch, beugte sich nach vorn und griff nach Baroqs Fuß. Das Mädchen schrie auf.

»Helfen Sie mir!«, brüllte Reitzle, doch ehe die perplexe SS-Wache oder Hilde Streitner eingreifen konnten, hatte sich Viktoria Baroq nach hinten fallen lassen. Reitzle klammerte sich auch mit der zweiten Hand an ihrem Bein fest, doch weil das Mädchen stürzte, gab er sich selbst einen Ruck und sprang auf den Tisch, um Baroq überhaupt zu erreichen.

Als er sie fest gepackt hatte, spürte Reitzle Genugtuung. Doch nur einen Moment später bemerkte er, dass er sich selbst in eine äußerst ungünstige Lage manövriert hatte. Obwohl Viktoria Baroq eine zierliche Person war, reichte ihr Gewicht, um sich selbst zusammen mit Reitzle in die Tiefe zu ziehen. Reitzle fand keinen Halt mit den Füßen. Ganz plötzlich realisierte er, dass er zusammen mit der Österreicherin in den Tod stürzte.

Im Fallen starrte er Baroq fassungslos in die Augen. Ihr Blick jedoch war ruhig – und im Moment vor dem Aufprall schloss sie ihre Lider.

100. DER STRAND

Die schwachen Strahlen der soeben aufgehenden Sonne ließen das Wasser glitzern. Die Luft war klar und erfrischend kalt, als er langsam den Strand entlang schlenderte. Er spürte Sandkörner zwischen seinen Zehen. Der Wind ließ die wenigen Blätter der Bäume hinter ihm ein säuselndes Flüstern anstimmen, das das Plätschern der Wellen begleitete.

Tom hatte am frühen Morgen sein Apartment verlassen, war einfach in den grauen Buick eingestiegen und mit ihm in Richtung Osten gefahren.

Tom blieb stehen, vergrub seine Hände in den Taschen seiner dunklen Jacke und blickte geradewegs zum Horizont, wo der Himmel mit den Wassermassen zusammenstieß. Vor ihm lag nicht das Meer, sondern eine Bucht. Schemenhaft konnte er das andere Ufer der Chesapeake Bay als einen schmalen Strich erkennen. Dort drüben, wenige Meilen vielleicht entfernt, war er mit dem Frachter *Pergetty* entlanggefahren, als er sich auf seiner ersten Rückreise von Europa befunden hatte.

Tom wandte sich langsam nach rechts und ging weiter den Strand entlang.

Etwa neun Monate waren nun vergangen, seitdem er Colonel Francis Colpo in Philadelphia zum ersten Mal begegnet war. Neun Monate lang befand sich Tom nun schon auf seinem Weg. Und vor neun Monaten hatte er sich selbst am Charles River in Boston ein Versprechen gegeben. Dort hatte er sich geschworen, diesen Weg zu verlassen, sollte er sich als der falsche erweisen.

In diesen neun Monaten war so viel geschehen.

Er erinnerte sich lebhaft daran, wie er das erste Mal Heckwaters betreten hatte, oder wie er den Atlantik zum ersten Mal in seinem Leben mit einem Schiff und dann sogar mit einem Flugboot überquert hatte, wie er in Berlin angekommen war, wie er mit dem Fallschirm abgesprungen war, wie er die Hofburg gesehen hatte, wie er das Laufduell durch die Straßen von Wien angetreten war, wie er dem Mann den Arm gebrochen hatte, wie man ihm applaudiert hatte im Raum 1412, wie er von der atomaren Bombe erfahren hatte, wie er von den SA-Männern in Viktoria Baroqs Wohnung gestellt worden war oder wie er auf dem Wiener Heldenplatz die Massen jubeln gesehen hatte. Er erinnerte sich an die Schüsse, die Glassplitter und nicht zuletzt an die vielen Toten. Und er erinnerte sich nur zu gut daran, wie er verzweifelt in den Fluss gesprungen war. Tom seufzte. Wie sehr hatte er sich in diesen vergangenen Monaten in so vielen Menschen getäuscht.

Wie leicht hatte Catherine Fireburn ihn überlistet. Wie hatte er gestaunt, als sich die Männer, die ihn in Wien verfolgt hatten, als Kentz' Schergen entpuppt hatten. Und wie völlig falsch hatte er Colonel Colpo eingeschätzt! Oder auch den grauen Mister Stritters in Berlin, oder wie er auch immer in Wirklichkeit hieß. Ganz zu schweigen von William Neeson – sogar sein Hausmädchen Klara oder sein freundlicher Chauffeur Johann waren wohl einflussreicher als ihr gutmütiger Herr. Sogar Valentin Ziss, dieser überaus korrekte Schweizer, war kein Feind gewesen.

Tom trat einen Stein schwungvoll ins Wasser und musste lächeln.

Er hatte Klaras Berliner Dialekt beinahe überhaupt nicht verstanden.

Und natürlich waren da noch Professor Schwarzbeck und Adam Morgenstein. Alles war falsch gewesen.

Tom schlenderte langsam weiter.

Er würde Tobias Hoffmann vermissen. Diesen merkwürdigen Kauz, der immerzu still lachte. Auch Charlize war immer nur freundlich zu ihm gewesen. Genau wie Richard. Gerade ihn hatte Tom für einen Verräter gehalten. Es war beinahe unverzeihlich. Gott sei Dank hatten sie alle drei überlebt. Richard, Tom selbst und natürlich …

Vor ihm trat plötzlich eine Gestalt hinter einem Baum auf den Strand und kam auf Tom zu.

»Sarah?«, flüsterte Tom leise.

In einigem Abstand zu ihm blieb sie stehen und blickte stumm zu ihm herüber, während ein paar Wellen sanft an das Ufer schlugen. Nach einem Moment machte Tom die letzten Schritte, bis er direkt vor ihr stand.

Der Wind wehte ihr das Haar immer wieder in das Gesicht, ihr Kleid wurde elegant um ihren schlanken Körper gepresst. Sie schien angespannt.

»Ich …«, begann Sarah zögerlich, »ich bin dir hinterhergefahren. Es, es … Ach ich weiß einfach nicht, was ich sagen soll. Es tut mir … es tut mir leid, Tom.«

Tom war überrascht. »Das muss es nicht. Dich trifft nun wirklich keine Schuld.«

»Herrgott«, rief sie widerwillig und schloss ihre Augen. »Es ist so viel falsch gelaufen, ich …«

Doch da senkte Tom seinen Kopf und fiel ihr ins Wort. »Lass uns einfach ein Stück gehen. In Ordnung?«

Sie nickte wortlos. Nebeneinander schlenderten sie weiter.

»Die Welt ist eben nicht so, wie man sie gern hätte.«

Tom kratzte sich an der Schläfe. Die Worte von Nathaniel Evans gingen ihm nicht aus dem Kopf.

»Wenn man das erkennt, kann man vor dieser Erkenntnis davonlaufen. Oder man kann versuchen, seinen Teil dazu beizutragen, damit unsere Welt eben doch so wird, wie sie sein sollte. Glauben Sie mir, Mister Wolf: Es lohnt sich zu kämpfen.«

»Tom«, stieß Sarah mit festem Tonfall hervor und starrte genau wie er auf das Wasser, »ich will, dass du bleibst. Hörst du?«

Tom griff im Gehen nach ihrer Hand und drückte fest zu. Aus dem Augenwinkel erkannte er, dass sie lächelte.

»Ich bin froh, dass du hier bist«, sagte Tom zu Sarah. Und sie gingen weiter.

SHAKESPEARE-ZITATE

S.197: *»Ich hab's! Ich hab's gezeugt! Von Höll und Nacht Wird diese Mißgeburt zur Welt gebracht!«*

»Othello« von William Shakespeare, zweisprachige Ausgabe, Deutsch von Frank Günther, 5. Auflage, Februar 2010, »Deutscher Taschenbuch Verlag GmbH & Co. KG«, München, bzw. für die Übersetzung »Theaterverlag Ute Nyssen & J. Bansemer GmbH«, Merowingerstr. 21, 50677 Köln. S. 57.

*

S.214, S.233, S.297, S.337, S.449 und S.581: *»Bosheit zeigt nach und nach erst ihr Gesicht.«*

»Othello« von William Shakespeare, zweisprachige Ausgabe, Deutsch von Frank Günther, 5. Auflage, Februar 2010, »Deutscher Taschenbuch Verlag GmbH & Co. KG«, München, bzw. für die Übersetzung »Theaterverlag Ute Nyssen & J. Bansemer GmbH«, Merowingerstr. 21, 50677 Köln. S. 81.

Weitere Titel finden Sie auf den
folgenden Seiten und im Internet:

WWW.GMEINER-VERLAG.DE